ediciones carena

Primera edición: noviembre de 2012

© Jorge Ernesto Machicao Argiró

© Ediciones Carena
c/ Alpens, 8
08014 Barcelona
Tel. 934 310 283
www.edicionescarena.org
carena@edicionescarena.org

Diseño cubierta: Davinia Martín
Ilustración cubierta: Jorge Coimbra Argiró
Maquetación: Alba Marco
Depósito legal: B-30817/2012
ISBN: 978-84-15471-89-9

Alien

asilo y prisión en una cárcel de inmigrantes en EE. UU.

Jorge Ernesto
Machicao Argiró

Reconocimientos

A mi esposa Luly, a Alejandrita Arias y a mi hermano Roberto. Ellos me dieron energía en cada instante de este episodio de la vida. También agradezco a Jim Rice, Tony Anderson y Pat Kirby, por su incondicional apoyo. Y a María Alejandrita, que con su infantil sonrisa dio solaz a muchas horas de escritura.

Índice

Capítulo I
La llegada

lunes, 3 de noviembre de 2008, h 4:15 p.m.

Las llantas del avión rebotaban —girando a toda velocidad— sobre la pista de aterrizaje del Aeropuerto Internacional de Miami. Mientras la nave carreteaba en el cemento ardiente, mi mente funcionaba a millones de mega-hertz por segundo. En minutos más estaría solicitando asilo político en los Estados Unidos, ante los funcionarios de inmigración. Para evitar traspiés, debía seguir mi plan de manera rigurosa. Era imprescindible que ninguno de mis compañeros de viaje —del vuelo 922 de *American Airlines* (Santa Cruz - Miami)— se enterase de mi solicitud de asilo. Si el gobierno de Bolivia se anoticiaba de mis andanzas, podía tomar represalias contra mi familia o contra mí.

La ley norteamericana sobre el asilo político indicaba que el peticionario debía anunciar su intención en el puerto de entrada al país. Esto, en vuelos internacionales, significaba que lo hiciera ante el funcionario de la caseta de inmigración del aeropuerto. En algunas ocasiones, en cuanto el peticionario terminaba de hacer su solicitud oral, el funcionario encargado activaba una ruidosa alarma. Tras el chirrido de la alarma, aparecían de inmediato varios guardias de seguridad para aprehender al peticionario, a quien lo esposaban y lo sometían al procedimiento establecido para casos de asilo. Aunque parezca inverosímil, al que solicitaba asilo en los EE.UU. ¡se lo esposaba de inmediato!... Además, ¡se lo encarcelaba! Y permanecía prisionero hasta conocer la decisión de un juez de inmigración. Ante la posibilidad de desatar semejante escándalo, no podía permitir que me identificaran mis coterráneos. Ya fue difícil evadir la mirada ambivalente de Gonzalo Montenegro (un ex político del Movimiento de Izquierda Revolucionaria, quien me conocía perfectamente bien, pero que cuando me vio, dudó de mi identidad, ya que yo me rasuré la barba después de muchas décadas) durante las seis horas del vuelo, quien viajaba con su consorte. Además de él, había otros conocidos que fácilmente podían esparcir la "noticia" sobre mi solicitud de asilo.

Para evitar este riesgo planifiqué, en mi fuero interno, ser el último en la fila de inmigración, lo que resultó no ser una tarea simple. El problema es que no existía una sola caseta de inmigración, sino alrededor de quince o veinte de ellas, y por lo tanto se formaba igual número de filas. Ante esta situación, decidí ser el último de la fila del fondo del amplísimo local.

Un aspecto tranquilizante era que las quince o veinte filas no estaban solo destinadas a atender a los pasajeros de mi vuelo, sino a los de varios vuelos que arribaron casi simultáneamente de diferentes países de América Latina. La multitud, entonces, era enorme y estaba diseminada entre las quince o veinte filas. Dentro de ese conglomerado humano estaban esparcidos mis compañeros del vuelo de *American Airlines*, a los que quería evitar a toda costa.

Luego de algunos malabares, me situé en la fila más

idónea (según mis cálculos), asegurándome ser el último de la misma. De lejos espiaba a mis compatriotas: todos ellos estaban más adelantados que yo y, lo que era mejor, se ubicaron en otras filas. Con el pasar de los minutos (que parecían horas eternas en esta espera) desapareció mi amigo Montenegro con su esposa, y así varios otros compatriotas que, luego de ser revisados en inmigración, se internaban en territorio estadounidense, camino a sus destinos de viaje. Cada que veía un boliviano traspasar la línea de inmigración, sentía un alivio interno. Los riesgos de que alguno de mis compañeros de viaje presenciara la escena que yo iba a ofrecer iban disminuyendo minuto a minuto.

Cuando esa espera intranquila se había prolongado por encima de los treinta minutos, cuando las filas de viajeros se achicaron ostensiblemente, y cuando ya no divisaba a ningún compatriota de mi vuelo entre la menguada concurrencia, sentí que la mirada de una funcionaria de inmigración (quien en esos momentos se encontraba vigilando los alrededores) se posó sobre mi humanidad e inquirió de inmediato:

—¿Ha llenado usted el formulario de inmigración?

En este preciso instante empezaba el show.

Mi respuesta fue tranquila y muy clara:

—Llené el formulario, pero no la casilla en la que debo informar sobre el tipo de visa con la que estoy ingresando a los Estados Unidos.

La aclaración iba en sentido de informarle que no podía marcar que iba a ingresar con visa de turista. Desde un punto de vista jurídico, no era posible que yo anotase que ingresaba con una visa de turista (que sí la tenía vigente y sellada en mi pasaporte), ya que ello habría constituido una falsedad. Los que piden asilo no ingresan como turistas, ingresan pidiendo asilo.

—Tampoco llené la casilla en la que debo informar sobre la razón mi viaje a los EEUU —proseguí aclarando aún más. Es que no dije si era para pasar una vacación o si era para firmar un contrato con una empresa. Le revelé que mi caso era un tanto diferente al de la mayoría de los viajeros:

—Soy un perseguido político, y estoy buscando protección del gobierno de los Estados Unidos, por lo cual estoy pidiendo asilo por razones políticas.

Con un accionar muy profesional (léase frío), la mujer anotó en una especie de agenda lo que le indiqué, e inmediatamente, en tono firme pero gentil, me instruyó:

—Sígame, por favor.

—Por supuesto —respondí.

Y empecé a caminar detrás de ella, consciente de que era el foco de atención de todos los que me circundaban en esa área. En todas las ocasiones que estuve en filas similares de inmigración (y muy particularmente en los aeropuertos norteamericanos, donde inmigración es especialmente dura con los extranjeros que pretenden entrar al Imperio), cualquier actitud que discordaba con el flujo normal de los pasajeros que arribaban era objeto de la curiosidad casi morbosa de los viajeros que hacían las largas filas. La mujer, en su calidad de autoridad imperial —como traía en manos a un pasajero que planteaba una situación fuera de lo común, o tal vez hasta problemática— se saltó todas las filas y se enrumbó con destino a una caseta de inmigración que estaba ocupada por oficiales de esa repartición gubernamental, pero que no estaban atendiendo a pasajeros en ese preciso momento.

Ella se aproximó al encargado de la caseta —un latino, de tez blanca, delgado, que llevaba un prendedor que lo identificaba con el apellido Díaz, probablemente de origen cubano por su acento, y que hablaba el castellano como haciendo un favor a quien fuera su interlocutor hispano de turno— y le explicó mi situación de manera escueta. El funcionario escuchó el resumen de la mujer, colocó su bolígrafo entre el dedo mayor y el índice de su mano derecha y empezó a llenar el formulario.

—¿Cuál es su nombre? ¿Profesión? ¿Estuvo usted anteriormente en los EEUU? ¿Está usted solicitando asilo al gobierno de los EEUU? ¿Alguna vez antes usted solicitó asilo a los EEUU?

Y así, continuó con una serie de preguntas de rigor, que requerían respuestas casi monosilábicas, suficientemente breves como para llenar las estrechas casillas del formulario de inmigración. En realidad, a él lo único que le interesaba saber era que yo buscaba el asilo político para insertarlo en el espacio correspondiente de su formulario. Una vez que yo respondí a su interrogatorio, casi sin alzar la mirada, me indicó que este era un tema que él no iba a resolver. Tocó un timbre que estaba ubicado debajo de su mostrador, y casi inmediatamente aparecieron dos oficiales —vestidos con el uniforme azul marino oscuro— del ICE (estas son las siglas en inglés de la institución que se denomina "Immigration and Customs Enforcement", y que en español se traduce como "Ejecución de Inmigración y Aduanas").

El ICE

Aquí vale la pena hacer una digresión de carácter informativo. El ICE (la pronunciación en español resulta ser algo así como *"aays"*) es lo que vulgarmente se conoce como el cuco de los inmigrantes latinoamericanos ilegales, e inclusive legales, algunas veces. Nuestros compatriotas también le llaman la "migra".

En realidad el ICE es, con absoluta certeza, la fuerza represora más violatoria de los derechos humanos de las "naciones civilizadas" contemporáneas (por si acaso, este concepto de "naciones civilizadas" no es un arbitrio del autor, sino que lo utiliza el Estatuto de la Corte Internacional de Justicia, en su artículo 38, para referirse a los "principios generales de la ley reconocidos por las naciones civilizadas", entre las cuales se encuentran, presumiblemente, los Estados Unidos de América).

Para comprender esta caracterización debemos primero aceptar que en el mundo actual existe una nueva forma de esclavitud. Los doce millones (algunos aseguran que son alrededor de quince) de latinoamericanos ilegales en los EEUU han ingresado a ese país bajo la dolosa permisividad del ICE, y de las demás agencias norteamericanas que tienen como finalidad controlar la inmigración del Imperio. Es que durante varias décadas la economía norteamericana necesitaba de mano de obra barata, para labores que muy pocos ciudadanos de ese país estaban dispuestos a realizar.

En el campo, la cosecha de naranjas y de otros productos de la tierra solo la hacían, y la siguen haciendo, los mexicanos y demás latinoamericanos. En las ciudades, éstos realizan el trabajo de empleadas domésticas, jardineros, lavaplatos, y obreros de baja calificación (con salarios muy por debajo de los mínimos establecidos por la ley). Esta es una explotación cruel, ya que dichos trabajadores, al ser ilegales, prácticamente no tienen derechos. O por lo menos así lo sienten ellos. De tal manera que los patrones aprovechan esta situación para perpetrar todo tipo de abusos, protegidos por la más absoluta impunidad, y con la permanente amenaza de que si el ilegal se queja, será denunciado ante las autoridades para su inmediata deportación.

De estos casos existen muchísimos. Yo conocí el de un ilegal guatemalteco quien vivía en una casa que tomó en arriendo de una ciudadana de color, en el Estado de Carolina del Sur. En realidad los arrendatarios eran él y sus tres amigos, todos ilegales latinoamericanos, empleados en una hacienda de ese Estado sureño. Charlotte, la negra propietaria del inmueble, cuarentona que lucía más edad que los años que tenía, cobraba una suma exorbitante por concepto del canon del alquiler, pero jamás se mostró conforme con lo que recibía de sus inquilinos. Cada seis meses incrementaba el costo del alquiler, y los ilegales se veían compelidos a pagarle la nueva suma. Como era ilegal, mi amigo Carlitos no tenía una cuenta de ahorros bancaria. Todas sus utilidades las ocultaba dentro de un tazón que posaba sobre la superficie de una repisa, en la que también se asentaban fotografías de su esposa, de su hija de apenas tres años de edad, de sus padres y hermanos, a quienes había dejado en una provincia olvidada de su país. El tazón, entonces, hacía de caja fuerte. En realidad el tazón era la materialización de lo que Carlitos había conseguido en dos años de sacrificio, en los que se había perdido los balbuceos de su entrañable Alejandrita, y sus primeros pasitos en la tierra de su campesino hogar. El tazón era su trofeo. Cada que ingresaba a su dormitorio después de la jornada diaria, lo primero que miraba eran las fotos de Alejandrita, y acto seguido, el tazón. Alejandrita y el tazón eran la razón por la cual él aguantaba esta descarnada existencia, obedeciendo órdenes de seres a los que no entendía, ni por el idioma que hablaban, ni por la crueldad que ostentaban. El racismo en el sur estadounidense era pronunciado. Los blancos odiaban a los negros, y los blancos y los negros juntos despreciaban a los latinos. Pero Carlitos había llegado a comprender, a sus escasos veinte años, que el orgullo no era suficiente para criar a Alejandrita. Con los ahorros que él conseguiría retener, la idea fija que tenía era comprar una casa, para liberar a su familia del martirio del alquiler mensual. Y con ello, facilitar la educación de su tesoro del alma.

Una fresca tarde de noviembre del año 2008, a eso de las seis, cuando el sol ya había desaparecido (en esa época del año anochece muy temprano por efecto de la proximidad del invierno), después de una pesada jornada laboral, la dueña de casa abordó a Carlitos y lo constriñó a que él y sus compañeros de vivienda aumentasen el canon de alquiler, a partir del próximo mes de diciembre. Carlitos le explicó que aquella demanda no podría ser cumplida, ya que él no contaba con más dinero disponible para alquileres. Sobre todo, porque esta era la tercera vez en lo que iba del año que se había incrementado el canon mensual. Le aclaró además, que sus ingresos —y los de sus colegas— no habían subido, especialmente por efecto de la crisis económica. Peor aún, le explicó que uno de sus compañeros había quedado sin trabajo, y que hasta que lograra un nuevo empleo les sería difícil cumplir con el pago como estaba fijado, pero que lo harían. Mas le aclaró que era imposible incrementar el canon mensual.

Esa respuesta no fue del agrado de Charlotte. Aunque no se lo confesó a su inquilino, ella también había perdido su trabajo, producto de la profunda crisis que aquejaba a la nación más poderosa del mundo en los últimos días del gobierno de George W. Bush. Charlotte había trabajado muy duro para pagar la deuda hipotecaria destinada a comprar la modesta casa blanca. Pero cuando sus fuerzas ya no eran suficientes, tuvo que darla en alquiler para hacer frente a sus obligaciones financieras. Así fue como ocuparon el inmueble los tres latinos ilegales. Para Charlotte los hispanos eran una bendición, a la vez que una injuria. Por supuesto que ella adoraba la idea de recibir dinero con el cual pagar por la propiedad del inmueble. Pero lo que le resultaba insultante en su fuero interno era que estos latinos, que habían ingresado a su país violando la ley, a pie, por la frontera con México, hoy en día gozaban de esa vivienda (que para ella era un palacio). Ella había nacido en los EEUU, y no podía habitar su propia casa. Ellos, que traspasaron la frontera pisoteando las leyes del Imperio del cual ella era ciudadana, en cierta manera tenían más privilegios que su propia persona. Por lo menos eso era lo que predominaba en sus sentimientos. "En todo esto hay una suerte de injusticia", se decía para sus adentros Charlotte. Tantos siglos de esclavitud y de discriminación racial sufrieron los suyos en su nación, para que tres indocumentados indo-latinos habiten su casa, aquella en la que ella no podía vivir. "Y ahora, ni siquiera quieren pagar una renta justa", se quejaba en silencio. Después de todo, estaba por empezar la era de los negros norteamericanos. Barack Obama había sido elegido presidente el 4 de noviembre de 2008. Ahora era el momento preciso para hacer sentir su poder frente a estos intrusos, también oscuros, pero no negros. El poder era de los afroamericanos, no de los indios latinoamericanos. Amargada por esta situación, a las puertas de una navidad sin empleo y sin regalos, Charlotte tomó la decisión final. La injusticia debía ser reparada. Para eso estaba ICE.

Eran aproximadamente las dos de la madrugada, reinaba un silencio parecido a la eternidad, mientras los tres ilegales se habían entregado sin reparos a un sueño pesadísimo. En el patio de entrada a la casita blanca no se percibía movimiento alguno. La naturaleza estaba quieta. Ni siquiera se sentía la presencia de las ardillas que, de rato en rato, solían romper esa eternidad silenciosa con sus brincos entre los arbustos.

De la nada saltaron al sendero que conducía hacia la puerta de entrada a la casa once cuerpos que se escurrían sigilosamente, como serpientes a punto de atacar a su víctima. Era como si los pies de los once cuerpos no daran pasos, sino que se deslizaran —sin hacer ruido—hasta llegar a su meta: el portón principal. Una vez allí, el jefe del grupo alzó el puño al aire y, sin mediar ni una milésima de segundo, golpeó la puerta con tanta fuerza que rompió el silencio de la noche con un estruendo embrutecedor. Después del primer golpe, vino el segundo, el tercero, el cuarto, hasta que la puerta cedió y se abrió como rindiéndose ante semejante violencia. Jamás se supo con certeza si la puerta se abrió por efecto del brutal golpeteo, o si fue abierta por uno de los ocupantes de la casa. Lo cierto es que en cuanto se abrió, los once cuerpos —más oscuros que la noche, pues llevaban el característico uniforme azul marino lóbrego del ICE— se introdujeron en la sala que hasta esos momentos era de una tranquila vivienda. Parados, atónitos, adormecidos por el sueño, y humillados por los atronadores gritos de los agentes de la organización criminal más poderosa del mundo, miraban sin destino los tres muchachos latinos.

—¡Al suelo! ¡Al suelo! ¡Al suelo, carajo! —ordenaba el jefe de la cuadrilla, apuntando a los jóvenes con su moderna pistola automática, en apronte para disparar ante el menor movimiento en falso de los tres agricultores.

—¡Quiero ver sus papeles! ¡Sus pasaportes! —chillaba con odio.

—¡¿Alguno de ustedes es ciudadano americano?! —inquiría el personaje, que hacía emanar de su voz un inocultable acento latino.

—¡Estos cerdos ilegales! ¡Bastardos!, ¡Se hacen a los que no entienden nada! —continuó vociferando.

Y no era que se hacían a los que no entendían el inglés, sino que de verdad no entendían casi nada, peor aún si se les gritaba tan salvajemente.

Estos jóvenes eran de origen indígena-campesino (de la cultura maya-quiché) en su país. Si hablaban el español, lo hacían pero con poca naturalidad, pues su idioma de cuna era el quiché. Tan era así, que entre los tres se comunicaban

en su idioma natal. En Guatemala les habían enseñado que
ese era un dialecto, no un idioma. Por eso consideraban que
hablaban un idioma (el español) y un dialecto (el quiché). Su
crianza en hogar humilde y de escasos recursos económicos
les había permitido concluir solamente la escuela primaria; la
secundaria, apenas la habían logrado pisar por un tiempo. La
vida se había impuesto con sus necesidades, y tuvieron que
trabajar desde edad temprana. Como eran más despiertos y
ambiciosos que la media de sus pares, trascendieron fronteras
y llegaron al Imperio para seguir soñando. Soñando para
que sus vástagos sí logren terminar la secundaria algún día.
Soñando para que sus hijos tengan alimento tres veces al día,
trescientos sesenta y cinco días al año. Soñando para que sus
hijos no se mueran de una infección intestinal por falta de un
medicamento básico. Soñando no morirse antes que sus hijos
cumplan la mayoría de edad. Esos eran los ambiciosos sueños
de estos jóvenes... Y por supuesto, no hablaban inglés. No
entendían los insultantes alaridos que emanaban de la boca
del jefe de la cuadrilla del ICE. Pero como jefe de cuadrilla
no podía comprender que ellos no entendieran el idioma
de Shakespeare. El oficial Gómez ya se había olvidado que
sus padres, inmigrantes ilegales mexicanos, jamás lograron
aprender el inglés bien, a pesar de haber pasado la mayor parte
de sus vidas en los EEUU. Pero él había nacido en "América"
y se sentía como un descendiente de ingleses, a pesar de su
pronunciada piel morena, olvidando del todo sus raíces. El
uniforme azul marino oscuro del ICE lo hacía vanagloriarse
aún más frente a los indefensos maya-quichés que tenía bajo
su poder. La ley era imperativa en cuanto a que un detenido
debía tenderse en el suelo, cuando así se lo ordenaba la

autoridad competente. Como estos infelices desobedecieron sus órdenes, se vio ante la imperiosa necesidad de aplicar la fuerza bruta. "Los delincuentes se resistieron a obedecer —según se decía el mismo —, así que ahora entenderán por las malas." En el fondo el oficial Gómez estaba justificando algo que quería hacer, algo que le llenaba de gozo enfermizo: abusar de los indios provenientes de ese despreciable vecindario del otro lado de la frontera sur de los EEUU. Él estaba poniendo en marcha una práctica de centurias. Éste había sido el pasatiempo favorito de los blancoides y de los criollos latinoamericanos desde la época de la Colonia. Los más indios eran objeto de desprecio por parte de los de tez más clara. En América Latina las diferencias raciales no son absolutas (como ocurre en los EEUU entre blancos y negros), sino que son relativas (entre menos oscuros contra más oscuros). Por ello es que uno menos oscuro no pierde la oportunidad de humillar a uno más oscuro, dadas las circunstancias. Estas prácticas racistas adquieren otras características en los EEUU. Los latinos que hablan inglés, y que además tienen residencia legal, sienten un grado de superioridad sobre aquellos ilegales que no entienden nada en ese idioma. Y los que lograron obtener la nacionalidad se ubican por encima de los meros residentes. Y ni qué se diga de los latinos que nacieron con la nacionalidad estadounidense. Esos se sienten de alcurnia frente a todos los demás latinos, pero especialmente frente a los estropeados ilegales.

En el operativo del ICE estábamos presenciando este fenómeno. De los once oficiales del ICE que llevaban a cabo el operativo, seis eran de origen latinoamericano, tres eran negros y dos eran blancos. De los seis latinos, dos eran ciudadanos estadounidenses por nacimiento (Gómez, de extracción mexicana; y Díaz, de San Juan, Puerto Rico). Los otros cuatro latinos eran inmigrantes nacionalizados. De tal manera que la saña con la cual los oficiales del ICE trataron a los ilegales era aborrecible. Estos ilegales estaban en el nivel más bajo de la escalera socio-racial de "América". Y el ICE estaba para recordarles esa realidad. Como no había testigos, los verdaderos delincuentes —los oficiales del ICE— emprendieron a golpes con los humildes migrantes. Patadas en el suelo (los puntapiés estaban dirigidos al cuerpo para que no quedara mucha huella), gritos, insultos, puñetes en la cara (con guantes), fue el menú para los ilegales. Los jóvenes solo atinaron a implorar misericordia, a pedir perdón, a llorar. Todo esto en quiché entremezclado con español. Pero en esos espíritus ensoberbecidos no cabían estos conceptos, y menos aún si no estaban planteados en inglés. Para quienes habían quebrado las leyes de "América" no podía haber misericordia ni perdón, solo cárcel o deportación.

Una vez que los oficiales del ICE se agotaron de golpear a sus víctimas —como cuando un boxeador está peleando el décimo *round*—, decidieron dar por concluida la paliza, y entonces sí continuaron con los procedimientos de aprehensión. Esposaron a los delincuentes y, sin dejarlos empacar ninguna de sus pertenencias, los introdujeron en la vagoneta del ICE. Como no había tiempo que perder, partieron a toda velocidad.

Carlitos y sus dos compañeros, que habían sido ubicados en una especie de jaula de la vagoneta donde estaban destinados a ir los detenidos, miraban con amargura cómo quedaba atrás la casita blanca que había sido testigo de sus esfuerzos, de sus sufrimientos, de sus sueños, de los últimos años. Allí quedaban sepultadas sus esperanzas, sus ahorros y sus pertenencias. Esto fue así, literalmente. Los dieciséis mil dólares ahorrados por Carlitos en dos años jamás pudieron ser reclamados por él ante nadie. Tampoco pudo recobrar su automóvil, ni por supuesto sus otras pertenencias como su ropa, sus zapatos, los vestiditos que había adquirido para su hija, ni tampoco el anillo de perlas destinado a su esposa (para el matrimonio religioso que aún estaba pendiente por realizarse). La ley norteamericana es implacable con los "delincuentes" extranjeros. Quien entra ilegalmente a los Estados Unidos, se va como entró: sin nada. El ilegal que fuera aprehendido es arrestado y depositado en custodia en una cárcel, de donde no sale si no es a su país de origen, en calidad de deportado.

No importa el tiempo que hubiera vivido en los EEUU. Deja atrás todo lo que obtuvo con su trabajo.

El ingreso a las oficinas del ICE en el aeropuerto

Luego de la digresión que acabamos de hacer con motivo de introducirnos en el ICE y su rol en la vida de los ilegales, retornamos a la caseta de inmigración en el aeropuerto. El oficial Díaz acababa de tocar el timbre que estaba debajo del mostrador, y dos agentes del ICE se habían aproximado allá de inmediato.

Los dos oficiales del ICE se me aproximaron

haciendo gala de una gentileza no característica de esa institución temida por los extranjeros, en especial por los ilegales. Seguramente, como se encontraban trabajando en el Aeropuerto Internacional de Miami y tenían una audiencia internacional de mayor rango social, estaban cuidando formas.

—Buenas tardes —saludó el primero de ellos.

—Buenas tardes —repitió también el segundo casi a coro con el primero.

A lo cual yo contesté:

—Buenas tardes.

El oficial Díaz, que desde ya era un hombre de pocas palabras, cumplió con informarles que yo estaba solicitando asilo por razones de persecución política. Les entregó mi pasaporte y el formulario que él llenó, y me pidió que siguiera a los señores a las oficinas donde se ocuparían de mi caso.

A todo esto mi pánico escénico respecto a una posible batahola —en medio de la concurrencia de la fila de pasajeros internacionales, e incluso bajo la mirada de coterráneos míos—, como producto de mi solicitud de asilo político, se aplacó considerablemente. Las publicaciones de organismos de derechos humanos que denunciaban que a los peticionarios de asilo les colocaban esposas y grilletes en la parte inferior de la tibia y del peroné, en la misma caseta de inmigración del aeropuerto, resultaron no aplicarse en mi caso. Posiblemente esas denuncias tuvieron frutos positivos. En mi caso, las esposas vinieron después. En ese momento en el que ya estaba en calidad de detenido, no me colocaron las esposas, pero sí me hicieron caminar en medio de los dos oficiales del ICE. Por primera vez en la vida había perdido la libertad, y estaba constreñido a obedecer disposiciones de agentes del orden. Caminamos detrás de las casetas de inmigración con dirección al área de inspección de aduanas. Pero antes de arribar a esa área, entramos a mano derecha, a través de una puerta, a una habitación bastante amplia, en la que estaban sentados, esperando, una importante cantidad de personas, todos ellos pasajeros que arribaron a los EEUU en algún momento durante las últimas horas — y quien sabe, inclusive durante los últimos días—. Allí me indicaron que aguardara sentado, hasta que sea convocado por mi nombre.

Esta amplísima sala de espera resultó ser muy importante para mi estadía en los EEUU en esta ocasión. Allí ingresé el lunes, 3 de noviembre de 2008, a horas 5:45 p.m. aproximadamente (no hay que olvidar que mi aeronave arribó a las 4:15 p.m., pero entre el desembarco, la espera en la fila de inmigración y las entrevistas con los funcionarios del ICE transcurrió algo así como una hora y media).

En esta sala de espera había un área de tres ventanillas, muy parecidas a las de los bancos, en la que funcionarios de inmigración, de rato en rato, atendían a los pasajeros que ellos mismos convocaban con voz alta. En el extremo de la derecha de estas ventanillas estaba localizada una semi caseta, en la que permanecía sentada una oficial de inmigración, que en realidad era la que coordinaba el accionar del sitio. Coordinaba, porque ella era la que determinaba quién podía traspasar una puerta que estaba a su lado, la misma que permitía el acceso a un corredor largo en el que se divisaban oficinas, a ambos lados, de la institución azul oscuro.

Todos los pasajeros que estaban allí tenían problemas

de inmigración. A tiempo de presentar sus documentos al funcionario de inmigración, fueron impedidos de continuar entrando a suelo americano, porque en la base de datos se detectó alguna irregularidad. Algunos inclusive eran ciudadanos estadounidenses. Allí conocí todo tipo de casos. Uno llamativo fue el del ciudadano estadounidense al que no lo dejaban reingresar a su país—luego de unas vacaciones en Latinoamérica— porque según los datos de inmigración él era en realidad un ciudadano de nacionalidad inglesa, que estaba radicando ilegalmente en EEUU. Es difícil de imaginar el escándalo que armó este señor que, dicho sea de paso, era un hombre de unos setenta años de edad. Él juraba y requetejuraba que su nombre era Randy Smith; y que había nacido en Cleveland, Ohio; y que se había criado en Nueva York; que había asistido a una escuela pública de esa ciudad en la secundaria; etcétera, etcétera. A pesar de lo ridículo del caso, don Randy Smith permaneció detenido en esta sala seis horas. Luego de esa exasperante espera, arribó la certificación a las computadoras del ICE, de que este Randy era el estadounidense, y que el ilegal seguía fuera del alcance de las autoridades. Como no era de extrañarse, salió del recinto echando gritos contra el sistema, que no tuvo reparos en impedir —temporalmente— el ingreso a un inocente de verdad.

Otro caso que me impactó fue el de una esposa joven, de unos treinta años de edad, de origen alemán, a quien no le permitieron reingresar a los EEUU. Ella había ido a visitar a sus padres que radicaban en Argentina. Su esposo junto con sus dos niños, estadounidenses los tres, la esperaban en la zona de arribo de los vuelos internacionales.

Jamás la dejaron contactarse por teléfono con su marido, ni menos aún verlo en vivo. Ella permaneció muchísimas horas esperando (algún tipo de aclaración dentro del sistema de inmigración) sin ningún éxito. Aproximadamente al amanecer del día siguiente, la volví a ver (luego de que yo había sido transportado a otro ambiente para supuestamente "dormir"), cuando ya, visiblemente rendida, se aprestaba a ser encajada en un vuelo de retorno hacia Buenos Aires.

Yo esperé unas cuatro horas sin ser atendido por nadie. A eso de las diez de la noche fui llamado por la oficial de inmigración que hacía de coordinadora, quien luego de preguntarme mis generales de ley, me indicó que ingresara al corredor de las oficinas, y que caminara hasta la mitad del corredor, a la oficina número ocho, que estaba a mano derecha. Así lo hice. La prolongada espera, sin ingerir ningún alimento, ni siguiera líquido alguno, me debilitó al extremo. La última comida que había probado ese día fue la del almuerzo en al avión. Además del hambre y de la sed, el estado de angustia en el que me encontraba seguramente se reflejaba en mi semblante.

El agente de la oficina número ocho, era un estadounidense de origen latino, de nombre Ismael Rodríguez, también joven, de unos veintinueve años de edad, moreno, grueso de contextura, chato de estatura, y generoso en su actuación (lo que luego descubrí que era una característica muy escasa en filas de ICE). En cuanto ingresé a su oficina, no me alcanzó a preguntar si yo había comido algo (mi expresión facial y mi lenguaje corporal hablaban por sí mismos), sino que directamente me ofreció algo de comer. Me advirtió que era mejor que me alimentase, porque, según dijo, tendríamos una larga jornada en adelante con él. Le acepté con entusiasmo, y le informé que no había comido nada desde el almuerzo en el avión. Ante esta versión, él mismo salió de su oficina en busca de alimentación. A los pocos minutos, retornó con dos sándwiches de jamón con queso, una manzana, y dos cajas pequeñas de jugo de manzana en sus manos. Mientras yo devoraba mi cena, él volvió a salir de su oficina para realizar algunas gestiones en oficinas del vecindario.

Tras la cena, el oficial Rodríguez me pidió que pasara a la oficina contigua, y que allá se realizaría un procedimiento de reglamento. Me dio a entender que era algo que no sería de mi agrado, y con lo cual él tampoco estaba de acuerdo, tratándose de una persona de mis características.

En efecto, al lado aguardaban por mí dos oficiales del ICE. Ambos eran latinos, uno era rubio, José Estremadoiro; y el otro moreno, Rafael Cuenca. Los dos hablaban español, aunque se notaba que para ninguno de ellos éste era su idioma natal. Empezó hablando José Estremadoiro, quien me hizo unas preguntas de rigor: "¿cuál es su nombre completo?", "¿por qué está solicitando asilo al gobierno de los EEUU?", "¿qué cargos públicos ha desempeñado en el transcurso de su vida en su país?", "¿por qué usted alega que está siendo perseguido por el gobierno de su país?", "¿ha sido usted o alguien de su familia amenazado de muerte?", etcétera, etcétera.

Mientras el oficial Estremadoiro me preguntaba y yo respondía, el oficial Cuenca revisaba minuciosamente cada una de las piezas de mi equipaje. Me pedía que yo abriese una maleta, y luego él escudriñaba cada centímetro cuadrado de la misma y, por supuesto, su contenido. Miró con atención cada objeto que yo traía conmigo. Como mi intención era tramitar el asilo, dentro de mis valijas traía muchísimos documentos, recortes de periódicos; certificados de nacimiento, de matrimonio, de defunción de mis padres; licencia para conducir vehículo; credencial de diputado nacional expirada; fotografías de mi esposa, de mi hijastra, de mis padres y mías; libros de Derecho; diccionarios, y todo tipo de bienes muebles fácilmente transportables.

Después de haber escrutado mis tres valijas (una grande negra, una mediana verde y un maletín de mano también negro), el oficial Cuenca solicitó que me quitara los zapatos, el cinturón, que sacase y colocara todo el contenido de mis bolsillos sobre el único escritorio que había en esta pequeña oficina. Además, pidió que le dijera cuánto dinero en efectivo traía, y que se lo entregase para que él verificara la cantidad. Le informé que el valor de moneda que poseía para mis gastos de viaje ascendía a la suma de cinco mil dólares estadounidenses, y se los entregué tal como él demandó. Además, le dije que tenía moneda boliviana. El oficial Cuenca agarró los billetes, los desdobló, y los contó uno por uno hasta llegar a establecer que había cincuenta de ellos, cada uno de corte de cien dólares. El efectivo en moneda de mi país ascendía al valor de trescientos cincuenta y cuatro bolivianos. Cuando terminé de vaciar mis bolsillos y de colocar todas mis prendas en la superficie del escritorio, el oficial Cuenca pidió que me colocara con los brazos abiertos, extendidos y en alto, con vista hacia la pared, con las manos apoyadas sobre ella, con las piernas también abiertas y extendidas, y los pies descalzos sobre el piso. En cuanto me consolidé en esta posición, el oficial Estremadoiro —que a la sazón ya había concluido su interrogatorio—, empezó a revisar cada milímetro de mi humanidad así como de la vestimenta que traía puesta. Mientras realizaba su labor, me explicaba (como excusándose por lo que hacía) que ésta era práctica de procedimiento y que la tenía que realizar hasta su conclusión. De manera indirecta me trataba de insinuar que una persona como yo no debería ser sometida a tamaña disección. Entre mi documentación se encontraron con diez pasaportes. Desde el primero que obtuve en mi vida hasta el actual. Esto les llamó la atención poderosamente, ya que no es normal que un individuo ande por el mundo con ese número de pasaportes. En cada uno de ellos se encontraron con una visa a los EEUU. Había visas de estudiante, visas oficiales, visa diplomática, visas de turismo, y hasta una visa J-1 destinada a estudiantes de intercambio. De cada hoja de cada uno de los pasaportes sacaron fotocopias que se quedaron en los archivos del ICE en el aeropuerto de Miami. Aparentemente este es un tema que les absorbe la atención, ya que circulan en el planeta una gran cantidad de pasaportes falsos y visas de los EEUU igualmente falsas.

Con esta revisión de mi humanidad y de los bienes que traía conmigo, terminó el trabajo de los dos oficiales del ICE en esta habitación. Ahora, me indicaron, debía retornar a la entrevista con el oficial Ismael Rodríguez, en la oficina de al lado: la número ocho.

El oficial Rodríguez me esperaba con todos los formularios que requería para esta tarea. Empezamos alrededor de las once y quince de la noche. Las preguntas fueron siempre las mismas —desde que arribé al aeropuerto de Miami con los oficiales del ICE y CBP (Customs and Border

Protection); luego con los funcionarios del US Citizenship and Immigration Services, en la cárcel denominada por el gobierno de los EEUU como Broward Transitional Center o BTC (en español, Centro Transicional de Broward); y finalmente con el juez de inmigración dependiente del Ministerio de Justicia (Department of Justice)—. Las principales preguntas eran:

—¿Cuál es su nombre completo?

— ¿Cuál es su verdadera intención en su visita de hoy día a los EEUU?

—¿Por qué razón usted asevera que está siendo perseguido por razones políticas?

—¿De qué lo acusa el gobierno de Bolivia?

—¿Cuándo comenzó su carrera política en Bolivia y qué cargos ocupó usted?

—¿Qué clases de visa a los EEUU usted tuvo anteriormente?

Por supuesto que había muchas otras preguntas, pero éstas eran las principales que hacían al fondo del asunto. Las otras tenían que ver con mis generales de ley y de cada miembro de mi familia. Incluso de los familiares próximos fallecidos, como el nombre y nacionalidad de mis padres. Les interesaba saber si alguno o ambos de mis progenitores habría(n) alguna vez optado por la nacionalidad estadounidense. Algunas de las preguntas tenían que ver con antecedentes penales de la persona entrevistada.

Este ejercicio duró bastante tiempo. El encargado del caso no solo grababa la entrevista, sino que tomaba notas escritas. Luego de registrar todas las respuestas (las respuestas sobre mi carrera política y la persecución de la que era víctima resultaron extensas), se excusó por un dilatado período de tiempo. A estas alturas, al oficial Ismael Rodríguez se lo veía exhausto. Pero no por ello dejó de ser puntilloso en su trabajo. Cuando el reloj de mi celular marcaba que ya había pasado la media noche, reapareció con el documento concluido: un acta bastante completa del relato que había brindado yo en esa ocasión. Me pidió que leyera el documento y que si no tenía ningún reparo, lo firmase. Leí el documento, y le solicité que hiciera algunas puntualizaciones más claras. Él registró mis requerimientos, volvió a imprimir el acta, e inmediatamente procedimos a suscribirla en cada página. Su firma y la mía quedaron plasmadas en aquellas seis hojas de la primera audiencia en pos del asilo político que buscaba.

Debido a lo avanzado de la hora —ya era la una y cinco de la madrugada del cuatro de noviembre de 2008—, el oficial Rodríguez me transfirió bajo la custodia de su relevo: el oficial Feliciano Matamoros. Este último, obviamente era de ancestros latinos (por su nombre), estadounidense de nacionalidad, de piel blanca, de estatura reducida, pero de contextura sólida. Había sido ex combatiente de las fuerzas norteamericanas (Marine) en Iraq. Era lo que los ingleses denominaban un verdadero *gentleman*. Muy decente, mientras no se le hagan bromas pesadas a él.

—Ahora toca que lo lleve a otro edificio. Allá tendré que hacer otro papeleo más sobre su solicitud de asilo, y luego lo conduciré a otra oficina para que descanse un poco hasta horas de la mañana.

—Bien, cuando usted diga —respondí.

—Yo le voy a hacer una concesión que nadie más se la va a hacer en adelante —mientras esté bajo custodia del gobierno de los EEUU, quiso decir—. Lo voy a conducir todo el trayecto que tenemos que recorrer (entre diferentes edificios del aeropuerto), sin colocarle las esposas. Esta es una desobediencia a los procedimientos, pero yo lo haré así, pues estoy convencido de que usted es una persona honorable y no voy a ser quien, por primera vez en su vida, lo espose como a un criminal —me lo dijo con voz ceremoniosa.

—Gracias, muchas gracias por su consideración —le contesté.

En esos momentos empecé a sentir el descomunal peso del sistema represivo en el cual había caído. Este era un engranaje dentro del cual el individuo no cuenta. Lo que único que existe es un complejo entramado de normas que los subalternos (y en estos gigantescos sistemas *todos* son subalternos) no se atreven a vulnerar, pues ello pone en riesgo su carrera profesional, su existencia misma dentro del sistema. Matamoros estaba dejando de lado una parte del procedimiento exigible (al no ponerme las esposas), pero también era consciente, por su agudo olfato de hombre de batalla, que yo no le significaba ningún tipo de riesgo de fuga. Y además, a esas horas de la madrugada, ni siquiera había testigos que presenciaran este acto de favoritismo.

En cualquier país latinoamericano, a un ex político de trayectoria que busca asilo jamás se consideraría esposarlo como si fuera un delincuente. Esto no se plantearían ni las normas ni los individuos.

A la luz de estas consideraciones, la actitud de Matamoros era destacable.

Luego de aquel intercambio de palabras —y mientras yo procesaba estas reflexiones—, empezamos a caminar. Él por detrás mío (esto establecía el procedimiento, que en este caso sí lo aplicó al pié de la letra, por si acaso el detenido pretendiera darse a la fuga), me dirigió hacia la parte posterior del edificio en el que nos encontrábamos. Para mi enorme sorpresa, a esa hora de la madrugada el MIA (Miami International Airport) estaba completamente vacío. No había ni una sola alma en los corredores por los cuales caminábamos los dos. Tanto así, que nuestros pasos producían eco. Al arribar a la parte final de un larguísimo corredor, salimos por la puerta hacia el exterior del edificio. Allí, en el estacionamiento de vehículos que aparentaba estar destinado exclusivamente a los funcionarios del MIA, el oficial Matamoros me invitó a pasar al asiento trasero de su vehículo de trabajo. Éste era un automóvil amplio, como la mayor parte de los vehículos americanos, con el cuerpo exterior pintado con los colores y siglas de inmigración.

Él se puso al volante y condujo por breves instantes con destino hacia otro edificio dentro del complejo aeroportuario. Cuando llegamos a destino, salimos del vehículo y, otra vez, yo por delante y él custodiándome por atrás, ingresamos a este otro edificio del MIA. Continuamos la marcha hasta encontrar la otra oficina de inmigración.

Esta segunda oficina de inmigración estaba con luces resplandecientes. En ella se podía ver a varios funcionarios trabajando (entraban y salían de sus oficinas con papeles en las manos), y a unos cuantos pasajeros detenidos. Estos últimos se encontraban sentados en unas incómodas butacas negras de una enorme sala. Matamoros me dejó sentado en una de éstas, mientras él se introdujo en las oficinas para realizar el papeleo pendiente.

En la espera, una vez más, aprendí otros aspectos

de este sistema cuasi carcelario subyacente en el Aeropuerto Internacional de Miami. Para un viajero normal (turista, ejecutivo de negocios, diplomático, funcionario de organismo internacional, etcétera) la visión de un aeropuerto es alegría, clase, sofisticación, internacionalismo, experiencia cultural, placer, y hasta aventura, entre otras sensaciones positivas. Lo que no se imagina este viajero común es que en lo profundo de este aeropuerto (y me imagino que lo mismo ocurrirá con otros similares en los EEUU) existe todo un sistema represivo en el que están involucrados agentes de varias dependencias gubernamentales de los EEUU (ICE, CBP, DEA, entre las más obvias). Esta maraña de *seguridad* incluye la presencia de *detenidos*, la permanencia de éstos en lugares destinados a la *detención*, y la práctica, en muchos casos, de actos *abusivos*, de *atropellos* y de violaciones a los derechos humanos. De esto último, nos ocuparemos en la última experiencia en el MIA.

Han debido ser entre las tres o cuatro de la madrugada. En otra de las butacas negras e incómodas permanecía sentada, esperando su turno para algún menester legal, una joven latina, de unos veinticinco años de edad, pelo castaño, rasgos faciales muy finos, de una estampa de modelo, que llevaba un vestido beige y un chal de piel muy fino color cobrizo (parecería que su destino final era un estado del norte, en el que en esta época del año ya hacía frío intenso). Con las piernas entrecruzadas y el semblante que irradiaba una combinación de seriedad y preocupación, sus ojos miraban hacia el infinito, aunque parecían concentrarse en el suelo de la sala. De pronto apareció un agente de uniforme azul marino y la condujo a la oficina del jefe de esta unidad de inmigración. La puerta quedó entreabierta, lo que permitía ver algo de lo que acontecía, mas no podía escucharse nada. La hermosa mujer parecía expresarse en son de súplica, especialmente por lo que expresaba su lenguaje corporal. La reunión fue prolongada. La insistencia en la rogatoria parecía haber agotado a la dama. Su semblante cambió de color y palideció súbitamente. Todo indicaba que se iba a desplomar a continuación. Pero no, lo que le quedaba de fortaleza física y honor la mantuvieron en pie. Dos agentes de azul marino la abordaron por ambos flancos de su humanidad, la esposaron de las muñecas con las manos adelante, la sostenían en sus dos pies que estaban a punto de ceder, y la sacaron de esas oficinas con destino desconocido, a esas horas de la madrugada.

Esta escena me *shockeó*. A solo horas de haber pisado suelo norteamericano estaba presenciando el excesivo rigor y el tinte de criminalidad que la ley de este Imperio le había otorgado al tema de la inmigración. Esta bella latina no era bienvenida a los Estados Unidos de América, otrora tierra de inmigrantes. Debía ser esposada y luego expulsada. Los procedimientos no permitían olvidarse de esposarla (esto es, humillarla), de lo contrario ella podría burlar a sus guardias y darse a la fuga, hacia el paraíso terrenal.

Allí aprendí que las personas (los agentes, los guardias y todos los que comprendían la cadena de las expulsiones y deportaciones, que en su mayoría eran de origen latino) se eximían de culpa sobre el trato indignante que propinaban a sus *víctimas*, ya que en realidad estaban cumpliendo lo que estipulaban los procedimientos: normas escritas hasta el detalle más minúsculo. Normas que, por cierto, eran redactadas por abogados y *expertos en estos temas*, los que seguramente no eran latinos (o si los habían eran muy pocos).

En Latinoamérica el abuso se justifica con el consabido: "estaba obedeciendo órdenes superiores". Esto quiere decir que, cuando un funcionario público comete tropelías, se justifica con el argumento de que no era su intención hacerlo, pero que, lamentablemente, tuvo que hacerlo porque estaba recibiendo órdenes de sus jefes, así que no pudo evitarlo. Este fue el cuento, especialmente, durante las dictaduras militares.

En cambio, en *América* las tropelías se justifican así: "estaba cumpliendo con el procedimiento". El problema en *América,* además de que existen demasiados agentes que cometen atropellos, es la vigencia de normas abusivas y hasta racistas, particularmente en materia de inmigración. He ahí, solo a manera de ejemplo, la ley anti inmigrantes latinos aprobada por el Estado de Arizona en abril de 2010. Y también la norma que establece que pueden permanecer presos, sin juicio de ninguna naturaleza, por tiempo ilimitado, los extranjeros acusados de delitos de terrorismo que permanecen en la cárcel de Guantánamo, en la isla de Cuba[1]. ¡La mayoría de ellos están detenidos desde hace

---

1.- A la fecha hay ciento ochenta detenidos en Guantánamo, treinta de los cuales no configuran ninguna amenaza contra los EEUU. Artículo publicado en http://www.globalpost.com/dispatch/middle-east/100805/close-guantanamo-stability-needed-yemen, en fecha 06.08.2010, bajo la autoría de Alice Fordham. El artículo asegura que el cierre de esta prisión —que debió haber ocurrido inmediatamente después de la asunción a la presidencia de Barack Obama, en enero de 2009— todavía está lejano. La detención de personas sin proceso alguno (mucho peor aún, si treinta de ellos no tienen ligazón alguna con Al Qaeda, según informes militares norteamericanos) es una violación a los principios más básicos de los demás de ocho años atrás! Y no hay fuerza o razón humana alguna que pueda revertir esta situación. Como no existe ningún organismo internacional que pueda fiscalizar al Imperio, pues éste no reconoce jurisdicción de ninguna corte de naturaleza internacional, especialmente en materia de derechos humanos, los que producen normas (en el ejecutivo y en el legislativo) son libres de desconocer los tratados internacionales sobre esta materia. Y así lo hacen. Por eso afirmamos que las atrocidades en *América* no solo se dan producto de la arbitrariedad de agentes del orden, sino a través de las leyes o normas. Los genuinos arbitrarios, entonces, no son los operadores de la agencias gubernamentales, sino los que elaboran las leyes y las normas. Esta es una arbitrariedad institucionalizada, es decir, que nace de las instituciones *democráticas*. Por ello es que el abuso de una joven latina en el aeropuerto de Miami, en horas del amanecer, se escuda perfectamente en los *procedimientos*.

A pocos minutos del episodio con la joven mujer, el oficial Matamoros salió a mi encuentro a donde yo estaba aguardándolo. Me pidió que lo siguiera hacia una oficina, me hizo sentar frente al escritorio, y me pidió que firmara el documento que me puso al frente. Cuando el reloj marcaba las cuatro y cuarto de la madrugada, ya llevaba demasiadas horas de estrés y sin dormir. Leí el documento a duras penas. En él yo aceptaba que si mi solicitud de asilo era rechazada por el gobierno de los EEUU, sería deportado de este país, y que además, sería prohibido de ingresar a él por el lapso de

---

rechos humanos. ¿Pero cómo es que el mundo puede hacer obedecer los derechos humanos de personas de origen Latinoamericano y del Medio Oriente al gobierno norteamericano? La fórmula aún no existe.

cinco años. En esos momentos calculé que mis probabilidades de vencer al Imperio (rechazando firmar este documento) eran muy escasas. Por ello, a pesar de lo inequitativo del compromiso, no tuve otra alternativa que tomar la oferta: firmé al pie de la redacción. La ley que yo había violado —según el documento que acababa de suscribir— era la siguiente: "Section 212(a)(7)(A)(i)(I) of the Immigration and Nationality Act", misma que traducida al español era la Sección 212(a)(7)(A)(i)(I) de la Ley de Inmigración y Nacionalidad. ¿Qué decía esa norma legal? Era virtualmente imposible que una persona que buscaba protección por persecución política conociera el contenido de semejante norma legal. Y era igualmente imposible que esa persona pudiera firmar, de su libre y espontánea voluntad, un contrato aceptando que había violado esa ley. Y que además, al aceptar que la violentó, se sometía, "voluntariamente", a la sanción establecida. ¿Es esta la idea que tiene el gobierno de Estados Unidos sobre el asilo político? Para mayor claridad, veamos el texto mismo de la ley que el peticionario de asilo admite haber violentado:

"Inmigrantes.- De acuerdo a la Ley de Inmigración y Nacionalidad (LIN), Sección 212(a)(7)(A)(i), **cualquier inmigrante** que, a tiempo de postular para admisión: I.- Quien **no esté en posesión de una visa de inmigrante** válida no expirada, de un permiso de reingreso, tarjeta de identificación para cruzar fronteras, u otro documento de entrada válido requerido por la Ley de Inmigración y Nacionalidad, y un pasaporte válido no expirado, u otro documento de viaje adecuado, o documento de identidad y nacionalidad si dicho documento es requerido bajo las regulaciones del Servicio de Inmigración y Naturalización, o II.- cuya visa haya sido expedida sin cumplir las provisiones de la Ley de Inmigración y Nacionalidad, es **excluible**." (El resaltado y el subrayado es mío.)

¿Cómo puede una persona, que busca protección bajo la institución del asilo, saber que para ingresar a los EEUU con ese propósito precisa de una visa de inmigrante? Este requisito es un absurdo legal, y, sin duda, es una violación a los derechos humanos y a los tratados internacionales sobre el derecho de asilo y refugio. Bajo la lógica de la ley norteamericana, el que busca asilo debería tener una visa de inmigrante para ingresar legalmente a los EEUU. La pregunta lógica entonces es: ¿si una persona tiene una visa de inmigrante, para qué entonces buscaría asilo en ese país? Si la persona perseguida tiene visa de inmigrante, ingresaría a los EEUU con esa visa, y ya estaría protegida por las leyes norteamericanas. Y al contrario, si la persona que busca asilo no tiene una visa de inmigrante (lo cual es lo más común, por supuesto), al pretender ingresar a los EEUU sin dicha visa de inmigrante, ya está violando la ley de ese país. Es así cómo los que pretenden asilarse en los EEUU dan su primer paso —al pisar suelo norteamericano en cualquiera de los aeropuertos internacionales— violando las leyes de los EEUU. Los subsiguientes peldaños del proceso de asilo son, en realidad, los que determinan si el acusado de violar la ley de inmigración puede o no tener perdón. Si lo perdonan, le dan asilo. Si no lo perdonan, lo deportan, y le prohíben el ingreso a ese país por el tiempo de cinco años. Amén del castigo de tipo moral, y, por supuesto, por encima de todas las demás consideraciones del riesgo al que lo someten al enviarlo de retorno al país donde la persona está sujeta a persecución política.

Lo que acababa de firmar con el gobierno de los Estados Unidos de América era un acuerdo contractual —un contrato—, en el que yo declaraba entender haber violado una ley de inmigración norteamericana, y en el que la otra parte (el gobierno norteamericano) se comprometía a escuchar mi alegato. Mi obligación era expresar que entendía que había violado una ley, y la del gobierno era escuchar la fundamentación de mi petición de asilo. Si yo me acuso, ellos me escuchan. Si no me acuso, ¿no me escuchan? El mensaje estaba claro: si quería ser oído, debía firmar el contrato. No tenía otra opción. Esto es lo que en Derecho se denomina un contrato de adhesión, *"take it or leave it"* ('o lo tomas o lo dejas'); un contrato en el cual la parte más débil no tiene opción de negociación. Los contratos de adhesión son, con frecuencia, duramente criticados porque el elemento fundamental de un contrato, cual es la voluntad de las partes, está virtualmente ausente en la parte más débil. En esta clase de contratos el fuerte impone su voluntad sobre el más débil de manera inequívoca. Este es exactamente el caso: ¿qué capacidad negociadora tiene una persona que busca asilo bajo la situación descrita líneas arriba? A las cuatro y cuarto de la madrugada, con un sueño casi invencible (no había dormido nada esa noche, ni tampoco la noche anterior al viaje, por las emociones que consumían mi alma), desesperado por la sañuda persecución política orquestada por el presidente Evo Morales, y sin más opciones sobre a dónde poder irme a vivir, no tuve otra alternativa que firmar aquel "contrato". Bajo el fundamento de la falta de voluntariedad, ese contrato podría haber sido declarado nulo por una corte imparcial y basada en puro derecho.

Estampada mi firma, Matamoros se despidió de mí. Al marcharse se dio la vuelta y con voz baja, casi en secreto, me dijo: "buena suerte en su solicitud de asilo, adiós."

La butaca negra y de superficie dura no permitía que nadie pudiera descansar tranquilo en ella. Menos aún, dormir sentado. Me pasé el resto del amanecer (desde las cuatro y quince hasta minutos antes de las ocho de la mañana) observando y escuchando los problemas de mis otros compañeros de sala de detención.

Una de las historias que más me impactó fue la de una señora, de unos cincuenta y cinco años, de nombre Soledad Arguedas, que viajaba sola, y a quien los oficiales de *Customs and Border Protection* (CBP), o Aduana y Protección de Fronteras, le hacían preguntas casi sin sentido.

—¿Por qué cada que ingresa a los EEUU se queda en este país seis meses exactos, que es el tiempo para el cual se le ha otorgado estadía? —inquiría el agente, un hombre de tez morena, de estatura mediana, más bien grueso, latino de origen, con un pésimo español que reflejaba un acento cubano, y haciendo gala de una actitud despectiva y en tono arrogante.

—Justamente porque su gobierno me ha otorgado ese período de tiempo para que me quede en los EEUU —respondió en un volumen casi imperceptible la mujer—, más bien encuentro que, al quedarme los seis meses, estoy cumpliendo exactamente lo que manda el sello de inmigración.

El oficial de inmigración se alteraba cada vez más

porque, según él, la mujer no quería entender que su actitud era violatoria de la ley.

—¡Es que cuando el agente de inmigración sella en su pasaporte una estadía de seis meses, eso no quiere decir que usted puede quedarse seis meses exactamente! —gritó—. ¡Ese lapso de tiempo es el que le concede el gobierno de los EEUU, en caso de que usted tuviera algún problema (por ejemplo de salud), y que para solucionarlo precisara de un tiempo adicional hasta el plazo de los seis meses! La señora no entendía la posición del oficial de inmigración. Ella creía que la lógica anglosajona era una de exactitud matemática, si el sello decía seis meses, pues la estadía legal era por seis meses. Ni un día más, cierto, pero seis meses. Por eso reiteraba aunque de manera muy humilde, que ella se quedaba el tiempo exacto del sello: los seis meses.

Sin embargo, el oficial se ratificaba en su argumentación. Los seis meses no eran para que ella se quedara los seis meses, sino que le daban pie para quedarse hasta seis meses, en caso de que las circunstancias así lo exigieran. Le dio todo tipo de ejemplos que podían alargar su estadía hasta los seis meses: problemas de salud, trámites de alguna naturaleza, etcétera, etcétera.

—Usted no puede afirmar que tuvo problemas cada viaje que realizó a los EEUU, durante los últimos cuatro años; en cada uno de estos viajes usted utilizó los seis meses completos, concedidos en el sello de inmigración. Esto no es creíble!

—Es que si el sello dice que me puedo quedar seis meses, oficial, ¿porqué he violado la ley?

—Porque usted no viene de visita a los EEUU, ¡usted

vive en este país! Y seguro que trabaja en este país para mantenerse. Esa es la violación a la ley, señora —le dijo en tono de poner fin a la discusión.

Allí nadie se preocupó de mostrar —o pedir— pruebas en uno u otro sentido. Ya sea que la señora realmente visitaba los EEUU de turista con dinero de su patrimonio, (o de alguien que le costeaba esos viajes, como por ejemplo un hijo), o ya sea que el agente de inmigración tenía razón, y que la señora en verdad vivía y trabajaba en los EEUU.

El oficial de inmigración terminó la polémica de forma terminante, como un verdadero macho:

—El gobierno de los Estados Unidos de América tiene el derecho de aceptar o de rechazar a cualquier persona, en cualquier puerto de entrada, según los antecedentes de dicho individuo. En este caso el gobierno de los EEUU considera que usted ha violado la ley de inmigración y por ello decide no aceptar su solicitud de ingreso al país. Debe usted volar en el próximo vuelo de regreso a El Salvador, el país donde usted originó este viaje, y el país de su nacionalidad, de acuerdo a su pasaporte.

Con estas sacrosantas palabras el todopoderoso oficial de inmigración acababa de trastornar la vida de una persona.

Soledad Arguedas era divorciada y su único hijo era residente en los EEUU. Él trabajaba legalmente en el país y vivía solo. Su única compañera era su madre, quien lo acompañaba durante temporadas en su casa de Dallas, Texas. Evidentemente, los costos del viaje de la progenitora los sufragaba él, con los ingresos de su trabajo legalmente obtenidos en el Imperio.

Soledad jamás pudo expresar su verdad en el aeropuerto ante el atropellador oficial de inmigración. Ella no quería revelar la realidad de su situación económica en los EEUU, porque no sabía si con ello lo perjudicaría a su hijo Juan Antonio. El hijo de su vida, el amor de su vida. Por protegerlo al hijo calló, agachó la cabeza y caminó hacia la puerta de salida J-5, en el Concourse J, de donde departiría el siguiente vuelo de TACA a San Salvador a las nueve y treinta de la mañana. En todo el trayecto la acompañó, vigilante, sin esposas pero técnicamente detenida, el agente de inmigración, por si acaso la mujer decidiera escapar.

Estos agentes de inmigración se sienten casi dioses. Sus decisiones son determinantes en la vida de las personas. A Soledad, el oficial la separó de su único hijo. Lo más probable es que después de lo ocurrido ella no pudiera ingresar de nuevo a EEUU. Tal vez ni siquiera le volvieron a dar una visa de turista.

Y así pasaron los minutos y las horas. Mi cabeza se balanceaba de lado a lado, de adelante hacia atrás, y de atrás hacia adelante, a causa del casi incontrolable sueño que se había apoderado de mí. Pero aún bajo esas condiciones me era imposible dormir. Un par de uniformados resguardaba la puerta de salida del recinto de detención de extranjeros. Uno era alto y de raza negra. El otro era de mediana estatura y rubio. Este último era uno de los pocos exponentes de inmigración que no era ni latino ni negro. Me acompañaban, en calidad de detenidas, unas cinco personas adicionales. Ninguno de mis colegas de detención hacía el mínimo esfuerzo por socializar con el otro. Todos habían llegado en algún momento durante las horas precedentes, y su destino era incierto, debido a alguna irregularidad detectada por los agentes de inmigración. Cada uno se encontraba absorto, sumergido en su propio dilema. Cuando a una persona se le corta un viaje, se le está cortando la inspiración, se le corta una esperanza, una razón más para vivir, para soñar, para amar. Al que viaja por luna de miel, se le fragua uno de los momentos estelares de la vida: el inicio del amor conyugal. A los que viajan por el mero placer de conocer, se les coarta el goce del buen vivir. A los que viajan para cambiar de país, de domicilio, de vida, se les coarta la esperanza de reiniciar sus vidas nuevas. Coartar un viaje constituye, indubitablemente, una frustración para la vida de la víctima. Los funcionarios de inmigración son, desde ese punto de vista, unos profesionales cuya tarea es coartar —o frustrar— la vida de la gente. Y lo que llama poderosamente la atención es que estos funcionarios realizan su labor puntillosamente, con dedicación plena, con goce y regocijo. Cada vez que le frustran su viaje a alguien, con o sin razón válida, expelen un sentimiento de "labor cumplida", una suerte de orgullo. Después de todo, la gran mayor parte de las veces, se le corta la posibilidad de entrar a los Estados Unidos de América a un latinoamericano. Y eso sí que es hacer un aporte a este inmaculado Imperio otrora autodenominado *"melting pot"* ('crisol'), y que en la actualidad no resiste este apelativo, ya que rechaza desde lo más profundo de su alma a los extranjeros provenientes de las naciones del sur, esos que no son bienvenidos a *América*.

Después de escuchar varios casos —semejantes al de Soledad Arguedas en cuanto al sufrimiento causado por no poder ingresar a los EEUU—, me senté con los ojos puestos mirando hacia el corredor de esta parte del aeropuerto. Como todas las paredes y puertas eran de material transparente (vidrio o algún tipo de plástico), desde donde me encontraba sentado podía divisar, a lo lejos, partes de los cuerpos de los aviones que estaban estacionados en la pista. En la soledad de la noche (técnicamente era el amanecer) medité sobre mi actual situación y sobre mi vida pasada, y la incertidumbre del futuro. Me acordé de los días en el poder. De las reuniones del gabinete en el Palacio Quemado. De mis viajes diplomáticos a Corea del Sur. De mi fulgurante participación en el parlamento. De mis días en la universidad en este país. De las clases de Ciencia Política en Westminster y Drew, en las que se discutió en innumerables ocasiones sobre la igualdad, democracia, justicia, debido proceso, etcétera. Después de todo este caminar parecía una incongruencia acabar detenido, pidiendo asilo político, nada menos que en el reino de la democracia, en el crisol de la humanidad, donde miles, sino millones de seres humanos encontraron refugio en condiciones de persecución política y religiosa en tiempos pretéritos.

Mientras estaba en este trance, llegaron los primeros rayos de luz del nuevo día: del martes 4 de noviembre de 2008. A pesar de que no había conciliado el sueño ni siquiera por un minuto, decidí *levantarme* y asearme en el baño de esta sala de espera (utilizado como reclusorio por las autoridades migratorias del MIA). Sabía que a las ocho me vendrían a recoger para llevarme de vuelta a la primera sala de espera —a aquella donde había permanecido la noche anterior por muchísimas horas, donde me tomaron las primeras declaraciones—. Para ese evento, con la finalidad de empezar las actividades del nuevo día, era preciso que me ataviara adecuadamente. Después de varias horas de haber permanecido sentado en esa incómoda butaca negra, decidí pararme. Una vez en pie, estiré los brazos hacia arriba y también estiré las piernas con los pies de punta, como cuando uno se levanta de la cama por la mañana. Al guardia de turno le pedí permiso para ir al baño. Me concedió la gracia y me acompañó hasta la puerta. Cuando terminé mi aseo matinal, retorné a mi duro asiento.

Alrededor de las ocho de la mañana, apareció en la sala un oficial de azul marino, recién arregladito y recién ingresado a su trabajo, que entró como buscando a alguien, pero sin saber exactamente a quién. Por alguna extraña razón, yo presentí que me buscaba a mí, y no a uno de mis compañeros de detención. Este oficial aparentaba tener entre veintiocho a treinta años de edad; podía ser latino, como también podía ser anglosajón, pues tenía la tez blanca y el pelo rubio; su físico estaba en forma; y era de mirada ágil.

El agente recién llegado se dirigió a la oficina ocupada por el jefe de esta sección. Este último era un individuo que no había salido de su despacho en ningún momento desde que me depositaron allí. En la puerta estaba grabado su nombre: Samuel Anderson. Éste sí que no era latino. Rara especie para un agente de inmigración, aunque en esta institución también hay algunos *originarios* (blancos anglosajones) haciendo el trabajo sucio. Allí conversó con él, y ambos, en medio de su intercambio verbal, alzaron la cabeza y me miraron (la puerta de su oficina estaba entreabierta y la comunicación visual fue directa). Era obvio que el objeto de la charla era yo. Seguramente, el oficial que me venía a buscar quería saber, exactamente, quién era la persona a la que él debía conducir a la misma sala de espera donde ayer permanecí por muchísimas horas. Allá donde parecían estar las principales oficinas de inmigración dentro del MIA.

Al cabo de unos minutos después de la mirada identificadora, salió el agente recién llegado y me abordó: "Mi nombre es Carlos Pacheco, soy oficial de inmigración, y tengo la misión de recogerlo para llevarlo a la oficina de inmigración de donde lo trajeron esta la madrugada."

—Bien —respondí—, vamos entonces.

Este agente ya no me perdonó. Aplicó el procedimiento al pie de la letra. Me colocó las esposas, y con su mirada y su dedo índice de la mano derecha apuntando hacia adelante, me instruyó a que yo marchara primero y que él me seguiría. Así salimos de esa sala de espera con dirección a la otra.

Las esposas me apretaban las muñecas. Luego de haberlas colocado y ajustado a la medida de mis articulaciones, las aseguró cerrándolas. Igual me apretaban, causándome una sensación de pinchazo en ciertos puntos de esa área del cuerpo. Pero por encima de cualquier consideración anatómica, me humillaban el alma, me provocaron un amargo llanto en el espíritu. No podía decir nada; me daba cuenta que este era el procedimiento legal, por más injusto que fuera. Cualquier acto de repulsión o de rechazo, podía ser considerado como de rebeldía frente a la ley o desobediencia ante las autoridades. Y ahí sí que hubiese estado en problemas aún mayores. El único consuelo que me quedaba —cuando sentía como brasas ardientes las intensas miradas focalizadas en las esposas alrededor de mis muñecas, de todo el que pasaba cerca de mí— era que yo no había hecho nada malo; que no era un delincuente. Mi única falta había sido poner pie en los Estados Unidos "sin tener una visa de inmigrante", y pedir asilo al gobierno (figura jurídica absurda y violatoria de los derechos humanos, como ya lo puntualizamos anteriormente). Por eso eran las esposas y por eso era la detención.

Pero muy a pesar de haber perdido mi libertad en el esfuerzo por buscarla, me esforcé por cargarme con una energía esperanzadora en esta caminata.

Con el agente Pacheco dirigiendo mis pasos, pasamos por varios corredores larguísimos, subimos y bajamos en ascensores, entramos y salimos de una diversidad de ambientes del MIA, hasta que finalmente percibí terreno familiar. Estábamos ya en el área de inmigración del día anterior. Ingresamos por la única puerta de entrada a la sala de espera. En cuanto el oficial abrió la puerta para que yo entrase, todos los ojos de los presentes —estaban allí sentados unos diez pasajeros esperando ser atendidos— enfocaron sus pupilas en mis muñecas, como ya me lo imaginaba que ocurriría. Las esposas no pasaban desapercibidas para nadie, especialmente en un aeropuerto internacional. En ese instante me pareció intuir que los pasajeros imaginaron que se trataba de un buscado narcotraficante de algún cartel colombiano o mexicano, que fue capturado llegando a tierras estadounidenses. Nadie imaginaría la verdad: que se trataba de un ex político boliviano, perseguido por el gobierno actual, que buscaba refugio en los Estados Unidos, la tierra de la libertad.

Una vez en la sala de espera, me sacaron las esposas.

Allí no había necesidad de mantenerme esposado, pues estaba rodeado de agentes armados de las agencias de inmigración: del ICE y de Customs and Border Protection. Como era todavía temprano, solo estaban esos diez pasajeros en sala. Con el pasar del tiempo, otra vez se llenó la misma, a eso de las once de la mañana. Al mediodía tuve que volver a pedir algo de comer, para que me dieran un sándwich de jamón (más como carne fría), una manzana y un jugo de manzana. Y de postre adicional, me dieron un pastel danés. Sin lugar a dudas, yo era el pasajero de más larga data en la sala. Ninguno de los detenidos el día anterior seguía allí. En el intercambio de palabras con el oficial que me entregó el alimento, le pregunté si él sabía adónde llevaban a los que buscaban asilo en los EEUU, ya que él, por supuesto, no conocía mi caso en particular. Su respuesta fue automática: "los tienen detenidos en una de las tres cárceles de esta área: en Krome, que es una cárcel para extranjeros; o en la cárcel de la ciudad de Miami, que es una penitenciaría para reos comunes; o en Broward Transitional Center (BTC), que es también una prisión destinada a extranjeros. Ojalá que lo lleven a BTC, que, según he escuchado, es mejor que las otras dos cárceles; por lo menos allí no están encerrados todo el día. De cualquier manera, usted va a tener unos dos a tres meses muy, pero muy duros, de encarcelamiento." Ese fue su presagio.

Como siempre en la vida, uno se acostumbra a todo. Previo a esta experiencia, una espera de algunas horas en cualquier aeropuerto hubiese sido motivo de enorme molestia. Ahora ya me encontraba alrededor de veinte horas aguardando mi suerte, sentado, casi sin movimiento, y lo seguí haciendo por unas horas adicionales, hasta que una voz llamó a mi nombre, a eso de las tres de la tarde. La instrucción era que me apersonara en la oficina número 10, en el corredor, a mano derecha. Así lo hice. Allí me aguardaban otra vez los dos oficiales del día anterior: José Estremadoiro y Rafael Cuenca. Una vez más me volvieron a escudriñar de pies a cabeza, así como todas las pertenencias que estaban dentro de mis maletas, como si lo estuvieran haciendo por primera vez en la vida. Lo único diferente en esta ocasión fue que, al final del operativo, me pidieron que me quitara los cordones de mis dos zapatos cafés.

Sin cordones en los zapatos y esposado otra vez, me sacaron delante de toda la concurrencia que permanecía en la sala de espera. Una vez más caminé —con los dos agentes de inmigración, uno que me seguía por detrás y el otro que dirigía el desplazamiento por delante— por los prolongados corredores del MIA, hasta llegar a una puerta de salida que desembocaba en un estacionamiento enorme.

En el estacionamiento me introdujeron en una vagoneta blanca de inmigración. En el reloj del tablero del vehículo se leía que eran las cinco y veinte de la tarde, cuando empezamos la travesía con destino a la prisión que me albergaría por los siguientes tres meses y fracción.

Al principio de la trayectoria estuve atento de lo que acontecía a mí alrededor. Después de salir de la playa del estacionamiento del MIA, entramos y salimos por varias calles, dimos varias vueltas, hasta que finalmente aterrizamos en la autopista I-95, que era una verdadera mesa —por lo plano de su superficie—, prolongadísima y recta: parecía que llegaría hasta el fin del mundo. Esta carretera nos llevaría hasta mi destino final. Después de unos minutos de un silencio forzoso por las circunstancias —los agentes seguramente se sentían cohibidos por la presencia de un tercero desconocido—, entraron en confianza cuando detectaron que yo me había dormido. En efecto, después de tantas horas sin dormir, me dejé vencer por el sueño. De rato en rato despertaba por las carcajadas de los oficiales de inmigración, y me volvía a dormir. En uno de esos paréntesis en el que conseguí mantenerme despierto por unos minutos, advertí que ellos se divertían al máximo recordando episodios de sus operativos contra los ilegales. El tema de las risotadas eran los abusos que uno de ellos había infringido contra dos latinos ilegales, en ocasión del arresto de éstos en su centro de trabajo, un restaurant de comida rápida mexicana. El oficial-relator-abusador, orgulloso, describía la forma en que había capturado a uno de los guatemaltecos, que se había escondido dentro del baño del local de comidas. Detalladamente le contaba a su colega que el ilegal se hincó para suplicarle algo, y que él, como no entendía nada de lo que hablaba este latino, lo agarró de los pelos hasta pararlo en sus dos pies. Luego, lo sacó del sitio a empellones y lo introdujo dentro de su carro para llevarlo hasta la cárcel de Krome. En el camino le advirtió que mirase bien, que abriera bien sus ojos, pues esta era la última vez que iba a tener una vista de Miami por el resto de su vida. Sin testigos, no podía haber cargos contra el agente. Lamentablemente, el poder del sueño era tan omnipotente, que ni siquiera semejantes historias me mantenían despierto. En uno de esos momentos, cuando ya no me sentía ni siquiera dormir, cuando parecía que flotaba en un paraíso semejante al cielo, abrí los ojos con extrema dificultad y detecté, súbitamente, que la puerta del vehículo estaba abierta, y luego escuché la voz grave del oficial-relator-abusador, que me ordenaba a que saliera del vehículo. Con las manos esposadas, logré salir confrontando dificultades.Luego, tuve que sacar las maletas del compartimiento trasero de la vagoneta, colocarlas en el suelo, y finalmente acarrearlas con destino a la única puerta del edificio del Broward Transitional Center (BTC). Toda esta operación no fue nada simple. Para ello recurrí a realizar mil contorsiones, agachadas, tropiezos, caídas, etcétera; todo lo que le puede ocurrir a un cincuentón esposado cuando tiene que transportar una maleta grande, un maleta mediana, y un maletín con una computadora portátil adentro, en un trayecto de alrededor de veinte metros de longitud. Por supuesto que los oficiales no me ayudaron en nada; mi condición aquí era de prisionero del gobierno de los Estados Unidos.

Capítulo II
Broward Transitional Center (BTC)

martes 4 de noviembre de 2008, h 17:56

Abrió la puerta de entrada un voluminoso hombre de raza negra, con una enorme panza, hombros anchísimos, brazos equivalentes a una pantorrilla normal, una cabeza del tamaño de una calabaza madura, sus dedos eran largos y gruesos, y no tenía mucho sentido del humor, y menos aún, de humanidad. No miraba a los ojos; solo evocaba unas contadas palabras, las suficientes como para hacer sentir pésimo a cualquier persona en el menor tiempo posible.

La puerta era la de una prisión. De fierro gruesísimo y pesado. Ella estaba rodeada de alambre de púas, así como todas las ventanas que se veían desde el parqueo. Antiguamente esta cárcel funcionaba como un centro de rehabilitación de convictos, de reos comunes. Estos reos podían trabajar de día fuera del centro, y después de la jornada laboral retornaban para descansar hasta el día siguiente. La idea era, entonces, que estos reos, quienes se encontraban en proceso de rehabilitación antes de ser liberados de manera definitiva, se fueran adaptando al mundo exterior, luego de haber purgado años a causa de la comisión de un delito grave.

En el año 2003 cambió la función de este centro,

para volverse una cárcel destinada a albergar a los presos por razones de inmigración, incluidos los que buscaban asilo. Es decir, cárcel para los que permanecían ilegalmente en los EEUU después de haber ingresado legalmente (con una visa de turista o de otra naturaleza); para los que ingresaron ilegalmente y se quedaron hasta ser detenidos por el ICE; para los que habiendo sido residentes legales, y que por haber cometido algún delito fueron condenados a prisión y revocados de su residencia; para los que arribaron a los EEUU buscando refugio o asilo, así como para toda clase de extranjeros por razones a veces hasta inimaginables.

En la literatura sobre las prisiones para extranjeros, BTC es publicitada como el centro de detenciones más inofensivo comparado con los demás que hay en Florida. Algunos incluso llegan a tipificarlo como un centro de vacaciones, donde —según dicen— una de las pocas restricciones es que los detenidos no pueden salir al mundo exterior. Sin embargo, esta es una versión distorsionada de la realidad que forma parte de la campaña publicitaria que realiza el gobierno de lo EEUU para aparentar ante el mundo que el Imperio respeta a los presos extranjeros.

Por supuesto que cuando el citado voluminoso hombre de raza negra abrió el portón, jamás lo saludó al detenido —que era yo—, sino solamente a los dos oficiales de inmigración. Ni siquiera se brindó a prestarme su mirada, ni para saludarnos con una venia silenciosa, de mera cortesía entre seres humanos. ¡No! Los presos extranjeros y para colmo de males, latinos, no se merecían nada: ni la mirada, ni peor aún, el saludo. Para él, yo no existía; no era persona.

Luego de celebrar con algunas bromas y carcajadas

su encuentro con los oficiales que me escoltaron hasta BTC, el voluminoso hombre de raza negra, sin mirarme ni torcer el cuello para dirigirse hacia mí, y más bien observando con desdén mi equipaje, dijo: "Esto va a ser regalado para la caridad. Nosotros tenemos espacio sólo para guardar lo que cabe dentro de una pequeña caja de cincuenta por cincuenta centímetros." El hombre era tan groseramente corpulento que no me atreví a discutirle sobre los derechos que yo tenía para preservar los bienes muebles que traía con tanto sacrificio dentro de mis maletas. En el fondo, yo intuía que este corpulento hombre no sería quien, en última instancia, decidiera respecto al destino de mis pertenencias. Imaginé que existiría otra autoridad indicada para que cumpliera estas tareas, en el interior de BTC.

Una vez que traspasé la línea divisoria entre el mundo exterior y BTC, me encontré en una antesala a la prisión, en la que había varias personas sentadas, esperando. Con la mirada recorrí las caras de cada uno de los que esperaban —sumaban unas quince personas en total—. Todas ellas estaban sentadas en unas sillas de fierro, esas de doblar que se usan en las parrilladas. La gran mayoría de los detenidos que aguardaban —durante los primeros segundos en esa habitación no me imaginé qué era exactamente lo que esperaban— eran hombres; las mujeres eran solo dos. Además de los presidiarios, estaban los funcionarios de la prisión. Había dos mujeres que trabajaban en sus respectivos escritorios. Una de ellas era de tez blanca, anglosajona, de un metro ochenta de estatura, de una figura delgadísima pero de musculatura firme, los rasgos de su rostro eran finos pero con una expresividad muy dura, tenía la nariz fila pero lora (no desagradable, más bien atractiva, como la de Bárbara Streisand), si no hubiese sido por su carácter, podía haber sido catalogada como bella. El problema era que tenía un genio endiablado. La mujer no dialogaba con los presos, ni siquiera podríamos decir que les daba instrucciones. Ella les gritaba, les insultaba, los humillaba, en el momento que mejor le parecía, cuando la paciencia se le acababa, lo que ocurría muy a menudo. Su nombre era Bárbara. La otra era una afroamericana, de estatura mediana (un metro sesenta y siete), de expresión menos agresiva que su colega, engrosada en las extremidades inferiores —piernas y colita—, de ademanes más femeninos, sin llegar a ser coqueta ni menos atractiva. Ella tampoco conversaba con los prisioneros, pero no los maltrataba. Se limitaba a cumplir con su trabajo, sin distracciones de ninguna índole. Su nombre era Wanda. Los demás empleados de la prisión que estaban presentes eran los tres guardias de seguridad. Éstos no interactuaban con los detenidos. Su trabajo era vigilar que nada extraño ocurriera: que a nadie se le pasara por la mente escapar del sitio, o ponerse violento contra el personal de la penitenciaría, o crear caos o desorden de cualquier tipo.

En las cárceles no es frecuente esperar una respuesta a las preguntas que uno formula. El preso está en condiciones de absoluta inferioridad, y el funcionario carcelario tiene la potestad de contestar o no a un interrogante de aquél. El preso es basura, el carcelario-cancerbero es una autoridad respetable. Ninguno de sus superiores le reprendería por no contestarle a un preso. Después de todo, está tratando con *peligrosos, antisociales, quebradores de la ley* (lawbreakers), *ilegales.* En este caso solo se trataba de un ex político perseguido que buscaba asilo en ese país. Y en la mayoría de los casos, solo se trataba de personas de origen latino que buscaban una mejor vida en ese país. Pero ésas eran consideraciones muy sutiles para los guardias. Una vez que traspasabas el umbral de Broward Transitional Center, todos eran iguales, eran la misma cosa, eran la misma *basura*. Esta lección, por supuesto, uno la aprendía por la vía del empirismo; nadie te la enseñaba, solo la experiencia. Por eso es que, a minutos de haber ingresado al penal, cuando me percaté que esa concurrencia esperaba inmóvil y silenciosa, me acerqué a la oficial Bárbara y, respetuosamente, le pregunté cuál era el objeto de la espera. Ella no contestó y me ignoró por completo; era como si nadie hubiese hablado ni preguntado nada, ni a ella ni a nadie. Ella y la morena continuaron su propia y amena conversación privada que, por cierto, no tenía nada que ver con su trabajo. Fue la primera vez que aprendí que cuando los guardias se están divirtiendo no se les puede interrumpir. Un sexto sentido me advirtió que era mejor no insistir con la pregunta.

Y a mis colegas de espera tampoco se les podía interrogar, porque imperaba un código tácito —comprendido por todos en base al sentido innato de auto preservación, que lleva en el alma cada individuo bajo circunstancias parecidas— con relación a que cuando hablan los guardias, los presos tampoco pueden hablar. Es el respeto por el cancerbero.

A estas alturas de mi detención, aún tenía un interrogante irresuelto: ¿este o estos centros de detención estaban destinados solamente a los extranjeros que solicitaban refugio o asilo en los EEUU, o es que los peticionarios de asilo estarían entremezclados con extranjeros-criminales, extranjeros-ilegales y otros? Mientras aguardaba que nuestras cancerberas terminaran su animada plática, me preguntaba si mis colegas de espera eran todos —o por lo menos la mayoría— peticionarios de asilo. Entre ellos había uno largo y flaco, mulato, rapado de la cabeza (a tono con la moda contemporánea), aparentaba cargar en sus espaldas unos cuarenta y dos años de vida, vestido con unos pantalones bermudas, una camiseta blanca estampada con un diseño alusivo a Michael Jackson, y unas sandalias playeras. Después de mucho tiempo en BTC, supe que su nombre era Alfredo. Él no parecía para nada haber llegado recién del extranjero en pos de refugio, luego de una penosa persecución. Al contrario, él parecía haber estado divirtiéndose de manera extraordinaria inmediatamente antes de haber caído en esta prisión. Luego me fijé en otro, Michael, negro, de habla inglesa, también con bermudas muy arrugadas, zapatos tenis, camiseta sin mangas color *beige* y sucia, sudoroso, cansado, no parecía haber estado de juerga como el otro, pero tampoco tenía el aspecto de un asilado. Y así como analicé a estos dos personajes, lo hice con el resto. Lo cierto era que ninguno —a juzgar por las apariencias y preconceptos— encajaba dentro de lo que para mí, en esos momentos, era un peticionario de asilo. Para empezar, ninguno aparentaba haber arribado de fuera de los EEUU. Especialmente por la vestimenta que llevaban encima, todos sugerían provenir de las calles de Miami o de algún otro poblado de Florida.

Una vez que las oficiales del presidio decidieron trabajar, descubrí que estábamos esperando ser filiados en la cárcel. Para mayor claridad, estábamos siendo inscritos en los registros del sistema penitenciario de los EEUU. Las preguntas que estas funcionarias formulaban a cada uno de los ingresantes eran: nombres y apellidos; dirección del domicilio y del trabajo; fecha y lugar de nacimiento; edad; nacionalidad; muestra y entrega de todos los documentos de identidad que uno traía consigo, como la licencia de conducir, pasaporte, cédula de identidad de su país de origen, etcétera; lugar, fecha y circunstancias del arresto por parte del ICE o de alguna otra fuerza del orden; y otros interrogantes al mismo efecto. Cuando el reo terminaba de producir sus respuestas, la oficial respectiva le ordenaba que suscribiera al pie del formulario. Inmediatamente después, ella asía una cámara fotográfica, le instruía al preso a posar de frente y de ambos perfiles, y le tomaba las tres fotografías.

Me tocó oír las respuestas de algunos de mis colegas de prisión, antes de ser interrogado personalmente. Los casos que llegué a escuchar eran de personas que no provenían directamente del extranjero, sino que más bien habían sido capturadas en operativos del ICE dentro de los EEUU. Entonces —deduje— no se trata de perseguidos políticos, sino de extranjeros que permanecían ilegales en este país. De alguna manera, me sentí en el grupo de gente equivocado.

De hecho, mi interrogatorio resultó ser el más *sui generis* de todos. Fui el único que pedí asilo político. Fui el único que no fue detenido por el ICE contra su voluntad, sino que fui detenido porque me entregué voluntariamente a las autoridades inmigratorias al ingreso a los EEUU, a tiempo de solicitar asilo. Fui el único que traía a cuestas una maleta grande repleta de ropa —incluido un abrigo y una chamarra (gruesísimos ambos), varios pantalones, camisas, camisetas, dos pares de zapatos, etcétera—; una maleta mediana llena de documentos personales, libros de Derecho, recortes de periódicos, etcétera; y un maletín negro con más documentos y una computadora portátil. Los demás, todos, llegaban con la ropa puesta y nada más, porque habían sido aprehendidos por el ICE, y los agentes de esa temible institución no les otorgaban tiempo para recoger ninguna ropa para su estadía en prisión. Por ello es que algunos estaban en *shorts* y zapatos tenis.

En honor a la verdad, en prisión nadie necesitaba ropa propia. El gobierno de los Estados Unidos nos proporcionaba —en calidad de préstamo y en un gesto de profunda generosidad—, dos juegos usados de un uniforme carcelario, color anaranjado. El mismo uniforme que utilizan los criminales presidiarios en las películas de Hollywood, y en algunos documentales en *History Channel* o canales americanos de programación análoga. El dilema de la falta de ropa surgía cuando deportaban a los inmigrantes ilegales: si no tenían vestimenta adecuada, los deportaban con la misma ropa con la que fueron capturados por el ICE y con la que entraron a prisión. He visto casos patéticos al respecto. Antonio, un amigo ítalo-peruano fue deportado a Roma (Italia), nada menos que en el mes de enero (en lo más crudo del invierno del hemisferio Norte), vestido apenas con unos *shorts*, sandalias y una camisetita delgadísima, indumentaria propia del verano floridiano, época y lugar donde él fue capturado por el ICE. Supe que tras su llegada al aeropuerto de Roma, el hombre casi se congela, y tuvo que ser asistido por el personal de ese aeropuerto para evitarle un ataque de hipotermia. Hasta esos niveles de odio llega a expresar la actitud envenenada del personal de inmigración contra los latinos ilegales —para escarmentar a éstos, así como a todos sus allegados en su país de origen—, cosa de que ni siquiera osen pensar en inmigrar ilegalmente a los EEUU. Volviendo al proceso del registro carcelario, ni siquiera Wanda, mi interrogadora, entendía muy bien por qué me entregué a las autoridades de inmigración en el aeropuerto. Ella estaba acostumbrada (y más a gusto, seguramente) con su trabajo rutinario de interrogar a los ilegales capturados en las calles de Miami. Allí no había mucho que digerir. Las palabras de los detenidos eran todas iguales, y ella las hacía chorrear en su computadora sin ningún problema. Conmigo tuvo dificultades hasta para comprender dónde era el lugar de mi domicilio. Cuando le dije que era en la calle ocho del barrio de Equipetrol de la ciudad de Santa Cruz de la Sierra de la República de Bolivia, la puse en aprietos. Ella necesitaba entender por qué no fui detenido en Florida. Inclusive los que anteriormente habían buscado asilo, habían sido previamente detenidos en las calles de una de las ciudades de Florida, ya que estaban en los EEUU en calidad de ilegales. Esto, ya no lo entendía yo. Lo que ocurría mucho en los EEUU es que las personas que solicitaban asilo no llegaron a las fronteras de ese país con ese propósito. Muchos de ellos, quién sabe la gran mayoría, son individuos que permanecieron ilegalmente en los EEUU, y que una vez que capturados para ser deportados, decidieron optar por el camino del asilo como una estrategia legal para quedarse en los EEUU. Ello explica la razón por la que las cifras de los casos de asilo son enormes en ese país. A un lector no entendido en la materia, le parecería que EEUU es *paraíso para los asilados* (algo así como lo fuera en la década de los años setenta Suecia, que acogió a un importantísimo número de exiliados latinoamericanos que huían de las dictaduras militares de la especie de los Pinochet, Banzer, Stroessner y compañía): un receptor de asilados como ningún otro país del orbe. Cuando en realidad lo que estaba ocurriendo era que los ilegales —los que tenían una buena coartada— podían permanecer allí si convencían al juez de inmigración que realmente estaban siendo perseguidos en sus países de origen.

Cuando a ella le tocó inspeccionar mi bagaje nuevamente estaba frente a un fenómeno lleno de complicaciones. "¿Qué hacer con todo este equipaje?", se preguntó a sí misma, sin encontrar una respuesta rápida. Evidentemente, la reglamentación del presidio establecía que cada recluso tenía derecho a guardar sus pertenencias en una cajita de cartón, muy pequeña (de cincuenta centímetros de ancho, otros tantos de alto y los mismos de profundidad), algo así como las cajas de galletas. Allí solo podrían haber cabido unas cuantas prendas, las más elementales de una persona: tal vez un pantalón ligero, una camisa y un par de zapatos livianos. Mis pertenencias hubieran cabido en unas quince o hasta veinte de estas cajitas. Pero, como toda regla tiene su excepción —hasta en una cárcel anti inmigrantes del Imperio angloamericano—, la oficial me dio una salida alternativa, no sin antes consultar con sus superiores.

Cuando ya estaba segura de que yo podría depositar estos bultos en la prisión (y que no sería necesario donar forzosamente mis prendas a la caridad), Wanda procedió a escrutar cada una de mis posesiones de manera extremadamente meticulosa (esta fue la tercera vez que diferentes tipos de oficiales de inmigración escudriñaban mi equipaje desde mi arribo). Otra vez procedimos a explicar el origen de cada documento que traía. Como ya estaba acostumbrado, a Wanda también le llamaron poderosamente la atención mis diez pasaportes bolivianos, con un sinnúmero de visas de los EEUU. Tuve que explicar cada visado y cada ingreso a los EEUU, junto con la duración de cada una de mis estadías, incluidos los cinco años que estudié en universidades norteamericanas. También le tuve que traducir los documentos de identidad bolivianos, los principales titulares de periódicos en los que aparecía alguna noticia que me involucraba, etcétera. Cuando le tocó averiguar sobre la computadora, agradecí a Dios que no me hizo abrir los archivos de la misma, pues la traducción de los documentos del disco duro hubiese sido tarea eterna. Todo esto acontecía en presencia de mis colegas de la sala de espera de BTC, quienes, a decir de sus ojos saltones y orejas estiradas, no se perdían ni el menor detalle de mi relato.

Una vez concluida la revisión de mi equipaje, la oficial me ordenó que embutiera en mis maletas todo lo que ella desparramó en su tarea de escudriñamiento. Mi procesamiento había tomado demasiado tiempo, así que ahora a mí me tocaba compensar por ello. Por eso es que tuve que sentarme encima de mi maleta grande para que ésta lograra cerrarse, sin tomar cuidados por el contenido de la misma.

Cuando todas mis piezas de equipaje estuvieron debidamente cerradas, la oficial me hizo firmar recibos de mis pertenencias (de las maletas y maletines, de mi teléfono celular, de mi reloj, de mis llaves, de mi billetera, del dinero que traía conmigo, etcétera, etcétera), para que —según me aseguró— yo recogiera todo ello a tiempo de mi partida de esta cárcel.

—El dinero —me informó — será depositado en una cuenta bancaria del penal. Usted podrá realizar retiros de esa cuenta, de acuerdo a las reglas de BTC.

—Bien —respondí en voz baja, porque no terminaba de digerir lo que estaba viviendo.

No bien acababa de pronunciar esa palabra, estalló un ensordecedor griterío que emergía desde el otro extremo de la sala de espera. Era la otra oficial del presidio, Bárbara, quien con una cara desfigurada emprendió a insultos con una mujer, evidentemente latina, de rasgos indígenas y tez morena, con el uniforme color gris de las presas, de reducida estatura, más bien gruesa de contextura, quien solo atinó a agachar la cabeza (como ya había aprendido a hacer después de siete meses de presidio en BTC) hasta que su gratuita agresora se cansara de vociferar.

—¡Yo no tengo tiempo para perder con ustedes! ¡A mí no me pagan para que yo haga esto! ¡¿Qué es lo que tú quieres?! ¡No te entiendo nada! ¡Aquí en los Estados Unidos se habla inglés! ¡Yo no tengo obligación de entenderles! —se desgañitaba pronunciando cada sílaba de su humillante mensaje—. ¡¿Hay alguien aquí que pueda traducir lo que esta mujer quiere decir?!

—Sí, yo puedo traducir —respondí sin vacilar ni un solo segundo, pues no podía seguir escuchando semejante vejamen.

Esta mujer estaba encolerizada, y sentía genuinamente que ella, en su condición de dama blanca y anglosajona, no tenía por qué hacer ningún esfuerzo en favor de una hispana-indígena que había violado la ley para vivir en su país. Se sentía agredida por una criminal que merecía estar encarcelada o deportada de los EEUU. El hecho era que la presidiaria latina, Leonor, estaba ya de retirada del penal. Había cumplido allí siete meses de reclusión, y se encaminaba a dejar los EEUU por lo que ella consideraba que era un desenlace honroso: la salida voluntaria.

—¿Qué es lo que le quieres decir a la oficial? —inquirí.

—Como me voy a ir a mi país en unos minutos más, le he pedido que por favor haga llamar a Dolores, una amiga que es reclusa en el penal. Le quiero dar un regalo a ella, porque mientras estuve en esta prisión, durante tantos meses, Dolores me hizo pasar momentos gratos. Sobre todo me ayudó a acercarme a Dios —Leonor pronunció estas palabras entre amargada y aliviada. Amargada porque estaba exhausta de las humillaciones a las que había sido sometida en el transcurso de todo este tiempo en la cárcel. Y aliviada, porque por fin podía expresarse en su lengua y ser entendida.

De inmediato traduje la petición de Leonor, que por cierto para la cancerbera era una osadía.

—¡No lo puedo creer! —exclamó de nuevo la oficial—. ¡Está pidiendo algo que no está contemplado en el reglamento! ¡Las visitas están restringidas para ciertos domingos, y se las aprueba previa solicitud escrita!

En realidad esta era una vileza por parte de Bárbara. Las solicitudes de visita estaban dirigidas a las personas de afuera del penal, que deseaban visitar a un recluso. En

BTC, los presos pedían permiso para recibir una visita un determinado domingo (no podían recibir cada domingo, sino de manera intercalada, un domingo sí y uno no). Para lo que sí existía un régimen de visitas entre reclusos, era para las visitas entre reclusos de diferente sexo. Éstas también eran visitas programadas y supervisadas.

Seguramente mientras vociferaba, la oficial recapacitó y decidió descongelar su gélido corazón:

—¡Bueno, como ya se va a ir de los Estados Unidos, voy a dar permiso para que llamen a la persona que ella pide ver! ¡Hagan llamar por el intercomunicador a la persona que se llama Dolores...! ¡¡¡Dolores...!!! —no pudo continuar porque no sabía el apellido de la reclusa convocada.

—Dolores Santos —aclaró Leonor, ahora con más bríos.

—¡¡¡Dolores Santos!!! —chilló ensordecedoramente la oficial, a pesar de que estaba haciendo una labor de caridad, según ella.

La solicitud ya había sido canalizada. Después de los gritos de Bárbara, se escuchó la voz de la persona encargada del intercomunicador, que instruía a la señora Dolores Santos para que se haga presente, de inmediato, en la sala de espera de BTC, ya que se la requería con carácter de urgencia.

Como mi labor de traductor supuestamente debería continuar, esperé en el sitio hasta que apareciera Dolores. Mientras tanto, inicié una conversación, en voz baja, con Leonor.

—¿De dónde eres? —pregunté.

—De Guatemala —respondió.

—¿Para qué la necesitas, a tu amiga?

—Es que me quiero despedir de ella, y además, le quiero regalar esta medallita de la Virgen como recuerdo mío —mientras pronunciaba estas palabras, tocó delicadamente con su dedo índice derecho la medalla que colgaba de su cuello en una frágil cadenita, que parecía de plata—. Ella ha sido una verdadera amiga, una hermana en este trance en el que nos encontramos.

—¿Adónde te vas ahora?

—De retorno a mi tierra, después de vivir en los Estados Unidos por ocho años y medio.

—¿Te vas deportada?

—No, no me voy deportada. Me voy con *salida voluntaria*. Eso quiere decir que decidí salir de este país sin que el juez de inmigración me deportara, sino por mi propia cuenta. Ni siquiera mis pasajes son pagados por el gobierno de los Estados Unidos, los pago yo, con mi propia plata.

Leonor había salido, técnicamente, de la prisión; o dicho con mayor precisión, estaba en pleno proceso de salida. La salida de BTC era por etapas. La primera etapa era cuando el prisionero salía de su cuarto, con el uniforme que llevaba encima de su humanidad más el de recambio. La segunda se daba una vez que el prisionero había traspasado el área donde los reclusos podían permanecer y se insertaba en el área administrativa de la cárcel. Allí se le devolvían las pertenencias con las que había entrado, incluido el dinero si es que había alguno. Él, a su vez, devolvía los dos uniformes, las medias y hasta los calzoncillos; así como también la tarjeta de la comida, la que se erigía en una especie de tarjeta de identificación con la que el recluso caminaba por el área permitida a los presos, mostrándola en todo momento. La tercera etapa se daba una vez que el prisionero ya no tenía ningún objeto de propiedad de la cárcel, y él había recobrado los suyos. En esta etapa el prisionero esperaba hasta el momento en el que alguna forma de transporte lo recogería para llevarlo hasta su nuevo destino. Leonor en realidad estaba concluyendo la segunda etapa. Antes de que la llevaran a esperar la movilidad que la transportaría al aeropuerto, ella quería cumplir con su último deseo en prisión: regalarle a su mejor compañera y amiga la medalla de la Virgen. En cuanto terminó de explicarme lo que significaba la *salida voluntaria*, apareció, desde el corredor que venía del área de las reclusas mujeres, una diminuta figura femenina, también indo-latina. Dolores ignoraba la razón por la que había sido convocada con carácter de *urgencia*, por lo que se la veía pálida e inquieta, bastante preocupada. Luego aprendí que en una prisión, cuando se convoca a un recluso por el intercomunicador, casi nunca es para algo grato. Al contrario, esas convocatorias suelen ser muy temidas por los presos.

Pero en estos casos, más puede el lenguaje corporal que un millón de explicaciones. En cuanto Dolores terminó de pisar con su primer pie la sala de espera, intuyó que la razón de su convocatoria era su amiga, su hermana Leonor. Cruzaron miradas y se abalanzaron cada una por el costado derecho de su propio cuerpo —como si se tratara de una coreografía previamente practicada—, para fundirse en un abrazo rítmico, pero a la vez fuerte y sólido. Era un choque calculado (al extremo que los cuerpos sonaron al colisionar uno con el otro), lleno de energía, de emoción y de amor. Permanecieron pegadas por un lapso de tiempo que, bajo esas circunstancias, parecía una eternidad. Ni siquiera a la cancerbera Bárbara (quien no se conmovía ante ninguna muestra de humanidad proveniente de los que para ella eran unos seres inferiores) se le ocurrió interrumpir ese ritual casi sagrado que protagonizaron estas dos amigas. Se abrazaron, hicieron chorrear lágrimas copiosamente (como el torrente de los ríos tropicales en época de lluvias, de donde ambas provenían), y Leonor se sacó la medalla del cuello, besó la imagen de la Virgen y se la colocó a Dolores. Ese era un regalo que salía del alma de Leonor, y que Dolores llevaría para siempre en su pecho, en su alma. No se dijeron muchas cosas —no era necesario—, solo se escucharon unas tenues frases: "adiós amiga", "te quiero mucho", "cuídate", "hasta pronto", "que Dios te acompañe siempre", "a ti también". Una tenía un destino seguro (pero una vida truncada en los EEUU): Guatemala; y la otra tenía un destino incierto, que dependía de un solo ser humano: el juez de inmigración.

Mi tarea de traductor había concluido. Esta fue mi primera lección introductoria de lo que serían tres meses en la cárcel de inmigración, Broward Transitional Center.

En cuanto Wanda, mi oficial de ingreso, se percató de que su colega ya no precisaba de mis servicios, me instruyó que recogiera del piso una bolsa verde, manufacturada con un material de red, dentro de la cual estaban mis atuendos carcelarios. Con voz de mando me ordenó que me fuera al baño, y que allí me cambiase de ropa. Me hizo recoger también una cajita de cartón, para que en ella introdujese la ropa que llevaba puesta.

Con la bolsita verde y la cajita de cartón en mano, me dirigí al baño donde se me indicó. Abrí la puerta, el lugar estaba alumbrado. A estas alturas no me imaginaba cómo yo había transitado de un estado de ciudadano libre (perseguido políticamente, pero libre) a un estado de prisionero, sobre todo cuando estaba consciente de que no había cometido delito alguno, por lo menos de acuerdo a mis conocimientos legales. La prisión por haber transgredido normas de inmigración, cuando lo que buscaba era refugio y protección, era una fórmula que todavía no llegaba a comprender.

Dentro de la bolsita verde tejida en material de red estaba la ropa del presidio: dos pantalones anaranjados, dos camisolas del mismo color, dos calzoncillos bóxer de color blanco (extremadamente delgados y manufacturados en la China, según rezaba su etiqueta), y un par de medias blancas. Las piezas anaranjadas estaban usadas —aunque se las sentía recién lavadas—, mientras que la ropa interior era nueva. Uno de los pantalones era más pequeño que el otro, así que me puse el más grande. Éstos eran más parecidos a los pantalones de dormir (pijamas), que a los de vestir: el cinturón era elástico y no tenían bolsillos. Entre las dos camisolas, elegí ponerme la más ancha, que era la única que tenía un pequeño bolsillito (como para que cupiera una cajetilla de cigarrillos) en el lado izquierdo del tórax. Los calzoncillos chinos eran idénticos, así que me coloqué cualquiera de ellos; e hice lo propio con el único par de medias que me proporcionaron. En cuanto a los zapatos, me quedé con los cafés que traía puestos —aunque, como relaté antes, éstos ya no tenían sus cordones, por instrucciones de los oficiales del ICE—. De tal manera que con cada paso que daba, el empeine de mis calzados flameaba, haciéndome sentir una especie de leves palmaditas en el pie.

Una vez que estuve completamente disfrazado

con el uniforme anaranjado de recluso, sentí —de manera inequívoca— que había sido reducido a una de las condiciones más vulnerables y humillantes que a un ser humano se le podía colocar. El dicho popular que el "hábito no hace al monje" probó, por la vía del método empírico, tener profundas falencias. En este caso "el uniforme sí hacía al preso". ¿Acaso yo había cometido algún delito para hacerme merecedor del consabido uniforme anaranjado de los delincuentes norteamericanos? Aunque que yo estaba completamente convencido que no era un delincuente, la realidad objetiva de las cosas y circunstancias afirmaba exactamente lo contrario. Si estaba dentro de una edificación destinada a ser prisión, si ésta estaba custodiada por guardias especializados en cárceles de los EEUU, si el trato que estos guardias nos dispensaban era el mismo que daban a otros presos, si el edificio en todo su perímetro se encontraba rodeado de un alambre de púas envuelto en forma de roscas (parecidas a las de la serpentina de carnavales, solo que más grandes), si los reglamentos del BTC nos restringían el radio de nuestro accionar hasta la mínima expresión —como ocurre en cualquier otra cárcel—, y si estábamos expuestos a todo tipo de abusos y arbitrariedades de estos guardias —como ocurre en cualquier otra cárcel—, no cabía la menor duda de que yo era un preso, y que estas condiciones objetivas y circunstancias me daban la identidad de un delincuente. Es así como quedó demostrado que, bajo estas circunstancias, el "hábito sí hace al monje"; o, lo que era más preciso: "el uniforme sí hace al delincuente".

En el Derecho de muchos países existe una institución que se denomina como las "presunciones". Dentro del Derecho de Familia existe la presunción de hijo. Esta institución determina que cuando una persona mayor le otorga el trato de hijo a un niño (si le provee techo, alimentación y cariño), y si este trato es reconocido por la comunidad donde viven, se presume que ese niño es hijo de ese mayor de edad. Una situación análoga ocurre cuando uno está vestido con el uniforme de preso dentro de una cárcel: uno es reconocido como un delincuente; a uno lo hacen sentir como a un delincuente.

Antes de salir del baño donde me acababa de "transformar" en un preso-delincuente, se me pasó por la mente plantearme el siguiente interrogante: ¿qué ocurriría si en ese instante un huracán (o un terremoto) destruía el edificio del BTC, y yo sobrevivía —junto con otros reclusos— de semejante desastre que la naturaleza nos hubiera impuesto? La respuesta era obvia: los sobrevivientes pobladores del Condado de Broward se hubiesen espantado de vernos "libres" con esos uniformes anaranjados de presidiarios, y hubiesen "presumido" que éramos unos peligrosos delincuentes liberados por el huracán (o terremoto)... Así es como yo me había convertido en un delincuente por "presunción".

Tres ruidosos golpes a la puerta de madera interrumpieron mis pensamientos: ¡Pam! ¡Pam! ¡Pam!

—¿¡Algún problema!? —resonó la punzante voz de la oficial Bárbara—. ¿¡Por qué se está demorando tanto tiempo!? —insistió agresivamente.

— Ya salgo —respondí con tono de culpabilidad—. Estoy terminando de cambiarme.

Cuando retorné a la sala de espera, la cancerbera Wanda aguardaba para darme más instrucciones. Ordenó que dejara en su poder la cajita de cartón que contenía mi ropa, aquella con la que ingresé al penal. Luego, me entregó un carné de identificación con mi nombre, fotografía y un número de prisionero: A20890744. La "A" era una abreviatura de *alien*: así denominan a los extranjeros en materia de inmigración. Me advirtió que ese número era más importante que mi nombre en BTC. También me dio un rollo de papel higiénico y, apuntando con su brazo con dirección hacia un largo corredor, espetó:

—Vaya recto hasta la penúltima puerta, luego doble a la derecha y salga al patio. Allí pregunte por el cuarto número 242. Usted permanecerá en él por el momento.

—Gracias —respondí. Agradecí por las pautas de orientación que me proporcionó; claro está que no fue por el encarcelamiento. "Lo cortés no quita lo valiente", me dije… y empecé a caminar.

El patio estaba atiborrado de gente. Como eran alrededor de las 18:30, los reclusos podían estar fuera de sus cuartos treinta minutos más, hasta las 19:00 horas. En un sector una muchedumbre se movilizaba de un extremo al otro de lo que pretendía ser una cancha de fulbito. En realidad el campo era, literalmente, un lodazal donde los reclusos trataban de patear una pelota, causando un desorden descomunal.

En otro sector de dicho patio (contiguo a la supuesta cancha de fulbito) otro numeroso grupo de presos pretendía jugar al básquet. Esta muchedumbre también se desplazaba corriendo de un extremo al otro de la cancha, tratando de encajar la anaranjada pelota dentro de cada uno de los cestos.

En un área importante del patio había un nutrido grupo de reclusos negros —sentados en un círculo completo de trescientos sesenta grados, alrededor del que parecía ser un director de orquesta— que entonaba, por el ritmo de las voces, cánticos religiosos. Cuando terminaba una canción empezaban a recitar lo que sonaba como un rezo, también en coro, fenómeno que incrementaba el ambiente de caos y confusión reinante en dicho patio. Y cuando concluía lo que se suponía era una oración, se escuchaba la voz —aparentemente encolerizada— del que hasta ese momento (cuando tomó la palabra) parecía ser un director de coral, pero que en realidad se trataba del líder espiritual del grupo. Eran los reclusos haitianos que a diario, en un idioma muy parecido al francés, llevaban a cabo estos ritos mientras duraba su encierro.

En lo que sobraba de espacio en el patio estaba el resto de los prisioneros —que no participaba ni del "deporte" ni del rezo, y que sin embargo era la mayoría—, desparramados en grupos más pequeños. Algunos de esos grupos estaban sentados alrededor de una baraja de naipes, mientras que otros se concentraban alrededor de las piezas negras del dominó. En otros grupos reinaba, en cambio, el entretenimiento más común —y para muchos el más divertido— entre los seres humanos: la charla, la conversación.

Y finalmente, se veía un número significativo de reclusos que simplemente prefería mantenerse cada uno consigo mismo. Unos caminaban por el patio, y otros permanecían sentados. En esa área de recreo había algunas mesas metálicas que tenían adheridas sillas del mismo material. Los que podían se acomodaban en ellas, y el resto se sentaba en el suelo.

En medio de ese caos —ininteligible para mí en esos

primeros instantes dentro del reclusorio— recurrí a uno de los prisioneros solitarios.

—Disculpe, ¿sabe usted dónde está el cuarto número 242?

Sólo con ver mis expresiones faciales, el hombre debió de detectar —fácilmente— mi absoluta perplejidad respecto a esa nueva realidad que me tocaba vivir.

—Sí, claro. Sígame que yo lo llevo.

El hombre hizo que lo siguiera por entre la multitud de uniformes anaranjados que hacían uso de su recreo vespertino. Por donde pasábamos, los transeúntes fijaban la vista en mi bolso verde y en mi rollo de papel higiénico, y sabían que yo hacía mi ingreso a BTC. Cada uno de ellos había pasado por el mismo ceremonial al entrar a esta prisión de extranjeros. Algunos reaccionaban de inmediato y preguntaban fugazmente, mientras mi guía y yo pasábamos:

—¿¡De dónde!?

—De Bolivia —respondía.

Así caminamos hasta arribar al pie de unas gradas.

—Ahora tenemos que subir —me indicó Ramiro, mi guía circunstancial y de pocas palabras. Él empezó a subir y yo lo seguí hasta alcanzar la segunda planta. Ni bien pusimos el pie en este segundo nivel, me sentí rodeado de un denso gentío que se arremolinaba en torno a la puerta de un cuarto. Estaban tantos reclusos congregados allí, que no me fue posible ver a través del vidrio de la ventana qué era lo que acontecía en su interior. Ante mi inocultable curiosidad, Ramiro me explicó sucintamente:

—Ahí adentro hay una mesa de billar.

Posteriormente descubrí que aparte de la mesa de

billar, allí se encontraban tres máquinas en las que se podía comprar algunos productos: cierta comida rápida, como unos pocos sándwiches desabridos; golosinas, chocolates y dulces; y refrescos en lata. Además, había dos teléfonos, desde donde los usuarios hablaban —literalmente— a gritos. Era imposible sostener una comunicación telefónica normal en medio de semejante batahola.

Inmediatamente después de que Ramiro terminara de pronunciar la palabra "billar", se apoyó con el hombro contra la puerta del cuarto que estaba al lado de esta improvisada sede social. Envolvió con su mano la chapa redonda, la hizo girar en el mismo sentido de las manillas del reloj, y luego la puerta se abrió. El guía me estaba invitando a pasar al cuarto de la prisión donde permanecería los próximos noventa y ocho días, con sus insoportables noches.

¡Ése era el cuarto 242! El primer pensamiento que pasó por mi mente fue que no sería nada grato —seguramente— vivir contiguo al "tugurio" carcelario. No solo la bulla —pensé— sería insoportable, sino el tipo de individuos que concurren de manera habitual a este tipo de lugares.

Luego, pasé al cuarto siguiéndolo a él. En ese momento la habitación estaba vacía, pues mis compañeros estaban haciendo uso de su hora de patio, que era coincidente con la de la cena. En ese instante Ramiro sintió que su labor había concluido.

—Bueno, mucho gusto de conocerlo, que esté bien. Cualquier cosa me ubica en el cuarto 126, abajo.

—Muchas gracias, Ramiro —le dije —, si no fuera por su amabilidad me hubiese pasado mucho tiempo buscando mi destino.

—Para servirlo —respondió y se enrumbó hacia las gradas para bajarse de vuelta al patio principal.

Ahora, ahí estaba yo, solo, con mi bolsita de red verde en una mano, y con un rollo nuevo de papel higiénico en la otra, sin saber dónde asentarme, pues no tenía idea de cuál sería mi cama. La habitación era rectangular. Mirando desde la puerta hacia adentro se observaba lo siguiente: a mano izquierda, cinco camas, una al lado de la otra, con un espacio muy estrecho entre los catres, apenas como para que una persona ingresara a ese espacio para recostarse en la cama que le correspondía. La cabecera de los catres estaba pegada a la pared de mi izquierda, y éstos se extendían a lo ancho de la habitación, con la parte de los pies mirando hacia la pared de mi derecha. El extremo de los pies de cada catre se extendía hasta cubrir gran parte del ancho de la habitación. Desde la puerta de entrada, apenas había un delgado corredor que llegaba hasta el fondo de la habitación, que la recorría a lo largo.

Cuando se abría la puerta, ésta no se extendía completamente, sino máximo hasta cubrir un ángulo de unos 100 grados de circunferencia. Al llegar a este límite máximo, la puerta colisionaba estruendosamente con algún objeto —también metálico— que estaba ubicado detrás de ella. El causante del choque era la sexta cama del recinto, la única que estaba desplegada a lo largo de la habitación. En realidad esta era una cama oculta detrás de la puerta de ingreso. Se imaginará el lector que dormir en esta cama era tarea particularmente estresante, sobre todo porque cada noche la puerta era abierta varias veces, de manera extremadamente torpe por los guardias de la cárcel, colisionando ruidosamente en cada una de estas ocasiones con el barrote metálico de la cabecera de dicho catre. Por ello es que "pernoctar" en esta cama —valga la ironía— era un "honor" concedido al último en llegar al cuarto. Era una especie de bautizo en el 242.

La bulla afuera era ensordecedora. El gentío que pululaba en las afueras del bar carcelario estaba también en las afueras de la puerta del 242. Entre la puerta del bar y la de mi cuarto había escasos ochenta centímetros de distancia. Como varios de los que deambulaban alrededor del bar se enteraron de mi ingreso al cuarto 242, de cuando en cuando abrían la puerta para curiosear.

—Hola, ¿está el Nica? —preguntó uno.

—No, estoy solo —respondí.

—¡Ah! Recién has llegado ahora, ¿no? ¿De dónde eres?

—De Bolivia.

—¿Cómo te llamas?

—Jorge Machicao.

—Ahh... —Y sin decir más cerró la puerta. Ni siquiera se despidió.

Quedé perplejo por la falta de modales. Luego descubrí que este era el modo "normal" de operar dentro de BTC. Después de este primero, siguieron otros tres más que abrieron la puerta, entraron al cuarto, preguntaron por alguno de los habitantes del mismo, y al enterarse que la persona que buscaban no se encontraba allí, me preguntaban mi nombre y mi nacionalidad, y luego se salían sin siquiera decir adiós. "Después de todo, estoy en una cárcel" —me dije a mí mismo—, "y no en una reunión de agentes diplomáticos."

Lo cierto es que la curiosidad respecto al nuevo recluso era enorme siempre. Cada vez que entraba un "nuevo", se llevaba a cabo una especie de proceso de investigación acelerado sobre su caso. El caso consistía en saber los pormenores respecto a su nacionalidad, el número de años que llevaba viviendo en los EEUU, la modalidad de su ingreso a este país (por la frontera de México sin visa, o por avión con visa de turista, o por mar desde alguna de las islas del Caribe, o mediante alguna otra vía menos convencional), su estado civil (si era casado con extranjera o con americana), si era padre (con hijos extranjeros o americanos), las circunstancias de su apresamiento, si antes había sido capturado por la "migra" y deportado, y muchos otros datos relevantes de su problemática migratoria. Una vez conocido y debidamente analizado el caso, se empezaba a especular sobre las perspectivas del recluso entrante en torno a sus posibilidades de eludir la deportación y permanecer dentro de los EEUU legalmente. Esta era la tarea que importaba el ingreso de un nuevo miembro a la gran familia de BTC.

Es así como se explican las cuatro invasiones a mi cuarto —¡a mi privacidad!— por parte de aquellos colegas que supuestamente buscaban a un amigo suyo en el 242. Estos ingresos súbitos son los primeros pasos de ese proceso de investigación.

Después de esas cuatro arremetidas al cuarto y mientras esperaba que arribaran mis compañeros de dormitorio, sonó un timbre estridente durante lo que me pareció una eternidad de tiempo. El timbrazo ocasionó un atolladero en el corredor afuera de mi habitación. No hay que olvidar que ese era un punto neurálgico del tránsito de los presos. Por un lado, allí desembocaban las gradas que llegaban desde el primer piso, por el que subía un considerable número de gente. Y por otro lado, como el bar contiguo era el principal centro de distracción de los reclusos, de allí salía otro considerable contingente con destino a sus respectivas habitaciones. Como se puede apreciar, mi cuarto estaba situado en el cruce peatonal más congestionado del penal. En medio del alboroto y del timbrazo, se volvió a abrir la puerta de manera violenta. Esta vez entró un preso negro, jadeante, como si viniera de terminar una maratón.

El personaje no mostró casi ninguna sorpresa al verme. De inmediato me extendió su mano derecha y dijo:

—Hola, mi nombre es Misy y soy haitiano.

—El gusto es mío —le respondí—, yo soy Jorge Machicao, de Bolivia.

—¿Cuándo te agarraron? —preguntó—, ¿dónde vives?

—No me agarraron; yo me entregué —el hombre abrió los ojos grandes y redondos, llenos de incredulidad—. Lo que ocurre es que yo estoy buscando asilo político en los EEUU, y para obtenerlo, éste es el procedimiento. La persona que está siendo perseguida por razones políticas en su patria (o en el Estado donde reside), para pedir asilo en los EEUU, debe hacerlo en el puerto de entrada a este país. Una vez que se plantea la solicitud en el puerto de entrada (en mi caso el Aeropuerto Internacional de Miami), las autoridades de inmigración lo detienen y lo remiten a una prisión para extranjeros. El peticionario permanece en esa prisión hasta que un juez de inmigración decide sobre su solicitud de asilo.

Ese es el trámite a grandes rasgos; esa es la razón por la cual me entregué y por la cual estoy en esta cárcel.

Misy escuchó con atención, pero no parecía estar muy convencido sobre la versión de la problemática que acababa de oir.

—Si estás buscando asilo porque en tu país te persigue el gobierno, ¿cómo es que el gobierno de los EEUU te va a meter preso en este país? —acotó Misy con absoluta precisión. Lo cierto es que este tratamiento a un perseguido político no tenía sentido para nadie que lo escuchaba.

Acto seguido le traté de explicar el "razonamiento" de la ley norteamericana, que consideraba al peticionario de asilo un violador de la ley de inmigración, al haber pretendido ingresar a los EEUU como inmigrante, sin tener una visa de inmigrante. En otras palabras, la violación a la ley se explicaba por haber, supuestamente, pretendido engañar al gobierno americano.

—Eso no se entiende —insistió Misy, a tiempo que se sentó en su cama para descansar—. En este país ya no me sorprende nada, cuando se trata de temas de inmigración.

Ni bien concluía de pronunciar estas palabras, cuando un estrepitoso golpe de puerta dio como resultado la súbita aparición de un individuo latino, de pelo largo y desordenado, de aspecto descuidado, joven, de unos veinticinco años de edad, pero poseedor de un semblante que reflejaba tratarse de una persona amigable, muy sociable.

— ¡Usted debe de ser el nuevo! —exclamó, no solo como si ya hubiese estado enterado de mi existencia, sino como si me hubiese estado esperando. Parecía ansioso para que yo empezara a relatar mi caso de inmigración. Él ya era un veterano en estas lides.

—Sí —le dije—, yo acabo de llegar, hace unos quince minutos atrás. Estuve conversando unos instantes con Misy.

—Disculpe —me interrumpió—, ¡qué malcriadez!, yo no me presenté debidamente. Mi nombre es Joaquín Espada, soy nicaragüense. Todos me dicen Nica, así que usted también me puede llamar por ese sobrenombre, que es la abreviatura del nombre de mi país.

—No te preocupes por los formalismos —le dije—, mi nombre es Jorge Machicao, soy boliviano y vengo desde mi país en pos de asilo político.

A continuación le dí la misma explicación que a Misy, ya que a él tampoco le terminaba de convencer el procedimiento norteamericano del asilo.

§

El Nica era una gran persona. Al ser latinoamericano me trató con enorme consideración y respeto. Es que en América Latina se presume que las personas que están en condición de asiladas políticas son personajes ligados al mundo del poder, que han ocupado posiciones preponderantes en su país, y que generalmente poseen un grado de cultura y educación superior. En la historia latinoamericana se conocen casos de personajes notables que se protegieron con el asilo político. Uno de estos casos fue el del líder aprista peruano, Víctor Raúl Haya de la Torre quien, a principios de los años cincuenta del Siglo pasado, permaneció cinco años en la embajada de Colombia en Lima, ya que el dictador Odría no le concedía el salvoconducto para que pudiera salir del Perú.

Otro caso emblemático fue el del cuatro veces presidente de Bolivia, Víctor Paz Estenssoro, quien en 1964 se asiló en Lima-Perú. En el año 2005, el ex presidente del Ecuador, Lucio Gutierrez, fue asilado en Brasil. Panamá también concedió asilo político al ex presidente ecuatoriano, Abdala Bucaram Ortiz; al ex presidente guatemalteco, José Serrano Elías; así como al ex general golpista haitiano, Raúl Cedrás[2]. Estos son solo algunos de los muchísimos casos de asilo político concedido a personajes de primera línea de la política latinoamericana. La tradición histórica del asilo en esta parte del mundo le concede a esta institución jurídica un carácter casi aristocrático, de la mal denominada clase política. Durante la década de los años setenta del siglo veinte, el asilo fue casi un monopolio de los ideólogos y activistas de la izquierda, quienes se veían obligados a salir de sus países, acosados por las dictaduras militares de turno. Es por estas razones que el asilado es tratado con consideración y respeto en los países de América Latina. El Nica no hacía otra cosa que ser fiel a esta tradición en su relación conmigo. Con todo este bagaje cultural, el Nica —como después ocurriría con el resto de los reclusos latinoamericanos— jamás pudo comprender, y menos aceptar, que un ex político boliviano que buscaba asilo en los EEUU fuera encarcelado en BTC.

En cambio, en la praxis estadounidense, el asilo adquiría otras connotaciones. No solo los políticos perseguidos buscaban asilo, sino una variedad más grande y diversa de personas. En BTC había homosexuales buscando asilo, quienes argumentaban que en su país de origen y de residencia, sufrían graves persecuciones, y hasta amenazas de

---

2.- 2009.06.19—ecuadorinmediato.com

muerte, debido a su preferencia sexual. En estos países el odio a los homosexuales era tan desmesurado que ni siquiera las instituciones llamadas a controlar el orden público podían proteger a estos individuos. Esto, si es que dentro de estas propias instituciones no existía —para empezar— una arraigada aversión contra los homosexuales, lo que convertía a esta "supuesta" protección en una simple utopía.

En esta cárcel también se encontraban varias personas que buscaban asilo debido a la persecución de peligrosísimos grupos pandilleros en sus países de nacionalidad. Este solía ser un fenómeno que se daba especialmente en las naciones centroamericanas. *Las Maras* era el temible nombre que hacía temblar a muchos centroamericanos, especialmente a jóvenes de estas repúblicas. He conocido a un joven, de nombre Juan Valero, que decía haber perdido su casa, como consecuencia de que La Mara le había prendido fuego a la misma, producto de un odio irracional a él y a su familia.

Juan pedía asilo con el argumento de que no podía volver a su país, El Salvador, ya que si lo hacía, su vida corría peligro. Él había ingresado a los EEUU ilegalmente, cruzando la frontera méxico-estadounidense nueve años atrás. Durante todos estos años vivió en tres estados: Nuevo México, Texas y finalmente, Florida. En este último estado radicó la mayor parte del tiempo: seis años. Desde que llegó a los EEUU se dedicó a un sinnúmero de oficios, pero principalmente obtenía empleos como jardinero y como albañil en las construcciones. Sus recuerdos de la niñez y adolescencia en el pueblito de San Ildefonso estaban en conflicto. Recordaba a sus progenitores con lágrimas en los ojos, y se martirizaba por su ausencia forzosa en el entierro de su padre, quien había muerto cinco años atrás. Su hermana mayor, Cristina, le informó que la muerte de su papá fue ocasionada por un infarto cardíaco a los cuarenta y nueve años de edad. Pero que, a su vez, ese infarto cardíaco tuvo como causa una vida llena de tormentos que lo estresaron al máximo. Inclusive después de haber incendiado la casa de la familia, La Mara continuó su asedio contra los Valero. En el momento menos pensado entraban al pequeño taller de carpintería del padre, y destruían cuanto encontraban por allí. De esta manera él perdió varios clientes, ya que no podía cumplir con sus contratos de obra. Esto generó un agudo problema económico en el hogar lo que, por supuesto, afectó la tranquilidad de todos, pero fundamentalmente la del padre de la casa, quien cedió ante un infarto, y finalmente, ante la vida misma.

En los EEUU existen muchísimos casos de asilo que no se deben a persecuciones políticas, sino a persecuciones causadas por otros motivos. Hay que recordar que la Convención Sobre el Estatuto de los Refugiados, aprobada por Naciones Unidas en 1951, define al "refugiado" como "(...) a toda persona: (...) 2) Que (...) debido a fundados temores de ser perseguida por motivos de raza, religión, nacionalidad, pertenencia a determinado grupo social u opiniones políticas, se encuentre fuera del país de su nacionalidad y no pueda o, a causa de dichos temores, no quiera acogerse a la protección de tal país (...)". Es por esta razón que en BTC —así como en el resto de las cárceles de inmigrantes— se daban una multiplicidad de casos de asilo no ligados a la persecución política. Y además, un enorme número de estos casos no se iniciaban con el peticionario en un puerto de entrada a los

EEUU, sino con el peticionario ya residiendo —la mayor parte de las veces, años— dentro del territorio del país, y para colmo, de manera ilegal. En este contexto el asilo carece de ese cariz casi elitista (e inclusive romántico) que adquiere en América Latina. Al contrario, los peticionarios son, gran parte del tiempo, inmigrantes ilegales que residen dentro de los EEUU, y que cuando son capturados por "la migra" recurren a la figura del asilo para evitar su deportación.

§

Una vez que el Nica se convenció de que yo tenía que permanecer en la cárcel —por mandato de la ley estadounidense—, en tono de resignación me dijo:

—Bueno pues, entonces le debo dar algunas orientaciones sobre la vida en prisión. Ocurre que yo cumplo las funciones de "coordinador" (en la práctica, de jefe) del cuarto, porque soy el que más tiempo llevo viviendo aquí: estoy recluido en BTC (y en este cuarto) seis meses, trece días y... dieciocho horas con... veinticuatro minutos.

El grado de desesperación del Nica dentro de la cárcel era tan alto que guardaba un conteo mental de su estadía en ella con tanta precisión que en cualquier momento era capaz de recitar el tiempo de su reclusión hasta el nivel del minuto.

—Debo empezar por informarle que en este momento somos solo tres (contándolo a usted más, por supuesto) los habitantes de este cuarto, en el que normalmente caben seis personas. Por ahora estamos con suerte, y hay que disfrutar esta holgura momentánea, ya que en cualquier momento traen a un cuarto, luego a un quinto, y finalmente a un sexto recluso. Dada la "holgura", puede usted elegir, de entre estos cuatro catres libres, el que más le parezca para dormir.

El Nica apuntó con su dedo índice de la mano derecha —uno por uno, y de manera pausada— los cuatro catres libres, para que yo hiciera mi elección. En realidad todos los catres eran idénticos, solo había que tomar una decisión en base a la ubicación más conveniente. Un criterio preliminar era definitivo: yo no quería estar flanqueado por las camas de dos reclusos, uno a cada lado. Esto me habría dado una sensación de inseguridad mayor. Por ello es que decidí que dormiría en uno de los extremos de la habitación, flanqueado en uno de los lados por un recluso, y en el otro, por una ventana o una pared. El extremo de la habitación donde estaba la cama que colindaba con la ventana tenía un defecto de fondo: inmediatamente debajo de la ventana funcionaba —prácticamente sin cesar, durante las veinticuatro horas del día— un aire acondicionado que despedía su aire frío sobre el cuerpo del desdichado que se acostaría encima de ese catre. Bajo la incesante arremetida de ese aire frío sobre mi humanidad —la distancia entre el aparato de aire acondicionado y el catre era de menos de un metro—, estaría colocando mi salud en un serio riesgo. Por ello descarté esta opción tras un breve análisis situacional, y me incliné por la cama ubicada contra la pared del extremo interior del cuarto. Esta era la pared que separaba el dormitorio de los reclusos del cuarto de baño. El riesgo de este otro extremo del cuarto era tener que soportar —si es que se diera el caso, especialmente cuando la habitación estuviera completa con la presencia de seis reclusos— olores que pudieran trascender por la proximidad del baño. Este era el riesgo menor. Allí no estaría flanqueado por dos reclusos, ni tampoco estaría exponiendo mi salud al permanente soplido de un aire acondicionado sobre mi cuerpo.

El sexto catre, el que estaba detrás de la puerta, aquél contra el que la puerta colisionaba ruidosamente cada vez que alguien la abría desde afuera, ni siquiera entró en consideración. Yo sabía que no podría soportar estas conmociones estruendosas, particularmente en medio del sueño nocturno.

Cuando ya había concluido de cavilar todo esto, le dije al Nica:

—Voy a dormir aquí, en esta cama —apunté con mi dedo índice al catre del fondo, el que se apoyaba contra la pared del baño.

—Por supuesto —me respondió el Nica—, ahora puede tender la cama con las sábanas que le entregaron al ingresar al penal.

—Perfecto —le contesté y empecé a ejecutar esta tarea doméstica.

§

En efecto, cuando terminé el proceso de registro carcelario, me entregaron —dentro de la bolsita verde confeccionada con material de red— dos sábanas, ambas de iguales dimensiones; y ambas, en algún momento, debieron haber sido blancas. Además, me dieron una frazada muy delgada y pequeña, pero por sobre todo, sucia.

Por supuesto que a nadie sorprendería de sobremanera enterarse que la indumentaria, las sábanas y la frazada que les dan a los presos son usadas. Pero a pesar de esta constatación racional, otra cosa muy diferente es que uno mismo, en carne propia, sea el que tenga que vestir estos uniformes (usados por nadie sabe cuántos presos antes), y dormir en estas sábanas y frazadas sucias, o en su defecto, pésimamente lavadas.

Mas el problema no acababa con la higiene, pues también estaba presente el aspecto estético. De los dos pantalones que me prestaron, con uno de ellos me sentía incómodo porque sus dimensiones eran un tanto estrechas en relación con las de mi físico. Y con el otro —con el que pasé más del noventa por ciento del tiempo de reclusión— me sentía cómodo, pues las medidas eran las adecuadas, pero acusaba un defecto capital: en la rodilla izquierda tenía un corte en "ele", de una longitud de unos cinco centímetros horizontales, y de otros cuatro verticales. Este corte en "ele" hacía que el pantalón luciera un hueco de apreciables dimensiones en la rodilla izquierda. Con cada paso que daba, flameaba la tela del hueco; y por supuesto, la presencia de este agujero en la rodilla tuvo un efecto sicológico de importantes consecuencias en mi autoestima.

No es preciso ser un gran sicólogo —ni siquiera simplemente un sicólogo— para entender que la vestimenta influye en el comportamiento de una persona. Una mujer joven que se pone un vestido muy sensual, pero elegante al mismo tiempo, se sentirá hermosa y se comportará como una verdadera reina. De similar manera, un hombre que llevara puesto un traje fino y con un corte conservador, se sentirá respetable y se comportará como un verdadero *gentleman*. Si esto es así, ¿cómo entonces se sentirá una persona vestida con un uniforme de recluso? Y peor aún, ¿cómo se sentirá esa persona si el uniforme de recluso es viejo, y tiene un agujero en la rodilla izquierda del pantalón? Pero allí no acaba el tema, pues hay que ver la otra cara de la moneda. No podemos olvidar que la imagen que otra persona se hace de uno está altamente influenciada por la vestimenta que llevamos encima. Lo más probable es que respecto a la joven con el vestido sensual y elegante, las otras personas también la conciban a ella como una diva. Y respecto al hombre con el traje fino y conservador, seguramente los demás lo percibirán como a un individuo serio y digno de respeto. Es por este efecto sicológico que causa la indumentaria, que los abogados en los Estados Unidos (y seguramente también en otros países) prácticamente disfrazan a sus patrocinados, para obtener una respuesta más favorable de parte del jurado. Un individuo acusado de robar un banco puede ser más creíble si se presenta al juicio vestido de caballero, que si lo hace vestido de ladrón. Los estereotipos suelen ser definitorios en los juicios, ya que los jurados y los jueces son gente común, esto es, con todo tipo de prejuicios en la mente. Si esto es así, ¿cómo entonces percibirá un juez, en una audiencia, a un recluso vestido con el uniforme anaranjado (estándar en la comunidad de prisioneros norteamericanos), y cuyo uniforme luce andrajoso?

Lo cierto es que durante noventa y ocho días anduve andrajoso y disfrazado con el uniforme de presidiario. ¿Cómo me sentía por ello? Por supuesto que mal, muy mal. El pantalón agujereado y el color deslucido del anaranjado viejo hicieron que mi autoestima cayera hasta las alcantarillas. En las diferentes audiencias que sostuve —con personeros de la Oficina de Asilo de inmigración, así como con el juez—

me sentía como si fuera un delincuente callejero, pidiendo un extremo favor —mi libertad— a unos distinguidos caballeros. Los funcionarios de la Oficina de Asilo se presentaban en las audiencias vestidos formalmente: el hombre con terno impecable; y la mujer con traje sastre, también impecable. El juez ni que se diga: en las audiencias aparecía con la túnica negra que le cubría el cuerpo desde el cuello hasta el suelo. Este era un manto que le bañaba de solemnidad y respeto.

En resumen, estas audiencias eran una conflagración entre la solemne túnica negra del juez federal contra el andrajoso uniforme anaranjado del recluso extranjero que pedía asilo. Así estaban planteadas las cosas, desde el punto de vista de la indumentaria.

§

—Oye, Nica —exclamé—, estas camas están bien duras, son hechas de puro fierro macizo.

—Sí, así son todas. Y lo peor es que esa colchoneta que está encima del catre es muy delgada, casi no se la siente. Al principio yo no podía dormir casi nada, pero poco a poco me he ido acostumbrando. Ahora no es que me sienta a gusto, ni mucho menos, pero ya puedo dormir unas pocas horas cada noche.

—¿Y no llega a sentirse frío por efecto del fierro?

—Claro que sí, pero no hay nada que se pueda hacer al respecto. Cada uno de nosotros solo puede tener una frazada —pequeña, como ya lo ves— y dos sábanas. Alguna vez he visto que alguien, que seguramente no soportaba el frío, obtuvo una frazada adicional por algún medio. A esa persona la pescaron y la acusaron de lo que aquí se denomina "contrabando". A ese pobre hombre friolento le impusieron una sanción de privación de libertad, y de inmediato lo trasladaron a otra cárcel, más dura, en la que hay delincuentes de toda laya, no solo inmigrantes. Nunca más se supo de él. Por eso es mejor dormir frío e incómodo en este rígido catre de fierro, que exponerse a un encarcelamiento prolongado en alguna otra prisión, purgando ya no por delitos de inmigración, sino por el delito de contrabando. Eso no vale la pena amigo.

—Así es —le respondí, mientras terminaba de meter la sábana debajo de esa flaca colchoneta.

El problema con la colchoneta no solo es que era delgada, sino que estaba manufacturada de un material sintético muy parecido al plástico. Por ello le pregunté al Nica:

—Y con esta colchoneta de "plástico", o algo parecido, ¿no sudas de noche?

—Claro que sí, y es fácil resfriarse cuando se te moja la espalda. Especialmente, por el añadido efecto del aire acondicionado.

Una vez que terminé de tender la cama, me eché en ella para probarla: no cabe duda, era dura como una piedra, pero plana como una plancha. Menos mal que al ser completamente plana —pensé— mi espalda estaría en una buena posición. Cuando las camas son muy blandas, o tienen grumos, suelen hacer daño a la espalda. Este era apenas un consuelo, pues intuía que llegar a dormir en esa plancha de hierro no sería tarea fácil, bajo condiciones normales. Pero esa primera noche en BTC estaba en condiciones totalmente anormales, ya que no había dormido desde que salí de Bolivia. Hasta ese momento en que me recosté unos minutos para probar mi cama carcelaria, había permanecido sin dormir treinta y ocho horas y media. El lunes, 3 de noviembre de 2008, me levanté a las cinco de la mañana para tomar el vuelo de las diez, que me conduciría a Miami. Y ahora era el martes, 4 de noviembre de 2008, a horas siete y treinta de la noche. Es impactante constatar cómo, en situaciones de alteración emocional, el cuerpo humano es capaz de soportar padecimientos extremos.

Pero ni aún en esa "prueba" de la cama caí dormido. Al contrario, como el Nica era el "jefe" del cuarto, y él me había advertido que me daría algunas pautas de orientación para la sobrevivencia en BTC, yo estaba listo para la lección.

—Nica, ¿proseguimos entonces con las indicaciones?

—Bueno —replicó—, entonces empecemos por el baño. ¿Ya entraste a él?

—No, todavía. Cuando tú ingresaste al cuarto, yo me encontraba recién llevando a cabo un primer reconocimiento de campo de lo que denominaríamos el dormitorio, y luego, cuando entró Misy, emprendimos una breve conversación introductoria.

§

Mientras dialogaba con el Nica, Misy se encontraba recostado en su cama, con el único aparato de radio —un artilugio con forma y tamaño semejante al de una pelota de softball, que lo usaba exclusivamente él, como si fuera suyo propio— pegado al oído. Él no intervenía en la conversación, pues no entendía el castellano. La situación se tornaba un tanto incómoda para mí, ya que no me parecía correcto que uno de los tres quedara al margen de los acontecimientos. Pero la verdad es que Misy entendía la situación, y no se hacía problema por su marginalidad, creada por la barrera del idioma.

En realidad hay que admitir que comunicarse con Misy no constituía tarea fácil. Aparte de que él no hablaba el castellano (no tenía por qué hacerlo, ya que era haitiano), tampoco tenía un inglés fluido que le permitiera transmitir sus ideas eficazmente. Su acento era muy pronunciado y a veces resultaba casi imposible determinar qué quería decir. Su idioma era el francés, y, por supuesto, el creole: una suerte de mezcla del francés con idiomas africanos, algo de la lengua árabe, del castellano y, hoy en día, hasta del inglés. De tal manera que, las conversaciones que sostuve con él, durante el tiempo que compartimos el cuarto, resultaron ser muy esforzadas, pero hay que reconocer que fueron muy valiosas por su contenido. Aclarada entonces la presencia muda de Misy en el cuarto, mientras el Nica me explicaba los detalles sobre la vida en BTC, proseguimos con la labor pendiente.

Entonces me levanté de la dura cama y me puse en pie, para luego caminar unos cuantos pasos hasta abrir la puerta del baño.

Capítulo III

El baño: los mexicanos, el peruano y otras historias

—He aquí el baño. Este quizás sea el principal recinto para los que vivimos en este cuarto 242, pues hay que mantenerlo limpio. De lo contrario, no sólo experimentaremos olores fétidos y nauseabundos, sino que corremos el riesgo de que se generen todo tipo de enfermedades. Empezando por los hongos, y terminando en no sé cuáles... —explicaba el Nica con enorme grado de responsabilidad.

Él sí que se había tomado en serio esto de ser el "jefe" del cuarto, pero por suerte para bien. A mí tampoco me parecía nada gracioso contraer algún tipo de enfermedad por el desaseo en el baño.

—Cuando le toque limpiar el baño, primero tiene que dedicarse a la tina, pues ella se ensucia muy rápido, ya que todos los ocupantes del cuarto se duchan cada día —precisaba el Nica.

Me enseñó que en el presidio nos proporcionaban un detergente destinado al aseo de la bañera, con el que debía fregar toda su extensión dos veces, o las que fueren necesarias, hasta que salga la grasa del cuerpo que se pegaba en su superficie. En la práctica agradecí esta enseñanza, pues ciertamente que la humanidad de los presos desprendía grasa que acababa adherida en dicha tina de baño. Luego descubrí que era un privilegio ducharse después de que limpiaba el Nica, pues la bañera lucía más limpia que cuando otro lo hacía, y uno podía entrar en contacto con la superficie de ella sin sentir tanto asco. Allí aprendí (de manera empírica, no meramente teórica) que si uno se aplicaba en la limpieza por consideración con el resto, los otros también harían su parte, y eso lo beneficiaría a uno en última instancia. Obviamente, cada regla tiene siempre su excepción. Si bien esta regla funcionó la mayor parte del tiempo que estuve allí, no faltaron los malos compañeros que no colaboraban con la higiene, y causaron problemas en este campo.

§

Recuerdo que hacia fines del año 2008, alrededor del 15 o 16 de diciembre, llegaron un par de mexicanos al cuarto. En ese entonces la pieza de seis personas paraba llena, pues siempre que alguien se iba, era inmediatamente reemplazado por otro. Cuando estos dos mexicanos arribaron, era muy difícil imponerles las reglas de convivencia imperantes, pues ellos sabían que permanecerían muy pocos días presos. Era política de inmigración de los EEUU deportar a los mexicanos ilegales a los pocos días que éstos eran aprehendidos por el ICE, cuando ellos no optaban por defenderse y trataban de quedarse en suelo americano. Usualmente, los mexicanos no permanecían más de diez a doce días en la cárcel. Esto ocurría así porque como existía tanto inmigrante ilegal mexicano (de lejos, el mayor número de inmigrantes ilegales estaba compuesto por ciudadanos de ese país), el gobierno de los EEUU tenía siempre vuelos disponibles en aeronaves especialmente destinadas para este cometido, con la finalidad de transportar a los mexicanos a su país sin demora alguna. Esto yo no lo supe con certeza hasta que arribaron este par de individuos, quienes, desde el mismo momento que ingresaron a nuestro aposento, declararon que estarían allí apenas unos días. Inclusive tenían esperanzas de arribar a su país justo para Navidad, es decir, hasta el 24 de diciembre (el hecho de pregonar este objetivo a los cuatro vientos era ya un exceso de soberbia a la luz de quienes estábamos presos por muchos meses y algunos hasta por más de un año). Tal era su seguridad en lo que sostenían, que mientras estuvieron en BTC se dedicaron a prestar todo tipo de servicios de auxilio —especialmente de correo— a los otros presos, pero con énfasis a los otros mexicanos (aquellos que decidían luchar su caso ante el juez de inmigración, quienes también permanecían presos por muchos meses e incluso más de un año si el caso se complicaba). En el tiempo que se nos permitía estar en el patio, se veía a los dos mexicanos tomando nota de los datos (presumiblemente de números de teléfono a los que llamar para dejar un recado) de algún preso a quien parecía que entrevistaban. Por supuesto que estos dos personajes cautivaron los sentimientos de los reclusos, pues veían en ellos a una suerte de Robin Hoods a la mexicana, dispuestos a ayudarles desde afuera (aunque jamás nadie estaba seguro de que dicha colaboración se cristalizaría, la esperanza era lo que valía, como siempre, especialmente en el caso de los *Condenados de la tierra*, como denominaría Franz Fanon a los presidiarios de estas cárceles de inmigrantes ilegales). Su promesa de ayuda se prestaba a todo tipo de interrogantes y susceptibilidades, ya que incluso recolectaban números telefónicos de dentro de los EEUU, para supuestamente llamar a los parientes de los presos una vez que ellos salieran de BTC. Pero, ¿cómo iban a contactar a estos parientes si ellos iban a ser deportados a México? La pregunta no quedaba en el aire, pues ellos mismos afirmaban —también con absoluta certeza— que estarían de retorno en los EEUU, inmediatamente después de las fiestas de fin de año. Ambos señalaban que tenían demasiadas obligaciones y que tenían que reemprender su trabajo en los EEUU hasta mediados de enero, a más tardar. Cuando se les preguntaba cómo harían tal proeza, la respuesta era casi obvia: cruzarían la frontera en un corto tiempo. Según sus versiones, ellos habían atravesado esa frontera muchas veces en los últimos veinte años. Para estos mexicanos, la deportación —especialmente en este caso en particular— era una ocasión para visitar su tierra natal a expensas de los contribuyentes norteamericanos, en la época de Navidad y Año Nuevo. En realidad, se les veía dichosos de poder festejar las fiestas en su tierra, con pasajes pagados.

Estos mexicanos eran Ramón Estívariz y Fernando Madero. Algunos conocedores de la problemática inmigratoria ilegal (otros presos dentro del penal), y de sus pormenores, me afirmaron —casi sin lugar a dudas, según ellos— que estos dos eran coyotes. El coyote es el contrabandista de seres humanos en la frontera de los EEUU con México. Éste es el que proporciona orientación, guía, transporte, alojamiento y hasta documentación a los inmigrantes ilegales mexicanos y de otros países latinoamericanos, que pretenden cruzar la frontera. Estas son personas que viven en la marginalidad, en la ilegalidad, y por qué no decirlo, son parte constitutiva del hampa. Sobre ellos se tejen las historias más inverosímiles del submundo del tráfico de seres humanos en el Siglo XXI.

De los dos, el más extrovertido y el que ostentaba el liderazgo era Ramón Estívariz. Él era divertido y tenía un alto sentido del humor casi en cada una de sus acciones. Sus permanentes bromas utilizando un amplísimo léxico de modismos callejeros mexicanos, lo hacían un personaje que despertaba reminiscencias de las viejas peripecias del gran Cantinflas. Para todo tenía una respuesta a flor de labio y en son de chiste. En cambio, Fernando Madero era el que andaba por detrás de su amigo, el que festejaba las chacotas que armaba aquél, el que acataba las órdenes. Ambos se veían contentos y bromistas. Pero hay que reconocer que en su corta estadía dentro de la cárcel, cosecharon la simpatía de los presos, y por ende tenían una suerte de liderazgo sobre ellos. Los mexicanos se convirtieron en unos líderes populistas dentro de BTC.

Volviendo entonces al tema que nos ocupa en esta sección —que es la higiene del baño—, debemos puntualizar que fue durante la estadía de estos dos individuos cuando la disciplina de limpieza de este principalísimo espacio físico decayó notablemente. De manera irresponsable, ambos mexicanos decidieron que ellos no tenían por qué limpiar las mugres de los otros cuatro compañeros de la habitación, y por supuesto eso hacía que los otros cuatro se vieran obligados a limpiar la de ellos. Los mejicanos se pusieron en una situación de franca rebeldía.

El problema con este tipo de rebeldías era que no se las podía reportar a los guardias del presidio. Para las autoridades carcelarias la obligación de la limpieza del cuarto y del baño era de los reclusos que ocupaban ese recinto, de manera conjunta y solidaria. Para ilustrar, si los guardias determinaban que en una de las habitaciones no estaban bien limpiados los vidrios de la ventana (porque presentaban algún grado de suciedad, aunque ésta fuese mínima), el castigo por ello era a todos los habitantes del cuarto. Uno de los castigos más comunes era que a ese cuarto se le quitaba el aparato de televisión. Y si dicha habitación no tenía un aparato de televisión, se le quitaba el derecho a tenerla durante un período de tiempo en el futuro, que podía ser de un mes o más.

Bajo este sistema de imposición de sanciones por faltas en el campo de la higiene, la rebeldía de los mexicanos no constituía un riesgo para ellos, sino para los otros cuatro habitantes de la habitación 242. El tema era que cualquier sanción recaería sobre el cuarto, y duraría un período de tiempo que afectaría a los otros cuatro, pero no a los dos mexicanos que estaban de pasada fugaz por BTC.

El solo hecho de pensar que nos quitarían el televisor era devastador. ¿Qué haríamos seis personas (nosotros cuatro más los otros dos que en el futuro reemplazarían a este par de mexicanos) encerradas en un espacio tan estrecho durante largas horas del día, sin siquiera un televisor para matar el tiempo?

En una cárcel de esta naturaleza, ni siquiera la lectura era una opción. Ella planteaba un obstáculo infranqueable: como los presos eran siempre extranjeros ilegales, éstos casi no entendían el inglés. Es cierto que en BTC existía una biblioteca, pero en ella los libros estaban escritos en inglés (había algunas salvedades de libros en español, pero a esos se los podía contar con los dedos de una mano). Es así que ni los hispanos ilegales ni los haitianos ilegales podían hacer uso efectivo de esta biblioteca. Pero además, la verdad sea dicha, los inmigrantes ilegales, en su inmensa mayoría, eran personas con oficios manuales: albañiles de la construcción, plomeros, electricistas, cosechadores de frutas en el campo, cuidadores o personas encargadas de la seguridad de locales, jardineros, trabajadores de restaurantes, y otras labores semejantes. Por su formación, este tipo de personas tampoco tenía el hábito de la lectura. Por ello es que el televisor era un elemento indispensable para que la convivencia dentro de la habitación fuera llevadera. Si bien el televisor no resolvía todos los conflictos que se daban en el interior del cuarto, las noticias y la programación televisiva concentraba la atención de la mayoría. No se debe olvidar que los canales de televisión, que alcanzaban con sus ondas al condado de Broward, eran los mismos que cubrían el área metropolitana de la ciudad de Miami, así que entre ellos se encontraban varios que emitían su programación en español, en honor a la gigantesca población hispana que radicaba en esa metrópoli. Este aspecto no era de poca importancia. La televisión era el único refugio donde los presos encontraban algún atisbo de identidad cultural, de identidad idiomática.

Ningún argumento constituía una exageración cuando se trataba de explicar la importancia de mantener un televisor en el cuarto. Sin este aparato, los seis miembros del 242 nos habríamos vuelto locos, o nos hubiéramos enfrascado en batallas fratricidas.

Frente a la amenaza de perder el televisor por una sanción en el campo de la higiene del baño, los otros cuatro decidimos limpiar las inmundicias de los dos mexicanos rebeldes, sin que éstos hicieran la labor que les correspondía.

Y lo cierto es que de todos los compañeros de habitación que me tocaron durante mi período de encarcelamiento, estos dos mexicanos fueron los más cochinos. Cuando recién entraron al penal (todavía no se habían sometido al régimen dietético de BTC), uno de ellos —Ramón— estuvo aquejado por una devastadora diarrea que le duró un par de días. Como él gozaba de una personalidad dicharachera, hacía de su enfermedad una payasada, pues mientras permanecía sentado en la taza del inodoro, entonaba rancheras mexicanas que despertaban una carcajada generalizada.

Fue así como nos vimos forzados a soportar y dejar pasar el desaseo y desobediencia de estos dos díscolos. Era difícil poner en orden a un par de mexicanos cantinflescos, con atisbos de coyotes, que se granjearon las simpatías de toda la población carcelaria.

Todo este sacrificio para no perder nuestro privilegio del televisor.

§

Luego de mostrarme el método de limpiar la ducha, el Nica prosiguió con la taza del inodoro. Aquí las cosas se ponían más peliagudas. En mi vida había limpiado la taza de un inodoro en mi casa (ni de soltero en la de mis padres, ni de casado en la de mi familia), evacuatorios que sólo eran utilizados por unas cuantas personas en cada baño; y ahora me tocaba hacerlo en esta prisión, donde seis personas hacían uso de él diariamente.

—El inodoro debe ser refregado dos veces cada vez que te toque el turno de la limpieza del cuarto. Para toda la limpieza del baño debes ponerte estos guantes de goma. Cada día nos proporcionan un par, son los desechables, parecidos a los que utilizan los médicos en las cirugías. Con la mano izquierda echas el líquido limpiador, y con la derecha (agarrando un paño de papel destinado a la limpieza) refriegas el interior de la taza. Cada día nos proporcionan también un poco de detergente y cuatro paños de papel, así que hay que saber hacerse alcanzar para el aseo de todo el recinto: el baño y el dormitorio —me instruyó el Nica.

—Entendido —le respondí.

—Ah, y no te olvides de limpiar también dos veces el asiento de la taza, la parte redonda donde los presos colocan sus posaderas.

—Claro.

—Y finalmente, el piso del cuarto de baño es crucial para evitar los olores. Resulta que los presos suelen ser descuidados al tiempo de orinar. No ponen el suficiente cuidado a esta operación y hacen salpicar su herrumbre fuera de la taza. Si seis personas hacen esto, la acumulación de orines produce una pestilencia nauseabunda. Así que, doctor, mucho cuidado con descuidar refregar bien el piso del baño.

—Descuida amigo, en mí tendrás un fiel servidor, pues no me sería sencillo vivir en una pocilga hedionda. Haré todo lo que esté de mi parte para que el cuarto y su baño estén siempre en condiciones de habitabilidad civilizada.

A pesar de todas sus instrucciones en detalle, el Nica olvidó un tema que me costó un enorme susto.

Al día siguiente de mi arribo, cuando todavía no me

había tocado ejercer la responsabilidad de la limpieza, entré en la ducha después de que el haitiano Misy hiciera esa tarea, pues resultó que ese día era su turno. Aunque yo sabía que él había realizado una labor destacada en el aseo, el baño de la prisión no me inspiraba ninguna garantía. Me parecía que no importaba cuánto se limpiaba este retrete, ya que la inmundicia de la cárcel siempre hallaría modos para imponer su supremacía. Sentía que todo estaba grasiento y pegajoso, y me imaginaba que allí se habían duchado antes que yo cientos de presos, tal vez inclusive miles, y que muchos de ellos se trajeron enfermedades de la piel encima. Mientras se deslizaba el agua de la ducha sobre mi cabeza y por todo el cuerpo, y mientras meditaba acerca de la desdicha de estar preso acompañado por un llanto silencioso, interno, secreto, trataba de eludir —a toda costa— el contacto con la cortina de plástico de la ducha. Esta cortina que condensaba la mugre de la pocilga que se denominaba baño. Cada movimiento que efectuaba con mis brazos estaba milimétricamente calculado para no rozar ninguna parte de mi humanidad, ni siquiera de refilón, con la cortina de plástico viejo y enmohecido. Así estuve batallando durante largos minutos, hasta que en un descuido de una fracción de segundo, cuando me encontraba con el champú en la cabeza y los ojos cerrados evitando también el jabón en los ojos, mi brazo impactó en alguna parte de la cortina, de tal manera que ésta se vino encima de mi cuerpo, envolviéndolo por entero. El abrazo de la cortina de mugre vino acompañado de un estruendoso ruido. Algo se había roto y la cortina se había desplomado envolventemente sobre mí. Una sensación mezclada de asco y susto se apoderó de mi ser.

Afuera se escucharon fuertes carcajadas que adivinaban lo que había pasado. Ocurre que la cortina de la ducha colgaba de una barra de unos dos metros y medio de largo a través de varias argollas de plástico. La barra a simple vista lucía ser metálica, pero en realidad era de un material sintético, y estaba bañada de un metal plateado. El hecho es que la barra era muy liviana y se mantenía sujeta a través de la presión que cada una de sus puntas ejercía sobre la pared contra la que se apoyaba. La barra ejercía presión hacia los extremos por la vía de un mecanismo de tornillo (ubicado en el punto medio de la barra) que cuando se lo envolvía en un sentido se alargaba, y cuando se lo hacía en sentido contrario se achicaba. Hay que aclarar que esta barra —que como dijimos era liviana— tenía que soportar una amplia y gruesa cortina de plástico, cuyo peso se veía incrementado por una espesa capa de mugre y moho. De tal manera que la fragilidad de la barra y la pesadez de la cortina terminaban por hacer ceder a la primera con cierta frecuencia. Pero cuando eso acontecía iba acompañado de un ensordecedor estruendo, ya que el hecho además se daba casi siempre simultáneamente con la caída del casual usuario de la ducha en la tina. Parece que el revuelo causado por el desplome de la barra y de la cortina hacía perder el equilibrio al que se duchaba, en unos casos. Y en otros, parece que el resbalón del que se duchaba, quien en su desesperación se asía de lo primero que estaba a su alcance —que era, sin duda, la cortina— causaba el desplome de la barra y la cortina sobre su cabeza.

En mi caso la caída vino como consecuencia de la precipitación de la barra y cortina sobre mi persona.

—¿¡Qué te ha pasado!? ¿¡Estás bien!? ¿¡Necesitas ayuda!? —eran las voces del Nica, en español, y de Misy, en inglés, que ofrecían a gritos (y entre risas) su colaboración en este incómodo episodio, mientras yo permanecía sentado en la pegajosa superficie de la bañera, tratando de entender lo acaecido de manera tan súbita.

—No ha pasado nada, no se preocupen, no preciso nada, todo está bien, sólo un pequeño percance que está bajo control —fue mi inmediato informe, que sin duda falseaba la realidad de los hechos.

Pudo más mi amor propio, pues en verdad, una vez que descubrí que tenía que reponer la cortina y la barra en su sitio, no sabía por dónde empezar. Yo jamás había reparado la barra de una ducha, pero entendía que lo tendría que hacer (y rápidamente) para salvar el honor. Las barras de ducha que yo había visto en mi vida hasta ese momento eran las tradicionales: las que colocaba un albañil insertando las puntas de la barra dentro de la pared en cada uno de los extremos. En este caso ni siquiera había agujeros en la pared donde insertar las puntas de la barra. Tuve que aguzar mis elementales instintos ingenieriles para descubrir cómo funcionaba este insólito mecanismo que tenía frente a mí. Luego de unos cuantos ejercicios empíricos —básicamente de ensayo y error—, descubrí la fórmula para recobrar el honor. Me sentí tan orgulloso de mi hazaña técnica que cuando repuse la barra y la cortina en su sitio, sentí una felicidad tan grande, solamente comparable con la que me imagino ha sentido el inventor de ese mecanismo para sujetar la barra contra la pared.

Concluida esta proeza, terminé de ducharme, me

sequé con la toalla y salí al cuarto donde los compañeros se encontraban expectantes para averiguar la verdad sobre los acontecimientos. Grande fue su sorpresa cuando vieron que el baño estaba intacto, tal cual me lo entregaron antes de mi primera ducha matinal.

—¿Y qué fue ese golpe tan fuerte que se escuchó? —inquirió el Nica.

—No mucho, solo que me resbalé en la tina, pero sin mayores consecuencias —respondí de manera muy tranquila.

Ese fue el fin de este episodio, que me sirvió de enorme experiencia para lo venidero.

Lo que ocurrió, en lo venidero, fue que esta situación se repitió una y otra vez. Era tan enclenque la resistencia de la barra que con bastante frecuencia cedía ante la pesadez de la cortina, especialmente cuando alguien que se estaba duchando hacía contacto con ella. En esas circunstancias se volvía a escuchar el estruendoso ruido del desmoronamiento de la barra y de la cortina, así como el porrazo del individuo dentro de la bañera, todo esto seguido por un prolongado silencio sepulcral, que denotaba el estado de perturbación en el que se encontraba la víctima de los acontecimientos.

Pero una vez que Misy salió de BTC con destino a las calles de Miami, y el Nica se fue deportado por tercera vez a su país, yo me quedé de "jefe" del cuarto, debido a mi antigüedad.

En esas condiciones el que prestaba socorro al aturdido en la bañera era yo. Una vez entró al cuarto otro nicaragüense —de nombre Roberto Almaráz—, un mulato tranquilo y de pocas palabras. Él vivió en la ilegalidad durante tres años. Su padre era un chófer negro que conducía el automóvil del embajador de Nicaragua ante las Naciones Unidas, en la ciudad de Nueva York. El progenitor había sido nombrado en este cargo por ser militante activo del sandinismo en Nicaragua: era su premio a la lealtad con la revolución. Por ello su estatus dentro de los EEUU era de diplomático, pues el personal de las embajadas ante el máximo organismo internacional gozaba de ese rango privilegiado. Sin embargo, su hijo Roberto, debido a que ya era mayor de edad hace varios años atrás (tenía treinta y tres años), ya no podía beneficiarse de ese privilegio en calidad de su dependiente, y permanecía en los EEUU sin visa. A éste se le cayó la cortina unas cuatro veces en el transcurso de dos meses. Como el hombre andaba con claros signos de depresión (sobre todo los primeros quince días de su estadía en la cárcel), cuando se le cayó por primera vez no hizo mayores esfuerzos para aprender a solucionar el problema. Él esperó que yo arreglara la cortina, en mi calidad de coordinador.

La segunda vez, cuando ya iba en camino de vencer la depresión, se quedó en el baño durante más de una hora entera, tratando de arreglar el desastre por sí solo. Al cabo de este tiempo emergió del baño rendido, y me pidió auxilio.

En el tiempo que esto acontecía, el cuarto estaba siempre en su capacidad máxima, con seis reclusos dentro de él. Y justo a Roberto le tocó convivir con los más jovencitos. En esa época había un grupo de tres guatemaltecos (indígenas de ese país que se comunicaban en su idioma entre ellos), cuyas edades oscilaban entre los diecisiete y diecinueve años de edad. Estos muchachos estallaban en risa cada que a Roberto se le derrumbaba la cortina, pues seguramente les parecía muy hilarante la batahola que se armaba en el baño, y sobre todo, les debía resultar muy cómico que él no pudiera arreglárselas solo para reponer en su sitio la cortina y la barra. Lo peor es que las risotadas y los comentarios en idioma quiché no le caían nada en gracia a Roberto, quien tampoco podía disimular su ira contra estos jóvenes mayas.

Debido a estos incidentes, me hice famoso por la pericia que desarrollé en la reparación de la cortina del baño. Cada vez que algún nuevo sufría estos percances, era convocado de emergencia para dar solución al problema.

§

El Nica continuó con las indicaciones sobre el aseo del baño. Uno de los temas que enfatizó fue que el baño también constituía un lavadero de ropa.

—Yo lavo toda mi ropa en el baño, y también lo hace Misy. La operación es simple. Aquí hay un balde de plástico que sirve para dejar remojar la ropa, una vez que ésta ya ha sido jabonada. Luego de que ella remoje durante veinticuatro horas, recién la enjuagas hasta que salga todo el jabón. Y finalmente, la cuelgas para que seque.

—¿Y dónde la cuelgo?

—Las prendas que no son pesadas, como por ejemplo los calzoncillos o las medias, las puedes colgar de la barra de la ducha. En cambio, los pantalones o las camisolas del uniforme, tienes que secarlos en otro sitio, pues en el baño no hay dónde hacerlo. Yo las extiendo en la barra del pie de mi cama, ya lo verás mañana, cuando seque mi pantalón.

Todas estas indicaciones funcionaron bien mientras

fuimos tres en la pieza. Además, tres personas con hábitos normales que respetaban los derechos del prójimo como los suyos propios. El problema, como ocurre casi siempre en todo ámbito humano, surge cuando se cruza en el camino alguien (uno o más individuos) que no comparte esta ética de vida. Lo primero que ocurrió a los pocos días que estuve allí es que el cuarto se pobló hasta su límite máximo de seis reclusos. Dentro de este grupo, habían unos que sí seguían las reglas y otros que no. Uno de los casos más patéticos que se suscitó como consecuencia del uso multifuncional del baño-lavadero fue el ocasionado por Joel Delgadillo, el peruano. Cuando este personaje ingresó a BTC y por ende al cuarto, se mostró como un ser sumiso, obediente, y hasta humilde.

§

Él contó que provenía del norte del Perú, de una población muy próxima a Talara, y que su familia era de escasos recursos y campesina. Antes de salir de su país, solo había viajado a pocos lugares dentro del Perú. Conocía Lima porque allí vivía una tía suya, y no le gustaba por lo atiborrado de gente que era la capital de los virreyes. Relató que una vez, inspirado por alguna película cuyo nombre no logro recordar, decidió que debía viajar a los EEUU. En ese afán recolectó toda la documentación que le pidieron en el consulado de EEUU en Lima, y la presentó conjuntamente con su solicitud para visa de turista. Los funcionarios del consulado consideraron que Joel no tenía intenciones turísticas —y que su intención era quedarse a residir en ese país— y rechazaron su solicitud. A la sazón, es importante destacar que la Ley de Inmigración de los EEUU presume que quien postula para una visa de turista tiene como intención quedarse en ese país, y que el verdadero turista debe probar lo contrario: que no tiene intenciones de quedarse en los EEUU, y que va a retornar a su país de origen sin lugar a dudas. Esto se logra, por ejemplo, probando que en su tierra el postulante tiene propiedades inmuebles, empresas, inversiones u otras formas de derechos propietarios que lo atan a su país; o en su defecto o adicionalmente, que desarrolle actividades profesionales destacadas que aseguren que esta persona deseará volver a dicho país. Como Joel no pudo probar nada de esto, le cerraron las puertas al Imperio del norte.

El rechazo de la visa aconteció el día miércoles, veintinueve de julio del año mil novecientos ochenta y siete, un día después del feriado en conmemoración a la independencia del Perú.

Pero los funcionarios consulares no contaron con la terquedad campesina de Joel. Este personaje, de ideas simples pero claras, decidió que ahora sí quería irse a vivir a los EEUU, y que no existiría poder humano que lo detuviera.

Obsesionado, Joel procedió a recaudar los fondos necesarios. Tenía algunos ahorros surgidos de su trabajo de varios años que no le alcanzaban para semejante cometido, por lo que tuvo que recurrir a prestarse dinero de sus padres, de sus tías cercanas y de los amigos más fieles que lo conocieron desde niño. Menos mal que Joel a todos sus prestamistas les caía como un hombre digno de confianza, y, con ese grado de seguridad inspirada, le entregaron el dinero en sus manos, y en efectivo. Posteriormente, un par de años más tarde, cuando él ya se asentó en los EEUU y contaba con un trabajo seguro, empezó a devolver el dinero prestado a todos los que habían depositado su confianza en él. La idea era restituir a cada uno de ellos hasta el último centavo. Mas como nadie es dueño de su propio destino ni tiene la vida comprada, para ingrata sorpresa de Joel algunos de estos personajes tan queridos para él, ya habían abandonado este mundo. Ese fue el caso de su tía Adela (la limeña) y de su tío Abdón (de Talara, su pueblo natal), quienes a la sazón ya eran gente mayor: ella, de noventa y dos, y él de ochenta y cuatro años de edad, cuando partieron al más allá. Para Joel, la pérdida de sus tíos fue triste en el ámbito de lo sentimental, pero en el ámbito financiero, los préstamos se convirtieron en donaciones. El resto de las deudas fueron honradas hasta el último centavo.

Con el dinero en la mano, Joel emprendió la travesía hasta su destino final. Un viaje sin retorno, según él tenía entendido.

Como no tenía visa, el ingreso a los EEUU tendría que llevarse a cabo a través de la frontera mexicana-estadounidense. ¿Y cómo llegar a México? Joel ya no quería volver a confrontar a los burócratas diplomáticos de ningún país, así que rechazó de plano la idea de solicitar una visa de turista a México en el consulado de ese país, en Lima. Hizo números y decidió que con el dinero que tenía en mano le alcanzaría para completar el periplo por tierra. Además, como él era aún joven (había cumplido veintisiete años de edad hacía un mes atrás) sintió que esta sería una experiencia sin igual en su vida. De ser un campesino de tierra adentro, se convertiría en un conocedor del mundo, o por lo menos de este enorme continente americano. Con una maleta de mediano tamaño, Joel partió desde Talara en un bus hasta la frontera con el Ecuador. Una vez que traspasó la frontera con ese país vecino —por primera vez en su existencia Joel había pisado tierra extranjera—, continuó el viaje, siempre en flota. En Ecuador se impresionó con Guayaquil, una ciudad muy diferente a las de su tierra: muy mixta en su composición étnica (con un importante componente de negros) y tremendamente dinámica en su actividad. Guayaquil le contagiaba energía a cualquiera. Como tenía los recursos económicos limitados, Joel no podía quedarse en contemplaciones turísticas, así que pasó rápidamente a Colombia. En la tierra de la cumbia y del café él se divirtió como jamás antes. En Talara a él se le conocía como a un hombre joven, serio y trabajador. En este viaje Joel despertó a las delicias de la vida, aunque haya sido un poco tarde, pues ya estaba más cerca de los treinta que de los veinte.

Luego vino Panamá, Costa Rica, Nicaragua, Honduras, El Salvador, y finalmente Guatemala. En los países centroamericanos Joel siguió con sus aventuras vivenciales, unas más emocionantes que otras, aunque siempre cuidando sus limitados recursos económicos. Pero en cuanto al cometido de su travesía, recién en el tramo Guatemala-México empezaron a aflorar los problemas. Una vez que se internó en territorio mexicano desde Guatemala, tomó un autobús que lo llevaría hacia el norte, con destino a la frontera prometida. Cuando ya había avanzado un trecho dentro de tierras mexicanas, en las proximidades de la ciudad de Tuxla Gutierrez, capital del estado de Chiapas, el vehículo en el que iba Joel fue detenido por la policía, en una redada de rutina. México, en su política de cooperación con los EEUU para evitar el incremento de la inmigración ilegal al Imperio, empezó a cuidar la utilización del territorio mexicano como puente para que los ilegales de sur y centro América ingresaran al país del norte por su territorio. Fue por esta razón que los pasajeros del bus estuvieron obligados a mostrar su identificación. Cuando el turno le tocó a Joel, no hubo necesidad de mucha dilucidación: él no tenía visa para permanecer en territorio mexicano. De manera que las autoridades mexicanas lo remitieron a una prisión, conjuntamente otros pasajeros provenientes de países del sur que no traían papeles en orden. En esa cárcel para prisioneros comunes de Tuxla, Joel y sus circunstanciales compañeros permanecieron durante cinco días, hasta que finalmente un autobús del estado les condujo de retorno a la frontera con Guatemala. Joel tuvo que entrar a territorio guatemalteco y estuvo allí una semana. Luego, en pleno ejercicio de su perseverancia de campesino peruano, volvió a la carga.

En este segundo intento planificó mejor sus siguientes pasos. No podía volver a fallar, ya que sus recursos estaban estrechamente calculados para llegar a su meta dentro del plazo que él se había fijado. Fue así que una vez que traspasó la frontera con México, optó por tomar un bus que lo llevaría más al norte por caminos secundarios, evitando así la carretera troncal que estaba mejor custodiada por las autoridades policiales. Con este nuevo enfoque burló a los agentes del orden y se deslizó hasta encontrarse con el famoso Tren de la Muerte o, como otros lo denominan, La Bestia. Según su relato, la El Tren de la Muerte fue realmente una experiencia traumática, pero jamás comparable con la caminata que lo llevó a cruzar la frontera de los EEUU por el pleno desierto. —En el Tren de la Muerte me moría de miedo por la potencialidad del peligro que acecha a cada instante. Mientras el tren se adentra más en la región norteña de México, la posibilidad de que los asaltantes entren y cometan tropelías es mayor. Yo he escuchado de asaltos en los que los migrantes sudamericanos fueron desposeídos de todo el dinero que traían consigo. Los asaltantes saben que los migrantes vienen con dinero en su cuerpo, así que se aprovechan de esas circunstancias. No hay que olvidar que el precio que se paga al coyote para que te ayude a cruzar la frontera es caro. En la época que pasé la frontera, en 1987, yo pagué un montón de dinero; ahora sé que es mucho más. Pero además del peligro que corre un pasajero de que lo asalten por dinero, está el de la violación, para las mujeres. Muchos migrantes viajan con sus familias, esposa e hijos de ambos sexos. Dice que cuando entran los asaltantes, muchas veces violan a las mujeres a ojos vista de sus maridos o padres, sin que éstos puedan hacer nada al respecto, pues están amenazados con un revólver que apunta a su cabeza. Gracias a Dios cuando yo tomé El Tren de la Muerte no pasó ninguna desgracia de esta naturaleza, ni de ninguna otra. Llegamos todos a destino sanos y salvos —Joel relató este episodio imperturbable, veintidós años después, sentado en el borde de su cama del penal de BTC. Su memoria estaba intacta sobre cada paso que dio en ese inolvidable viaje que cambiaría su vida para siempre, y por el cual estaba pagando las consecuencias ahora, luego de más de dos décadas.

  —¿Y después te contactaste con el coyote?—

pregunté para que continuara sin pausas.

—Claro, cuando llegué a un pueblo pequeño cerca de la ciudad de Chihuahua, que está en el estado mexicano del mismo nombre, y que es fronterizo con los EEUU, me contactaron con la persona que me conduciría al otro lado: el coyote. La idea, me dijo este individuo, era que yo esperara tres días, ya que él estaba todavía dedicado a la tarea de reclutar más gente que pasaría la frontera conmigo. A mí me impactó este personaje, pues se le veía duro en su expresión y de un físico fuerte. Era de tez muy morena, en realidad achicharrada por los intensos rayos del sol del desierto, que él cruzaba a pie con enorme frecuencia. En la cara llevaba el dibujo de un villano de película mexicana, pues su piel calcinada se veía interrumpida por una cicatriz que nacía desde la parte inferior del pabellón de su oreja derecha, y que recorría el trayecto del mentón hasta terminar en su quijada. La huella del corte era más oscura que el resto de su piel. Su voz era de tono grave y, de momento en momento, era interrumpida por la presencia de un gargajo en la profundidad de su garganta. Sin duda, se trataba de un fumador empedernido. Era imposible precisar la edad del personaje frente a mí, pues su fortaleza y musculatura lo hacían de unos veintiocho años; pero su expresión y su mirada lo ponían con unos cuarenta y cinco, y tal vez hasta cincuenta bien conservados. El coyote se hacía llamar Rubén, jamás reveló su apellido, pero lo más probable es que aquél no fuera su verdadero nombre.

—Y entonces ¿esperaste los tres días?

—Pues no me quedaba otra. De todas maneras me cayó bien el receso. A estas alturas yo estaba ya exhausto, pues casi no había descansado desde que salí de Talara. Si bien me divertí en medio —sobre todo en Sudamérica—, no paré de trotar hasta que llegué a esa localidad. Así que allí me dediqué a hacer nada. De día me las pasé en la plaza del pueblo, tomando sol. Y después de cenar, a eso de las nueve de la noche, me entraba a mi cuarto hasta el próximo día. Al cabo de los tres días, Rubén me hizo llamar a su "oficina" (un cuartucho en uno de los alojamientos del lugar). Cuando llegué, la reunión fue de pocas palabras.

—Mañana salimos al amanecer, a la una de la madrugada lo espero aquí.

—Bien, le respondí, a esa hora estaré puntual.

Y así fue. Joel se presentó en el *lobby* de su alojamiento a las doce y cincuenta y cinco de la mañana, para no correr ningún riesgo. Allí ya estaban otras once personas —que por cierto eran sus compañeros de travesía—, esperando a Rubén.

Al cabo de unos minutos, detrás de Joel fueron llegando, uno a uno, otros tres compañeros hasta que el grupo se completó con quince. Corría ya la una y tres minutos de la madrugada, cuando apareció Rubén, listo para partir.

— ¿Alguno de ustedes no ha comido alguna merienda todavía? —inquirió Rubén con voz más ronca de lo normal, revelando aquel detalle que se había despertado hace apenas unos minutos atrás.

Hubo un silencio prolongado como respuesta, lo cual le hizo suponer que todos habían arribado debidamente alimentados.

—Bueno, si todos han merendado algo, podemos partir de inmediato. Yo comeré un bocado en el camino —en su mano derecha llevaba un sándwich dentro de un envoltorio de papel estañado.

De allí salieron en tres vehículos (vagonetas de doble tracción, las tres) hasta llegar a un punto desde donde emprenderían la marcha a pie. Las vagonetas no partieron simultáneamente. La segunda esperó unos cinco minutos para partir, y la tercera hizo lo propio. Después de un recorrido dilatado sobre la carretera asfaltada, cuando ya se encontraban en pleno desierto, doblaron a la derecha y se insertaron en un camino secundario de tierra, que levantaba inmensa cantidad de polvo con el paso de cada vagoneta. El polvo se destacaba como una estela más oscura sobre el firmamento iluminado por la brillantez de la luna. Sobre este último camino transitaron otros diez minutos hasta arribar al punto de encuentro en medio del árido desierto. Cuando los dieciséis se encontraron en este punto de reunión, Rubén dio las instrucciones de la caminata. A pesar de cumplir con todos los requisitos característicos de un facineroso, Rubén se conducía con disciplina y rigor profesional en su calidad de coyote. El sabía que tenía que tener las condiciones de líder, pues de lo contrario perdería el control del grupo en esta complicada tarea de burlar a la "migra" en el desierto, para luego ingresar a cada una de estas personas a los EEUU sin ningún contratiempo. Durante años, miles de migrantes habían perdido la vida en esta empresa altamente riesgosa. El desierto es voraz en cuanto a que se traga a las personas de la manera menos esperada. Unos mueren por deshidratación, otros a causa de balazos (disparados por grupos narcotraficantes que contrabandeaban cocaína a los EEUU o por agentes de la migra impulsados por el odio que les inspiraban los latinos o por cualesquier otro elemento delincuencial instalado en los diversos senderos que se extendían a lo largo de esta frontera desértica), otros por ataques al corazón y otros por cualquier achaque de salud imprevisto. "El desierto no respeta a nadie que no lo respeta a él", sentenciaba el coyote Rubén, con esa erudición que sólo otorga la experiencia de la longevidad.

—Debemos caminar durante toda la noche (o mejor dicho durante toda la madrugada oscura hasta que salga el sol), pues en las tinieblas la "migra" no nos encontrará. Los helicópteros de los gringos sobrevuelan durante el día al acecho de los *espaldas mojadas*. Lo mismo ocurre con los "migras" que husmean los caminos del desierto en vehículos. La oscuridad de la noche es lo ideal para cruzar al otro lado exitosamente —con estas palabras Rubén daba por iniciada la marcha hacia la felicidad (*the American Dream*), no sin antes tener que lidiar con el desierto y sus obstáculos secretos.

En cuanto terminó de pronunciar estas palabras introductorias, instruyó a los tres conductores de los vehículos que nos habían transportado hasta ese punto de partida para que retornaran al pueblo. Cuando partieron las vagonetas hacia atrás, nosotros empezamos a caminar en sentido contrario: con destino al norte.

A la cabeza del pelotón iba Rubén, en su calidad de guía. Joel no quiso ir inmediatamente después del líder, ni tampoco al final. Optó por una posición intermedia, más segura. En el medio podría ver, aunque fuera con dificultad pues la oscuridad de la noche no ayudaba a la visual, lo que acontecía con los que le antecedían (estaría advertido de cualquier novedad insospechada que pudiera surgir). Y a la vez estaría escoltado por los de atrás. Él no iría en los últimos puestos por los riesgos que corren los de la retaguardia en caso de un ataque por ese extremo. Inclusive tenía temor a retrasarse en la marcha y ser dejado a la zaga —perdiéndose así en el silencio de la noche del desierto— si caminaba de colero. La caminata empezó sin novedades traumáticas. En el sendero era difícil de identificar lo que venía a una distancia de más de cinco metros para adelante, mas la pericia de Rubén era incontrovertible. Él conocía el caminito como la palma de su mano. Su paso era corto —pues él era chato, debía medir no más de un metro sesenta y cinco de estatura—, pero rápido. Gozaba de un perfecto estado atlético, lo que no ocurría con la mayor parte de los componentes del pelotón. Al cabo de lo que debieron de ser unas dos horas de caminata ininterrumpida, la señora que iba inmediatamente detrás de Rubén le pidió si podían descansar. Ella iba acompañada de su esposo, quien durante los últimos veinte minutos más o menos mostró signos de incomodidad al caminar. Joel había detectado que el esposo rengueaba muy disimuladamente durante la marcha, pero el hombre jamás se quejó. Fue la esposa la que solicitó el receso, atribuyéndose cansancio a sí misma.

La verdad es que todos estaban un tanto fatigados, pues no tenían la costumbre de caminar durante períodos tan largos, peor aún en este tipo de terrenos, y peor aún a esta velocidad. Menos mal que era de noche, pues durante el día la intensidad del sol del desierto los tendría ya rendidos a sus pies. A Rubén no le pareció oportuna la parada:

—Estamos recién empezando y ustedes ya están cansados. Debemos aprovechar cada minuto de la oscuridad para avanzar. Apenas hemos caminado dos horas y el sol saldrá en un par de horas más. Bueno pues, pararemos unos diez minutos.

Esos diez minutos fueron bien aprovechados por la señora que pidió el receso. Ella era una mujer de unos treinta años, morena, atractiva, llena de energía y bien dotada por la naturaleza. Existen mujeres para quienes la coquetería resulta ser una debilidad —o fortaleza, depende con el cristal que se miren las cosas— incontrolable: ella pertenecía a este grupo. Le informó a Rubén que su nombre era Adela y su apellido Ramírez, que su nacionalidad era mexicana, y que provenía del estado de Durango. Le presentó a su esposo, Adolfo Ludueña, quien escuchaba la charla sentado sobre una piedra, sobándose la pierna de manera encubierta, como para no ser descubierto en ese afán por los presentes. Le dijo que su cónyuge, de cuarenta y cinco años, trabajaba en una panadería, pero que la vida en el país estaba muy cara y que los ingresos no alcanzaban ni para los gastos mínimos de manutención de la familia. Por esto dijo que ellos —en realidad, a instancias e insistencia de ella— habían tomado la decisión de emigrar hacia el Imperio del norte. Acto seguido, como si estuviera en una discoteca, Adela le confió a Rubén en su oído que tenía unas ganas irrefrenables de orinar, y le preguntó dónde lo podía hacer. El coyote, un tanto incómodo por la falta de recato de la mujer que recién había conocido, apuntó rudamente hacia la piedra más voluminosa que había alrededor para que la señora diera rienda suelta a sus apremios biológicos.

Adolfo sintió vergüenza ante la impudicia de su esposa. Rubén no terminó de entender bien lo que transcurría.

Aprovechando la parada de diez minutos, todos los

demás componentes del grupo decidieron ir a hacer sus necesidades pero, por supuesto, sin preguntarle a Rubén dónde deberían hacerlo. La infinita extensión del desierto y la cantidad de rocas y peñas donde ocultarse era tan numerosa que ese tipo de pregunta realmente no tenía sentido en un sitio como este.

A los pocos minutos reapareció Adela estirando los *jeans* que llevaba puestos, justo en la zona de su entrepierna. Los pantalones estaban muy ceñidos a su cuerpo, y ello permitía que se destacara el promontorio de esta hembra en el fondillo, inclusive bajo la luz de la luna que, aunque estaba llena, nunca tenía la intensidad del iluminado en un ambiente cerrado. Estos *jeans* tan apretados no estaban hechos para confrontar largas travesías, sino para conquistar presas masculinas en una fiesta bailable. Adela, por lo visto, no podía distinguir entre una y otra cosa, para ella todo era una fiesta bailable. En cuanto estuvo cerca de Rubén otra vez, puso de manifiesto que ya se sentía aliviada, y le agradeció por la consideración a su pedido.

Cuando el coyote constató que todos se habían reincorporado al pelotón, dio la señal de marcha con un ademán de su brazo derecho y gritó: "¡continuemos caminando, que aún nos falta mucho para concluir la jornada!". Así reinició la caminata con sus pasitos cortos pero rápidos. Al cabo de unos quince minutos emprendió la bajada de un despeñadero muy profundo, en el que el sendero se hacía peligroso. Al descender, todos se agarraban del cerro (unos con una mano y los otros con las dos), pues el precipicio al otro lado era eterno. Ni siquiera la luz de la luna llena podía llegar a descubrir sus oscuras profundidades. Por cierto que el descenso era lento y sufrido. Rubén aconsejó que tuvieran cuidado, que en toda la travesía encontrarían tres despeñaderos profundos, y que éste no era el peor. Relató que en el curso de los años, varias vidas se truncaron en las tinieblas de estos tres precipicios. Adela, nuevamente, no dejó pasar la oportunidad. Como ella iba de segunda en la fila, inmediatamente después de Rubén, se agarró de la mano de él para mayor seguridad. Su esposo, que la seguía en orden de precedencia, se debió de sentir muy incómodo por las movidas de su mujer, que a título de seguridad no podían esconder la ahora casi inocultable intencionalidad seductora de quien se iba convirtiendo en la nueva serpiente del desierto. El coyote, que por cierto no era ningún inocentón, terminó por entender la situación.

Después de un largo sufrimiento —que debió durar unos cuarenta y cinco minutos— al que habían sido sometidos los miembros del pelotón, quienes sudaron copiosamente de las palmas de las manos como nunca lo habían hecho antes, concluyó el descenso. En la parte de abajo del despeñadero se volvieron a parar, esta vez a iniciativa del coyote quien también sintió el estrés del precipicio, no tanto por padecimiento propio, sino por las sudorosas manos de Adela, que no estaba seguro si sólo traslucían temor al precipicio, o las pasiones encendidas de la mujer que acababa de conocer.

—Relajémonos un momento —clamó Rubén, quien ya no estaba seguro del rumbo que tomaría esta travesía.

Todos estuvieron de acuerdo con el descanso decretado, incluso Adolfo, que además del intenso dolor que sentía en la pierna, empezó a sangrar del alma. Adela había ido demasiado lejos con sus coqueterías, y ahora las cosas se plantearon con un tono de humillación.

En cuanto se decidió el descaso, Adolfo se sentó en el suelo, en la tierra misma, sin siquiera buscar algo de confort sobre una piedra con superficie medio plana como asiento. Es que el dolor de la pierna se había tornado casi insoportable. Como se sobaba la pantorrilla derecha con tanta insistencia, Rubén no pudo dejar de preguntar qué había ocurrido.

—¿Te duele mucho? ¿Qué fue lo que pasó?

—Me duele, pero no es un problema grande, se pasará.

—¿Cómo ocurrió? —reiteró Rubén—. Siempre llevo conmigo esta crema para el dolor de los músculos, saca un poco y aplícatelo en la parte que duele.

Luego de sacar de su bolsillo un tubo parecido al de una pasta dental, le quitó la tapa y lo apretó, extrayendo una cantidad generosa de la crema blanca en la mano de su palma derecha. "Aquí está, yo te la aplico sobre la parte afectada", insistió Rubén. Frente a la perseverancia de éste, Adolfo se sintió acorralado. No podía permitir que el coyote le aplicara la crema, porque de seguro que descubriría su secreto; pero por otra parte, ¿qué podía hacer ahora que Rubén estaba con la crema esparcida en su mano, lista para ayudarlo? Si perseveraba en su negativa, el desaire al coyote era significativo y, sobre todo, inexplicable. ¿Cómo no aceptar un medicamento para el dolor, justamente cuando padecía a consecuencia del mismo?

—Mira, Rubén, tengo algo que confiarte y espero que ello no te cause un problema en relación con el viaje que hemos emprendido.

—¿Qué es lo que me quieres decir, *mano*? Confía en mí, que sabré entender. Recuerda que yo he visto de todo en esta villa del Señor.

—Lo que acontece es que yo tuve un accidente hace años, me choqué contra un auto conduciendo una motocicleta. Mi pierna derecha estaba muy dañada, y me tuvieron que colocar una pantorrilla ortopédica. Como esto transcurrió hace muchísimo tiempo (unos doce años atrás), ya me he acostumbrado a mi pantorrilla ortopédica, y la manejo con absoluta normalidad. Es así que nadie ya nota mi defecto. Y lo cierto es que yo tampoco siento molestia ni menos dolor alguno en mi vida normal. Pero ahora, en este viaje, las cosas no son igual. De repente me ha surgido un dolor muy fuerte...

Al escuchar esta confesión, Rubén no sabía si sentir pena o rabia; pero en realidad experimentaba ambas sensaciones al mismo tiempo. Pena, por supuesto, porque tenía en frente a un ser humano que no soportaba más el dolor, y era muy poco lo que él —y ninguno de los demás miembros del pelotón de migrantes ilegales— podía hacer al respecto. En realidad todos estaban inertes frente al sufrimiento de Adolfo. Y rabia, porque Adolfo y su mujer, Adela, jamás debieron haber emprendido esta larga y difícil caminata en estas condiciones. Esta era una irresponsabilidad muy grande.

El observador de Joel se preguntaba si la idea irrefrenable de marchar hacia los EEUU fue de los dos, o si sólo era de ella, y que él la abrazaba con la única finalidad de darle gusto a esta Dulcinea del Toboso de sus amores. La pregunta entonces era si éste fue un viaje inspirado en un capricho de ella (secundado por él) o si era en verdad un deseo de superación de ambos. A los ojos de un tercero no interesado, como era el caso de Joel, los hechos (más que los meros acontecimientos, las características de las personas involucradas) mostraban que se trataba de un capricho de Adela. Adolfo tenía un trabajo de panadero, que aunque no lo hacía rico, le daba para vivir. La insatisfecha era Adela. Ella sí quería tener más comodidades, y si estuviera en sus manos haría todo lo posible para ser rica, sin escrúpulos. Ella había soñado con irse a los EEUU desde muy temprana edad, pero nunca se le habían dado las condiciones propicias para materializar su sueño como hasta ese momento.

En aquel entonces contó con el apoyo de un hombre que le financió el viaje (como hemos visto, había que pagar una importante suma de dinero para cruzar la frontera), y que además decidió acompañarla en la aventura, por amor. El obstáculo que planteaba su pierna ortopédica siempre estuvo en su mente, pero Adela lo convenció de que ello sería superado. Ella sostenía que el camino no era tan malo, si uno contactaba al coyote correcto. "Hay coyotes que te llevan por caminos cortos y otros que te llevan por caminos largos", le decía Adela a su marido. "Yo contactaré con el que nos lleve por el sendero más corto, y así no sufrirás nada, ni siquiera sentirás la caminata", aseguraba. Como Adolfo trabajaba todas las horas posibles del día para mantener contenta a Adela, él no tuvo tiempo para organizar el viaje. Fue ella la encargada de buscar al coyote correcto; de vender la pequeña casa de su propiedad para pagar el viaje y tener con qué subsistir los primeros tiempos en los EEUU; de realizar los trámites para obtener los certificados de nacimiento, de pasaporte, y otros, que en algún momento necesitarían para obtener la residencia americana; de vender el auto de la familia; en fin, de todo lo necesario para realizar esta arriesgada empresa. Adolfo se limitaba a ser el proveedor: una especie de banco que proporcionaba los recursos financieros suficientes, eso sí, en donación y no en préstamo. Por amor, él depositó toda su confianza en ella, y partió cuando Adela le dijo: "vamos".

Y fue como resultado de toda esa sucesión de hechos que Adolfo se encontró en el fondo de aquel despeñadero con la pierna que no la podía sentir de dolor, y observando a una Adela coqueta, ajena a su padecimiento, preocupada más por conquistar al coyote.

Con el pasar de los minutos, Rubén y los demás miembros del pelotón se pusieron inquietos, pues los migrantes no podían perder mucho tiempo en el desierto, y menos quedarse estancados en un solo lugar. Ésta era una misión que debía ejecutarse rápidamente. Si no avanzaban, los rayos del sol les obligarían a parar, y el viaje se prolongaría en el tiempo. El peligro de ser sorprendidos por la "migra" estaba siempre latente, y se incrementaba en la medida en que el grupo permanecería deambulando por el sendero. Al comprender esta dura realidad, Adolfo entendió que sus compañeros de viaje no tenían por qué ponerse en situación de riesgo por culpa suya, y tomó la determinación que él continuaría la caminata.

—Vamos —dijo—, no hay tiempo que perder.

Los desesperados marchistas reemprendieron la caminata, no sin dejar de expresar, varios de ellos, su pesar por el dolor de Adolfo. Joel decidió sujetarlo de un brazo —del derecho— para ayudarlo a caminar. Como los seres humanos suelen cargarse de energía en los momentos de sufrimiento extremo (por efecto de la adrenalina), así lo hizo Adolfo.

Apoyado en la generosa mano de Joel, caminó con todo el resto del pelotón al paso de los demás. Durante una media hora subieron por un sendero hasta la cima de una colina, y luego, al otro lado de esa cumbre, empezaron a descender por el segundo despeñadero, que era más empinado que el primero. El problema surgió de nuevo en la bajada. Lo que ocurría era que en el descendimiento el peso del cuerpo impactaba con más fuerza sobre la pantorrilla ortopédica, con lo que se resentía toda la pierna. Ni bien asentaba el pie en el piso, Adolfo gritaba de dolor. Así descendieron hasta lo que debía de ser la mitad del despeñadero. Luego Adolfo simplemente se desplomó sobre la tierra del desierto, ya no podía más, ya se había rendido. Estaba echado de bruces sobre la alfombra de polvo. Todo el esfuerzo que había hecho para llegar hasta este punto era, realmente, sobrehumano. Adela se le acercó y le puso la mano sobre su cabeza, como pidiéndole perdón; pero él, gimiendo por el dolor del alma y de la pierna, parecía rechazar esa compasión extemporánea. Todo su esfuerzo, todo su trabajo, todo su amor sin rumbo... toda su vida, se redujeron en ese instante a saborear el polvo desértico de esa frontera maldita. Él intuía que aquél era el final, y quería que el telón se cayera de inmediato.

Pero lo cierto es que en medio de este desierto no existía forma de obtener asistencia médica: ese era el problema de fondo. La dolencia de Adolfo no tenía por qué ser el final trágico de ningún ser humano, porque ella no emanaba de una enfermedad terminal, ni de un accidente que le habría afectado órganos vitales. Lo único que aquí se daba era un intensísimo dolor de pierna, que le imposibilitaba caminar. En medio de la nueva crisis, Joel consolaba a su amigo y le daba fuerzas para continuar. Pero Adolfo solo gemía y gemía, y lloraba y lloraba, con esa amargura que tiene el llanto de los recién nacidos. Por su mente aparecían imágenes — como fotografías que van pasando en el monitor de una computadora— de su madre, de su padre, de sus hermanos Juan y Marcia cuando eran pequeños, de la casa de su niñez, de Adela, del accidente que le hizo perder la pantorrilla, del coyote, del sendero del desierto… Tan profunda era su desdicha que no había palabras que lo llegaran a consolar. Cerró los ojos inundados en llanto, y rompió el contacto con los que lo circundaban. En su oscuro padecimiento viajó hasta la eternidad, y abandonó a aquellos migrantes terrenales que parados en círculo a su alrededor, lo miraban absortos e inquietos.

Los minutos pasaban y todos sentían la presión del tiempo. En la profundidad de lo oscuro de la noche surgió el sonido de un aullido de un animal. Alguien dijo que ello podría significar la presencia de seres humanos en algún lugar próximo, ya que los animales suelen reaccionar ante la gente con ese tipo de aullidos. "Es una advertencia que se hacen los coyotes en el desierto, cuando ven intrusos alrededor", dijo uno de los marchistas (en este caso se refirió a los coyotes animales, que son los chacales del desierto, y no a los guías de los migrantes como lo era Rubén). El pánico empezó a apoderarse de los presentes, que interpretaban el aullido del chacal como un mal presagio. ¿Estarían por los alrededores agentes de la "migra" en algún operativo de emergencia? ¿O serían los narcotraficantes que estarían operando a estas horas? Mientras contemplaban estas conjeturas, el desierto volvió a estremecerse con un nuevo aullido. Esta vez el sonido fue más agudo, y parecía originarse en algún lugar detrás de donde ellos se encontraban, es decir, en algún punto del camino ya recorrido por ellos. "Eso quiere decir que pronto estarán por aquí", predijo Manuel, uno de los marchistas. Esas palabras fueron la gota que colmó el vaso. La concurrencia no podía ya permanecer en ese sitio por más tiempo, sin arriesgar ser capturados por la "migra" o asesinados por los narcos. Rubén se vio en la imperativa necesidad de asumir la conducción del pelotón, pues el descontrol era la perdición. A pesar de que este coyote era hombre duro y transitado por los senderos más tortuosos de la vida, sintió un hondo dolor en el alma, que se situó como una piedra en su garganta, cuando tuvo que pronunciarse.

—No queda otra alternativa que tomar una decisión. O nos vamos o no sabemos a lo que nos enfrentamos. Podemos parar en las garras de la "migra" o muertos por la furia de los narcos.

—¿Y Adolfo? —inquirió Adela, balbuceando.

Nadie tuvo la valentía de enfrentar la realidad con palabras. En realidad no existían palabras para explicar lo inexplicable. Adela explotó en llanto, mientras Adolfo yacía inerme en la tierra, siempre boca abajo, siempre gimiendo.

Una tragedia humana estaba a punto de perpetrarse. El llanto de Adela y los gemidos de Adolfo se vieron palidecidos por el tercer aullido del chacal. No había más que hacer.

Rubén empezó a caminar con la cabeza gacha, con sus pasitos cortos pero no tan rápidos como siempre acostumbraba. Los demás lo siguieron como en una procesión, también con las cabezas gachas. Atrás fueron quedando Adolfo y Adela, sumidos en la tragedia. Rubén no podía dejar que ella se quedase, así que volvió atrás para traerla.

Le habló, le reflexionó, la jaloneó y finalmente ella cedió y caminó lento, como si estuviera fuera de sí, como si estuviera bajo el efecto de alguna droga opiácea. En la oscuridad apenas se divisaba el bulto en el suelo que constituía el cuerpo de Adolfo. Todos continuaron caminando hasta que el bulto quedó atrás: borroso primero, invisible después, y en el olvido finalmente. "¿Quién sabe lo que habría ocurrido luego con esa vida?" Joel se preguntaba, mientras me contaba esta historia espeluznante sentado en el borde de su cama. Y luego de unos segundos de silencio, él mismo reflexionaba:

—Seguramente se murió, porque allá, en medio del desierto, no hay forma en que se hubiera salvado, salvo algún milagro de Dios. Adolfo ya no se encontraba en condiciones de caminar, su pierna estaba totalmente hinchada, y pienso que la parte ortopédica se debió de desajustar del resto de la pierna. No sé si la pierna estaba rota, pero sí desajustada, fuera de lugar, lo que equivalía a una ruptura de hueso. Así era imposible que él se moviera. Antes de abandonarlo, Rubén hizo esfuerzos para que se incorporase, pero todo ello era vano. Le miramos la pierna rompiéndole el pantalón (era necesario hacer esto porque la hinchazón presionaba la tela de la vestimenta), pero aquella escena fue la de una verdadera carnicería. Se veía carne viva abierta y la sangre estaba esparcida por todas partes; y no se podía componer nada, ni siquiera tocarlo, pues él berreaba incontrolablemente —otro prolongado silencio en el relato precedió a sus conclusiones finales sobre tan terrible episodio—. No hay que olvidar que en esa zona (una especie de tierra de nadie) no existía medio de socorro alguno, pues ni siquiera había una carretera cerca. Allí no iba a aparecer un médico, salvo un milagro impensado hasta por el Señor. Y por supuesto que él no podía transportarse hasta un área poblada por sus propios medios. Frente a esa realidad, ojalá que lo hubiese pescado la "migra", pues entonces todo lo que habría pasado es que lo hubiesen devuelto a México. Y si lo agarraban los narcos, ojalá que le hubiesen perdonado la vida. Desde aquella vez, de cuando en cuando pienso en Adolfo, y no me queda otra que elevar una plegaria al Señor, para rogar por este cristiano. Yo nunca supe sobre su destino, pero la verdad es que lo más probable es que haya sido una víctima más del desierto, que se lo tragó cuando estaba todavía moribundo. Pero ahí no acaba la historia.

»El hecho fue que los caminantes prosiguieron con su cometido hasta que aparecieron los primeros rayos del sol. En ese momento Rubén aconsejó que cada uno encontrara una roca donde esconderse y descansar hasta el nuevo anochecer. La intención era dormir bajo el intenso sol del desierto. Como Adela estaba sintiéndose mal todavía, Rubén la acogió bajo su misma roca, para consolarla. Él reiteró su instrucción de que no se hiciera ruido, porque de día pululaban los polizontes. "Mucho cuidado", nos dijo, "descansen".

»Por suerte que durante las horas de sol no hubo novedades. Yo dormí profundamente, pues me encontraba rendido por el estrés y por la caminata. Debí de despertar a eso de las cinco de la tarde, para comer la merienda que traía conmigo y tomar un poco de agua de mi cantimplora. Cuando vi que los rayos del sol se iban ocultando en el occidente, me puse en pie y espié por los alrededores. En una de las rocas que estaba a unos cincuenta metros de donde yo me encontraba, se podía distinguir a Rubén y Adela sentados en el suelo, ocultos detrás de una monumental piedra, conversando animadamente.

Adolfo ya había quedado atrás, en el olvido.

Cuando se terminaron de consumir los rayos del sol en el horizonte, Rubén salió de su refugio —junto con Adela— y los demás se congregaron a su alrededor. Luego de intercambiar saludos después del descanso de todo el día, Rubén dio las instrucciones para reemprender la marcha. Otra vez el pelotón empezó a caminar auxiliado solamente por la luz de la luna. A la cabeza iba el líder, Rubén, e inmediatamente detrás de él, Adela. Como ya había entrado en confianza con Adela y con Rubén, Joel se colocó en tercer lugar de la fila del pelotón.

Así fue como el grupo caminó durante la mayor parte de esa noche. En el curso de las primeras horas se dio alguna conversación menuda (en voz muy baja, como medida de seguridad) entre los tres que iban a la cabeza. Otros también susurraban en pequeños grupos por atrás. Pero pasadas unas tres horas de marcha, no era necesario controlar el volumen de la conversación, pues ésta se iba diluyendo. Los cuerpos cansados de los migrantes no tenían energía para derrochar (la poca que tenían la utilizaban exclusivamente para caminar), y así es como dejaron de susurrar. Caminaron en silencio durante horas, hasta que de manera súbita, cuando debían de ser alrededor de las cuatro de la madrugada, Rubén reunió al grupo a su alrededor. Con inocultable gozo en su voz, les anunció a sus compañeros que ya estaban a una media hora de una carretera, desde donde los recogerían para finalmente ir a la ciudad de Odessa, en el estado de Texas. Y así fue.

Aparte del júbilo que reinó en el pelotón —pues estaban muy próximos a lograr su sueño, sin ser sorprendidos por la "migra"—, quedó claro que entre Rubén y Adela existía algo más que una buena amistad. Ella engarzaba su brazo en el de Rubén como si fueran una pareja de novios, como si Adolfo jamás hubiese existido. Y en Rubén se veía la desesperación por arrimarse a ella, no de manera tan romántica como sí lujuriosa. Adela tenía los atributos que cualquier coyote apetecía. Sus curvilíneas corporales y sus labios sensuales habían capturado al coyote que la "migra" no había podido pescar aún. Este coyote ya era presa de una verdadera tigresa, quien desconocía los linderos entre el pecado y la salvación.

Cuando arribaron a Odessa en los vehículos provistos por el coyote, todos se alojaron en un hotelito de mala muerte, en un barrio de mala muerte, este último habitado por latinos que en su mayoría eran mexicano-americanos. A pesar de la satisfacción plena que sentían los miembros del pelotón por haber logrado entrar a los EEUU (lo que ahora sí les permitiría cumplir con su *sueño americano*) subyacente en la memoria de cada uno de ellos estaba la amargura de haber vivido una de las tragedias más tristes de sus vidas. Adolfo había quedado abandonado en el camino, y nadie sabría más de él. Este fue el costo de la felicidad de los demás, el costo del *sueño americano*. "*Vale un Potosí*", dirían los españoles de otrora. En toda victoria hay muertos, y en ésta le tocó serlo a Adolfo. Pero la vida de Adolfo no solo permitió el triunfo de los inmigrantes, sino el de Adela. Ésta, bella pero ilimitadamente inescrupulosa mujer, arremetió con todo sobre su nuevo objetivo: Rubén. En el transcurso de la campaña, ella se había anoticiado que el coyote no solo era un traficante de seres humanos (o un facilitador de inmigrantes, depende con el cristal que se vean las cosas), sino que además tenía la nacionalidad americana. Ella no podía perder esta oportunidad. Tenía que enamorarlo para casarse con él, y así obtener ella también la ansiada presea de todo inmigrante: la nacionalidad. *"Vale un Washington"*, diría ella.

Fue así que en el hotelito de Odessa, Adela y Rubén se alojaron en la misma pieza, como marido y mujer. Atrás quedó México y una vida plagada de sacrificios, atrás quedó Adolfo, tan solo como un remordimiento o un recuerdo, si eso.

§

Estas eran las proporciones que podía adquirir la terquedad de Joel Delagadillo, el campesino obstinado a quien el consulado de los EEUU en Lima le había rechazado la visa de turista. Con esa terquedad viajó al Imperio en bus, en tren, y al final, a pie; con ella obtuvo trabajo de lo que pudo durante veintidós años; con ella resistió el asedio de las autoridades de inmigración en varios procesos en busca de asilo (el mismo que le fue rechazado y fruto de lo cual se hizo acreedor a una orden de deportación, la misma que desobedeció fiel a su implacable terquedad); y finalmente, víctima de esa terquedad fue aprehendido por los agentes de ICE en su lugar de trabajo y encarcelado en BTC hasta que llegase el día de su deportación.

Haciendo gala de esa misma terquedad —en momentos en que yo había asumido la jefatura del cuarto 242 de BTC— Joel se comportaba en ese aposento. En honor a ese su *modus operandi*, él anteponía sus reglas a las del cuarto, lo que generaba una crisis de gobernabilidad, especialmente en lo que al uso del baño se trataba. Por alguna extraña razón, Joel había decidido que la hora de lavar su ropa (que además la lavaba todos los días), era a las cuatro de la madrugada. Ese era uno de los pocos momentos de la noche que uno podía utilizar para dormir algunos minutos —pues dormir era un verdadero lujo en esta cárcel americana—, pero que se vieron estropeados por Joel y su innovadora hora de lavandería. Como buen campesino, Joel no había perdido la costumbre de levantarse muy temprano, así que a él no le costaba nada hacerlo. Se levantaba y con sus prendas en mano emprendía sonora caminata hacia el baño. Una vez dentro del receptáculo, prendía la luz, cuyos rayos (en medio de la oscuridad de la noche) se escurrían por las rendijas de la puerta del baño hacia el resto de la habitación, perjudicando de esa manera a los trasnochados detenidos que hacían toda suerte de esfuerzos para conciliar el sueño.

Una vez instalado en el baño, se iniciaba un bullicio parecido al de una obra de construcción. Sonaba el agua que dejaba caer a chorros desde el grifo ubicado en la bañera (en la parte inferior de la ducha), y se escuchaba también el manipuleo de las prendas que lavaba: desde el momento en que las sumergía en el agua para que se remojaran; pasando por la etapa del jaboneo —se oía cómo restregaba su uniforme (que era de tela ordinaria y gruesa, por lo que el esfuerzo corporal provocaba mayor ruido aún); y terminando con la fase del enjuague, que le exigía un chorro de agua más copioso y fuerte, para que saliera hasta el último vestigio de jabón de cada una de sus ropas. ¡Ah! Y no hay que olvidar que como la tina del baño era demasiado grande (se trataba de una bañera diseñada para que cupiera un ser humano echado de espaldas), para lavar ropa se utilizaba un balde de plástico de dimensiones más pequeñas, el mismo que era colocado en el interior de la bañera. Por ello es que todas esas maniobras que se realizaban dentro del balde —el mismo que con cada movimiento de Joel impactaba a la tina— producían un golpeteo insoportable a las cuatro de la madrugada.

¿Quién podía dormir bajo los efectos de semejante escándalo? Por supuesto que nadie. El problema es que nadie se atrevía a presentar una queja al responsable de estos desmanes, porque todos tenían miedo a que éste respondiera de mala manera, y luego se suscitase una pelea. Las peleas eran drásticamente sancionadas en esta prisión de inmigrantes: los culpables eran remitidos a otras prisiones de reos comunes, con cargos criminales. Esta sanción era lo que más temían los inmigrantes ilegales, puesto a que ello no solo representaba tiempo en la cárcel por razones penales (lo que ya significaría una tragedia en la vida de cualquiera), sino que además le restaba, al afectado, toda posibilidad de que en el futuro pudiera legalizar su situación en los EEUU. No debemos olvidar que todos los presos en estas cárceles de inmigrantes tienen un sueño, el *sueño americano*, y que si bien son conscientes de que han transgredido la ley al quedarse en suelo estadounidense sin visa, se cuidan, con esmero, de no violar la ley una vez más. Pero el gobierno americano (el poder ejecutivo y el legislativo, tanto en el nivel federal así como en el estadual) ha criminalizado tantos actos humanos que es poco probable que una persona no haya transgredido la ley alguna vez; y este solo antecedente en el récord del inmigrante ilegal es suficiente para cerrarle las puertas del Imperio para siempre. En BTC se han visto casos en los que solo por una transgresión de tránsito (por ejemplo, por conducir después de una reunión social con cierto grado alcohólico inaceptable dentro del cuerpo), el autor es remitido a una cárcel estadual para que cumpla una pena de unos treinta o cuarenta días, con lo cual su registro queda manchado, y su *sueño americano* frustrado.

Pero lo cierto es que después de mucho tiempo de soportar las malas noches producidas por Joel, yo me encontraba en estado de exasperación. Encima de que no era posible conciliar el sueño en esa cárcel, este obcecado personaje había terminado con mi paciencia. La falta de sueño me producía una especie de pesadez mental o modorra permanente, lo que me daba una pésima señal sobre el estado de mi salud, física y mental. Así que una madrugada, cuando el lavandero empezó a hacer chorrear profusamente el agua hacia el balde ubicado dentro de la bañera, creando así la batahola de siempre, estiré mi brazo y golpeé la pared que daba al baño con todas las fuerzas que mi humanidad me permitía, más las que la adrenalina me inyectó.

—¡Hey! —grité— ¿Qué haces a esta hora interrumpiendo el sueño de la gente?

El lavandero ni se inmutó ante esta increpación. Mas es, ni siquiera se dio por aludido. El ruido del chorro de agua continuó, así como el del golpeteo que producían las manipulaciones de nuestro obstinado lavandero. El resto de los compañeros de cuarto —que eran cuatro— se mantuvieron en un total silencio, en sus respectivas camas, a pesar de que estaban completamente despiertos, consecuencia de todo el escándalo que se había suscitado ya. Nadie dormía, el silencio de la noche rodeaba al bullicio que producía el lavado de la ropa en el baño, y todos esperaban saber cuál sería el desenlace de este dramático trance. "¿Habrá pelea?", era seguramente la pregunta que se planteaba la concurrencia enmudecida.

—¡Hey! ¡Aprende a respetar a la gente! ¡No puedes despertar a todo el mundo a estas horas de la madrugada! —insistí, gritando con un altísimo volumen de voz, a la vez que hice detonar mis puños varias veces nuevamente, contra la pared del baño.

La pared —que estaba construida con este material parecido al cartón prensado, propio de los inmuebles norteamericanos— retumbaba con el impacto de cada uno de mis puñetes. El chorro de agua era lo único que se escuchó durante unos segundos, lo que indicaba que Joel había dejado de lavar, pues estaba solamente dejando caer el agua al balde, sin manipular la ropa. Aprovechando este hecho, que demostraba algún grado de preocupación de su parte frente a mi protesta, volví a vociferar reclamaciones parecidas y dar de golpes a la pared con mi enfurecido puño derecho. De repente surgió la respuesta, propia de un entercado campesino, para quien la razón jamás fue obstáculo en el logro de sus objetivos.

—¡Yo voy a lavar mi ropa cuando me dé la gana! ¡Para ello no tengo que pedirle permiso a nadie! ¡Tú no eres quién para darme órdenes! ¡Tú te crees el jefe en este sitio y no eres nadie! —Joel se desgañitaba vociferando, y sus gritos reflejaban que él estaba fuera de sí.

Cualquier réplica en ese momento hubiese terminado de en un infeliz incidente, con consecuencias insospechadas. Es más bien un milagro que los guardias no hayan escuchado este griterío, pues de haber ocurrido aquello, los dos hubiésemos sido pasibles a una grave sanción.

A continuación del escándalo, Joel se quedó silencioso dentro del cuarto de baño, interrumpiendo de esa manera su faena de lavado. Cuando el reloj marcó las cinco en punto, y todavía reinaba la oscuridad de la noche, él salió disparado hacia afuera. A esa hora podían los presos salir a los exteriores de las habitaciones con la finalidad de obtener un cartucho o un repuesto para afeitarse, de manos del encargado de la guardia del presidio, que estaba de turno en ese momento.

Por supuesto que Joel no volvió nunca con el cartucho de rasuradora, y solo se presentó en el cuarto después del desayuno, hora en la que por fuerza teníamos que permanecer todos dentro de las habitaciones. En las semanas subsiguientes, y hasta que fuera deportado, Joel ya no volvió a lavar su ropa a las cuatro de la mañana otra vez.

§

A pesar de que el Nica me había dado detalladas y completas instrucciones sobre la limpieza del baño, yo jamás habría imaginado el calibre de los problemas que se suscitarían como consecuencia del cuidado de esta sala reservada, que en realidad era el único espacio físico donde los presos podían tener *algún* grado de privacidad. Subrayo el condicionante algún, porque ni siquiera allí la privacidad era completa. Cuando a un ser humano se le quita la libertad en una cárcel estadounidense, esa ausencia de libertad —y de privacidad— es total. Acontece que para realizar el conteo diario de prisioneros entraban a la habitación dos guardias: uno, con una libreta en mano para registrar la cifra del conteo en cada cuarto; y el otro, que era en realidad el que realizaba el conteo a voz en cuello, y apuntaba a cada preso contado con el dedo índice: "uno, dos, tres, etcétera". Cada vez que ingresaban estos guardias-contadores lo hacían de la manera más violenta y rápida posible, ya que supuestamente tenían un tiempo limitado para realizar esta tarea. Lo normal era que cada vez que ingresaban, los presos estuvieran recostados en sus camas para que el conteo sea fácil. Cuando en la habitación no se encontraban todos los que habitaban en dicha pieza, los guardias preguntaban dónde se encontraba el ausente. Había veces que, por urgencias biológicas de fuerza mayor, uno de los presos no se encontraba recostado en su cama, y ni siquiera estaba presente en el cuarto sentado al borde de la cama, sino que estaba en el baño. En estas ocasiones los presos les indicaban a los guardias que el recluso ausente del cuarto estaba en el baño, y ellos se dirigían hacia la puerta del mismo (normalmente apresurados y de mal humor, pues esta operación les significaba una molestia adicional), y la tocaban con golpe de puño de manera muy grosera, pronunciando a gritos el nombre del preso que supuestamente debería estar encerrado en el retrete. Lo normal era que el preso en uso del inodoro respondiera también en voz fuerte que él se encontraba allí: "¡Sí, estoy aquí!", y con esta operación acababa el episodio. Pero ocurre que en una oportunidad las cosas se dieron de modo muy inesperado.

Ni bien ingresaron los guardias, preguntaron cuántos éramos los habitantes del cuarto 242, y la respuesta fue que la habitación estaba completa, y que éramos seis. En el conteo solo aparecían visiblemente cinco, por lo que de inmediato inquirieron dónde estaba el sexto. Uno de los compañeros respondió que el sexto estaba en el baño. Uno de los guardias, el contador de a voz en cuello, preguntó el nombre de él, y el compañero preso dijo que su nombre era Joel Delgadillo. A paso rápido, ambos guardias cruzaron todo el largo del cuarto y se posicionaron frente a la puerta del baño. El guardia contador de a voz en cuello estiró el brazo derecho y golpeó la puerta cerrada del baño un par de veces, al mismo tiempo que vociferaba:

—¡Joel Delgadillo, ¿estás ahí?! —como no recibió respuesta inmediata, se exasperó y en vez de volver a golpear la puerta para recibir una respuesta, decidió propinarle el puñete más fuerte que en ese instante podía sacar de su fuente de energía muscular, y así abrirla violentamente.

Como efecto del estruendoso batacazo, la puerta se abrió violentamente, dejando a Joel a expensas de los asombrados ojos de los guardias humilladores, quienes al verlo explosionaron en una carcajada unísona. Ninguno de los dos individuos podía dejar de reír, y mientras se despanzurraban en medio de un jolgorio incontenible, la puerta del baño continuó abierta, hasta que uno de los dos, el que la abrió de un puñetazo, la volvió a cerrar fiel a su estilo: de un portazo sonoro. Luego ambos se alejaron del baño, caminando lentamente con dirección hacia la salida del cuarto, sin dejar de celebrar su travesura, mientras los cinco presos miraban preguntándose qué les había causado semejante risotada. Ante tamaña explosión de hilaridad, uno de los presos no se pudo contener y preguntó:

—¿Qué ocurrió? ¿Qué han visto en el baño?

El guardia autor del puñetazo a la puerta miró a todos en medio de una risa socarrona, y utilizando su lenguaje corporal —que por cierto lo tenía más desarrollado que su lenguaje verbal—, hizo la mímica de la masturbación, desplegando toda su obscena vulgaridad para hacer escarnio de la dignidad de este preso. Después de que traspasaron el umbral del cuarto y salieron al patio, se escucharon gritos de algarabía y burla durante largos minutos. De pronto ya no eran solamente dos los que armaban jolgorio, sino todo el grupo de guardias de turno y otros trabajadores de la prisión (que en total debían de sumar unos doce individuos), quienes se doblaban de risa celebrando las mímicas que realizaba el autor de esta peripecia. Una vez más Joel (en esta oportunidad denigrado por la ruptura de su intimidad y privacidad) se quedó en el baño durante un larguísimo tiempo antes de volver a emerger de allí. Cuando salió hizo de cuenta que no había pasado nada, y todos los demás compañeros de cuarto —a pesar de las inconveniencias que este testarudo lavandero del amanecer causaba— lo acompañaron en el dolor, sin pronunciar jamás palabra sobre este triste suceso.

Si en las páginas de este libro se rememora este degradante hecho, por supuesto que es con el objetivo de denunciarlo ante el lector (en la esperanza de que existieran muchos de estos últimos, para que la voz de los humillados latinos que estuvieron —y seguramente están ahora mismo—

en las cárceles de inmigrantes ilegales pudiese llegar a hacer conciencia en la opinión pública estadounidense, para que se apiade de estos millones de esclavos de la modernidad, que no tienen amparo bajo la Constitución de los Estados Unidos de América). Mas esta vejación de los derechos de los latinos no es solo cuestión del gobierno de los EEUU, sino también de los gobiernos de los países latinoamericanos, que han "guardado un silencio bastante parecido a la estupidez" (proclama de la Junta Tuitiva de los Derechos del Pueblo, de 27 de julio de 1809, ciudad de Nuestra Señora de La Paz, hoy Bolivia) hasta ahora, frente a la neo esclavitud, esta vez de sus conciudadanos, en territorio norteamericano. El silencio frente a estos hechos se convierte en complicidad, y para evitar caer en ella es que se revelan los mismos en esta oportunidad, guardando, por cierto, la verdadera identidad de la víctima, para quien se ha encontrado un seudónimo apropiado.

§

Un día apareció en el cuarto 242 un nuevo recluso, esta vez uno de nacionalidad brasileña, cuyo nombre era Joao, pero todos lo llamaban por el nombre de su país: *"Brasil"*. El hombre era joven, tenía veintiún años, hablaba un incipiente inglés y su castellano era ininteligible. Los demás presos —la mayoría latinos hispanohablantes o haitianos francófonos— no hacían mayores esfuerzos para comunicarse con él. Esa falta de interés en comunicarse con él no nacía del hecho de que fuese difícil comunicarse con él por la barrera del idioma (después de todo, un hispanohablante, con un poco de esfuerzo, llega a comprender a un portugués parlante), sino de que su actitud rayaba con el descontrol y la locura absoluta. El día que lo detuvieron e ingresaron a BTC parecía una fiera enjaulada. Su cabellera era larga, tupida, enrulada, sucia y totalmente despeinada. En realidad todo él lucía mugriento y descuidado. En cuanto ingresó a la habitación, lo primero que dijo fue que él no permanecería allí mucho tiempo, pues tenía amistades influyentes que lo sacarían rápido. Según su versión, él tenía una novia gringa con quien estaba a punto de contraer matrimonio, cuyo padre era un médico muy prominente e influyente en la comunidad de Orlando, Florida, en la que vivían él y sus supuestos futuros parientes políticos. Añadía que su suegro en ciernes iba a abogar por él para liberarlo de este injusto encierro. Casi simultáneamente, y de manera totalmente incongruente con su primera afirmación, aseguraba que él se fugaría de BTC en un plazo muy breve, pues ello no constituía una tarea muy complicada. La misma noche que entró al cuarto 242, se paró encima de su cama, y estirando el brazo hacia arriba, y saltando con dirección al techo, empezó a dar golpes al cielo raso del mismo, logrando desajustar una de las placas de dicho cielo falso. Él sostenía que si se escabullía por el hueco de esa placa suelta, lograría su cometido. Por supuesto que esta situación creó pánico entre los demás compañeros del cuarto, ya que cualquier vestigio de intento de fuga podría haber involucrado a los seis, con las consecuencias penales que ello acarrearía. Como el hombre actuaba completamente fuera de sí, era muy difícil razonar con él, así que las palabras reflexivas quedaban sobrando. Lo único razonable si las cosas se tornaban más comprometedoras hubiese sido denunciarlo ante los guardias, para salvar las responsabilidades de los otros cinco inocentes. Si ello nunca ocurrió, no fue por falta de motivo, sino por la pena que todos sentían por *Brasil*. Pero *Brasil* no sentía pena por nadie, ni tampoco mostraba consideración con los demás. Un aspecto de su actitud, entre muchos otros, que llamaba la atención era que se pasaba encerrado en el baño una gran parte del tiempo. Al principio se consideró que podría sufrir algún desajuste digestivo, lo cual hubiese justificado su permanencia prolongada en el inodoro. Pero era obvio que nadie sufre de una diarrea crónica sin mostrar, además, otros síntomas como el debilitamiento acelerado. *Brasil* se pasaba horas dentro del receptáculo, pero lucía más saludable que los otros cinco compañeros de cuarto; quedaba claro que no sufría de ningún problema digestivo, ni de nada que se le pareciera. Pero como la curiosidad era tan grade, sobre todo porque este personaje tenía actitudes peligrosas que podían poner en riesgo a los demás, una noche los compañeros decidieron tomar cartas sobre el asunto. Uno de ellos, Eugenio el costarricense, quedó encomendado para hacer seguimiento de las acciones de *Brasil*. Esto significaba seguir sus pasos y observarlo de cerca, especialmente cuando ingresara al cuarto de baño, para tratar de desenredar el misterio: ¿qué hacía encerrado allá durante tanto tiempo?

Y así lo hizo Eugenio. Al día siguiente que se le encomendó la tarea, no le quitó el ojo de encima a *Brasil* desde temprano por la mañana. Como Brasil era el único del cuarto que no desayunaba (prefería permanecer acurrucado en su cama y perder esa comida), no abandonaba la habitación a las seis de la mañana como lo hacían todos los demás.

Eugenio, para no despertar sospechas en el personaje de su investigación, partió al desayuno como siempre, solo que retornó con mucha más prisa de lo normal, para ver si *Brasil* se movía de su apoltronamiento. Cuando volvió de ingerir su alimento matutino, a las seis y veinte de la madrugada, Eugenio encontró a *Brasil* en la misma posición que cuando lo dejó. Fiel al mandato que tenía, se quedó en el cuarto hasta la hora del encierro general, que era a las siete y media. Hasta esa hora *Brasil* no había ejecutado ni un solo movimiento sospechoso, pues había permanecido recostado en su cama. Recién a eso de las ocho, *Brasil* se levantó para dirigirse a su destino favorito: el baño. Ni bien cerró la puerta del retrete, Eugenio pegó la oreja a la puerta —por supuesto que tomando todos los cuidados necesarios para desaparecer de inmediato en caso de que el brasileño la abriera súbitamente— y siguió con el sonido cada una de las acciones de *Brasil*. Después de orinar, cepillarse los dientes y lavarse las manos, concluyó su faena en el baño.

Durante su encierro en BTC, *Brasil* se caracterizó por su desaseo personal llevado a los extremos. Muy rara vez se duchaba (lo hacía cuando el hedor de su cuerpo era insoportable inclusive para él), y lavó sus sábanas no más de dos veces en igual número de meses que permaneció en la cárcel. Las dos veces que lavó sus sábanas lo hizo a instancias de los guardias, que le ordenaron hacerlo, so pena de ser sancionado en el marco del reglamento interno. Y, la verdad sea dicha, los guardias llegaron a ser —especialmente los de mayor rango— muy contemporizadores con él. A otro recluso jamás le habrían permitido deambular en tal estado de mugre, sin imponerle un castigo aleccionador. Incluso se podría decir que él hizo amistad relativamente cercana con ellos, lo cual siempre llamó la atención del resto de la comunidad de presidiarios. Es un hecho que *Brasil* era un libro abierto con su vida, y él jamás ocultó su no preferencia sexual exclusiva por ninguno de los dos géneros, sino más bien su bisexualidad. Contaba que su primera aventura homosexual se dio con un profesor suyo en sexto de primaria, quien lo presionó para que accediera a caricias sexuales a cambio de no reprobarlo de año. *Brasil* relataba esta historia haciendo gala de una impudicia sin límites, no en el marco de una conversación confidencial, sino de manera casi pública, a cualquiera y en cualquier momento. Otro aspecto de su personalidad que no ocultaba era que él consumía todo tipo de drogas: cocaína, marihuana, y en fin, toda la gama existente en el mercado norteamericano. Muchos especulaban que su proximidad a los capos de la guardia presidiaria estaba relacionada a una o ambas de sus predilecciones. Esto, sin embargo, jamás pasó de ser una especulación, pues era muy difícil probar semejante sospecha. Lo cierto es que este brasilerito conquistó el corazón de los guardias más pesados, y gozaba de cierta predilección respecto a la mayoría de los demás reclusos.

Después de que desalojó el baño al que entrara alrededor de las ocho para realizar sus necesidades matutinas, no volvió a entrar a él en toda la mañana. A las once y treinta era permitido salir del cuarto, pues empezaba a hacerse la fila para el almuerzo, y era normal que la mayoría de los presos partieran ansiosos a esa hora para adherirse a la misma. Así ocurrió aquel día, los seis del cuarto salieron de prisa, mas no todos con destino a la fila del almuerzo. Eugenio se percató de que *Brasil* entró al cuarto del billar que se encontraba al lado del nuestro. Lo observó desde afuera y detectó que éste no pretendía siquiera jugar en la mesa de billar, sino que se aproximó a una de las máquinas de expendio de comida rápida (no vendían platos de comida sino algunos sándwiches, rajas de pizza, papas fritas, y otros similares) y de allí extrajo un paquete de *Doritos*, con el cual retornó al cuarto a comer lo que habría de ser su almuerzo. "¿Por qué hizo esta extraña operación?", se preguntó para sus adentros Eugenio, ya que en el comedor de la prisión se comía gratis, mientras que estos sobres de comida basura eran costosos. Dentro de la cárcel todo lo que le venden al recluso es más caro, en comparación con los precios de afuera. *Brasil* estaba en algo, había que espiarlo de cerca. Fue así que Eugenio se posicionó en un punto fuera del cuarto 242, desde donde apenas podía distinguir lo que acontecía en los interiores de ese dormitorio. Pero en fin, eso era preferible en vez de ingresar al cuarto 242 de inmediato, lo cual hubiera inhibido a *Brasil* de continuar con su plan de acción. A pesar de la falta de claridad, Eugenio vio que su objetivo abrió uno de los cajones de la cómoda de fierro, dentro de los cuales los presos guardaban algunas de las escasas pertenencias que les permitían tener en prisión (su uniforme anaranjado de recambio, su juego de ropa interior de recambio, su cepillo y pasta dental, champú, una Biblia obsequiada por el propio penal, y hasta algún libro sacado en préstamo de la biblioteca). Esa cómoda tenía cinco cajones, cuatro eran individuales y el último era compartido por los dos presos más noveles en el cuarto 242. Luego de rebuscar en lo más profundo de esa caja, tomó un objeto pequeño en una de sus manos y lo extrajo, para de inmediato dirigirse al baño. Cuando Eugenio detectó que había entrado al baño, decidió volver al cuarto sin producir ningún ruido, para que *Brasil* se sintiera en la libertad de actuar a sus anchas.

En efecto, *Brasil* se encontraba dentro del baño, con la puerta cerrada, y en completo silencio, en un principio. Después de lo que parecieron ser unos minutos, se escuchó una murmuración en voz muy baja, luego unos sollozos y un llanto, que también controlaba en volumen muy bajo para cuidar de no ser escuchado por nadie en los alrededores. "¿Qué está haciendo? ¿Estará rezando? ¿O estará simplemente llorando por su desdicha?", se preguntaba Eugenio sin poder todavía responder a sus interrogantes. Como intuyó que *Brasil* no saldría rápido del receptáculo, apegó su oreja contra la puerta para tener una mejor audición de las murmuraciones y otros ruidos. ¡Ahora sí que podía escuchar mejor! En realidad lo que transcurría era que *Brasil* estaba teniendo una fluida conversación con algún interlocutor, a quien de rato en rato denominaba "mi amor", en su precario inglés.

Era su enamorada o novia, a quien le rogaba que lo ayudase, usaba un celular, que lo tenía escondido, y que era considerado contrabando; esta era una situación peligrosa para todos, ¿qué hacer?

Eugenio se quedó unos largos minutos escuchando la conversación de *Brasil*. Dijo que después de hablar con ella, colgó, y llamó a otro número. Esta segunda conversación era aparentemente con un amigo, a quien le informaba que él se escaparía de la cárcel, y le suplicaba que lo ayudara —una vez que él habría logrado trasponer la pared de BTC— con proporcionarle el transporte y una cambiada de ropa (esto último era imprescindible pues él estaría vestido con el llamativo e inconfundible uniforme anaranjado de preso).

Según el relato de Eugenio, esta segunda conversación era un prolongado rogatorio, pues aparentemente el amigo no estaba dispuesto a colaborar con *Brasil* en tamaña locura. Como las conversaciones de *Brasil* eran prolongadísimas, cuando los otros presos empezaron a retornar del patio (después del almuerzo podían sosegarse un rato allá) al cuarto, aquél seguía encerrado en el baño, y Eugenio permanecía con la oreja pegada a la puerta, registrando en su memoria cada palabra que emitía el espiado. Cuando los compañeros veían esa escena, se sorprendían y guardaban silencio para no interferir en los esfuerzos que extremaba Eugenio para oír la charla de *Brasil*. En un momento dado —seguramente el espía se apercibió que el espiado se aprestaba a despedirse de su interlocutor e iba a colgar el teléfono—, Eugenio se apresuró para retirarse del lugar donde estaba, y se fue a echar a su cama. Después de apenas un minuto, emergió del baño *Brasil* y se comportaba como si no hubiera ocurrido nada especial, nada raro, nada ilegal.

El brasilero se enrumbó hacia su cama y allá se recostó toda la tarde, sin dirigir la palabra a nadie, como era su costumbre la mayor parte del tiempo. Sólo cuando llegaba la hora de la cena, a las cinco y media, los reclusos volvían a salir al exterior de sus habitaciones. Aquel día, todos salieron con destino a la fila de la cena, incluido *Brasil*. Después de ingerir el alimento de la noche, los reclusos tenían un breve recreo en el que socializaban con sus amigos. En esa oportunidad se reunieron los otros cinco habitantes del cuarto 242 (con excepción del brasileño, por supuesto) para discutir la problemática que habían planteado las acciones de *Brasil*. Todos estaban conscientes de que si éste era sorprendido por algún guardia con el teléfono celular en su poder, o en la cómoda de fierro del cuarto, se podrían ver envueltos como cómplices de contrabando. Y eso, por cierto, suponía un juicio y posteriores sanciones, inclusive de privación de libertad en otro penal, esta vez en una cárcel no de inmigrantes, sino de delincuentes comunes. El solo hecho de mencionar esta desdichada probabilidad hacía temblar las piernas de los cinco compañeros del cuarto, quienes lo último que querían era enlodar sus credenciales en los EEUU, con miras a solucionar su situación de inmigración en el futuro. Todos dependían de que el brasileño no fuera encontrado por los guardias con el cuerpo del delito, jamás.

La otra opción era entregarlo nosotros a él. Si bien esta era una opción aparentemente muy cruel y desalmada —sobre todo tratándose de un compañero de cuarto, latino, y muy joven— los reunidos reclamaron que él jamás reparó ni repararía en el daño que él nos pudiera causar a nosotros. ¿Acaso a *Brasil* se le pasó por la mente que con esta acción estaba poniendo en riesgo el futuro de familias enteras, cuyo padre estaba preso en el cuarto 242, y cuya esposa e hijos estaban en calidad de ilegales en los EEUU? ¿Acaso al brasileño no se le ocurrió que estaba poniendo en riesgo la solicitud de asilo político de un señor que estaba perseguido en su país? Por supuesto que estos no eran temas que a él le afligían ni en lo más mínimo. Entonces, ¿por qué guardar consideraciones con él y no entregarlo de inmediato, antes de que sea demasiado tarde?

El problema era que nadie podía garantizarnos que —denunciándolo ante las autoridades— nosotros estaríamos libres de toda responsabilidad. *Brasil* pudo haber internado ese celular él mismo, de manera personal, a BTC cuando fue arrestado. Eso supondría una astucia (y suerte) muy grande de su parte, pues los detenidos son escudriñados de pies a cabeza varias veces antes de ser depositados en prisión. Y, por otro lado, eso supondría una negligencia muy grande de parte de los diferentes guardias que lo inspeccionaron a tiempo de su detención y de su admisión en BTC. Si el ingreso del celular se hubiese dado de esta manera, los guardias seguramente sospecharían que alguno de nosotros sabía del caso (por ende podría ser acusado de cómplice o encubridor), ya que para ese momento *Brasil* llevaba tiempo interno en la cárcel. Y como un celular —así como las conversaciones prolongadas que se pueden sostener a través de él— no se pueden ocultar por mucho tiempo, quién sabe si no resultaría creíble la versión de que recién, en esos momentos, todos nos estábamos anoticiando de lo que acontecía en nuestras narices (más precisamente, en el baño). ¿Por qué no presentaron la denuncia antes? ¿Existía algún grado de complicidad de alguno o algunos de los compañeros de cuarto? Estas eran las incógnitas que con seguridad serían objeto de una investigación. Y por cierto que esto habría causado un tremendo perjuicio en la vida de cada uno de los compañeros de cuarto, y si alguno o algunos (por mala fortuna o gran injusticia) resultaba(n) acusado(s) y encontrado(s) cómplice(s) de *Brasil*, el desenlace habría sido desastroso. No hay que olvidar que cuando una persona está acusada por el Estado más vigoroso del mundo (a través de fiscales bien remunerados), requiere una defensa legal efectiva, y esto implica dinero. Los inmigrantes ilegales que estaban en esa cárcel de inmigración requerían dinero para pagar a sus abogados de inmigración, y lo menos que tenían a su disposición era dinero para defenderse pagando fortunas a abogados penalistas por una bellaquería que habría perpetrado *Brasil*. Esta era una de las hipótesis posibles. Y esas fueron las razones que desanimaron a los compañeros del cuarto 242 a denunciar a Brasil bajo este escenario.

Pero también estaba dentro de las posibilidades que el aparato telefónico hubiera sido contrabandeado por otra persona a BTC, y que *Brasil* lo obtuviera de ella. Esta segunda hipótesis podría haber involucrado la participación de otros presos, y hasta de guardias de la penitenciaría. En este caso sí que habría estallado una bomba dentro del penal. Y la verdad es que este escenario era el más probable de ser cierto. Resultaba poco creíble, en cambio, que *Brasil* hubiese burlado a tantos guardias en todas las requisas corporales que le hicieron antes y a tiempo de ingresarlo a BTC. Parecía más lógico que él, consecuencia de sus buenas relaciones con algunos guardias de jerarquía, hubiese podido obtener ese celular a cambio de algo. Bajo esta segunda hipótesis también se avizoraba una investigación prolongada y costosa para los posibles denunciantes, y, con algo de mala suerte, hasta un tanto riesgosa, pues los latinos ilegales no suelen ser de la simpatía de los jurados y jueces norteamericanos. Razonando de esta manera, los compañeros de cuarto tampoco se sentían seguros para plantear la denuncia. No hay que olvidar que en los EEUU ingresar un celular en una prisión constituye delito de contrabando, y está penalizado con años de cárcel, dependiendo del Estado en el que acontezca la acción penal (en algunos estados la sanción es de prisión, hasta por un máximo de diez años). Por todos estos temores jamás se denunció a *Brasil*, y ninguno de los compañeros de cuarto respiró tranquilo hasta que éste salió de BTC, deportado hacia su país.

§

El Nica ya había cumplido con darme las instrucciones sobre la limpieza del baño, que era su más grande preocupación, ya que él consideraba que este recinto era básico para una sobrevivencia más o menos **digna** en este recinto carcelario. Y es que tenía razón. Las cárceles de inmigración ya sólo por su definición son indignas de existir, pues en ellas no se depositan delincuentes —estos últimos deben permanecer en las cárceles para lograr alguna forma de reinserción social o rehabilitación, así como para sufrir algún castigo por el delito cometido, y también para mantener al resto de la población a salvaguarda de estos delincuentes— sino meros extranjeros que sólo intentan cumplir con su *sueño americano*. Cualquier ser humano en cualquier país del orbe entiende que robar es un delito por el cual el autor debe sufrir una condena de prisión. De igual manera, cualquier ser humano en cualquier país del orbe jamás logrará entender que emigrar del país de uno —por razones de falta de trabajo y la consiguiente pobreza— e inmigrar a otro —más rico y poderoso, donde existen mejores oportunidades de empleo y de vida— pueda ser considerado delito, y que esa acción dé lugar a la encarcelación del autor. ¿Acaso a un inmigrante es necesario rehabilitarlo por la comisión de su presunto delito de inmigración? Si de algo hay que rehabilitar a un inmigrante es de su situación laboral y económica, pero esa es otra forma de rehabilitación. Las cárceles sirven para rehabilitar a los ladrones, a los estafadores, a los violadores, a los asesinos y a otros que ofendieron a la sociedad con sus acciones criminales, para que en un futuro vivan honestamente de su trabajo y no incurran en la comisión de delitos. Ésta definitivamente no es la situación de los inmigrantes ilegales. En BTC quedaba claro que el ICE tenía un problema con este tema, ya que si bien se esforzaba en demostrar que los ilegales habían cometido un delito, no se intentó siquiera "rehabilitar" a los "delincuentes" inmigrantes, mostrándoles lo reprobable que es tratar de mejorar en la vida a través de la inmigración. Este esfuerzo hubiese resultado ser incoherente en el país que ha recibido los mayores flujos de inmigración en la historia de la humanidad, y merced a los cuales desarrolló y se logró consagrar como el líder económico del mundo contemporáneo. En los libros de historia de los EEUU (cuando el autor asistió a escuelas norteamericanas en la década de los años setenta del siglo pasado), los niños aprendían (y me imagino que lo siguen haciendo) que ese es un país de inmigrantes por excelencia. Pero ahora, ¿cómo podrán explicar que los nuevos inmigrantes —esos que no son blancos europeos, sino morenitos provenientes de los países de las latitudes del sur del continente americano— son rechazados y catalogados como delincuentes? En la misma línea de pensamiento, ¿acaso un inmigrante debe sufrir un castigo de cárcel por haber cometido ese supuesto delito de inmigración? Para responder ese interrogante es importante empezar por determinar que el quedarse en un país sin visa de inmigrante o cruzar una frontera ilegalmente no puede constituir un delito, sino únicamente una contravención de carácter administrativa, que debería ser sancionada, en los casos que corresponda, con la deportación. Cuando se dice que la deportación debería aplicarse en los casos que corresponda, quiere decir que en situaciones en los que la familia ilegal ha residido en esa condición durante cinco o más años, la sanción ya no podría ser aquella, pues en gran medida es el propio estado receptor también culpable, y debería compartir responsabilidad por su negligencia. Pero sobre todo, no debe darse la deportación porque una familia que ha radicado cinco o más años en un país, ya no puede ser forzada a retornar al suyo, que por más suyo que fuera, en él ya ha perdido casi todo vínculo, sobre todo el laboral. Esta práctica desalmada (deportar a ilegales que han vivido más de cinco años en los EEUU) se da con mucha frecuencia en los EEUU, y ello constituye una violación grave a los derechos fundamentales de las personas. Y finalmente, ¿acaso un inmigrante deber ser alejado del resto de la población para salvaguardarla de éste, por miedo a que él le cause algún daño irreparable, como podría ser el caso de un asesino o de un violador? Por supuesto que no, esta razón de ser del encarcelamiento tampoco se cumple con los supuestos delincuentes de la inmigración. El inmigrante, por lo general, no constituye un peligro para nadie, pues es un individuo pacífico, normal y corriente, sólo que motivado por sus ansias de progreso y el desarrollo de su familia. Es posible que dentro del universo de inmigrantes existan casos de delincuentes o potenciales delincuentes, pero la proporción de éstos no va a variar mucho respecto a la proporción de criminales o potenciales criminales que existe dentro de la población en general. ¿O es que el gobierno de los EEUU en sus políticas de inmigración sostiene que los inmigrantes latinoamericanos son de naturaleza delincuencial, a diferencia de los inmigrantes ingleses, irlandeses, alemanes, italianos, y de los otros países europeos que poblaron los EEUU desde siempre? Si esto no se ha sostenido abiertamente (porque ello significaría hacer blandir la bandera de la discriminación racial a los cuatro vientos como lo hiciera Hitler, lo que tendría graves consecuencias en la arena internacional), en los hechos existe una filosofía de esta naturaleza que guía las acciones gubernamentales. No otra cosa significa la existencia de una apreciable cantidad de cárceles —trescientas setenta y cuatro según el Global Detention Project[3]— para inmigrantes en el territorio de los EEUU. De alguna manera este enorme número de prisiones para inmigrantes se asemeja a lo que Aleksandr Solzhenitsyn mostró en su libro *El archipiélago de Gulag*, en el que la palabra archipiélago es usada para describir las innumerables cárceles políticas de Stalin, como si fueran islas agrupadas en un gran archipiélago en medio del océano. Así son las cárceles de inmigrantes en los EEUU, una suerte de archipiélago de Gulag, o dicho con mayor precisión, *archipiélago del ICE*. El archipiélago de Gulag estaba dedicado a los opositores de Stalin, mientras que el *archipiélago del ICE* está dedicado a los inmigrantes latinos en los EEUU, que son percibidos como una especie de *opositores* al reino anglosajón del Imperio del norte. En el archipiélago de Gulag

---

3.- http://www.globaldetentionproject.org/countries/americas/united-states/map-of-detention-sites.html. En este sitio también se encuentra cifras sobre el presunto número de presos de inmigración, que son, a todas luces, monstruosas.

estaban los políticos opositores al comunismo estalinista, en el archipiélago del ICE están los inmigrantes latinos a los EEUU. ¿Cuál de estos dos grupos son criminales? Ninguno, ni los políticos opositores ni los inmigrantes latinos. Ambos grupos constituyen personas discriminadas, por razón de pensamiento político, aquéllos, y por razón de cultura o raza, éstos. En ambos archipiélagos se quitó la libertad a inocentes, y se los humilló inmisericordemente (en el archipiélago del ICE se lo sigue haciendo). Si hoy en día no se los mata a los inmigrantes ilegales (como Stalin hizo en la ex URSS y Hitler en los campos de concentración) es porque los tiempos han cambiado y no es posible salir indemne de semejantes crímenes. Pero ante la ausencia de ello, se les humilla y degrada cada segundo de su existencia en esas cárceles de inmigrantes, donde asumen condiciones de animales, a los cuales no hay que matarlos, porque eso sí puede acarrear problemas (aunque sí se han dado casos de muerte y violación a mujeres causadas por los abusos —delitos— de los agentes del ICE, aunque no en forma masiva). Frente a esta indignidad cotidiana es que el Nica quería mantener la **dignidad** a través de la limpieza del baño. Finalmente, algún tipo de dignidad pueden tener los animales en estas prisiones.

Y es que los latinos en BTC —en realidad en todo este archipiélago del ICE— habían perdido su libertad y su dignidad. Habían sido depositados en estas cárceles por actos que ellos jamás sospecharon que eran delictivos, pero luego, una vez presos, empezaban a tratar de convencerse ellos mismos de que eran unos meros delincuentes, para así justificar (o por lo menos entender en alguna medida) su encarcelamiento. Es así como iban perdiendo su autoestima, día tras día. Por ello es que la insistencia del Nica en cuanto a la limpieza del baño tenía un sentido interesante: era la única dignidad que él podía mantener, después de haber permanecido en ese encierro por seis meses de su vida. Un latino preso en BTC no podía tener bienes materiales, no podía trabajar para ganarse la vida (era posible conseguir un empleo dentro de la prisión, por un dólar al día, pero estos empleos tenían otras connotaciones —también humillante — que las analizaremos más adelante), no podía estar con su novia o esposa libremente, no podía compartir con sus padres ni con sus hijos libremente, no podía estar con sus amigos libremente, no podía comer el plato que se le antojare, no podía darse un paseo, no podía ir al cine, no podía ir a la playa (que estaba a unas cuantas cuadras de BTC, y de cuyo goce en sus horas libres y fines de semana se jactaban los guardias, para hacer sentir a los presos aún más miserables), no podía hacer nada de lo que quisiera, pues estaba preso por algo que en su fuero interno sabía que no era un delito, aunque los agentes de ICE se esforzaban por convencerlo de lo contrario. Este ser latino, que en su encierro había perdido todo —entre lo más importante la libertad, la familia, los amigos, los bienes, las ganas de vivir, y en muchos casos hasta la salud— solo podía resistirse a perder lo último de dignidad que le quedaba: la limpieza de su baño, de su habitación y de su persona. En esta lucha estaba el Nica.

Capítulo IV
El cuarto y sus historias

La limpieza del cuarto también tenía sus peculiaridades. El Nica me recomendó que, para empezar, barriera el piso con una escoba (en realidad era una escobilla vieja y maltrecha, cuyo palo agarrador no tenía más de ochenta centímetros de altura) que permanecía dentro del cuarto todo el tiempo. Con ella se levantaba el polvo, las pelusas y todas aquellas basuras que estuvieran en la superficie, y luego se las colocaba en el interior de un levantador de basura (una especie de basurero plástico con mango), del que finalmente se desalojaba toda esa basura echándola desde el balcón del segundo piso, con destino hacia el patio externo de la planta baja. En esta operación, la basura simplemente caía desde el balcón del segundo piso al patio de abajo. Allá abajo, otros presos se ocuparían de limpiar toda la basura que echaban los del segundo piso. Y después de barrer la basura del cuarto, era menester trapear el piso dos veces hasta que quedase impecable. El trapeador debía estar remojado en agua, pero sobre el piso —a tiempo de pasar el trapeador— se echaba el mismo producto detergente con el que se limpiaba el baño, de tal manera que muriesen los microorganismos bacterianos que pudieran estar alojados en esa superficie, y que pudieran atentar contra nuestra salud. En medio del trapeado, una vez que se ensuciaba el trapeador, había que lavarlo. Esto del trapeador, sin embargo, tenía su truco. En toda la prisión existían dos trapeadores con su balde de lavado correspondiente, uno para la planta baja o primer piso y el otro para el segundo piso. Pero antes de conocer la problemática del trapeador, veamos el proceso del aseado diario del cuarto, para así luego desembocar en aquél tema.

El procedimiento de limpiado del cuarto se desarrollaba de la siguiente manera: para empezar, los encargados de la limpieza de cada cuarto (como dijimos, esta era una responsabilidad rotatoria, de tal modo que el designado para cada habitación era otro cada día), se presentaban en la oficina de distribución de "los líquidos" para recibir la cuota del día: dos detergentes líquidos, los guantes plásticos de limpieza, un rollo de papel higiénico y unas cuantas toallitas o paños de papel para la limpieza. Los dos detergentes líquidos eran de diferentes colores (uno tenía un color claro pero no llegaba a ser transparente como el agua, pues contenía una pizca de tinte verduzco; y el otro era oscuro, casi color vinagre) y venían en unos recipientes plásticos que contenían algo así como un vaso normal de agua. Su aplicación era a través de un mecanismo de pistola, que al disparar el gatillo plástico, hacía que el detergente saliera disparado en la forma de chisguete. Yo jamás supe de qué se trataban los detergentes, ni qué contenían, ni para qué servían, ni cuál la diferencia entre el claro y el oscuro. En la prisión nadie sabe dar cuenta de estas cosas, uno simplemente hace lo que hacen los demás. Algunos presos, cuando estaban de turno para la limpieza, optaban por no utilizar el mecanismo del chisguete, y abrían la tapa de los detergentes y chorreaban su contenido como si se tratara de un vaso de cerveza echado sobre el piso. Pero no contentos con correr esos riesgos exponiéndose a los detergentes hacían el trapeado descalzos, y nunca les pasó nada. Las toallitas o paños de papel eran un producto preciado, pues se imponía hacer un uso muy frugal de ellos. Nos proporcionaban tan pocas de estas toallitas que no alcanzaban para limpiar todo lo que se debería. Solo en el baño, entre la refregada de la tina y del inodoro se podía dar fin con las pocas toallitas proporcionadas. Pero luego, afuera en el cuarto, era preciso limpiar con las toallitas el espejo del lavamanos, el lavamanos mismo y los vidrios de la ventana del cuarto. Este último detalle se le escapó explicarme al Nica, razón por la cual yo no refregaba los vidrios del cuarto cuando me tocaba la limpieza, hasta que un día (cuando ya no estaba el Nica) tuvimos un inconveniente emergente de esa omisión. Lo que aconteció es que una vez que el Nica se fue, me quedé yo al mando del cuarto para fines de organización del mismo, y como tal, era yo quien daba los "cursillos" de limpieza a los novatos recién llegados. En mis "clases" repetía lo que me había enseñado mi profesor, el Nica, y aumentaba los conocimientos que había adquirido fruto de la experiencia en la práctica del aseo carcelario. Pero, a pesar de mi dedicación a la materia, yo obviaba lo que jamás había aprendido: la limpieza de los vidrios del ventanal. Consecuencia de ello, el aseo del cuarto y del baño era destacable, pero cada día que pasaba el ventanal se veía afectado por una cada vez más gruesa capa de mugre. Esto pasó desapercibido por todos, hasta que un día uno de los guardias entró a la habitación y con su dedo índice bañado en polvo (él había frotado ese dedo en el vidrio del cuarto antes de hablar con nosotros) advirtió a todos que, si no limpiábamos ese ventanal en cuestión de diez minutos, seríamos penalizados con la pérdida de nuestro preciado televisor. En ese momento no teníamos las toallitas de limpieza (ya se había pasado la hora del aseo del cuarto) y tuvimos que echar mano a un conocimiento tecnológico de marras en las tierras altiplánicas: el papel de periódico — mojado con agua, primero; y luego seco, para el secado del vidrio— es incomparable para limpiar y hacer brillar el vidrio de las ventanas.

Como veíamos (volviendo al procedimiento diario de la limpieza del cuarto), una vez que el aseador de turno recibía "los líquidos", se dirigía a su cuarto y empezaba la segunda etapa de la tarea: buscar un trapeador, lo cual no era objetivo fácil. En razón a que existía un solo trapeador por piso (al cuarto 242 le correspondía el del segundo piso), el encargado de la limpieza del día —cuando ya tenía "los líquidos" disponibles en el cuarto— se abocaba a la pesca del trapeador. Eso significaba ir de cuarto en cuarto por todo el segundo piso buscando el apetecido trapeador. Una vez que lo detectaba, tenía que extremar todos los esfuerzos para que el recluso que lo estaba utilizando se lo entregara a él una vez que terminara su labor. Esta era una tarea complicada porque como la demanda del trapeador era enorme, normalmente el preso que tenía el trapeador indicaba que él ya tenía un compromiso para entregarlo a otro que vino antes. Si el recluso en posesión del trapeador era amigo, podía indicar quién era el agraciado que le sucedería en el uso del codiciado instrumento de limpieza. Con esta información, el que buscaba el trapeador continuaba su tarea hasta encontrar al sucesor para ver si éste le concedía el uso después. Y así continuaba la cadena hasta conseguir reservar el uso del limpiador. Pero si el que estaba en uso del trapeador no era amigo (o cualquiera de la cadena después de él), simplemente no daba la información y el requirente quedaba en la luna, sin perspectivas de poner mano sobre el trapeador, por lo menos en el corto plazo. Y como ya sabemos: el riesgo de no limpiar el cuarto y su baño era exponerse a sanciones de tipo disciplinario, y a perder el uso "privilegiado" del televisor. De tal manera que cualquier esfuerzo que se desplegaba para obtener el trapeador estaba plenamente justificado. Dada esta situación, el lector podrá imaginarse que la lucha por obtener el derecho del uso del trapeador era ardua. Uno de los factores que distorsionaba el funcionamiento del sistema era la animadversión entre los reclusos latinoamericanos y los haitianos. Si bien la relación entre estos dos grupos era por lo general llevadera, bajo ciertas circunstancias —cuando había intereses en juego— surgían las diferencias y los odios. En la pugna por el trapeador estas divergencias salían a flote. Por ejemplo, si un latino estaba en busca del trapeador, y el poseedor del mismo era un haitiano, era altamente probable que este último no le concediera el turno al primero. El haitiano le concedería el turno a otro amigo suyo haitiano. Y a la inversa también ocurría lo propio, un latino favorecería a otro en la cadena sucesoria del trapeador, en desmedro de un haitiano. Pero frente a estos inconvenientes los reclusos también elaboraban tácticas creativas. A mí me pasó que cuando buscaba el trapeador llegué a identificarlo en manos de algún preso haitiano que sabía que no me lo entregaría. Entonces, sin darme a conocer al poseedor del trapeador, iba de prisa al cuarto y echaba mano a mi cercana amistad con

Jean Pierre, para que fuera éste quien pidiera a su coterráneo el trapeador en vez de mí. Normalmente el truco funcionaba en ambos sentidos. Cuando Jean Pierre no quería enfrentarse con algún latino que intuía le pondría piedras en el camino, él me transmitía su inquietud, y era yo quien iba a conseguir el trapeador por él. Al final, el interés de Jean Pierre y mío era común: evitar las sanciones por falta del limpieza del cuarto 242.

§

Pero como esta situación del trapeador se convirtió en un calvario todos los días, en el cuarto se desarrolló una iniciativa que nos liberó de él. Uno de los compañeros de cuarto recién arribado a BTC era un guatemalteco, de pronunciados rasgos indígenas, con fuerte acento maya-quiché al hablar el español, con casi nada de conocimientos de inglés, muy jovencito aún, y muy tímido en su proceder. Su nombre era Joaquín Cervantes. Cuando llegó no pronunciaba palabra alguna sino para expresar las necesidades sociales más básicas: saludar y agradecer por algo cuando estrictamente correspondía; ni siquiera se despedía, porque como vivía en el cuarto nos veíamos todo el día, salvo durante las horas de las comidas, y para ausentarnos al comedor tampoco acostumbrábamos despedirnos. En el cuarto 242 normalmente había algún guatemalteco, pero justo en el tiempo que él llegó no se encontraba ninguno, así que Joaquín no tenía ni siquiera coterráneos para entablar una amistad con alguien que compartiera sus raíces. En cuanto ingresó tuvo que hablar conmigo más que con los demás pues, en mi condición de "jefe" o "coordinador" del cuarto, me correspondía darle las primeras charlas de orientación e instrucciones de la limpieza. En esos primeros encuentros no cabía duda que él —como solía ser casi una regla con la mayoría de los nuevos presos— se encontraba sumergido en un profundo estado de depresión (este era, por supuesto, un diagnóstico de puro sentido común y nada científico, basado en un comportamiento que demostraba un extremo grado de introversión del sujeto apresado). Cuando le explicaba los pormenores de la vida en BTC y le daba las indicaciones sobre el procedimiento del aseo, sus ojos estaban perdidos. Pero en la convivencia del cuarto había tradiciones que se convirtieron casi en rituales, y no existía forma de eludirlas. Una de éstas consistía en hacer primar la antigüedad (el principio de *seniority* que denominan los anglosajones). Según este principio, el recién llegado tenía que soportar una especie de *bautizo*, limpiando el cuarto la mañana siguiente después del día de su arribo; pero sobre todo, la idea era dar un alivio temporal a los demás reclusos con *antigüedad,* que con esta práctica postergaban por un día su turno de la limpieza del cuarto. Sin duda que esta tradición del cuarto 242 era un deleite para los antiguos y un tormento para los nuevos. Y, por supuesto, para Joaquín Cervantes, el tormento fue mayúsculo. Esa mañana después de su ingreso a BTC, se fue para el desayuno alrededor de las seis menos diez de la mañana. Durante el desayuno lo perdí de vista. Luego de ingerir el alimento matutino, regresé al cuarto y tampoco lo encontré allí. Como la limpieza no empezaba hasta las siete de la mañana, pues la distribución de los "líquidos" se realizaba exactamente a esa hora, no me llamó la atención su ausencia, ya que supuse que estaba familiarizándose con el sitio, y ojalá consiguiendo algún amigo de su país en el patio. Con esa consideración en mente, decidí recostarme y dormitar unos minutos. A eso de las siete menos diez decidí ir al patio para cerciorarme que Joaquín estuviera en la fila de los "líquidos". Ya había ocurrido antes que un nuevo recluso, en su primer día —el de bautizo— no encontraba la indicada fila, y en consecuencia no obtenía los "líquidos". El problema con esto no era solamente que ese día se limpiaba sin detergentes, sin toallitas y sin guantes, y a pura agua, sino que los habitantes del cuarto eran castigados por no recoger los "líquidos", lo que según nuestros cancerberos, demostraba una negligencia y responsabilidad compartida respecto al aseo de nuestra prisión. Por ello es que cada que se recogían los "líquidos", el encargado de su distribución (el asignado formalmente para ejecutar esta tarea era uno de los guardias, pero en los hechos quienes la realizaban eran un par de presos bengalíes al servicio de aquél) preguntaba a la persona que acudía a esa oficina, de qué habitación provenía, y acto seguido anotaba el número del cuarto en su cuadro de registro. Pero ni bien divisé a lo lejos la fila de los "líquidos", pude distinguir la entristecida figura de Joaquín haciendo la cola, y quedé sorprendido por el puesto que él ocupaba en ella: ¡era el número uno! Eso quería decir que se fue directo: del desayuno, a la cola. Con esta novedad ya respiré tranquilo, pues esa actitud demostraba un alto grado de responsabilidad, lo que me permitía no estar sobre él. Unos minutos después de las siete, llegó al cuarto con todos los implementos de limpieza que había recibido. Luego, sin que nadie le diera mayores orientaciones, en voz muy baja y como si le costara mucho hablar, dijo:

—Voy a buscar el *mop* —muchos de los presos latinos utilizaban esta palabra en vez del castellano trapeador, ya que como la mayoría de ellos vivía años en los EEUU, aunque no hablaba bien el inglés, utilizaba el léxico de ese idioma para referirse a las cosas cotidianas de la vida.

—De acuerdo —le respondí—, si tienes algún problema avisas, porque a veces es necesario conocer a las personas para que te den el *mop*; en tu caso no creo que tengas inconveniente alguno, pues aquí hay muchos compatriotas tuyos que te pueden echar una mano.

Con esas palabras en mente partió este nuevo compañero de cuarto en búsqueda del trapeador. Como vi que él, a pesar de ser extremadamente tímido, lograba obtener lo que quería —así lo demostró con el caso de la repartición de los "líquidos"— me quedé confiado a mirar un poco de televisión sin tomar en cuenta el tiempo que se perdió en esta empresa, que, como vimos antes, podía tener su complicación. En efecto, después de haber perseguido el mop por algo más de media hora, volvió al cuarto jadeante y muy perturbado. Me contó que encontró el mop en el cuarto de unos chinos, a los que les planteó el pedido de rigor, pero los asiáticos le respondieron vertiendo alaridos en su ininteligible idioma, además de reírse a carcajadas de él. Como Joaquín no se dejaba humillar pasivamente, les respondió con insultos en el *spanglish* que aprendió en las calles y, antes de que se agarraran a golpes y las cosas se hicieran más grandes de lo que merecían ser, otro guatemalteco que estaba presenciando la escena intervino y evitó que se diera la hecatombe. Menos mal que ningún guardia vio los acontecimientos, pues aunque no llegó a haber violencia física, los gritos y amenazas recíprocas pudieron terminar en sanciones de algún tipo. El guatemalteco reflexionó al joven Joaquín para que depusiera esa actitud en defensa de su dignidad —que sin duda era loable— pero que en realidad estaba totalmente fuera de lugar, a la luz de las consecuencias que pudo haber desencadenado. Fue así que éste tuvo que volver al cuarto furioso y frustrado. Ahora sí que las posibilidades de conseguir el trapeador se habían extinguido totalmente. No importaba qué esfuerzos se hubiesen extremado, lo más probable es que los chinos no habrían cedido ni ante una súplica de buena fe (que estoy seguro Joaquín no la habría hecho aunque se la hubiese pedido, pues ya estaba dando a conocer su personalidad: si bien era tímido y se encontraba deprimido por su encarcelamiento, era orgulloso y estaba inundado de amor propio) ni ante presión de ningún tipo. Ellos también eran orgullosos y rebosantes de amor propio, igual que Joaquín. A estas alturas de la mañana surgía un inconveniente adicional: lo avanzado de la hora. Es que a las ocho y media se devolvían los "líquidos" sobrantes en la misma oficina administrativa de donde se les recogió. A cambio de la devolución de los "líquidos" le restituían su carné de identificación de BTC al recluso que realizó el trámite. Si no devolvía esos implementos a esa hora, podían imponer sanciones al cuarto del infractor, o al preso mismo responsable de la infracción. Ante esta situación apremiante, me dirigí a Joaquín:

—Ahora tenemos que encontrar una solución rápida a este entuerto, pues no podemos quedarnos sin trapear el cuarto, pero, por lo ocurrido, hoy no tendremos acceso al mop, eso es un hecho.

—Lo sé —respondió Joaquín, y mientras hablaba se despojaba del cuerpo su camiseta blanca recibida a tiempo de su ingreso a BTC, hasta que finalmente, una vez que terminó esta operación y cuando ya se encontraba con el torso desnudo, la agarró con su mano izquierda y continuó—, hoy utilizaré esta camiseta en vez del mop, como una medida de emergencia. De todas maneras tengo la camiseta nueva de recambio para ponérmela encima. Ya veré luego qué se hace para conseguir otra que reemplace a la que servirá de mop.

—Me parece una buena idea, dadas las circunstancias.

Como la necesidad suele ser el motor de la creatividad, esta práctica resultó ser una especie de solución creativa a la permanente pugna por el mop carcelario. De hecho, a partir de lo acontecido con Joaquín, en el cuarto se limpiaba con el *mop-camiseta* la mayor parte del tiempo. La decisión dependía del que tenía la obligación del aseo en un día cualquiera. Varios de los compañeros ni siquiera hacían el intento de ir a buscar el mop cuarto por cuarto, sino que procedían a utilizar una de sus camisetas para este propósito. Posteriormente, para reponer la que había sido usada como trapeador, existía la alternativa de la compra de una nueva en la propia cárcel. A través del llenado de un formulario, uno podía remitir una orden a la oficina correspondiente, para que le vendieran una de estas prendas de vestir, y, después de unos días de aprobada la orden, le entregaban la camiseta a cambio del pago del precio en efectivo por la misma. La entrega de la mercadería se efectuaba dos veces por semana, los días martes y viernes. Pero la forma menos onerosa para reponer una camiseta era la vía de la "herencia". Cuando uno de los reclusos salía de

BTC (la mayor parte de las veces deportado a su país), éste podía dejar en el cuarto una de sus camisetas, de regalo a un amigo que se la pidiese. Siempre existía el riesgo de que se la reclamasen a la salida del penal, pero lo cierto es que eso jamás ocurrió, así que la práctica de la "herencia" no cesó jamás. Al salir yo de BTC me di cuenta de lo siguiente: a los encargados les interesaba que se devolviera el uniforme anaranjado, pues éste era lavado y otorgado en un nuevo préstamo o comodato a un próximo preso. Ellos no iban a permitir jamás que un preso se llevara dicho uniforme (seguramente no solo porque lo iban a volver a destinar a un nuevo preso, sino para que nadie tenga uno de estos uniformes afuera del penal y lo utilice de una manera que el gobierno no pudiera controlar, por ejemplo, para denunciar un trato de humillación al hacernos vestir con uniformes viejos y rotos, como era el caso de mi pantalón). En cambio, en lo que tocaba a la ropa interior —calzoncillos, calcetines y camisetas— no había tanto celo en su devolución, pues esas prendas ya no eran recicladas para un próximo recluso (menos mal), pero sobre todo, porque ellas no eran símbolos distintivos de la cárcel como lo era el uniforme anaranjado. Los calzoncillos, calcetines y camisetas eran artículos que se podían encontrar en cualquier tienda de ropa blanca ordinaria. Lo que se hacía con ellas era depositarlas en otro cajón, para luego, aparentemente, botarlas a la basura. De todas maneras lo que quedó claro es que los encargados controlaban con acuciosidad la devolución de los uniformes anaranjados, pero no así el depósito en cajones de basura de la ropa interior. Este tratamiento laxo de las camisetas, permitía que algunas de ellas se quedaran en los cuartos como "herencia" a los sucesores, para que éstos pudieran darles uso de trapeador, y así evitarse el problema que significaba la pugna diaria por el mop.

§

En cuanto a la pulcritud del cuarto — aparte del Nica, con quien compartí poco tiempo, pues a él lo sacaron de BTC unas tres semanas después de mi arribo— el que se llevaba los galardones era, sin duda, el haitiano Jean Pierre de Gaulle, un negro de treinta años de edad, que hablaba muy poco inglés, que chapuceaba el castellano, y con quien practicaba yo mi precario francés. Cuando llegó Jean Pierre, al igual que la mayoría de los aprehendidos, no conversaba con nadie. Su comunicación se restringía a lo mínimo indispensable: a escuchar las instrucciones sobre la limpieza y a decir "gracias" cuando correspondía. En la vida hay quienes sostienen que las primeras impresiones son las que valen, pues ellas pintan a las personas tal cual son. "Lo que viene después no debiera alterar esa primera impresión", dicen. Pero como todo en esta existencia, esa teoría tiene su contra-teoría: uno no debe guiarse por las primeras impresiones, porque una persona es mucho más que ellas, es un ser mucho más complejo, y la verdadera naturaleza de una persona no puede basarse en aquella primera impresión. Hay personas que muestran lo que no son al principio, y luego, con el tiempo, develan su personalidad real. En el largo y retorcido camino de la vida, las teorías suelen ser solo pautas generales para que los individuos se orienten mejor, pero casi nunca sirven de aplicación cerrada y automática. De tal manera que en cuanto a las teorías de las primeras impresiones, si me hubiese guiado exclusivamente por la primera que tuve (y me quedaba con ella inamovible) de Jean Pierre, jamás hubiese logrado valorarlo en su verdadera dimensión. Y tampoco creo que él pusiese una careta para que después se desvaneciera con el paso del tiempo y el peso de la realidad, como expresa la segunda teoría. Lo cierto es que en este caso no se aplicó ni la teoría que sostiene que las primeras impresiones son las que valen, ni la que sustenta que las primeras impresiones constituyen un engaño por maquinaciones del sujeto en análisis.

Resulta que como el primer día de Jean Pierre fue de silencio completo por su parte, nadie supo nada respecto de sus sentimientos y de lo que le pudiera incomodar o molestar. Aparentemente, su silencio, además de reflejar un grado de depresión por su detención (lo que era perfectamente normal), también estaba acompañado de un alto grado de rabia y decepción de él respecto a los que lo acompañábamos en el cuarto 242.

Fue así que al día siguiente de su ingreso a BTC, poco después de que encerraron a toda la población carcelaria en sus respectivas habitaciones (posterior a la hora del almuerzo), ingresaron dos guardias al cuarto para realizar una inspección sobre el aseo del mismo, así como del baño contiguo. Esta era una práctica cotidiana, a la cual estábamos acostumbrados. En estos ejercicios diarios lo que preocupaba a los presos eran las evaluaciones sobre la limpieza —o su presunta falta de ella— que realizaban los guardias, pues, como vimos anteriormente, esta era una infracción que importaba sanciones. Pero aquel día, las cosas tomaron un rumbo inusitado. Cuando uno de los guardias revisaba la cómoda de fierro que estaba ubicada

justo al lado de la cama de Jean Pierre, éste se armó de valor y le preguntó si podía plantear un problema. El guardia le dijo:
—Adelante, lo escucho.
—Lo que ocurre, señor guardia —empezó a relatar Jean Pierre— es que ayer cuando ingresé a esta habitación tenía en mi poder un billete de diez dólares, que es el único dinero que traía encima cuando fui detenido. Y ahora, cuando lo busco, no lo encuentro por ninguna parte. Quiero denunciar ante usted que he sido víctima de un robo, aquí, en este cuarto.
El guardia lo miró extrañado y le preguntó:
—¿Dónde tenía el dinero?
—En este cajón de la cómoda de fierro, donde guardo mis pertenencias.
—¡¿Alguien de ustedes vio el billete de diez dólares del recluso Jean Pierre de Gaulle, que según sostiene él estaba en este cajón de la cómoda?! —inquirió nuestro cancerbero, mientras pasó su mirada por los ojos de los otros cinco reclusos que estábamos allí.
Un silencio tenebroso siguió a las palabras del guardia. Absolutamente todos comprendían las repercusiones que una denuncia de esa naturaleza podía tener en la vida de cada uno de los presentes. El solo hecho que Jean Pierre formalizara su denuncia, hubiese implicado una investigación que podía, con algo de mala suerte, y aunque la persona fuera inocente, salpicar a la credibilidad de algunos o de todos los habitantes del cuarto 242. Y por supuesto, ello afectaría al resultado del proceso de inmigración en el que estaba enfrascado. En mi caso en particular, una duda de esta índole podía poner en tela de juicio aspectos sobre mi conducta y personalidad, y

derrumbar de esa manera mi petición de asilo. Lo propio pudo haber acontecido en cada uno de los casos de los compañeros en esa habitación. Como el silencio se prolongó, empezó a reinar un aire de terror en el ambiente. Mientras más pasaban los segundos, más claros quedaban los efectos que podría tener esta denuncia. En los rostros de los cinco reclusos indirectamente acusados se dibujaban las líneas del terror. Ninguno atinó a responder: ni sí, ni no. Parecía que ingresábamos en un terreno increíblemente deleznable, totalmente imprevisto.

De pronto arrebató mi ser el pensamiento (mejor aún, la especulación) que podíamos haber sido víctimas de un montaje. El billete de diez dólares aparecería entre las pertenencias de cualquiera de nosotros, y *chau*, las cosas hubiesen ido mal, muy mal, para la víctima escogida, y quién sabe también para los otros cinco restantes del cuarto.

Luego de un prolongado silencio, uno a uno los presos empezaron a responder la pregunta del guardia. Nadie se había percatado de la existencia de ese billete de diez dólares dentro del cajón que le correspondía a Jean Pierre, en la cómoda de fierro; y nadie conocía sobre el aludido robo, supuestamente perpetrado en nuestros aposentos.

Ante esa respuesta negativa, el guardia asumió una conducta que llamó la atención de todos los presentes, a la vez que produjo un respiro profundo en el alma de los cinco presos, a los que Jean Pierre, seguramente, consideraba sospechosos.

—La próxima vez tienes que ser más cuidadoso con tu plata —le dijo, mirándolo con ojos picarones, casi como tomándole el pelo—. Nadie deja el único billete que posee en una cómoda común, sin exponerse a un riesgo.

Ese fue el fin de este ingrato episodio, al cual este nuevo preso haitiano nos había expuesto a los cinco reclusos latinos que compartíamos cuarto con él. Hasta el día de hoy yo no sé si efectivamente le robaron esos diez dólares dentro del cuarto, o si él los perdió en otro lugar, o si él los extravió y luego los encontró, o si él inventó esta tramoya con algún propósito oscuro. "Ojos vemos, corazones no sabemos", dice el viejo proverbio que las abuelas repetían antes, y que en casos como este es oportuno recordarlos. ¿Ocurrió en verdad el robo, o el haitiano se lo inventó para dañarnos? Eso jamás lo sabremos a ciencia cierta.

Lo que sí se sabe es que después de este confuso hecho, transcurrieron varias semanas hasta que las relaciones con Jean Pierre se restablecieran. Poco a poco él fue reconquistando la buena voluntad de los compañeros del cuarto (pero en particular la mía, toda vez que debido a mi condición de "jefe" o "coordinador" de la habitación, él se veía forzado a trabajar conmigo en los asuntos relativos a la limpieza), con hechos más que con palabras. Además, como siempre ocurría en BTC, unos reclusos se iban y otros ingresaban. Así que antes de lo que él mismo se imaginara, los cinco que estaban cuando hizo la acusación ya no se encontraban allí. Fue así cómo sus esfuerzos por curar sentimientos heridos, combinados con el ingreso de nuevas personas al cuarto, crearon un escenario diferente. En un momento dado, el único que vivió los momentos dramáticos de su acusación era yo, pues los demás compañeros eran todos nuevos.

En este proceso de *curación de sentimientos,* Jean Pierre

se fue abriendo poco a poco a mi persona. Una pregunta de rigor entre los presos era conocer las circunstancias en que cayó en manos de los agentes del ICE. Sin duda, su historia figuraba entre las más emocionantes que había escuchado, sobre todo porque la inmigración ilegal proveniente de Haití no cruzaba fronteras a pie, sino que lo hacía por mar.

El haitiano vivía con su madre en la casa de propiedad de la familia de Gaulle, en una ciudad pequeña denominada Jacmel, en la parte sur de la isla. Su madre lo había criado haciendo toda clase de sacrificios, y él, sumando a ellos sus propios esfuerzos, se logró titular como contador en un instituto de capacitación técnica, en la capital del país: Puerto Príncipe. Esta profesión, aunque le otorgaba algún prestigio social, no le permitía generar los recursos suficientes como para llevar una vida digna, al lado de su progenitora. Por ello recurría a su viejo oficio para ganarse la vida: aquel de técnico en reparación de radios y equipos de televisión. Como él había realizado sus estudios superiores en Puerto Príncipe, conocía la capital pero no era de su particular agrado. En dos oportunidades —después de sus años de estudiante— había retornado a esa urbe con la finalidad de hacer su vida allá, pero ninguno de estos experimentos resultó satisfactorio. Allá no encontraba trabajo estable como contador, y al final recurría a su oficio primigenio, de técnico en aparatos de radio y televisión, para sobrevivir. El objetivo de emprender una carrera de contador en la capital se sustentaba en la idea básica de conseguir un empleo en una empresa grande. Cada vez que pretendió realizar ese su sueño profesional, se chocaba con una barrera infranqueable: los cargos en esas empresas estaban reservados para los hijos de quienes gozaban de influencias y contactos. A ojos de esa élite haitiana, él era apenas un provinciano pobre. Debido a ello es que arribó a la conclusión que si su destino era trabajar como reparador de radios y televisores, lo prefería hacer en Jacmel, al lado de su señora madre. Por eso retornaba a su pueblo natal. Luego de varios años de trabajar duro en su oficio, él, como la mayoría de los haitianos de clase media empobrecida, no terminaba de arrancar su vida, y lograr una mínima estabilidad económica. Trabajaba para comer. No ahorraba nada y ya había cumplido lcs treinta años. En su condición de contador, hizo una proyección de veinte años (un flujo de caja personal) y constató que en ese plazo no iba a coronar sus aspiraciones personales, ni siquiera mínimamente. En consecuencia, se armó de valor y una mañana le dijo a su madre:

—Mamá, tengo que dejarte en Jacmel, pues yo me quiero ir a los Estados Unidos para empezar una vida nueva, en la que tenga posibilidades reales de progresar. Quiero constituir una familia, y traer hijos al mundo, a los que les pueda ofrecer un futuro promisorio. Haití está sumida en la pobreza más profunda hace ya muchísimos años atrás —por qué no decirlo, desde su fundación—, y su futuro no parece ofrecer nada a las generaciones jóvenes. Para colmo, como si la miseria no fuese suficiente razón para que Dios se apiade de este pobre país, la naturaleza se ha ensañado con él, y con más frecuencia que sobre otras naciones, diversas desgracias naturales caen sobre esta parte de la isla. ¿Acaso durante los últimos años no han perdido todas sus pertenencias miles de haitianos, como consecuencia de los huracanes que han barrido con esta nación castigada por el destino? ¿Acaso yo puedo conseguir trabajo como contador en las empresas de la capital? Tú te has sacrificado tanto para que yo tenga ese título de profesional, y ni tu sacrificio ni mi empuje personal pueden más que los privilegios de los ricos de este país. Yo sé que nuestros corazones van a estar desagarrados de dolor cuando me vaya, pues no habrá mayor sufrimiento que sentirte sola aquí, en este pueblo, donde ya no tenemos ni familia. Estoy consciente de que correré serios riesgos en el viaje que emprenderé, pues me voy en barco, junto con otros que buscan similar destino, de la mano de una persona que organiza estos viajes a los EEUU. Sé que en viajes similares algunos han perdido hasta la vida, pero también sé que varios han logrado su cometido. Tengo fe de que lo lograré, y que después de un tiempo —Dios quiera que sea el más breve posible— te llevaré a mi lado, a los EEUU. Allí viviremos tranquilos y felices, una vida mejor que la que tenemos aquí, en Jacmel. Lo único que te pido ahora es que me comprendas y que me apoyes, como cuando decidí estudiar para contador. La única diferencia con el apoyo de aquella vez, es que en esta oportunidad no quiero que me des ni un solo dólar de tus ahorros, pues he logrado financiar el dinero suficiente para acometer esta empresa. Un empresario me está financiando el viaje y me conseguirá trabajo en los EEUU; luego, con mi trabajo allá, yo le devolveré todo el dinero prestado, más los intereses correspondientes. Así funciona este negocio. Y, por supuesto, mientras estés aquí sola, yo me ocuparé de tus gastos de vida, que por cierto no son cuantiosos. De eso no tienes que preocuparte nunca.

La madre escuchó conmovida este alegato que hizo su hijo menor, el mismo que era una despedida, a no dudar, con una amplia y justificada fundamentación. Razones no le faltaban para irse a buscar nuevos rumbos. Era su derecho de ser humano; y era obligación de la madre dejarlo ir a desarrollar sus aptitudes, a convertirse cada día en un mejor hombre. Ella, en esos momentos, recordó el verso de Khalil Gibrán que decía: *"Vuestros hijos no son vuestros hijos. Son los hijos y las hijas de los anhelos que la vida tiene de sí misma, deseosa de perpetuarse. Vienen por medio de vosotros y aunque vivan con vosotros, no os pertenecen."* Estos versos se los había leído hace años atrás Jean Pierre, a propósito de sus aventuras literarias cuando adolescente. A ella, estas hermosas coplas le dolieron cuando las escuchó por primera vez, pero con el pasar de los años fue encontrándoles sentido real. Ahora que su hijo le planteaba su viaje al Imperio, para encontrar allá su destino, las coplas adquirieron calidad de vida real. "La poesía hecha realidad", pensó por una brevísima milésima de segundo. Pero lo cierto es que a la edad de la señora de Gaulle las despedidas ya no se las podía tomar a la ligera, ya que después de los sesenta años cualquier cosa se podía esperar, sin sorprenderse mucho, especialmente en países tan pobres como Haití, donde la expectativa de vida de una mujer es una de las más bajas del mundo: ¡treinta y un años desde el nacimiento! En realidad, la madre de Jean Pierre ya había sobrepasado esa edad hace muchísimos años, y ahora tenía que resignarse a alentar a su hijo en esta aventura, sin saber si algún día lo volvería a ver. Pero a pesar de su convicción de que ella tenía que apoyarlo en este esfuerzo (por las razones esgrimidas por él), algo en lo profundo de su alma la inquietaba. ¿Sería el trato con el empresario que involucraba una oferta de empleo en los EEUU para pagar la deuda del viaje? ¿O sería otra cosa que ella misma no podía identificar con precisión? Es que en Haití las historias de los inmigrantes que salen en embarcaciones con destino a los EEUU son numerosas y con resultados variados. Hay quienes mueren en el esfuerzo, por problemas emergentes en el viaje: naufragio de la embarcación o hundimiento de la misma. Otros son capturados en alta mar por los agentes norteamericanos. En estas peripecias inclusive se han dado casos de antropofagia, cuando la nave de inmigrantes naufragó en alta mar por mucho tiempo. Estas y otras historias son parte de la cultura de la inmigración ilegal de los haitianos a los EEUU. Por supuesto que también se escucha que muchas de estas embarcaciones logran llegar a las playas de Florida, y que los pasajeros alcanzan su cometido: por lo menos se sabe que llegan a las costas norteamericanas y que se pierden luego en la inmensidad del territorio del coloso del norte. Después de recordar a Khalil Gibrán, a la mente de la señora de Gaulle vinieron algunas de estas historias macabras. Entonces, por un lado, tenía que apoyar a su hijo en este emprendimiento; pero, por otro, no podía dejar de pensar en los enormes riesgos del mismo. En estas luchas internas, esas que se libran en el alma, la señora de Gaulle solía poner los temores por debajo de las razones pragmáticas. Por eso es que, con lágrimas en los ojos (jamás ocultó su sentimentalismo, pero pocas veces dejó que éste triunfara por encima de lo razonable) y con un nudo en la garganta que casi no le permitía pronunciar palabra alguna, le respondió a su hijo:

—Anda hijo, con fe en Dios y en ti mismo. Tú has sido siempre la esperanza de mi vida. Yo, más que nadie, entiendo las limitaciones de este nuestro país. Ustedes, mis hijos, han sido testigos de que he tenido que batallar sin tregua para criarlos, para darles una educación mínima con la que se pudieran defender en la vida. Después de que tu padre nos abandonó, cuando tú apenas tenías dos añitos, las limitaciones de Haití se hicieron patentes en mi vida. En este país no existía ni existe Estado para apoyar a la gente pobre, mucho menos a las mujeres solas y sin profesión. Con estas mis manos he tenido que trabajar cada día, gracias a Dios, sin jamás hacer nada de lo que me avergüence, ni los avergüence a ustedes, ni me arrepienta. He sido empleada doméstica de familias que por suerte me han dado mi lugar. Y luego, una vez que tú creciste, te convertiste en el sostén de la casa, sobre todo porque ya las fuerzas de los brazos no me daban para tender las camas de mis patrones, ni para lavar su ropa, ni para realizar las otras tareas de ese trabajo. Como tú mismo lo reconoces, porque eres un hombre maduro y realista, en esta empresa existen riesgos. Sé que te protegerás, pero nunca está de más que te recomiende que tengas cuidado en cada paso que des, cuando estés fuera de esta tú casa. Allá —en el barco, primero; y luego, en los EEUU— no tendrás con quien conversar, y será más difícil tomar las decisiones para resolver los problemas que se te presenten. En esos momentos de dificultad, lo primero que tendrás que hacer es recurrir al libro de la vida: a la Santa Biblia. Por ello quiero que te lleves esta Biblia que yo heredé de tu abuelo, y que me ha acompañado en todas mis aflicciones, hasta el día de hoy. Hijo querido, que Dios te bendiga, y que a cada instante estés en manos del Señor. Te amé desde que te tuve en mi vientre, y te amaré hasta que me vaya de este mundo. Sé que te irá bien en este tu nuevo proyecto de vida, pues siempre has demostrado ser inteligente, trabajador, arriesgado y calculador al mismo tiempo, y por sobre todas las cosas: perseverante.

—Gracias, madre. El viaje es mañana, y no hay mucho que empacar. La principal recomendación es que uno vaya con lo mínimo posible encima. Es que en la embarcación van alrededor de cuarenta personas, y no hay espacio más que para lo esencial, que es la alimentación para el tiempo que estemos en alta mar.

—¿A qué hora partirás?

—Debo estar en el muelle a las cinco de la madrugada, pero, zarpamos a las seis. Es bueno que tú me acompañes para que conozcas a la gente con la que estoy haciendo el negocio, para cualquier cosa.

—Por supuesto, eso ni me lo tienes que pedir.

Después de haber dormido unas cuantas horas —con el sueño interrumpido varias veces por la angustia que le provocaba el viaje y la idea de dejar abandonada a su madre—, Jean Pierre se levantó muy temprano para tomar un café, acompañado apenas por un trozo de pan. No tenía hambre. A insistencia de su madre ingirió un jugo de naranja que ella le preparó. Estaba nervioso. Esa era su debilidad desde muy temprana edad.

A las cuatro y cincuenta y cinco minutos estaban ambos en el muelle, frente a la embarcación que conduciría a Jean Pierre en esta aventura marítima. El bote no se veía muy sólido, pero en fin, ese era el tipo de botes que utilizaban los haitianos en estas travesías de alta mar. En ese punto de encuentro ya estaban reunidas varias personas conversando. Eran los otros pasajeros, junto con sus seres queridos que los venían a despedir. El capitán estaba en medio del grupo, empezando a dar instrucciones. Cuando arribaron Jean Pierre y su madre fueron saludados por el capitán y por todos los presentes. Después de ellos, llegaron otras cuantas personas más. En el ambiente reinaban sentimientos encontrados. Se percibía esperanza y mucho optimismo, al mismo tiempo que temor a lo desconocido, y a los riesgos inherentes a una hazaña de esta envergadura. Luego de que el capitán diera instrucciones sobre el régimen de la comida, sobre el tipo de medicinas que podían llevar y sobre aspectos generales a considerarse dentro de la embarcación, miró su reloj de pulsera que estaba en su muñeca derecha y tomó lista a los viajeros, como se hace en el colegio, en orden alfabético. Todos los que figuraban en la lista estaban presentes. Luego el capitán hizo una broma y dijo:

—Esta es la única ocasión en que los haitianos son puntuales: cuando tienen que tomar la embarcación que los lleva a los EEUU. Les agradezco que hayan arribado al lugar de encuentro puntualmente, pues ello nos da pie para partir a la hora establecida. Ahora les ruego a los viajeros que se despidan de sus parientes y amigos, y pasen a bordo del *Dream Cruiser*.

Ayudando al capitán estaba el señor Aristide. Él era el socio del capitán, quien se encargaba del negocio en Jacmel, cuando este último se encontraba de viaje. Jean Pierre presentó al señor Aristide a su madre. Ambos intercambiaron números de teléfono y sus respectivas direcciones, para comunicarse en caso de que fuera necesario. Fue un intercambio cortés y rápido, debido a las circunstancias.

Acto seguido se escuchó la voz del capitán, que con un tono grave y volumen alto insistió:

—¡Entren al barco de inmediato; en unos minutos

más partiremos!

Evidentemente, los motores de la embarcación ya estaban funcionando. Lo único que faltaba para zarpar era que todos estuvieran adentro.

Jean Pierre se abalanzó para abrazar a su madre, y ésta se escondió en el amplio pecho de su hijo, como si ella fuera un bebé. Los dos cedieron ante un llanto sobrecogedor e incontenible. Era la primera vez que se separaban a tanta distancia, y, sobre todo, sin saber cuándo sería la próxima vez que estarían juntos de nuevo. El destino, en esta ocasión, más que nunca antes, era una verdadera incógnita.

De repente el muelle entero se convirtió en una sola escena desgarradora. Todos los pasajeros se despedían de sus parientes y amistades. Este era el inicio del drama que ocasiona esta emigración-inmigración forzada, al provocar la ruptura familiar en los países pobres. ¿Cuántos niños se quedan sin madre por culpa de la emigración-inmigración? Un incontable número de mujeres del Tercer Mundo compone el ejército de empleadas domésticas en los países del Primer Mundo. Gran parte de esas damas han dejado a sus retoños en casa, es decir, en el país de origen de la madre. Es así que miles —si no son millones— de niños tercermundistas viven separados de sus madres, quienes por la necesidad imperiosa de ganarse la vida y forjar un futuro para sus vástagos, se han visto compelidas a emigrar a los países ricos. Un fenómeno similar ocurre con millones de padres que se tienen que ir de sus países de origen, donde no encuentran trabajo para sustentar a sus familias. En muchos casos se van, abandonando forzosamente a sus hijos, tanto el padre como la madre. Los hijos quedan atrás a cargo de los abuelos, o de algún tío o tía, o pariente aquiescente. Existen casos en los que el padre se va a un país, y la madre a otro, por diversas razones. ¿Cuál podría ser el resultado de este estado de cosas? La ruptura del núcleo familiar en los países pobres, ocasionada por la emigración-inmigración forzosa, es un fenómeno que debe ser estudiado a fondo por sociólogos, sicólogos, y expertos en otros campos del saber humano, para conocer exactamente sus efectos. ¿Cuántas de las madres —y cuántos de los padres— que se aprestaban a partir en ese bote estaban abandonando forzosamente a sus niños? ¿Cuándo volverían a reunirse con ellos? ¿Cuántas parejas se estarían separando esa mañana en el muelle de Jacmel? ¿Por cuánto tiempo? ¿Cuántas de las jóvenes parejas se estarían separando para siempre, sin saberlo (pero tal vez intuyéndolo), en ese preciso momento de la despedida? Aunque en Haití los expertos no hayan estudiado este fenómeno (ni siquiera los de la cooperación internacional), las personas, por más que sean pobres y sin educación formal, son inteligentes e intuyen que este fenómeno involucra un riesgo enorme para su estabilidad familiar. Pero, qué pesa más en la balanza: ¿la estabilidad familiar o el alimento diario para los hijos? Lo que ocurre es que sin pan para llevar a la boca de los niños, no puede existir estabilidad familiar. El hambre de los niños y de los padres es el germen de la discordia y del desentendimiento intrafamiliar. ¿Cómo construir una familia sin empleo y sin alimentos para ella? Esta no es una opción realista: sin empleo y sin alimentos no existe familia. Entonces, si esta es una verdad irrebatible, la emigración-inmigración se convierte no en una solución definitiva, sino en una opción que puede dar paso a una solución a largo plazo. Si bien ella involucra riesgos para esa unión familiar, mínimamente garantiza el pan de cada día para los niños, así como también para los padres. Y con la alimentación garantizada, la unión familiar sigue siendo una esperanza, o, por lo menos, una incógnita. Cada uno de los emigrantes-inmigrantes, que se despedía con llanto lastimero, había ya realizado este análisis. Por eso es que lloraba inconsolablemente, porque sabía, en el fondo de su alma, que ésta podría ser la última vez que estaría con sus seres amados, en función de familia. El futuro se lo dejaba a Dios o al destino.

Las despedidas concluyeron cuando cedió la intensidad y el volumen del llanto, por cansancio de las partes; el dolor ya no se podía expresar llorando, sólo gimiendo a través de la emisión de sonidos casi imperceptibles. Una vez que esto ocurrió, los viajeros caminaban lentamente con dirección al bote, que algunos denominaban, equivocadamente, barco. Uno a uno, los pasajeros ingresaban en la nave moviendo sus brazos, de izquierda a derecha, de derecha a izquierda, sin terminar jamás este vaivén, algo así como acariciando de lejos a las personas que más amaban. Atrás quedaba la familia, atrás quedaba Jacmel, atrás quedaba Haití. En cambio, para adelante no había certezas, apenas se divisaban riesgos y esperanzas.

En el bote, el viaje fue eterno. Al principio el ambiente era de tristeza y reinaba el silencio. Después de algunas horas el temperamento de los pasajeros fue cambiando paulatinamente. Una vez que extinguieron toda su energía para seguir llorando, empezaron a conversar. De a poco se fueron convirtiendo en conocidos, luego en amigos, y de repente —casi sin haberse dado cuenta— algunos ya se trataban como si fueran amigos de toda la vida. Como en toda congregación humana, también se dieron las antipatías, y hasta las enemistades. Fue así que el bote se convirtió en un microcosmos dentro del cual las relaciones humanas tomaron todas sus diferentes facetas. En la medida en que avanzaban las horas y el sol se posesionaba en el centro del firmamento, justo encima de sus cabezas, el calor se iba tornando insoportable. El bote era estrecho para cuarenta pasajeros, y muy pocos de ellos —sólo un puñado de unas siete personas, tres mujeres y cuatro adolescentes— se podían cobijar debajo del techo que cubría el área del timón. Todos los demás (que eran hombres) estaban a la intemperie, enfrentando el inclemente castigo del Astro Rey. El calor se hizo insoportable, y los pasajeros querían tomar ingentes cantidades de agua para saciar la sed. El capitán, que era conocedor de estas situaciones, era estricto en relación al consumo del agua y de la comida: no permitía que se comiera y tomara más de lo estrictamente necesario, y ello consistía en pequeñas —reducidísimas— porciones de comida y un sorbo de agua. En el bote se había colocado el máximo volumen de alimentos y de agua que cabía, tomando en cuenta el número de personas que viajarían a bordo. A groso modo, esa cantidad de alimentos y de agua debería alcanzar hasta que se arribara a destino, si las cosas fueran bien. En la medida en que el sol se iba inclinando hacia el Occidente, los ánimos de la gente se iban calmando: al menos cedía la sed; aunque el hambre persistía. Cuando el sol se ocultaba, empezaban a surcar las aguas los tenues rayos de la Reina Luna. Esos rayos no provocaban sed, sino nostalgia. Y dentro de ese circuito de veinticuatro horas, en el que se turnaban el reino entre el sol y la luna, transcurría el tiempo que era consumido por la charla y los sentimientos de angustia de los pasajeros del Dream Cruiser. En esa misma medida se consumían las reservas de alimentos y de agua. Así pasaron dos días, hasta que una noche, cuando la Luna no estaba iluminando el mar con mucha energía, empezó a moverse el agua con violencia inusitada. Los vientos azotaban a la barcaza de inmigrantes, y la hacían bambolear como si se tratara de un insignificante pedazo de papel en medio del Mar Caribe. El pánico se apoderó de los inmigrantes, quienes jamás habían vivido una situación semejante. Si bien los haitianos —la mayoría de ellos— viven a orillas del mar, muy pocos son los que han surcado sus aguas interiores. Después varias horas de ventarrones, la tormenta se agudizó tanto que, inclusive a la tripulación de la nave (el capitán y su ayudante) se la percibió el descontrol de la misma. El capitán daba instrucciones a gritos, y su ayudante correteaba como un sordo desesperado, de proa a popa y de popa a proa, sin saber exactamente lo que su jefe le había instruido. Cada cual hacía lo que podía (y también los pasajeros, aunque no eran los adecuados para enfrentar este tipo de crisis), pero la única lógica que predominaba era la de los incontenibles vientos de la tormenta marítima. La mayoría de los pasajeros expelieron lo poco que comieron durante el día. Cuando cesaron los vientos huracanados, después de no se sabe cuántas horas de azote, los cuerpos de los inmigrantes estaban tendidos, expuestos al sol.

Pasada la tormenta se impuso, suavemente, la calma. Esa es la ley de la vida, y de la naturaleza. Un silencio sordo invadió el ambiente, mientras cuarenta figuras humanas yacían inertes en toda la superficie del piso de aquel frágil bote, que había logrado sobrevivir a los duros embates de la ventolera de esta zona próxima al temible Triángulo de las Bermudas. Luego de semejante torbellino, ni el capitán ni su ayudante —y por supuesto ninguno de los pasajeros— tenían una mínima idea sobre dónde en el océano se encontraban. Sin duda, el bamboleo fue tan intenso que el bote estaba lejos de donde debería estar: había perdido el rumbo. A estas alturas los responsables de la embarcación sólo sabían la ubicación de los cuatro puntos cardinales, gracias a la posición del sol. Pero eso no era suficiente para reemprender la travesía de manera eficiente. Fue así que la tripulación empezó a hacer una serie de conjeturas respecto a la ubicación del bote, y en base a ello se determinó la ruta a seguir. Bajo estas circunstancias, el avance de la embarcación era un misterio: si no sabían dónde estaban, menos sabrían a dónde iban. En ese estado de cosas se adoptó una decisión por unanimidad: comer apenas un puñado de alimento al día, y tomar la menor cantidad de agua posible (sólo lo que resultase imperioso para la supervivencia). Se eligió a una comisión para que administrara la comida y el agua: Jean Pierre de Gaulle, Marcel Borno y Jacques Preval. Esta resultó ser una tarea muy complicada, especialmente cuando se está naufragando en alta mar, sin saber a ciencia cierta cuándo se encontrará tierra firme. Bajo este estado de cosas, apareció el Sol y fue reemplazado por la Luna en varias oportunidades, y ya nadie tenía ganas de contar el número de días que estuvieron a la deriva. Hay que reconocer que la Comisión de la Alimentación y del Agua hizo una tarea destacada en racionar y distribuir equitativamente esos productos esenciales, pero cuando éstos se iban acabando, poco podía hacer la buena voluntad de los comisionados. En esos momentos empezaron a surgir las peleas por la supervivencia, y la autoridad de los comisionados se veía disminuida. Algunos pasajeros desesperados amenazaron de muerte a los tres miembros de la comisión, y todo parecía perfilarse hacia un desenlace trágico. Pero por uno de esos milagros que suele darse en la vida —algunos de los náufragos aducían que fue gracias a sus plegarias, mientras que otros sostenían que fue merced a las orientaciones que supuestamente le dieron al capitán—, una tarde, cuando el sol ya estaba por ocultarse en el Occidente, Marcel Borno (a la sazón, miembro de la comisión) dio un grito estremecedor que hizo despertar a los fantasmas del Triángulo de las Bermudas: ¡había visto tierra firme!

—¡Milagro! ¡Milagro! ¡Milagro! —bramaba frenéticamente Marcel, mientras apuntaba con el dedo índice derecho hacia un punto oscuro, que sólo alguien con muy buena vista hubiera podido distinguir—, allá está la punta de un pedazo de tierra firme.

Sin dudar, el capitán dirigió la nave en esa dirección. Luego de unos minutos apareció —como por arte de magia— la copa de unos árboles localizados en una playa que, como después se descubriría, era parte de la isla de Cuba.

Mientras la embarcación se aproximaba a tierra firme, se logró divisar que, al costado izquierdo de donde se encontraban, se podía distinguir un caserío en plena playa. Sin dudarlo, el capitán viró el timón para encallar cerca de ese caserío. Cuando arribaron al mismo, se enteraron de que muy cerca de allí (a unos diez kilómetros) estaba el pueblo de Maisí, provincia de Guantánamo, República de Cuba. En el caserío —que en realidad no era otra cosa que un barrio aislado de Maisí— los pocos vecinos que había les brindaron todo tipo de ayuda. La Comisión de la Alimentación y del Agua se reabasteció de productos básicos de la canasta familiar (compró los alimentos a las familias del caserío a precios elevados, pero no existía otra alternativa), así como de agua. Antes de ser interrogados sobre su situación inmigratoria por las autoridades cubanas (en el caserío no había autoridad alguna, pero en cuanto se hubiesen enterado en Maisí sobre la presencia de los haitianos, seguramente habrían destacado a algunos funcionarios para encontrarlos), retornaron a su bote y zarparon de nuevo. Ahora sí habían recobrado —además de las provisiones de alimentación y agua— el sentido de la orientación. El capitán ya sabía dónde estaban y a dónde debería dirigir el bote. Con este grado de certidumbre, volvieron a la carga con absoluta confianza y llenos de esperanza. Después de varios días de navegación, el capitán anunció que otra vez encallarían en un pueblo pequeño (otro caserío, pero esta vez en la isla de Andros, de las Bahamas). En esta pequeña población, otra vez se reabastecieron de alimentos básicos y agua, y luego de descansar una noche, se enrumbaron hacia su destino final: las costas del Estado de Florida, en los EEUU.

Cuando finalmente estuvieron a punto de cruzar desde aguas internacionales hacia aguas bajo el dominio exclusivo de los EEUU (doce millas náuticas de las playas floridianas), el capitán les advirtió que ahora sí podían ser presa de la "migra" marina estadounidense. Todos los pasajeros se pusieron más nerviosos, y algunos empezaron a rezar para que esta empresa fuera exitosa hasta el final.

Una vez que estuvieron al frente de la costa —cuando

han debido ser alrededor de las diez de la noche, y se podían ver claramente las luces de la población de Fort Lauderdale—, el capitán decidió no seguir entrando para encallar en la playa, todavía. Según él, era muy peligroso hacer este operativo de noche, ya que era más fácil que ubicaran a una nave a esas horas. En la oscuridad el tráfico es mucho menor, y los radares así como los guardias están atentos a cualquier movimiento que llame la atención. Existen a disposición de la "migra" poderosos sistemas de radar y reflectores de luz que permiten rastrear a las naves sospechosas.

—En cambio —sostenía el capitán— de día esto es un caos. A partir de las diez de la mañana existe un sinnúmero de naves (desde lanchas pequeñas, barcazas, barcos medianos y cruceros enormes) que surcan las aguas de las costas de esta parte de Florida, y que complican de sobremanera el trabajo de la "migra" marítima. A eso del mediodía es muy difícil que nos agarren.

Como él era la voz de la experiencia, ninguno de los inmigrantes (ni tampoco su ayudante) objetó su análisis ni su decisión de esperar. Fue así que pasaron toda la noche, sin poder cerrar los ojos ni un solo minuto, deleitándose con el paisaje de las miles —tal vez millones— de lucecitas que brotaban de esta ciudad, que parecía ser el reino de la luminosidad. Esperaron con impaciencia hasta que salieron los primero rayos del sol, y con este hecho procedieron a consumir los pocos alimentos que aún quedaban a bordo: algo de pan y de agua. Después de ese menguado desayuno, volvieron a impacientarse mientras el sol hacía su recorrido cotidiano: desde el naciente, hasta posicionarse directamente encima de sus cabezas, a las doce del día. En cuanto esto ocurrió, el capitán volvió a la carga:

—Ahora sí vamos a partir de nuevo, hasta nuestro destino final. Encallaremos en la playa de Fort Lauderdale dentro de unos veinte minutos, máximo en media hora. En cuanto toquemos tierra firme, salimos uno por uno, y cada uno se hace cargo de su propio destino. Las personas que tienen asuntos pendientes con nuestra empresa, saben a qué teléfonos llamar para empezar a trabajar. A los demás, que Dios los proteja siempre. No se olviden que para ir al área de Miami, existen servicios de buses en todas estas poblaciones de la costa que por un precio razonable los transportarán hasta el centro de la metrópoli. Ese es el medio de transporte más barato —además de un servicio de tren, que también tiene tarifas módicas— para los estándares norteamericanos. Ah, y antes de que se me olvide, una advertencia: si bien mi pensamiento es siempre positivo y optimista, eso no quiere decir que cierre los ojos frente a hechos negativos que pueden ocurrir en el plano de las posibilidades reales, y frente a los cuales es necesario saber qué acciones tomar. En ese sentido, si es que todos somos —o algunos son— capturados por la "migra", jamás revelen el nombre del capitán del Dream Cuiser. Yo nunca me he presentado a ustedes con mi nombre y apellido, simplemente me he identificado como *el capitán*. Pero sé que alguno (o algunos) pueden saber mi nombre. La idea es que si lo saben, jamás lo den a conocer a las autoridades estadounidenses. Y si es que somos detenidos todos juntos, tampoco identifiquen quién fue el capitán de la nave. En ese caso, digan que el capitán logró escapar (sostengan que se lanzó al mar antes de ser capturado), sin que nadie lo viera. El capitán del barco no puede ser identificado, porque las leyes contra este oficio son muy drásticas en los EEUU. La idea es que todos seamos víctimas del tráfico de personas, y que ninguno sea identificado como traficante de personas. A los primeros los deportan, pero a los segundos los encierran por muchos años en las cárceles, para castigarlos, y para enviar un mensaje subliminal a quienes nos dedicamos a este oficio. Esta es la ley de los americanos. Según ella, quien les habla y todos los que organizamos estos viajes somos unos delincuentes. Pero todos nosotros sabemos que aquí a nadie se le ha engañado para tomar la decisión de dejar Haití y venir a América. El que ha llegado hasta este punto es porque así lo ha escogido de manera libre, en uso pleno de su espontánea voluntad, de su autodeterminación y de sus facultades mentales. La extrema pobreza nos obliga a ingresar como ratas (como esas ratas que entran a las casas) a este país, no para hacernos ricos, sino para sobrevivir de manera digna, lo que no puede ocurrir en nuestra propia tierra, en esa bella isla que nos vio nacer. Por esta actividad es que somos delincuentes para los americanos; y aliados, o hasta salvadores, para los haitianos. Todo en la vida adquiere una cierta apariencia, dependiendo con el cristal con que se mire. Los que para unos son delincuentes, para otros son salvadores. Bueno amigos, suficiente por ahora. Otra vez les deseo lo mejor en cada uno de sus emprendimientos. Que Dios los bendiga. ¡Vamos!

Otra vez empezaron a rezar la gran mayoría de los inmigrantes, y los que no rezaban se veían ansiosos y silenciosos, como repitiendo oraciones en secreto. El capitán y su ayudante trabajaban denodadamente para que la nave se incrustase, sin novedades, en una de las playas de

Fort Lauderdale. Evidentemente, a esta hora del mediodía el tráfico marítimo era intenso. Los botes pequeños y las barcazas pululaban por doquier; además, había un importante número de barcos grandes que hacían diferentes recorridos por estas aguas floridanas. El bote se movía entre los barcos y las barcazas sin despertar sospechas. De repente se encontró la nave frente a una playa poco concurrida, y un tanto rocosa. Sin mostrar ningún grado de duda, el capitán, como si estuviera en su propia playa, encalló a la nave en el lugar menos rocoso, y se situó de tal manera que los pasajeros pudieran salir caminando, sin hacer acrobacias muy riesgosas. Y así fue, una vez que la nave estuvo quieta, los pasajeros empezaron a salir, uno por uno, y se desaparecían caminando por la playa, con dirección a una calle que ya era parte de la ciudad de Fort Lauderdale. Por suerte, nadie preguntó nada, y los pasajeros caminaban como si fueran vecinos de esta urbe. Como había sido acordado previo al viaje, cada uno llevaba lo mínimo indispensable, que en términos de volumen, se reducía a un bolsón o maletín pequeño. Así es que cada uno de los pasajeros haitianos caminaba como si fuera vecino del barrio al que había llegado, con su maletín en mano. Otro de los temas que había sido motivo de recomendación era que no podían echarse a correr por la playa ni por la calle, pues ello sí que hubiese despertado sospechas. Esta instrucción también se cumplió al pie de la letra. El único problema (que además era insalvable, bajo el análisis de los organizadores) era que cuarenta personas no podían desembarcar —y desaparecer de los alrededores de la nave— en cinco minutos, y faena concluida. Cuarenta individuos, a paso normal, desembarcan en un tiempo que da lugar a que alguien pueda realizar una denuncia —frente a una sospecha— para que luego se ponga en riesgo todo el operativo. Los organizadores habían considerado este tema varias veces, pero no tenía solución. Lo único que los animaba a continuar con su negocio era que sólo una vez, en diez años de trabajo, una barcaza de la empresa fue capturada por la "migra", y ello no ocurrió en la playa, sino en pleno mar. En esta oportunidad, como en otras anteriores, el capitán tenía que ser el último en salir del bote. Primero salieron las mujeres, luego los más jóvenes, después los más viejos, y finalmente, lo estaban haciendo los hombres fuertes de mediana edad. Cuando apenas faltaban tres personas (los dos más fuertes del grupo y el capitán), apareció, en plena playa y frente a la barcaza, un puñado de agentes del ICE, apuntando sus revólveres a la cabeza de los personajes que se aprestaban a salir del bote, con destino a concretar su *sueño americano*.

— ¡Pongan sus manos detrás de la cabeza y tiéndanse en el suelo! —gritó a través de un megáfono el líder del grupo del ICE—. ¡Ustedes han violado la ley de los Estados Unidos de América al ingresar a este país ilegalmente, y ahora serán puestos a disposición de las autoridades pertinentes para que ellas dispongan lo que corresponde de acuerdo a ley!

Este fue el fin del *sueño americano*, y el inicio de una larga pesadilla para Jean Pierre de Gaulle, y sus otros dos compañeros de aventura.

Algún vecino que vio la cantidad de gente de color que salía de la barcaza (que llevaba un atuendo que no era el común en los EEUU y que, además, se veía totalmente sucio y arrugado como consecuencia del largo viaje al que habían sido sometidos estos pasajeros) supuso, correctamente, que se trataba de inmigrantes ilegales —el arribo de botes transportando inmigrantes ilegales ocurre con cierto grado de frecuencia en las costas del área de Miami, y los operativos del ICE contra ellos son materia principal de los noticieros de televisión y de las primeras planas en los diarios de la región—. Una llamada a la policía o directamente al ICE puede activar un operativo de esta naturaleza en pocos minutos. Esto es, exactamente, lo que aconteció en este caso.

—¿¡Dónde está el resto!? ¿¡Dónde está el resto!? —vociferaba con desesperación el jefe del operativo en su megáfono—. ¡Que el resto de los agentes se mueva por el barrio, no pueden haber ido muy lejos estas ratas!

Mientras tanto, a los tres capturados les colocaban las esposas, y los hacían ingresar a la vagoneta color blanco que los llevaría a su destino legal: una cárcel de inmigrantes. Por radio los agentes coordinaban (seguramente con sus jefes en las oficinas centrales del ICE), a cuál de las cárceles de inmigrantes llevarlos. La coordinación no parecía muy sencilla, ya que, aparentemente, las prisiones de inmigrantes estaban todas llenas. Luego de un largo intercambio de opiniones, llegaron a la conclusión de que dos de ellos irían a la prisión de Krome, y uno a Broward Transitional Center (BTC). Todo este proceso llevó un largo rato hasta que, finalmente, el jefe del operativo instruyó que la vagoneta en la que se encontraban los tres capturados, partiera hacia su destino.

—Yo me voy con ellos —instruía el agente responsable con un tono de voz muy severo—, primero me dirigiré a BTC, que está muy cerca de aquí, y allí dejo a uno de los detenidos; y luego, me voy hacia Krome, para depositar a los otros dos. Es una barbaridad que en todo este tiempo no hayan podido aprehender ni a uno solo de los que salieron de ese maldito bote. ¿Dónde se metieron? ¿Y qué es de la eficiencia de los agentes de ICE? Todo esto parece una burla. Los agentes que se quedaron tenían otras dos vagonetas blancas. La expresión de desasosiego en sus rostros era evidente, pues, en verdad, por algún milagro de Dios (que dicho sea de paso, en esos momentos protegió abiertamente a los haitianos), ellos no pudieron detener a ni uno solo de los inmigrantes que acababan de salir del bote. Frente a esta impotencia, continuaron buscando, husmeando de calle en calle por los alrededores, pero nada. En algo más de dos horas de escudriñar, no pudieron aprehender a ninguno más de los ilegales que lograron burlar a los agentes del temido ICE.

Fue así cómo Jean Pierre de Gaulle llegó a BTC. Fue el único de los tres que arrestaron ese día que acabó en ese centro penitenciario.

Aparte de aquel ingrato episodio —cuando Jean Pierre denunció el robo de un billete de diez dólares de la cómoda común, dentro de la cual él alegó que los guardó— su actitud frente a las personas fue siempre de cordialidad. Y en cuanto a la limpieza del cuarto y de su aseo personal, Jean Pierre se convirtió en el ejemplo de pulcritud. Cuando le tocaba hacer la limpieza, se respiraba un aire de satisfacción, pues todos sabían que el cuarto quedaría impecable ese día. En vez de trapear el piso con el mop humedecido, poco menos que regaba el piso con agua, y luego lo trapeaba hasta sacar el último residuo de humedad y vestigio de polvo. Para él el lavado de ropa a mano era casi como una ceremonia cotidiana y normal, y no parecía representarle ningún sacrificio. Siempre lucía limpio, y sus calcetines y camisetas resplandecían de blancura. Se duchaba por la mañana, al medio día y por la noche. Y se cambiaba de ropa blanca dos veces al día: al despertarse por la mañana, y al despertarse de la siesta después del almuerzo. En su labor de lavado de ropa (que como se puede deducir era intensa) no estorbaba a nadie, como ocurrió con el peruano Joel. Todas estas tareas las efectuaba con enorme consideración: cuando veía que nadie estaba en la necesidad de utilizar el baño. Y una vez que estaba en ello, no se apoderaba del recinto durante extensas jornadas, sino apenas por el tiempo estrictamente necesario. Cuando me fui de BTC, era a él a quien le tocaba asumir las funciones de "jefe" o "coordinador" del cuarto, según el orden de antigüedad.

Pero una vez que aprendí las lecciones de limpieza del cuarto —impartidas éstas por el Nica, en la primera noche que estuve en BTC y durante la mañana siguiente—, tuve que enfrentar los otros aspectos de la vida en el penal. Si bien el Nica me dio las instrucciones de la limpieza de manera detallada y prolija, no fue así con relación a los otros temas de la vida en la prisión.

En la medida que transcurrían las horas, crecía mi necesidad de comunicarme con casa. La última vez que había tenido un contacto telefónico con mi esposa fue cuando el oficial de inmigración en el aeropuerto de Miami me permitió hacer una llamada, para avisar que había sido detenido, y que sería remitido a una cárcel. En ese momento no sabía a qué prisión me enviarían. Seguramente a estas alturas (después de algo más de veinticuatro horas de mi detención), tanto mi esposa, como mi hijastra, y mi hermano han debido estar preocupados por saber cómo me encontraba y dónde. Con esta inquietud en mente, le pregunté al Nica:

—¿Puedo hacer una llamada a mi país ahora?

—No, ahora ya es demasiado tarde. Mañana por la mañana debes ocuparte de ello. Para tu información, tienes una llamada gratuita, que te la concede BTC cuando ingresas al penal.

—Bueno, mañana me avisas de qué debo hacer para llamar.

Capítulo V
El suplicio del teléfono

¿Cuán importante es el teléfono en la vida? Si la existencia de este aparato es de significancia en la vida de cualquier persona libre, ¿cuán importante lo será en la vida de un preso? Ahora nos toca explorar una de las temáticas más cruciales en la existencia de un presidiario: su contacto con el mundo exterior. Y en este caso en particular, el contacto con el mundo exterior de un preso extranjero en BTC. El estado de preso o presidiario o recluso o carcelario o detenido o privado de libertad (en términos más genéricos), es uno en el que el sujeto se encuentra total y súbitamente divorciado del mundo exterior, por fuerza de la ley (justa o injustamente, pero en virtud a la aplicación de una ley, y no así del mero capricho o voluntad de alguien, lo cual convertiría al individuo no en un preso, sino en un secuestrado). Esta ruptura forzosa con el mundo exterior conlleva, sin duda, efectos significativos en la mente del detenido. El golpe psicológico es especialmente fuerte al inicio del período de encarcelamiento, ya que las restricciones de la ausencia de libertad se dan de manera abrupta, y no a través de un acondicionamiento gradual del detenido. El tránsito de la libertad plena a la absoluta ausencia de ella puede ser muy traumático para el individuo. Como es lógico, lo primero que el detenido extraña es a sus seres queridos, a aquellos con los que comparte cada día, muchas horas al día. Aquellos que le dan comprensión, cariño y amor. Sobre todo estos tres últimos elementos están absolutamente ausentes en una cárcel. Solo pensar en ellos (o apenas imaginarse su sensación) constituye una paradoja con la realidad. Al contrario, allí cada uno de los mortales —tanto los guardias y hasta los propios presos— son personas que no merecen la confianza del presidiario, especialmente al principio, cuando todo es desconocido y hostil.

Bajo esta súbita ruptura con el mundo exterior —en particular con los seres queridos—, la comunicación telefónica con éstos se convierte en una necesidad imperiosa, impostergable. En esos momentos, más importante y urgente que ingerir el alimento diario es poder comunicarse con la familia. En consecuencia, el verdadero alimento para ese ser humano detenido es la comunicación oportuna con sus seres queridos, lo cual, en orden de prioridades, por seguro que figuraría muy por encima que la comida.

Por supuesto que esto lo saben bien los responsables de las políticas carcelarias en los EEUU, país en el que abundan los estudios científicos sobre los efectos sicológicos que sufren los privados de libertad. Tan conscientes están de estos efectos psicológicos que, durante el primer día de detención, al preso se le hace una evaluación de su estado mental, a través de cuestionarios técnicos, para saber —entre otras cosas— si el entrevistado está considerando el suicidio, como respuesta a sus graves problemas. Pero parecería que los resultados de estos estudios científicos no sirven para aliviar o paliar los males de los presos, sino, en muchos casos (como se ha visto a través de la prensa norteamericana), para causarles más daño, sólo que de manera sistemática y científica. La aplicación de las técnicas de *waterboarding* (la tortura a través de casi ahogar a un preso para que hable, denominada *submarino* bajo el régimen pinochetista en Chile) y los informes que justificaron y hasta recomendaron esta práctica durante el gobierno de Bush son una prueba de lo aseverado. Y lo peor es que el gobierno de los EEUU jamás impugnó esos informes. Al contrario, los aceptó y se justificó indicando que dicha práctica permitió salvar vidas norteamericanas.

Así como se torturó con la utilización del *waterboarding* o *submarino*, en BTC (y por extensión en otras cárceles de ese país) también se torturaba —o por lo menos se mortificaba a los presos— a través de técnicas menos groseras, y más sutiles. Una de estas formas de torturar a los presos era el sistema de comunicación telefónica, cuyas características tenían la finalidad incontrastable de mortificar a los encarcelados. Pero previo a proceder con los detalles sobre el funcionamiento del sistema telefónico en BTC, resulta imprescindible que el lector esté familiarizado con una definición mundialmente aceptada de lo que constituye la tortura, la misma que aparece en el texto de la Convención de las Naciones Unidas Contra la Tortura y Otros Tratos o Penas Crueles, Inhumanos o Degradantes, y cuyo artículo primero expresa lo siguiente:

"1. *A los efectos de la presente Convención, se entenderá por el término "tortura" todo acto por el cual se inflija intencionadamente a una persona dolores o* **sufrimientos graves**, *ya sean físicos o* **mentales**, *con el fin de obtener de ella o de un tercero información o una confesión, de castigarla por un acto que haya cometido, o se sospeche que ha cometido, o de* **intimidar** *o coaccionar a esa persona* *o a otras, o por cualquier razón* **basada en cualquier tipo de discriminación,** *cuando dichos dolores o sufrimientos sean infligidos por un* **funcionario público u otra persona en el ejercicio de funciones públicas,** *a instigación suya, o con su consentimiento o aquiescencia. No se considerarán torturas los dolores o sufrimientos que sean consecuencia únicamente de sanciones legítimas, o que sean inherentes o incidentales a éstas.*[4]".

A partir de esta definición, el lector podrá apreciar en qué medida los hechos relatados a continuación se subsumen a ella, y en qué medida, por ende, existía tortura en BTC, en relación al sistema del uso del teléfono.

Fue así que esa mañana del miércoles 5 de noviembre de 2004, después de haber tomado el desayuno a las seis, esperé ansiosamente a que llegasen los funcionarios del reclusorio para pedir mi derecho a la llamada gratuita que —según me informaron— tenían todos los presos. Lo que no me dijeron era que a las siete y treinta sonaba un timbre (parecido al que se usaba en los colegios para determinar el inicio y la finalización de los recreos; pero la enorme diferencia era que este timbre producía un ruido mucho más ensordecedor y retumbaba durante un período extendidísimo de tiempo), que disponía el encierro de los reclusos en los cuartos. En ese momento empecé a darme cuenta que en BTC nadie daba muchas explicaciones sobre las cosas. Uno iba aprendiendo mediante el método empírico cómo funcionaba el sistema. Así es que cuando terminaba de resonar ese insoportable timbre, me encontré encerrado de nuevo, postergando otra vez el deseo de comunicarme con mi familia. Una vez encerrados, mis compañeros no me podían informar con certeza a qué

4.- El resaltado es del autor

hora podríamos volver a salir, para que yo pudiera acceder a la ansiada llamada. El Nica, al ver mi frustración me dijo:

—Por lo general, deberíamos poder salir más tarde por la mañana, a eso de las diez; pero hay veces que no salimos hasta las once, a la hora del almuerzo. Eso depende, al parecer, del humor de nuestros cancerberos. Aquí nadie nos da explicaciones de nada —el porqué unas veces salimos a las diez, y otras a las once—, yo sólo cumplo con informarte para que lo tomes en cuenta, en la planificación de tus llamadas.

—Gracias Nica —repliqué—, entonces ahora sólo nos queda esperar a ver si a las diez puedo acceder a llamar a mi casa.

Ese día el encierro duró hasta las diez en punto. A esa hora chirrió el timbre de nuevo, y de repente se escuchó una estampida salvaje: eran los reclusos que, cuando sonaba cualquier timbre que les permitía salir al patio, emergían de sus cuartos cual manada de caballos que galopaban en desesperación, como si estuvieran huyendo de algún fantasma que les hubiese causado espanto. La realidad, sin embargo, era otra. Cada vez que iba a tocar el timbre (a la hora supuestamente establecida), los reclusos se ponían en estado de apronte en el umbral de la puerta de sus respectivas habitaciones, esperando el instante mismo que empezara a rechinar. En cuanto ello acontecía, salían disparados —en manadas humanas— con destino a los teléfonos del reclusorio. De cada habitación salían unos tres, cuatro o hasta a veces cinco o los seis, en búsqueda de un teléfono. El problema era que había muchos presos para un número escaso de teléfonos. En todo el establecimiento existían cuatro áreas de teléfonos, hacia donde apuntaban todos los reclusos que querían utilizar esa única conexión que tenían con sus seres amados. Eso explicaba, en parte, la desesperación y la estampida. Como yo no tenía aún una tarjeta telefónica, no podía acceder a esos teléfonos. Y para comprar una tarjeta, tenía que realizar un trámite previo.

—Tienes que ir a buscar un formulario de compra de tarjeta para llamadas telefónicas, a la oficina del guardia principal de turno del penal —me indicó el Nica con su acostumbrada paciencia—. Esa oficina está ubicada en la planta baja, al final del patio, por donde están las pesas. Como el guardia principal de turno argumenta que tiene mucho trabajo (o por lo menos con esa argucia se justifica, cuando alguien se queja de que la oficina no está abierta), gran parte del tiempo que nosotros estamos en el patio, esa oficina está con la puerta cerrada. Ello puede ser grave, porque es allí donde se deberían atender las necesidades más urgentes de los reclusos. Pero esa es la realidad, así que si cuando fueres allí, si la encontrares cerrada, espera por los alrededores hasta que venga el guardia principal y la abra. Una vez que ello ocurra, le pides a él directamente que te proporcione un formulario para solicitar tarjeta de llamadas telefónicas. Cuando te dé el formulario, lo llenas con mucho cuidado, pues cualquier borrón o tachado es suficiente para que te rechacen el pedido, y luego tienes que empezar el trámite desde cero. Como tú hablas el inglés bien, no tendrás ningún problema en el llenado. Aquí hay muchos presos que, como no entienden ni menos escriben el inglés, confrontan serios inconvenientes a tiempo de llenar estos formularios. En fin, una vez que lo hayas completado, tienes que depositarlo en la "caja de solicitudes", que está localizada justo en frente del comedor donde nos alimentamos diariamente. ¡Ah, y cuidado! Sólo puedes depositar ese formulario en *el momento* mismo en que estés entrando al comedor, y nunca después ni antes, pues esa no es un área accesible a los presos en otras horas que no fueran las de la comida. Ojo con ello, y cuidado con olvidarte de depositar el formulario cuando estés ingresando al comedor.

—Entonces, si hoy lleno una solicitud de compra de una tarjeta, y la deposito en la "caja de solicitudes" antes de almorzar, ¿cuándo podré realizar una llamada con ella? —pregunté.

—Hoy es miércoles, y las compras se realizan los días viernes y martes, en horas de la tarde; entonces, recién el viernes por la tarde (entre las tres y las cuatro) tendrás una tarjeta que te permitirá llamar a tu casa con ella.

—¿Quieres decir que en mi casa no tendrán noticias sobre mi paradero hasta el viernes por la tarde? La última vez que hablé con mi esposa fue el lunes por la noche, cuando el oficial de inmigración me permitió hacer una llamada desde su oficina en el aeropuerto de Miami. Y si no llamo hasta el viernes, ¡habrán transcurrido cuatro días de incomunicación con mi familia! Esto no puede ser: ¿dónde están mis derechos? Yo he venido a solicitar asilo a este país, y no he cometido ningún delito para ser tratado de esta manera. La incomunicación no es una sanción ni siquiera para los delincuentes con sentencias ejecutoriadas, y con menor razón se le puede imponer a un perseguido político en pos de asilo.

—Como te dije antes, existe la llamada gratuita única, que se la conceden a todos los presos por una sola vez, y te la van a dar una a ti, mas no sé si la puedes utilizar para llamar fuera de los EEUU. Esa llamada tiene el siguiente sentido: como la mayor parte de los presos fueron capturados por el ICE en las calles de una ciudad dentro de los EEUU, la familia del inmigrante detenido tiene el derecho de saber dónde se encuentra éste. Si no fuera por esa llamada gratuita, la familia podría suponer hasta peores desenlaces, como algún accidente o la muerte del individuo. Una persona no puede simplemente desaparecer de la faz de la Tierra. Para evitar estas situaciones, existe esta llamada gratuita. Ah, y además, para que la familia del detenido pudiera obtener algún tipo de asistencia legal, si contara con el dinero suficiente para financiar los altos costos de los servicios jurídicos en el país que se enorgullece de contar con un sistema de justicia para todos. Por si acaso, la llamada se la realiza desde la biblioteca, y ésta se debería abrir a las diez, así que ahora deberías estar en dirección hacia allá. La biblioteca está localizada en el segundo piso, justo en frente a la Oficina de Asilo, y al lado de los teléfonos, en el edificio contiguo a éste en el que estamos ahora, en ese sentido (el Nica apuntaba con su dedo índice derecho hacia atrás de su humanidad).

—Perfecto —repliqué—, allá voy en el acto.

Cargado de emotividad por la desesperación de comunicarme con mi familia, me encaminé con destino hacia la biblioteca. Cuando llegué al edificio contiguo, entré y vi la Oficina de Asilo, en un frente; y los teléfonos, en el otro frente del corredor. Al lado de estos últimos, había una puerta con un letrero que en la parte del dintel decía: "Biblioteca". En la puerta había unos cinco presos que, por la expresión de sus rostros, buscaban lo mismo que yo. Los cinco lucían demacrados (por su arresto inesperado) y afligidos por contactarse con sus seres que los esperaban en casa. Mas cuando el reloj del corredor marcaba las diez y once minutos, la biblioteca permanecía todavía cerrada, a pesar de que el letrero colocado al lado derecho de la puerta informaba: "Horario de Atención: de 10:00 a 12:00, de lunes a viernes".

—¿Todavía no abren? —inquirí, mirando con dirección a los presos que esperaban parados y apoyados contra la pared, formando una fila. Como todos eran latinos, me expresé en castellano.

—No —empezó a contestar uno de ellos—, y dentro no se ve a nadie. Parece que hoy día están atrasados.

—Habrá que esperar nomás, no hay otra —dije, de manera resignada.

Y así fue. Esperamos unos minutos más, hasta que yo me fui a buscar a un guardia para preguntar sobre el caso, a ver si tal vez sabía algo que nosotros ignorábamos, como por ejemplo, que hoy no se abriría la biblioteca. En el corredor de afuera uno de los guardias estaba parado, mirando hacia el cielo, distraído.

—Disculpe —le interrumpí—, ¿sabe si hay algún problema con la biblioteca hoy día? Son las diez y veinte y no está abierta aún. Adentro no hay nadie, pero las luces están prendidas. ¿Será que se abrirá? Ya llevamos esperando desde las diez en punto, y nada.

—No se preocupe, la dama llegará en cualquier momento. Ella siempre es así, a veces abre puntual, pero otras llega tarde. Pero casi siempre la abre. Ella argumenta que tiene muchas cosas que hacer en la administración del penal —papeleo, usted sabe—, y que por eso a veces no llega a tiempo para abrir las puertas de la biblioteca.

—Gracias —le respondí, y volvía a la fila de donde había partido, para así informar a mis ansiosos compañeros, que no sabían si llegarían a realizar su llamada gratuita ese día.

Esperamos unos largos minutos más (por lo menos ahora teníamos la casi certeza de que la biblioteca se abriría, aunque con muchísimo retraso), y finalmente, cuando el reloj de la pared marcaba las diez y veintinueve, se aproximó a la puerta de la biblioteca una mujer negra, de unos cuarenta y seis años de edad, de estatura muy alta y de estructura corpulenta quien, haciendo gala de una fuerte dosis de despotismo, sacó una llave de su bolso y procedió a abrir la puerta, para luego introducirse rápidamente en el cuarto, cerrando la puerta de nuevo detrás de sí, sin dar explicación alguna a nadie. En aquel momento sentí, con absoluta nitidez, que los presos no merecen la explicación de nada ni de nadie; son casi no personas.

Ahora sí que ya teníamos la plena certeza de que la biblioteca se abriría, aunque ello no ocurrió de inmediato. La mujer se tomó su tiempo, y recién después de unos diez minutos de haber ingresado a su oficina, abrió la puerta para que los presidiarios pudieran entrar a ese recinto. La bienvenida a ese *centro de cultura*, sin embargo, fue totalmente inesperada, pues ni bien se abrió la puerta empezó un vendaval de gritos (la dama no podía hablar sin vociferar, sin humillar, esas eran sus características principales):

—¡Todos los que están ingresando a la biblioteca tienen que mostrar su carné de identificación al asistente! ¡Él va a registrar la información que requiere, y recién después ustedes pueden continuar a hacer aquello para lo cual han venido!

Como no todos entendían su mensaje (la mayoría de los presos latinoamericanos, como dijimos antes, no hablaban el inglés, y los que lo hacían, tampoco la podían comprender ya que ella tenía un fuerte acento afrancesado, porque era una inmigrante haitiana que residía legalmente en los EEUU), algunos precisaban una aclaración de su parte y le preguntaron:

—Quiero hacer una llamada a mi familia, ¿es usted la persona que hace las llamadas?

—¡He dicho claramente que antes que nada, se registren con su carné de identificación con el auxiliar de la oficina! ¡Es que usted seguramente no entiende inglés! ¿No ves? Yo lo veo en sus ojos, ¡no entiende nada de lo que estoy hablando! —en un estado de completa exasperación (la bibliotecaria-carcelaria perdía fácilmente la calma con los ilegales hispanos que no hablaban inglés) empezó a balbucear palabras sueltas e incoherentes en un supuesto español muy mal hablado—. ¡Primego, mostgar "ay di" (ID en inglés)! ¡Después, llamag casa! ¡¿Entendeg?!

Su acento francés en su limitadísimo castellano producía total hilaridad en los ilegales. Peor cuando vociferaba bajo los efectos de una cólera irreprimible, que la hacía aparecer como una mujer simplemente enajenada. En todos mis años de estudiante colegial, universitario y de profesional, jamás había visto una bibliotecaria que se comportase de esa manera tan malcriada, tan grosera, tan brutal, tan racista. Ella era consciente de que no hablaba el castellano, pero hacía el show de vocalizar cuatro palabras mal pronunciadas, sólo con la finalidad de expresar su inocultable desprecio hacia los latinos. Más o menos como queriendo evocar lo siguiente:

si éstos no entienden nada (pues no sirve ningún propósito repetir las cosas en inglés), habrá que hablarles en su propio idioma, aunque sea mal. Como cuando un ser humano le ladra a un perro, con el afán de que éste le entienda: "guau, guau, anda perrito a tu casa...". "¿En qué más te puedo hablar, si no entiendes nada?" Ese era el mensaje de Madame, la bibliotecaria de la prisión.

En medio del escándalo que armó *Madame* la bibliotecaria, me cupo hacer las traducciones y aclaraciones del caso. Fue así que los seis que estábamos esperando ser atendidos por ella mantuvimos la fila para que el auxiliar de la biblioteca inscribiera nuestros nombres en su hoja de registro diario. Concluida esta tarea, pasó el primero al escritorio de *Madame,* asustado, para acceder a su derecho legal de realizar una llamada de cinco minutos a su casa.

—¿¡Cuál es el número de teléfono de su casa!? —vociferó *Madame*, primero en inglés, y luego lo tradujo a su lamentable y burlesco español—. ¡Teléfono! ¡Su casa! ¡Grápido!

—Siete, cuatro, cero, nueve, siete, uno, tres, ocho, cuatro, tres... —respondió el detenido, con la voz temblorosa, obedeciendo al pie de la letra las instrucciones de *Madame.*

El pitido del teléfono empezó a sonar —bip, bip, bip— y todos lo podíamos escuchar, pues la *Madame* colocaba el aparato con los parlantes abiertos, para ella poder oír la conversación. ¿Era esta una medida de seguridad, o es que ella escuchaba las llamadas de manera arbitraria? Mientras estuve en BTC, jamás nadie le planteó la pregunta, ni menos interpuso una queja por violación del derecho a la intimidad y a la privacidad de las personas. Peor aún, tratándose de inmigrantes ilegales (cuya peligrosidad es mínima), y no de delincuentes comunes (cuyo grado de peligrosidad pudo haber justificado la escucha de las llamadas, pero siempre con la anuencia de un juez, y no como una simple medida administrativa). La vida cotidiana en la cárcel enseña a los presos hasta dónde pueden hacer uso de los pocos derechos con los que en la práctica cuentan —pues en teoría los presos disponen de muchos derechos, pero la realidad siempre es otra, inclusive en una sociedad guiada por el Estado de Derecho como es la estadounidense—. Y cuando se quejan, lo hacen ante la violación de un derecho que les afecta de manera directa y de forma grave. Por eso es que el derecho a la intimidad y a la privacidad queda rezagado frente a otros derechos como, por ejemplo, el derecho a la salud o a la vida misma. Es que cuando un recluso se queja, normalmente no pasa nada, pues el sistema no responde en su favor. Más bien, lo que suele acontecer es que las autoridades carcelarias —incluidos los guardias— se las agarran con el quejumbroso y le hacen la vida imposible. Es frente a esta realidad que los parlantes abiertos del teléfono de *Madame*, la bibliotecaria cancerbera, nunca fueron puestos en duda. Ella escuchaba —y permitía que todos los que estaban en la biblioteca oyeran— las dramáticas conversaciones de los presos con sus familias.

Fue así que después de que el pitido del teléfono sonara unas cinco veces, alguien levantó el auricular en el otro lado.

—¿Aló?

—Hola mamita, soy yo, José, estoy bien, he sido detenido ayer por la "migra" y estoy preso actualmente —

el recluso, un joven de unos veinte años, hablaba apenas, balbuceante, y poco a poco empezaba a emitir gemidos, hasta terminar llorando a mares y desconsoladamente.

En cuanto *Madame* sentía la emotividad de la escena, intervenía, como si fuera su obligación poner orden en la conversación:

¡Basta ya! ¡Habla sin lloriqueos y claro! ¡Dígale a su madre que ha sido detenido por el ICE, que está bien, y que estará preso hasta que el gobierno decida qué se hará con usted! ¡También dele la dirección de la cárcel, para que ella lo venga a visitar!

Al otro lado de la línea se oía la desesperación de la madre de José, que ante semejante confusión, no terminaba de entender lo que acontecía. Escuchó hablar a su hijo hasta que el llanto lo enmudeció, y luego surgió la vociferación de una mujer, que le instruía al hijo qué hacer y qué decir.

—Aló, hijo, Pepito, cómo está mi amor, ¿dónde me ha dicho que está? ¿Escuché bien que está preso? ¿Qué ha pasado mi hijo? Dígame, ¿se ha metido en problemas? Yo siempre le dije que no ande con esos amigos, que son unos sin oficio y vagabundos mal entretenidos. ¿Vio a lo que le llevaron?

—No mamá, eso no es así. Estoy preso, pero no por haber cometido algo malo. Me han detenido porque dicen que soy un inmigrante ilegal, que no tengo papeles para vivir en los Estados Unidos, me pidieron la *green card*, cuando estaba saliendo de mi trabajo. Los agentes que me apresaron me dijeron que me iban a botar de los EEUU, con destino a mi país —al terminar esta frase, José volvió a estallar en llanto, y *Madame* la bibliotecaria cancerbera volvió a intervenir en la charla entre madre e hijo:

—¡Dije que basta de lloriqueos! Esta es una conversación gratuita que la paga el gobierno de los Estados Unidos, y debe durar máximo cinco minutos ¡cinco minutos! y ni uno más. Ahora despídase de su madre y dígale la dirección de Broward Transitional Center, que está localizado en el 3900 North Powerline Road / Pompano Beach, Florida 33073, con teléfono 954-973-4485. Ella puede llamar a ese teléfono para informarse más sobre la prisión, sobre los días y horas de visita, pero no podrá hablar con usted. Sólo usted la puede llamar a ella por teléfono tarjetero. Dígale también que le mande dinero, pues va a necesitar algo de plata para gastos varios, como por ejemplo para comprar tarjeta de llamadas telefónicas.

Mientras *Madame* hablaba a gritos, se escuchaba a la madre sollozar y tratar de evocar algunos pensamientos, en medio de un *shock* nervioso:

—¡Hijo!… ¡Pepito!… ¿Dice usted que lo ha arrestado migración? ¡¿Dónde está preso?!

—Mamá, dice que estoy en una prisión que se llama Broward Transitional Center, la dirección es 3900 North Powerline Road, Pompano Beach, Florida, y el teléfono es el 954-973-4485.

—Espera hijo, voy a traer un lapicero para escribir…

—¡No tenemos más tiempo! ¡La llamada es sólo de cinco minutos! ¡Dígale que se apure, no podemos seguir así! —interrumpía de manera brutal *Madame*, tal como lo haría un torturador con su víctima, cuando le permitiría a ésta hablar con su familia por teléfono, para dar la prueba de que se encontraba en manos de sus secuestradores, y negociar de esa manera el monto del rescate.

Por los parlantes del teléfono se podía escuchar, en volumen reducido, lo que transcurría en la casa de Pepito, mientras su madre iba a conseguir el lapicero para escribir:

—¿Quién llamó? ¿Qué pasó? —interrogaba una voz masculina, de un hombre mayor, que por simple deducción era el padre de Pepito, quien escuchó los sollozos y el llanto de su esposa.

—Es Pepito, dice que está preso en una cárcel, que lo ha agarrado inmigración... Ahora no te puedo contar más, pues él está esperándome en el teléfono, y necesito un lapicero para escribir la dirección de la cárcel.

A los pocos segundos reapareció la madre en el teléfono:

—Listo, ya tengo el lapicero, me puedes dictar.

—La dirección es 3900 North Powerline Road, Pompano Beach, Florida, y el teléfono es el 954-973-4485.

—¿Cómo dices? Es mejor que me deletrees las palabras, pues no entiendo lo que dices.

—¡Ya se cumplieron los cinco minutos! ¡Cuelguen! —volvió a interrumpir Madame, esta vez más enfurecida que antes, porque ya se había cumplido el tiempo establecido, y porque la madre de Pepito no entendía inglés, así que ahora su hijo tendría que deletrear cada palabra, hasta que ella tuviera la dirección completa.

El joven Pepe —no se sabe si fue porque no entendió la orden de *Madame*, o porque entendiéndola no quiso obedecerla— continuó con la conversación, y empezó a deletrear las palabras en inglés que su madre no sabía escribirlas:

—Tres, nueve, cero, cero; luego empiezas una palabra con la "ene" de Nancy (en mayúscula), luego la "o" de Oscar, después la "ere" de Roberto, después la "t" de Teresa…

Montada en cólera (por la desobediencia de Pepe a sus instrucciones), interrumpió Madame el lento deletreo de las palabras que realizaba el joven y, quitándole el auricular de la mano que lo sostenía, se lo colocó ella en la oreja y empezó a hablar por el micrófono, esta vez en inglés, pues ya no podía controlarse a sí misma:

—¡La dirección es 3900 North Powerline Road, Pompano Beach, Florida, y el teléfono es el 954-973-4485! ¡Ahora ya sabe dónde está su hijo! Esta era una llamada gratuita de cinco minutos pagada por el gobierno de los EEUU, y su tiempo ya ha expirado. ¡Hasta luego!

Bip, bip, bip volvió a sonar en el parlante de los teléfonos, el pitido que anunciaba el final de la llamada que había sido cortada de manera abrupta, abusiva y violenta, por la *Madame* bibliotecaria. Pepe se levantó de la silla, cabizbajo, y dio paso al próximo en la fila para que realizara su llamada gratuita, aquella pagada por los contribuyentes norteamericanos, para que se cumpliera así con la implementación de un derecho fundamental: los presos tienen el derecho de ser tratados con dignidad; y una garantía: los presos no pueden ser sometidos a la incomunicación.

Esta escena —con sus variantes específicas aplicadas al caso en concreto— se repitió muchísimas veces durante el tiempo que permanecí en BTC. Como la biblioteca era mi refugio favorito de la realidad carcelaria, estuve allí cuantas veces me fue posible. De tal manera que tuve la oportunidad de ver el empleo que se daba a esta llamada de los cinco minutos, a la cual tenían derecho todos los presos. Lo cierto es que la *Madame* tenía a su cargo la escenificación de un drama humillante, en el que las víctimas no tenían otra alternativa que la sumisión y la resignación.

Ella era la dueña de esos cinco minutos de la vida de estos personajes, que en su desesperación aguantaban todo el maltrato que ella les propinaba. El llanto de los familiares de los presos, y el de los propios reclusos parecían darle más vitalidad. Mientras más desgarrador el llanto de las víctimas de la tragedia, más enérgica y rigurosa la posición de la *Madame*.

Cuando colgaba el teléfono en medio de la incomprensión y los sollozos de las víctimas, ella seguramente se decía a sí misma: "¡labor cumplida!". Por un lado, había cumplido al conceder la llamada, pues ese era el mandato de la ley; y por otro, había cumplido al cortar la llamada abruptamente, pues no podía permitir que los ilegales se sobrepasaran de los cinco minutos estipulados. Había hecho su acción de benevolencia al ceder la llamada, y había cumplido con rigor al cortarla.

Pero además, *Madame* no se contentaba con ser la única testigo del sufrimiento del recluso involucrado y de su familia, sino que se aseguraba de que todos los presentes en la biblioteca lo fueran también, ajustando el nivel del volumen de los parlantes al máximo. De ahí que la estancia en la biblioteca —que debería ser una experiencia de lectura y del saber— se convirtiera en una especie de tribuna de la escenificación de una telenovela (más propiamente dicho, de una fono-novela), tremendamente dramática, con escenas desgarradoras de la vida real. Cada día allá se ventilaban llantos, expresiones de amor conyugal, premoniciones de rupturas familiares debido a la casi segura deportación del preso, dramas familiares para contratar los costosos servicios de abogados de inmigración (que en la gran mayoría de los casos perdían las causas de los ilegales), gritos de impotencia de padres que tenían a su hijo joven preso y a punto de ser deportado (por la supuesta violación de una ley que el vástago jamás cometió, pues había entrado ilegalmente a los EEUU cuando apenas era un niño, en los brazos de sus padres), clamorosas exclamaciones de impotencia de quien perdía toda una vida de sacrificio, de trabajo, de construcción de relaciones humanas en las que se involucraron profundos sentimientos de cariño y hasta de amor; en fin, en esas llamadas gratuitas se resumía el padecimiento de cientos, de miles, de seres humanos que veían que sus vidas se derrumbaban en virtud de la ley, la ley de inmigración. La ley estaba por encima del dolor de cientos, de miles, y hasta de millones de seres humanos. Esta era una ley para hacer llorar. Y *Madame* la bibliotecaria se ocupaba de que ese llanto sea de conocimiento público, a través de los sonoros parlantes de su teléfono.

Es en esas situaciones de humillación pública cuando el ser humano queda desnudo, indefenso, y sin dignidad. Y cuando ese ser humano pierde la dignidad y el honor, queda despojado de un elemento esencial de la condición humana, y desciende a una cualidad meramente animal. Esos reclusos —a quienes *Madame* había expuesto desnudos de cuerpo entero, ante ella y ante los concurrentes a la biblioteca— ya no eran la misma persona después de la llamada gratuita, pues en ese despliegue público de sus dramas, habían perdido la privacidad, la vergüenza, la intimidad. Y ahora que no tenían dignidad, se habían convertido en indignos, con lo que tenían la "libertad" de hacer o decir lo que se les ocurriese. Cuando un ser humano pierde la dignidad, ya no siente vergüenza, y puede ir a dormir a la acera de una calle, andar en harapos, dejar de bañarse, dedicarse a la bebida o a las drogas, robar, mentir, en fin, puede hacer lo que se le venga en gana, pues ya no tiene dignidad de ser humano. La cárcel es un sitio donde por el mero hecho de estar allí, el ser humano pierde dignidad. Pero cuando dentro de la cárcel se le somete a actos más humillantes (por el maltrato de las autoridades carcelarias), el proceso de pérdida de la dignidad es aún mayor. *Madame* la bibliotecaria constituía uno de los eslabones dentro de BTC, en los que el individuo empezaba a perder su dignidad, paso a paso.

Una vez que el primero de la fila terminó con su llamada gratuita de cinco minutos, pasó frente a *Madame* el segundo, luego el tercero, después el cuarto, y finalmente el quinto. En cada telefonazo se desnudó espiritualmente al recluso de turno, y Madame se extasió vociferando —a voz en cuello— órdenes, instrucciones y hasta comentarios humillantes por doquier. Ella no se cansaba de realizar esa innoble labor, mas al contrario, parecía que le satisfacía más que atender asuntos de la biblioteca, que era, en realidad, su trabajo principal. Cuando llegó el turno del sexto, *Madame*, mecánicamente, me preguntó:

—¿Cuál es el número del teléfono al que llamará?

—Yo vengo de Bolivia, estoy solicitando asilo político en los EEUU, y mi llamada va a ser a mi país. El código de área de Bolivia es cinco, nueve, uno… —en cuanto empecé a dictar los números, Madame me interrumpió bruscamente y dijo:

—¡Desde este teléfono sólo se pueden hacer llamadas de larga distancia dentro de los EEUU, y no al extranjero!

—Discúlpeme, yo vivo en Bolivia con mi familia. Acabo de abandonar mi país para buscar asilo político en los EEUU, y sé que todos los que ingresan a BTC tienen el derecho de una llamada gratuita. Lo que quiero es hacer uso de ese derecho, como cualquier otra persona. ¿Tengo ese derecho o no?

—Yo no conozco de esas cosas. Mi trabajo es solamente discar los números que me dictan los interesados, y permitirles hablar durante cinco minutos, nada más. Y desde este teléfono sólo se pueden colocar llamadas dentro del territorio norteamericano. Para hacer una llamada al extranjero, como parte del programa de la llamada gratuita concedida por el gobierno, usted debe consultar a la administración del penal. Vaya a la planta baja de este mismo edificio, y allí, en una oficina cuya puerta da al patio, plantee su caso. A ver qué le dicen —en esta intervención la mujer se calmó de ánimos, y dio una respuesta razonable y libre de emociones y de verbosidad violenta—. Pero si usted quiere, puede hacer una llamada a algún pariente o amigo dentro de los EEUU ahora, desde aquí, para que esa persona luego llame a su familia en Bolivia, y le informe sobre su paradero y estado de salud.

—Muchas gracias —le respondí—, pero no tengo a nadie en EEUU para que haga esa labor, así que me iré a la oficina que usted me indicó para ver si ellos tienen alguna solución a mi problema.

En realidad yo tenía muchos amigos (y algunos parientes perdidos) que podrían haberme hecho el favor.

Al fin y al cabo, la gracia consistía en realizar una llamada a Bolivia, que duraría unos minutos, lo cual no resultaría muy costoso de acuerdo a las tarifas vigentes en ese momento. Pero existían dos problemas al respecto. Uno era que yo no me atrevía a llamar a ningún amigo —sobre todo después de muchísimos años de no haber tenido comunicación con él o ella— y contarle que me encontraba en la cárcel (aunque la explicación que estaba en pos de asilo político era válida, el mero hecho de informar que uno se encontraba en prisión sonaba como muy mala cosa, y podía despertar una serie de conjeturas o, mínimamente, interrogantes). En ese momento preferí no prestarme a las suposiciones. Y dos, en vista a que mis amigos eran todos gringos —de mi época del colegio y de la universidad— y no hablaban castellano, la llamada posterior a mi casa en Bolivia, podría haber resultado tremendamente complicada, ya que mi esposa no hablaba inglés (o por lo menos no como para comprender una conversación fluida con un norteamericano exclusivamente angloparlante).

Fue así que me dirigí a la oficina a la que me refirió *Madame*, en la planta baja y frente al patio. Una vez que me encontré en la entrada al indicado despacho, toqué la puerta con la palma de mi mano (no lo hice con el nudillo del dedo, ya que ella era metálica y muy dura, y además calculé que más ruido causaría con la palma que con el nudillo), y un guardia que salió desde los interiores, me interrogó sobre cuál era el motivo de mi presencia allí. Le expliqué el tema que me llevaba a esa oficina, y él me dijo que le esperara, que consultaría para ver si me admitirían ingresar. Después de unos minutos de espera, la puerta se abrió y yo entré. La oficina era un área común amplia, en la que cabían cuatro escritorios separados apenas por mamparas. Dentro de cada uno de los cuatro espacios se encontraba un funcionario trabajando en su respectivo escritorio. En cuanto ingresé me extrañó que ninguno de los funcionarios me prestara atención. ¿Acaso el guardia no les habría consultado si me atenderían o no? ¿Y no era que ellos —o por lo menos alguno de ellos— habría admitido mi ingreso al despacho? ¿O es que no sentían mi presencia allí? (Esto no podría ser, porque en el recinto no estaban presentes otras personas que no fueran los cuatro funcionarios, el guardia de seguridad y mi persona). Durante largos segundos permanecí parado, esperando que alguien por lo menos inquiriera la razón de mi estadía allí. Como eso no ocurrió, me sentí compelido a dar la iniciativa, y caminé hacia la persona que —de los cuatro funcionarios— tenía la expresión menos agresiva: una mujer blanca, de unos cuarenta años de edad, con un marcado sobrepeso, y de una expresión facial medianamente amigable. Una vez que me puse de pie en lo que constituía la entrada a su área de trabajo (el espacio abierto de su mampara que permitía ingresar hasta su escritorio), y sin que ella alzara la cabeza todavía para dirigirme la mirada, despejé mi garganta como para llamar su atención, y luego pronuncié las siguientes palabras:

—Disculpe, vengo a instancias de la señora encargada de la biblioteca, quien me indicó que aquí me podrían asistir con relación a realizar mi llamada gratuita de cinco minutos, que la debo hacer a mi país, Bolivia, pues allá está mi familia. La bibliotecaria me informó que desde su teléfono no salen llamadas al extranjero, y que sólo aquí me podrían dar la solución a este problema.

Sin levantar la cabeza aún, la funcionaria respondió

casi como una autómata:

—¿Y por qué usted tiene que llamar fuera de los EEUU? ¿Dónde es su casa? ¿Dónde vive? ¿Dónde fue detenido por el ICE?

—Tengo que llamar a Bolivia, porque yo no vivo en los EEUU; soy boliviano y resido en mi país. Jamás fui detenido por el ICE contra mi voluntad. Yo vine de mi país porque estoy siendo perseguido por razones políticas y busco protección. Al llegar al aeropuerto de Miami, me presenté ante las autoridades inmigratorias y pedí asilo. Ellas, de acuerdo a las leyes de los EEUU, me detuvieron y me trajeron a BTC. Yo arribé al aeropuerto de Miami el día lunes, y allá me concedieron una llamada a mi familia esa misma noche. Es así que desde el lunes por la noche no he vuelto a hablar con mi esposa hasta ahora, que es miércoles. Y tampoco puedo hablar por teléfono tarjetero, porque no tengo tarjeta. Me indican que las tarjetas telefónicas sólo las venden los días martes y viernes. Así que recién el viernes contaré con una tarjeta para llamar por esa vía. Lo que quiere decir que, si no me conceden la llamada de cinco minutos, que además me corresponde por ley, habré estado incomunicado con mi familia por el período de cuatro días: desde el lunes hasta el viernes. Y cuando hablé el lunes desde el aeropuerto, yo no sabía todavía dónde estaría preso. Así que ahora no saben ni dónde ni cómo me encuentro. Estoy seguro que estarán preocupados; por eso es que tengo urgencia de canalizar esa llamada. Además, me sorprende de sobremanera que en este país de la democracia y la libertad, una persona que no ha cometido ningún delito, y que sólo busca protección, sea castigada con la incomunicación por el período de cuatro días. Según las leyes bolivianas la incomunicación no puede durar más de veinticuatro horas. ¿Cuánto tiempo puede un preso estar incomunicado en los EEUU? O sea que, aparte de apresar a las personas que buscan asilo, se las somete a una cruel incomunicación de varios días, sin solución alguna. La mujer no se inmutó frente a mi discurso. Y sin levantar la cabeza todavía, preguntó:

— ¡¿Cuál es su teléfono de Bolivia?! ¡Dícteme todos los dígitos de su número telefónico, uno por uno! Debe incluir todos los guarismos, inclusive el código para realizar llamadas al extranjero desde los EEUU —el volumen de su voz innecesariamente elevado, y su tono firme y grueso ratificaban el estereotipo de una persona que trabajaba en un penal. Su expresión facial aparentemente menos agresiva terminó siendo un engaño. Ella era tan dura como cualquiera de los guardias de la prisión.

En cuanto terminó de pronunciar su requerimiento, hice una rápida recolección de todos los dígitos que debería dictarle de inmediato, incluido, como ordenó, el código de llamadas internacionales que se usaba en los EEUU. Como era lógico, la duda mía radicaba en los primeros dígitos, aquel código que había que marcar para lograr sacar una llamada al extranjero desde los EEUU, que yo no lo tenía en ese momento fresco en mi mente. Habían pasado muchos años desde la última vez que llamé del interior de los EEUU hacia el extranjero. Por el cariz vehementemente displicente que reflejaban las acciones de la mujer (incluido el tono imperativo de su voz), ella no tenía la menor intención de ayudar en averiguar ese código. Ella no estaba para hacer favores a un preso (como luego descubriría que no lo estaba ninguno de los funcionarios de la cárcel), y por ello apenas se circunscribiría a apretar los números que le dictara. Después de todo, parecía que realizaría la llamada (mejor dicho, apretaría los números que yo le dictaría en su teléfono) sólo para evitarse incurrir en algún problema, luego de escuchar mi discurso sobre la incomunicación. Fue así que empecé a pronunciar:

—Cero, cero, uno, cinco, nueve, uno, tres (...) — dicté cada uno de los guarismos, al mismo tiempo que ella presionaba los números en el aparato telefónico que estaba sobre su escritorio.

Una vez que concluí el dictado, reinó un silencio que duró unos segundos mientras la llamada parecía concretarse. Al igual que en la biblioteca, la mujer había prendido los parlantes, para que todos los presentes en esa habitación pudieran oír la conversación. Al cabo de dicho silencio, se escuchó en todo el cuarto y con el volumen máximo, el pitido del teléfono:

—*Bip, bip, bip* (...).

—La línea está ocupada —intervino la funcionaria—, esperaremos un momento.

Luego de una cortísima espera que no debió de haber sobrepasado un minuto, apretó el botón que decía "*redial*", y otra vez se escuchó:

—*Bip, bip, bip* (...).

—Sigue ocupado el teléfono, volveremos a insistir, espere ahí nomás —ordenó otra vez.

Tras otra brevísima espera, repitió la acción de apretar el botón del "*redial*", y nuevamente se oyó:

—*Bip, bip, bip* (...).

—Por lo visto, no están esperando su llamada. Mala suerte. Tendrá que volver a llamar cuando tenga su tarjeta para llamadas, desde los teléfonos de la prisión destinado a los reclusos. Yo hice lo que pude. No me es posible seguir llamando, pues no es mi obligación trabajar para usted; estoy perdiendo casi toda la mañana por su culpa. Yo tengo trabajo que hacer.

Con la última palabra dicha, la mujer volvió a su trabajo y me ignoró por completo. Ese fue el fin de la gestión.

Ésta era apenas una demostración del maltrato al cual estaban sometidos los presos en estas cárceles de inmigración en los EEUU. No existía la más mínima consideración con el ser humano, de parte de funcionarios que parecía que tenían instrucciones para ultrajar a los inmigrantes ilegales que eran, en su enorme mayoría, latinoamericanos. Y como los peticionarios de asilo eran encarcelados, éstos también sufrían la misma suerte.

Yo ya no tenía otra opción. La llamada a mi familia —la única comunicación con mi mundo, con mis seres amados— se había frustrado del todo. Ahora sí que habría de estar incomunicado cuatro días enteros: desde el lunes —cuando en el aeropuerto me concedieron una llamada a casa— hasta el viernes, la primera oportunidad que tendría para adquirir la tarjeta de llamadas. Para mí el tema jamás fue que la llamada fuera gratuita o no, la urgencia era informar a mi familia sobre mi estado de salud y paradero. Esta era una necesidad imperiosa que no tenía precio.

Sólo después me enteré de un detalle fundamental, en relación con las tres llamadas frustradas que realizó la funcionaria carcelaria a mi casa: los primeros tres dígitos que había que marcar para llamadas internacionales no eran el *cero, cero, uno*, sino más bien el *cero, uno, uno*, y después, el código del país, de la ciudad, y finalmente el número del teléfono. Desde luego que marcando el código de llamadas internacionales equivocado, la funcionaria carcelaria jamás iba a lograr la conexión telefónica deseada. Cuando ella me instruyó que le dictase los guarismos uno a uno, tal cual se marcaban para comunicarse con mi casa, yo tuve dudas respecto a esos primeros tres dígitos, por cuanto, al yo no vivir en los EEUU, no tenía seguridad de que eran *cero, cero, uno* o *cero, uno, uno*. Pero, ¿acaso ella no sabía que yo estaba incurriendo en un error? Y si es que lo sabía, ¿por qué no me ayudó a corregirlo? Pero inclusive si ella no conocía esa clave, ¿cómo no ayudar a un ser humano necesitado de comunicarse con su familia, y verificar el señalado código de llamadas internacionales? En cualquier país esa es una averiguación sencilla, que seguramente no tomaría más de un par de minutos, a lo sumo. Pero no, la funcionaria carcelaria en cuestión optó por no coadyuvar conmigo, pues así es cómo los funcionarios carcelarios en general veían las cosas: ellos jamás colaboraban con los reclusos, peor si se trataba de presos latinoamericanos.

Frustrado por los acontecimientos, por la tarde realicé todos los pasos previos para asegurarme la compra de una tarjeta de llamadas, transacción que se realizaría recién el viernes. Como estábamos a miércoles, tenía el tiempo exacto para realizar la operación. Esa tarde, cuando salimos de nuestro encierro, a eso de las cuatro, me dirigí a la oficina donde se encontraban los formularios de solicitud de adquisición de tarjetas. Evidentemente, tal como me advirtió el Nica, la mencionada oficina no estaba abierta a esa hora, así que tuve que esperar en los alrededores durante un largo período de tiempo. Pero, como en la cárcel uno no dispone de nada sino de tiempo, la espera no me incomodó en lo más mínimo (además, hay que recordar que yo venía de ejercitar la espera más larga de mi vida hasta esos momentos: la espera en el aeropuerto de Miami, previo a que me trasladaran a BTC, que duró más de veinticuatro horas, en posición de sentado).Después de una media hora de espera, apareció un guardia de semblante poco amistoso que abrió la puerta del recinto y se introdujo en lo que era su oficina. Una vez que el hombre se sentó en su escritorio, me acerqué a la puerta y la toqué tres veces.—¡Pase! ¡Adelante! —exclamó el guardia. —Me dicen que aquí puedo recabar un formulario para comprar una tarjeta para llamadas telefónicas. —Detrás de la puerta hay una serie de formularios para diferentes trámites, busque allí y llévese un solo formulario para la compra de tarjeta de llamadas. Y así lo hice. Detrás de la puerta de entrada a esa oficina, había unos pequeños bastidores que contenían, cada uno, diferentes tipos de formularios para trámites administrativos. Por ejemplo, existía un formulario para obtener una tarjeta telefónica; otro para señalar los ítems que uno podía comprar en la cárcel (champú, calzoncillos, camisetas, chinelas, bolígrafos[5] y otros artículos de primera necesidad, que fueran aprobados por las autoridades

---

5.- Los bolígrafos que vendían en BTC eran unos aparatos flexibles y blandos —más parecidos al repuesto de un bolígrafo, que un bolígrafo en sí mismo—, para evitar que los "peligrosísimos" reclusos latinos contaran con una potencial arma blanca. De más está decir que era muy difícil lograr escribir con estos dispositivos, que se chorreaban entre los dedos de las manos, como trozos de plastilina.

carcelarias; uno no podía comprar allí un par de pantalones, ni una camisa, por ejemplo); otro para solicitar atención médica; otro destinado a las quejas; entre varios de los que estaban colocados allí. Luego de un rápido repaso visual a los títulos de cada uno, encontré el que necesitaba. Como el guardia me había prevenido que sólo podía sacar uno, eso es exactamente lo que hice. Luego de agradecerle por su atención, me fui con el formulario a mi cuarto para llenarlo debidamente. Cuando llegué al dormitorio, allí encontré al Nica, quien se alegró de que yo estuviera avanzando hacia concretar mi primera llamada a casa —Qué bien, debes llenar ese formulario con mucho cuidado —me advirtió el Nica—. Si el formulario tiene borrones, el viernes no te van a entregar lo que estás comprando (en este caso la tarjeta telefónica), y otra vez tendrás que empezar el trámite ese día, pero para que te entreguen la tarjeta recién el próximo martes. ¡Eso no sería ninguna broma! Especialmente en este caso, cuando estás siendo objeto de una total incomunicación en esta cárcel. Te recomiendo que tengas ese extremo cuidado para que no te veas más perjudicado de lo que ya estás. En caso de que cometas un error al llenar el formulario, debes retornar a la oficina del guardia, explicarle lo sucedido, y solicitar que te dé un nuevo formulario para volverlo a llenar, hasta que lo hagas sin borrones de ningún tipo, y, por supuesto, habiendo insertado la información correcta. Esto puede ser muy incómodo, ante todo porque el guardia te puede dar (como lo hace con todos) un sermón sobre el cuidado que los presos deben tener al llenar los formularios, sobre por qué los formularios no deben ser desperdiciados, pues ello implica un mayor costo para los recursos del penal, etcétera,

etcétera. Esta homilía es algo que quieres evitar escuchar, sobre todo cuando viene de uno de estos abusivos.

—Gracias por la orientación —le respondí—, ahora me pongo manos a la obra.

Y lo que para cualquiera —en condiciones normales— hubiese sido una faena sencilla, se convirtió en una tarea de alta precisión. En las primeras casillas del formulario uno tenía que insertar sus datos personales, tales como el nombre y apellido del recluso; la nacionalidad; el número de extranjero del detenido; el número de habitación en BTC; y en la segunda parte, uno llenaba casillas respecto al tipo de tarjeta de llamadas que solicitaba (el valor de la tarjeta: si la quería de cinco o de diez dólares); si la quería para realizar llamadas nacionales o internacionales; y finalmente, uno estampaba su firma. A todas luces, este era un trabajo simple, mas no cuando uno estaba obligado a no equivocarse ni en una sola letra o número, y cuando su incomunicación dependía de que llenara correctamente el formulario. Por ejemplo, el *número* de detenido extranjero que aparecía en mi tarjeta de identificación carcelaria era el "A20890744", que en rigor lingüístico, no era un número, sino una mezcla de una letra con varios números. Pero cuando en el formulario a uno le pedían que insertara su *número* de detenido, ¿ponía "A20890744" o solamente "20890744"? Como no podía fallar, volví a consultar con el Nica, quien me dijo que él tuvo la misma duda en un principio, y que alguna vez le rechazaron una solicitud solo por un pifie de esta naturaleza. Luego de tantos meses de encierro, él me aseguró que era necesario incluir la letra A, es decir, había que escribir toda la mezcla de letra con números: "A20890744". Tras varios minutos de

tensión, logré el cometido de llenar las casillas sin errores.
¡Qué alivio!

Luego tuve que esperar hasta la hora de la cena —
que se empezaba a servir a horas 17:00— para depositar
el formulario de solicitud en un buzón destinado a estos
menesteres, el cual se encontraba justo en frente de la puerta
de entrada del comedor.

A esa hora, me puse en la cola para la cena, con mi
formulario en mano. Allí me di cuenta de que varios de mis
colegas prisioneros estaban en las mismas, pues llevaban en
sus manos un papel parecido. Al ingresar al área próxima al
comedor, me percaté de que los que acarreaban la hojita de
papel, la introducían dentro de una cajita de color azul (el
buzón para las solicitudes de compra), que tenía en su parte
superior un letrero que decía: "Solicitudes de Tarjetas de
Llamadas".

En realidad en esta área estaban ubicados varios
buzones, uno al lado de otro. Había un buzón para las
tarjetas telefónicas, otro para las solicitudes de compra de
otros artículos, otro para las solicitudes de atención médica,
otro para las quejas, y otro para insertar correspondencia
dirigida a la oficina de inmigración. Como la cola para las
comidas avanzaba rápido, uno tenía que estar alerta cuando
se avecindaba a esta área. A veces los reclusos nuevos —
sobre todo los que no leían el inglés— tenían problemas
identificando el buzón correcto en dónde deberían insertar
su solicitud, y lo entraban al buzón equivocado. Este
yerro invalidaba su acción, y obligaba al recluso a repetir
la operación, hasta que la realizara de manera correcta, de
principio a fin.

En cuanto la cola avanzó y me encontré en frente del buzón con la cajita azul, introduje el formulario para tarjetas de llamadas telefónicas. En el formulario solicitaba dos tarjetas de diez dólares, ambas para realizar llamadas internacionales. Ahora no cabía más qué hacer al respecto, sino esperar hasta el viernes por la tarde, ocasión en la que los encargados del almacén de la cárcel me entregarían el pedido. La espera desespera, decía un amigo mío. Nada más cierto. Luego de haber depositado la solicitud en el buzón, continué la espera que había empezado el lunes por la noche (después de esa única comunicación telefónica que me concedieron en el aeropuerto de Miami), y que había continuado el martes, ese mismo miércoles, y que continuaría el jueves y el viernes hasta horas de la tarde, cuando me entregarían ese preciado bien: las tarjetas de llamadas. Cuando uno está en la cárcel, los minutos se sienten como horas, las horas como días, los días como meses y los meses como años (y seguramente, los años como décadas, para quienes tienen la desdicha de estar encarcelados períodos que sobrepasan un año). Todo lo que hace un preso es esperar. La más importante y ansiada espera es la de salir de allí. Por eso es que muchos presos —inclusive se ve en las películas— tachan los días del calendario con una equis *(x)*, esperando tachar un día el último de su permanencia en la cárcel. Pero debajo en importancia de esa espera superior o mayor, figuran otras esperas de menor jerarquía, pero esperas al fin. Cada día se esperaba con ansias la hora de los alimentos: la hora del desayuno, la del almuerzo y la de la cena. En BTC se veían muchos presos que —sin necesidad alguna— formaban cola para una comida, hasta con una hora de anticipación.

No era nada raro ver, por ejemplo, reclusos haciendo fila a las once de la mañana, cuando el comedor recién se abría a las doce del mediodía. Quienes formaban estas colas con tanta anticipación se pasaban tres horas del día haciendo fila sólo para comer. Porque además de las colas para acceder al comedor, se esperaba en fila para hacer retiros de dinero de la cuenta que uno tenía en la cárcel, para realizar llamadas telefónicas, para recibir atención médica, para que se abriera la biblioteca, para ser atendido en la peluquería, para lograr entrevistarse con un oficial de inmigración que lo orientase en el desarrollo de su caso, y para ser escuchado en audiencia con el juez de inmigración, entre otros. En la cárcel se espera para todo.

Como el preso no tiene oficio, su tarea en la vida es esperar. Eso aprendí los primeros días en BTC, en los que mi principal faena era esperar al viernes para recibir mi tarjeta de llamadas e inmediatamente discar el número de teléfono de mi casa.

Finalmente, después de una desesperada espera, llegó el día: viernes, 7 de noviembre de 2008. Esperé a que transcurriera toda la mañana, a que pasara la hora de almuerzo, a que nos encerraran después de comer, y por último, a que nos soltaran a eso de las tres y treinta de la tarde. En cuanto chirrió el timbre que permitió nuestra salida al patio, me deslicé por las gradas desde mi cuarto hasta la planta baja, a una velocidad que sólo recordaba haber alcanzado en mis años de mejor estado atlético —cuando jugaba fútbol en la escuela, a mis dieciséis años—. Cuando llegué al patio, vi que ya había prisioneros en la fila del almacén de la cárcel. Unas quince personas estaban paradas, haciendo cola. Ellos seguramente estaban en los dormitorios más próximos al almacén. En fin, era preciso esperar un poco más, pero pronto tendría las tarjetas en mis manos. Yo era el dieciseisavo de la cola. El almacén no se abrió de inmediato. Los encargados de las entregas eran personajes dentro de la prisión, y como tales se hacían esperar. Después de una prolongada espera, aparecieron en el patio tres individuos —quienes llevaban colocados unas finas gafas para el sol, con lo que daba la impresión que retornaban de alguna fiesta en una playa exclusiva floridiana— que caminaban conversando relajadamente con dirección al almacén, su centro laboral. Los reclusos los contemplaban ansiosamente, como cuando un niño ve a Papá Noel con su bolso lleno de regalos, pues ellos eran los repartidores de los pocos bienes que los presos podían adquirir en la cárcel. Pero no cabía duda de que el bien más preciado en la prisión era una tarjeta de llamadas telefónicas. Esta tarjeta era el equivalente a un telescopio que le permitía al preso mirar hacia afuera; era su único contacto con la libertad.

Una vez instalados los funcionarios engafados (quienes no se quitaban las gafas de sol ni siquiera en los interiores de su oficina), empezó la distribución de bienes, respetando el orden de la fila. A la oficina sólo podían ingresar los clientes (los presos, por supuesto) de tres en tres, para evitar aglomeraciones de gentes desesperadas por agarrar sus compras, y que por su desesperación crearan un desorden innecesario. El primero salió después de varios minutos de trámite, contento y dando brincos de felicidad. Llevaba en sus manos una pequeña bolsa de polietileno en la que se encontraban los bienes adquiridos por él: un champú, un jabón y dos tarjetas de llamadas de cinco dólares cada una. Esa era su dicha. Escenas parecidas acontecieron con los demás, hasta que me llegó el turno de ingresar a la mentada oficina, junto con otros dos reclusos que estaban en la fila adelante de mí. El jefe del operativo era severo. Quería que los presos le dieran su información personal —nombre, apellido y número de preso— a toda velocidad, para que su ayudante lo identificara en la lista de entrega de material. Este trámite era siempre complicadísimo, ya que los clientes-presos tenían nombres y apellidos hispanos (en su gran mayoría, o en su defecto eran nombres de origen francés, por los haitianos, o chino o hindú), mientras que los encargados de la entrega de los bienes eran hombres negros angloparlantes, cuyo acento era siempre difícil de comprender para los extranjeros. Así que esta era la causa del retraso: la ubicación de los nombres foráneos en la lista de la tienda, y el intercambio de palabras entre seres humanos que no hablaban el idioma del otro. Pero sobre todo, la actitud arrogante de los encargados de la tienda carcelaria, que no paraban de mofarse del acento de los extranjeros en desdicha, quienes casi nunca entendían la pronunciación rapidísima del inglés enturbiado de estos individuos. En cuanto veían el o los productos adquiridos por el preso al que estaban atendiendo, casi siempre tenían una razón para burlarse de él. Si identificaban que el preso había comprado un jabón, hacían hincapié en la hediondez (inventada por ellos, por supuesto) que despedía el cuerpo del cliente, y le recomendaban que se duchara de inmediato con el jabón adquirido. Al comentario socarrón le seguía una sonora carcajada en coro de los tres engafados, quienes consideraban que cada chiste emitido por ellos era superdivertido. Mientras más humillante el comentario, más divertida la broma para ellos. En cuanto atendieron a los compañeros que me antecedieron en la fila, y luego de que yo había tenido la oportunidad de observar cómo se desarrollaba el procedimiento, me tocó a mí colocarme frente al jefe del almacén.

—¡Nombre y número de preso!

—Jorge Machicao, número A20890744.

—¿Qué va a recoger?

—Un par de tarjetas internacionales, de diez dólares cada una.

—A ver, ¡revise la lista! —instruyó, enérgicamente, el jefe del almacén a su auxiliar, para que éste revisara la lista de los adquirentes de tarjetas de llamadas.

El auxiliar tenía varios papeles en sus manos, y empezó a buscar la letra "m" en su listado.

—Aquí está... Machicao, con el nombre de Jorge, él tiene dos tarjetas internacionales de diez dólares cada una —informó el auxiliar al jefe del almacén.

— ¡Entrégueselas! —volvió a instruir el jefe, fijando su penetrante mirada en dirección al auxiliar; y acto seguido, dirigiéndose a mí, pero sin mirarme a los ojos, y más bien concentrando la vista en los papeles que tenía al frente sobre su escritorio, continuó impartiendo órdenes — ¡Y usted firme al pie de estos dos papeles, uno es el recibo de la mercadería; y el otro es una autorización para debitarle la cuenta de dinero que tiene depositado en el penal, por el monto de los veinte dólares!

—Bien —repliqué, mientras recibía con la mano

izquierda el bolso de plástico que contenía las dos tarjetas telefónicas internacionales; y acto seguido, con la derecha, agarré el bolígrafo que estaba en el escritorio, y plasmé mi firma dos veces, en el recibo de la mercadería y en el débito de mi cuenta.

Concluida la transacción, y mientras empecé a darme la vuelta para salir del cuarto y dirigirme de inmediato a un teléfono para realizar la tan esperada llamada, escuché de refilón la *broma* —siempre de mal gusto— que constituía el colofón acostumbrado de estas transacciones:

—Ahora sí puedes llamar a tu mujercita, y mandarle besitos durante largos minutos, y hacer hasta un poco de *hanky panky* telefónico —observó burlescamente el jefe del almacén, mientras hacía muecas que pretendían interpretar besos y protagonizaba con sus brazos una pobrísima escena romántica.

(*Hanky panky* es una locución que, en una traducción aproximada al español, sería el equivalente de *travesuras sexuales*, sólo que en el inglés la locución tiene rima y lleva a la gracia).

Su enfermizo sentido del humor fue seguido de una carcajada ensordecedora de sus empleados subalternos y de él mismo. Mientras uno estaba viviendo una tragedia personal, nuestros cancerberos engafados se mofaban de nuestra desgracia. Y todo esto, en la impunidad total; y nosotros, en la indefensión total.

§

De alguna manera, el negro norteamericano, en la historia de los Estados Unidos posterior a la guerra civil (1861-1865) fue adquiriendo derechos gradualmente, y se fue incorporando a la sociedad americana en plenitud. A mediados del Siglo XX (en la década de los años sesenta), los movimientos de los Derechos Civiles encabezados por Martin Luther King y Malcolm X tendieron a consolidar los derechos de la población negra, y a disminuir el racismo contra los negros en esa sociedad. Este movimiento —que tomó décadas en su maduración— tuvo como resultado palpable la elección del primer presidente negro de los EEUU, en la persona de Barack Obama, en las elecciones del 4 de noviembre del año 2008.

Pero la incorporación del negro en la sociedad americana (aunque todavía esa incorporación no es plena, ya que cualquier análisis estadístico de los índices de educación, pobreza, criminalidad y otros indicadores, demostrará que la población negra sigue teniendo una desventaja significativa respecto a la blanca), no ha tenido su correlato con la población de origen latinoamericano. El negro en los EEUU fue adquiriendo derechos porque nació en ese país, y porque existe una suerte de deuda histórica, por haber sido sometido a la esclavitud durante más de dos siglos[6] (entre la colonia y la república), y a un régimen de discriminación, una vez abolida la esclavitud. En cambio, el denominado latino es percibido como un intruso en ese país. Como existen alrededor de doce millones de latinoamericanos ilegales en los EEUU, el concepto generalizado es que éstos deben

---

6   David Brion Davis, *Inhuman Bondage: The Rise and Fall of Slavery in the New World*. Oxford University Press, 2006, p. 124

irse, o que deben ser deportados a sus respectivos países de origen. El problema de la inmigración ilegal ha alcanzado niveles descabellados de discriminación como, por ejemplo, la propuesta de erigir una muralla muy alta en la frontera de Estados Unidos con México, para así tornar infranqueable ese límite para los denominados *espalda mojadas*, que lo cruzan como lo vimos anteriormente en este libro. Esta propuesta nacida de los grupos políticos más conservadores y racistas de los EEUU sólo provocó reminiscencias de la Muralla de Berlín, que separó a la familia alemana de una manera cruel, durante todo el período de la Guerra Fría. Pero lo concreto es que este problema de la inmigración ilegal de los latinoamericanos —que encierra fantasmas del racismo más retrógrado— no puede ser resuelto de manera racional y civilizada en el Congreso norteamericano. En ese templo de la democracia duerme, hace muchísimos años, una reforma de las leyes migratorias que no es capaz de prosperar por la oposición de un importante segmento de la población, que no admite la presencia de estos inmigrantes de tez morena en el territorio americano: otrora cuna de la inmigración blanca europea.

Entonces, hoy en día, el latinoamericano está sometido a un régimen de discriminación muy agudo en los EEUU que sustituye en gran medida a la discriminación contra el negro. Es más, el negro norteamericano —en su calidad de "ciudadano" estadounidense— se ha convertido en un furioso discriminador de los latinos que, como vimos, lejos de ser ciudadano americano es percibido como un intruso ilegalmente constituido en esas tierras.

Por eso es que los nuevos esclavos de los EEUU

son los latinos. Pero, a diferencia de los ex esclavos negros, aquéllos no fueron llevados a la fuerza a ese país, sino que ellos mismos se trasladaron por su propia voluntad. O, mejor dicho, fueron expelidos de sus propios países por la falta de empleo y por la pobreza extrema, dentro de un inequitativo orden internacional.

Bajo estas condiciones objetivas, los latinos en los EEUU son los nuevos componentes de la capa social más vulnerable de ese país. Ellos han sustituido a los negros en cuanto a constituir el enclave cultural más pobre, y que detenta los índices socio-económicos más bajos: menores niveles de educación, de ingresos, altos índices de criminalidad, etcétera. Hoy en día, los latinos son el blanco del abuso policial y del maltrato ante la justicia. En el caso de los doce millones de ilegales, su vulnerabilidad nace a partir del hecho de que ellos se saben indefensos, pues no resisten ni la más mínima investigación en un proceso judicial. ¿Cómo puede un ilegal interponer una demanda en defensa de su propiedad, si corre el riesgo de ser deportado en cuanto el juez —o la parte contraria— se entere de su situación migratoria? Y lo mismo ocurrirá en cualquier caso de conflicto que involucre la participación de autoridad administrativa y/o jurisdiccional. Por eso es que frente a un conflicto, el ilegal prefiere perderlo para permanecer en los EEUU. Ese es el costo de ser ilegal: ¡la vulnerabilidad absoluta frente a la ley! ¡La carencia efectiva de derechos!

Este estado de cosas indica que los latinos en los EEUU son ciudadanos de segunda clase, con derechos cuestionados, de acuerdo al estatus migratorio de cada uno. Sin duda que los más vulnerables son los ilegales, cuya presencia en el Imperio está en riesgo a cada instante de sus vidas. Y en las cárceles de inmigrantes (como es el caso de BTC) los presos son justamente los latinos ilegales. Allí, estos seres humanos sin derechos (por lo menos así se perciben ellos mismos, y así los percibe también la sociedad americana, aunque no el Derecho contemporáneo) son objeto de todo tipo de atropellos, frente a los cuales ellos mantienen un silencio de resignación, como si éste fuera el precio para ser parte del Imperio —¡y para dejar de ser colonizado!—.

§

Por eso es que tras las burlas de los cancerberos del almacén, no había más que mantener el silencio de la resignación. Cualquier reacción en defensa propia (en este caso de la dignidad) podía ser usada en contra de uno mismo, e interpretada como desacato. Allí el preso no tenía *amigos* que podrían testificar en su favor. En todo caso, los testigos serían del *establishment*, cuyas versiones siempre darían a favor de los guardias o de los funcionarios de la institución, responsables de los abusos. Si los testigos hubiesen sido otros guardias o funcionarios, la preservación de sus puestos de trabajo estaría en juego si ellos se rebelaban contra sus pares. Y si hubiesen sido otros presos, lo que estaría en juego era su trámite de permanencia en los EEUU. ¿Quién sería el héroe que pondría en riesgo su permanencia en los EEUU —y el de toda su familia— por solidaridad con otro preso? ¿Para defender la dignidad de ese otro ilegal?

Mientras las risotadas de los engafados almaceneros se hacían escuchar en el patio —afuera de las oficinas—, yo salía de allí con mi bolsa de polietileno, que contenía dos tarjetas de llamadas internacionales. Los efectos de las agresiones contra mi dignidad disminuían, en la medida en que yo veía más cerca el momento de mi próximo contacto telefónico con mi familia.

En cuanto tuve un momento de paz mental, me puse a inspeccionar las tarjetas para empezar a entender el procedimiento de las llamadas. Eran unas tarjetas de color amarillo brillante, que llevaban el nombre de la empresa que proveía el servicio de llamadas al penal: Jailcom Systems, Inc. En el anverso de cada una de ellas se señalaba que la tarjeta proporcionaba un servicio de llamadas de prepago, que expiraba seis meses después de que la tarjeta había sido emitida, que sólo podía ser distribuida en la "facilidad" a la cual estaba destinada (BTC), y que no admitía devolución del dinero. En el reverso figuraba un número de doce dígitos (el número de la tarjeta), el monto del valor de las llamadas que se podía realizar (diez dólares de los Estados Unidos de América), el nombre del penal y la naturaleza de la tarjeta —BROWARD INTL ("intl" quería decir que la tarjeta era para llamadas internacionales exclusivamente)—, un número de control de inventario, y la fecha. Además, estaba detallado tanto en inglés como en castellano, paso por paso, el procedimiento a seguir para realizar la llamada.

Una vez estudiada la tarjeta de manera rápida, empecé lo que vendría a ser un nuevo calvario en el proceso de llamadas telefónicas: ¡la búsqueda de un teléfono disponible! Como había señalado anteriormente, en BTC existían cuatro áreas de teléfonos. Una estaba localizada muy próxima a mi cuarto (a unos diez metros, al otro lado del recinto de juegos que estaba inmediatamente contiguo a mi habitación); allí había unos tres teléfonos colocados contra la pared, a la intemperie. La segunda se encontraba en la planta baja del mismo edificio, donde también existían tres teléfonos, en los exteriores. La tercera estaba ubicada en el edificio en frente del mío, en la planta baja, como mirando al patio, donde había cinco teléfonos, también a la intemperie. Y la cuarta estaba situada en el edificio contiguo al mío, en forma transversal, en el segundo piso, al lado de la biblioteca, en los interiores de la edificación, donde se hallaban otros seis teléfonos.

Como me encontraba en la planta baja, me fui primero a ver los teléfonos que estaban en los exteriores del edificio de mi cuarto. No sólo que todos los aparatos estaban siendo utilizados, sino que además de esas personas que estaban hablando se encontraban paradas en fila otras diez personas que esperaban su turno para hacer uso de ellos. Por pura curiosidad me acerqué al último de la fila, y le pregunté cuánto tiempo llevaba esperando:

—¿Cuánto tiempo llevas en la fila esperando? —le interrogué.

—Desde que sonó el timbre y salimos corriendo del cuarto, a las tres y media de la tarde. Desde entonces debe de haber pasado más de una hora. La fila se ha acortado un poco, pues algunos ya han logrado hablar. Pero no sé si mi turno llegará antes de la hora de la cena. Si no hablo hasta las cinco, me tendré que ir a cenar y ver si puedo hablar luego de comer.

—¿Y cuál es el problema? —pregunté, dejando en claro que yo era nuevo en el sitio, y que no conocía el *modus operandi* del uso de los teléfonos—, lo que pasa es que yo he entrado recién al penal, y es la primera vez que pretendo usar los teléfonos.

—¡Ah! ¡Eres nuevo! Aquí uno de los grandes problemas que nos amarga la vida a todos es el uso de estos malditos teléfonos. El problema es que los aparatos no funcionan bien, y la gente tarda muchísimo tiempo en lograr obtener línea para llamar. Y después de que uno escucha el pitido de la línea, marca los números que le ordena una grabación, y en algún punto de ese trámite se cuelga la llamada, y otra vez hay que volver a empezar de cero. Ya vas a experimentarlo en carne propia. ¡Esto es intolerable! Es un martirio impuesto a nosotros, en un aspecto de la vida carcelaria que es vital: nuestra comunicación con el exterior, con nuestras familias y con nuestros abogados. Por eso es que las filas no avanzan con más agilidad, y uno se las pasa esperando en ellas mucho, muchísimo, tiempo. Además del mal funcionamiento del sistema telefónico y de los aparatos mismos, está la falta de consideración de algunos presos, quienes, una vez que logran establecer contacto con su interlocutor eventual, charlan durante interminables períodos de tiempo. A veces uno recibe el auricular del teléfono caliente —como si éste hubiese estado sumergido en baño maría y a punto de llegar al estado del hervor— por el prolongadísimo contacto con la oreja de quien te antecedió en el uso del fono.

—¿Y no se puede interponer una queja para que reparen el sistema de comunicaciones y los aparatos mismos? Y respecto a quienes abusan con las llamadas eternas, ¿no existe un límite máximo por llamada previamente establecido? ¿Acaso las autoridades no pueden limitar los excesos de los presos en este campo también? Aquí parece que todo está controlado, menos el abuso telefónico. Un preso desconsiderado puede hablar horas y dejar al resto de sus compañeros sin la posibilidad de acceder al uso del fono. Esto no tiene sentido.

—En cuanto a plantear una queja formal a las autoridades del penal, lo veo casi imposible. Aquí nadie se expondría a semejante riesgo, pues sólo por ese hecho uno puede ser objeto de represalias de todo tipo, lo que en última instancia podría afectar al mismísimo trámite de inmigración del que hubiese presentado la queja. ¡Imposible! ¡Impensable! Por eso es que aún no ha ocurrido aquello. Y con relación a los usuarios (presos) abusivos, tampoco hay mucho que se pueda hacer. Si las autoridades no ponen coto a esos excesos, los propios afectados no harán nada. Algunas veces han surgido cuasi peleas por estos atropellos, pero al final los involucrados se abstienen, ya que una pelea también les afectaría directamente en sus pretensiones de inmigración. Aquí, si te pescan peleando, te remiten de inmediato a una cárcel de puros criminales, y te someten a un proceso por esas agresiones. Sólo con ese antecedente tus posibilidades de obtener residencia en los EEUU se convierten en nulas. Lo que acontece en esas circunstancias es que el juez te da una sentencia de cárcel, y cuando la cumples, eres inmediatamente deportado a tu país de origen. Por eso es que uno simplemente aguanta todo. Esta cola puede durar lo que quiera, pero nadie va a lanzar el grito al cielo, te lo aseguro. Lo máximo que ocurre es que todo el mundo se desahoga condenando el maldito sistema en charlas privadas en los pasillos, pero nadie lo hace en serio, ante las autoridades pertinentes. Eso sería, simplemente, suicida.

Esa respuesta fue lapidaria. Era triste pensar que este problema no tendría solución. Pero, por otro lado, era realista la fundamentación que exponía mi interlocutor en cuanto a que ningún preso iba a sacrificar su aspiración migratoria —y el de su familia— por el suplicio de los teléfonos. Pero a toda regla, siempre existe una excepción.

§

Un día —debió de ser hacia finales de noviembre de 2008— apareció detenido un personaje de antología en BTC. Se trataba de un ciudadano venezolano, de unos cuarenta y cinco años de edad, que lucía una panza protuberante: de esas que enorgullecen a cierta clase de potentados pueblerinos latinoamericanos. Era de una estatura mediana (aproximadamente de un metro con setenta y cinco centímetros), pero de estructura ósea ancha. Alguien diría que era un ser corpulento: entre algo de músculo y algo de gordura, daba la impresión de ser un hombre relativamente fuerte. Giovanni era su nombre, y lo llevaba con enorme orgullo, pues reflejaba la estirpe de su abuelo, un inmigrante italiano que se había aquerenciado en Venezuela, desde su temprana juventud. Pero lo más destacable de él no era su físico, sino su personalidad (la que sin duda está ligada al físico de una persona, normalmente). Giovanni no pasaba desapercibido jamás. Tenía una voz grave —algo así como una voz de trueno— que retumbaba donde se encontraba. Pero además, la usaba con muchísima frecuencia: para los que lo estimaban, era un hablador; y para los que lo detestaban, era un parlanchín. Sin embargo, a él lo tenía sin cuidado la opinión de los demás; Giovanni era un hombre de acción, y hacía lo que él pensaba que era correcto y justo. De alguna manera —pareciera que hasta sin buscarlo ex profesamente— era un líder nato. Digo esto, porque en la historia de su vida, él nunca relató ni siquiera coqueteos con la política, ni tampoco con los asuntos públicos en general. No era de las personas que se sentían atrapadas por un debate sobre el gobierno de venezolano de Chávez, por ejemplo. A él le interesaban sus negocios, sus clientes, sus ventas. Su trabajo, durante varios años, había sido el de exportar automóviles de segunda mano desde Miami hacia su patria. Según aparentaba, le iba bien, aunque no era ningún multimillonario, tenía un buen pasar. Eso sí, con los años vividos en Miami, su preferencia era radicar de por vida en los EEUU, y no volver a Venezuela, sobre todo bajo el socialismo y odio chavista que no le permitían desarrollar su actividad de negocios con absoluta libertad y en el marco de una seguridad jurídica aceptable. Por ello, el único tema de política pública que conocía y que le agradaba tratar era el de inmigración en los EEUU. El chavismo no era tema de su predilección; sólo rechazaba el régimen de Chávez, mas no le agradaba discutir sobre él. En cambio, el tema de la inmigración, sus leyes y las perspectivas de una reforma, le apasionaba, pero sobre todo, le interesaba. No obstante, en su vida, él jamás había abrazado un tema público (ni siquiera el de la inmigración en los EEUU), para liderar un movimiento de personas basado en una idea. En su vida los únicos temas que lo movían a la acción eran sus negocios y sus dos hijas, las que también vivían y estudiaban en Miami.

Pero dentro de BTC, Giovanni se convirtió, de

repente, en un líder apasionado de los principios de libertad, de respeto a los derechos humanos, y se erigió como un héroe, pues fue el único que llegó a la praxis: transportó las quejas que circulaban en cuchicheos entre los presos, y las hizo llegar a los oídos de nuestros cancerberos. Uno de los temas que combatió arduamente fue el de las falencias en los teléfonos, aspecto fundamental que violaba el derecho de los presos para comunicarse con sus seres queridos y con sus abogados.

En una ocasión, Giovanni se encontraba estancado en una "fila" del teléfono (según su relato, ¡estuvo esperando por más de cincuenta minutos!), mientras un haitiano hablaba y hablaba sin límites ni consideración alguna para con sus semejantes. El haitiano tenía pegado el auricular a su oreja y sus ojos sólo miraban hacia la pared que tenía al frente, pero jamás daba la vuelta su cabeza para mirar a los presos que estaban en la "línea" de espera, que en total sumaban alrededor de siete. Giovanni era el siguiente en el turno. La razón por la que ponemos entre comillas las palabras "fila" y "línea" es porque dentro de BTC existía una regla no escrita —una regla de oro—, la que se había constituido en parte de la normativa de los usos y costumbres, y se aplicaba casi siempre. Cuando la espera en los teléfonos se perfilaba muy prolongada (tratándose de los teléfonos que estaban localizados en la planta baja, frente al patio, mas no en aquellos que estaban ubicados en un corredor, dentro de un edificio), la "fila" se relajaba, y los presos que esperaban se colocaban en puntos cercanos al teléfono —podían aguardar sentados en alguna grada o en alguno de los alféizares de las ventanas o en cualquier otro sitio más cómodo—. En estos casos, como ya no existía una fila propiamente dicha, los presos que esperaban ya se habían otorgado una numeración, de acuerdo con el turno que le tocaría a cada uno en la "cola". Es decir, Giovanni ya no estaba en la fila misma, pues ya no existía una en el sentido estricto de la palabra, pero se había establecido una secuencia de turnos correlativos, que los miembros de la cola se habían otorgado unos a los otros. Giovanni, al ser el siguiente en el turno para utilizar el teléfono, estaba alerta, esperando, apoyado en la baranda de fierro de la grada que desembocaba justamente en frente del área de los teléfonos. Cuando el haitiano estaba a punto de terminar su conversación, por primera vez en alrededor de una hora, giró la cabeza hacia la derecha —por supuesto que todo estaba previamente orquestado— y miró a los ojos de su amigo que estaba allí, parado, a unos cuatro metros de distancia, para que viniera a recibir el auricular. El amigo, que era otro haitiano, y que no formaba parte de la cola o de los turnos previamente acordados entre los que sí estaban en la fila durante todo el tiempo de la espera, se abalanzó con velocidad felina, propia de un atleta de veinte años, y agarró el teléfono para él continuar con su uso, de manera abusiva, haciendo gala de su agilidad y fuerza física.

Ante semejante sinvergüenzura —que no era totalmente extraña para los reclusos, pues este tipo de atropellos acontecían con frecuencia, y casi siempre lo protagonizaban los presos haitianos, pues gozaban de cierto grado de protección, o por lo menos de tolerancia, por parte de los guardias de color del penal— Giovanni saltó como un rayo en defensa de sus derechos que estaban siendo ultrajados al máximo.

—Hey, ¡es mi turno para hablar por teléfono! ¡Yo soy el siguiente en la fila, y todos los que están en ella lo saben! ¡Tú no estabas siquiera en la fila! —explosionó la voz de Giovanni, dirigiéndose al haitiano que usurpó el auricular ilegítimamente, mientras forcejeaba para quitarle el aparato de sus manos agigantadas—. ¡Y tú no tenías por qué darle el teléfono a tu amigo, cuando bien sabes que existe una fila y un turno que respetar! —continuó Giovanni, esta vez con los ojos puestos en el haitiano que habló por teléfono, y que al concluir su llamada, entregó el auricular a su amigo haitiano, en vez de respetar al fila, y traspasarlo al siguiente en la cola, que era el venezolano interpelante.

Los gritos de Giovanni caldearon el ambiente, y los dos haitianos no se quedaron atrás: también vociferaban furiosos —pero ininteligiblemente pues lo hacían en *creole*—. Ante semejante arrebato, no tardaron en arribar los guardias para restablecer el orden.

—¡¿Qué ocurre aquí?! ¡Basta! ¡Paren! —exclamaba con voz grave uno de los guardias de color que llegaron al lugar de los hechos—. ¡Si no paran de forcejear y dejan ese teléfono libre en este mismo instante, serán remitidos en el acto a una prisión de delincuentes comunes, para ser luego procesados por estos hechos de violencia!

Mientras lanzaba su advertencia, ambos guardias —el que vociferaba y su acompañante— procedieron a reducir a los dos protagonistas que pugnaban por la tenencia del auricular del teléfono, hasta ponerlos contra el suelo, boca abajo. A los pocos segundos, arribaron unos seis guardias adicionales, con los que redujeron inclusive al tercer protagonista, el que verdaderamente causó toda esta batahola.

Cuando los actores principales del escándalo estuvieron totalmente bajo control, el jefe de los guardias ordenó que se pusieran de pie, y que fueran esposados de inmediato. Una vez que los tuvo al frente, el guardia empezó un severo interrogatorio:

—¡¿Qué ha ocurrido aquí?! ¡Exijo una explicación de lo acontecido! Todos ustedes saben que cualquier acto de violencia es reprimido, y que los responsables son remitidos a la justicia y a otro penal, uno donde sólo encontrarán puros delincuentes comunes. Lo primero que quiero saber es si en este problema alguien golpeó al otro, o si se intercambiaron puñetes, o si se dio algún otro tipo de violencia física —inquirió, y mirando a Giovanni, que era el más alterado, le ordenó que respondiera.

—Señor guardia, lo que ha ocurrido es que este preso se ha burlado de la fila y de los turnos de espera para hablar por teléfono... —empezó a explicar Giovanni, cuando fue bruscamente interrumpido por el guardia interrogador.

— ¡He sido claro! No he pedido una explicación de los hechos, sólo quiero que usted me diga si ha sido víctima de algún golpe físico, o si usted le ha propinado uno o más, a otro de los detenidos. ¡Eso es todo por el momento!

—No señor, nadie me ha pegado, ni tampoco lo he hecho yo. La discusión ha sido verbal, y sólo hubo un forcejeo por el teléfono, pero no se llegó a los puñetes, ni menos a la utilización de otros instrumentos como armas blancas —respondió rápidamente Giovanni.

—¡Ahora diga usted! —inquirió el interrogador al haitiano que usurpó ilícitamente el teléfono.

—Lo mismo señor, no hubo violencia física. Sólo

fueron palabras.

— ¡Y por último, diga usted! —le preguntó al haitiano autor de los hechos, el que habló por casi una hora en el teléfono.

—Lo que dijeron los anteriores detenidos, señor guardia, no hubieron golpes, sólo se intercambiaron palabras. Nadie pegó a nadie.

—Menos mal, porque si se hubiesen pegado puñetes o se hubiese dado cualquier otra forma de violencia física con objetos, armas blancas o, por supuesto, con armas de mayor envergadura, esta conversación hubiera concluido en este mismo instante, y ustedes habrían sido remitidos de inmediato a una cárcel de delincuentes comunes, para que allá, en juicio penal ordinario, dilucidaren las responsabilidades de lo ocurrido. Por ello, se han salvado de ese desenlace que hubiese sido muy grave para cada uno de ustedes. Pero si bien se han librado de ir a juicio penal, ahora deben explicar lo acontecido, para determinar si son pasibles a sanciones disciplinarias dentro de BTC. Si lo son, los pormenores de los hechos de la infracción y la sanción serán transmitidas a su oficial de deportación, para que éste haga conocer toda esa información al juez de inmigración que conocerá su proceso. Así que, con esta aclaración, debo escuchar qué es lo que aconteció y dio lugar a tremendo griterío. Hable primero usted —ordenó el jefe de guardia, apuntando con su dedo índice derecho a la humanidad de Giovanni— pero antes entrégueme su tarjeta de identificación carcelaria y empiece por decir su nombre.

—Gracias, señor guardia. Mi nombre es Giovanni Bertolucci. Quiero decirle que yo soy nuevo en BTC, hace apenas unos días atrás que entré en este penal. Respondiendo a su pregunta, debo informarle que todo este problema lo causó este detenido —Giovanni apuntó con su mano derecha en dirección al haitiano que habló por fono durante casi una hora, autor principal de los hechos de indisciplina— quien, además de abusar con el teléfono (pues habló durante una hora sin consideración con los demás detenidos que esperábamos en la fila, y que también queremos hablar con nuestras familias), burló el orden del turno establecido en la fila, y al finalizar su larga conversación, entregó el teléfono en manos de su amigo, quien esperaba a prudente distancia a que terminase de hablar, para luego abalanzarse sobre el auricular del aparato. Fue frente a ese descaro que yo reaccioné, en legítima defensa de mis derechos, y reclamé que era mi turno para hablar por teléfono, y no así el de este otro señor, que se apareció de la nada para atropellarme a mí y a todos los demás de la fila que aguardaban pacientemente que les llegase la ocasión para utilizar el fono, de acuerdo a la sucesión previamente establecida. Esta fue la causa de los gritos y del desorden.

—Bien, ahora le toca a usted decir su versión —el jefe de guardia apuntó esta vez al haitiano que era el principal acusado de los hechos— pero, como siempre, antes debe usted entregarme su tarjeta de identificación carcelaria, y decir su nombre en voz alta y fuerte.

Como estaba con las esposas colocadas, con las manos en la parte delantera del cuerpo, el haitiano hizo un esfuerzo para sacar su tarjeta de identificación carcelaria de un bolsillo minúsculo que estaba ubicado en el lado izquierdo de la camisola anaranjada, en su pecho. Una vez que la tuvo entre sus dedos, se la entregó al jefe de guardia, y comenzó a balbucear.

—Mi nombre es Michelle Arnoux, soy de Haití, y estoy en BTC desde hace diez meses. La verdad de los hechos es que yo no soy el único que ha hablado casi una hora por teléfono. En BTC, desde que he ingresado en esta prisión, ese es un hecho común. Varios detenidos hablan por teléfono durante largos períodos de tiempo, y no les pasa nada. Que yo sepa, no existen límites de tiempo para las llamadas. Yo también, en muchas ocasiones, he tenido que esperar que otras personas hablen durante muchísimo tiempo, y no he armado semejante batahola, como lo ha hecho este señor venezolano. Ahora, sobre a quién le correspondía el turno de usar el teléfono, yo creía que el siguiente en la fila era este señor —Michelle apuntó con sus manos esposadas al otro haitiano, a su cómplice, y continuó su relato sin demostrar pudor alguno—, por eso fue que le entregué el auricular a él. Yo no sabía que había una persona antes que él. ¿Cómo podía yo saber eso, si durante todo el tiempo de mi conversación estuve con la mirada puesta contra la pared, y no en dirección a mi espalda, que es donde se encontraban los de la fila? Cuando yo terminé de hablar, viré la cabeza hacia mi derecha, y vi una persona parada esperando que le entregue el aparato, y se lo entregué a él, en la suposición de que él era el siguiente en la fila, y no para burlar a nadie en su derecho del turno. Fue un malentendido, jamás hubo mala fe.

—Y ahora, para finalizar, le toca hablar a usted. Entrégueme su tarjeta de identificación carcelaria, e identifíquese en voz alta, ¡que se escuche! —ordenó el jefe de guardias.

—Mi nombre es Claude Perrin. Yo también soy nuevo en BTC; llevo una semana preso. Lo único que yo he hecho en todo este lío es acercarme a este señor que estaba terminando de hablar por teléfono y, como no vi una cola formada con otras personas esperando su turno, extendí mi mano para que me entregara el auricular. Yo jamás hubiese interrumpido el turno de nadie. Pensé que no había cola, y recibí el auricular de quien acababa de terminar su conversación. Tan simple como eso. No tuve la intención de dañar a nadie.

—¡Mentirosos! ¡Todo lo que están afirmando estos dos es una falsedad! ¡Ellos se pusieron de acuerdo antes de perpetrar su patraña! En los pocos días que estoy aquí, me he dado cuenta que se dan muchos abusos por parte de los haitianos presos, que hacen prevalecer su amistad con varios guardias, para cometer una serie de abusos en contra de los latinoamericanos, y lo hacen en la impunidad más absoluta. ¡Esto no es justo! ¡No es correcto! —interrumpió Giovanni sin que el jefe de los guardias le otorgase el uso de la palabra.

—¡Silencio! ¡Cállese! —gritó el jefe de guardia, para restablecer el orden—. Aquí el que concede el uso de la palabra soy yo. ¡Usted está probando con su actitud que es un malcriado! ¡En este país hay autoridades y se las respeta! En BTC la autoridad soy yo y los guardias que los vigilan en todo momento. Usted no puede hablar mientras está haciendo uso de la palabra otra persona, en medio de un interrogatorio conducido por el jefe de guardias, que soy yo. ¡Así que cállese! El que estaba con el uso de la palabra es el detenido Claude Perrin.

—Yo ya dije todo lo que tenía que decir al respecto de este malentendido, señor guardia. Mi explicación ha concluido —replicó Claude Perrin.

—Bueno, en base a todo lo escuchado, está claro que lo acontecido fue un malentendido, y no así un atropello realizado con dolo. Fue un error de apreciación, tanto del detenido Michelle Arnoux como de Claude Perrin. En cuanto al detenido Giovanni Bertolucci, que si bien tiene razón en reclamar para que se respete su turno, lo que nadie le puede objetar, hace mal en llegar a conclusiones y acusar a todos de una especie de conspiración contra él. Ni Michelle Arnoux ni Claude Perrin quisieron engañarlo. Él se descuidó, seguramente por unos segundos, y no estuvo allí para recibir el auricular cuando el detenido Michelle Arnoux terminó su conferencia telefónica. Y frente a ese vacío, los otros dos creyeron que quien tenía derecho al auricular era el detenido Claude Perrin. En esas circunstancias, lo que correspondía era que el detenido Giovanni Bertolucci reclamara la situación de manera más cordial, y seguramente las cosas se hubiesen arreglado satisfactoriamente. Fue la virulencia de sus acusaciones verbales las que crearon este escándalo que, por suerte, no pasó a mayores. Pero quedan ustedes advertidos, señores, de que si vuelve a ocurrir algo parecido no los voy a volver a tratar con tanta condescendencia. Por ahora, ¡pueden irse! —ordenó el jefe de guardia, a tiempo que dispuso también que les quitaran las esposas a los tres protagonistas de los hechos.

Este *impase* es solamente un ejemplo —de los muchos que he advertido durante mi estadía en la cárcel— en que los presos haitianos se aprovechaban del favor que gozaban de parte de los guardias negros de BTC. En este caso, una vez más salió a flote la discriminación contra los latinos, frente a la cooperación entre los guardias negros y los presos haitianos de color. Este fenómeno era muy evidente, y nadie, con un mínimo de honestidad intelectual, podría haber negado esta realidad. Sin embargo, estos hechos abrían más lugar a dudas e interrogantes que a respuestas. Estos actos de innegable discriminación (racial o cultural, o como se quiera denominar, pero que en los hechos eran de discriminación contra un grupo de seres humanos que tenían un común denominador), ¿nacían espontáneamente fruto de la convivencia carcelaria? O más bien, ¿eran parte de un esquema deliberadamente diseñado para causar incomodidad y problemas a los ilegales latinos? Para nadie es un secreto que el verdadero blanco en la lucha contra la inmigración ilegal eran los latinos. Habiendo sido esto así, ¿podía ser que hubiese existido un sistemático trabajo de discriminación ex profesamente concebido contra los latinos en estas cárceles de inmigrantes ilegales? Estas preguntas no tienen respuesta ahora, y probablemente no la tengan jamás. Lo cierto del caso es que en las cárceles de inmigración regía un orden de discriminación abierto y masivo que afectaba a los latinos presos en ellas.

Para cualquier preso con un mínimo de sentido común y de preservación personal, le quedaba claro que era muy difícil —sino imposible— enfrentarse a un sistema de estas dimensiones. Por eso es que nadie osaba con presentar una queja formal sobre esta situación. En BTC reinaba el terror a hablar. Y por supuesto, a denunciar a cualquiera de los guardias.

Por eso es que las actitudes de Giovanni eran sin precedentes. Él había puesto su sello de héroe desde el principio de su vida en prisión. Su acto de rebeldía en este triste episodio le valió el inicio de una hoja negra en su currículum dentro de BTC.

Así como en este caso, se dieron otros hechos de heroísmo más, posteriormente, en los que Giovanni peleó abiertamente por sus derechos —y al hacerlo estaba también defendiendo los de los demás—, con lo cual se granjeó la malquerencia de todos los guardias del penal. En una oportunidad, uno de los oficiales de inmigración (que era panameño de nacimiento, pero estadounidense por nacionalización) lo increpó en público, en los jardines de la cárcel, y le amenazó diciendo:

— ¡El día que tú te vayas a ir de este país, deportado, te vas a acordar de mí! ¡Ya verás! ¡Te vas a acordar de mí ese día y para toda tu vida! ¡Pendejo! Te lo aseguro, es más, ¡te lo juro! —gritó el estadounidense-panameño.

Un par de meses después, supe que la amenaza se había concretado. La salida de los reclusos deportados se daba, normalmente, entre la una y dos de la madrugada. A esa hora, mientras los presos dormían, alguien venía y arremetía contra la puerta del dormitorio del deportado. Los guardias —o en ciertas ocasiones, los agentes del ICE— que intervenían en estos operativos no acostumbraban a tocar las puertas, sino a golpearlas tan fuerte, a puñetes o a patadas, que las abrían violentamente. Después de la descarga de golpes, la hoja de la puerta quedaba meciéndose como adolorida. Al mismo tiempo que embestían contra la puerta, vociferaban el nombre del recluso escogido esa noche —o más precisamente, ese amanecer—, para ser deportado o llevado a otro destino. Esta era una escena aterradora, y jamás el ser humano se llega a acostumbrar a una experiencia así, aunque, sin duda, las primeras veces uno sufre muchísimo más. Es que el terror no devenía solamente del profuso y violento golpeteo de la puerta, ni de los despavoridos gritos de los guardias o agentes del ICE, sino de la posibilidad que sea uno el llamado a desalojar el cuarto. Y lo peor es que, una vez que el buscado era, efectivamente, sacado del cuarto, nadie sabía, a ciencia cierta, el destino del mismo. Parecía que la mayor parte del tiempo el recluso era deportado. Pero en general, quedaba la incógnita. Pues podía ser también que el recluso hubiere sido trasladado a otra cárcel de inmigrantes (por razones que las autoridades no explicaban a nadie, ni siquiera a los parientes del recluso) o, como aconteció con algunos, que los llevaban a una cárcel de delincuentes, por alguna supuesta transgresión a la ley que habría cometido el inmigrante ilegal. Esta incógnita era el terreno desconocido; era lo aterrador del sistema carcelario de BTC. Cada que uno despertaba con el estruendo de los gritos y de la puerta maltratada surgían las interrogantes naturales: ¿seré yo al que buscan?, ¿y si soy yo, me llevarán a mi país, deportado?, ¿o será que me llevarán a otra cárcel de inmigrantes?, ¿o será que alguien presentó una falsa denuncia, y me llevan a una cárcel de criminales comunes? Todas estas interrogantes y otras más, son las que circundan la cabeza de los presos en BTC, en cada ocasión que escuchan estos sonidos del terror.

Aquel amanecer, cuando arremetieron contra la puerta de la habitación de Giovanni, se dieron algunos elementos diferentes a los operativos normales. Para empezar, ninguno de los que participaron en la golpiza a la puerta eran guardias del penal. Todos los que se presentaron a su cuarto fueron agentes del ICE. En otros casos, cuando participaban los del ICE, lo hacían conjuntamente los guardias de BTC. Pero lo que más llamó la atención es que aquellos agentes del ICE, que participaron en el operativo contra Giovanni, no eran conocidos de los presos. En BTC, los reclusos llegaban a conocer a los agentes del ICE que estaban destinados en ese penal, ya que constantemente iban a las oficinas de inmigración (dependencias que estaban localizadas dentro de los predios de la cárcel), donde normalmente los agentes del ICE estaban desarrollando sus funciones. Si bien los agentes del ICE no eran los más queridos en esa prisión, los reclusos los conocían a todos, ya que tampoco eran muchos. Pero para realizar la tarea que tenían diseñada *en favor* de Giovanni, prefirieron utilizar gente totalmente desconocida para los reclusos. Esa noche ingresaron agentes del ICE que no trabajaban dentro de BTC, para que nadie los pudiera identificar. De esa manera se protegían los delincuentes que actuaban a nombre y en representación del Estado. En caso que algún preso hubiese decidido llevar adelante una denuncia, no tendría idea de quiénes fueron los individuos que participaron en los hechos violentos.

Otro elemento diferente de este operativo fue que a Giovanni no se le buscaba solamente para deportarlo de los EEUU, sino, además, para *sentarle la mano*. *Alguien* había dado la alerta de que Giovanni había sido un individuo incómodo dentro de la cárcel, y que había molestado y, seguramente, hasta ofendido a los guardias de BTC y a los agentes del ICE. Seguramente, incluso se llegó a argüir que se trataba de un enemigo de los EEUU. En consecuencia, había que *darle su merecido*. Por ello es que ese *alguien* diseñó un plan *adecuado* a las circunstancias. Llevó gente desconocida para los reclusos, y procedió con encono.

Inmediatamente después de dar una seguidilla de golpes atronadores contra la puerta, ingresaron al local unos seis personajes corpulentos y fornidos, todos con chamarras negras y jeans. Los gritos eran también ensordecedores.

—¡Giovanni Bertolucci!, ¡Hijo de puta!, ¡sal de aquí!, ¡ándate de este país!, ¡no te queremos aquí! —estas fueron las vociferaciones del primero en ingresar.

—¡Maricón!, ¡¿dónde estás?! ¡Identifícate! —gritaba otro de los miembros de la pandilla oficial del Estado (del ICE), mientras le quitaba la frazada a cada uno de los presos que se encontraban durmiendo en ese dormitorio, so pretexto de que estaba en pos de Giovanni Bertolucci.

Los demás miembros de la pandilla del gobierno federal se adhirieron al escándalo, gritando a los cuatro vientos el nombre del buscado, y los insultos que se merecía semejante delincuente: inmigrante ilegal —que a juzgar de ellos— era lo mismo.

Uno de los pandilleros federales se puso a violentar el ambiente desde el interruptor de la luz: prendía y apagaba la bombilla del cuarto con una rapidez increíble, creando así una luz intermitente que parecía simular el fandango dentro de una discoteca a las tres de la madrugada. Otro de ellos dedicó toda su energía a lanzar cuanto objeto encontraba al suelo o contra la pared, como aquellas mujeres engañadas por el marido, que en represalia destrozan todos los adornos de la casa, arrojándolos por doquier, sin importarle el destrozo y daño que causan.

En medio del griterío, de la luz intermitente, de los

golpes a la puerta y del estallido de los objetos que eran lanzados para su destrucción por parte de los pandilleros federales, surgió la cara de un individuo que trataba de hablar, de identificarse, como pretendiendo acallar a los malhechores.

—Giovanni Bertolucci soy yo —musitaba de manera virtualmente inaudible el preso buscado, levantando la mano como un niño en la escuela, cuando la profesora llama su nombre.

En cuanto el jefe de la pandilla federal se percató del *pequeño detalle* que faltaba en esta fiesta de violencia, extendió su brazo hacia la cabeza de Giovanni, quien todavía yacía en su cama, la misma que estaba localizada en el segundo nivel, pues se trataba de una cama de dos niveles. En cuanto tocó con la mano derecha la cabeza del ilegal, cerró el puño y agarró con firmeza su cabellera, y jalando con todas sus fuerzas hizo volar por los aires la humanidad del venezolano, hasta dejar que cayera al suelo, creando así el mayor estruendo de la noche. Una vez que los seis pandilleros supieron que el caído era a quien buscaban, arremetieron con todo su odio —convertido en energía— y emprendieron a patadas contra su cuerpo. La técnica del abuso oficial era impecable: los golpes iban dirigidos siempre al cuerpo y nunca a la cara. Y como los presos estaban obligados a dormir vestidos con su uniforme anaranjado, no había parte del cuerpo descubierta. Así que todos los impactos —ya fueran patadas o puñetes— se estrellaban contra la tela de la ropa, y nunca contra la piel del cuerpo del individuo de manera directa; así se evitaban los cortes directos sobre la piel de la víctima. Al principio el hombre se desgañitaba gritando: "¡auxilio!, ¡socorro!, ¡ayúdenme!" Pero luego de que agotó toda su fuerza interna, cesó de gritar, y dejó, sin poner resistencia alguna, que los matones continuaran su faena hasta que se cansaran de propinarle la zurra de su vida. Mientras los pandilleros realizaron su hazaña, los otros presos del cuarto contemplaron atónitos los hechos criminales perpetrados por los agentes del orden de los Estados Unidos de América, país al que ellos tanto admiraban, y ansiaban —algún día— pertenecer en calidad de residentes legales o, mejor aún, si se diere el milagro, de ciudadanos naturalizados. Estos eran los bemoles del *sueño americano*. Al fin y al cabo, nada era perfecto en el mundo, reflexionó cada uno de ellos a su turno.

Una vez que la golpiza cumplió con su cometido, los pandilleros del Estado decidieron emprender la retirada, pero no sin antes dar los mensajes y las instrucciones del caso:

— ¡Pendejo, esto fue para que no te olvidaras que tu despedida tenía que ser inolvidable!, tal como te prometió el que ya sabes —pronunció estas palabras, el cabecilla de la pandilla federal, en clara alusión a aquella amenaza que Giovanni recibiera del panameño-estadounidense del ICE, hace algún tiempo atrás.

Esta paliza fue, por un lado, la venganza por la actitud rebelde y reivindicativa de sus derechos —así como de los derechos de los demás presos—, que llevó a cabo Giovanni, durante su breve estadía dentro de BTC. Pero por otro lado, era un clarísimo mensaje a todos los demás presos: eso es lo que ocurría cuando alguien osaba jugársela de héroe.

— ¡Ah! Casi me olvido: de inmediato debes hacerte presente en el comedor, para que seas deportado a tu país hoy mismo. Debes llevar contigo todas las pertenencias que tienes todavía en este cuarto. ¡Apúrate!, pues no te van a esperar todo el día —ordenó de manera casi indiferente, como si no hubiese pasado nada, el mismo jefe pandillero.

Giovanni se quedó tendido unos cuantos minutos en el suelo, sin movimiento alguno, inerte, hasta que de pronto, desde el fondo de su alma surgió un sollozo desesperado, que poco a poco se fue transformando en un llanto incontenible, imparable. El alma de este hombre había sido quebrada de manera irreparable. No sólo le dolían las patadas en el cuerpo —que seguramente lo tenía plagado de hematomas, y quién sabe hasta con alguna, o más de una, costilla rota— sino que su alma estaba penando, pues él había sido humillado. Una paliza de esa magnitud sólo es comparable con las que se ven en las películas norteamericanas, cuando los delincuentes del Ku Klux Klan propinaban sendas golpizas a algunos negros en las comunidades del sur de los EEUU.

En cuanto los pandilleros del ICE desaparecieron de la vista de todos los presos del cuarto, éstos se volcaron hacia el cuerpo de Giovanni, que yacía, gimiendo inconsolablemente, en el centro del piso de la habitación. Los compañeros le dieron ánimo y consuelo, y le ayudaron a colocar en una bolsa los poquísimos efectos personales que aún valía la pena llevar. La mayor parte de sus objetos personales —así como los de los otros compañeros de cuarto— habían sido destruidos por los malhechores oficiales. Por todo el suelo de la habitación se veían esparcidos restos de libros (que habían sido descuartizados por los asaltantes), de documentos oficiales (que correspondían a los trámites de los presos ante inmigración), de cepillos de dientes (que fueron partidos en pedacitos), de bolsitas de champú (que fueron reventadas), de fotografías de personas amadas (que también fueron despedazadas), así como de otros variados objetos que fueron víctimas del odio desplegado por los polizontes de azul marino.

Luego, entre todos, levantaron a Giovanni, y lo condujeron hacia el baño, donde le ayudaron a tomar una ducha. En medio de quejidos de dolor, el venezolano prefirió continuar con su marcha hacia la deportación, en vez de plantear una queja formal por lo acontecido (por supuesto, si es que le hubiesen permitido realizar semejante atrevimiento). Esta última posibilidad fue planteada por uno de los compañeros de cuarto que, a pesar de lo atestiguado en primera persona, seguía creyendo en las bondades del sistema de justicia norteamericano. El venezolano dijo que no quería continuar en la brega contra estas instituciones gigantescas y poderosas, capaces de distorsionar cualquier proceso, y que podían dañarlo aún más profundamente. Expresó que prefería volver a su país, a su hogar, para reflexionar sobre el curso que él le daría al resto de su vida.

Fue así que Giovanni salió de su cuarto, en la oscuridad de las horas del amanecer, casi arrastrando sus pies, con una pequeña bolsita que contenía algunos restos de papeles y fotografías rotas en su mano derecha, y sin voltear la cara ni para darles el último adiós a sus compañeros de habitación.

Ese fue el episodio padecido por un héroe de la dignidad latinoamericana en BTC, pisoteada esta última, una vez más, por los intocables agentes del ICE.

§

Una vez conocida la historia de Giovanni, la misma que estuvo íntimamente imbricada con los derechos de comunicación de los reclusos, continuamos con el periplo que significó esa mi primera llamada desde BTC. Cuando el recluso me terminó de contar los pormenores de la espera en las filas de los teléfonos —y siendo en ese momento las cuatro de la tarde con cuarenta minutos—, llegué a la conclusión de que no tenía chance de hablar antes de la cena. Así que tuve que decidir si acoplarme a la fila de espera ahora (y correr el riesgo de sacrificar la cena, pero realizar esa tan ansiada primera conversación con mi familia, después de cuatro días de incomunicación total), o esperar hasta después de la cena para intentar esta llamada. Entre estas dos opciones, no había mucho que debatir internamente: decidí no ir a la cena y esperar mi turno en la fila.

La espera fue larga. Finalmente, a eso de las cinco con cuarenta y cinco minutos me tocó el turno de acceder a la tenencia del auricular. Aquello fue motivo de algarabía interna, del tipo de festejos que uno protagoniza al interior de su alma, privadamente, sin compartir con los demás. Evidentemente, el auricular estaba calientísimo —y chorreaba sudor en toda la superficie— por el prolongado contacto con la oreja de quien me antecedió en el uso del aparato. La escena era asquerosa, pues ese auricular tenía todas las credenciales de constituir un potencial portador de cuanto virus o bacteria hubiese estado incubándose en los oídos de los que lo utilizaron con anterioridad a mi persona. Como esta situación me tomó desprevenido, tuve que optar por los usos y costumbres. Al estilo de los demás presos, me vi forzado a limpiar el auricular con la manga de mi camisola anaranjada.

Luego coloqué el auricular recientemente desinfectado —mejor dicho, limpiado— en mi oído derecho hasta que sonara el tono de línea para poder realizar la llamada. Aquello no era tan sencillo, pues el tono no sonaba de inmediato, como en un teléfono normal: tuve que colgar varias veces el auricular, hasta que eso ocurriese. Esta pugna telefónica debió de durar unos cinco minutos. Cuando finalmente sonó el tono, una voz, en idioma inglés indicaba que uno podía apretar el botón número uno, si deseaba que las instrucciones grabadas fueran emitidas en inglés; luego otra voz, esta vez en español, indicaba que se apretase el dos, si quería que el procedimiento fuera transmitido en ese idioma; y finalmente una tercera voz, en creole, instruía que se apretase el tres, para hacerlo en esa lengua. Yo apreté el botón número uno, pues el español de las operadoras que supuestamente hablaban en ese idioma era tan deficiente que era preferible realizar el procedimiento en inglés, idioma con el que el margen de error debido a la claridad en las instrucciones era menor. Fue así que continué siguiendo las instrucciones de la grabación: apreté el botón con el dígito cuatro. Acto seguido escuché una voz que me ordenaba marcar el número de PIN (personal identification number o número de identificación personal). Así lo hice y marqué: nueve, cuatro, cinco, dos, seis, uno, ocho, seis, uno, seis, siete, dos. Al terminar con la marcación del PIN, se volvió a escuchar un tono largo (de unos dos minutos), que fue interrumpido por una voz grabada que instruía que para realizar una llamada internacional, había que marcar cero, uno, uno, luego el código del país al cual estaba llamando, que en mi caso era el 591, y después el número del teléfono de la casa. Luego sobrevino un silencio prolongadísimo (que debió de durar unos cuatro a cinco minutos, los minutos más largos de la historia; en algún momento en el transcurso de ese silencio pensé que la comunicación se habría cortado, y hasta consideré oportuno colgar el fono y volver a empezar), y cuando éste se interrumpió se oyó un sonido muy lejano, casi imperceptible, del pitido de ocupado. ¡Qué desilusión! Después de tanto sufrir, encontrarme con una línea ocupada era lo último que esperaba.

Luego de tan engorroso periplo telefónico, no me quedaba otra opción que volver a intentarlo todo de nuevo, desde el principio. En esta segunda intentona llegué hasta el punto en que terminé de marcar el número PIN. Después de que el sonido de tono se escuchara por unos minutos, éste se transformó en el pitido de ocupado. Aparentemente, el sistema telefónico del penal estaba saturado, y mi línea sonaba ocupada. Otra vez, ¡qué desilusión!

La tercera y la cuarta intentona volvieron a fracasar en diferentes etapas del procedimiento, plagado siempre de fallas atribuibles a un sistema telefónico deficiente. Esto que me estaba ocurriendo a mí era lo que les pasaba a todos los reclusos de BTC. Sacar una llamada del penal —especialmente llamadas internacionales— era toda una proeza. Frente a esta desastrosa realidad, volvía a salir a flote un interrogante lógico: ¿eran estas deficiencias atribuibles a la obsolescencia de los equipos del sistema telefónico de la cárcel? O, ¿serían más bien imputables a la negligencia de los administradores de BTC? O, ¿serían más bien deficiencias nacidas de una ex profesa voluntad para causar desasosiego y desesperación en los inmigrantes ilegales recluidos en ese penal? ¿Había negligencia o dolo en las fallas del sistema telefónico de BTC?

§

Si estas deficiencias en las telecomunicaciones se hubieran dado en un país del denominado Tercer Mundo (es decir, en un país pobre, con escasos recursos tecnológicos y, además, obsoletos), cualquier persona razonable entendería la situación. En los países pobres los servicios telefónicos suelen ser deficientes porque la tecnología es arcaica. Pero no, EEUU es el líder mundial en materia de tecnología, y particularmente en lo concerniente a las telecomunicaciones. Simplemente no existe ninguna explicación creíble para que este tipo de deficiencias tecnológicas se diera en el país de la ciencia y de la tecnología.

Tampoco podría BTC escudarse en que el personal contratado para administrar el sistema telefónico no tenía la preparación necesaria, pues ésta era una cárcel. Al respecto, es menester subrayar que quien administraba el sistema telefónico era un subcontratista: la empresa Jailcom Systems, Inc., cuya especialización era prestar servicios de telefonía local y de larga distancia, especialmente en centros penitenciarios de los EEUU. Por supuesto que una empresa de estas características tenía que contar con los recursos humanos suficientemente calificados para realizar esa tarea de manera eficiente. Otra vez, los recursos humanos en un país desarrollado como era el caso de EEUU eran de primera calidad (en comparación a sus similares de un país subdesarrollado). La presunta incapacidad del personal de

Jailcom Systems, Inc. no constituía una explicación aceptable ni creíble a las innumerables y permanentes fallas del sistema telefónico de la cárcel de inmigrantes.

Por ende, si estas deficiencias (que eran demasiadas y recurrentes) no tenían una explicación en la obsolescencia de los equipos telefónicos, ni en un personal con falta de capacidad técnica, cabe analizar la posibilidad de que ellas habrían sido causadas deliberadamente por los administradores de BTC o de la empresa telefónica (quien sabe, inclusive, con la aquiescencia de las autoridades carcelarias superiores del sistema penitenciario de los EEUU). El objetivo de un acto perverso de esa naturaleza habría sido, por ejemplo, perturbar a los inmigrantes ilegales presos, para que sientan, mediante este padecimiento sicológico, algún tipo de dolor por su acción supuestamente delictiva, en una suerte de escarmiento para que no la vuelvan a tratar de ejecutar nunca más en lo venidero. En resumen, esta sería una política de tortura encubierta contra los ilegales latinos. En vez de aplicarles una tortura física como lo es el submarino —lo que podría desatar denuncias de tortura generalizadas en todo el mundo—, habrían escogido un camino de tortura mucho más encubierta, como resultaría siendo esta de trabar las comunicaciones de los presos con el mundo exterior.

Si un preso no puede hablar con su familia, es muy probable que se suma en la tristeza más profunda hasta, inclusive, llegar a la depresión. Y si un preso no puede comunicarse con su abogado, está siendo sometido a una forma de indefensión inadmisible. La comunicación entre el cliente y su abogado precisa ser fluida, para optimizar la defensa del primero. Con estas tácticas que conspiran contra las comunicaciones de los presos latinos, el gobierno de los EEUU estaría coartando el derecho a una defensa amplia y justa para el encausado inmigrante ilegal.

En los corredores de BTC existían muchos casos de sufrimiento por ambas razones. En el caso que relato en primera persona, el sufrimiento era de mi persona (dentro de BTC), y de toda mi familia (fuera de BTC, en mi país). Por supuesto que esa incomunicación total a la que fui sometido durante cuatro días enteros, inmediatamente después de mi detención, causó estragos en mi equilibrio sicológico, como también en el de mi familia. Pero el problema no fue solamente esos cuatro días de incomunicación total, sino la dificultad permanente de comunicación, causada por las trabas de un sistema telefónico deficiente y obsoleto.

Pero además del dolor para con la familia, está el problema de la indefensión por problemas telefónicos. En mi caso, en cuanto me detuvieron, me entregaron una lista de números de teléfonos de abogados a contactar, para que alguno de ellos asumiera mi defensa en este proceso administrativo de asilo político. Esta lista me provocó un entusiasmo frenético: era la justicia de los EEUU puesta en marcha al servicio de quien la necesitaba. El listado llevaba el siguiente título: "Lista de proveedores de servicios legales gratuitos", y su autoría se atribuía al Departamento de Justicia de los EEUU; Oficina Ejecutiva para la Revisión de Inmigración; Corte de Inmigración. El listado era impactante: en él aparecían los teléfonos y las direcciones de diecinueve instituciones —entre bufetes de abogados y organizaciones no gubernamentales— que supuestamente realizaban esta encomiable labor de defender los derechos de los inmigrantes ilegales latinos. Y lo más destacable: según la oferta, lo hacían de manera gratuita. Todo lo ofrecido parecía perfecto hasta el momento de poner en práctica la búsqueda de esa cooperación jurídica. Como se imaginará el lector, esas filas eternas de espera para conseguir agarrar un auricular telefónico y hablar, implicaba, desde ya, un sacrificio *per se*. Luego, cuando uno ya tenía el aparato en las manos, lograr una comunicación efectiva con un teléfono externo implicaba otra epopeya. Y cuando uno ya había alcanzado esta etapa técnica (el mero contacto con un teléfono de esos bufetes u organizaciones no gubernamentales), se daba la desilusión final: ninguna de las diecinueve ofertas era una posibilidad real.

Algunas de estas organizaciones no gubernamentales y bufetes no se encontraban en condiciones de atender casos en BTC, ya que sus oficinas estaban localizadas en Miami o en áreas circundantes. En cambio, BTC —ubicado en el condado de Broward— estaba alrededor de una hora del centro de esa metrópoli, y transportarse hasta allá implicaba un alto costo, así como una enorme pérdida de tiempo para sus abogados, razón por la cual no defendían casos de esa cárcel de inmigrantes.

Otros argumentaban que no estaban especializados en materia de asilo político, así que no atendían esos casos.

Y peor aún: algunos de los bufetes que aparecían en esa lista de servicios legales gratuitos no cumplían lo ofrecido en la hojita, y, lo primero que a uno le advertían era que ellos sí cobraban por sus servicios. Como es mundialmente conocido, los abogados norteamericanos cobran precios muy caros por sus servicios. Del grupo de abogados que me plantearon realizar el trabajo por un cobro, los honorarios oscilaban en el rango que tenía como precio menor el de los cinco mil dólares, y el mayor, ocho mil. Esto, solo para la primera instancia, ya que si se perdía el caso y se decidía recurrir a la instancia superior, el cobro sería mucho mayor. En definitiva, estos precios se consideraban muy elevados para latinos ilegales, cuyos ingresos se hallaban reducidos cuando se encontraban en libertad y tenían empleo —pero en ese momento que estaban presos y sin empleo, dichos ingresos eran totalmente inexistentes—. Pagar honorarios en estas cuantías y bajo esas circunstancias habría puesto en serios desequilibrios financieros a cualquiera de las familias de los inmigrantes ilegales de BTC. Frente a este panorama, yo también decliné pagar esos precios exorbitantes, y decidí ejercer mi propia defensa ante el juez de inmigración.

Como se puede apreciar, el suplicio de los teléfonos afectaba severamente a los prisioneros, tanto en lo que respectaba a sus relaciones familiares, así como en sus comunicaciones en pos de su defensa legal. Los presos que no tenían abogado, sufrían porque les era prácticamente imposible conseguir uno por vía telefónica desde BTC. Las más de las veces, éstos se veían forzados a recurrir a sus familias (que se encontraban en libertad) para que les contrataran un abogado fuera. Pero, una vez que ya contaban con un abogado contratado, lo difícil era comunicarse con éste por fono. El preso tenía que sortear todas esas trabas en el procedimiento de llamadas, para sostener una conversación con quien le representaría en el juicio administrativo. Por supuesto que esto era complicado. En más de un caso, esta falta de comunicación con su abogado, repercutió negativamente en el resultado del proceso mismo. Recuerdo el caso de un amigo venezolano, Javier Gonzáles, quien por falta de comunicación con su abogado perdió su caso. Ocurrió que Javier había vivido en los EEUU desde hacía más de quince años (él era una persona de cuarenta y dos años de edad cuando estaba preso), por supuesto, ilegalmente. El abogado que le había conseguido su mamá (ella residía legalmente en Miami) se inventó un caso para salvar a Javier de la deportación. El problema fue que la versión de los hechos que blandía el abogado no coincidía con la versión que sostenía Javier. Según los memoriales que el abogado presentó al juez, Javier había sido perseguido por agentes de seguridad del régimen chavista, por lo cual pedía asilo para su cliente. En cambio Javier —que nunca había hablado sobre la estrategia del abogado en su caso—, cuando preguntado por el juez sobre los hechos y razones de su petición de asilo, sostuvo que él era presa de grupos delincuenciales en Caracas, que le impedían retornar a su tierra natal. Ante esta flagrante contradicción, el juez rechazó de plano la solicitud de asilo de Javier, quien luego, frustrado por este trágico desenlace, tuvo que recurrir de apelación, y permanecer preso en BTC. Cuánto tiempo más se quedó preso, nunca lo supe. Pero las apelaciones tardaban en dilucidarse alrededor de unos ocho meses más, a partir del primer fallo. Él ya había estado preso por tres meses, así que en total debió de permanecer en la cárcel alrededor de un año.

§

Ahora que me encontraba devastado por los cuatro fiascos previos, miré al aparato telefónico y emprendí la quinta intentona, con la energía que me proporcionaba el último hálito de esperanza. Y otra vez lo hice todo de nuevo, como si fuera la primera vez: esperé que sonara el tono, angustiado; luego presioné el uno, para que las instrucciones las dieran en inglés; acto seguido apreté el cuatro, con lo que tuve que marcar el PIN; después aguardé por el tono, y finalmente volví a marcar el código de llamada internacional, el del país, y mi número de teléfono. Cada uno de estos pasos se vencía con mucho sufrimiento, pues en cualquiera de ellos la llamada podía abortar. Pero esta vez parecía que estaba con más suerte que antes, pues cada etapa transcurría fluidamente, como el agua que caía de un manantial. Inmediatamente después de que marqué el número de mi casa, escuché el pitido del teléfono que denotaba que la llamada estaba entrando. El *tu...tu...tu...* era suficientemente espaciado, no como cuando la línea estaba ocupada, ocasión en la que el *tu, tu, tu* no tiene mucho espacio entre medio. Después de unos tres pitidos, milagrosamente, como por intervención divina, el auricular del otro extremo fue descolgado, y a lo lejos escuché la voz de Luli, mi esposa, quien con un inocultable tono de ansiedad, contestó:

— ¿Aló?... ¿aló?.. ¿aló? —ella pronunció *aló* tres veces porque no oía mi voz, que al otro lado gritaba con alborozo.

—¡Hola!, ¡Luli!, ¡soy yo!, ¡¿no me escuchas?! ¡Hola!, ¡hola! —y, la verdad, ella no me podía escuchar, aunque yo sí la oía, si bien muy a lo lejos.

En medio de este griterío, sin ningún aviso previo, surgió de la nada una voz fuerte, de una grabación pregrabada, que advertía, al destinatario de la llamada, lo siguiente:

—Está usted recibiendo una llamada de un prisionero que se encuentra en una cárcel en los Estados Unidos de América. Si usted acepta esta llamada, presione la tecla número uno; si no, presione la dos.

Nadie me había advertido antes sobre la existencia de esta grabación. En cuanto la escuché se apoderó de mí un sentimiento de humillación profunda. Yo había ido a los EEUU para ser socorrido de una persecución política, no para ser tratado como un delincuente. Y en ese momento estaba siendo degradado a la condición de delincuente, sin haber cometido delito alguno, y solo por el hecho de haber osado presentarme ante las autoridades inmigratorias estadounidenses, para solicitar la protección del asilo. El asilo es una institución jurídica universalmente aprobada en tratados internacionales, en los cuales los Estados Unidos de América figura como signatario y parte de dichos tratados. Pero en su calidad de Imperio, las autoridades de esta nación hacen caso omiso de estos tratados, y superponen sus leyes nacionales por encima de la legislación internacional. En síntesis, violan los tratados internacionales con leyes que hacen del solicitante de asilo un transgresor de la ley, y lo tratan como a un delincuente común, desde el momento mismo en que lo encarcelan mientras se considera su petición.

Una vez que mi esposa presionó la tecla número uno, recién me pudo escuchar, y, por fin, después de cuatro días de incomunicación, pudimos hablar. ¡Cuatro días de incomunicación total con el mundo exterior! Este fue un acto de barbarie jurídico perpetrado por el gobierno de los Estados Unidos de América.

Tras la conexión telefónica exitosa con Luli, nos

dimos a la tarea de ponernos al tanto con los eventos de los últimos días. La conversación no fue muy larga, cuando de repente una voz nos advertía que teníamos apenas un minuto antes de que ella se cortara. El tiempo de la tarjeta se había consumido rápidamente. Más de prisa de lo que yo jamás hubiere imaginado.

¿Qué había ocurrido? ¿Por qué una tarjeta de llamadas internacionales de diez dólares se había consumido tan rápido? Apenas había tenido tiempo para hacerle conocer a mi esposa cómo me trataba la prisión del asilo, cuando de repente surgió la voz de advertencia de que en un minuto se cortaría la llamada. Y ese último minuto sólo sirvió para la despedida. Allí se fueron diez dólares y muy pocos minutos.

Así fue cómo surgió el siguiente tema de investigación que realicé dentro de la cárcel: ¿cuánto pagaban los presos por el minuto de llamada internacional desde dentro de la cárcel?, versus, ¿cuánto pagaba una persona desde fuera de la cárcel por la misma llamada internacional? Otra vez la mejor fuente de información resultaron ser los compañeros de mi habitación. En resumen, la información obtenida de ellos fue trasladada al siguiente cuadro:

Llamadas a Bolivia o internacionales en general
1 min=0.95 $

	Costo en la calle	Costo en BTC	Diferencias
US.$	0.2	0.95	0.75
%	100	475	375
Tiempo $20	100	21.052	-78.9474

La diferencia de precios por minuto de comunicación telefónica internacional era enorme. Mientras las personas libres hablaban con sus seres queridos por veinte centavos de dólar el minuto, los latinos presos lo hacían por noventa y cinco. ¡El preso sufría un incremento de precio de trescientos setenta y cinco por ciento! ¡Escalofriante! ¡Increíble!

Mientras una persona libre hablaba cien minutos con una tarjeta de veinte dólares, un latino preso hablaba solamente veintiún minutos. La persona libre hablaba setenta y nueve minutos adicionales con veinte dólares. ¡Esto era una barbaridad!

Los latinos en BTC estaban presos por haber violado las leyes de inmigración. Pero las autoridades estadounidenses no se contentaban con tenerlos presos antes de deportarlos, sino que, además, les imponían una sanción muy despiadada: les coartaban los derechos de comunicación con sus seres queridos en sus países de origen. Aunque aparentemente esos latinos tenían la libertad de comunicarse con sus seres queridos en sus respectivos países, con las altísimas tarifas vigentes desde el penal, los estaban condenando a la incomunicación total.

Y el castigo no solo era aplicable a los latinos que habían ingresado ilegalmente a los EEUU, sino también a quienes como yo —que creyendo en los principios de justicia supuestamente vigente en ese país— optaron por buscar asilo político en la tierra de Lincoln.

Durante mi permanencia en la cárcel de BTC conté con el apoyo incondicional e ilimitado de dos pilares humanos fundamentales —que me permitieron resistir la tortura sicológica infringida, y mantener el mayor grado de equilibrio emocional posible bajo esas circunstancias —, que fueron mi esposa, Luli, y mi hermano, Roberto. Luli fue la tea que siempre tuvo encendida la llama de la paciencia, de la perseverancia y de la resignación, atributos imprescindibles para el ser humano, especialmente bajo situaciones de crisis. La paciencia fue indispensable para enfrentar los obstáculos, la perseverancia para no dejarse arrollar por las dificultades, y la resignación para aceptar los resultados. La resignación ayuda a aceptar el fracaso y a evaluarlo, para luego reemprender la lucha, con paciencia y perseverancia, otra vez, sin descansar jamás. Mi hermano Roberto fue la personificación de toda mi familia desaparecida. Fue la inteligencia de mi padre, la tenacidad de mi madre, y el cariño de mis tías Constanza y Alicia. En cuanto hablé con él por primera vez (después de que hablé con Luli, lo llamé de inmediato) surgió el tema del costo de las llamadas. Sabíamos que todo el proceso de mi defensa ante las autoridades de inmigración, primero, y ante el juez de inmigración, después, requerirían mucho tiempo de coordinación telefónica. Él tenía acceso a internet (y yo no lo tenía, pues en la cárcel ello estaba prohibido), fuente de muchísima información valiosa para el caso, y yo era el que informaba con relación a la vivencia de los procedimientos administrativos. Luego, procesar la información y convertirla en una estrategia para llevar adelante el caso requería de largos minutos en el teléfono. Eso significaba que, a noventa y cinco centavos de dólar el minuto (la tarifa plana de telefonía internacional que cobraba Jailcom Systems Inc.), el presupuesto telefónico iba a conspirar seriamente contra las finanzas familiares y contra la comunicación intrafamiliar.

Por ello fue que Roberto se puso a investigar alguna

forma alternativa de comunicación, que reduciría los elevados costos de la telefonía internacional de BTC. En esa primera conversación, yo le había informado a mi hermano que las tarifas de Jailcom Systems Inc. eran las siguientes: noventa y cinco centavos por minuto para las llamadas internacionales a cualquier parte del planeta; veinticinco centavos por minuto para las llamadas de larga distancia dentro de los EEUU; y, por último, cincuenta centavos por la llamada local. En este último dato hay que subrayar que el precio no era por minuto, sino por contacto. Es decir, si la llamada era a un número local (dentro del condado de Broward) el costo era de cincuenta centavos de dólar, sin importar el tiempo que uno hablaba: la conversación podía ser de un minuto o de sesenta minutos, y el precio siempre sería el mismo. Con esta información en mente, Roberto se puso en acción a través de los mecanismos de internet.

Finalmente, después de unas tres veces de haber hablado por la vía de los noventa y cinco centavos por minuto de BTC, él me dijo que escuchara con cuidado lo que me iba a decir, y que tomara nota sobre algunos puntos de importancia:

—He encontrado la forma de comunicarnos por una vía más económica, muchísimo más barata, gracias a la tecnología. Se trata de una empresa de comunicaciones por internet que se llama Skype. ¿Te acuerdas que alguna vez hemos utilizado Skype desde la oficina para alguna llamada al extranjero?

—Claro que sí, me acuerdo. ¿Y cómo funcionaría el mecanismo? ¿Y los precios? No te olvides que ustedes no me pueden llamar aquí, pues está prohibido. Ni siquiera existe un teléfono para la recepción de llamadas. Solo yo los puedo llamar a ustedes, a ciertas horas.

—Bueno, te cuento que he investigado que en Skype, tú me puedes llamar a mí a un teléfono con código de área novecientos cincuenta y cuatro, que es el código de área que corresponde al condado de Broward, en el estado de Florida. Para ello Skype te proporciona por un período de tiempo (en una especie de contrato de alquiler de línea, que te cobra por mes, y la puedes usar el tiempo que quieras) una línea telefónica en el condado de Broward, cuyo código de área es el que te dije. Yo he contratado una línea por un mes, para ver cómo funciona el sistema. Si funciona bien, puedo ampliar el contrato por más tiempo, hasta que sea necesario. Además, yo puedo contratar otra línea para tu casa, para que Luli se pueda comunicar contigo por esta vía, que es, sin duda, mucho más barata, y así puedes hablar mucho más tiempo sin ningún problema. Por el momento tengo la línea que yo he contratado, y vale la pena probarla a la brevedad posible. Toma nota de mi número en el condado de Broward: código de área, nueve, cinco, cuatro; y luego marcas el número del teléfono, cinco, siete, tres, uno, dos, cuatro y ocho. ¿Me puedes llamar ahora mismo?

—No, porque no tengo una tarjeta de llamadas domésticas, solo tengo la tarjeta para llamadas internacionales. Hoy voy a realizar el trámite para comprar una tarjeta de llamadas dentro de los EEUU, y luego te llamo tal cual me indicas. Me movilizaré de inmediato.

Y así fue. En cuanto colgué el teléfono, empecé el trámite para obtener dos tarjetas de llamadas domésticas, de cinco dólares cada una. Una vez que tuve las tarjetas en mis manos, procedí tal cual acordamos. Me encontraba emocionado una vez más, porque ahora se abría la posibilidad de burlar el sistema opresivo de nuestros cancerberos —que habían ideado un sistema de comunicaciones destinado a crear un tormento en la mente de los presos latinos— y conversar ilimitadamente con mis seres queridos a solo cincuenta centavos de dólar por llamada. Todo esto, gracias a los avances tecnológicos y a mi hermano, quien siempre andaba al corriente de esos avances y los utilizaba adecuadamente. Fue así que, luego de leer las instrucciones para realizar llamadas locales, procedí con la tarea que tenía al frente. Después de pasar por todos los pasos previos a marcar el número deseado, finalmente la operadora me instruyó apretar los números del teléfono con el cual me trataba de comunicar. Luego de escuchar esas palabras apreté las teclas: código de área, nueve, cinco, cuatro; y acto seguido el número del teléfono: cinco, siete, tres, uno, dos, cuatro y ocho. Al finalizar las pulsaciones, hubo un largo silencio que fue interrumpido por el pitido típico de una llamada en curso: *tu, tu, tu*. Después de tres pitidos, el teléfono receptor fue descolgado, y allí, como si mi hermano estuviera en la casa contigua, contestó:

—¿Aló?, ¿aló?

Y, como siempre, surgió la degradante grabación del penal:

—Está usted recibiendo una llamada de un prisionero que se encuentra en una cárcel en los Estados Unidos de América. Si usted acepta esta llamada, presione la tecla número uno; si no, presione la dos.

Luego de concluido el consabido mensaje preventivo,

Roberto apretó la tecla número uno, y con ello pudo escuchar mi voz, e iniciar la conversación a precios locales: en total hablamos media hora, al módico precio de cincuenta centavos de dólar. Una vez que constatamos que el sistema funcionaba, decidimos que él contratara una segunda línea telefónica con código de área novecientos cincuenta y cuatro, del condado de Broward, para que fuera utilizada por Luli. Este nuevo número era el nueve, cinco, cuatro, cinco, siete, tres, uno, dos, cinco, tres.

Con este truco tecnológico habíamos logrado rebajar los costos de la comunicación internacional, pero de ninguna manera atenuar los demás obstáculos extra financieros del uso de los teléfonos. Sin embargo aunque la disminución de los costos fue un logro importantísimo, la subsistencia de las demás trabas del sistema seguía constituyendo un martirio. La sola obtención de un teléfono era una proeza que había que conquistar diariamente. Los cuatrocientos hombres del penal pugnaban por un puñado de teléfonos, que estaban disponibles para ser utilizados solo a ciertas horas del día. Y después, una vez que uno tenía el aparato en manos, quedaba la eterna travesía para lograr establecer contacto con la persona destinataria de la llamada.

Ese era el sufrimiento de los internos del penal.

Pero, ¿y qué tal la pasaban los seres queridos del preso fuera de la cárcel? En el caso de mi familia, puedo afirmar que tanto mi esposa, así como mi hermano vivieron una etapa de sufrimiento y permanente estado de angustia y suspenso. Como ellos no me podían llamar, la comunicación diaria dependía de cuando yo los llamaba a ellos. Y, como se ha podido apreciar, yo no podía llamar cuando deseaba, sino cuando podía hacerlo, cuando lograba el acceso a un aparato telefónico, después de largas esperas. Y luego de las esperas, estaban los dificultosos pasos para concretar la llamada. Lo peor de todo, es que ellos no recibían mis llamadas en el teléfono de la casa o de la oficina, ni tampoco en sus respectivos teléfonos celulares. No hay que olvidar que yo llamaba a una línea telefónica del condado de Broward, estado de Florida, de los Estados Unidos de América. Eso quería decir que cuando yo marcaba el número, mi llamada era recibida en una computadora, en el portal de Skype. Para recibir mis llamadas, Luli y Roberto tenían que tener sus computadoras prendidas y abiertas en el portal de Skype. El timbre de la llamada sonaba en la computadora, y ellos tenían que contestar apretando un botón en la página de Skype dedicada a este tipo de llamadas. En realidad era un teléfono diseñado en la página web de Skype. Así que, si bien a través de este sistema se ahorraba dinero (que no era poco, dada la diferencia de precios entre las llamadas internacionales y las locales), los familiares tenían que estar pendientes de mis llamadas todo el día, por si acaso, en cualquier momento, yo hacía entrar una llamada. Esta situación generaba todo un estado de angustia y suspenso, tanto en la oficina, donde se encontraba mi hermano, cuanto en mi casa, donde se encontraba mi esposa.

En cuanto a los otros presos, las condiciones variaban, pero el sufrimiento estaba siempre presente. Algunos de los parientes de los presos tenían problema, por ejemplo, a tiempo de apretar el botón número uno, después de que la grabación preventiva instruía que el receptor de la llamada apretase esa tecla para aceptar la llamada. Nunca se me explicó en qué radicaba este problema, pero varios de los compañeros señalaban que sus parientes, en sus países de origen, apretaban el botón número uno, y no pasaba nada: la comunicación no se hacía. En numerosos casos este obstáculo no tuvo solución, y los presos se quedaban sin comunicarse con sus familias en Costa Rica, Nicaragua, Guatemala o donde fuera. He conocido amigos cuyas familias no se enteraban que ellos se encontraban presos en BTC (pues no funcionó la tecla número uno). Y como muchos de estos ilegales vivían solos en los EEUU, sus esposos, padres o hijos —que se habían quedado en Latinoamérica—, simplemente dejaban de recibir noticias y remesas de dinero de ellos. ¿Cómo sería el sufrimiento de los seres queridos de estos amigos aislados del mundo, por culpa de un sistema telefónico defectuoso? La angustia de no saber dónde estaba su esposo, su padre o su hijo debe ser insoportable. Ver el amanecer cada día —y acostarse a dormir cada noche (si es que se puede dormir bajo estas condiciones)— sin saber qué le habría pasado a ese su ser querido en los EEUU tiene que ser una tortura muy cruel. Ese su esposo, padre o hijo pudo haber sufrido un accidente, un ataque cardíaco, un asalto, o hasta incluso puede haber muerto, y los parientes en su país no tenían forma de conocer la realidad. Una vez más nos preguntamos si estas deficiencias del sistema telefónico respondían a la negligencia de las autoridades y funcionarios encargados, o si más bien eran parte de un plan, elaborado con saña y dolo, para causar sufrimiento a los inmigrantes ilegales y a sus familias. A la luz de los antecedentes, es muy difícil pensar que semejantes deficiencias en un área de alta tecnología —en la capital tecnológica del planeta tierra— sean causadas por la sola negligencia de alguien. Peor aún cuando esas deficiencias ocurrieron durante mucho tiempo, y no solamente en el período que me tocó estar preso en BTC. Si esto es así, las conclusiones van cayendo por su propio peso. La prisión reservada exclusivamente para los inmigrantes ilegales funcionaba bajo una planificación destinada a crear tormento en sus eventuales huéspedes.

El suplicio de los teléfonos relatado en este capítulo abarca solo una parte de la problemática (aquella que involucra al autor de estas líneas y a algunos allegados suyos que compartieron sus penurias), ya que estoy en la certeza de que existieron muchas otras vivencias de las cuales no tengo referencias, razón por la cual ellas no están incluidas en este libro.

Capítulo VI
El conteo de los presos y la noche en BTC

Una de las principales actividades que se desarrolla dentro de una cárcel estadounidense es el conteo. ¿En qué consiste esta actividad? El conteo no es más que un censo de los presos de un recinto carcelario, en un determinado momento. El detalle es que, en el sistema penitenciario norteamericano, existe una suerte de obsesión respecto a este tema. Los conteos se realizan varias veces al día. En BTC había cuatro conteos diarios.

El primer conteo del día era a la una de la madrugada; el segundo a las ocho de la mañana; el tercero a la una de la tarde; y el cuarto a las ocho de la noche.

El propósito del conteo es tener la certeza, en cada momento del día, de que en la prisión se encuentran todos los presos que deben estar allí, y que nadie se ha escapado. Gracias a un conteo pueden, las autoridades carcelarias, determinar si se dio una fuga o más.

De ahí que los conteos fueran cruciales.

Para que el conteo fuera efectivo, todos los presos tenían que estar encerrados en sus respectivas habitaciones. Así se podían cruzar los datos relevados en un determinado conteo con los registros de la administración de la prisión, que tenía la información sobre cada cuarto: el número de presos que había en cada uno de éstos, junto con el nombre y apellido de sus ocupantes.

De tal forma que para el conteo de las ocho de la mañana, por ejemplo, sonaba el timbre a las siete y media, y todos se encaminaban a sus dormitorios, después de que habían tomado desayuno. Esta primera comida del día se servía a partir de las seis de la mañana, y el último en ingresar al comedor lo podía hacer a más tardar hasta las siete en punto. Este cronograma daba lugar a que después de ingerir el desayuno, los prisioneros tenían unos minutos en los que podían socializar un poco. Luego de que todos estaban encerrados, empezaba el procedimiento del conteo que tomaba alrededor de una hora y media. Es que el operativo solo lo realizaba el jefe de guardia de turno, junto con uno —y a veces hasta dos— de sus colaboradores. Y siempre lo hacían en un solo grupo. No es que uno contaba los cuartos de arriba, por ejemplo, y el otro los de abajo, y luego se juntaban para sumar resultados y obtener la cifra final. El equipo de conteo se distribuía labores: uno era el que verificaba las tarjetas de identidad de cada preso, y la contrastaba con el individuo mismo. Primero leía en voz alta el nombre de un prisionero que aparecía en su lista (documento que traía consigo); luego el preso contestaba, también en voz alta, indicando que estaba presente (*here!*, en inglés); acto seguido el censor le pedía la tarjeta de identificación, y fijándose en la fotografía, contrastaba esa imagen con el rostro del prisionero, así como también verificaba el número de prisionero que allí aparecía con el de su listado; y finalmente, cuando constataba que todos esos datos coincidían, procedía a poner una marca de verificación en su listado, lo que quería decir que ese prisionero sí se encontraba presente en el conteo. Recién después de ello procedía de igual manera con el segundo en su lista, hasta agotar a todos los ocupantes del cuarto. Cuando acababa de realizar esta tarea de identificar prolijamente a cada uno de los individuos, levantaba la cabeza y realizaba un conteo general, apuntando a cada preso en la cabeza con su dedo, desde la puerta de la habitación: uno, dos, tres, cuatro, cinco y seis. Para verificar si todo estaba en orden, miraba su listado y contaba allí, en el papel, para ver si concuasaba: uno, dos, tres, cuatro, cinco y seis. Cuando la ecuación cuadraba, los prisioneros-espectadores advertíamos una expresión de alivio en cualquiera que hubiese sido el censor de turno, quien acto seguido cerraba el cuaderno que contenía el listado para proseguir hacia el siguiente cuarto. El segundo miembro del equipo de conteo fungía de asistente del jefe de guardia, y le ayudaba en todo lo que fuera necesario. Lo usual es que este asistente entrara al baño en cada cuarto, para inspeccionar si allí no se encontraba nadie escondido, mientras su jefe realizaba la verificación descrita líneas arriba. En otras ocasiones, ocurría que uno de los ocupantes del cuarto no estaba en su cama el momento mismo del conteo, y todos los demás informaban que el ausente se encontraba en el excusado. En estas circunstancias era tarea del asistente tocar la puerta del retrete, y verificar —aunque fuera con una mirada rápida— que el ausente estaba, en efecto, realizando esas tareas que nos impone la naturaleza humana.

Un detalle que no puede pasar por alto es que para el conteo los presos tenían que estar recostados en sus respectivas camas. Si a tiempo que los censores ingresaban al dormitorio, encontraban que alguno o más de uno de los prisioneros estaban de pie, éste o éstos eran severamente reprendidos, y pasibles a sanciones. A los presos jamás se les da razones del por qué de los procedimientos carcelarios, pero alguna vez que traté de inquirir sobre el fundamento de la existencia de esta norma, se me dijo que era mucho más fácil identificar a una persona echada en su cama, que cuando ésta —junto con varias otras— se encontraran deambulando en un cuarto. Bajo estas últimas circunstancias existía una mayor posibilidad de confusión, y por ende de error en el conteo. Por eso es que para el conteo carcelario los inmigrantes ilegales esperábamos echaditos a nuestros cancerberos.

Cuando por alguna razón de fuerza mayor, alguno de los reclusos no se encontraba en su habitación —sino en la enfermería, debido a un severo malestar que hacía imposible su presencia en el cuarto durante el conteo— el jefe de guardia tomaba debida nota de esa ausencia en su cuaderno. Luego, esa información era cruzada con el registro de la enfermería, donde aparecía un listado de los presos que habían estado en ella y la hora en la que aquello había ocurrido. De esa manera, nadie quedaba sin ser contado, aún cuando estuviere fuera de su cuarto por una razón insoslayable (esto de insoslayable hay que subrayarlo). Porque cuando un preso se encontraba en la enfermería por una razón que no revestía gravedad —sino solo por un malestar liviano—, éste era devuelto a su habitación para el conteo. Recién después del conteo el preso podía volver a la enfermería para atender su caso.

El conteo a la una de la madrugaba (hora en la que todos los presos se encontraban durmiendo, ya que a esa hora era prohibido hasta que las luces estén encendidas en las habitaciones) guardaba algunas diferencias. Lo usual a esa hora era que uno de los encargados del conteo diera una sonora patada a la puerta de la habitación, para abrirla y así poder ver a los reclusos que se encontraban durmiendo. Los primeros días de mi encierro, esta violenta patada a la puerta me hacía despertar en un estado de tormento sin límites. La primera vez pensé que los guardias entrarían al cuarto y me propinarían una paliza en medio de la oscuridad. Cuando uno está preso siente esa angustia de la indefensión absoluta, y sabe que su vida está en manos de otros. Además, me había anoticiado por la vía de notas de prensa y hasta en las películas, que el abuso de los guardias puede ser ilimitado para con los presos; de tal manera que no me resultaba muy alejado de las posibilidades ser víctima de la brutalidad de mis cancerberos. Cuando uno está preso, no es consuelo pensar que después de un atropello perpetrado por efectivos del orden, se dé un juicio en el que se descubra la verdad de los hechos y se castigue a los responsables. Es que el abuso de los guardias puede llegar a extremos: causar daños irreparables e irreversibles a la salud, y, en algunos casos, inclusive, la muerte. Sin necesidad de recurrir a fuentes de prensa (que las hay en abundancia), dentro de BTC se hablaba mucho en esa época de los guatemaltecos que fueron duramente golpeados —hombres y mujeres— por efectivos del ICE, a tiempo de su detención en una redada, que se efectuó en la localidad de Hialeah, dentro del estado de Florida. Este caso fue muy sonado en ese momento, pues funcionarios de organizaciones de Derechos Humanos entraban a BTC en búsqueda de las víctimas, para hacer seguimiento de sus casos ante la justicia. Algunas de estas víctimas aún mostraban las marcas de los daños físicos que les habían causado los agentes del ICE, como una clara evidencia del odio racial imperante en esa agencia de represión contra los inmigrantes ilegales latinos. Frente a esas pruebas irrebatibles de brutalidad consumadas por los agentes del ICE, ¿por qué habría uno de dudar que los guardias de BTC podrían hacer exactamente lo mismo con uno? Pues no existía duda alguna en mi mente que, si uno les daba el menor justificativo, ellos procederían con una golpiza salvaje. Con mucho menos justificativo, los guardias de BTC cometieron un brutal atropello, del cual todos los que estábamos allí recluidos en ese entonces, fuimos testigos. La historia de lo acontecido es la que relato a continuación.

§

Sebastián Molina era un guatemalteco muy tímido, de unos cincuenta años de edad, de estatura reducida (de aproximadamente uno con sesenta metros de alto), y algo excedido en peso. Por sus rasgos faciales, color de la piel y lengua materna, Sebastián era un indígena. No hablaba ni entendía el inglés, y el español lo pronunciaba con un fuerte acento, pues su idioma nativo era el maya-quiché. En BTC casi pasaba desapercibido, pues no era de los que hacía amigos fácilmente, y por ende no socializaba con la gente; tal vez apenas con algunos de sus connacionales. Tan era así, que yo no sabía de su existencia hasta que se desencadenaron los hechos que provocan estas líneas. Ocurrió que una noche, cuando corría la segunda semana del mes de diciembre, después de que el timbre sonara para que los reclusos ingresaran a sus cuartos para el conteo —a eso de las siete y treinta, pasado el mediodía—, y cuando prácticamente todos habían ingresado a sus aposentos, se escuchó un griterío que nacía en algún punto del patio. En ese momento el sol ya se había ocultado del todo, y en el patio reinaba la oscuridad y el silencio (salvo por estos gritos aislados). Como los gritos fueron tan intensos, los seis presos del cuarto nos aglutinamos alrededor de la ventana para tratar de ver qué era lo que acontecía afuera. El griterío iba en el siguiente sentido:

— ¡Levántate! ¡Perro cochino! —gritaba uno de los personajes (que era el jefe de guardia de ese turno) quien, mirando hacia el suelo, lanzó un escupitajo hacia su víctima.

—¡¿Qué esperas allá echado?! Levántate para ir a tu habitación —secundó el ayudante del jefe de guardia de turno.

—Si no te levantas, te levantaremos nosotros y te mostraremos lo que se merecen los mañudos como tú — insistió un tercer guardia, que también miraba hacia el suelo, donde aparentemente yacía el cuerpo del insultado.

Mientras vociferaban todo tipo de improperios contra el recluso que estaba echado en el suelo, y éste no les respondía palabra alguna, los abusivos se fueron enfureciendo más y más. Lo que aparentemente les irritaba al extremo era que no acataba la orden de que se pusiera de pie. Por eso es que cuando los insultos no fueron suficientes, el jefe de guardia emprendió a patadas con el preso en el piso. Con esa aquiescencia tácita otorgada por el jefe, el segundo guardia también puso de su parte, y a su vez descargó todo su odio con potentes patadas contra la humanidad de Sebastián. A los pocos segundos, y solo por no quedarse atrás, el tercer guardia también decidió aportar con su dosis de puntapiés, haciendo estrellar sus zapatazos en la cara del ilegal, quien a estas alturas ya se encontraba totalmente derrotado, indefenso, y en estado de inconsciencia.

—¡¿Así que te querías escapar, infeliz?! —continuó vociferando el jefe de guardia—, ¡pues no te lo vamos a permitir!, ¡de aquí no te vas *pa'* las calles de Miami!, ¡de aquí te vamos a botar!, ¡te vamos a deportar a tu país!, ¡chancho ilegal!

Mientras emitía estos ultrajes, continuó dando patadas al flácido cuerpo de Sebastián, sin darse cuenta que el ultrajado ya había perdido la conciencia. Sebastián ya ni siquiera tenía la mirada viva. Su cuerpo y su estado de ánimo se habían desvanecido como si estuviera muerto. Pero el odio siempre pudo más que la razón en el sistema de los organismos de represión contra la inmigración ilegal en los EEUU. De tal manera que los otros dos guardias también continuaron con la seguidilla de patadas e insultos. En realidad, los tres agentes represivos patearon e insultaron hasta que —literalmente— se cansaron. Únicamente cuando los tres guardias sintieron que sus piernas ya no respondían a sus imparables deseos de continuar propinándole zapatazos a Sebastián, cesaron de patear y de insultar. Cansados, y parados frente al inerte cuerpo del ilegal —a quien sentían que le habían dado su castigo, que además lo tenía bien merecido—, se miraron entre ellos, como preguntándose: "¿qué hacemos ahora?" La pregunta era pertinente porque el cuerpo del guatemalteco ilegal yacía inerte. En contrario de lo que ellos calcularon, Sebastián no se paró para dirigirse a su cuarto, sino que se dejó caer hasta llegar al estado de inconsciencia total. Pero como el que odia por racismo siempre piensa que las razas inferiores están más cerca a los animales que a los seres humanos, estos tres abusivos sentían que Sebastián era un animal y no un ser humano. Y que, en esa condición de animal, soportaría más golpiza que un hombre. Por ello es que, a pesar de verlo postrado casi sin vida en el piso, siguieron sosteniendo que todo esto era parte de un *show* que ponía la víctima, para aprovecharse de la ingenuidad de los gringos. Fue así que, de inmediato y casi de manera reactiva, el jefe de guardia lo agarró de su hombro derecho (como si se tratara de un saquillo de papas) y lo levantó un poco sobre el nivel del piso. Lo propio hizo el segundo guardia, cogiendo el cuerpo del ilegal desde el hombro izquierdo. Ambos procedieron a arrastrar la humanidad de Sebastián por el patio hasta encontrar las gradas que conducían al segundo piso. El tercer guardia —en lugar de ayudar a cargar el cuerpo de la víctima— continuó propinándole patadas de cuando en cuando, mientras el ultrajado cuerpo era arrastrado por los pasillos de BTC.

Luego de arrastrar el flácido cuerpo de Sebastián por el patio, los tres matones enrumbaron sus pasos hacia las escaleras que conducían al segundo piso. Una vez allí, al pie de las escaleras, miraron el empinado declive de las mismas, y a pesar de lo dificultoso que esta empresa se veía, entendieron que no tenían otra alternativa que no fuera continuar arrastrando el cuerpo gradas arriba. Y así lo hicieron. Subieron las gradas —una a una—, haciendo extremos esfuerzos para desplazar el cuerpo que llevaban hasta alcanzar el segundo piso. En ese trayecto, no paraban de vocear insultos sobre el cuasi muerto cuerpo del guatemalteco, quien, debido a su grave estado de salud, seguro que ya no atendía a ninguno de aquellos agravios. Pero ellos, convencidos aún que acarreaban el cuerpo de un animal despreciable y peligroso, lo continuaron pateando y golpeando a propósito contra el piso, sin demostrar piedad ni siquiera ante el moribundo. Fue en esas circunstancias que mis compañeros de cuarto y yo logramos ver de cerca los acontecimientos, ya que nuestro cuarto estaba localizado muy próximo al desemboque de las gradas que provenían del primer piso. Mientras los malhechores manipulaban el cuerpo de Sebastián escalando las gradas, la ventana de mi cuarto —así como de todos los demás cuartos de los reclusos en BTC— se encontraba apilada de cabezas (como si fueran racimos de uvas), cada una de ellas con sus pares de ojitos, que atestiguaban, pasmados, lo que allí transcurría. Lo trágico de aquel momento fue que nadie podía hacer nada al respecto, en defensa de Sebastián. Todos sabían que salir en socorro de nuestro compañero era equivalente a cometer un suicidio. La frustración de todos fue presenciar el aporreo sin poder hacer absolutamente nada al respecto.

Cuando llegaron a la segunda planta, doblaron hacia la mano derecha, con dirección a la habitación de la víctima, la cual estaba en sentido contrario a nuestro cuarto, por lo que estábamos impedidos de seguir mirando los acontecimientos. Sin embargo, a la mañana siguiente, cuando salimos a tomar desayuno, el detalle de las noticias estaba a la orden del día. La historia fue que los abusivos guardias transportaron a Sebastián hasta su dormitorio (ellos sabían el número de su habitación, por la tarjeta de identificación que el maltrecho llevaba en todo momento pegada en el pecho). Cuando abrieron la puerta del mismo, optaron por arrojar el cuerpo al suelo, y darle unas cuantas patadas más, en son de despedida. Pero no se olvidaron de continuar con los insultos y los escupitajos, para que la humillación fuera completa.

Los compañeros de habitación de Sebastián sabían algo que los guardias ignoraban: que el guatemalteco estaba enfermo. Sufría de hipoglucemia. A raíz de esa condición, sus amigos y compañeros de cuarto sabían que si Sebastián, en cualquier momento, sufría de un ataque de hipoglucemia, ellos tendrían que proporcionarle azúcares para compensar los bajos niveles de glucosa que lo habrían conducido a esta situación de crisis. Y así fue que lo hicieron. Ni bien los guardias salieron del cuarto, luego de desplomar la humanidad del moribundo en el suelo, los compañeros abrieron una lata de Coca Cola que tenía uno de ellos, y se la hicieron tomar casi a la fuerza. Con la escasa de energía que todavía tenía Sebastián (sus amigos le daban bofetadas suaves en la mejillas para despertarlo), absorbió el líquido de la lata, de poco en poco.

A los pocos minutos de haberle suministrado este refresco azucarado, Sebastián salió de su estado de crisis absoluta, venciendo así el ataque de hipoglucemia que lo había derrotado desde un principio, cuando se encontraba en el patio del presidio. Lo que no pudo vencer esa noche —ni tampoco lo pudo hacer durante los siguientes días— fue el insoportable dolor que le causaron los hematomas que tenía en todo el cuerpo, fruto de la golpiza que le propinaron los guardias. Cada puntapié que le habían dado, lo tenía sellado en la parte del cuerpo donde había recibido el golpe. Por el intenso dolor que sentía en el costado derecho del cuerpo, todo hacía pensar que tenía una o más costillas rotas. Esta última presunción se ratificó cuando, después de varios días de sufrimiento, le tomaron una radiografía. Pero aún más duro que el padecimiento fisiológico, fue el padecimiento psicológico que le causaron sus tres asaltantes del gobierno federal de los EEUU. Si bien los hematomas fueron cediendo y las costillas fueron soldándose, lo que no lograba el guatemalteco era superar la humillación a la que había sido sometido. Los escupitajos que aterrizaron en su rostro, todavía estaban chorreando saliva allí, la saliva del desprecio, del racismo, del odio. Durante cada instante de silencio, Sebastián escuchaba los gritos e insultos de sus torturadores, como si fuera en ese preciso momento que le estuvieran humillando con sus vociferaciones. En realidad, Sebastián revivía —en cada segundo de su existencia— la tortura a la que lo habían sometido. Dentro de su alma, él se preguntaba si todavía debería seguir luchando por quedarse en los EEUU (en esa tierra prometida, cuna de la democracia y de la justicia, según se decía, donde había residido en el transcurso de los últimos diez años de su vida, de manera ilegal), o, si en su defecto, después de semejante experiencia, debería optar por pedir de manera voluntaria el retorno a su país. El retorno a esa tierra que lo había visto nacer, donde estaban sus seres queridos: su esposa Matilde, y sus seis hijos —Ramón, Elizabeth, Ana, Irma, Fernando, y Pablo—, a quienes ya solo conocía por fotografías. En todos estos años sus hijos ya no eran los tiernos infantes que él había dejado, para convertirse en jóvenes con vida y aspiraciones propias. A Matilde sí la extrañaba, pero se preguntaba si lo que quedaba después de tantos años era amor, o el recuerdo de lo que fue un profundo amor nacido en la fertilidad de la juventud. "¿El recuerdo de un amor, es amor?", se cuestionaba a sí mismo. Él no podía responder tremenda pregunta. Solo la vida misma, la experiencia misma, el método empírico de la ciencia de la vida le daría algún día la respuesta. O tal vez la respuesta nunca jamás la sepa, pues como ya lo había comprobado, uno podía morirse cualquier día, sin necesidad del anuncio debido. Este debate interno le consumía las entrañas, el corazón, el alma. "¿Volver o no volver?", era la pregunta fantasmagórica que lo había acechado durante años, y que en ese momento cobraba mayor relevancia que nunca antes. ¿Tenía sentido luchar por quedarse en una tierra donde le iba bien —pues sus ingresos eran incomparables con los que tendría en su pueblo natal—, pero donde había sido ultrajado y humillado por las propias autoridades públicas? Como Sebastián ya no era un jovenzuelo inexperto, él también conocía las particularidades de su Guatemala querida. ¿Acaso en Guatemala los indígenas como él gozaban de un trato respetuoso por parte de las autoridades gubernamentales? La respuesta que él se daba era contundente: Guatemala era uno de los países más racistas de América. Prueba inobjetable de ello era el Premio Nobel de la Paz otorgado a Rigoberta Menchú en 1992, en homenaje a la lucha de esta mujer en representación de los indígenas marginados en esa sociedad centroamericana. Entonces, razonaba el guatemalteco ilegal, si el racismo está presente en la sociedad guatemalteca y en la estadounidense, "¿dónde es mejor vivir?" Su decisión ya no podía estar basada en el racismo, pues ambas sociedades estaban corroídas por esta enfermedad social. En ambas, los indígenas eran vistos como ciudadanos de segunda, y eran maltratados. En relación a este tema, "hay que resignarse", se respondía. "Lo que tengo que ver es dónde puedo conseguir empleo, y seguir manteniendo a mi familia: eso es lo práctico", pensó para sus adentros. Este fue el debate interno que Sebastián sostuvo luego de este triste episodio.

Pero para que la historia de lo acontecido aquella noche no quede incompleta, es necesario complementarla con los datos recogidos de los compañeros de cuarto de Sebastián, así como del grupo de guatemaltecos que se enteraron con mayor precisión de los detalles.

Después de comer aquella noche, Sebastián se encontraba en el patio solo (como era su costumbre), disfrutando de esos minutos después de la cena, al aire libre. En esas circunstancias, él había sentido un ligero malestar, razón por la cual decidió sentarse en uno de los taburetes de lo que era el gimnasio de BTC: que estaba constituido por unas cuantas pesas destinadas al ejercicio de los reclusos. Las pesas estaban colocadas en una de las esquinas del patio. Y, como en todo gimnasio, cada pesa tenía su taburete adjunto. Él ocupó uno de los taburetes que estaba desocupado, pues en ese preciso momento solo había un pesista que estaba haciendo ejercicios. Mientras estaba sentado, chirrió el timbre que señalaba el fin de la hora de la cena, y que ordenaba a los reclusos para que retornaran a sus habitaciones, con fines del conteo de las ocho de la noche. En esas circunstancias, Sebastián fue sintiendo que su malestar se tornaba cada vez peor. Él sabía que el problema que lo aquejaba era la hipoglucemia (pues antes ya había experimentado ataques causados por este mal), pero no podía hacer nada al respecto. El único pesista que estaba cerca a él ya se había levantado de su taburete en cuanto sonó el timbre, para dirigirse hacia su habitación. Y de la misma manera, toda la muchedumbre se dirigía a sus respectivos aposentos por los corredores del presidio, abandonando así el patio central. Como el cielo ya estaba completamente oscuro, nadie se percató siquiera de que un preso se quedaba rezagado en el área de las pesas. Mucho menos aún, nadie se percató de que ese rezagado estaba sintiéndose muy enfermo en esos momentos. De pronto Sebastián se sintió tan mal, que perdió el sentido de las cosas: perdió el conocimiento. Así fue cómo el guatemalteco se desvaneció y apareció tendido en el área de las pesas, debajo de uno de los aparatos de ejercicios. Después del timbre, generalmente tomaba unos cinco minutos para que no quedara ni una sola alma en el patio. Fue en esas circunstancias, cuando los guardias revisaban el patio para verificar cualquier irregularidad, que se encontraron con el cuerpo de Sebastián tendido debajo de ese aparato de pesas. Bajo la lógica prejuiciada de un cancerbero, el preso no podía estar enfermo, sino que tenía que estar planeando su huida del penal. Por eso es que cuando se aproximaron a Sebastián y le preguntaron su nombre, frente al silencio del infortunado, supusieron que estaba ocultando sus fechorías. Encolerizados por la afrenta del ilegal, reaccionaron de manera animalesca, y emprendieron a patadas, insultos y escupitajos, para darle una lección que no la olvidaría jamás. El resto de lo ocurrido en el trayecto hasta que lo depositaron en su cuarto, lo vimos nosotros y lo relatamos líneas arriba.

Lo interesante fue lo que ocurrió después de los hechos. Luego de que los compañeros de cuarto del guatemalteco le socorrieron con sus primeros auxilios, resucitándolo del ataque de hipoglucemia con una Coca

Cola, empezó la segunda parte de la odisea. ¿Acaso este tremendo atropello podía quedar en la absoluta impunidad? Por más que los que estaban allí recluidos hubiesen sido casi todos inmigrantes ilegales, afloró el sentimiento de rechazo e indignación frente a lo que habían visto con sus propios ojos. El ultraje a la vida humana por parte de agentes del orden —esta vez— no estaba en las pantallas de CNN o en una película de Hollywood. Cada uno de ellos había sido testigo de lo que aconteció aquella noche, en la que si Sebastián no perdió la vida, fue por obra de un milagro, y por la oportuna reacción de sus compañeros de habitación. Dios, con la ayuda de estos seres humanos —condenados de ilegales por el Derecho norteamericano—, le devolvió la respiración a Sebastián.

Durante toda la noche, Sebastián, a pesar de que no pudo dormir, no pronunció ni una sola palabra. Se la pasó en vela, suspirando, gimiendo y llorando, con la cara contra un envoltorio de sus propias ropas interiores que usaba como almohada. En la cárcel no existen almohadas. Cada preso tiene su catre y un colchón de material sintético —de una consistencia muy parecida que oscila entre el plástico y la goma—. Algunos colchones tenían una hendidura entre la parte que correspondía al cuerpo y aquella que correspondía a la cabeza, que hacía aparecer a la parte que correspondía a la cabeza, como si fuese una almohada incorporada al colchón. Pero en realidad no era una almohada, era simplemente un globo de goma protuberante adherido al colchón que hacía muy incómodo el ejercicio de dormir. Cuando uno apoyaba la cabeza sobre esta pretendida almohada, se formaba un ángulo perfecto de noventa grados entre aquella y el cuerpo, y, además, ella rebotaba sobre este globo con cada vuelta del cuerpo. En esas condiciones era imposible conciliar el sueño. Por eso es que algunos presos colocaban esa parte del colchón, que tenía la intención de ser almohada, en los pies. Y, en la parte que se apoyaba la cabeza, o no ponían nada y dormían sin almohada, o, en su defecto, colocaban algunas piezas de su propia ropa interior como si fuese almohada. Eso es lo que hacía Sebastián, por eso es que se pasó la noche llorando con el rostro apoyado en esa supuesta almohada, comprendida por su ropa interior. Nadie interrumpió su padecimiento, pues era hora de que alguien lo respetara, aunque sea a la hora de llorar.

Pero a las seis en punto de la mañana chirrió el timbre del penal, anunciando la hora del desayuno. Sebastián continuó gimiendo como si no hubiese escuchado nada, como si su cuerpo no le pidiera alimento para iniciar un nuevo día. En realidad, solo su cuerpo estaba allí, botado... sobre el colchón de goma; su mente estaba en otro lado, estaba con Dios. Rigoberto, el que podría ser identificado como su más cercano amigo de la cárcel (tomando en cuenta que Sebastián no era muy sociable) y compañero de habitación, se acercó a él, con el sigilo y la suavidad con que las madres se acercan a sus hijos recién nacidos. Cuando estaba casi tocando su oreja izquierda con sus labios, le dijo en voz muy baja:

— ¿Hay algo que yo pueda hacer por ti en este momento?, ¿te llevo a la enfermería?, ¿o prefieres que te traiga algo de comer mientras tanto? —un prolongado silencio siguió al susurro de Rigoberto. No era que Sebastián no quería responderle; es que le era casi imposible hacerlo. El dolor del cuerpo y del alma lo tenían adormecido. Cuando quiso responderle, tuvo que extremar esfuerzos para que sus labios inferiores se lograran separar de los superiores. La sangre que le había brotado como consecuencia de los golpes, actuó como pegamento entre los labios. Cuando logró despegarlos, a duras penas, salió un sonido ronco y de bajo volumen de su boca.

—No, gracias, amigo —balbuceó Sebastián—. Ahora no quiero nada. No puedo ni quiero ir a la enfermería. Y tampoco me apetece comer nada. Solo quiero estar así.

—Bien —respondió suavemente Rigoberto, comprendiendo el padecimiento de su amigo—, entonces me voy al desayuno. Luego retorno y vemos si en aquel momento puedes ingerir algo. Te traeré un poco de leche; las proteínas son imprescindibles.

Fue así que Rigoberto salió del recinto, junto con los otros cuatro compañeros que compartían la habitación. Sebastián quedó solo, siempre bocabajo, siempre gimiendo.

A esa hora de la madrugada, el patio estaba atiborrado de presos. La fila para el desayuno estaba más larga que nunca; todos habían salido exactamente a las seis en punto para hacer cola. Esto no era lo normal. Lo que acontecía cada día era que los reclusos iban incorporándose a la cola entre las seis y las siete de la mañana, poco a poco. Fue así que ni siquiera el comedor tenía el espacio suficiente como para poder albergar a todos los reclusos al mismo tiempo. Por supuesto que la razón por la cual todos habían salido a las seis en punto de la mañana era una sola: querían saber los pormenores de la noche anterior. Todos se habían quedado pasmados por lo que habían visto a través de sus respectivas ventanas, pero no sabían lo que en verdad había pasado. Mas era muy complicado conversar en la misma cola. Estaba prohibido que en la fila se formasen grupos; la regla decía que la cola debía ser de a una sola persona: uno detrás del otro (en lo que se denomina, fila india), y no uno al lado del otro. De ahí que no podían estar los reclusos parados en la cola formando grupos alrededor de alguien, conversando. Los guardias eran muy celosos a tiempo de mantener lo que ellos imponían a voz en cuello: "¡una sola fila!, ¡una sola fila!"

Pero dentro de la cárcel, los presos siempre se daban modos para sortear las dificultades. En cuanto me incorporé a la fila, el que me antecedía en ella me puso al tanto de los pormenores de lo acontecido. Y en cuanto uno nuevo se plegó después de mí, me tocó hacer lo propio con él. Así, todos estaban debidamente informados al solo acoplarse a la cola del desayuno. Por lo menos tenían la información básica en ese primer momento.

Lo interesante venía después del desayuno. Tanto en la fila, como en el comedor, era difícil sostener conversaciones fluidas con los compañeros presos, pues los guardias se ocupaban de reprimirnos. En el comedor la idea era que los reclusos se alimentaran, no que disfrutaran de un momento de esparcimiento social. Mientras los reclusos se alimentaban sentados en los taburetes de las mesas (éstas eran largas y daban cabida a varias decenas de presos cada una, como las mesas de los comedores de los mercados en la mayoría de los países latinoamericanos; o, como las mesas de los comedores en las universidades norteamericanas), los guardias que controlaban el comedor revisaban con sus ojos a cada uno de los presos, por turno, uno por uno. En cuanto detectaban que uno de los comensales se estaba tomando más tiempo del prudente (este plazo era calculado según la apreciación personal de cada cancerbero) para ingerir los alimentos, hacían retumbar el recinto con un grito de advertencia severa:

— ¡Apúrense en comer!, ¡esto no es un hotel!, ¡ni un restaurante!, ¡coman rápido!, ¡boten a la basura sus desechos!, ¡devuelvan la charola con los platos!, ¡y retírense! —quien gritaba estas frases, normalmente se sentía muy poderoso o poderosa—. ¡Y no hablen!, ¡esto no es un restaurante para conversar!

Aquel infortunado día nadie quería quedarse más tiempo del necesario dentro del comedor, así que los guardias no tuvieron dificultad en arrear a los presos. El que se sentaba, comía lo más deprisa posible, y luego procedía a efectuar la retirada, para después aparecer en el patio principal de BTC. Allí sí que estaban las noticias, los comentarios, las opiniones, y, como lo veremos más adelante, los planes de acción.

A esa hora de la mañana —cuando todavía los rayos del sol aterrizaban tenuemente sobre el patio del penal—, los cientos de presos que estaban allí arremolinados en grupos se mostraban absorbidos por la temática de la agenda común que compartían. Evidentemente, todos hablaban en diferentes grupos, pero todos hablaban de lo mismo. Cuando yo salí al patio, busqué a alguien amigo con quien dialogar, pero para ser más preciso, busqué a alguien que estuviera más enterado del tema. A lo lejos divisé a mi compañero de cuarto de nacionalidad nicaragüense, Roberto Almaráz, a quien se le veía gesticulando, mientras se explayaba discurseando frente a un grupo de unas diez personas. A estas alturas de la madrugada, Roberto tenía que estar más enterado de la situación, ya que él conocía a Sebastián, pues ambos eran centroamericanos. La logia centroamericana era relativamente compacta en BTC. Y si Roberto estaba lanzando un discurso a la concurrencia (él era generalmente de una personalidad retraída), no solo sabía más del tema, sino que estaba compenetrado en la problemática. Fue así que caminé unos cincuenta metros en dirección al grupo de Roberto. Cuando estuve cerca, pude distinguir que su voz estaba alterada y que demandaba la participación comprometida de todos los presos, pero en particular, de los otros guatemaltecos y centroamericanos.

—Lo que ha ocurrido, compañeros, ¡no tiene nombre! ¡Casi han matado a Sebastián, y lo mismo le puede pasar a cualquiera de nosotros! Si Sebastián está aún con vida, es gracias a la acción oportuna de sus compañeros de cuarto. Rigoberto Málaga, su amigo y compañero de habitación, me ha relatado los hechos en detalle. Los malditos guardias, después de propinarle una paliza inmisericorde, lo tiraron al piso de su habitación con rabia, y luego lo patearon y escupieron a tiempo de irse. Todo esto, sin siquiera averiguar cuál era su estado de salud; sin siquiera averiguar que anoche estaba tendido en el piso de este patio a consecuencia de un ataque de hipoglucemia, y no para escapar de esta prisión. ¡Esto no puede quedar así! Los que cometieron ese crimen deben pagar por él. ¡Para eso debemos estar unidos! Debemos actuar sin miedo, sin vacilaciones, sin ambages. Debemos conformar una comisión, en este mismo instante, para denunciar los hechos al jefe de guardia de hoy día, y para que éste nos haga dar una entrevista con el alcaide de la prisión —Roberto hablaba sin parar, como si estuviera en una campaña política, en cualquier plaza de pueblo de Nicaragua, gozando plenamente de sus derechos democráticos.

Hasta ese momento, ningún guardia se había aproximado a él ni a nadie en el patio, con la finalidad de que se apaciguaran los ánimos. Es que así son los seres humanos: en el fondo nuestros cancerberos eran conscientes de que algo grave había pasado la noche anterior, que se habían cometido serios abusos a los Derechos Humanos, y que ahora había que tener más cautela en el manejo de esta situación. No era cuestión de que continuaran administrando patadas para solucionar este pleito. Por esa vía, las cosas podían escaparse de sus manos. Las autoridades carcelarias sabían que representantes de grupos de protección de los Derechos Humanos visitaban semanalmente la cárcel de BTC, y que una denuncia nuestra podía desatar un escándalo afuera, en la prensa de Miami y de los Estados Unidos. También estaban conscientes de que los presos mantenían contacto con sus respectivos abogados, en el tratamiento de sus casos ante el juez de inmigración. Bastaría con que uno de estos abogados se ocupara del tema, para que las cosas se salgan de control.

Tras unos minutos más de arengar a su audiencia, Roberto dejó de discursear, y pasó a coordinar las acciones de la comisión que acababa de formar. La comisión estaba compuesta por cinco personas. Él era el coordinador principal. Rigoberto Málaga, por ser compañero de cuarto del infortunado, también era miembro de ella. Como éste conocía el detalle de lo acontecido la noche anterior, orientaba al grupo y serviría como testigo de los hechos en las conversaciones con las autoridades carcelarias. Y además, era el puente de conexión entre la comisión y Sebastián. Como la víctima estaba sumergida en un profundo estado de depresión —y el rumbo que tomarían las acciones de la comisión debería seguir los deseos de Sebastián—, era imprescindible que ese rol de puente con éste lo cubriera alguien que tenía acceso a él, alguien que fuese de su plena confianza. Nadie mejor que Rigoberto cumplía con estos requisitos. Además, éste era guatemalteco, compatriota de Sebastián. El tercer miembro de la comisión era Felipe Martínez, amigo cercano de Roberto, también nicaragüense. El cuarto era Ricardo Araníbar. Y el quinto era Patricio Roldán. Estos dos últimos eran salvadoreños, amigos de Roberto, y, según se decía en los corrillos de BTC, ambos eran miembros de La Mara Salvatrucha. La mayoría de los centroamericanos les rendían pleitesía a los mareros. Como en la vida no hay nada más atrevido que la ignorancia, yo, que jamás había escuchado sobre la existencia de La Mara en Bolivia (las influencias de estos grupos mafiosos no llegaban hasta tan lejos en el sur del continente, gracias a la Providencia), no entendía el porqué de tanta reverencia a estos personajes que parecían sacados de una telenovela colombiana de mafiosos, y por cierto, de un culebrón de muy de mal gusto. Estos supuestos mareros no llegaban a medir ni siquiera un metro setenta, y su fortaleza física tampoco era nada envidiable. En el propio BTC había varios jóvenes mucho más fuertes y musculosos que ellos.

Al que yo conocía más era a Patricio Roldán, quien con muchísima frecuencia aparecía en mi cuarto visitando a Roberto. Eran amigos cercanos. Roldán me cayó mal desde que lo conocí por primera vez. Era un individuo de baja estatura: no sobrepasaba el metro con sesenta centímetros. No era fuerte, de musculatura sólida. Más bien era un tanto subido de peso y de músculos flácidos. Debía de oscilar entre los veinticuatro y los veintiocho años de edad. Eso sí, tenía tatuados ambos brazos, de principio a fin. Lo mismo el torso y la espalda. Pero lo que más repugnaba de él no eran solamente los tatuajes (que ya habían distorsionado su apariencia física), sino su actitud: era petulante y engreído. Estaba convencido de que infundía terror, y confiaba que con ello los tenía dominados a todos. Lo que no sabía era que solo infundía burla, y que con ello no dominaba a nadie, sino a los incautos que creían en su *show*.

Sin duda, la mera presencia de estos supuestos miembros de la Mara Salvatrucha en la comisión, le restaba fuerza a una causa justa y digna. Roberto, que sin duda estaba impulsado por buenas intenciones, no tenía ningún conocimiento de estrategias de negociación. Y su sentido común no llegó a comprender que el alcaide y las demás autoridades carcelarias rechazarían a la comisión por la presencia de estos individuos, que seguramente estaban identificados como mareros por los datos de inmigración. Si algo hacía el ICE en el procesamiento de los ilegales era recopilar antecedentes sobre la relación de éstos con la justicia. Por eso es que la comisión nació muerta.

Cuando Roberto terminó de confeccionar la comisión, instruyó a sus miembros que lo acompañaran con dirección a la oficina del jefe de guardia que estaba, en ese momento, de turno. Cuando arribaron a la oficina de éste, los recibió atentamente, les invitó a tomar asiento, y preguntó qué podía hacer por ellos. Por supuesto que a estas alturas de la mañana —aunque era temprano, el tema era de tanta trascendencia que todas las autoridades del penal ya conocían sobre los acontecimientos y su potencial peligro— el jefe de guardia ya estaba preparado para enfrentar la acometida de los comisionados. Roberto empezó a hablar, y el jefe de guardia (quien alegó no entender nada de castellano) le dijo que si él no podía expresarse en inglés, era necesario que interviniese un traductor. O, en su defecto, preguntó si alguno de los otros miembros de la comisión hablaba inglés. La respuesta fue inmediata y frustrante: ninguno lo hacía. Fue así que el jefe de guardia hizo convocar a una secretaria de una de las otras reparticiones administrativas de BTC, para que oficiase de traductora. Hasta que la secretaria en cuestión se presentara en las oficinas del jefe de guardia transcurrieron varios minutos. Es que este tipo de cooperación —transferencia de personal entre diferentes departamentos administrativos— requería de un pequeño trámite de autorizaciones. Mientras tanto los ánimos de los comisionados se iban aplacando. El ímpetu con el que habían arribado se iba desmoronando con la espera, y luego terminaría de desplomarse con la intervención de la supuesta traductora. Cuando llegó ésta, cuyo nombre era Rosa (una señora de origen cubano, que si bien entendía el español, lo hacía de manera muy precaria, pues había vivido en Miami desde su tierna infancia, y tenía muy poca práctica con el idioma de Cervantes; en realidad lo único que hacía en español era escuchar a su anciana madre, pues inclusive a ella le hablaba en inglés), empezó la reunión formalmente. Roberto empezó a hacer un relato de los hechos, a partir del momento que los guardias encontraron a Sebastián tendido en el suelo del patio, en el lugar de las pesas. Cuando Roberto hacía una pausa, luego de haber realizado una prolongada exposición, Rosa entraba en acción. La traducción era pésima, no solo porque Rosa no era la idónea en lo estrictamente lingüístico, sino porque como Roberto hacía largas exposiciones entre cada pausa, ella se olvidaba la primera mitad de cada una de sus exposiciones. Pero además, cuando Roberto realizaba planteamientos y demandas en términos que para Rosa eran duros, ella se ocupaba de suavizar la terminología y así distorsionar el mensaje. Cuando él dijo, por ejemplo, que "lo acontecido era inadmisible, que se habían violado los derechos fundamentales de Sebastián, poniendo inclusive su vida en riesgo", ella lo traducía de la siguiente manera: "los hechos acaecidos causaron mucho dolor en los reclusos, y esperamos que en el futuro se eviten acontecimientos de esta naturaleza en BTC, en resguardo de los derechos de todos". Con estas distorsiones (que en parte reflejaban su falta de pericia, pero que en otra parte eran deliberadas), ella se estaba protegiendo a sí misma, a su fuente de trabajo. Ella no quería enfurecer a sus jefes, así que prefería darles un mensaje más benigno que el original. Bajo esta modalidad, la reunión se extendió por más de una hora y media. Al cabo de este tiempo, el jefe de guardia acabó cansado y muy confundido. Las versiones traducidas por Rosa no parecían reflejar el ánimo inicial de los comisionados. Las caras exaltadas que trajeron éstos no condecían con ese mensaje tan apaciguado que relató la cubana. Al despedirse, el jefe de guardia les dijo a los comisionados que él tomaría cartas sobre este asunto, y que de haber responsables, ellos pagarían por sus culpas. Estados Unidos era la tierra de la justicia.

Roberto y sus compañeros estaban contentos de haberse hecho escuchar. Ese día, en BTC ellos quedaron como unos valientes, que plantearon las cosas con hidalguía frente al jefe de guardia. Lo que no contaron es que el jefe de guardia no accedió a que sostuvieran una reunión con el alguacil, ya que ello, les dijo aquél, solo acontecería en caso de que él no pudiera dar una solución al problema, dentro de un plazo razonable. Así que ahora todo lo que quedaba era esperar. Lo que ocurrió de inmediato fue la desaparición de los tres guardias-delincuentes, los protagonistas de la paliza a Sebastián. Con esta medida, los reclusos nos sentimos en alguna medida desagraviados, pues era lo mínimo que podía haber pasado. Al respecto, en los corrillos se hablaba de que esos tres estaban siendo objeto de un proceso disciplinario, y que inclusive serían puestos a disposición de la justicia ordinaria, en juicios penales. Otras versiones señalaban lo contrario: que la desaparición de estos matones era una medida solo de maquillaje, que ellos habrían sido cambiados de destino a otro penal, y que en realidad nada estaba pasando y que nada pasaría en el futuro, sino el triunfo de la impunidad. Frente a estas versiones y otras tanto más antojadizas, cundió la confusión. Pero la verdad es que los presos no tienen derecho a mucho, pues ni la comisión de Roberto, ni ningún otro recluso o grupo de ellos, tenía la fuerza suficiente como para exigir explicaciones de lo que estaba aconteciendo a las autoridades carcelarias.

Pero al margen de los procesos que se les podía iniciar a los guardias-delincuentes, ¿qué estaba aconteciendo con Sebastián? ¿Le habrían hecho un examen médico apropiado para averiguar si existía daño emergente de aquella pateadura? Y si es que existía daño a la salud, ¿era éste un daño momentáneo o sería éste un daño perenne? ¿Era un daño superficial o profundo? ¿Y qué del daño sicológico? ¿Estaría él iniciando juicio a BTC? ¿Y a los guardias-delincuentes?

Estas y muchas otras eran las preguntas naturales que habría que hacerle a Sebastián, no solo por el afán de conocer las noticias, sino sobre todo para aconsejarle o informarle sobre los derechos que él tenía en esa coyuntura tan especial. Como yo no conocía a Sebastián personalmente, me guiaba por la información que proporcionaba Roberto, en su calidad de amigo de la víctima y colaborador de ella por medio de la comisión que había conformado. Los días siguientes a los hechos, Roberto iba expresando una suerte de preocupación por la conducta de Sebastián. Decía que éste permanecía callado, casi hermético. Que lo único que atinaba a hacer era llorar y gemir durante casi todo el día. Que era casi imposible hablar con él sobre este delicado tema. Que apenas ingería el alimento estrictamente necesario para no colapsar. Roberto estaba frustrado porque no podía ayudar a su amigo.

Así fueron pasando los días, sin mucho avance en ningún sentido, y con una víctima que había enmudecido. Después de unas tres semanas de los acontecimientos luctuosos, una voz de alarma hizo cundir el pánico entre los indefensos inmigrantes ilegales del penal. Era de noche, después de que nos encerraron para el conteo de las ocho, cuando estalló la noticia: el jefe de guardia que protagonizó la paliza a Sebastián había vuelto a BTC.

Esa noticia la trajo uno de los compañeros de cuarto, Américo Oporto, salvadoreño, joven de unos veinticinco años. Américo era un personaje dentro del cuarto. Era muy festivo, todo era materia de broma para él. Se daba la libertad de colocar un apodo a cada uno de los compañeros de la habitación. Aún cuando a veces las chapas eran un poco subidas de tono, la gente en general lo quería, pues no era mal

intencionado. Esa noche Américo llegó espantado y relató lo
siguiente:

—Mientras estábamos abajo en el patio conversando
con otros amigos salvadoreños, haciendo la digestión después
de la cena, pasaron cerca de nuestra mesa tres guardias vestidos
con la indumentaria que los identificaba como tales. Dos de
ellos eran desconocidos, pero el tercero, que era mayor que
los otros dos, era cara conocida. Nos tomó unos segundos
hasta que entramos en razón y nos dimos cuenta de que se
trataba del jefe de guardia que le dio la paliza a Sebastián.
Era el mismo personaje que caminaba pavoneándose por el
patio hace unos minutos atrás, como desafiante ante todos
los reclusos. El tipo es tan repulsivo, que mientras andaba
dándoselas de muy macho, traía una sonrisa socarrona
dibujada en el rostro.

— ¿Estás seguro de que era él? Tal vez era alguien
parecido y ustedes se han confundido. Es que si a un
principio no lo reconocieron, por algo será. Si hubiese sido
él, en efecto, ustedes no habrían dudado ni un segundo, y lo
habrían identificado desde un inicio. ¿Acaso no lo conocen?
Él ha trabajado en BTC mucho tiempo, y seguro que estaba
aquí cuando cada uno de los salvadoreños entró al penal. Lo
que pasa es que han debido ver a alguien parecido, y se han
confundido. No creo que BTC lo reponga al mismo guardia-
delincuente, sobre todo porque supuestamente existe uno
o varios procesos contra él por los hechos acaecidos —
comenté yo en un intento porque no se impusiera la desazón
y el pánico injustificadamente.

—Yo no creo que nos hayamos equivocado todos.
Eso no puede ser. Era él seguro. Lo que ocurre es que a un

principio no lo reconocimos porque nos parecía inverosímil lo que estábamos viendo con nuestros propios ojos. El delincuente volvió a ser jefe de guardia en BTC, y aquí no pasó nada — añadió Américo, esta vez con tono de honda preocupación —. Pero lo más grave es que éste ha debido retornar con mucha rabia contra todos los presos, ya que ahora conoce las denuncias que se sentaron en su contra, me refiero a las denuncias hechas por Roberto y la comisión.

—Tienes razón — replicó Roberto, que escuchaba la contraposición de opiniones al respecto de este espinoso tema —, esto es muy preocupante. Este desgraciado ahora se las va a agarrar conmigo y con los otros miembros de la comisión. Él por supuesto que está enterado de todo lo que hemos declarado en su contra, y ahora ha vuelto para vengarse. Lo que está ocurriendo es una afrenta a todos los presos. Nuestra seguridad física y nuestras vidas corren peligro con un delincuente de esa talla, en papel de guardia. ¡Esto no puede ser! Mañana mismo iremos a reclamar sobre esta situación al jefe de guardia que tiene el turno del día.

Toda esa noche la pasamos aterrorizados. La primera prueba para verificar si este individuo había retornado como jefe de guardia nocturno era en el conteo que se debía realizar a partir de las ocho de la noche.

Alrededor de las nueve y quince de la noche —como ocurría en cada conteo nocturno— un estruendoso ruido interrumpió la precaria paz de los reclusos de la 242. Era la patada con la que los guardias abrían, usualmente, la puerta para realizar el conteo. Cuando la hoja de la puerta quedó bamboleando de un lado al otro hasta quedar quieta otra vez, todos permanecimos con los ojos bien abiertos con el objetivo de ver quién aparecía por la entrada para realizar el conteo. "¿Será que volvió realmente el guardia-delincuente, como sostenía con absoluta convicción Américo?", era la pregunta que en silencio se planteó cada uno de los habitantes del cuarto. Luego de unos segundos de suspenso, apareció un rostro desconocido, un nuevo guardia estaba a cargo del conteo esa noche. Acompañando a éste, como siempre, estaba otro guardia que lo ayudaba en esta tarea censal. Luego de realizar el conteo, ambos se retiraron del lugar sin mayores novedades.

—Menos mal que no era el guardia-delincuente — reflexionó con aire de satisfacción Roberto—parece que los salvadoreños se equivocaron esta vez.

—¡Para nada! —exclamó Américo sin dubitaciones —, el que vimos en el patio hace un par de horas era el guardia-delincuente. De eso no hay duda. Lo que falta saber es si estaba aquí para quedarse a trabajar, o si estaba solamente de paso, y aprovechó la ocasión para que lo viéramos.

—Pero si no está trabajando de guardia, ¿qué otra cosa podría él hacer aquí? —intervine para aplacar los ánimos.

Es que la mera sensación de que ese personaje hubiese estado en el penal por la noche llenaba de angustia a los presos. Si bien en la cárcel siempre existía esa sensación de indefensión, pues en cualquier momento uno podía ser objeto de cualquier acción inesperada, durante la noche la situación era peor. La oscuridad de la noche era el perfecto escondite de los delincuentes que querían abusar de alguien. No hay que olvidar que en BTC nadie tenía la seguridad de encerrarse en un cuarto con llave, o por lo menos con una chapa que cerrara la puerta herméticamente. Eso no existía por política del penal. Las puertas se cerraban, pero sin ningún tipo de seguro. Cualquiera se podía introducir en el cuarto mientras sus ocupantes dormían. Y una vez adentro, podía escoger a su víctima con toda parsimonia y hacerle lo que hubiese querido. En resguardo de un presunto ataque, yo desarrollé un sistema de protección personal que —aunque un poco prosaico— era mejor que no hacer nada al respecto. Cada noche, antes de dormir, yo deslizaba la silla que estaba al lado de mi cabecera, y la colocaba al lado de mis pies. Eso por lo menos suponía que si alguien se quería aproximar a mi humanidad, tendría que recorrer la silla, primero, en la oscuridad; y como el movimiento de la silla ocasionaría ruido, yo despertaría de inmediato. Menos mal que tengo el sueño liviano, así que cualquier ruido —por más tenue que fuera— me hubiese despertado. Aunque cavilé durante bastante tiempo, no encontré mejor forma de protección que ésta, ya que allá no se contaba con ningún tipo de material adicional (no podíamos guardar nada que no fuera ropa y efectos de aseo personal), aparte de los muebles del propio penal. Perdón, la única excepción a la ropa que teníamos puesta y la de recambio eran los libros y papeles que podíamos poseer. Con esa finalidad —además de que la única distracción que tenía en prisión era la lectura, y efectivamente leí varios libros mientras estuve encerrado allí—, yo colocaba siempre en la silla unos cuatro o cinco libros gruesos, y cuanto papel y periódico encontraba. Los libros me los proveían entusiastamente en la biblioteca del presidio, pues muy pocos reclusos tenían el hábito de la lectura, y cuando la bibliotecaria encontraba un lector, no dudaba en prestarle cuantos tomos requiriera éste. Eso también se constituía en una estrategia de seguridad, pues al recorrer una silla cargada de libros y papeles, la probabilidad de que éstos se caigan (o de que por lo menos causen ruido al moverse), era alta. En fin, la silla a la altura de mis pies, atiborrada de libros y papeles, bloqueaba el paso al mini corredor que se formaba entre mi cama y la de mi lado derecho, el mismo que conducía hacia mi cuerpo y cara. Así logré dormir esa noche, preocupado por la noticia que el guardia-delincuente estaba rondando BTC.

Al día siguiente, éste era el tema de conversación de todos. Varios lo habían visto rondar al guardia-delincuente el día anterior en horas de la tarde, pero quedó claro que no estuvo de jefe de guardia por la noche. Entonces, ¿qué haría allí ese personaje siniestro?, ¿estaría de paso?, ¿de visita a sus amigotes?, ¿o le habrían asignado algún otro tipo de trabajo dentro de BTC? Esa incógnita no se resolvió ese día, ni tampoco los días siguientes. Durante las semanas posteriores, de vez en cuando, uno u otro recluso aparecía con la noticia que había visto al guardia-delincuente, en una oficina del penal, aparentemente, desempeñando algún trabajo. En efecto, eso es exactamente lo que había ocurrido. El guardia-delincuente ya no era guardia, pero seguía siendo delincuente, solo que con otro cargo. La administración del penal le había asignado otra posición administrativa, y su mera presencia era una afrenta a los presos. Después del espectáculo de abuso y criminalidad que había desplegado el día que le propinó la paliza a Sebastián, ese hombre no merecía sino estar en la cárcel, cumpliendo una sentencia por sus delitos. Pero no, el sistema penitenciario y el de inmigración de los EEUU decidieron premiarlo por su *valentía* y *heroísmo*, dándole un trabajo dentro de la misma cárcel. La intención era que su víctima lo viera, así como el resto de los inmigrantes ilegales presos, y que todos ellos entendieran que no tienen ningún grado de poder dentro de ese sistema de hegemonía *americana.* La justicia siempre inclinará su balanza en favor de los *americanos,* y nunca en favor de los latinos. Hasta la iniquidad más abominable, si fuera cometida por un *americano* en contra de un latino ilegal, sería perdonada. A los ilegales se los podía matar en la impunidad. Ese era el mensaje, y era necesario que se entendiera bien y claro.

Al respecto de este mensaje no había nada que se podía hacer. La resignación era la única receta contra la impotencia.

Varias semanas después de los hechos luctuosos, yo me encontraba en el área de los teléfonos exteriores del segundo piso, tratando de hacer una llamada. Era casi de noche, inmediatamente después de la cena. Como era ya costumbre, no conseguía hacer entrar la llamada, y permanecí con el fono en mis manos durante un larguísimo período de tiempo. Mientras estaba en ese trance, en el teléfono al lado del mío, apareció de repente Sebastián, la víctima de la pateadura. Él también estuvo un largo tiempo peleando con el teléfono, pues tampoco podía hacer entrar la llamada a su destinatario. Sin embargo del contratiempo, el hombre se mostraba calmado, paciente, casi imperturbable. No era de los que estallaban en furia ante la ineficiencia del sistema telefónico carcelario. Cuando su llamada fracasaba, él solo se dedicaba a volver a discar el número, y a esperar que esta vez apareciera la voz que él buscaba —desesperadamente— al otro lado de la línea. Esa noche estaba particularmente sin suerte. No había cuándo entre su llamada. En uno de esos momentos, en el que hizo una pausa en su empeño telefónico, lo pesqué desprevenido y le hice un comentario.

—Es muy difícil hacer entrar la llamada, parece que esto está diseñado así adrede. Como una suerte de tortura, para que los presos se sientan desesperados aquí adentro. Mientras más desesperada esté una persona de vivir presa, más proclive estará para abandonar su caso ante el juez de inmigración. Y así, pedirá su retorno voluntario, por puro cansancio de permanecer preso e incomunicado.

—Esa es una buena teoría —respondió Sebastián, siempre imperturbable y retraído—. Aquí a uno lo quieren cansar, pero hay que saber sobrellevar el mal tiempo. Los teléfonos son, sin duda, una de las pesadillas más grandes. Yo llevo varios días sin poder comunicarme con mi familia, pero qué se le va a hacer. Sigo insistiendo, hasta que en algún momento lo lograré.

Lo que yo acababa de conseguir era una verdadera hazaña. Sebastián era conocido por ser inaccesible, especialmente respecto a personas nuevas en su vida, y muy particularmente a aquellos que no compartían sus orígenes. Los pocos amigos con los que algo compartía eran algunos guatemaltecos, y algunos centroamericanos. Fuera de esos dos círculos concéntricos, para él no existía nada ni nadie. La vida le había enseñado que ser indígena era un delito sancionado con cadena perpetua. Hasta antes de salir de Guatemala, él pensaba que aquello era cierto en su país, que allí se concentraba el racismo y la exclusión del indio. Por alguna razón —o tal vez más por intuición que por razón—

él percibía que en los EEUU esa discriminación no existiría. Había escuchado hablar que en ese país imperaba la justicia, y que si bien había discriminación, ella estaba dirigida contra los negros. Pero esa su creencia le duró poco tiempo después de su arribo al Imperio. Una vez en los EEUU, Sebastián aprendió que allí también era un pecado ser indio, o tal vez más precisamente, ser latino. Para la sociedad americana ser latino es sinónimo de ser indio, o de tener en la piel el color oscuro del mestizo latinoamericano. Al latino se lo identifica por el color oscuro de la piel, no tanto así por el idioma. Tanto es así que algunos hijos de inmigrantes latinos siguen sufriendo discriminación, aunque hayan nacido ellos dentro de los EEUU, y hablen el inglés bien. En todo caso, Sebastián era un latino perfecto para ser blanco de la discriminación racial. Era ilegal, no hablaba el inglés, y era más oscuro que el promedio de los latinos (pues era un indígena de sangre pura, no mestiza). En realidad, si consideramos el tema con un mínimo de rigor y propiedad, él no tenía nada de latino, pues su extracción era íntegramente indígena-originaria de América, y no llevaba en su sangre el elemento latino del conquistador español. Esa piel oscura lo convertía en un indeseable para la sociedad americana, que había aprendido, en las últimas décadas del Siglo XX, a despreciar a los inmigrantes que llegaron desde la frontera del sur. Si bien era cierto que hasta mediados de la década de los años setenta la discriminación estaba concentrada en los negros, con el arribo en masa de la inmigración latinoamericana, la sociedad norteamericana aprendió que había una nueva raza a la que había que odiar. Tanto caló esta tesis en el Imperio, que hoy en día el racismo contra el latino no proviene solamente de los blancos anglosajones, sino también de parte de los propios negros afroamericanos. El negro estadounidense se siente amenazado por la presencia de los inmigrantes latinos, principalmente por razones del mercado laboral (ambos buscan empleo manual y de menor calidad). Pero con el pasar del tiempo, los latinos han crecido en números de manera explosiva. La población latina es equiparable con la población negra. Eso ya ha adquirido repercusiones políticas y sociales. En las elecciones el latino es tanto o hasta más importante que el negro, dependiendo de la región de los EEUU. En la seguridad social y de salud, el latino compite por beneficios con el negro, al estar ambos en el segmento de menores ingresos. Y en la educación, algo de lo mismo, el latino compite con el negro por vacancias y becas en las universidades. Por todas estas razones y muchas más, el latino es despreciado por los anglosajones y por los afroamericanos. Pero esta es la sociedad que Sebastián escogió para vivir. Pues —a pesar de todo, y según su análisis— es mejor que la suya de origen, donde también lo discriminaban, pero donde no existían las oportunidades para surgir en la vida. Por eso es que él peleaba, en silencio, con resignación muchas veces, pero con una enorme convicción. Por eso es que aguantaba todo lo que se le venía encima.

—Entonces —repliqué de inmediato, como para no perder la oportunidad de hablar con él— ¿llevas varios días sin poder comunicarte con tu familia?, ¿estás llamando dentro de los EEUU o al extranjero?

—A Guatemala, mi esposa y mis hijos están viviendo allá todavía —respondió Sebastián, con un aire de aburrimiento por la larga espera.

—Disculpa, no me he presentado aún, mi nombre es Jorge Machicao, soy boliviano. Y tú, ¿cómo te llamas? Por lo que dices, entonces, ¿eres guatemalteco? —aproveché las circunstancias para formalizar nuestra nueva amistad, y poder continuar conversando con mayor fluidez y confianza.

—Mucho gusto —contestó cortésmente, y hasta casi con tono de humildad—, mi nombre es Sebastián Molina, y sí, soy guatemalteco.

—Tu nombre me suena familiar, ¿tú no eres la persona a quien los guardias atacaron de manera criminal hace un tiempo atrás?

—Sí, ese soy yo.

—¡Qué horror! —le dije—. Yo sólo vi cuando te transportaban escaleras arriba hacia tu habitación. Lo que aconteció aquella noche fue una salvajada y no tiene perdón. Supe, sin embargo, que primero te patearon en el patio, en el área de las pesas, ¿sí?

—Sí, así fue. Lo que pasa es que yo soy enfermo, desde hace mucho tiempo atrás. Sufro de ataques de hipoglucemia de vez en cuando. Generalmente logro controlar esa situación, pues cuando siento los síntomas de un ataque, ingiero azúcar de inmediato —normalmente en la forma de una gaseosa— y las cosas no pasan a mayores. Pero esta vez no pude evitar el ataque. Mientras me encontraba sentado en el área de las pesas, empecé a sentir los síntomas, pero no tenía a mi alcance ni una gaseosa ni nada con azúcar para ingerir. Tampoco había nadie en los alrededores para que me ayudase. Y, para colmo, ya había oscurecido, así que nadie podía ver mi estado de angustia para ayudar. De repente sentí que los síntomas se agudizaban y me desplomé al suelo de espaldas. Con los ojos abiertos y como para no ceder ante la muerte veía que todo se iba alejando lentamente. De repente vi las figuras de unas personas que se colocaron a mi alrededor, agachados, mirándome hacia el suelo. Yo pensé para mis adentros: "gracias a Dios, alguien vino a mi socorro". Por apenas unos segundos se apoderó de mí un sentimiento de tranquilidad. Pero éste fue abruptamente interrumpido cuando percibí el impacto de una patada en las costillas del lado derecho de mi caja torácica. Lo cierto es que cuando uno está perdiendo el conocimiento, también pierde las sensaciones. Los golpes al cuerpo, por ejemplo, no los sientes como cuando estás en la plenitud de tu estado mental y físico. El dolor es menor. Y cuando pierdes el conocimiento del todo, ya no sientes ni siquiera los golpes que te dan. Eso fue lo que me ocurrió en ese suceso. Una vez que perdí el conocimiento, no sentí los múltiples golpes que me dieron aquellos criminales. Pero eso sí, cuando volví a recobrar el conocimiento, el dolor que sentía era incontrolable. Mi cara entera estaba hinchada. Y además, estaba bañada en sangre y babas. Sentía la saliva de mis detractores en mi lengua. La mezcla de mi sangre con la saliva de los criminales era el símbolo de la máxima humillación a la que se podía someter a un ser humano. Mis manos también estaban hinchadas, lo mismo que mis brazos, mi cuerpo entero, y hasta las piernas. En resumen, no había ni un solo espacio del cuerpo que los guardias-delincuentes habían dejado libre de sus golpes. Cuando pude ponerme de rodillas, me arrastré hasta el lavamanos para quitarme de encima tanta sangre y baba. Allí me pude mirar al espejo, y caí al suelo llorando ante semejante espectáculo. Era un monstruo deformado por la golpiza. En ese momento recordé —por una fracción de segundo— mi niñez y a mi madre, y me pregunté por qué razón Dios había permitido que yo llegara al mundo para esto. Para ser ultrajado y desposeído de mi dignidad hasta el extremo máximo. ¡¿Por qué?!

—Esas son preguntas que no tienen respuesta, Sebastián. Lo importante es que estás vivo y de camino a curar tus heridas.

—Tal vez las heridas del cuerpo, pero no sé si las del alma. No quiero sentir odio ni rencor, pero no sé cómo se hace eso. Mis padres me han llevado a la iglesia desde pequeño, y allí los otros padres me han enseñado sobre el perdón de Jesús, ese perdón que debemos practicar todos cuando somos ofendidos. En mi patria yo he sufrido mucho, como sufren la mayoría de los indios en cualquier país de América. Pero jamás he sido humillado como ese día. Lo único que faltaba era que me crucificasen. Por lo menos Jesucristo tenía a su madre por ahí cerca, en el calvario donde lo estaban martirizando. Yo no tenía a nadie. Ahora no sé qué debo hacer. Mi familia en Guatemala quiere que me vuelva de inmediato. Dicen que el amor de los seres queridos es lo más importante en la vida. Pero yo he invertido muchos años en este proyecto de inmigrar a los EEUU. Sé que a pesar de todos los obstáculos, la vida será mejor aquí que en mi propia tierra. Y mi intención final es traer a toda mi familia, una vez que obtenga mis papeles de residencia. Así que por ahora tengo las ideas confrontadas: un lado de mí, el sentimental, dice que debo retornar a mi país, al lado de mi familia. Pero el otro lado mío, el pragmático, dice que debo perseverar en mi lucha para quedarme en este país. Por esta vía, al final del camino, también estaremos todos juntos, pero no en Guatemala, en la pobreza, sino en EEUU, gozando de mejores condiciones de vida, y mis hijos, con mejores oportunidades para su futuro. Es que mi lado pragmático, al final de cuentas, no es solo eso, sino que también es romántico y soñador. Lo pragmático no está reñido con lo romántico, con lo soñador. Lo que ese lado mío busca es concretar un sueño, mi sueño americano. Pero para hacer de ese sueño una realidad hay que ser muy pragmático. Y al final, ¿qué es la vida? "La vida es un sueño, y los sueños, sueños son". Y si la vida es un sueño, yo tengo que vivir mi sueño. Como puedes ver, esa es la encrucijada frente a la que me encuentro. Me imagino que en unos días más tendré que tomar una decisión final al respecto.

Ese fue el epílogo de aquel encuentro. Después de esa oportunidad no volví a ver a Sebastián. Parece que de verdad él no salía mucho de su cuarto; solo lo estrictamente necesario, es decir, para alimentarse y punto. A mí me sorprendió mucho que él se abriera tanto conmigo, como si hubiésemos sido amigos íntimos desde siempre. Me confió asuntos muy personales. ¿Sería así con todos? ¿O sería que aquél día estaba particularmente necesitado de compartir sus sentimientos con alguien a quien no conocía? A veces los seres humanos nos sentimos más a gusto contando nuestras intimidades a personas completamente desconocidas, y no así a amigos o parientes cercanos. Existe más libertad para desnudarse frente al desconocido, pues aquél no esparcirá los secretos contados a otros que afecten la vida de uno. En eso radica esa libertad.

De todas maneras, aunque Sebastián se había recluido, él y su caso seguían siendo objeto de muchísimos comentarios en el presidio. Como su torturador principal se encontraba trabajando dentro de BTC, y como no se supo más de los procesos contra éste y los otros implicados en el caso, la pregunta era: ¿qué estaba pasando con Sebastián?, ¿habría iniciado procesos contra sus verdugos? Nadie podía responder. Lo que sí empezó a correr en los corrillos era el siguiente rumor: que Sebastián estaba llegando a un acuerdo con inmigración para no iniciar juicios, a cambio de que se le conceda la residencia. Un trueque de la vida: impunidad por residencia. Se decía que en los EEUU existía una ley que otorgaba residencia a los extranjeros que habían sufrido abusos por parte de un nacional de los EEUU. Esta ley, sin embargo, está dirigida a proteger a las mujeres, y a los niños, del abuso de parejas y padrastros estadounidenses o residentes que los maltratan: Ley Contra la Violencia de la Mujer (VAWA, son sus siglas en inglés). Este no era el caso. Sebastián fue abusado por agentes del orden, no por una pareja o padrastro estadounidense o residente. Este rumor, sin embargo, jamás pasó de ser un chisme. Hasta el día que me fui de BTC, Sebastián seguía preso, por ello nunca supe el desenlace final de su caso.

§

Pero la noche de BTC no estaba solamente amenizada por los conteos o censos de la población carcelaria. Durante la noche había un enorme tráfico de gente, ya fuera de presos que entraban o de presos que salían de BTC. Alguien había diseñado un sistema de funcionamiento en el que durante la noche tenía que haber mucha, muchísima, actividad en el penal, así ningún preso podría gozar de una sola noche de sueño reparador. El sistema estaba hecho para que los reclusos no pudieran dormir, para que siempre estuvieran con sueño retrasado, para que siempre estuvieran en un estado mental de modorra. Si un ser humano ingiere poco alimento (el suficiente para apenas sobrevivir), y además duerme poco o casi nada, está en un estado de debilidad que no le permite ni siquiera razonar adecuadamente, como lo haría en circunstancias normales, con una dieta suficiente y un sueño reparador. Eso lo sabían quienes diseñaron este sistema carcelario, y lo aplicaban con entusiasmo a los ilegales latinoamericanos presos.

Bajo ese sistema, la salida de los presos se daba siempre (era muy rara la excepción) en horas de la noche. En cambio, el ingreso se daba preferentemente por la noche (en un sesenta por ciento del tiempo), aunque, tampoco era muy raro que entraran en horas del día. En mi caso, por ejemplo, yo entré en la última hora de la tarde, cuando todavía el sol estaba en el firmamento alumbrando la playa de estacionamiento del presidio desde el costado oeste. Pero lo que toca ahora es conocer cómo se desarrollaba ese ingreso en horas de la negra madrugada, cuando los reclusos estaban tratando —a duras penas— de conciliar el sueño.

Como toda actividad de la noche, cuando tenía que llevarse a cabo en el cuarto de uno, estaba precedida de un ensordecedor estruendo. Los guardias que conducían a los nuevos presos abrían la puerta del dormitorio siempre —¡infaliblemente!— con un *planchazo* ('patada que impactaba con la planta del pie sobre la superficie plana de la puerta'). Seguramente hacían eso para que nadie dudara de que eran guardias de una cárcel, y no los muchachos que hacían el servicio de maleteros de un hotel. En su concepto, seguramente, era mejor ser cancerbero que maletero de hotel. Hay que destacar que ésta era la única ocasión en que el planchazo en la puerta del cuarto no estaba seguido por un griterío del mismo guardia. En estas ocasiones —en los ingresos— los guardias no abrían la boca, seguramente en consideración al sueño de los presos (valga la ironía, después de haber despertado a todos con su ruidosa patada, casi se extrañaban los gritos). Luego del *planchazo*, la puerta quedaba balanceándose (de izquierda a derecha y viceversa) apenas unos segundos, hasta que se escuchaban los pasos del primer novato. A veces sólo entraba un nuevo, a veces lo hacían dos, o, inclusive más. Eso dependía del número de camas libres que existían en ese momento en la habitación. Cuando el guardia encargado de los presos entrantes no tenía el dato exacto de camas libres en el cuarto, ahí sí se daba el griterío extrañado: "¡¿Cuántas camas libres hay en esta habitación?!" Normalmente alguien respondía al guardia: "una", o "dos" o lo que correspondiera a la realidad. Así, ingresaba el número correcto de presos al cuarto en ese momento. Una vez dentro de la habitación, los presos —en medio de la oscuridad— buscaban una cama libre y allí se echaban a dormir de inmediato. No faltaba quien pedía ir al baño antes de acostarse, y —siempre en medio de la oscuridad— se le explicaba dónde estaba éste. Con esa información el peticionario se iba a hacer sus necesidades antes de descansar. A pesar de que ninguno de los presos estaba profundamente dormido (pues nadie podría dormir después de esa tremenda patada a la puerta, y con la bulla que, inexorablemente, causaban los presos al ingresar a estos sus nuevos aposentos) se respetaba su estado de adormecimiento o de sueño muy ligero que, aunque no era propiamente dicho un estado de sueño profundo, servía en algo al descanso y a la recuperación de energías. A esta práctica podría denominársela como la economía del sueño. En BTC era imprescindible aplicarla, ya que era muy difícil dormir tranquilo en ese medio tan hostil con el descanso. Allí se agradecía aunque sea unos minutos de semi tranquilidad para entrar al estado de modorra, nada más. El sueño profundo sólo se lo recuperaba con la libertad.

Uno de los ingresos que jamás se borrará de mi mente (mientras goce de un estado de lucidez plena, por lo menos) es el que hiciera Juan Domínguez. Como era parte del procedimiento nocturno, a eso de las tres de la madrugada del día domingo, cuatro de enero de dos mil nueve, retumbó la puerta del cuarto. El momento previo al *planchazo* yo me encontraba casi despierto, en un estado de modorra súper ligero. Unos segundos después del impacto, pude distinguir la figura de un hombre de estatura entre pequeña y mediana, que tenía una complexión física fuerte. Por la forma de llevar el pelo se distinguía que se trataba de una persona de raza negra o, por lo menos, mulata. Se le notaba ágil. En la oscuridad era imposible determinar más aspectos relevantes. El individuo entró al cuarto y se dirigió, sin tomar muchas precauciones para evitar causar ruidos, hacia la única cama libre en ese momento: la cama que estaba al lado derecho de la mía. Hay que recordar que mi cama estaba ubicada contra la pared del baño. Es decir, al costado izquierdo mi catre se apoyaba en la pared del baño y, en el costado derecho, había un delgado corredor para que yo transitara, al lado del cual se encontraba la siguiente cama vecina a la mía. Mi ubicación era estratégica, pues yo no quería tener vecinos a ambos lados, con la finalidad de sentirme más seguro. Así sólo me tenía que preocupar del vecino de mi derecha. Y así fue.

En cuanto Juan entró, preguntó —en voz alta, y sin demostrar ninguna consideración con el sueño del prójimo— dónde estaba el baño. Yo, que a esas alturas de los acontecimientos estaba plenamente despierto, le indiqué que el baño era el cuarto que estaba a mi izquierda, y que tenía que entrar por la puerta que estaba próxima a mis pies. El hombre, que no conocía de modales, sin agradecer siquiera la información, se paró de nuevo y enrumbó sus pasos hacia el baño. Cuando volvió, no se recostó en su cama, sino que se sentó en ella en plena oscuridad, sin ninguna intención aparente de dormir. En esa posición, sentado sobre la cama con los pies entrecruzados (como hacen los que practican el yoga) permaneció un prolongado período de tiempo, con los ojos mirando hacia la eternidad, al vacío. Esta escena estática sí me preocupó. Por primera vez veía a un preso nuevo que no cayó desplomado en su cama, para acurrucarse en el regazo del dios del sueño —Morfeo— por el resto de la noche. Normalmente esto ocurría porque los presos llegaban después de un largo padecimiento. Ya sea que el ICE los hubiera detenido en cualquier parte del territorio de Florida (o de cualquier otro estado de la Unión, pues a BTC llegaban detenidos de varios estados, particularmente de aquellos de la región sureña del país); o que hubieran sido transferidos de otra prisión a ésta; o inclusive, como en mi caso, que se hubieran entregado a las autoridades para pedir asilo político; el periplo siempre era larguísimo. En mi caso, desde que me entregué a las autoridades migratorias en el aeropuerto de Miami, hasta que me encarcelaron en BTC y finalmente arribé a mi cuarto, transcurrieron más de veinticuatro horas. Tiempo en el que prácticamente no dormí nada. Y en este caso, ¿qué habría ocurrido? ¿Por qué sería que este preso no llegó cansado, directo a dormir? Esto era más raro aún, porque él arribó en horas de dormir, cuando reinaba la oscuridad de la noche. Fue así que, contra todo pronóstico, el recién llegado se pasó la noche entera en posición yoga, mirando al vacío, meditando. De momento en momento rotaba la cabeza sobre el cuello hacia la izquierda, y después hacia la derecha, para luego detenerse en su punto inicial, mirando hacia el frente. Parecía que velaba el sueño de los demás presos, quienes dormían luego de haber soportado el ruido que causó el ingreso de este sujeto al cuarto. El único que no dormía era yo, preocupado por el individuo que tenía a mi diestra. ¿Sería este individuo un loco inofensivo?, ¿o un loco peligroso?, ¿o tal vez era un asesino que no podía dormir por sus fantasmas?, ¿o se trataría simplemente de un fanático del yoga, que practicaba este arte-ciencia de la meditación para paliar momentos de dificultades? En fin, en el transcurso de toda esa noche me hice miles de conjeturas sobre la inexplicable actitud de este personaje, a raíz de lo cual no pegué las pestañas ni por un solo minuto. De lo que sí estaba seguro era de que mi sentido común (lo que en mi tierra se denomina el *tinkazo*, vocablo que seguramente proviene del idioma aymara, y lo que equivale a la corazonada en un español más universal) me decía que éste era un espécimen de cuidado, un individuo peligroso. Finalmente, estábamos en una cárcel en la que ingresaban toda clase de personas, con todo tipo de historias de vida, de antecedentes.

Finalmente, a las cinco de la mañana me levanté para afeitarme. Cuando recién entré a BTC me rasuraba cada día, pero luego lo hacía con menor frecuencia. Levantarse cada día a las cinco de la madrugada puede llegar a tener un efecto muy pernicioso sobre la salud, sobre todo cuando uno arrastra muchos días, muchas semanas, muchos meses, y ni qué decir si son muchos años, sin lograr descansar adecuadamente. El estado de zombi en el que uno se encuentra en BTC, se agrava si uno decide levantarse cada día a las cinco de la mañana sólo para rasurarse la barba. En otras palabras, uno tiene que escoger entre estar bien rasurado pero en un estado de embrutecimiento total, o un poco desgreñado, pero en un estado de embrutecimiento parcial. Prolijo, pero totalmente zombi; o desgreñado, pero parcialmente zombi. Esa es la cuestión. Pero esa mañana coincidía mi necesidad de salir del cuarto a esa hora, con el hecho de que ya me encontraba bastante barbón. No me había afeitado en alrededor de una semana. Así que ni bien vi que mi reloj marcó las cinco en punto, me paré y salí del dormitorio camino a obtener la rasuradora.

§

Esa mañana estaba como encargado de distribuir las hojas de afeitar —en la oficina de provisión de insumos de la planta baja—, el mismo guardia negro con quien tuve un encontrón mi primera noche en BTC. Este guardia me tenía recelo desde aquella ocasión.

En esa oportunidad el problema fue grave. Mis dos compañeros de cuarto de aquel momento —el Nica y

Misy— me habían informado que si quería afeitarme debía despertar a las cinco de la madrugada, para luego descender a la planta baja, y caminar hasta el cuarto del fondo, en el patio, donde estaba localizada la oficina de distribución de productos. Allí, me dijo el Nica, "se entrega una hoja de afeitar a cada recluso que quiere rasurarse la barba." Como esa era mi primera noche, cuando me acosté estaba con un sueño muy pesado y retrasado, pues no había dormido por más de treinta y seis horas. Pero aunque me moría de sueño, el conteo de la madrugada y la bulla que hacían los guardias no me permitió dormir de corrido. Dormía por algún tiempo y cuando me despertaba con cualquier ruido, permanecía despierto por unos minutos, hasta caer dormido de nuevo. Así fui descansando esa noche con muchas interrupciones. En cada ocasión que despertaba, me fijaba en el reloj digital del hornito de microondas, que estaba localizado debajo del televisor del cuarto, en dirección a mis pies, sólo que mirando hacia la derecha. La primera interrupción fue a la una y veinte. Luego, a las dos y media. Después, a las tres y cuarenta. Después, a las cuatro y treinta y cinco. Y finalmente, me desperté a las cinco y veinte. Esta vez no a causa de ruido alguno, sino porque en mi mente tenía fijado levantarme a las cinco en punto, tal como me habían instruido mis compañeros de cuarto. "¡Son las cinco y veinte!", me auto-reprendí en silencio por la impuntualidad. En ese mismo instante me puse en pie y sólo atiné a buscar mis lentes (en la silla que utilizaba como velador), para empezar a caminar. La suerte es que en la cárcel no hay que vestirse al levantarse, ya que los presos están obligados a dormir con sus uniformes en el cuerpo. Esta es una norma que está explícitamente colocada en el reglamento del penal. Los reclusos no pueden quitarse el uniforme que llevan encima —salvo para realizar las tareas de aseo y otras análogas cuando están solos en el baño—. La razón jamás se explica en dichos reglamentos. Los reglamentos carcelarios son instrucciones a cumplirse al pie de la letra, y no llevan fundamentación para convencer a nadie de su razón de ser. Pero uno puede imaginarse que de no existir normas al respecto, los presos podrían quitarse la ropa hasta estar casi desnudos en sus habitaciones, y hacer lo propio cuando salen de las mismas. Aquello podría dar lugar a que surjan problemas de sexualidad entre quienes tengan proclividad a las personas de su mismo género. Para evitar este tipo de situaciones, los presos están —además de coartados de su libertad— condenados a no quitarse la ropa en ningún momento, ni siquiera al dormir. Es así que en cuanto me percaté que me había despertado tarde, salí corriendo del cuarto (apenas preocupado de colocarme los lentes) con destino a la oficina de provisión de hojitas de afeitar. Bajé las gradas a una velocidad felina, y luego, a toda carrera, me dirigí hacia mi destino. De pronto me detuve en seco, cuando estuve frente a la única puerta abierta a esas horas, de la única oficina que tenía sus luces completamente iluminadas a esas horas, cuando aún reinaba la oscuridad de la noche afuera, en el patio del penal.

Cuando miré adentro de la oficina, encontré al único ocupante de la misma en ese instante: se trataba del guardia encargado de repartir las hojas de afeitar a los reclusos. Era, literalmente, un gigante de raza negra, que tenía la cabeza totalmente rasurada. Sus hombros tenían casi el mismo ancho que el escritorio en el que se encontraba sentado.

Era tan corpulento y grande que, sentado allí, detrás de ese escritorio, parecía el genio de la lámpara de Aladino, cuando aquél era caracterizado en las películas de dibujos animados por un gigantesco negro que daba gusto a su amo en cuanto éste se lo pedía. Así me acerqué a él y le pedí que me diera una rasuradora. Pero como no era el genio de la lámpara de Aladino, sino mi cancerbero —relación que en esas primeras horas en el penal yo no había logrado formalizar del todo—, me negó la petición rotundamente. El hombre me dijo —de manera muy prepotente— que no me iba a dar el cartucho con la hoja de afeitar porque yo había llegado tarde. Entonces le pregunté hasta qué hora él podía repartir esos cartuchos de rasuradora. La respuesta fue aplastante: "¡hasta las cinco y treinta!", respondió casi gritando, como para que no me olvidara nunca. De repente, como si otro mago de la lámpara de Aladino hubiese puesto ante mis ojos justo lo que precisaba en ese instante, pude ver los números digitales del reloj pequeño que apareció en el horno de microondas que había en la oficina. Este hornito se encontraba en un anaquel, detrás de mi cancerbero, en la parte superior de su hombro derecho. Los números digitales del reloj estaban marcando exactamente las cinco con veinticinco minutos. Ante esa constatación fáctica e irrefutable, me sentí con todo el derecho de reclamar lo que era correcto. Fue así que realicé uno de los actos más impulsivos e imprudentes de mi vida: apunté hacia el reloj con mi dedo índice de la mano izquierda, y le reiteré la petición para que me entregara una hojita de afeitar, extendiendo para ello mi mano derecha con la palma abierta. El hombre se mantuvo obtuso en su negativa, y ni siquiera se daba la vuelta para mirar el reloj. Frente a esta cerrazón, decidí dar unos pasos alrededor de su escritorio, hasta llegar al lugar del hornito de microondas y apuntar allí con mi dedo índice sobre los números digitales del reloj que marcaban la hora. "No son todavía las cinco y treinta, son las cinco y veinticinco, y usted me debería dar la hoja de afeitar, porque eso es lo que corresponde según las reglas que usted mismo señala", le dije con voz firme y plena de convicción. Ante mi presencia casi a su lado, el hombre no pudo rehuir mirar la hora en el reloj. Entonces replicó:

—Esa no es la hora, ese reloj está siempre atrasado.

—Esa es la hora de un reloj del penal, así que esa es la hora que vale. Además, yo no tengo reloj, así que no le puedo decir la hora mía. Usted que tiene un reloj de pulsera, ¿por qué no me muestra la hora que allí está marcando, para verificar si, en efecto, el reloj que usted tiene en su oficina está retrasado?

—el hombre se sintió acorralado con mi razonamiento, y no quiso mostrar la hora que marcaba su reloj de pulsera (ni siquiera él miró la hora en su propio reloj para salir de dudas), y en vez de seguir discutiendo y mostrando pruebas, decidió reaccionar por el lado más primario.

Mirándome fijo a los ojos se puso de pie pausadamente, como dándome el tiempo para que reaccionara. De inmediato yo retrocedí de donde me encontraba (casi detrás de él, a su costado derecho) y me coloqué en el sitio que me correspondía: frente a él, al otro lado de su escritorio. Ubicado en esa posición, que era la que me correspondía, yo insistí:

—Usted me tiene que dar la hojita de afeitar en cumplimiento de las reglas. Después de todo usted está aquí para trabajar por nosotros, por los presos, para servirnos. No para atacarnos.

Esta sola idea (la de trabajar al servicio de unos latinos ilegales) lo sacó de quicio y nuevamente reaccionó de mala manera:

— ¡Yo no estoy aquí para trabajar para ustedes!, ¡yo no soy empleado de los presos! ¡A mí no me pagan ellos!

—Sí le pagan los presos, con sus impuestos. Cada uno de ellos trabaja en los EEUU y paga impuestos. Con esos impuestos se ha construido esta cárcel y se pagan los sueldos de ustedes, los guardias y demás trabajadores de BTC —esto fue lo primero que se me vino a la mente en cuanto él tocó el tema del pago de su salario, y lo dije sin pensar dos veces, sin meditar los efectos de semejante afrenta. Sólo cuando terminé de pronunciar la última sílaba de mi intervención, me di cuenta que el concepto era demasiado fuerte para este primer encontrón con un guardia de la cárcel.

En cuanto terminé de pronunciar esas palabras, él hizo el ademán de dar la vuelta alrededor de su escritorio para salir a mi encuentro, y yo grité desesperadamente:

—¡Si usted me toca, va a tener que confrontar un proceso legal! ¡Irá a la cárcel!

De pronto, súbitamente, el gigantesco personaje de marras se detuvo en seco, como si hubiera apretado el freno de un vehículo de manera violenta, sin delicadeza, sin gradualidad. Parece que al escuchar esa advertencia se dio cuenta que estaba a punto de cometer un hecho que le podía afectar muy gravemente su carrera, su fuente de vida. En cuanto se detuvo, me miró fijamente, con un odio casi irrefrenable, y sólo atinó a hacer muecas y ademanes a través de los cuales me amenazaba con propinarme una paliza, y, por lo que entendí, con cortarme el cuello. Pero no en ese preciso momento, en otro, más propicio para él.

Después de este incidente, cada vez que me encontraba con él en cualquier sitio, el gigante de la lámpara de Aladino se dirigía a mí (normalmente de manera indirecta) recurriendo a comentarios burlescos e hirientes. Sólo a manera de ejemplificar, una vez que yo pasaba con dirección al comedor (era la hora del desayuno), él se encontraba parado acompañado de un grupo de unos cuatro guardias en el patio, conversando. En cuanto me vio, se dirigió a ellos subiendo el volumen de voz al extremo y, casi gritando, hizo alusión a mi persona y a mi barba. Su intervención tuvo como colofón una risotada generalizada de todos los guardias que compartieron la broma. Esa era su forma de vengarse de lo acontecido aquella madrugada, en la que tuve que resignarme a no afeitarme. Pero el hombre jamás pudo quitarse de la mente aquel encontrón.

Como su animadversión hacia mi persona era totalmente evidente (pues sus burlas eran siempre en público), mis colegas de prisión me preguntaron a qué se debía tan distinguida atención personalizada. Cuando les conté lo acontecido, se echaron a reír, y le pusieron el mote de Aladino. De ahí que cuando algo se comentaba sobre él, se lo nombraba como Aladino. "Aladino hizo esto", o "Aladino dijo tal cosa", o "Aladino estaba muy enojado…", así iba siempre el cuento, cuando se trataba de este corpulento personaje.

Como Aladino decidió no pasar a los hechos físicos, se contentó con ofenderme y burlarse de mí de palabra cuantas veces se le presentó la ocasión. En cuanto me identificaba a lo lejos, se inventaba cualquier cosa para humillarme públicamente y verter el comentario que había preparado en ese instante, para cuando él estuviera más cerca de mí. Esta era una forma de tortura común que se utilizaba mucho en BTC contra los latinos ilegales (la de humillar verbalmente a los presos, mofarse de ellos y ejecutar otras acciones análogas). Finalmente, ¿qué podía hacer la víctima al respecto?, ¿cómo defenderse en un sitio en el que no habría testigos a favor del preso, jamás? Y lo que es más grave aún, ¿quién tenía el dinero para pagar un abogado penalista con el objeto de entablar una acción legal al respecto? Las contadas organizaciones de Derechos Humanos que visitaban el penal, jamás, en el tiempo que estuve preso allá, realizaron una labor genuina de proteger a los reclusos. Los pocos casos que atendían eran aquellos muy obvios, en los que no cabía duda sobre el abuso de los agentes del orden. Los abusos menos obvios, en los que nadie había perdido la vida, no eran de la incumbencia de nadie. Ese abuso, esas violaciones a los Derechos Humanos, continuaron ininterrumpidamente y en plena impunidad. Aladino seguramente siguió haciendo de las suyas contra los presos de BTC, porque ellos no le pagaban el sueldo, según su análisis.

A propósito de la violación de los Derechos Humanos a través de torturas sicológicas, la Convención contra la Tortura y Otros Tratos o Penas Crueles, Inhumanos o Degradantes (aprobada por la Asamblea General de la Organización de las Naciones Unidas en 1984), establece lo siguiente en su primer artículo: "1. A los efectos de la presente Convención, se entenderá por el término "tortura" todo acto por el cual se inflija intencionadamente a una persona dolores o sufrimientos graves, ya sean físicos o mentales, con el fin de obtener de ella o de un tercero información o una confesión, de castigarla por un acto que haya cometido, o se sospeche que ha cometido, o de intimidar o coaccionar a esa persona o a otras, o por cualquier razón basada en cualquier tipo de discriminación, cuando dichos dolores o sufrimientos sean infligidos por un funcionario público u otra persona en el ejercicio de funciones públicas, a instigación suya, o con su consentimiento o aquiescencia. No se considerarán torturas los dolores o sufrimientos que sean consecuencia únicamente de sanciones legítimas, o que sean inherentes o incidentales a éstas." Pero además, en el mundo de la sicología existe una vasta literatura desarrollada sobre la tortura sicológica. El problema es que los latinos ilegales que caen en prisiones como la de BTC no están al tanto de las leyes que los protegen sobre estas violaciones, y menos aún sobre los desarrollos de la ciencia sicológica al respecto. Por lo tanto, a la luz de esta definición legal de "tortura", resulta inobjetable que las permanentes y sistemáticas ofensas, humillaciones y degradaciones que los guardias de BTC infligían sobre los presos, se constituían en violaciones a los Derechos Humanos. El problema es que estas torturas sicológicas no son denunciadas con la fuerza suficiente como para detener su aplicación rutinaria en esas cárceles de inmigrantes ilegales.

§

Fue así como esa primera mañana logré escapar del área de influencia de Juan Domínguez, el nuevo preso que pasó su primera noche en posición yoga (mirando al infinito), y quien me causaba un mal presentimiento con sólo haberlo visto actuar en la oscuridad de la noche. A las cinco con tres minutos yo me encontraba ya en la fila que se hacía en la puerta de la oficina de distribución de rasuradoras que, aquella madrugada, otra vez estaba a cargo de Aladino. Después de un tiempo de haber ingresado al penal, sin embargo, descubrí que fue un hecho excepcional el que nos encontráramos solos (Aladino y yo) en esa oficina, aquella vez. Lo normal era que a las cinco de la mañana hubiera una nutrida fila de presos tras de las famosas hojitas de afeitar, la misma que permanecía en pie mientras se repartían las rasuradoras. Cuando éstas se acababan, la fila también se extinguía, y los presos que no habían logrado conseguir una, se dispersaban. Fue en ese momento en el que yo aparecí ese mi primer día en la oficina de las rasuradoras, aproximadamente a las cinco y veinticinco. De todas maneras, aún con esta explicación, sigue siendo mucha casualidad que hubiésemos coincidido cuando no había nadie más allá. Digo esto porque luego de que los presos se retiraban con la rasuradora en mano, y después de que se terminaban de afeitar en sus respectivos cuartos, retornaban para devolver la hojita de afeitar. Eso mandaba el reglamento. La devolución de las hojitas de afeitar era también todo un ceremonial. Cuando llegaba el preso con la hojita usada, ingresaba a la oficina de distribución, y allí, el encargado (que podía ser Aladino u otro que estuviera de turno) le ordenaba al recluso que se aproximara muy cerca de él, con la rasuradora en la mano derecha mostrándosela casi a la altura de sus ojos. Entonces, el encargado revisaba el cartucho de la hojita de afeitar, y luego de verificar que dicha hojita usada estaba realmente en su sitio, le daba permiso para que la echase en el basurero que tenía en esa oficina para el efecto. El temor era que algún latino ilegal decidiera utilizar esa hojita de afeitar con otros fines, me imagino. ¿Sería que temían que los presos se suicidaran?, ¿o sería que temían que éstos realizaran algún acto terrorista con las hojitas de afeitar? En fin, eso no se sabe. Lo cierto es que afeitarse era todo un proceso en BTC. Y altamente riesgoso para mí, sobre todo cuando aparecía por allí Aladino.

Esa mañana en la que me escapaba de Juan Domínguez, cuando me tocó el turno de recibir mi hojita de afeitar, Aladino ni siquiera alzó la cabeza para mirarme, mucho menos para saludarme. Sólo se limitó a ordenarme que depositara mi tarjeta de identificación en su escritorio, y que alzara un cartucho de afeitar de una caja que estaba en el extremo izquierdo de ese mismo mueble. Cada que uno obtenía una rasuradora, dejaba la tarjeta de identificación como prenda de garantía de su devolución. Sólo se la entregaban a uno de nuevo, cuando devolvía el cartucho de la rasuradora usado. En caso de que un preso no volviera con la rasuradora usada hasta las seis de la mañana, el problema era serio. Buscaban al infractor y a la hojita de afeitar hasta encontrarlos; y al infractor lo sometían a un castigo ejemplificador.

Después de haberme afeitado y devuelto la rasuradora, me fui al comedor para desayunar. Allí me alimenté y luego me dirigí al patio, donde normalmente se congregaban los amigos antes de ser encerrados de nuevo, para el conteo de las ocho de la mañana. BTC era como un pequeño pueblo latinoamericano. Allí la información y los chismes corrían más rápido que los datos que fluían por los cables de internet. En cuanto me senté a conversar con los amigos del grupo de los peruanos, lo primero que escuché fue la pregunta que contenía la noticia del día:

—Hola, ¿dice que en tu cuarto está el caníbal dominicano? —lanzó la pregunta como un dardo que da en el blanco, y con la picardía propia del limeño, el miembro más viejo del grupo: el Tío.

—¿¡Quéeee!? —respondí atónito—. ¿De qué estás hablando, Tío? Es cierto que hoy en la madrugada llegó un individuo, un mulato, que me dio muy mala espina desde que entró al cuarto. El tipo no durmió ni un solo minuto desde que ingresó. Se sentó toda la noche con los pies entrecruzados (en posición yoga) mirando fijo hacia el frente, con los ojos abiertos; parecía que estuviera levitando. Y lo peor de todo es que está ubicado en la cama de mi lado. El hombre es preocupante. Por eso esta mañana me salí del cuarto a las cinco, y con motivo de afeitarme (que además ya lo necesitaba hacer) prácticamente me escapé de allá. Entonces, ¿qué es eso de que éste es un caníbal? ¡Exijo una explicación!

—La verdad es que la historia es espeluznante. Los que me la contaron son los dominicanos hace unos minutos atrás. En particular, ese viejo que es mi amigo, Rafael, quien me dio hasta el último detalle. Dice que este dominicano no estaba viviendo en los EEUU, ni tampoco es que viene ahora desde su país, sino que está de salida de los EEUU y viene de una cárcel federal de alta seguridad para reos peligrosísimos. Estará en BTC sólo unos días, o quizá un par de semanas, máximo, hasta que lo deporten. Dice que éste salió de República Dominicana hace unos seis meses atrás en un barco (seguramente en una barcaza o bote de mediano tamaño, como la del haitiano Jean Pierre de Gaulle) lleno de inmigrantes ilegales con destino a este país. Parece que en algún momento de la travesía marítima el bote fue azotado por vientos huracanados, y que en ese trance sufrió algún daño serio. Consecuencia de ello la barcaza estuvo a la deriva en el Mar Caribe durante varias semanas, flotando y sin rumbo cierto. Se dice también que la tripulación no era muy experimentada, y que ello contribuyó a que el bote naufragara durante tanto tiempo. Como no podía ser de otra manera, las provisiones alimentarias de la tripulación y de los pasajeros se fueron consumiendo con el pasar de las horas y de los días. Cuando constataron que las reservas ya se estaban por acabar y que la nave seguía flotando sin rumbo cierto, decidieron empezar a comer objetos suaves y, en lo posible, con vida. Algunos trataron de comer la tela de sus propias ropas, mientras que otros se inclinaron por buscar ratas y otros insectos en las esquinas y agujeros más recónditos de la nave. Se sabe que las ratas encontradas no eran muchas, y que dieron fin con ellas en un par de días. Cuando ya no hubo más seres vivos para comer —fuera de los seres humanos— ni a babor ni a estribor, ni en proa ni en popa, todos se miraron a los ojos, unos con otros, y cada uno entendió el mensaje. ¿Era posible siquiera pensar en comerse a otro ser humano? Lo que parece ser un hecho abominable en circunstancias normales de la vida deja de serlo cuando las condiciones adversas son extremas. ¡Antropofagia! ¡Canibalismo! ¡Sálvese quien pueda…! En efecto, en un momento dado todos sabían que para sobrevivir en alta mar, cuando ya se habían acabado todas las reservas de comida, y cuando ya no quedaba ni una sola rata ni bichito o insecto alguno en la embarcación, no existía otra alternativa que no fuera la de comerse a otro ser humano. Y, por supuesto, ese ser humano tendría que ser uno de los compañeros de viaje. Sobre este tema no existía debate alguno: todos eran conscientes de que esta era la única solución para la supervivencia. El problema entonces era decidir quién sería el plato de fondo. ¿Cómo se tomaría esa decisión? ¿Con qué parámetros de decidiría quién sería el sacrificado? ¿Se optaría por un enfermo? En este caso, tendría que ser un enfermo grave, lo que en ese momento, a simple vista, no había. ¿O por un anciano? En el buque no había realmente ancianos, pues a estas empresas de alto riesgo, normalmente se aventuraban las personas más jóvenes. ¿Tendría la víctima derecho a la defensa? ¿Quiénes tomarían la decisión? ¿Sería un grupo pequeño, vale decir, los líderes del grupo? O, ¿habría una votación democrática de todos los pasajeros y tripulación incluida? El tema era complejo, pero no había mucho espacio de tiempo para dilucidaciones filosóficas. El hambre no espera, dicen. Pero aún con esa presión para que se tome una definición pronta, existía la necesidad de realizar algún tipo de conciliación, algún tipo de análisis razonable, para que no se acabe dilucidando el tema a golpes o a palazos. Pero, ¿en verdad no sería mejor que este tema tan delicado se resolviese por la vía de los hechos, es decir, a golpes y palazos? De esa primitiva manera, en la brutal batalla se daría una baja —o tal vez inclusive más de una, aumentando por esa vía las reservas alimenticias—, y así se evitaría la necesidad de argumentar por qué debía morir uno y no el otro. La vía de los hechos —sin discutir razón alguna— eximiría de argumentaciones que podrían llegar a ser muy complejas, sobre todo cuando un grupo de personas (como era el caso) tendría que enfrentar durante el resto de sus vidas a justificar la muerte de un compañero de travesía marítima, para que sus restos sirvieran de alimento al grupo. En primera instancia, entonces, la discusión radicó en si era más conveniente optar por la vía de los hechos (proporcionar el muerto en una batalla campal), o por la vía de la conciliación de criterios (hacer lo mismo, solo que de una manera razonada, concertada, o democrática). El conflicto no era fácil de resolver, pues el grupo estaba dividido en dos, en el que cada uno de los subgrupos tenía un número similar de adherentes. Los violentos no podían convencer de sus razones a los pacíficos, y éstos no podían hacer lo propio con aquéllos. En el fragor de la discusión, se propuso ir a la votación. En medio de un silencio sepulcral se votó oralmente: cada uno se ponía de pie y gritaba su voto: sí o no. La fórmula de votación era: "Los que estén de acuerdo con que la decisión de eliminar a un pasajero o tripulante se dé por la vía de los hechos, dirán que sí; quienes estén en desacuerdo, dirán que no." El resultado final de la votación fue: veintiún votos por el sí, y veintiún votos por el no. La población del buque estaba empantanada. Nadie cedía ni un solo milímetro. Y tampoco lo hacía el hambre. La votación se realizó con los últimos rayos del sol. Cuando la oscuridad ya había cubierto todo el firmamento y casi no se podía distinguir las caras de los náufragos, se escuchó, casi imperceptiblemente, el gemido de uno de los pasajeros. Se trataba de un hombre ya maduro, de unos cincuenta años de edad, que se quejaba de un incesante dolor en las articulaciones, y que consecuencia de ello temblaba y sudaba de cuerpo entero. El hombre se llamaba Joaquín Santagorda, era dominicano y venía acompañado de su sobrino, Mario Santagorda, de unos veintiocho años de edad. El sudor y el temblor reflejaban la presencia de escalofríos, que posiblemente estaban ligados a una fiebre, que sobrevendría posteriormente. ¿Sería que el hombre padecía de alguna infección aguda? ¿O sería que contrajo malaria? Los síntomas de esta enfermedad son parecidos, pero en esta región del mundo la malaria era, a estas alturas, muy poco frecuente, aunque no estaba erradicada del todo. En fin, como a bordo del buque no se encontraba ningún médico, era imposible determinar un diagnóstico ni siquiera aproximado. Todo lo que allí acontecía era especulación. El sobrino Santagorda sólo atinaba a atender al tío para paliar el sufrimiento. Le sobaba los brazos con las palmas de sus manos y, de rato en rato, le limpiaba la sudorosa frente con un trapo que hacía las veces de pañuelo. Las aspirinas que trajeron consigo no sirvieron para mucho: el enfermo se las consumió en cuestión de unas horas, sin siquiera percibir el efecto de las mismas. Con el transcurso de las horas la salud del tío Santagorda empeoraba cada vez más, sin que su sobrino pudiera hacer algo al respecto. Los demás —que tampoco eran entendidos en materia de salubridad— sólo atinaban a mirar y a comentar los inesperados acontecimientos. Cuando debían de ser las dos o tres de la madrugada, la mayor parte de los pasajeros dormía o parecía que lo hacía (por lo menos estaban recostados en silencio). Pero aquellos que estaban próximos a los Santagorda se encontraban todavía despiertos, en vigilia, sin poder pegar las pestañas ante la tragedia que se desenvolvía a escasos metros de ellos. Algunos de éstos rezaban con las manos pegadas en son de plegaria, hincados y mirando hacia arriba, al cielo caribeño. Los otros simplemente miraban al enfermo, hacia abajo, impotentes.

Frente a tanto sufrimiento, a nadie se le ocurrió en esos momentos discutir sobre la otra tragedia que aquejaba a todos los pasajeros del bote: el hambre. Si bien el hambre era intensa, nadie se atrevía siquiera a sugerir que muriese este enfermo para alimentar a todos los demás. Era seguro que a todos se les pasó por la mente aquel desenlace, pero ninguno lo puso en el tapete. Esto habría sido inhumano. A eso de las cuatro de la madrugada, el enfermo ya no temblaba de escalofríos, simplemente se dejó estar. Con la boca seca y los ojos cerrados, jadeaba con muchísima dificultad. El sobrino siguió la tarea de atender al tío con todo lo que tenía a su disposición, pero sobre todo con la lealtad y cariño al único hermano de su extinto progenitor. Poco a poco esa respiración agrietada, sofocada, se hacía menos intensa. El cuerpo del tío ya no tenía fuerzas ni para continuar bregando con sus pulmones, ni con su corazón, en última instancia. Estaba cansado de luchar para sobrevivir a esta enfermedad que él mismo desconocía. Estaba cansado de luchar a lo largo de una vida tan adversa, de principio a fin, que lo había obligado a lidiar su última batalla en esta barcaza en pos de una mejor existencia en la tierra prometida: los Estados Unidos de América. Su orgullo, sin embargo, era que en los cincuenta años que le cupo luchar, él jamás dio brazo a torcer. En su niñez luchó contra las adversidades de la pobreza en el poblado de La Romana, donde Dios lo hizo nacer. En su adolescencia, luchó en las hostiles calles de los suburbios miserables de Santo Domingo, donde había migrado para tener acceso a una mejor educación. Posteriormente, en su juventud, luchó en la universidad para lograr el título de contador, que tanto su padre le había recomendado obtener, cuando estaba todavía con vida. También en esos años de la juventud, luchó contra los regímenes sumisos ante la intervención norteamericana en su país. Y en su adultez, luchó contra la pobreza crónica, desempeñando todo tipo de trabajos informales, a pesar de su título de contador. Y no cejó de luchar, hasta que un día, cuando cumplió el medio siglo de vida, decidió embarcarse en un bote lleno de emigrantes, en búsqueda de un mejor destino en el Imperio del norte. Su sueño era seguir luchando en Miami, hasta lograr una situación económica digna y estable. Pero todo este ímpetu se desplomó en aquella desdichada barcaza, cuando naufragando en alta mar, fue duramente castigado por una tembladera implacable que derivó en una fiebre imparable. Al final Joaquín ya no podía distinguir entre la realidad y los delirios que le produjo la fiebre. En su mente se mezclaban las imágenes del buque y las de una ciudad que había visto miles de veces en fotografías: su soñada Miami. Él no conoció otro país que no fuera República Dominicana (ya que ni siquiera había puesto pie en la vecina Haití), pero la fiebre le adelantó su destino y en medio de las olas nocturnas vio Miami, exactamente como él se la imaginaba: los rascacielos, los malls gigantescos, las avenidas anchísimas, las carreteras monumentales, las manadas de automóviles, los lujosos hoteles de Miami Beach, la suntuosidad de Key Biscayne, y en fin, todas estas imágenes fueron proporcionadas por las alucinaciones de la fiebre, que alzó la temperatura de su cuerpo hasta los cuarenta y dos grados centígrados, y la hizo oscilar entre los cuarenta y un y cuarenta y dos grados durante largo tiempo. Pero más allá de sobarle los brazos y pasarle con el paño mojado por la cara, no había mucho que se pudo hacer para paliar esta trágica situación. Mas la indomable fiebre no sólo le adelantó su destino del viaje a Miami (a través de las alucinaciones), sino que le adelantó su destino final en el milagroso viaje de la vida (esta vez ya no a través de alucinaciones, sino de la realidad). Después de haber sudado y alucinado durante muchas horas, cuando el sol ya se había encumbrado hasta aparecer justamente encima de las cabezas de los pasajeros del barco, Joaquín se encontró con el final de la travesía de la vida. La lucha de cincuenta años había terminado; la fiebre, finalmente, lo había hecho claudicar, exactamente al medio día.

—Y entonces, ¿qué tiene esto que ver con el dominicano de mi cuarto? —pregunté en son de reclamo, para que el relato del Tío desentrañase más de prisa el misterio.

—Calma, calma —contestó el Tío—. Lo que viene después es lo peor. Una vez muerto Joaquín, la discusión sobre cuál sería el método para definir quién sería la víctima que se convertiría en el almuerzo de los demás dejó de tener relevancia. El problema ya lo había solucionado la muerte de Joaquín. El destino ayudó a los pasajeros y tripulantes del buque, en tanto que ya contaban con el alimento humano que tanto necesitaban para sobrevivir. Ahora lo que tocaba hacer era descuartizar el cuerpo para luego proceder a comerlo. Dentro del grupo había un carnicero, que ofreció sus servicios para partir el organismo en trozos y repartirlo a todos los presentes. Cuchillo sí había, mas no tenían una cocina para hervir los trozos de carne. Por eso es que las escenas de la comida fueron desgarradoras. Algunos vomitaban antes de ingerir la proteína necesaria. Otros, más fríos, no sufrieron tanto, pero igual comieron a regañadientes.

Y otros, simplemente no pudieron hacerlo. Ni siquiera bajo la extrema carestía que confrontaban. Para la mayoría, sin embargo, la necesidad de supervivencia pudo más que las consideraciones religiosas, legales o gastronómicas. Esta era, finalmente, una cuestión de vida o muerte. Nadie se comió al difunto por gusto, sino para evitar la propia muerte. Pero la carne cruda es muy, pero muy dura. Especialmente la carne humana, que es más músculo que carne suave. Como nadie tenía idea de cuánto tiempo más estarían a la deriva en alta mar, cundió la voz previsora con la finalidad que todos se guardaran trozos de carne para las horas o días venideros. En medio de este estado de cosas —cuando todos se encontraban todavía nauseabundos por la experiencia de antropofagia colectiva—, y cuando el sol ya se había ocultado del todo y dio paso al reino de las tinieblas, la barcaza de inmigrantes que iba aparentemente acercándose a la costa de Florida fue súbitamente interceptada por un bote-patrulla de inmigración de los EEUU. En cuanto los agentes interceptaron el buque de inmigrantes lo iluminaron completamente con potentes reflectores. Simultáneamente apuntaron con su moderno armamento a los harapientos dominicanos, les obligaron a que levantaran las manos y las colocaran detrás de la cabeza, y luego ingresaron a la barcaza y la controlaron totalmente. No bien los agentes saltaron al interior de la barcaza dominicana, aspiraron un vaho nauseabundo por sus fosas nasales y por sus bocas. Ese vaho se apoderó de sus humanidades. Era un hedor insoportable que jamás habían sentido antes. Era la mezcla de los vómitos, de la diarrea y de los restos putrefactos de Joaquín que invadieron el espacio del buque. Los agentes de inmigración empezaron a vomitar de asco, sin saber todavía qué era lo que los enfermó de súbito. Si los inmigrantes habrían sido narcotraficantes armados, seguro que ante el asalto de los agentes federales, les habrían dado muerte inmediatamente. Pero no, los pasajeros del buque eran solamente inmigrantes andrajosos que buscaban una vida nueva en los EEUU. Ellos no querían lastimar a nadie. Sólo buscaban un empleo digno. Tuvieron que pasar unos minutos (no se sabe cuántos exactamente) para que los patrulleros recobraran la compostura. Una vez que ello ocurrió, procedieron a realizar las primeras investigaciones in situ. Cuando se enteraron sobre el origen del insoportable hedor, echaron el grito al cielo. Algunos, literalmente, se persignaron varias veces (seguramente los que profesaban la religión católica). Luego del *shock*, a gritos pidieron apoyo a su base en tierra firme, por medio de sus aparatos de comunicación. El descubrimiento que acababan de hacer no tenía precedentes en sus vidas: no sólo habían capturado a un grupo de inmigrantes ilegales, ¡sino a unos caníbales del Caribe!

—Sigo en el suspenso, Tío, apúrate pues, ¿qué tiene todo esto que ver con mi compañero de cuarto? —volví a importunar al Tío en su detallado relato.

—Bueno pues, tu compañero de cuarto es uno de los antropófagos, uno de los principales antropófagos. Dice que cuando los dominicanos fueron arrestados, primero se los detuvo aquí, en BTC, por unos días. Cuando se evaluó que este era un tema muy complicado, y no simplemente un asunto de inmigración, se decidió llevar la investigación al plano penal (criminal), y para ello era preciso tener a los sospechosos en detención preventiva en otra cárcel, una dedicada íntegramente a criminales avezados. En esas circunstancias todos ellos, incluido tu compañero de cuarto, salieron de BTC con rumbo a una cárcel federal, donde estuvieron presos durante el tiempo que duró la investigación y el juicio sobre este trágico caso. Ahora que el juicio ha concluido (por lo menos eso es lo que parece), lo devuelven a tu compañero de habitación a BTC, para que sea deportado a su país. ¿Qué te parece?

—Estoy paralogizado. Pero tu historia apenas me abre la mente para plantear más interrogantes, pues ella no soluciona el tema de mi compañero de cuarto. Aparentemente, por lo que dices, él sería inocente. Pero la verdad, por su aspecto físico, no parece ninguna paloma de la paz. Al contrario, genera temor el solo estar bajo su presencia.

En efecto, la información que me había proporcionado el Tío en esta primera instancia era suficiente como para estar muy preocupado. Sin embargo, posteriormente, en los corrillos carcelarios se fueron difundiendo otras versiones, más alarmantes aún, pero no por ello menos creíbles. Se decía, por ejemplo, que Juan Domínguez era el coyote que había organizado el viaje, y que además era el propietario de la barcaza. Sólo ese dato ya lo convertía en una persona de cuestionable integridad moral, de alta peligrosidad, y presunto autor del delito de tráfico de personas. En ese contexto, se decía que él tuvo una activa participación en la muerte de Joaquín Santagorda, quien, según esas versiones, no habría muerto en las circunstancias relatadas por el Tío —que a su vez fue informado por su amigo dominicano Rafael—, sino que habría sido más bien "apurado" a morir por Juan Domínguez. ¿Y cómo lo "apuró" a morir Domínguez?

En respuesta a esta pregunta sí que brotaban todo tipo de respuestas especulativas. Desde que lo apuñaló él mismo para que no sufriera, hasta que ordenó que no se le diera ningún medicamento ni alivio personal para que se fuera lo más rápido posible. Y muchas otras opciones más. Lo cierto es que en medio de tanta especulación respecto al grado de criminalidad y peligrosidad de mi compañero de cuarto y vecino de la cama contigua (a quien todos veían con cara de asesino y antropófago), se me hizo cuesta arriba dormir en ese sitio. Yo ya no tuve ni un minuto de tranquilidad, ni en mi habitación, y peor aún en mi catre. En el curso de los días posteriores a su arribo, logré conversar con él un poco. Domínguez era de una personalidad cortante, y no buscaba la amistad de nadie. Era un ser autosuficiente, orgulloso, vanidoso. Pero ante mi insistencia, me contó algunas anécdotas de su vida en dominicana. Su conversación giraba alrededor de cuestiones de honor y asuntos de esa naturaleza. Me relató cómo una vez casi mata a su tío de un balazo, porque éste había hablado mal de su difunto padre. Lo había ido a buscar a su casa (a la del tío) con revólver en mano, y el viejo se tuvo que escapar por una ventana trasera del inmueble, para evitar ser asesinado por supuestamente hablar mal de su hermano. Tras contar la anécdota, Domínguez se reía con ganas. Fue una de las contadas ocasiones que lo vi reír con entusiasmo. La mayor parte del tiempo, sin embargo, Domínguez estaba serio, con una crónica expresión de molestia.

Los autores de las especulaciones carcelarias sostenían que la razón por la cual estaban deportando a este oscuro personaje no era porque era inocente, sino porque no querían malgastar el dinero de los contribuyentes. Los fiscales en verdad no tenían las pruebas necesarias para sentenciarlo por asesinato, pues los testigos y pasajeros de viaje no hablarían sobre lo acontecido en aquella barcaza. Como es sabido, estos coyotes siempre actúan en base a la coacción, al chantaje y a la amenaza. Si a alguno de los pasajeros se le ocurriese hablar en contra de él, las represalias se darían en República Dominicana contra los hijos, esposa o padres del soplón. Bajo esas condiciones, el silencio impera y la impunidad es el efecto legal de la misma. Menos mal que su estadía no fue muy larga. Después de unos diez días José Domínguez fue deportado a su país, gozando de todas las libertades de un hombre inocente. Pero esos diez días parecieron cien para mí. Su presencia constante al lado mío en el dormitorio, sobre todo en las horas nocturnas de supuesto descanso, se convirtió en un verdadero martirio. Él constituía una permanente amenaza contra mi humanidad. A cada instante yo tenía que recordar que mi presencia allí se debía a una solicitud de asilo político, y que yo no era un delincuente pagando por la comisión de algún delito. Es que a veces, cuando uno se encuentra bajo ciertos condicionamientos, se pierde la perspectiva de las cosas. En los EEUU, los peticionarios de asilo político no pueden ser sometidos a este tipo de ultrajes. Y no sólo ellos, sino los mismos inmigrantes ilegales. ¿Cómo mezclar a peticionarios de asilo e inmigrantes ilegales, en los mismos cuartos con personas involucradas en salvajes asesinatos y antropofagia?

En una sociedad como la norteamericana —donde la escasez de recursos no se presenta de manera alarmante como en Latinoamérica, en cuyos países las cárceles son inadecuadas por falta de presupuesto—, las prisiones están diseñadas para albergar a reclusos de diferentes grados de peligrosidad. Existen cárceles para reos de alta peligrosidad y otras para los que han cometido delitos menores. No los mezclan a todos juntos, pues saben que el resultado de ello puede ser perverso para la sociedad. Sin embargo, esa lógica sencilla no es aplicada en relación a los presidios de inmigrantes. En éstos, como se ha visto, se suelen albergar en un mismo dormitorio a reos peligrosísimos (que por supuesto son también inmigrantes ilegales) junto con personas que no han cometido otros delitos, y que son simplemente inmigrantes ilegales, o peticionarios de asilo, que no significan ningún grado de peligrosidad. La pregunta es si este defecto se presenta por negligencia o por dolo; si es una falla del sistema carcelario de inmigrantes ilegales, o si es, más bien, un elemento incorporado al sistema a propósito, conscientemente, con la finalidad de causar daño a los reclusos. Es muy difícil que un "defecto" de esta magnitud —y además, tan obvio— se deba a la negligencia o falta de pericia de los administradores de las cárceles de inmigrantes. Lo más probable es que esta sea una estrategia más destinada a escarmentar a los ilegales hispanoamericanos, la nueva lacra de la sociedad de mayor opulencia en el planeta.

Es así como en BTC las noches eran más oscuras que afuera. Hemos visto cómo la bulla causada por el conteo de los reclusos interrumpía el descanso nocturno. También lo hacía el intenso tráfico de gente —presos que ingresaban y que salían de BTC— en horas de la madrugada. Los abusos de los guardias también aterrorizaban las noches en el presidio, como con el caso de Sebastián.

Y un elemento adicional que también disturbaba con mucha frecuencia el intento de conciliar el sueño de los reclusos era la algazara causada por los guardias. Este asunto no era de poca monta. Cuando todo parecía estar acorde con una noche relativamente pacífica, de repente uno percibía los acordes ensordecedores de alguna tonada rapera o de hip hop que provenía desde afuera. Un aparato de sonido de los guardias servía para que éstos se divirtieran en el desempeño de sus funciones a esas altas horas de la noche (o de la madrugada). ¿Cómo podía la sociedad americana esperar que sus guardias carcelarios se sacrificaran tanto, y que pasen toda una noche en vela sin distraerse un poco? Era inhumano pensar que los guardias deberían permanecer silenciosos toda la noche. Algo de entretenimiento era esencial para el buen desempeño de sus funciones. En aras de lograr ese objetivo, se instituyó otra fórmula adicional para perturbar el sueño de los presos. Después de todo, ¿acaso era importante precautelar los derechos de los ilegales a un sueño reparador, en desmedro del entretenimiento de los guardias cancerberos? Las prioridades debían estar siempre claras: había que hacer todo lo que estuviera al alcance de los guardias para perturbar la existencia de los reclusos de BTC. En ese marco, la prioridad era generar algazara para disturbar las horas de descanso de los reclusos, y así cumplir con proporcionar entretenimiento a los sacrificados guardias.

Y también hemos visto cómo la presencia de reos de alta peligrosidad creaba mayor grado de inseguridad —y hasta de terror— en los dormitorios de BTC, particularmente, en las noches destinadas al sueño.

Éstas, entre otras, fueron las principales estrategias

que los cancerberos utilizaban para evitar que los presos pudieran recuperar energías, en el transcurso de las horas nocturnas destinadas, supuestamente, al sueño.

Dando una mirada retrospectiva a aquellos días, no cabe duda de que estos fueron métodos de tortura aplicados por las autoridades carcelarias para debilitar a los inmigrantes ilegales presos en BTC. A través de las informaciones filtradas en Wikileaks, el mundo se ha enterado que análogos métodos de perturbar el sueño se implementaron en GITMO (la cárcel de Guantánamo, donde aún permanecen presos sospechosos por una supuesta relación con Osama Bin Laden, el grupo Al Qaeda y el terrorismo musulmán). Finalmente, es el mismo gobierno norteamericano en su lucha contra todo lo que le suena a extranjero, *alien* o enemigo. Por eso es que existen tantas cárceles como BTC, donde se aplican toda suerte de torturas, para espantar a los *aliens*. Es que las nuevas oleadas de inmigrantes no están constituidas por europeos de raza blanca, sino por millones de morenitos tercermundistas.

Para conocer todo este fenómeno es que las noches en BTC merecían un capítulo especial.

Capítulo VII
La Oficina de Asilo

Fue un vía crucis llegar a la entrevista sobre *miedo creíble* que tenía que desarrollarse en la Oficina de Asilo. Yo había llegado al centro de detención (BTC) el martes 4 de noviembre de 2008, al finalizar la tarde. Desde el día siguiente —el miércoles 5 de noviembre— estuve esperando alguna noticia respecto a este tema, sin que nadie pronunciara palabra al respecto por mucho tiempo. Hay que recordar que durante esos primeros días (desde el martes 4 hasta el viernes 7) estuve incomunicado del mundo exterior, pues no se me dio la posibilidad de una llamada a mi casa para informar cómo y dónde me encontraba. A pesar de que expresé mi profunda preocupación por esta situación, no se me concedió ni la llamada gratuita establecida por ley, ni tampoco una pagada, pues tenía que esperar hasta el viernes 7 por la tarde para comprar la tarjeta telefónica que se vendía en el penal. En síntesis, durante esa primera semana estuve totalmente incomunicado y tampoco tuve noticia alguna sobre la Oficina de Asilo. Bajo este tipo de situaciones (cuando uno tiene muchas cosas pendientes y urgentes por hacer, pero no las puede realizar por obstáculos burocráticos), surge la impotencia total y aumenta el estrés. En el transcurso de esos días, sentí el lento transcurrir de cada segundo, de cada minuto, de cada hora, y me las pasé mirando fijamente a la pared de mi cuarto, sin poder hacer nada respecto a estos temas. Finalmente, el viernes 7 pude romper mi incomunicación, eso ya fue un alivio importante. Pero la Oficina de Asilo continuaba en silencio. Fue por ello que ese mismo viernes 7, en horas de la noche, me puse a redactar una carta dirigida a la Oficina de Asilo en la que expresé mi desasosiego respecto a su silencio. Les recordé que los funcionarios de inmigración en el aeropuerto me prometieron que, una vez detenido en BTC, sería atendido con prontitud por la Oficina de Asilo. También me referí a una circular del Departamento de Justicia que me fuera entregada en el aeropuerto, en la que se hace mención a que el tiempo que un peticionario de asilo esperaría antes de su entrevista sobre miedo creíble eran aproximadamente 48 horas. En mi caso ya habían transcurrido más de 48 horas y aún no tenía noticia de esa repartición estatal. En realidad lo que pedía era que por lo menos se me diga algo, para que sepa a qué atenerme en cuanto a los tiempos, y elaborar así una suerte de cronograma de actividades. Y, por último, también me quejé ante esa oficina sobre el tiempo que estuve incomunicado en BTC. Como esa oficina era la encargada de los casos de asilo, imaginé que algo tendría que decir sobre mi prolongada e ilegal incomunicación. Pero me equivoqué. Llevé la carta el sábado por la mañana y como no había nadie trabajando, la deslicé por debajo de la puerta principal. Eso quiere decir que el lunes 10 llegaría a las manos de la persona que debería tomar conocimiento de ella, para luego contestarla. Pero fue vana la espera, pues no contestaron ni el lunes, ni el martes, ni el miércoles, ni el jueves. Recién el viernes por la mañana apareció un mensajero en mi cuarto, a eso de las nueve y media de la mañana, para avisarme que el encargado de mi caso en la Oficina de Asilo me estaba esperando para conversar.

Esa fue una noticia que me conmovió. Recién —a partir de ese preciso momento— empezaba a cobrar sentido mi tiempo en prisión y todo el sufrimiento que ello implicaba. Antes de partir para mi destino, me detuve para arreglarme un poco y estar más presentable. Pero, ¿cuán presentable puede estar uno vestido con un uniforme de presidiario color anaranjado? Y peor aún, cuando el pantalón del uniforme tiene un amplio agujero en la rodilla izquierda. Con este atuendo era imposible impresionar a interlocutor alguno. Lo máximo que se podría lograr con estas fachas era inspirar miedo o pena. Si uno tenía cara de delincuente, sin duda que con este uniforme causaría terror. En cambio, si uno tenía cara de inocente, con este uniforme solo causaría pena o lástima. En fin, de todas maneras había que hacer el esfuerzo. Me peiné rápidamente y estiré la camisola anaranjada, para que parezca como si se la hubiera planchado. Pura ilusión, ya que esa ropa no fue planchada jamás. Eso sí, la tela seguramente, en alguna etapa de su fabricación, fue aplanada por una plancha caliente. Pero luego de que se fabricó la camisola, jamás hubo razón ni oportunidad alguna para que aquello volviera a ocurrir. Después de que hiciera todo lo posible para mejorar mi imagen física, recordé que era necesario llevar algunos papeles que guardaba para esta ocasión. Para ello abrí el único cajón de la cómoda de fierro que me correspondía, y de allí extraje los papeles que consideré más importantes, los cruciales para mi alegato. Entre aquellos documentos más importantes figuraban, sobre todo, recortes de periódicos bolivianos.

Con la documentación pertinente bajo el brazo, y habiendo culminado mi cortísima sesión de estética, corrí hacia la Oficina de Asilo, la que estaba localizada en el segundo piso (en el mismo de mi habitación), sólo que en el edificio perpendicular al de mi cuarto. Cuando llegué agitado por la velocidad imprimida en la carrera, toqué la puerta de hierro con la mano, y una secretaria desde adentro me indicó que aún no podía pasar, ya que el encargado de mi caso (que era el principal funcionario de la Oficina de Asilo en BTC) estaba hablando por teléfono. Me pidió que esperara sentado en el banco del corredor de afuera, que era el destinado para esa oficina.

El corredor de ese edificio era bastante transitado por los reclusos y los guardias, y por uno que otro funcionario administrativo. Al frente de la Oficina de Asilo estaba localizada la biblioteca. A esa hora (desde donde yo me encontraba sentado se podía distinguir las manillas del reloj de pared que estaba colocado dentro de la biblioteca, a través de una pequeña ventana empotrada en la puerta de ese recinto de la cultura, el mismo que marcaba las nueve y cuarenta y cinco de la mañana) ya había varios presos que se arremolinaban en la puerta de ella para ingresar a las diez en punto. Como ya habíamos visto anteriormente, los que aguardaban para ingresar a la biblioteca eran los lectores, por un lado, y los recién capturados por inmigración que intentaban realizar su primera llamada gratuita desde dentro de BTC, por el otro. Pero aparte de esta concurrencia, estaban los reclusos que hacían uso de los teléfonos de tarjeta que estaban ubicados al lado de la puerta de la biblioteca, contra la pared de enfrente a dónde yo me encontraba en ese momento. Allí ha debido haber unos cinco que hablaban por esos aparatos telefónicos, y otros quince que aguardaban su turno. Y para completar la escena, contra la misma pared que yo apoyaba mi espalda, se encontraba sentado, a unos diez metros de ese punto, el guardia de turno que supervisaba ese corredor. El guardia se sentaba dentro de un mueble que parecía el de un bar, detrás del cual estaba su asiento, colocado en una altura que le permitía divisar a todos desde una elevación. El guardia era un puertorriqueño petulante y abusivo, que gritaba a todos los reclusos cuando se le ocurría. Yo lo conocía con anterioridad, pues me había topado con él en la fila del comedor, en una ocasión en que le tocaba supervisarla. En la fila del comedor era conocido por no permitir que los reclusos se pararan uno al lado del otro para conversar. Él se empecinaba en que dicha fila sea de una sola persona (lo que se conoce como una *fila india*), que cada recluso estuviera apoyado contra la pared, y que no hubiera conversación alguna entre los presos que esperaban su turno de ingreso al interior del comedor. Y esta férrea disciplina (o más cabalmente, estado de terror) la conseguía en base a gritos, insultos y otros métodos de humillación. Por supuesto que en esas circunstancias nadie se oponía a sus dictámenes, pues ello habría sido suicida. Todos los presos obedecían como ovejitas las órdenes de su pastor malvado. Agachaban la cabeza, colocaban sus espaldas contra la pared, y esperaban en silencio su turno para entrar al comedor. Pero no contento con sojuzgar a todos los presos de la fila —mientras duraba la espera— se dedicaba a burlarse, a voz en cuello, de algunos que él encontraba especialmente vulnerables. "¡Eh tú, Carlitos, estás demasiado gordo, ya no comas más, ¿acaso estás aquí de vacaciones?". O "¿qué sigues haciendo aquí?, chico, ¡ya es hora de que te vayas para tu país! Tu caso no tiene esperanzas". O, "gracias a Dios nosotros los puertorriqueños somos americanos, pues de lo contrario estaríamos como ustedes, presos sin solución." Cada que este personaje estaba controlando la fila del comedor, comer se tornaba en un calvario. Y en ese momento, justo cuando me encontraba haciendo antesala para mi primera reunión en la Oficina de Asilo (una reunión sin duda clave para mí) apareció este personaje para inmiscuirse en mi vida.

—¡Señor!, ¡señor! —vociferó desde su asiento— ¡Usted no puede estar sentado allí! ¡Tiene que circular! Si quiere hablar por teléfono tiene que ponerse en la fila correspondiente. ¡No puede permanecer sentado en ese banco!

En cuanto escuché el timbre de su voz se me crisparon los nervios, pero logré calmarme, pues sabía que en esta ocasión el que tenía las de ganar era yo. En razón a ello me llené de energía súbitamente, y con todas mis fuerzas le contesté, también a gritos por la distancia que nos separaba:

—¡Estoy sentado aquí porque tengo una reunión en la Oficina de Asilo! ¡El encargado de esta oficina me ha hecho llamar para reunirse conmigo, y ahora estoy esperando a que él se desocupe para ingresar!

— ¡¿Cómo es su nombre y su número de preso?! Voy a indagar en esa oficina si la información que usted me está dando es correcta.

—Mi nombre es Jorge Machicao, y mi número de preso es el A20890744.

Con estos datos el petulante guardia puertorriqueño

tocó la puerta de la Oficia de Asilo e ingresó en ella para hacer la averiguación del caso. Luego de un par de minutos salió de allí con otra actitud.

—Es correcto. No se preocupe, los asientos de esa banca son para los que aguardan entrar en la Oficina de Asilo. El mensaje había llegado a su destinatario de forma clara. Ahora que el petulante guardia se convenció de que yo era un peticionario de asilo por motivos políticos, cambió de actitud ostensiblemente. Ya no continuó con su actitud prepotente, sino que más bien se mostró hasta interesado en que le contara mi caso. Quería que le hiciera un relato sobre mi vida en la política y sobre la persecución a la cual había sido sometido.

Luego de unos minutos más de espera, la secretaria salió y me indicó que entrara. Adentro, en la oficina del fondo, estaba sentado frente a su escritorio Pedro Moliniere. Él era un hombre relativamente joven, de unos cuarenta y cinco años de edad, de origen hispano (después me enteré que era nacido en Cuba, como es el caso de muchos latinos en el área de Miami), y muy amable, lo que ya era mucho pedir dentro de la prisión. El señor Moliniere me invitó a que me sentara y me explicó la razón de su llamada. Me dijo que la reunión que estábamos sosteniendo no era en realidad la entrevista sobre *miedo creíble*. "Ésta —subrayó— es una reunión preliminar en la que yo le voy a dar algunas indicaciones sobre dicha entrevista, que se realizará el día lunes, 17 de noviembre de 2008, a las 8:30 a.m. Uno de los primeros elementos que debe saber es que la entrevista sobre *miedo creíble* no es, desde ningún punto de vista, definitiva. Si como consecuencia de la entrevista la Oficina de Asilo determina que la situación de una persona no califica bajo el concepto de *miedo creíble,* ella tiene el derecho de pedir, de todos modos, una audiencia ante el juez de inmigración para ver si frente a esa autoridad puede revertir esta situación. En cambio, si la Oficina de Asilo considera que una persona está, efectivamente, bajo condiciones de miedo creíble como consecuencia de una persecución, ésta tendrá que ir de todos modos ante el juez para obtener el veredicto final de su caso. Y el juez entonces tomará la opinión de la Oficina de Asilo como un dato importante, pero desde ningún punto de vista, definitivo, ni nada que se parezca." En reiteradas oportunidades el señor Moliniere hizo hincapié en que la opinión de la Oficina de Asilo era algo así como un umbral, una especie de barrera mínima. Si no se lograba alcanzar ese umbral, la persona estaba en problemas serios. Y si lo alcanzaba, no tenía nada garantizado, porque por encima de ese umbral había mucho espacio por recorrer hasta obtener el resultado final deseado. "Pero —insistió— es importante pasar el umbral. Eso da mejor pie al inicio de la audiencia con el juez."

Otra de sus recomendaciones para la entrevista sobre *miedo creíble* fue que me presentara acompañado de un abogado. Yo le expliqué que hasta ese momento había sido misión imposible contactar con un abogado, ya que aquellos que figuraban en la lista de abogados pro bono (de servicios gratuitos) o no atendían casos de asilo, no atendían casos en BTC por la distancia, o sencillamente no contestaban mis llamadas. Y los abogados que no eran pro bono, simplemente no constituían una opción, ya que cobraban una barbaridad de dinero. Por ello, le dije que lo más probable era que yo me presentaría sin abogado. También le expliqué que yo era abogado en Bolivia, y que si bien el Derecho anglosajón era diferente en cierta medida, los preceptos básicos del procedimiento eran, en realidad, compartidos con el Derecho de raíz romana. Ante esta aclaración él se sintió más aliviado pero, de todos modos, quedamos en que si yo conseguía un abogado durante el fin de semana, se lo haría saber a través de una nota hasta las siete de la mañana del lunes.

Otro de los temas que me aclaró fue que para dicha entrevista no sería necesario que yo trajese las pruebas que sustentaban mi caso. Esta era una entrevista sin pruebas. Allí sólo contaría la historia de la manera en que yo la relatara. Lo que valía en esta entrevista era la consistencia del caso. Este era un aspecto procedimental interesante. Por ello es que el valor de la opinión de la Oficina de Asilo era de menor jerarquía, y la audiencia con el juez no constituía jamás una segunda instancia, ni recurso alguno. El juez en realidad no reveía nada de lo que había hecho la Oficina de Asilo; él no valoraba la prueba de manera diferente que la indicada oficina. Por eso es que la Oficina de Asilo no consideraba las pruebas; ella solamente calibraba si la historia era creíble, si tenía consistencia, y si ameritaba que el caso pasara a conocimiento del juez.

También me indicó que este era un caso atípico para la Oficina de Asilo de BTC, y por ende, más complicado en su análisis y en su resolución.

—La mayoría de los solicitantes de asilo que pasan por BTC son personas que ya estaban dentro de los EEUU de manera ilegal, y cuando son aprehendidos por inmigración buscan alguna fórmula para quedarse —empezó a explicar detalladamente el señor Moliniere—. En muchas ocasiones los abogados de estas personas (luego de conocer pormenores del caso) sugieren que su cliente se defienda por la vía de la petición de asilo. Es así que se ven casos en que los peticionarios alegan estar perseguidos por grupos mafiosos en Centroamérica, y que en la eventualidad de retornar a su país, se estarían exponiendo a ser agredidos y hasta a ser asesinados por sus persecutores. Estas agrupaciones delictuales en Centroamérica se denominan Las Maras. Hay varias de ellas, una de las más conocidas es la Mara Salvatrucha o MS. En estos casos los peticionarios argumentan que en sus países de origen estarían completamente indefensos frente a esas amenazas, ya que ni la policía ni el estado en su conjunto están en condiciones de protegerlos de estas agrupaciones criminales, que hacen de las suyas en las naciones centroamericanas. He ahí el argumento para pedir asilo, y así evitar la permanente amenaza y persecución. Le menciono, a manera de ejemplo, que en tiempos recientes hemos conocido el caso del propietario de una pequeña farmacia que aducía este tipo de persecución. En este caso, por ejemplo, las implicaciones fueron menos delicadas de lo que podrían llegar a ser en el suyo, ya que se trata de un ciudadano común. En su caso se trata de una persona que ha sido autoridad en su país, de alguien que está en la política. Eso puede tener repercusiones políticas para el gobierno de los EEUU. Por eso es que en su caso he pedido un informe a Washington, al Departamento de Estado, el mismo que ya me lo han enviado. Por suerte, no es un informe negativo. En él se incluye mucha información respecto a su partido, al Movimiento Nacionalista Revolucionario (MNR), y sus principales dirigentes. Dice el informe que al jefe de su partido, al señor Gonzalo Sánchez de Lozada, el actual gobierno de Bolivia le ha iniciado varios juicios por diferentes razones. Hay juicios sobre genocidio y violaciones a los derechos humanos que, por lo que entiendo, no son en los que usted está incluido. El informe señala que el proceso en el que usted está inmerso es uno que corresponde al primer gobierno del ex presidente Sánchez de Lozada (que gobernó de 1993 a 1997), y tiene relación con la privatización de las empresas del Estado. Y es justamente debido a este mayor grado de complejidad que para su entrevista sobre miedo creíble está viniendo desde las oficinas de Miami, la supervisora del departamento en el que yo trabajo. Ella es una abogada, y estará presente en la entrevista, haciéndole todo tipo de preguntas al igual que mi persona. Por esa razón adicional es que considero que sería bueno que usted esté asesorado por un abogado que conozca el Derecho norteamericano, si puede. Al ser mi supervisora abogada, seguramente las cosas pueden ser más difíciles para el entrevistado. De todas maneras le advierto que ella es una persona muy correcta, muy apegada a la ley, pero de ninguna manera es alguien sañudo ni malintencionado. Después de las preguntas y respuestas, yo redactaré un informe en el que deberé determinar si usted tiene una historia de miedo creíble o no. Ese informe deberá ser refrendado por mi supervisora. Por esta razón es que el informe estará elaborado un tiempo mayor a lo normal. En cuanto yo tenga el informe firmado por ambos, se lo haré saber, para luego remitírselo al juez de inmigración, en su caso, si el informe resultare positivo. Y si fuera negativo, usted tendrá que evaluar si deseara, de todas maneras, tener la audiencia con el juez. ¡Ah! antes de concluir, es importante que usted sepa que el juez de inmigración de

BTC es sumamente duro, difícil, muy complicado. Tiene fama de ser muy duro, y en su carrera profesional ha concedido asilo en muy pocas ocasiones. Generalmente rechaza las solicitudes de asilo y, la verdad, en muchos casos de manera inexplicable. Yo he ido a algunas audiencias, a petición de algunos solicitantes de asilo, y he visto que en casos en los que nosotros desde esta oficina recomendábamos que se otorgue el asilo, él rechazaba los pedidos de la manera más inverosímil. Lo que ocurre allá es una carnicería, desde mi punto de vista muy personal. Pero esa es la realidad, y usted debe conocerla, para que, en su caso, elabore una estrategia acorde con ella.

Con estas recomendaciones dichas, me despedí del señor Moliniere hasta la audiencia del lunes.

Para no perder la opción de contar con un abogado por negligencia, ese viernes hice varias llamadas a los abogados que figuraban en la lista del Departamento de Justicia, que nos proporcionaron a todos los extranjeros presos. Una vez más el intento fue vano, al igual que en anteriores oportunidades. Ese listado era un mero formalismo. Lo único real de ello, eran los abogados que no eran pro bono (los que sí cobraban por sus servicios), y cuyas tarifas eran verdaderamente inaccesibles para mí en esas circunstancias. El negocio del Derecho en los EEUU es muy lucrativo, y la justicia está a disposición sólo de quienes pueden pagarla. Es también importante subrayar que, por supuesto, a los extranjeros ilegales y a los que buscan asilo el gobierno de los EEUU no les proporciona asistencia legal gratuita. ¿Cómo podría el contribuyente norteamericano pagar por los servicios legales de personas que, estando perseguidas en sus países de origen, buscan asilo en los EEUU? Para que un perseguido político (o por otra causa que lo aleje de su país) obtenga asistencia legal en los EEUU, dentro de un trámite de solicitud de asilo, éste tiene que necesariamente contar con sustanciales recursos económicos.

Concluido el fin de semana, el lunes 17 de noviembre de 2008, a las 8:30 a.m., golpeé la sólida puerta de fierro de la Oficina de Asilo. Al instante la secretaria me pidió, al igual que la primera vez, que aguardara sentado en aquella banca ubicada en el corredor, hasta que arribara la abogada que venía desde Miami. La espera fue de unos veinte minutos. Al cabo de este tiempo, la secretaria abrió la puerta y me indicó que ingresara a la oficina del señor Moliniere. En cuanto entré a esa oficina, el señor Moliniere me recibió cordialmente (como era su costumbre) y me presentó a la abogada Rosa Sánchez. La jurisconsulta ha debido ser una mujer de unos cuarenta y dos años de edad. Se veía poco prolija en su vestir, ya que aunque llevaba encima ropa fina y seguramente cara, no la lucía con la coquetería típica de la mujer latina. Su peinado era muy conservador: tenía un moño como el de las damas de la década de los años cincuenta del siglo veinte. Su actitud era seria, aunque a momentos se dejaba traslucir una sonrisa que parecía amigable. Lo que sí me quedó claro es que ella conocía el caso a fondo, ya que en cuanto terminó de estrecharme la mano para el saludo, sacó de su maletín un grueso expediente con los papeles sobre mi caso. Cada uno de los papeles estaba marcado con anotaciones en los costados.

La sesión empezó con la lectura de un documento por parte del señor Moliniere en el que se explicaba la naturaleza de la entrevista sobre *miedo creíble*. La pausada voz del señor Moliniere articulaba las siguientes palabras: "El propósito de esta entrevista es determinar si usted puede ser elegible para la concesión de asilo, o para la protección de ser removido a un país en el que temiera persecución o tortura. Yo voy a hacer preguntas sobre por qué usted teme retornar a su país o cualquier otro país al que pudiera ser removido. Es muy importante que usted diga la verdad durante la entrevista y que responda a todas mis interrogantes. Ésta puede ser su única oportunidad para dar esta información. Por favor siéntase cómodo explicándome por qué teme ser dañado. La ley estadounidense tiene estrictas normas para prevenir la divulgación de lo que usted me diga hoy día sobre las razones de su miedo a ser dañado. La información que usted me transmita sobre las razones de su miedo no van a ser divulgadas a su gobierno, salvo en circunstancias excepcionales. Las declaraciones que usted haga hoy día pueden ser utilizadas para decidir su petición, así como en cualquier otro procedimiento futuro de inmigración. Es importante que nos entendamos mutuamente. Si en cualquier momento yo hago una declaración que usted no entiende, agradeceré que me detenga y me diga qué no entiende para que yo se lo pueda explicar. Si en cualquier momento usted me dice algo que yo no entiendo, yo le pediré que me lo explique."

Ésas eran las reglas del juego. Él me preguntó si yo entendí lo que acababa de leer, y yo le respondí afirmativamente. A lo largo de toda la entrevista el señor Moliniere estaba sentado detrás de su escritorio, y yo me encontraba frente a él, en un sillón al otro lado de ese mueble. La abogada Rosa Sánchez se ubicó en un sillón a mi mano derecha, pero un tanto detrás de mí. De tal manera que yo estaba prácticamente en medio de los dos, como en una especie de situación sándwich. Acto seguido empezaron las preguntas. Primero las de rigor, aquellas que en el léxico policíaco se denominan las generales de ley: nombre completo, estado civil, domicilio, nombre del cónyuge, de los hijos, etcétera, etcétera. Luego recién se ingresó al tema de fondo. Si bien el relato de los hechos que provocaron mi salida de Bolivia fue el mismo que hice en el Aeropuerto Internacional de Miami —y que después realizaría frente al juez de inmigración—, en esta oportunidad se dieron preguntas o indagaciones que acusaban un mayor grado de comprensión técnica del problema. El hecho de que una de las personas que interrogaba era abogada de profesión ayudó en este sentido. La abogada Rosa Sánchez comprendió, en su cabal dimensión, que la falta de notificación a mi persona con la acusación del gobierno me ponía en una situación de indefensión. ¿Cómo puede defenderse uno si no sabe de qué lo acusan? Es una norma fundamental del Derecho Penal: la notificación legal con la acusación, para así iniciar un juicio en el marco del debido proceso (lo que los anglosajones denominan el *due process*). Así como éste, había varios temas en mi caso que requerían comprensión del procedimiento judicial. En el interrogatorio del aeropuerto, frente a los agentes de inmigración, esto no fue posible dilucidar. En cambio, en esta entrevista sobre *miedo creíble*, la consideración de los temas procedimentales fue más profunda, merced a la presencia de la mencionada abogada en el panel de entrevistadores.

Al final de la entrevista, el señor Simonet —quien tomó nota de toda mi declaración, que duró algo más de dos horas y media—, me pidió que aguardara hasta que él terminara de corregir el acta, en coordinación con la abogada supervisora. Esperé durante una media hora, al cabo de la cual él exhaló con satisfacción en demostración de que el documento ya estaba concluido. Lo imprimió y me lo dio para que lo leyera. "Si considera que hay que agregar, quitar o corregir algo, me avisa", anotó a tiempo de entregarme los papeles.

Yo leí cuidadosamente cada línea del acta. Evidentemente, había algunas partes del documento que no recogían la declaración en su completitud, por lo que fue necesario realizar las aclaraciones del caso. Hechas estas modificaciones, la tarea estaba concluida. Yo procedí a firmar el acta y mis dos entrevistadores hicieron lo propio. Luego el señor Simonet me explicó el procedimiento que seguiría el trámite en la Oficina de Asilo, dependiente del Servicio de Ciudadanía e Inmigración de los Estados Unidos (USCIS, según sus siglas en inglés). Me indicó que él elaboraría un informe sobre el caso en unos tres a cuatro días. Después, ese informe pasaría a las oficinas de Miami, donde la supervisora Rosa Sánchez lo consideraría. Si ella expresaba acuerdo con el informe, lo firmaría, y asunto acabado. Y si no hubiese estado de acuerdo, me indicó que el trámite se extendería unos días más. De todas maneras él no me dio luces sobre si, en su opinión, mi historia reflejaba la existencia de miedo creíble o no; sobre si el informe iba a ser favorable o no. Simonet se mostró muy profesional en todo momento. Sólo me indicó que estuviera a la espera del resultado final. Que él me llamaría cuando ya existiera un informe firmado, para notificarme con el mismo. Si el informe fuere positivo, él lo remitiría al juez de inmigración para que fijase fecha de audiencia. En cambio, si aquél fuere negativo, la audiencia con el juez venía a ser optativa. Si el peticionario decidía presentarse ante el juez con un informe negativo, lo podía hacer, aunque con perspectivas muy poco alentadoras. De otra manera, el peticionario podía simplemente salir de los EEUU, sin presentarse ante el juez. Concluida la explicación, él se despidió de mí, al igual que lo hizo la abogada Rosa Sánchez, y yo salí de la Oficina de Asilo hacia el corredor.

Una vez que estuve solo sentí que la entrevista había ido bien. En apenas unos segundos rememoré cada una de las preguntas y respuestas, y tomé conciencia de que mis interrogadores no sólo registraban las respuestas, sino que parecieron genuinamente interesados en conocer más detalles sobre el caso. El fenómeno Evo Morales había llegado a los EEUU, pero no era comprendido en su cabal dimensión. A los norteamericanos todavía les era difícil comprender la diferencia entre el reivindicador de los derechos de los indígenas marginados y pobres, y el dictador moderno que perseguía a quienes consideraba sus enemigos, a través de un aparato judicial controlado desde el palacio de gobierno. El dictador moderno, en esos momentos, todavía estaba en ciernes. Si bien a finales de 2008 ya había varios casos de políticos perseguidos, todavía el régimen no tenía tantas víctimas de persecución como hoy día. En ese momento todavía no se había aprobado la Constitución que hoy permite violar los derechos humanos fundamentales de aquellos que Evo Morales considera indeseables.

Pero a pesar de la falta de conocimiento sobre la moderna dictadura de Evo Morales por parte de mis entrevistadores, mi percepción interna era positiva. Sentí que la entrevista arrojaría un informe halagüeño.

Con ese sentimiento me fui directamente a la fila del almuerzo, pues ya era mediodía, y empecé a esperar el resultado de la entrevista que el señor Simonet me había prometido que ocurriría en unos días más.

La espera de los primeros cuatro días fue lenta, pero no todavía desesperante. Como la entrevista se había llevado a cabo el 17 de noviembre, yo esperé tener alguna novedad el viernes 21, hasta el final de la tarde, pero nada. El señor Simonet no se pronunció ese día. "En fin —me dije—, será el lunes o el martes a más tardar. No queda otra que seguir esperando."

"El que espera, desespera" reza el antiguo refrán español. Nada más cercano a la realidad que yo estaba viviendo en esos momentos. No tuve noticias ni el lunes 24, ni el martes 25, ni el miércoles 26. No tuve noticias toda esa semana que acabó con el viernes 28 de noviembre. No hay que olvidar que en la cárcel, durante esos días, yo no tenía ningún otro oficio que el de esperar el informe de la Oficina de Asilo. En consecuencia, eso es todo lo que hice: esperar hasta llegar a la desesperación. Cuando concluyeron las horas laborales del viernes 28, una enorme duda se instaló en mi mente: ¿habría surgido algún problema con el informe? ¿Será que han considerado que no existe *miedo creíble* en mi historia? O, ¿será que tienen ideas discrepantes entre el señor Simonet y la abogada Rosa Sánchez? Tal vez uno de ellos considera que sí existe *miedo creíble*, mientras que el otro no esté persuadido del todo. En fin, en mi mente rondaban todos los escenarios posibles que explicaban el retraso. Con este cúmulo de especulaciones pasé todo el fin de semana. En cuestión de segundos pasaba de un estado de optimismo total, a uno de pesimismo absoluto. Finalmente, llegó el lunes 1 de diciembre, y con él —a eso de las once de la mañana— arribó también un mensajero de la Oficina de Asilo, quien me indicó que el señor Simonet me esperaba en su despacho. No bien terminó de pronunciar esas palabras, yo me encontraba camino a esas oficinas.

El señor Simonet me esperaba con un fajo de papeles en sus manos y buenas noticias. Me explicó que la tardanza se debió a lo delicado de mi caso en particular. Volvió a reiterar que una mala decisión en este caso podía traer consecuencias. Así que ambos —él y la abogada Rosa Sánchez— optaron por analizar a profundidad el caso y tomar una decisión sólidamente fundada. Luego de esa introducción, me felicitó, pues el resultado de la entrevista determinó que en mi caso sí existía *miedo creíble*. Me informó que para esta determinación no sólo analizaron los dos entrevistadores, sino inclusive funcionarios apostados en la sede principal de USCIS en la capital norteamericana. Desde esas oficinas principales, me dijo, "enviaron información respecto a los juicios que confronta el ex presidente, Gonzalo Sánchez de Lozada, en Bolivia, sobre violaciones a los derechos humanos en los episodios anteriores a su caída, en octubre de 2003, en los que murieron alrededor de sesenta personas." Para Simonet quedó claro que el juicio que se me había instaurado a mí —conjuntamente los demás miembros del gabinete de ministros del gobierno de entonces— no tenía nada que ver con estas acusaciones sobre violación de los derechos humanos. Él sabía que Sánchez de Lozada había gobernado en dos ocasiones diferentes: primero, entre 1993 y 1997; y después, entre 2002 y 2003. El juicio contra el gabinete en el que yo había prestado mis servicios era respecto a actos del primer gobierno. En cambio, el juicio sobre violaciones a los derechos humanos era contra el ex presidente y un conjunto de ministros del gobierno 2002-2003, y en particular respecto a las muertes aludidas líneas arriba. Una cosa no tenía nada que ver con la otra, y no era bueno que existiera ningún grado de confusión al respecto. Es que resulta mucho más difícil obtener asilo cuando el peticionario ha estado involucrado en violaciones a los derechos humanos, cuando éste ha sido persecutor, aunque después resulte ser perseguido. Por eso es que era importante subrayar que el juicio contra mi persona era sobre actos de un gobierno anterior.

Luego de esta explicación, me entregó una copia del informe final de la entrevista sobre *miedo creíble*. El documento era sucinto, tomando en cuenta las largas horas que duró la entrevista. Durante dicho acto el señor Simonet tomó notas en las que prácticamente registró cada una de las palabras que pronuncié. Sin embargo, el documento era un drástico ejercicio de resumen. Toda la extensión de la entrevista aparecía resumida en dos cortos párrafos, que juntos sumaban veinte líneas, literalmente. Esto podía ser bueno, porque lograba que cualquiera lo leyera y comprendiera sin mayor esfuerzo. Pero podía no ser tan convincente, pues no existía detalle, era demasiado genérico. Parecía que se había exigido mucho esfuerzo para tan poca cosa. Sin embargo, lo esperanzador del informe era el resultado final: indicaba que la entrevista reflejaba, claramente, miedo creíble de persecución política. Además del informe, Simonet me entregó una hoja de *Notificación de Comparecencia*. En ella se me notificaba para comparecer ante un juez en los siguientes términos: "Esta notificación está siendo emitida después de que un funcionario de asilo ha descubierto que el demandado ha demostrado sufrir un miedo creíble de persecución o tortura. (...) Usted está conminado a comparecer frente a un juez de inmigración del Departamento de Justicia de los Estados Unidos de América en el siguiente lugar: EOIR; Broward Transitional Center, 3900 Powerline Road, Pompano Beach, FL, 33073; en fecha (a ser determinada); a horas (a ser determinada), para demostrar por qué usted no debe ser removido de los Estados Unidos en base a los cargos establecidos supra. Firma la Supervisora de Funcionario de Asilo (aparece la firma de la abogada Rosa Sánchez), en la ciudad de Miami, Florida, fecha: 1 de diciembre de 2008."

Y aparte de esta *Notificación de Comparecencia*, me entregó una *Notificación al Demandado*, con una redacción parecida, en la cual me hacen firmar a mí, en calidad de demandado.

Como esa primera notificación no especificaba la fecha en que mi audiencia ante el juez se llevaría a cabo (pues con ella solamente se me notificaba con el informe de la entrevista sobre *miedo creíble*), unos días más tarde, el 4 de diciembre de 2008, un oficial de diligencias llegó a mi habitación carcelaria y me notificó a mi primera audiencia para el viernes 12 de diciembre de 2008, a horas 1:00 p.m. Con esta notificación mi próximo desafío era el juez de inmigración de Broward Transitional Center.

Capítulo VIII
El Juez de Inmigración

A las ocho de la mañana del viernes 12 de diciembre de 2008, apareció, inesperadamente en mi habitación, un prisionero haitiano (que trabajaba en la oficina del juez de inmigración) para indicarme que debería acompañarlo a la oficina del juez. Yo me sorprendí de sobremanera, y le dije:

—Creo que puede haber un error, a mí me han citado hoy día, pero para la "1:00 p.m."

—No, no hay error —replicó el haitiano—, todos los presos que tienen audiencia cualquier día se presentan a la misma hora y esperan su turno.

—Pero mi turno es para la 1:00 p.m. —contesté en tono de disgusto.

—Mire, yo no sé nada sobre por qué las cosas funcionan como funcionan. Lo cierto es que tengo la misión de conducirlo a usted hasta la oficina del juez ahora. Si usted quiere, viene, y si no, usted verá.

—No se moleste —le dije—, yo sé que no es su culpa, sólo que a mí me parece que no tiene sentido que yo vaya con cinco horas de anticipación a la oficina del juez —tras una pausa de reflexión que duró unos dos segundos, continué hablando— espéreme unos instantes, hasta que yo me organice y tenga conmigo todos los documentos que debo llevar allá.

—Perfecto, no hay problema —me respondió en un tono conciliador, pues comprendió que mi primer arranque de protesta tenía sentido, pero que ahora quedó en claro que él no podía ser responsable por esa modalidad de trabajo, ya que sólo cumplía las órdenes que le impartían—. Tome su tiempo, no hay prisa, yo voy a estar aquí afuera esperándolo.

En ese instante me volqué hacia los documentos que tenía en mi cajón de la cómoda de fierro para seleccionar los que llevaría a la cita, y aquellos innecesarios que se quedarían allí. Como yo había estado trabajando sobre estos papeles durante los últimos días, no fue tarea complicada escoger los más relevantes. Realicé esta faena en cuestión de unos pocos minutos.

Una vez completada la labor de selección documentaria, proseguí con la de relaciones públicas y estética personal. Aún cuando los presos no podíamos despojarnos del uniforme viejo y anaranjado, uno hacía lo mejor que podía para guardar las apariencias. Las restricciones que la vida en prisión nos imponía no llegaban a limitar nuestras ansias de mostrar lo mejor de cada uno de nosotros. Especialmente, en lo que concierne al aspecto físico y de vestimenta. "La percha es siempre importante, ya sea en el mundo latino o en el anglosajón", pensé para mis adentros, mientras me imaginaba a mí mismo dentro del juzgado, desempeñando mi papel de demandado y de abogado defensor al mismo tiempo, en pleno juicio. Fue así que saqué mi otro uniforme anaranjado que estaba debajo de mi colchón de plástico, donde lo había colocado para que se "planchara" durante toda la noche. Según mi apreciación subjetivísima de ese momento, esa camisola sí que estaba bien planchada, y era la adecuada para la ocasión. Apresuradamente cogí las ropas "planchadas" y me las puse encima. Luego agarré los documentos que había seleccionado y salí en busca del funcionario judicial que me aguardaba afuera.

El haitiano estaba parado al lado de mi puerta, mirando, desde el balcón, lo que transcurría abajo, en el patio del penal. Ese día todos los presos estaban afuera, unos jugaban a básquet, otros charlaban en grupos, y otros simplemente deambulaban por ahí. Cuando me vio, sonrió, y empezó a caminar delante de mí, para que yo lo siguiera. Él era muy joven (de unos veinte años) y su paso era rápido y ágil, y yo lo tuve que seguir en ese mismo ritmo. Después de varias peripecias, llegamos a nuestro destino.

El juzgado estaba localizado en la planta baja de uno de los extremos del edificio, que podríamos decir era el principal del conjunto de edificaciones que constituían BTC. No muy lejos de allí, en uno de los extremos del corredor, estaba la puerta principal del presidio de inmigrantes; y en el otro extremo, más alejado del juzgado, estaba el comedor. Al lado se encontraba la enfermería. La antesala del juzgado era el larguísimo corredor (no era una habitación grande concebida como antesala de otra), que empezaba con la puerta principal por donde ingresaban los presos al penal. Traspasando la puerta de la cárcel, se ingresaba a un área techada, pero al aire libre, que era parte de ese gran corredor que hacía las veces de antesala a las secciones de hombres o de mujeres (el área donde se llenaban los documentos de registro al ingresar al penal; y donde se cambiaban los presos de indumentaria, sustituyendo la suya por el uniforme anaranjado, los hombres, y gris, las mujeres). Luego, saliendo de esta área de ingreso y de registro al penal, se encontraba otra puerta enorme de hierro, que se abría de un empujón fuerte (y se cerraba por su propia dinámica). Ella daba inicio a otra sección del gran corredor (esta parte del corredor ya era totalmente cerrada), donde se encontraba el Juzgado de Inmigración, y frente a él, las oficinas del ICE, de los abogados del Departamento de Homeland Security, así como de otras agencias relacionadas con la problemática de la inmigración. A lo largo de este extensísimo corredor, y contra la pared de ambos lados, se encontraban colocadas incómodas bancas, donde aguardaban sentados los presos que tenían audiencia ese día, mirándose unos a otros. Inmediatamente afuera del juzgado, estaba colocado un enorme escritorio, rodeado de anaqueles, una computadora, impresora, teléfono, fax, etcétera, etcétera. Allí, sentada en un también monumental sillón, con el ceño fruncido en todo momento, y con una gruesísima voz de lideresa de pelotón (entrenada durante años para ejercer la profesión de cancerbera profesional), aparecía la figura de Leona, una mujer de unos cincuenta y cinco años, negra, de cabellera completamente blanca, que se regocijaba ultrajando a los presos segundo a segundo. Su función principal — según ella— era la de mantener en orden a los peligrosísimos reos de BTC, inmigrantes latinos ilegales que atentaban contra la seguridad de los Estados Unidos, y de su jefe, el inefable juez John Salem. Lo que ella nunca entendió era que su verdadera función era organizar el flujo de demandados ante el juez en orden según la hora de sus audiencias. Como jamás comprendió esto, cada día los congregaba a todos a las ocho de la mañana, y los tenía a todos esperando durante muchísimas horas, sin motivo razonable alguno. Fue así que ese día yo llegué a eso de las ocho y veinte de la mañana, y tuve que esperar hasta eso de las dos de la tarde para ver al juez, ya que, como suele ocurrir con frecuencia, las audiencias se prolongaban más de lo esperado, y el juez empezaba con retraso las siguientes audiencias del día.

En cuanto me acerqué a Leona, me preguntó mi nombre sin siquiera levantar la cabeza. Ella era de esos funcionarios que piensan que la arrogancia es sinónimo de jerarquía, de alto nivel, de poder sobre los que en ese preciso momento están bajo su dominio. Como no le era familiar el apellido hispano —ni tampoco le era de su simpatía nada que sonara a castellano—, mandó que lo deletreara. Una vez que lo absorbió en su mente, lo repitió con un marcadísimo acento inglés, lo que producía un sonido insoportable. Ella no hacía ningún esfuerzo por respetar la fonética española. Todo lo español le repugnaba. Mientras ejercitaba el nombre lo buscaba en su lista. Una vez que lo encontró me ordenó que estampara mi firma al lado. Acto seguido —y luego de hacer unas indagaciones adicionales— instruyó que me sentara a esperar mi turno. De inmediato descubrí que lo más aconsejable era permanecer lo más alejado posible de ella, así que me fui a sentar al extremo más lejano de la banca, a unos quince metros de distancia de su escritorio, donde había varios espacios vacíos. En las bancas de cada uno de los frentes ya estaban aguardando sus turnos varios reclusos, unos quince para ser más preciso. En realidad yo fui el último en llegar a la conminatoria de Leona.

Sin duda, yo era el que más documentación traía

consigo. Esto despertó la curiosidad de todos los presentes. Leona fue la primera que comentó al respecto, a tiempo de mi registro en la sala de espera:

—¿Todos estos documentos son suyos y los va a introducir a la audiencia?

—Sí.

—Entonces los voy a tener que revisar antes de que usted ingrese al juzgado por motivos de seguridad. Eso lo estipula el reglamento. Por ahora siéntese a esperar su turno.

Luego de esta indagación y advertencia, lanzó un juicio de valor que no estaba en su guión de actuación:

—Nunca he visto a nadie entrar a una audiencia con tanto documento.

—Seguramente, lo que ocurre es que son las pruebas de mi caso.

—Usted no viene con abogado, ¿no es así?

—Sí, así es. Lo que ocurre es que yo soy abogado en mi país, y aquí voy a ejercer mi propia defensa. Para eso he tenido que leer la ley de inmigración y los procedimientos de estos juicios.

En cuanto terminé de verter esas palabras, Leona bajó la cabeza y volvió a poner los ojos en sus listas, cortando la charla con su silencio. Cuando vi que me quedé sin interlocutor, proseguí con mi marcha en busca de un asiento alejado de tan extraño ser. En ese momento no sabía si era bueno o malo que Leona me hubiera distinguido del resto (por la cantidad de papeles que portaba). A veces, en circunstancias como ésta, es mejor pasar desapercibido, en vez de ser identificado como blanco de cualquier abuso o atropello. En fin, las cosas ya habían ocurrido, así que lo único que tocaba hacer era esperar. En cuanto me senté en el extremo más alejado de la banca, uno de mis vecinos me miró y no pudo con la curiosidad.

—¿Qué haces con tantos papeles? Yo no traigo nada conmigo —preguntó en tono de estar preocupado por no tener ninguna documentación, como si esta carencia le fuera a afectar negativamente en su audiencia.

—No te preocupes, lo que ocurre es que yo no tengo abogado. Yo me represento a mí mismo y necesito mostrar todas estas pruebas sobre mi caso.

—Yo tampoco tengo abogado, porque no cuento con los recursos suficientes. Pero tampoco tengo documentos que respalden mi petición para quedarme en este país. Llevo viviendo aquí trece años, sin problema alguno, y ahora me aprehenden y me traen a este horrendo sitio. Creo que ahora me deportarán a mi país, y perderé todo lo que tenía. Ni siquiera me dejan salir para recoger mis cosas.

Mientras más detalles me contaba sobre su situación, la voz de mi nuevo interlocutor subía de volumen, por efecto de la emoción que le causaba relatar estos hechos. Aunque estábamos alejados del escritorio de la cancerbera, Leona llegó a percibir la conversación, y, gritando a voz en cuello, advirtió:

—¡¡¡Silencio!!! ¡Está prohibido conversar aquí! El juez no puede ser interrumpido con las voces de ustedes. Si no se callan, tomaré las medidas necesarias para que lo hagan. ¡No provoquen!

Cualquier amenaza de Leona causaba zozobra. Es que no sólo el rugido de su grave voz hacía temblar a los presentes, sino el hecho que ella lucía un impecable uniforme de camisola azul y pantalón plomo, en el que esta última prenda se encontraba sujetada por un ancho cinturón de cuero negro, de donde colgaban dos armas peligrosas. En el costado izquierdo del cinturón se encontraba adherido un sólido laque propio de un guardia policial, y en el derecho, se lucía la prominente cartuchera de un moderno revolver automático. Y, por cierto, ella era una morena que a pesar de sus años, todavía mostraba la musculatura suficiente como para batir a más de un flacuchento preso latino. Pero más que todos estos elementos objetivos, se veía en esta afroamericana un irrefrenable impulso destinado a humillar, a maltratar, a ultrajar a los presos. Ella era parte de esa vorágine racista de la sociedad americana, que durante siglos se estrelló contra los ex esclavos negros, y que hoy se ensaña contra un nuevo grupo humano vulnerable: los inmigrantes ilegales llegados desde diferentes partes de América Latina. Estos millones de latinos que han arribado a las tierras de Washington y de Jefferson, aún no han encontrado a su Abraham Lincoln ni a su Martin Luther King. Aún no han protagonizado su guerra civil (como la del Siglo XIX) ni su resistencia pacífica en defensa de sus derechos civiles (como la de mediados del Siglo XX). Los latinos ilegales están todavía padeciendo la fase de su explotación más cruda, más despiadada. Y Leona, que ha sufrido siglos de humillación, lo único que hacía era devolver favores. Este era su turno de la venganza. La sociedad americana le había encomendado que la resguarde de estos *delincuentes*, que ingresaron a los EEUU —el reino del Estado de Derecho— violando las leyes. Leona entendía ese mandato, y lo cumplía a cabalidad, o, inclusive, con algo más de ímpetu. Por eso era que sus amenazas siempre se las tomaba en serio.

Fue así que mi compañero interrumpió su relato súbitamente. Después, en silencio, se quedó mirando fijamente a mis documentos, como extrañando tener los suyos para defenderse mejor ante el juez.

A los pocos minutos de permanecer sentado en esa banca, empecé a sentir el congelamiento en las puntas de mis pies, de los dedos de las manos y de mi nariz. Este corredor era muy frío. La puerta del corredor que permitía el ingreso desde el área de registro de los presos nuevos al penal se abría constantemente. Como esa área era administrativa, muchos funcionarios de BTC transitaban por esa puerta, por lo que se abría y cerraba constantemente. Por eso es que los vientos invernales propios del mes de diciembre se apropiaban del corredor, y hacían sentir sus gélidos efectos hasta en la médula misma de los huesos de quienes esperábamos sentados nuestro turno para recibir justicia.

Cuando uno está privado de su libertad aprende a esperar. Uno no puede hacer absolutamente nada para evitar los largos plantones a los que está permanentemente sometido. ¿Acaso los que estábamos aguardando nuestro "día en corte" (traducción directa del vocablo anglosajón *day in court*, que significa tener la oportunidad de acceder a la justicia para resolver una petición o litigio) podíamos ir aunque sea a dar una vuelta al patio, para despejar la mente? Por supuesto que no. Los presos esperábamos sentados, inmóviles y en silencio el pasar de cada segundo, de cada minuto, de cada hora. Lo único que se movía velozmente eran los pensamientos, las neuronas del cerebro y las pupilas de los ojos. Eso no lo podían controlar nuestros cancerberos. En esta prolongada espera observé algunas cosas que desde el pabellón de los hombres no era posible apreciar. Uno de los aspectos que me impactó fue constatar que en BTC trabajaba todo un ejército de agentes del ICE, así como funcionarios de diferentes reparticiones del gobierno, que desde el interior de la prisión uno no se percataba que existían. Estos funcionarios estaban en permanente movimiento: iban y venían desde diferentes oficinas, y algunos entraban y salían del penal. De cuando en cuando aparecía un preso buscando a un agente del ICE o a un funcionario de otra oficina, respondiendo a una convocatoria de dicho personero gubernamental. La mayor parte del tiempo el preso esperaba unos minutos y era atendido por el agente del ICE o funcionario que lo había convocado. El funcionario convocante conducía al preso al interior de una puerta, que lo llevaba, supuestamente, hasta su oficina. Allí se perdía por un tiempo, y luego salía acompañado del funcionario, de quien se despedía en el corredor de espera, para irse solo con destino de nuevo al pabellón que le correspondía. En las tantas horas que me tocó esperar (pues, en total, yo tuve cinco audiencias con el juez, y por ende cinco prolongadas sesiones de plantón en la antesala) constaté que los presos convocados eran, en su mayor parte, mujeres. Por cada preso hombre que era convocado, había tres o cuatro presas mujeres. Mas la diferencia no era solamente numérica, sino cualitativa. El trato con los presos hombres era siempre (salvo muy pocas ocasiones) frío y hostil. En cambio, para mi gran sorpresa, el trato con las presas era normalmente cálido y amigable. Luego de mucha observación, detecté que no era raro que los agentes del ICE se chancearan con algunas de las presas, particularmente con las más jóvenes y bonitas. Para colmo, vi que algunas de las presas eran convocadas a reunirse con el agente del ICE más de una vez al día. Estas reincidencias se daban, por cierto, con las más hermosas presas. En contrario, los presos hombres nunca eran llamados más de una vez al día a esas reuniones. Esta mayor concurrencia de mujeres —en especial de las más atractivas— a las convocatorias, tampoco concordaba con el hecho que en BTC había mucho más hombres que mujeres detenidos. Estos anómalos patrones de comportamiento dentro de BTC traen a colación las múltiples querellas que existen en la jurisdicción estadounidense de violación de inmigrantes ilegales de sexo femenino, por parte de agentes de las instituciones que reprimen la inmigración ilegal de ese país.

En todas estas esperas también constaté que el silencio de terror que imponía Leona se interrumpía con sus ausencias. Ella, como cualquier ser humano libre, se ausentaba de su puesto de trabajo en ciertos momentos. Esto ocurría cuando iba al baño, o cuando concurría al comedor a la hora del almuerzo, o cuando simplemente se iba a despejar a algún otro lugar, seguramente con la aquiescencia de su jefe, el juez. En otras ocasiones ella no estaba sentada en su sillón porque se encontraba adentro, en el juzgado mismo, asistiendo al juez en algún asunto de apoyo administrativo. Con frecuencia el juez la mandaba a fotocopiar documentos o a otras labores semejantes. Estos paréntesis los presos aprovechaban para charlar, para romper el silencio del miedo.

En uno de esos paréntesis el vecino que estaba sentado justo enfrente de mí, me preguntó —al igual que antes lo hicieron Leona y el otro preso— por qué yo llevaba tantos documentos a la audiencia. Le di la explicación que ya había repetido dos veces, la que se iba convirtiendo en versión estándar. Inmediatamente después le pregunté cuál era su situación. Si ésta era su primera audiencia o si ya había tenido una previa. Además, inquirí sobre sus orígenes, pues él no era hispanohablante. Hablaba un inglés con un acento muy marcado, y era difícil entenderle. Me informó que él provenía de Uzbekistán, y que llegó a los Estados Unidos catorce años atrás.

—Cuando llegué a este país, viajé por varias ciudades para conocer y ver dónde me quedaba. En mi patria los inviernos son muy fríos y no quería repetir esa forma de vida. Por eso, en cuanto conocí Florida, decidí que este sería mi hogar. Primero empecé a trabajar en un empleo, pero luego, cuando adquirí mayor confianza, puse mi propio negocio. Yo soy experto en la reparación de naves acuáticas, de botes. Luego de cinco años de vivir en esta zona, me fui a residir a los cayos de la Florida, que es lo que más me fascina dentro de este estado. Estar rodeado de mar y de trópico me llena el alma. Allí viví hasta el día que me arrestaron los del ICE. Llevo preso, aquí en BTC, un año y dos meses, por supuesto sin trabajar. Estoy cansado de esta situación. Me defendí con un abogado que me cobró muchísimo dinero, sin ningún éxito. Estoy casi en la quiebra. Como yo no cumplo con ningún requisito que podría permitirme obtener mi residencia legal, pues no tengo ningún pariente cercano que sea residente o ciudadano estadounidense, mi lucha no tiene esperanza alguna. Por eso, después de varias audiencias en todo este tiempo, he decidido optar por la *salida voluntaria*, antes de que me deporten. Mi esposa ya ha retornado a Taskent y me está esperando allá. Ella no fue arrestada en ningún momento. Así que para que no corriera peligro, decidimos que se fuera antes de que inclusive yo saliera del país. Por ello es que hoy estoy muy triste y muy feliz, al mismo tiempo. Triste, por resignarme a dejar mi sueño americano. Feliz, por volver a compartir con mi esposa, después de una prolongada separación forzada, en mi país de origen. Una nueva vida se me pone al frente y recibo este desafío con optimismo. Ya no doy más en esta prisión. Nada compensa estar aquí adentro, mucho peor por un período de más de un año. Hoy sólo entro al juzgado, y el juez me entrega la resolución en la que me concede la salida voluntaria. Los vuelos ya los tengo reservados y pagados. El vuelo sale mañana al mediodía, desde el Aeropuerto Internacional de Miami. Así que, amigo, me voy.

El uzbeco, que se hacía decir Joe (algunos extranjeros, con nombres de pronunciación muy complicada, optaban por utilizar nombres "americanos" para solucionar lo que para ellos se había convertido en un serio problema comunicacional), no podía ocultar su euforia frente a su inminente viaje y a la reconquista de su libertad. Cuando se encontraba en medio de su relato, reapareció Leona y tuvo que callarse. Así es que volvió el silencio y Joe siguió esperando su turno, igual que todos. Él me indicó que su audiencia estaba fijada para las once de la mañana, pero logró entrar al juzgado unos minutos antes de las doce. En verdad su audiencia fue corta: el juez seguramente sólo tenía que verificar sus pasajes y entregarle la resolución de *salida voluntaria*. Cuando Joe salió del juzgado estaba tan jubiloso que corrió por el pasillo con destino a su cuarto, dando brincos de alegría, sin siquiera mirar a los costados para despedirse de quienes lo acompañamos —y escuchamos— durante la antesala a su última audiencia. "Bien por él", pensé en mis adentros.

§

Hasta aquí, la historia del uzbeco Joe era triste —pero no trágica, aún—. Resulta que inmediatamente después de esa mi primera audiencia yo no volví a ver a Joe. Él evidentemente se había ido al día siguiente hacia su país. Pero luego de unas tres semanas, merodeando por el patio del penal, entre la muchedumbre descubrí unos rasgos faciales que me eran familiares. La persona me miró de reojo, pero no me saludó. Durante unos segundos sostuve un debate mental interno: las facciones eran las de Joe, pero había algo que no concuasaba, ya que no era exactamente la cara que yo había conocido. ¿Sería un hermano de él? No podía ser; Joe ese día me habría dicho que tenía un hermano preso en BTC. Nada de eso ocurrió. Finalmente, me dije a mí mismo: "esto es un absurdo, Joe está en Taskent en estos momentos, libre y feliz." La persona con la que me había cruzado era simplemente alguien parecido, como suele ocurrir en la vida, pero no era él. Unos días después de ese confuso episodio me encontré en el patio del penal con Bill —un georgiano ilegal que estaba peleando su permanencia por la vía del asilo—. Él era un individuo de pocos amigos y de pocas palabras, muy presumido (casi llegando a la soberbia); parecía que hacía un esfuerzo descomunal por ubicarse encima de todos los latinos espalda mojadas. Los pocos europeos presos dejaban en claro con sus acciones (pues se cuidaban de hacerlo con la palabra) que ellos eran harina de otro costal, que no podían ser confundidos con los latinos ilegales. Estos blanquinosos andaban solo entre ellos, y no compartían con los cholitos. A pesar de esas sus características, de vez en cuando trababa unas cuantas palabras con Bill, pues en alguna oportunidad él abrió conversación conmigo. En la charla de aquel día, destinada a matar el tiempo, hablábamos de cualquier cosa, de todo y de nada. En ella surgió el tema de Joe (ellos eran amigos, ya que los unía no sólo la geografía, sino también la historia: eran ex soviéticos), pues yo le conté el confuso episodio que había experimentado algunos días atrás. Una vez que terminé mi exposición, Bill se sonrió y me dijo:

—Ese era Joe mismo, no era nadie parecido a él. Lo que ocurre es que para su viaje se afeitó los bigotes, y ahora ha cobrado un aspecto un poco diferente.

—Pero no entiendo, si ha viajado, ¿qué hace ahora aquí preso aún?

—Lo que ocurrió fue una verdadera tragedia. Evidentemente Joe partió el día para el cual tenía reservado el vuelo y comprados los pasajes. El vuelo partía desde el aeropuerto de Miami con destino a Taskent, pero hacía escala en Frankfurt, Alemania. Dice que cuando el vuelo tiene escala, el preso tiene que ir escoltado por dos guardias de inmigración. Los pasajes de estos últimos también los paga el preso. La obligación del gobierno de Estados Unidos es poner al preso en manos de las autoridades de inmigración del país de destino, en este caso Uzbekistán. Los americanos no pueden correr el riesgo que el preso retorne a los EEUU burlando al servicio de inmigración de ese país —bajo ninguna circunstancia—.

Por eso lo de los escoltas: para asegurarse que Joe llegue hasta
Taskent, y lo reciban allí los agentes migratorios uzbecos.
Pero en el viaje de Joe pasó algo inesperado: él precisaba
visa alemana para su escala en Frankfurt, requisito que no
conocía ni él, ni tampoco, aparentemente, las autoridades de
inmigración de los EEUU. De ahí que las autoridades del
aeropuerto de Frankfurt no le permitieron hacer su escala
en esa ciudad germana. En consideración a este insalvable
obstáculo, no hubo otra solución que dar marcha atrás. Joe y
sus dos escoltas retornaron en el siguiente vuelo disponible
a Miami; y por supuesto, al extranjero ilegal lo devolvieron
donde correspondía: a la cárcel de BTC. A raíz de este fiasco,
Joe, seguramente, se sentía pésimo. Por eso es que prefirió
que tú no lo reconocieras aquella vez que se cruzaron en el
patio, para ahorrarse tener que dar explicaciones incómodas.
Como verás, él ya está de vuelta hace algo así como un mes sin
poder dar solución rápida a su problema. Ahora no sólo tiene
que obtener una visa de Alemania (lo que se complica cuando
la gestión la tiene que hacer desde la prisión, ya que no tiene
a nadie afuera para que lo ayude), sino que tiene que volver a
desembolsar varios miles de dólares para los nuevos pasajes,
uno para él y dos para sus distinguidos acompañantes. Los
pasajes del vuelo frustrado los perdió, o por lo menos eso es
lo que le dijeron los funcionarios de la agencia de viajes. Él
protesta porque los de la agencia no le informaron sobre el
requerimiento de la visa alemana, y considera que la pérdida
no se la deberían atribuir a él. Como dice que no le alcanza el
dinero para semejante gasto, parece que está contemplando
ya no seguir con el plan de la salida voluntaria, sino con la
deportación pura y simple. Éste sería un cambio cualitativo

de fondo para su salida del país. Las cosas se han tornado extremadamente graves para Joe.

Como ya lo hemos visto al inicio de este libro, la *salida voluntaria* es una figura legal mucho más benévola que la deportación pura y simple. En la *salida voluntaria* existe una suerte de arrepentimiento y buena fe de parte del ilegal, y su sanción puede ser muy pequeña; y en algunos casos, pocos por cierto, hasta inexistente. En cambio la deportación es la mera expulsión del país, que involucra siempre una sanción de no retornar a los EEUU por años: mínimo cinco, diez, veinte; y en algunos casos extremos de reincidencia, la sanción es de por vida.

Pero en el caso de Joe, el problema no era solamente el económico, sino el hecho que modificar la resolución de su salida voluntaria a una deportación, importaba reabrir su caso ante el juez de inmigración. Es decir, volver a solicitar audiencia y declarar ante el juez que ya no se atenía a la salida voluntaria, y que más bien se avenía a la deportación. Esto significaba más tiempo en prisión. Es que en BTC había un solo juez de inmigración que tenía una pesada carga procesal, por lo que fijar una audiencia siempre involucraba una prolongada espera de varias semanas, en el mejor de los casos, y de uno o más meses, en el peor de los escenarios. Este fue el trágico destino de Joe.

§

Una vez que Joe salió del juzgado, entró otro detenido y el reloj que estaba colocado contra la pared marcaba las doce con veintitrés minutos. Leona, mirando a su agenda, calculó que era imposible que mi audiencia empezara puntual, a la una de la tarde (porque, además, yo no era el del turno siguiente, sino el del subsiguiente), así que decidió mandarme a la cafetería para que ingiriera mi alimento del mediodía. Esa orden fue recibida con algarabía por mi parte, ya que no solamente sentía una incontenible hambre en esos momentos, sino porque mi cuerpo se encontraba entumecido por el gélido frío que reinaba en el largo corredor. En cuanto impartió la orden, me paré y empecé a caminar lentamente (mientras mis congelados músculos se estiraban poco a poco para emprender la marcha). De inmediato ella me mandó que aguardara, ya que yo no podía ir solo, sino escoltado por su persona hasta la puerta del comedor. Y así fue. En cuanto arribamos a la puerta de la cafetería, Leona les explicó a los guardias la razón por la cual yo no hice fila, y así me permitieron el ingreso. Entré al refectorio con todos mis papeles en mano, lo que llamó la atención de los comensales. Todos los que se sentaron próximos a mí, inquirieron sobre la razón de tanto documento en mis manos, y recibieron la respuesta estándar. Me desearon suerte en mi primera aparición en "la corte" (así era como se referían a la audiencia con el juez en BTC).

En el almuerzo tardé alrededor de quince minutos en total. A la hora de la verdad no tenía ganas de comer mucho (a pesar del hambre, más podía mi estado de estrés), y tampoco me divertía la idea de responder a la curiosidad morbosa de los demás prisioneros. Como todos los que en ese momento estaban en el comedor se enteraron de que aquel era mi *día de corte*, mi presencia en ese recinto se convirtió en una especie de acontecimiento, de evento de atracción de popular. En ese ambiente no pude permanecer sino el tiempo estrictamente necesario para ingerir unos cuantos bocados de comida, y evitar así desplomarme por hambre. Cada trozo de alimento que ingresaba a mi boca era lentamente triturado por mis dientes, y luego lo sentía desplazarse por todo el recorrido desde la garganta, pasando por cada milímetro del esófago, hasta finalmente arribar al estómago. En cuanto sentí que el ejercicio de la digestión me iba a producir sueño y cansancio, decidí pararme y retornar al corredor de espera. El retorno ya lo hice sin escolta.

Cuando llegué al área de la antesala en ese largo corredor, Leona estaba —como siempre— escudriñando los papeles que tenía encima de su escritorio. No se molestó siquiera en echarme un vistazo, aunque, por supuesto, estaba totalmente consciente de mi retorno. Me desplacé hasta el lejano asiento donde había permanecido toda la mañana, y allí volví a mi intensa tarea de esperar. En esos momentos sí sentí que los nervios se habían apoderado de mí. No era para menos: llevaba esperando treinta y nueve días preso en BTC, para finalmente comparecer en este decisivo encuentro con el juez de inmigración.

Mientras repasaba los documentos que había leído y preparado para esta primera audiencia, escuché la potente voz de Leona que a todo volumen pronunciaba mi nombre, con su marcadísimo acento anglosajón, al que no le imprimía, ni siquiera por un mínimo de lógica lingüística el menor esfuerzo por hispanizar la pronunciación. Muy al contrario, Leona lo transformaba el nombre dándole un insípido giro de anglicismo:

—George Mac Echo Argiro (en vez de Jorge

Machicao Argiro). Pase al juzgado. El juez John Salem lo está esperando para esta su primera audiencia.

—Gracias —le dije—, ya estoy listo para entrar.

—Antes de ingresar, muéstreme cada uno de los objetos que están dentro de esos folders y sobres tamaño oficio que usted tiene entre manos.

—Claro —repliqué, a tiempo que abrí cada uno de los *folders* y sobres (doce en total), mientras ella los revisaba con su aguda mirada. Cuando consideraba necesario, introducía una de sus manos al interior de cualquiera de los sobres, para constatar que no había nada en su interior, que podía constituir un peligro para el juez y/o para los Estados Unidos de América. Leona desempeñaba su trabajo con celo. Cuando estuvo segura de que yo no introduciría una bomba o una ametralladora, me dio el visto bueno para que continuara caminando hacia el interior del juzgado.

—Puede proseguir por la puerta.

El recinto del juzgado era un espacio arquitectónico que me trajo recuerdos a las aulas de las escuelas norteamericanas: el cuarto amplísimo brillaba con la intensa iluminación de varias lámparas fluorescentes adheridas al techo. En el área que le correspondía al profesor, estaba el juez, sentado en un cómodo sillón de cuero negro. Esa parte de la habitación —donde yacía el ancho escritorio de madera de esa autoridad jurisdiccional— estaba elevada encima de un zócalo que sostenía una especie de altar, al que se accedía escalando un par de gradas desde el nivel del suelo. Elevado en ese altar, muy por encima de los mortales que le pedían quedarse en los Estados Unidos de América, miraba, hacia abajo y con sus ojos penetrantes, el juez John Salem. Él era un hombre altísimo (seguro que su estatura rondaba los dos metros de altura). Llamaba la atención su pelado cuero cabelludo que brillaba con el reflejo de la luz fluorescente. Encima de la superficie de su calva no había ni un solo pelo que pusiera la más mínima sombra sobre ella. Era corpulento. De hombros anchos y de físico robusto, debió de ser un buen deportista en su juventud. Pero a estas alturas de su vida se veía un tanto subido de peso. Su edad debía de rondar el medio siglo de vida. La piel blanquísima de su cabeza calva y de su cara, contrastaba con la negrísima capa que cubría el resto de su humanidad. Este era, en verdad, un hombre en blanco y negro.

En cuanto terminé de ingresar al recinto, Leona, que me seguía el paso, anunció mi presencia ante el juez, con su vozarrón de siempre:

—Señor juez, el detenido George Mac Echo Argiro (quiso decir, Jorge Machicao Argiro) se presenta ante su autoridad, en cumplimiento de su notificación.

A continuación, yo procedí a saludar al juez que estaba en las alturas. Él contestó con una leve inclinación de la cabeza, que calculó era suficiente gesto de salutación a otro sujeto latinoamericano que pedía lo mismo que los demás.

—Tome asiento aquí —me instruyó Leona, apuntando con su dedo índice derecho el pupitre donde yo debería tomar asiento.

Durante esos primeros segundos dentro del juzgado me sentí desorientado, mientras caminaba y lo saludaba al juez y tomaba asiento, todo al mismo tiempo. Una vez que me posesioné en mi pupitre escolar (esto no es ninguna exageración, pues el asiento que tenían reservado para los detenidos era exactamente eso: un pupitre cuyo destino era —originalmente — un centro educacional, y no un juzgado de inmigración) recién pude apreciar el recinto en su completitud. Mi asiento estaba ubicado precisamente en el medio de la habitación. Justo al frente mío, pero en la elevación del altar, estaba el juez John Salem. A mi mano izquierda y casi contra la pared, había una mesa-escritorio larga, donde estaba sentada una mujer (entre la mesa-escritorio y el muro). La mesa-escritorio estaba colocada de tal manera que su lado largo iba paralelo a la pared. Detrás de la mesa estaban colocadas cuatro sillas donde podían sentarse igual número de personas, todas con vista directa hacia el pupitre donde yo me encontraba. Por el momento, en la mesa-escritorio solo estaba acomodada la mujer aludida antes. Para mirar al juez, esas personas debían torcer la cabeza hacia la izquierda, y arriba. Ese costado izquierdo del juzgado estaba destinado a la representación del gobierno de los EEUU, el mismo que, en estos procesos de inmigración, la ejercía el Departamento de Seguridad Nacional (Department of Homeland Security). En el curso del juicio me enteré que en BTC existía un grupo de abogados de ese departamento estatal que ejercía esta representación. Dichos abogados se turnaban ese asiento, al parecer, sin mucho criterio consistente. Señalo esto porque el abogado que ejerció esas funciones el día de mi última audiencia (¡la decisiva!) no lo había hecho en ninguna de las anteriores. Es decir, parecía que él era completamente nuevo a mi caso. Tal es así, que aquella primera vez que yo entraba al juzgado, se hallaba sentado detrás de la mesa que le correspondía al gobierno, la mujer a la que me referí líneas arriba: era la abogada de turno. Después de saludar al juez, la miré y la saludé a ella, mientras me acomodaba en mi pupitre.

A mi costado derecho, pero detrás, había otro escritorio, pequeño, que no estaba construido de madera, sino de hierro, y que por su aspecto estaba destinado a funcionarios de menor rango. En cuanto se silenció Leona, emprendió sus pasos hacia ese escritorio, donde, para mi sorpresa, cumplía otras funciones adicionales: la de auxiliar del juez. En realidad en ese escritorio había dos auxiliares, una era Leona y otra, una mujer cuya identidad jamás pude conocer. Leona, entonces, cumplía doble función: controlaba la sala de espera y también colaboraba al juez en las audiencias. Leona permanecía en sala hasta que la audiencia empezaba a desarrollarse, pues ella era quien —a instancias del juez— repartía la documentación a los asistentes, previo al inicio de los actos procedimentales. Ella también era la encargada de poner en funcionamiento el sistema de grabación, una vez que el juez veía por conveniente hacerlo, y le instruía de ese modo. ¡Ah! y lo que resultaba una ironía era que la leona que impartía órdenes con su grueso vozarrón, afuera; en la sala de espera, ahí adentro, se transformaba en una sumisa y tierna gatita, cuando las recibía de parte del temible y gigantesco juez John Salem.

En cuanto todos se encontraban sentados en sus respectivas posiciones, el juez empezó a llevar a cabo la audiencia. Para empezar, me preguntó mi nombre y demás generales de ley, para comparar con los documentos que tenía en sus manos, en un ancho expediente. Constatada esta información básica, dijo:

—Veo que usted ha venido sin un abogado. Voy a

empezar por que se le entregue un listado de abogados especialistas en asuntos de inmigración, que están disponibles para atender casos como el suyo. La mayoría de ellos cobran por sus servicios, sin embargo, existen otros, que se denominan pro bono, que no lo hacen. En esa hoja están los teléfonos donde pueden ser encontrados. Considero que a usted le puede ser útil esta información —en cuanto el juez terminaba de pronunciar estas palabras, Leona estaba a mi lado entregándome el ofrecido listado de abogados.

Estuve a punto de dar una respuesta a la que parecía ser una oferta sincera del juez, pero preferí no hacerlo, para evitar tenerlo de *enemigo* desde un principio. La reprimida explicación debió haber sido una queja sobre la inaccesibilidad de los abogados pro bono que aparecían en esa mentada lista, que también me fuera entregada en el aeropuerto de Miami por los agentes del ICE, con la misma explicación que acababa de verter el juez.

Luego, esa autoridad continuó con el uso de la palabra:

—¿Usted entiende que fue apresado por haber intentado ingresar a los EEUU con fines de ser un inmigrante, sin tener una visa de inmigrante? —frente a esta pregunta-acusación, no tuve otra alternativa que realizar las aclaraciones necesarias.

—Eso no es correcto, señor juez —repliqué—. Lo que aconteció es que yo vine a los EEUU para solicitar asilo político porque me encuentro perseguido por el actual gobierno de Bolivia. El asilo político es, como usted sabe, un instituto legal aprobado por tratados internacionales y por las leyes de los EEUU. Es un derecho que tiene cualquier persona en el mundo, cuando está siendo perseguida en su país de origen. Pedir asilo a un gobierno extranjero no es ilegal. En cuanto a la visa, yo sí estaba en posesión de una legalmente extendida en favor de mi persona: era una visa por diez años, para fines de turismo. Esa visa me fue otorgada en junio del año 2008. Pero yo sabía que no podía entrar de turista a EEUU, y luego pedir el cambio de estatus al de asilado, sin correr el riesgo de que mi petición fuera rechazada de plano, por haber ingresado mintiendo. Es decir, por ingresar afirmando que lo hacía con fines turísticos, cuando en realidad era para fines de asilo político. Por esa razón, señor juez, al ser entrevistado por el funcionario de inmigración, lo primero que le aclaré fue que yo tenía una visa de turista, pero que en realidad este viaje era para solicitar asilo. Como yo había leído la ley de los EEUU en lo que se refiere al asilo, estaba consciente que me apresarían y me conducirían a un centro de detención hasta que mi solicitud se dilucidara. Lo que la ley no dice es cuánto tiempo el solicitante estará preso esperando la respuesta. Tampoco se refiere a las condiciones de la prisión. Yo, sinceramente, estaba bajo la creencia de que los detenidos solicitantes de asilo estarían en un ambiente destinado a ellos, exclusivamente. Detención sí, pero no en una cárcel con todo tipo de gente. Como los asilados son, normalmente, gentes de la política, o perseguidos por ideas, me figuré otra situación totalmente diferente a la que estoy viviendo en esta prisión. Aquí es rara la persona que busca asilo en el verdadero sentido de la palabra. La enorme mayoría son ilegales que pasaron la frontera a pie, burlando la ley; y otros, son los que ingresaron legalmente con visa de turista y decidieron quedarse a trabajar, también violando la ley de inmigración. En mi caso no se ha dado ninguna de estas figuras. Yo he llegado a los EEUU con una visa de turista, y decidí no utilizarla por ceñirme a la ley. Pude haber ingresado como turista, sin decir nada sobre el asilo. Y luego, desde adentro, pude haber gestionado quedarme a través de una solicitud de asilo. Pero no lo hice así, preferí declarar la verdad: que busco asilo. Y luego fui encarcelado en una prisión donde no se puede ni dormir, pues la bulla que meten los propios guardias obstruye el más elemental de los derechos: el descanso nocturno. Cada noche se escuchan gritos de gente que es ingresada y/o extraída del penal, bajo las órdenes de las autoridades carcelarias. La noche es de ferviente actividad y bulla, razón por la cual uno vive sin poder dormir. En el transcurso de este tiempo he convivido con delincuentes —le conté la historia del dominicano acusado de cometer antropofagia en altamar, cuando su buque de inmigrantes ilegales naufragaba en aguas del Caribe—, que dormían al lado de mi cama. Le dije que este hombre había estado en una prisión de alta seguridad, antes de acabar siendo mi compañero de cuarto y vecino de cama. Cada noche yo temía que fuera la última, ya que este sujeto se comportaba de manera extrañísima. No era de hacer amigos, y tampoco tenía el don de la palabra. Se pasaba casi toda la noche en vela, mudo, mirando al vacío. ¿No le parece que esto es exponer a un altísimo grado de inseguridad a los perseguidos políticos que buscan refugio y paz en los EEUU? ¿Le parece correcto que quien busca protección sea expuesto a un ambiente delincuencial, de cárceles comunes? Si bien es cierto que la mayoría de los presos son solamente inmigrantes ilegales, también hay, entre ellos, personas que tienen graves antecedentes delictivos. Yo solamente le mencioné uno, pero también podría continuar con más ejemplos. Pero tampoco hay que dejar de lado que existen abusos —y por ende, ambiente delictivo— de parte de los guardias de la cárcel. Varios de los guardias se solazan haciendo sufrir a los presos de diversas maneras. Algunos de ellos se estrellaron contra mi persona, ante cuya arbitrariedad yo no pude hacer nada. Y ni qué decir de abusos mucho más serios respecto a otras personas. Esta cárcel es inaguantable. Yo ya no soporto permanecer aquí ni un día más, así que le voy a rogar que este caso sea procesado lo más rápido posible. Aquí vivo somnoliento todo el tiempo, y, por supuesto, también aterrorizado: la amenaza son los guardias y los propios internos. Míreme, estoy disfrazado de delincuente sin serlo. Visto este uniforme andrajoso —con este corte abierto en la rodilla—, porque así son las reglas del penal. Mis zapatos ni siquiera llevan trenzas, pues me las quitaron presumiendo, seguramente, que ellas constituían algún tipo de peligro en mis manos. ¡Ah! Y casi me olvido de mencionarlo, porque después de tanta humillación y abuso, esto casi pasa desapercibido: es la primera vez en mis cincuenta años de vida, que alguien me somete con esposas alrededor de las muñecas, cual delincuente mismo. Al principio me chocó, pero ahora... no le puedo decir que me parece normal, porque nadie puede acostumbrarse a las humillaciones porque sean permanentes, pero ahora sí sé que ello puede sucederle a cualquiera. Incluido a los perseguidos que buscan asilo en los EEUU. Todo esto es una humillación que no tiene nombre, especialmente, en este reino de la democracia que representan los EEUU —el juez escuchó imperturbable mi larga letanía, pero no me interrumpió hasta que, porque se me gastó todo lo que me quedaba de energía física (después de esas largas horas de espera en el congelado corredor, y además, siempre debilitado por la falta de sueño), di por terminada mi intervención.

—La ley de los EEUU estipula que una persona que busca asilo en los EEUU, en realidad, está en la fila para obtener la residencia. No es el caso de un turista o de un estudiante. Éstos portan lo que se denominan las visas de no inmigrantes. Con esas visas no es posible derivar en un estatus de inmigrante. En cambio, el asilado sí está en camino a ser un inmigrante, un residente. Y los residentes precisan de una visa de inmigrante, lo que se denomina la *green card*. Por eso es que usted al pretender entrar para ser un inmigrante, sin una visa para tal efecto, violó la ley de inmigración de este país. Eso es lo que manda la ley de los EEUU, y es con ella con la que yo juzgo, con nada más. Y en cuanto a lo demás: el gobierno de los EEUU proporciona una cama y alimentación a quienes solicitan asilo. Eso es lo que los contribuyentes norteamericanos aportan para estos fines, mientras dura el proceso. Usted puede permanecer bajo custodia del gobierno de los EEUU durante todo el tiempo que dure la dilucidación de su caso, incluido el período que tome una apelación u otras actuaciones jurisdiccionales —con esta breve intervención respondió el juez a las graves acusaciones que yo había hecho contra el sistema. En síntesis, me dejó en claro que para él sólo contaba la ley de los EEUU, y no así los tratados internacionales (que, por supuesto, protegen la violación de los derechos humanos de las personas que buscan asilo en países ajenos al suyo). Y también, me dejó el sabor de que quienes están padeciendo en estas cárceles esperando ser atendidos en su petición de refugio, deben, en realidad, sentirse agradecidos por la generosidad de los contribuyentes estadounidenses.

Después de este intercambio, el juez explicó que en esta primera audiencia no se tocaría el tema de fondo, que ello estaba prohibido por la ley. Indicó que el relato de los hechos se lo reservaba para la audiencia final, denominada *audiencia individual*, en la que él tomaría la decisión definitiva sobre la petición de asilo. También dijo que en esta audiencia él respondería a cualquier duda que existiera sobre el procedimiento. Y que, al final, me entregaría un Formulario I-589, destinado específicamente a ser llenado por los peticionarios de asilo.

En cuanto a uno de los temas tocados por él en su respuesta a mi intervención, preferí no provocar un debate que no conduciría a mucho, ya que él no podía cambiar la ley de su país. Me refiero al tema que la ley estadounidense dictamina la detención de un peticionario de asilo, porque al pretender ingresar a los EEUU con esa finalidad está violando la ley, al no tener una visa de inmigrante. Eso, es uno de los absurdos más absolutos que se haya escuchado en Derecho. Entonces, un solicitante de asilo siempre estará violando la ley, pues jamás tendrá una visa de inmigrante. Y si el extranjero perseguido fuera un inmigrante, al ingresar al territorio norteamericano entraría con esa visa y no pediría asilo, no tendría por qué hacerlo. No hay que olvidar que según la ley el asilo es un estadio previo al de residente. Entonces, un residente no tendría por qué retroceder en su estatus migratorio. En fin, este es un tema que no tenía cabida en esa ocasión, pues, incluirlo en la discusión no habría sino irritado al juez —quien seguramente tampoco apreció mis opiniones sobre la situación de los presos, especialmente de los peticionarios de asilo, en esas cárceles norteamericanas destinadas a los extranjeros y extranjeros-delincuentes—. En ese entendido (al que yo había arribado conmigo mismo en una introspección que duró unos cuantos segundos), me remití a plantearle las peticiones de orden procesal. La primera tenía que ver con una moción de cambio de jurisdicción, o más precisamente, cambio de competencia territorial. En sencillo: cambio de lugar del juicio. Esta petición era una clara estrategia que pretendía alejarme de uno de los más mentados jueces —por su posición anti-inmigrante— que existía en los EEUU. John Salem era el segundo juez que había rechazado más peticiones de asilo en todo el territorio de los EEUU, superado sólo por otro juez del propio estado de Florida. Estaba claro: en Florida, por la presencia del abultadísimo número de inmigrantes ilegales —y también legales— procedentes de América Latina, se había desarrollado en el transcurso del tiempo, una fobia hacia los hispanoamericanos; y por supuesto, especialmente dentro de los círculos más racistas de la población blanca de ese estado de la Unión. En razón a esta adversa tendencia de sus fallos (que fueron sujetos a comparación entre todos los jueces de inmigración de los EEUU) en las peticiones del asilo, lo apropiado era permanecer lo más alejado posible de este señor. Ante este panorama desolador, lo que hice fue estudiar lo relativo al cambio de competencia territorial en las normas de inmigración. Evidentemente, la ley preveía la posibilidad de lo que en español vendría a denominarse un incidente de cambio de competencia territorial (*change of venue*). Por supuesto que para plantear el incidente la norma establecía algunos requisitos.

La ley que rige el cambio de competencia territorial es el Código de Regulaciones Federales (CFR es la sigla en inglés), específicamente, la Sección 1003.20, del título 8, del mismo. Dicha norma establece que el cambio de la competencia territorial lo puede otorgar el juez de inmigración que conoció la denuncia —denominada, en una traducción directa, el *documento con los cargos*—, interpuesta por la oficina de inmigración. Esta norma exige como único requisito para que el juez otorgue el cambio de competencia territorial la existencia de una "buena causa" (good cause). ¿Y qué es una buena causa en el Derecho estadounidense? En términos jurídicos una *buena causa* es cuando existe razón fundamentada o bien justificada para realizar o dejar de hacer algo, y/o cuando existen razones legales para ello. Esto se colige de la mayoría de los diccionarios jurídicos norteamericanos. Ahora la pregunta es: ¿existía una *buena causa* para que yo solicitara el cambio de competencia territorial al juez? La respuesta es, inequívocamente, sí.

En esa convicción yo elaboré un documento para solicitar el cambio de competencia territorial en esa primera audiencia. El argumento era el siguiente. En el año 1974 yo había sido estudiante colegial de intercambio en los EEUU, en la ciudad de Little Rock, capital del estado de Arkansas, que está ubicado en el sur de ese país. En aquella ocasión yo viví en la casa de la familia Rice. El padre era don James H. Rice (fallecido para cuando yo me encontraba en BTC); y la señora, doña Kathryn Rice (octogenaria en aquél momento). Cuando yo me hospedé en su casa, mi hermano norteamericano era su hijo: James R. Rice, más conocido por su apodo, Jim. Desde aquella vez mantuvimos una amistad permanente con la familia, alimentada siempre por saludos navideños y comunicaciones en ocasiones importantes. Una vez que yo salí bachiller en Bolivia, retorné a los EEUU para realizar mis estudios universitarios, y durante esos años siempre estuve en contacto con los Rice. Incluso, algunas navidades las pasé en su casa. En realidad, la familia Rice era mi familia norteamericana. La vida era cómoda teniendo una familia en Bolivia, y otra en los EEUU. Así viví mientras estudié en la universidad. Una vez que terminé mis estudios, retorné a Bolivia con miras siempre a desarrollarme en la vida política del país. A pesar del tiempo de separación, los Rice permanecieron en mi memoria y en mi alma en todo momento. En algunas ocasiones que visité los EEUU por alguna razón, o ellos me fueron a visitar a la ciudad a donde yo me encontraba, o yo fui a verlos a su casa de Little Rock. Ellos compartieron cada paso de mi carrera política, y celebraron conmigo los momentos de alegría. Y también estuvieron a mi lado, con su aliento permanente, en los episodios tristes de la vida: como en la muerte de mi padre, primero; y de mi madre, después. Durante la vigencia de esta larga amistad, ellos conocieron a mi madre y a mi hermano, en ocasión de mi graduación de la universidad (en esa oportunidad los Rice viajaron desde Little Rock hasta la población de Fulton, en el estado de Misuri). Posteriormente, mi hermano también fue a Little Rock como estudiante colegial de intercambio a casa de otra familia. Entonces, los Rice también lo apoyaron con sus constantes invitaciones. La última vez que yo los había visto fue en 1998, cuando fui a los EEUU con asuntos familiares, y ellos me invitaron a su casa. Pasamos unos días fantásticos. Luego, recuerdo que yo los llamé por teléfono un día muy triste para la familia norteamericana: el 11 de septiembre de 2001, cuando el odio terrorista golpeó a ese país con un artero atentado instrumentado mediante aviones que se estrellaron contra importantes edificios, que además, constituían monumentos nacionales. Miles de familias estadounidenses lloraban a sus muertos, inocentes todos, y los Rice lloraban también. Así fue esa amistad, que hasta el momento de mi apresamiento en BTC, había cumplido treinta y cuatro años de edad.

Una vez que pude utilizar los teléfonos de BTC, y después de contactar con mi familia en Bolivia, llamé a Jim para contarle lo acontecido. Le expliqué la naturaleza de la persecución a la que había sido sometido en Bolivia por parte del régimen de Evo Morales, lo que me llevó a tomar la decisión de irme del país, y buscar refugio en los EEUU. Le relaté toda la historia de lo que aconteció en el aeropuerto y en la prisión de Florida. Le dije que ahora tenía que estar preso hasta que un juez de inmigración decidiera sobre mi petición de refugio. Sin pensarlo dos veces, Jim me ofreció dinero, pero le dije que, gracias a Dios, no era necesario en ese momento. Luego me dijo que él llamaría a un abogado en Little Rock para averiguar sobre el caso. Como él no me podía llamar desde fuera de la prisión, quedamos en que yo lo volvía a llamar para conocer el resultado de su investigación jurídica. Y así fue, luego de dos días, lo llamé, y me informó que había contactado con un abogado especializado en asuntos de inmigración, nacido en Honduras, pero para entonces nacional de los EEUU, de nombre Raúl Bustos. Este abogado le había dado la siguiente información: que él no podía atender el caso en Florida, ya que su acreditación profesional no le permitía actuar en ese estado. En cambio, él sí podría patrocinarme como abogado en la corte de inmigración más próxima a Little Rock, que estaba localizada en la ciudad de Memphis, en el estado de Tennessee. También le había insinuado que, en general, el trato en las cortes de inmigración de Florida hacia los latinos era mucho más adversa que, por ejemplo, en Memphis. Por ende, sugería que yo me fuera a Memphis.

En consecuencia, Jim asumió esa posición. Él quería que yo hiciera lo que fuera necesario para que fuera trasladado a Memphis, con la finalidad de que en esa ciudad fuera asistido por el abogado Bustos, ante un juez de inmigración de ese distrito.

Pero además había otro asunto de máxima importancia. En el proceso de inmigración —como en todo proceso judicial o administrativo— la presentación de pruebas es esencial para ganar un juicio. Y una de las pruebas más importantes es la testifical. En ese orden, Jim podía ser un testigo clave. La parte de su testificación que sería trascendental no era la de la persecución en Bolivia, sino su atestiguación sobre la clase de ciudadano que era yo. Que avalara mi condición de un buen ciudadano, al cual él conocía de muchos años. Esto es muy importante para que un juez crea en la versión que uno presenta ante su autoridad. Con ese respaldo, su fallo se encuentra avalado por otras personas. Y en este caso, era muy significativo el aval personal de alguien respetado en la comunidad, como era el caso de Jim.

Es así que ambas situaciones —el patrocinio del abogado Bustos y la presentación de un testigo valiosísimo en el juicio— se darían, únicamente, si yo me trasladaba a la jurisdicción territorial de Memphis, Tennessee. El abogado no tenía licencia para actuar en Florida. Y Jim no podía ir hasta ese estado para presentarse como testigo. Lamentablemente, mis fondos no alcanzaban para pagar los pasajes de Jim hasta Florida, incluidos los gastos de hotelería. Y, la verdad, yo no tenía la desvergüenza de pedirle que se trasladare hasta allá, a su costo. Ante esta situación, el incidente de cambio de competencia territorial (*change of venue*) era vital para el éxito de mi caso.

Tomando en cuenta el carácter crucial que adquiría del incidente de cambio de competencia territorial, yo había preparado un documento para presentar dicho incidente en esa audiencia. De tal manera que, cuando el juez ofreció atender mis dudas sobre el procedimiento, yo pedí la palabra:

—Señor juez, yo he preparado para su consideración un documento con la finalidad de pedirle el cambio de competencia territorial, debido a varios factores personales. Ocurre que tengo unos amigos muy cercanos, desde hace treinta y cuatro años atrás, que residen en Little Rock, Arkansas. Yo viví en su casa, en calidad de estudiante de intercambio durante mi penúltimo año de la escuela secundaria, y ellos están dispuestos a colaborarme con un abogado defensor. Pero además, van a comparecer en el juicio. Pero para que esto ocurra, yo debo trasladarme a Memphis, Tennessee, a la Corte de Inmigración de ese distrito. De no ser así no contaré ni con abogado, ni tampoco con la participación de un testigo que puede ser clave para mi petición —en cuanto escuchó estas razones, interrumpió mi alocución, y con un tono inocultable de enfado dio a conocer su determinación.

— ¡No! —exclamó—. La ley de los Estados Unidos no otorga ese derecho de cambio de competencia territorial a los peticionarios de asilo. Usted ya ha sido detenido, traído a esta cárcel y sometido a esta jurisdicción. Usted no puede solicitar un cambio de territorio e irse a donde otro juez. Su caso ya se ha iniciado aquí, y aquí se queda.

Cuando terminé de escuchar esa decisión, me vi forzado a pensar a velocidad récord, para también tomar una decisión fundamental, con cuyos resultados tendría que vivir posteriormente. Por supuesto que el juez me estaba mintiendo, ¡y con absoluto descaro! Yo había leído el "Manual de Práctica-Corte de Inmigración" que mi hermano Roberto bajó de la página de internet (www.usdoj.gov/eoir), y cuya impresión me la envió por *Courier*, desde Bolivia a la cárcel de BTC. En ese manual figuraba el incidente de cambio de competencia territorial (*motion of change of venue*), como un derecho para los peticionarios de asilo, dentro de estos procesos administrativos de inmigración. Pero no solo ello, sino que yo había buscado en la ley, es decir en el Código de Regulaciones Federales, en el que encontré, en la Sección 1003.20, del título 8, este derecho consagrado para los litigantes. Conocí esta ley en mis días de suerte, cuando estaba abierta y disponible la biblioteca del centro penitenciario. Pero ahora que sabía que el juez mentía, y que lo hacía a gritos y en un tono de aparente veracidad que casi no daba lugar a dudas, ¿qué tenía que hacer yo? ¿Cuál era la posición correcta, inteligente, y a la vez realista, a adoptar frente a tamaña afrenta? ¿Iba yo a interpelar allí al juez, directamente, en su propio juzgado? ¿Cuáles eran los riesgos que corría si así lo hacía? ¿Qué elementos de juicio tenía que tomar en cuenta para adoptar el curso de acción más apropiado a las circunstancias? Lo correcto, jurídicamente, bajo esas circunstancias, era interponer un recurso de apelación. Con su decisión, el juez estaba violando una ley expresa: el Código de Regulaciones Federales, en su Sección 1003.20, del título 8. Ante esta contundente evidencia, lo más probable hubiese sido que el Tribunal de Apelaciones (Board of Immigration Appeals) diere lugar a la apelación, y que yo, finalmente, hubiere conseguido el cambio de competencia territorial. De todo esto, yo casi no tenía dudas. El problema en plantear una apelación no era lo estrictamente jurídico (la viabilidad de la apelación), sino las implicaciones extra-jurídicas. En esencia, el drama era la perspectiva de prolongar mi período de encarcelamiento por un período de tiempo desconocido. Es que las apelaciones, las conocía y resolvía el Tribunal de Apelaciones —dependiente del Ministerio de Justicia—, que se encontraba ubicado en sus oficinas de Falls Church, Virginia. El Tribunal de Apelaciones era la instancia que resolvía todas las apelaciones que emergían de fallos impugnados en los juzgados de inmigración de toda la república. Según la información que disponía, en base a la experiencia de otros presos recurrentes, una apelación tomaba unos tres meses en resolverse, en promedio. Podía ser menos, pero también podía ser más. Y este era el gran riesgo. Después de esas cinco semanas y tres días que llevaba preso, mi capacidad de seguir soportando esa tortura estaba llegando a su límite, o por lo menos así lo sentía yo. En ese momento, la sola idea de permanecer tres meses más preso —hasta mediados de marzo de 2009— esperando el fallo de la apelación era impensable. Sobre todo porque con el fallo de la apelación del incidente de cambio de competencia territorial, recién se iniciaría el proceso de fondo en el juzgado que decidiera el Tribunal de Apelaciones. En caso de que yo hubiese ganado, me habrían tenido que trasladar a Memphis, Tennessee. Estos traslados tampoco es que se realicen de un día al otro, ya que implican un trámite administrativo. Así que por lo menos habría tardado unas dos semanas hasta arribar a Memphis, y en aquel momento sí hubiera estado listo para empezar el juicio sobre el tema de fondo: la petición de asilo. Entonces, recién en abril de 2009 hubiese empezado el proceso, y estaría en la misma posición que estaba en ese 12 de diciembre de 2008. ¿Y luego, cuánto duraría el proceso sobre el fondo de la petición de asilo en Memphis? ¿Y qué si entonces estaría otra vez frente a una nueva posibilidad de apelación, esa vez respecto al fallo del juez de Memphis? Toda esta telaraña jurídico-administrativa podía durar mucho tiempo, ¡y conmigo encarcelado!, ¡privado de libertad! Esa perspectiva no era nada halagüeña, toda vez que lo que un peticionario de asilo busca es la libertad en todo el sentido de la palabra. Por situaciones como ésta existe gente en las prisiones de inmigrantes que permanece encarcelada por más de un año, esperando un fallo final en su caso. Si uno empieza a apelar los fallos sobre incidentes, y luego sobre el fallo final (aunque presumiblemente tenga la razón jurídica de su lado), puede quedarse preso por muchísimo tiempo. "¡No!" — me dije a mí mismo en ese instante— "no voy a caer en esa vorágine. Mi vida y mi libertad valen más. Después de todo, yo me estoy escapando de unos persecutores, y no me voy a entregar a la cárcel de un sistema que no sabe valorar la vida de quienes buscan asilo, refugio y libertad." La legislación estadounidense sobre el asilo no valora la condición humana de los extranjeros que buscan refugio en ese país. Los coloca en cárceles sometido a una serie de torturas de nueva generación (torturas sicológicas en su mayor parte, y maltrato físico en otros casos, como lo hemos visto a lo largo de esta historia), en las cuales pueden permanecer por tiempos indefinidos. En gran medida, resulta ser una hipocresía internacional la existencia del asilo en la legislación norteamericana. Igualmente, resulta una ironía cuando se le plantea a uno que tiene el derecho a la apelación, siempre y cuando espere el resultado encarcelado en una prisión. Es como si a uno le dijeran: "tienes derecho a apelar, pero a cambio de tu libertad. Te daremos justicia, pero contigo en la cárcel." Y, por supuesto, ellos (los que manejan el sistema: los legisladores, jueces, autoridades del ejecutivo, etcétera) saben que estos son desincentivos para que los perseguidos políticos perseveren en sus casos durante mucho tiempo. En realidad lo que están diciendo es: "no queremos que vengan extranjeros a pedir asilo a este país." Esta posición del *establishment* estadounidense es, en realidad, una traición no solo al mundo civilizado contemporáneo, sino a su propia historia. Estado Unidos nació como un refugio, de quienes perseguidos por sus ideas religiosas se fueron a esa tierra a construir una nueva idea de libertad. Y hoy rechazan dar ese refugio a otros que lo necesitan. ¿Dónde quedó la idea de la tierra de la libertad?

En cambio, en caso de haber perdido la apelación, de lo cual me habría enterado también a mediados de marzo de 2009, estaría con el mismo cronograma que el desarrollado en el párrafo anterior, sólo que —como no podría ser de otra manera— estaría ante el mismo juez que me denegó la posibilidad del cambio de competencia territorial. Bajo esas circunstancias, me habría colocado a expensas de un juez que, por la forma en que tiende a obrar la naturaleza humana, sentiría algún tipo de resentimiento o animadversión hacia mí. No hay que olvidar que él me mintió cuando aseguró que yo no tenía siquiera el derecho a plantear un incidente de cambio de competencia territorial, en base a lo cual me negó esa petición. Si yo habría retornado ante él, luego de haber sido derrotado en una apelación provocada por su decisión, lo más probable hubiese sido que me recibiera con mucho enojo y se volviera a estrellar contra mí.

Frente a semejante panorama —ya fuera que ganase o perdiese la apelación— mi decisión en aquel momento fue no proceder con ella. Entonces, luego de realizar este análisis introspectivamente, opté por callarme ante las ignominiosas palabras del juez. Con mi silencio estaba rechazando, voluntariamente, dos derechos (el derecho al cambio de competencia territorial y el derecho a la apelación sobre una resolución ilegal de un juez). Todo esto, con la finalidad exclusiva de no permanecer más tiempo que el mínimo necesario en la cárcel.

Luego de unos segundos de silencio (silencios casi de rigor, en los que el juez seguramente esperaba alguna reacción mía frente a la torpe manera en que replicó ante mi solicitud de cambio de competencia territorial), el juez continuó la marcha de la audiencia:

—¿Existe alguna otra duda sobre el procedimiento, antes de que le haga entregar el Formulario I-589?

—Sí, señor juez —intervine de inmediato—, se trata sobre la posibilidad de que mientras dure este proceso yo pudiera estar en libertad. Como le expliqué, las condiciones de vida en la cárcel son inaguantables, y sé que la ley estadounidense me da la posibilidad de pedir dicha concesión. Sin embargo, entiendo que usted otorga la libertad bajo fianza, en otro tipo de procesos de inmigración, mas no en los de asilo. He leído en la ley (en el Código de Regulaciones Federales) que en el caso de los peticionarios de asilo no existe la libertad bajo fianza, sino la libertad condicional, que no la otorga el juez, sino o el director de la oficina de campo *(field office director)*. En tal sentido, voy a hacer mi petición respectiva a esa autoridad.

—Eso es correcto —respondió el juez.

En cuanto terminé de pronunciar estas palabras, la abogada del gobierno del Departamento de Seguridad Interior (Department of Homeland Security), que se encontraba sentada en la mesa a mi mano izquierda, expresó lo siguiente:

—Parece que, aunque no tenga abogado, sabe bien lo que está haciendo. Siga por ese camino.

—Gracias —le dije—, lo cierto es que no puedo pagar un abogado a los precios de los EEUU. Pero yo soy abogado en Bolivia. Y si bien la ley no es la misma, el procedimiento casi en cualquier sistema tiene los mismos elementos y principios, y hasta la misma lógica.

En cuanto el juez vio que ya no había materia de consulta, instruyó a su asistente que me entregara el Formulario I-589.

—Ese es el formulario que debe llenar para oficializar su petición de asilo —indicó el juez—. Sólo le puedo entregar una copia, así que sea cuidadoso al tiempo de llenarlo. Ahora voy a fijar fecha para la próxima audiencia, en la cual usted hará entrega del formulario cumplimentado. En la próxima audiencia sólo se limitará a presentar el formulario, junto con toda la prueba documental que considere necesaria. Le agradeceré mucho que sea ordenado, pues muchos de los formularios que recibo están en un desorden lamentable. Para evitar eso le recomiendo que presente su expediente foliado. En esa audiencia también atenderé otros aspectos preparativos de la audiencia final, aquella en la que se tratará el tema de fondo de su petición de asilo. Así que ahora, si usted no tiene otro tema que plantear, fijaré fecha para la siguiente audiencia.

—No, señor juez, por ahora no tengo más temas que plantear —respondí.

Después de esas palabras se abrió un breve cuarto intermedio, en el cual el juez sacó un calendario enorme (parecido a un tablero de ajedrez), donde tenía marcadas todas sus audiencias futuras. En voz alta dijo que buscaría la fecha más cercana posible para resolver este caso. Luego de examinar el calendario durante unos minutos de silencio, continuó con lo ofrecido:

—La próxima audiencia será el martes 23 de diciembre de 2008, a las 08:30 a.m. —sentenció el juez; luego, mirando en dirección a la asistente que estaba al fondo del cuarto, detrás de mí y a mano derecha, continuó hablando para dar una instrucción—. Señora auxiliar, le pido que le haga firmar al demandado la notificación para esa audiencia.

—Sí, señor juez —respondió la mujer.

Al cabo de apenas unos segundos, ella estaba a mi

lado con un formulario de notificaciones que había llenado rápidamente. Me entregó mi copia, y me hizo firmar otra para sus registros. Con esta formalidad cumplida, el juez dio por terminada la audiencia.

Luego saqué mi cuerpo del pupitre en el cual permanecí durante todo ese acto jurisdiccional, me puse de pie, me despedí del juez, de la abogada del gobierno y de la asistente; acto seguido empecé a caminar para salir del juzgado, con mis documentos en mano, incluido ahora el Formulario I-589. Así transité por el largo pasillo, evaluando lo acontecido en esa sala, tratando de adivinar los pensamientos de este juez, tan conocido por su inclemencia con el pueblo latino.

§

Una vez que me encontré de regreso en el cuarto, y toda vez que había reconfirmado con el juez respecto al procedimiento para la solicitud de la libertad condicional, me puse a readecuar un documento que en realidad ya lo tenía escrito para que lo conociera esa autoridad. La readecuación consistía, entonces, en modificar solamente el cargo del destinatario, que, en vez de ser el juez, debía de serlo el director de la oficina de campo (*field office director*). Además del mero cambio del destinatario, pulí el escrito y le agregué algunos elementos de juicio adicionales.

Es imperativo destacar que existía un requerimiento fundamental para otorgar la libertad condicional a un peticionario de asilo. Dicho requerimiento era que "la continuación de la detención del extranjero no sea de interés público". Ello lo determinaría el director de distrito o el jefe de agente de patrullaje. Entonces, como mi detención no era de interés público, en el documento sostenía que debería ser liberado condicionalmente en base a los tres requisitos que estipulaba la ley.

El primer requisito era que en la entrevista de *miedo creíble* se hubiese determinado que yo, efectivamente, sentía un miedo de persecución creíble. En el documento expliqué que esto había ocurrido en una entrevista en la que no solo participó el encargado de la Oficina de Asilo de BTC, sino también la supervisora de esta oficina, que vino desde Miami con ese propósito expreso. El argumento para justificar su presencia fue que mi caso era más delicado que el de la mayoría, por los cargos políticos que yo había ocupado en mi país. Así, con ese mayor grado de celo que se puso al análisis de mi historia, resultó ella ser creíble para esas dos autoridades. Por ende, se cumplía con este requisito.

El segundo requisito era que mi persona no significara un riesgo para la comunidad. Quedaba claro que esta exigencia estaba dirigida a evitar que personas con antecedentes criminales, que arribaban a los EEUU en pos de asilo, salieran con libertad condicional mientras se consideraba su petición ante el juez de migración. En el documento señalé que ese no era mi caso. Que mi carrera política fue pública en Bolivia. Que empecé desempeñando el cargo de subsecretario de planeamiento, luego el de presidente de la Corporación de Desarrollo de Pando, diputado nacional por el departamento de Pando, diputado nacional por el departamento de La Paz, ministro de comunicación social, embajador de Bolivia ante la República de Corea. También informé que fui catedrático universitario y articulista de varios periódicos. Y que, desde hace varios años hasta el tiempo presente, me dedico a la práctica libre del Derecho, desde el bufete que tenemos establecido con mi hermano Roberto: Machicao Abogados Sociedad Civil. Dije también que a manera de *hobby* vengo produciendo —junto a mi hermano— un programa semanal de radio, denominado Poder y Justicia, en el que analizamos los principales hechos políticos a la luz del Derecho. Insistí que toda esta carrera había sido pública, aunque durante los últimos años no haya hecho política directamente, o partidariamente. Con eso quise decir que mi carrera había sido escrutada por el público y por las autoridades durante largos años, sin que en el transcurso de ellos se supiera de algún hecho mío discordante con la ley. Todo esto se expresó en el documento de petición de libertad condicional. Y la verdad es que la demostración de que yo no constituía un peligro para ninguna comunidad del mundo, incluida la estadounidense, era fácilmente comprobable para las autoridades del país del norte. La embajada de ese país en Bolivia (así como en la mayoría de los países de Latinoamérica y del mundo) tenía información pormenorizada de los actores políticos. Ello ha quedado patentemente demostrado en los últimos tiempos a través de los *wikileaks*, que han resultado altamente controversiales. Aunque en el momento en que solicité la libertad condicional todavía no había estallado públicamente el caso de los *wikileaks*, está claro que el gobierno de los EEUU podía obtener bastante información sobre mi pasado, y llegar a la conclusión de que yo no constituía un peligro para la comunidad.

El tercer requisito estaba relacionado con la posibilidad de que yo me escondiera luego de que me concedieran la libertad condicional, y que no apareciera en el proceso de asilo, quedándome en los EEUU en condición de ilegal. Este punto también lo sustenté sólidamente en el documento. El principal argumento que expuse fue mi historia personal de inmigración con relación a los EEUU. En ese punto expliqué que yo visité EEUU desde mis catorce años, en muchísimas oportunidades, sin jamás haber recurrido al resorte de convertirme en un inmigrante ilegal. Les recordé que durante mi juventud, como estudiante universitario, permanecí con una visa de estudiante durante seis años en ese país, habiendo obtenido dos títulos universitarios (uno de B.A. y otro de M.A.), en dos universidades diferentes. Y posterior a mi vida de estudiante, retorné en diversas oportunidades a los EEUU por motivos de placer. En tantos años —rezaba el documento— jamás violenté las leyes de inmigración, ni tampoco otra ley, para quedarme en este país de manera ilegal. No existe ni la más mínima posibilidad de riesgo de que yo me escondiera, y no compareciera ante el juez de inmigración. Además, para qué habría de hacer tal cosa, cuando tengo la suficiente prueba de la persecución a la que estoy sometido en Bolivia, por el actual gobierno.

Ese documento fue trabajado con meticulosidad durante un par de días hasta que, finalmente, el lunes 15 de diciembre de 2008, lo deposité en el buzón que estábamos obligados a utilizar para la correspondencia. Los presos solo podíamos depositar la correspondencia de salida en buzones, pues no podíamos deambular con nuestras cartas por todas las oficinas administrativas de la cárcel buscando al destinatario. Eso estaba terminantemente prohibido, ya que las áreas administrativas estaban fuera de nuestro radio de circulación. Fue así que este documento lo inserté en el buzón correspondiente a la oficina de inmigración, tal como estipulaban los reglamentos.

"Ahora —me dije a mí mismo— solo queda esperar".

Lo cierto es que por el ambiente tan negativo respecto a los extranjeros, y sobre todo respecto a los latinoamericanos, la respuesta podía tomar cualquiera de los rumbos —aceptación o rechazo, en igual proporción de posibilidades, es decir, 50% 50%—, a pesar de la fundamentación del escrito. En el mundo de la justicia, nada está jamás garantizado. Mas en verdad, en el fondo de mi corazón, tenía la esperanza de que recibiría una respuesta antes de Navidad, con una resolución a favor de mi petición. Pero llegó Navidad, y nada. Luego, llegó Año Nuevo, y nada. No hubo milagro para las fiestas de fin de año. No pude pasar una Navidad en libertad; la tuve que pasar en prisión.

Pero lo más lamentable de este episodio es que jamás hubo una respuesta. Las autoridades de inmigración de los EEUU ni siquiera se tomaron la molestia de contestar mi solicitud. Ese era el grado de desprecio que esos funcionarios sentían en relación a los latinos, y en particular a los latinos presos en BTC. ¿Y qué de las leyes de los Estados Unidos de América? ¿Dónde quedaba el Estado de Derecho, y de sujeción a la ley, que tanto escuché pregonar durante todos mis años de estudiante en las universidades norteamericanas? ¿Dónde quedó ese país respetuoso de la ley y de los derechos de la persona, en el cual yo creía firmemente? Era triste constatar, más de treinta años después, que lo aprendido en esas magnas aulas de la academia estadounidense todavía estaba circunscrito al mundo de la teoría. En ese mundo de la práctica, de la realidad, la ley todavía no había encontrado su camino. No importaba que ese fuera un caso de solicitud de asilo, de persecución política. Todo eso daba exactamente lo mismo: no importaba. Cuando presenté la petición de libertad condicional me planteé la posibilidad de una respuesta negativa, pero jamás de una ausencia de respuesta. Eso sí que fue el desprecio llevado al extremo.

§

Luego viví once días de intensa espera. La próxima audiencia estaba fijada para el martes 23 de diciembre de 2008, a las 8:30 a.m. Cada noche yo tachaba el día y la fecha que acababa de concluir, en un rudimentario calendario diseñado a mano por mí mismo. Es que después de un tiempo en prisión, uno puede perder fácilmente la noción del tiempo, ya que no existen calendarios por ninguna parte. Y además porque los presos están prohibidos de usar relojes (en los que casi siempre está inserto un calendario). Y como en la prisión no vendían calendarios, ni tampoco reglas, me vi forzado a confeccionar mi propio calendario, a mano alzada en una hojita de papel, con uno de esos bolígrafos especialmente elaborados para las prisiones norteamericanas, que son "flexibles y blandos" (estos dos últimos implementos sí se vendían en BTC, para que los presos puedan escribir sus cartas). Es así que yo tenía un registro actualizado de cuántos días, cuántas horas y hasta cuántos minutos yo llevaba preso. Lo que no tenía era un fecha exacta de cuándo saldría de allí. Lo único cierto era que mi próxima audiencia era el 23 de diciembre, en la que solamente presentaría al juez mi solicitud formal de asilo, en el Formulario I-589 debidamente llenado. Lo que también parecía que era cierto, según se afirmaba por ahí, era que el juez y los funcionarios de apoyo de su juzgado saldrían de vacaciones de fin de año, hasta algún día de enero de 2009. Esto último, por supuesto, me llenaba de angustia, ya que mi tercera audiencia (supuestamente la última) se vería retrasada por esta vacación. Uno se enteraba de estas cosas no por anuncios que la administración del penal emitía para mantener informados a los presos (para que éstos supieran a qué atenerse), sino por dimes y diretes que circulaban entre la población carcelaria. Algún preso escuchaba algo, aunque fuera accidentalmente, y lo diseminaba por todas partes. Así nos enterábamos de cosas que eran efectivamente ciertas, y de otras que resultaban ser meras especulaciones. Después de un tiempo, uno adquiría una cierta técnica para poder discernir las noticias reales de las especulaciones fantasiosas. En general, las especulaciones fantasiosas eran las buenas noticias, y las noticias reales eran las malas. Por ejemplo, en esa época había ganado la elección presidencial Barack Obama, y con su ascensión al poder surgió un sinnúmero de conjeturas variopintas (desde las más imaginativas hasta las simplemente absurdas) sobre las "medidas inmediatas" que su administración tomaría en favor de los indocumentados. Se decía que habría una amnistía general, y que todos saldrían de las cárceles de inmigrantes en cuanto él asumiera el cargo en enero de 2009. Estas especulaciones se fundamentaban en el hecho que el padre del flamante presidente electo había sido un extranjero (keniata), y que por ende él tendría una afinidad especial con los inmigrantes provenientes del Tercer

Mundo. Otra especulación que involucraba al electo Barack Obama anunciaba que los detenidos haitianos serían objeto de esa amnistía, ya que él ganó la votación floridiana gracias a un acuerdo con los haitianos de ese estado. Y, por supuesto, la amnistía sería la contraprestación al voto haitiano. Si bien para algunos, estas especulaciones resultaban hasta groseras, para muchos no lo eran. Es que cuando el ser humano se encuentra en estado de desesperación, cualquier auguro adquiere certificado de credibilidad. Otra de las especulaciones "positivas" era que durante el período de las fiestas de fin de año no habría nuevas detenciones, ya que el ICE entraría en receso. Ninguno de los vaticinios favorables resultó ser más lejano de la realidad que éste: durante el período navideño fue cuando más presos ingresaron al penal. La razón fue imposible de conocer. Pero la verdad es que parece que las autoridades estaban decididas a que los inmigrantes ilegales pasaran unas fiestas desastrosas. Y ciertamente, en una importante cantidad de casos, lo lograron. BTC se llenó como nunca. Los detenidos ingresaban de día y de noche, y provenían de todos los países del sur del continente americano. Fue una Navidad dedicada a los inmigrantes ilegales.

Y así fue que durante esos días me dediqué a tres cosas: a tachar los días de mi calendario al final de cada jornada; a esperar con desesperación que pasaran los días; y, a llenar el Formulario I-589.

El llenado del Formulario I-589 fue meticuloso. Lo realicé a mano y con muchísimo cuidado para evitar cometer equivocaciones, ya que no tenía otro para reponer. En realidad, este proceso tenía dos componentes de mayor importancia: primero, la redacción de una *Declaración*, que era un escrito abierto para que el solicitante de asilo explique las razones del por qué buscaba esta protección en los EEUU; y segundo, la presentación de toda la prueba documental, debidamente traducida y ordenada. La Declaración fue un manuscrito que yo había empezado a idear poco a poco, desde el día de mi arribo a BTC. En realidad este escrito era la sistematización de las declaraciones que vertí, para empezar, ante las autoridades migratorias del aeropuerto; y después, en la *entrevista de miedo creíble* ante el encargado de la Oficina de Asilo y su supervisora. En cuanto a la prueba documental, ésta consistía en toda una gama de documentos: certificado de nacimiento, títulos académicos de universidades, nombramientos a diversos cargos públicos, y, sobre todo, de recortes de periódicos demostrativos de que el peticionario era una persona con una vida política intensa. Si bien toda esta documentación yo la tenía dentro de mi equipaje, ella estaba en originales y en idioma español. En la audiencia con el juez, quedó claramente establecido que toda la prueba precisaba ser presentada en idioma inglés, o, si el documento original estaba escrito en castellano, debía estar acompañado de su traducción al inglés. Este era un tema que no lo había previsto de esa manera, así que había que solucionarlo. En conversación telefónica con mi hermano, llegamos a la conclusión de que la única opción era realizar toda la operación de traducción y de fotocopiado en tres ejemplares, en Santa Cruz de la Sierra. Desde dentro de la cárcel yo no podía hacer nada de esto, ya que no tenía acceso a servicios de traducción ni de fotocopiado. Y fuera de BTC —en el área del condado de Broward o sus cercanías— no tenía a nadie para que lo hiciera por mí. Así que se trabajó desde Bolivia.

Roberto contrató los servicios de un traductor canadiense en Santa Cruz, a quien se le entregaron las fotocopias de los documentos a traducir. Con el encargo de que el trabajo se hiciera a la brevedad posible por la proximidad del plazo de la segunda audiencia (y porque después había que enviar toda esta documentación hasta los EEUU), el canadiense tuvo que apresurar la marcha. Cuando éste concluyó su labor, se sacaron las tres fotocopias del caso, con lo cual el expediente se hizo voluminoso. Una vez concluida la gestión, Roberto envió el sobre vía DHL (el Courier Internacional) con mi nombre como destinatario en Broward Transitional Center. Como por intervención divina, el sobre llegó —y me lo entregaron— justamente la noche antes de la audiencia, es decir, el 22 de diciembre de 2008.

Pero éste no fue el único sobre que llegó para la audiencia. Dos amigos muy preciados coadyuvaron en esta tarea con más documentos. Uno de ellos, a quien cité anteriormente, fue Jim R. Rice, mi hermano de Arkansas, con cuya familia permanecí durante el tiempo que fui estudiante de intercambio en 1974. Y el otro fue Pat Kirby, ejecutivo importante de Westminster College, de donde me gradué en 1979. Pat llegó a Westminster el mismo año que ingresé a esa universidad, en 1975. Yo arribaba como estudiante de primer curso, y Pat (quien a la sazón ya tenía un doctorado) se incorporaba al plantel administrativo de la universidad. Su cargo en Westminster tenía alguna relación directa con la vida de los estudiantes, así que en corto tiempo se hizo conocido por la enorme mayoría de los jóvenes de esa casa de estudios. Pat, que entonces era un hombre joven y muy inquieto, se acercó con mucha proximidad a los estudiantes extranjeros.

De alguna manera él velaba para que nos sintiéramos bien allá. Fue así que su amistad, al igual que la de Jim, trascendió en el tiempo. ¿Y cómo fue que ellos colaboraron? En el Derecho estadounidense existe una prueba documental importante que se denomina el *affidavit* (una declaración jurada que realiza una persona ante un notario, y cuyo producto es un escrito que se lo envía a conocimiento de un juez o de otra autoridad). En este caso, como no me pareció adecuado pedir ni a Jim ni a Pat que viajen a Florida para presentarse como testigos ante el juez de inmigración, opté por solicitar a los dos que enviaran *affidavits* en sustitución de una testificación personal. Ambos escribieron sendos documentos, que se los agradeceré de por vida, para interceder en mi favor. Esos dos sobres también llegaron a BTC a tiempo para ser ingresados al juzgado el día de la audiencia.

Hubo un tercer *affidavit* que no arribó por cuerda separada, que fue el preparado por mi hermano Roberto, y que lo insertó en el mismo sobre en el que envió toda la prueba documental. Esa fue otra declaración que la agradeceré de por vida, por su compromiso fraternal, en el momento preciso.

Con toda esta munición documental partí hacia la segunda audiencia a donde el juez John Salem. El martes, 23 de diciembre de 2008, a las ocho en punto de la mañana, el mismo prisionero haitiano que trabajaba en el juzgado, y que me había recogido en ocasión de la primera audiencia, golpeó la puerta para buscarme. Como ya conocía la hermenéutica, yo lo estaba aguardando a esa hora. Al igual que la primera vez, caminamos juntos hasta el área de espera del juzgado, en los dominios de Leona, nuevamente. Allí permanecí, sentado, haciendo antesala, alrededor de unas tres horas, esta vez hasta unos minutos pasadas las once de la mañana. En esta oportunidad la espera fue más corta que la primera, porque mi cita estaba fijada para las ocho y treinta de la mañana. En cambio, la primera vez mi audiencia estaba citada para la una de la tarde, y tuve que esperar desde las ocho y veinte de la mañana. En esta ocasión me di cuenta de otra de las características del modus operandi de la administración de la cárcel: a todos los presos que tenían audiencia un día cualquiera, sin importar la hora de ella (podían tener audiencia a las ocho y treinta o a las tres de la tarde), los llevaban al corredor de espera, para que permanecieran allá, congelados, desde las ocho de la mañana. Este era un genuino maltrato a los presos, ya que esas larguísimas esperas de varias horas —en un sitio gélido y donde debían mantenerse en completo silencio— debilitaban los ánimos de cualquiera. Esto afectaba en mayor medida a quienes no estábamos representados por abogado, ya que toda la defensa la teníamos que hacer personalmente. Es que luego de varias horas de congelamiento, y de aguardar sentado en un banco incómodo, resultaba complicado ingresar al juzgado y enfrentar al juez y al representante del gobierno. Pero en fin, esas eran las reglas del juego.

En cuanto Leona me convocó, ingresé al juzgado. El juez ya me conocía, así que las cosas se desarrollaron con mayor familiaridad que la primera vez. Sin pérdida de tiempo, instaló la audiencia formalmente, y puso en funcionamiento el equipo de grabación. A mí me llamó profundamente la atención (desde la primera audiencia) que este juez manejaba el equipo de grabación en persona, y no delegaba esa labor técnica en alguna de las auxiliares de su oficina. Él tenía control absoluto de qué grababa y qué no, a su íntegra discreción. Eso conllevaba riesgos, ya que él podía —a su arbitrio— dejar de grabar momentos importantes de la audiencia, que luego podrían actuar en detrimento de los intereses del demandado. La prueba fehaciente de lo que acontece en una audiencia es la grabación, y si en ésta se dejan de registrar algunos eventos, el demandado no tendrá forma de demostrar algo que aconteció en ese importante acto procesal. Por ejemplo, a mí me interesaría verificar si el juez dejó que se grabara —en la primera audiencia— el momento en el que yo planteé el incidente de cambio de competencia territorial (*motion of change of venue*), y él me lo denegó, aduciendo que yo no tenía derecho al mismo. El dominio del juez sobre el equipo de grabación le concedía un arbitrio muy amplio para dejar de registrar aquello que a él le resultaba indeseable por cualquier razón, sobre todo cuando atropellaba las leyes y el derecho de los demandados.

Una vez instalada la audiencia, y encendido el equipo de grabación, el juez procedió con sus preguntas:

—¿Ha llenado usted el Formulario I-589?

—Sí, señor juez, lo he llenado y lo tengo listo para presentárselo.

—Por favor, entréguaselo a la asistente —en cuanto terminaba de pronunciar esa última palabra, Leona se acercó a mi pupitre, desde el costado derecho, para que le diera los papeles.

En realidad, *los papeles* consistían en tres voluminosos expedientes. Uno, el que contenía los documentos originales, para el juez; y los otros dos eran expedientes fotocopiados: el segundo, para el representante del gobierno, y el tercero, para mí. Cuando los recibió de manos de Leona, revisó cada uno de ellos con meticulosidad. Seguramente quería constatar que cada uno de ellos contuviera la misma documentación. Este escrutinio duró varios minutos —unos quince, a mi juicio— y cuando concluyó tuvo palabras de elogio:

—Felicidades, muy pocos expedientes son presentados con tanto orden y, además, con cada hoja foliada, incluidas todas las pruebas. Esto ayuda mucho al estudio del caso.

—Gracias —repliqué.

—Ahora quiero saber si va a tener testigos para el día de la audiencia individual.

—No, señor juez. Me resulta muy costoso hacer viajar a mis testigos desde estados alejados como Arkansas y Missouri, así como desde Bolivia. En sustitución de la prueba testifical, he recurrido a presentar *affidavits* de las personas que podrían haber sido mis testigos.

—Antes de finalizar esta audiencia, quiero consultarle a usted si estará asistido por un abogado en la audiencia individual o no.

—No, señor juez. Me ha sido imposible conseguir un abogado pro bono, y no tengo el presupuesto para pagar a un abogado.

—Entonces, ¿tiene usted alguna pregunta respecto a la audiencia individual?

—Sí, señor juez, quiero que me informe sobre el tiempo que dispondré para exponer mi caso.

—Piense en utilizar unos quince minutos, máximo. Lo que ocurre es que después de su exposición, le formularemos preguntas, tanto mi persona como el representante del gobierno. Con cada una de esas preguntas, usted tendrá la oportunidad de ampliar su explicación.

—Bien, señor juez, eso es todo.

—Gracias —dijo el juez—, entonces fijaremos fecha para la audiencia individual.

Al igual que la primera vez, el juez sacó su calendario enorme (aquel parecido a un tablero de ajedrez), y buscó dónde marcar la audiencia individual dentro de un plazo que él consideró razonable, dadas las circunstancias.

§

Y las circunstancias que obligaban a una espera prolongada para la próxima cita eran las siguientes. Por un lado, estaba el ya conocido hecho de que el juez y su personal iban a entrar en un receso colectivo de fin de año, a partir de Navidad y hasta después de Año Nuevo, más específicamente, hasta el lunes 5 de enero de 2009.

Pero por otro lado, había que esperar el desenlace de un problema que se dio de manera inesperada. Ocurre que para la gestión de la petición de asilo, consideré apropiado demostrar las innumerables ocasiones en las que yo ingresé a los EEUU, con diferentes tipos de visas, en el transcurso de los años, a partir de 1972, que fue la primera vez que entré a ese país. Para ello, era necesario mostrar las visas con las que ingresé cada una de esas veces. Y, por supuesto, las visas estaban selladas en los diez pasaportes que tuve desde aquella época. Fue así que, como parte de la documentación probatoria que traía en mi equipaje, estaban los diez pasaportes. De todos ellos, por supuesto, el único vigente era aquel con el que me encontraba viajando en ese momento. Los demás, todos estaban expirados. En la primera ronda de investigación a la que fui sometido —en el aeropuerto de Miami—, los agentes de inmigración se sorprendieron de ver que alguien tuviera tantos pasaportes. Pero, por encima de aquella expresión de asombro, no hubo más. Ellos se limitaron a sacar una fotocopia de cada uno de los pasaportes (así como del resto de mis documentos), y me los devolvieron sin mayores aspavientos. Y después, a tiempo de ingresar a BTC, la guardia cancerbera Wanda que revisó todas mis pertenencias, no hizo cuestión sobre la existencia de los diez pasaportes. De esa manera, mis diez pasaportes antiguos fueron a parar al depósito de BTC, junto con mis demás pertenencias, ya que nada de esto podía ingresar al área donde estaban los presos. A la cárcel, los presos ingresaban sólo con el uniforme anaranjado puesto, y uno de recambio, nada más. Los internos no tenían el derecho de acceder a sus pertenencias, sino hasta el momento mismo de su salida de BTC. Mientras tanto, aquellas pertenencias que se encontraban guardadas en el depósito eran como no existentes. Pero mi caso era excepcional. Yo venía desde el extranjero para pedir asilo, y por ello traía todo el equipaje necesario para esa empresa: ropa y documentos para el procedimiento legal. En cambio, la mayoría de los otros presos eran individuos capturados en la calle, y de allí transportados hasta la cárcel, razón por la cual sus pertenencias se reducían únicamente a la ropa que llevaban encima el momento de la detención. Y esta tenida se la guardaba en una cajita de cartón, de unos treinta por treinta centímetros, que proporcionaba el Estado. Por esa razón fue que me permitieron guardar en el depósito todo mi equipaje; pero, al igual que el resto, no tenía acceso a él. Mas cuando se acercaba mi primera audiencia —la del 12 de diciembre de 2008—, yo precisaba, de manera imprescindible, acceder a mis documentos. Sin ellos no me podía presentar ante el juez, pues allí estaba toda mi prueba. Tuve que explicar estas razones a la persona de la administración que definía estos asuntos quien, luego de una petición por escrito y varias reuniones, dio lugar a mi solicitud. Como resultado de esta gestión, el día jueves, 11 de diciembre de 2008, a las 10:45 a.m. fui escoltado por este funcionario hasta el depósito de la cárcel, donde pude identificar mis maletas, que estaban desparramadas por diferentes partes del recinto. Cuando encontré aquélla que contenía la documentación para el juicio, procedí a abrirla, y de allí extraje todo lo que precisaba. Como era prohibido mantener documentación en los cuartos, y en mi caso se estaba haciendo una excepción para permitir que la llevara a mi habitación —por las características de mi proceso, porque yo era mi propio abogado y requería de esos documentos para preparar mi defensa—, mi escolta tuvo que revisar cada papel que iba a dejar pasar.

En la mayor parte de los casos, él dejó pasar todos los documentos y papeles, hasta que vio los diez pasaportes antiguos, dentro de un sobre manila amarillo.

—¿Y esos libritos son pasaportes, no es cierto? —inquirió.

—Sí, son pasaportes vencidos, dentro de cada uno de los cuales existe un sello de visa de ingreso a los EEUU. Son los pasaportes que tuve en el transcurso de toda mi vida. Los preciso para que sean del conocimiento del juez en el juicio.

—Lamento informarle que estos pasaportes no van a poder pasar al área de las habitaciones, y ni siquiera deberían estar aquí, en el depósito —sentenció con un aire de sorpresa—. Lo raro es que no los retuvieran a tiempo de su registro en BTC. El oficial que lo registró cometió una equivocación. El procedimiento normal es que los pasaportes pasen, inmediatamente, a conocimiento de inmigración. Así que eso es lo que tengo que hacer ahora.

—Pero es que yo mañana preciso que estos pasaportes estén en la audiencia, para que el juez tome conocimiento de ellos.

—No se preocupe, el juez va a tener conocimiento sobre estos pasaportes. Inmigración se ocupará de hacérselos llegar. Para que usted vea, ahora mismo haremos la entrega de los pasaportes a inmigración. Vamos saliendo.

Evidentemente, yo tenía en mis manos todos los documentos que requería, excepto los diez pasaportes antiguos, que estaban en las manos del funcionario administrativo de BTC. Del depósito salimos en dirección a las oficinas de inmigración. Por celular él averiguó el nombre de la persona asignada a mi caso, que pertenecía a las filas del ICE. Mientras caminábamos en medio de un corredor externo que unía a dos edificaciones, mi escolta identificó a ese agente del ICE, y lo detuvo para explicarle el caso. El personaje era un individuo de orígenes haitianos; su marcado acento lo delataba de manera inequívoca. Su edad rondaba los cuarenta y cinco años, y era de contextura gruesa: más fornido que meramente gordo. Además, su apellido era Duvalier (siempre me pregunté si sería descendiente del dictador de la isla). En cuanto escuchó el problema, tomó el sobre de los pasaportes y lo colocó entre varios otros documentos que llevaba apoyados en su antebrazo derecho. En ese instante, reaccioné:

—Estos diez pasaportes están todos vencidos, pero los traigo para mostrárselos al juez, ya que tienen valor en el proceso. Son documentos que yo considero como si fueran tesoros, ya que ellos son el testimonio de los viajes que realicé por diversos países del mundo, en el transcurso de toda mi vida. Como son tan valiosos, le pido que usted me dé un recibo de su recepción —demandé en un tono mesurado, pero a la vez firme.

En cuanto Duvalier tomó conciencia de mi pedido (tardó unos segundos en entender plenamente mi requerimiento), lanzó una bulliciosa carcajada al aire, mofándose. Él era consciente de que yo no tenía forma de obligarlo a hacer absolutamente nada que él no quisiera. Por eso es que me contestó haciendo gala de su prepotencia:

—Estos pasaportes se los devolveré a su propietario.

—Ése soy yo —respondí con un tono de preocupación.

—No —complementó el abusivo agente del ICE—, el propietario de este pasaporte es el gobierno de Bolivia.

—Los ciudadanos bolivianos pagamos un monto de dinero por un pasaporte, y yo he pagado el precio correspondiente por cada uno de ellos. Y ese pago, no es por concepto de un alquiler, sino de una compraventa. Los pasaportes, por ende, son míos, de mi propiedad. Y además, si usted los devuelve, ilegalmente, me coloca en una situación de confrontación con el gobierno de Bolivia, porque entonces las autoridades se enterarán que yo estuve buscando asilo, y podrán tomar medidas de represalia en contra de mí.

Duvalier me miró, incrédulo, pero ya no continuó

con la polémica. Simplemente me dijo que no me daría recibo, y se alejó con una sonrisa socarrona, burlesca. "Así de abusivos han debido de ser los Duvalier en Haití —pensé—, y ahora continúan ejercitando sus viejas costumbres en los EEUU, desde el ICE: el lugar perfecto para ser abusivo." Una vez más se hacía patente la regla: si bien los organismos de inmigración se caracterizaban, en términos generales, por el abuso hacia los inmigrantes ilegales latinoamericanos, esta práctica se acentuaba dramáticamente cuando se trataba de un funcionario extranjero del ICE (seguramente, nacionalizado estadounidense), particularmente, si era otro latino o un haitiano. Y Duvalier era un haitiano del ICE, presuntamente descendiente de tiranos. De tal manera que mi sufrimiento respecto a los pasaportes, no cesó del todo hasta que los volví a tener en mis manos: y esto ocurrió recién cuando salí de BTC.

§

Y mientras el juez de inmigración John Salem revisaba aquel calendario enorme, que parecía un tablero de ajedrez, levantó la mirada para dirigirla hacia la abogada del gobierno, y le dijo:

—¿Qué noticias tiene de los pasaportes? ¿Ya estarán por llegar?

—No, no creo que lleguen todavía. Me indicaron que la revisión tomaría alrededor de treinta días.

—¿Y cuándo los enviaron ustedes?

—Al día siguiente que nos los entregaron. La razón por la que están demorando es porque se trata de diez pasaportes, no solo de uno o dos. Además, hay que tomar en cuenta que es Navidad y Año Nuevo. En esta época todo se torna más lento. Ni siquiera podemos contar con que los servicios de correo funcionen normalmente, por el enorme incremento de correspondencia que fluye en esta temporada. Una vez que el laboratorio termine su trabajo, tendremos que dar algún tiempo más para su arribo hasta aquí.

En medio de la conversación, el juez giró la cabeza y, mirándome, explicó:

—Lo que ocurre es que recién me llegaron diez pasaportes suyos para ser considerados en el proceso. El problema es que siempre que un pasaporte es puesto como prueba, éste debe ser analizado para garantizar su genuinidad, en los laboratorios forenses del Departamento de Seguridad Interior (Department of Homeland Security). Y estos laboratorios están ubicados en McLean, Virginia (muy próximos a Washington D.C.) así que las cosas se retrasan por ello. No existe forma de que tratemos su caso, sin antes contar con los resultados del laboratorio, así como con los pasaportes mismos. A ver —dijo volviendo su mirada hacia el voluminoso calendario—, me parece prudente señalar la próxima audiencia para el miércoles, 21 de enero de 2009. Para esa fecha ya debería estar listo el análisis y en nuestras manos, toda vez que este material fue enviado desde aquí hace varios días atrás, y ya lo están procesando en el laboratorio.

La fijación de esa fecha, tan lejana en esos momentos, fue como una puñalada en mi corazón. Aunque para aquél día yo estaba ya resignado a pasar Navidad (y hasta tal vez Año Nuevo) en la cárcel, me resistía a cumplir años allá. Mi onomástico era el 15 de enero, y en ese momento el juez me estaba condenando a pasarlo en prisión. Al igual que lo que ocurrió a la conclusión de la primera audiencia, el juez ordenó a la auxiliar que me hiciera firmar la notificación para la nueva audiencia, que se llevaría a cabo el 21 de enero de 2009, a la 1:00 p.m. Una vez que firmé la notificación, ya no había más materia para consideración, y el juez dio por terminado ese acto procesal. La próxima sería la audiencia individual, la última y definitoria sobre mi caso. Una vez que el juez decretó la conclusión de la audiencia, me levanté del pupitre asignado a mi persona, y despidiéndome de él y de los demás presentes, salí del recinto.

A partir de ese día, las cartas estaban echadas. Al frente tenía un horizonte de casi un mes entero sin ninguna actividad relativa a mi caso. Sólo debía esperar a que el laboratorio forense concluyera los análisis de los pasaportes, y que llegara el 21 de enero de 2009, para acudir a la última cita con el juez de inmigración. Navidad, Año Nuevo y mi cumpleaños — fechas por demás importantes, y de celebración familiar— las pasaría en la cárcel. Por el momento, ese era el asilo en los EEUU.

En Navidad se realizaron algunas actividades alusivas a la naturaleza de esa fecha. El jueves 25 de diciembre de 2008, por la mañana, a eso de las nueve, se celebró el culto (misa, para los católicos), para lo cual trajeron a un pastor protestante, cuya actividad eclesial se concentraba en los penales de la región. Era un experto en celebrar el culto para los presos. Él no sabía la diferencia entre un preso por la comisión de un delito común (robo, asesinato, violación, etcétera), y un preso por razones de inmigración (residir sin una visa de inmigrante en los EEUU). Para él todos eran iguales. Así que en su mensaje navideño llamó a los presentes a una profunda reflexión cristiana sobre sus vidas, sobre sus pecados, y sobre sus traspasos de la ley. Dijo que la Navidad era un momento en el que todos nosotros debíamos arrepentirnos de nuestros pecados, de las razones por cuales estábamos en la cárcel, para reiniciar —a partir de ese momento— una nueva vida. Instó a que nos alejáramos del mal, de aquello que nos había llevado a ese encierro. Pero lo más triste es que en medio de la celebración del culto, un buen número de los presos asentían con la cabeza a todo lo que el clérigo decía. Parecía que estaban de verdad convencidos de que habían cometido un delito reprochable, y que deberían reformar sus vidas en adelante.

Posterior a la celebración del culto (momento para que los *delincuentes* —*inmigrantes ilegales*— se arrepintieran por los delitos que cometieron), se dio una presentación artística. Un grupo de unos quince presos haitianos había conformado un coro, para que en la ocasión interpretara villancicos, en creole y en francés. Las voces de los haitianos confluían en una unidad armoniosa, a la vez que poderosa, y constituía un genuino regalo navideño para quienes escuchábamos ese acto. Luego, apareció en escena un coro de presos latinos (parece que organizaron un coro para no "quedar atrás") que, por comparación odiosa pero ineludible, fue un desastre en materia de canto. Las voces individuales no tenían parangón con las de los haitianos, pues estaban totalmente desafinadas; y en conjunto, emitían una disonancia de altísimo volumen, ensordecedora. Era un griterío que empañaba el festejo navideño, el nacimiento del Niño. Pero como no hay mal que por bien no venga, después de unos minutos de bochorno, la actuación de los coristas latinos se fue convirtiendo en un número cómico. El público se reía del papelón, y los actores (que eran conscientes de la situación) coadyuvaban a que la presentación se hiciera cada vez más humorística. Al final, lo que debió haber sido una performance coral, se convirtió en un número cómico. Y así, la celebración de la Navidad adquirió un color divertido. Los villancicos, tan bien interpretados por los haitianos, nos hicieron humedecer los ojos por la nostalgia de encontrarnos lejos de casa, y encerrados en esa jaula humana; mientras que los latinos nos hicieron pasar por alto esas nostalgias, con una obra bufa que logró hacernos reír a carcajadas.

Lo que sí fue muy malo en Navidad fue la comida. Como ese es un día sagradamente feriado en todo el mundo cristiano, lo fue también en los EEUU. Ello significó que en esa fecha estuvieran de asueto los cocineros y otros trabajadores ligados a los servicios del comedor. Por eso nuestro almuerzo fue un reducido sándwich de mortadela con un vaso de agua, acompañado de un postre, que fue una banana. Junto con el almuerzo nos dieron otra ración de lo mismo, para que la comiéramos a la hora de la cena.

Así se celebró el día de la Navidad dentro de la cárcel. Ah, y ¿qué hay de Nochebuena? De eso sí que no hubo, pues fue una noche cualquiera. Es decir, después del conteo nocturno, a dormir. Lo que sí vale la pena destacar es que durante el día de Navidad, las colas de los teléfonos fueron larguísimas. Todos, literalmente todos, quisieron hacer uso del teléfono para llamar a sus seres más queridos. La desesperación para acceder a los aparatos telefónicos fue enorme pero, a pesar de ello, no se dieron actos de violencia o algo parecido. Predominó el sentimiento de paz y amor por el prójimo en esa festividad.

Después de la Navidad, vino el Año Nuevo. En esta ocasión sí tuvimos un mejor trato gastronómico, celebrando el arribo del nuevo año. El 31 de enero de 2008, los guardias no nos obligaron a entrar a nuestras habitaciones desde horas de la tarde, hasta pasada la media noche. Inclusive, durante todo ese tiempo, colocaron un equipo de sonido en el patio del penal, con música que hacía retumbar las paredes, por el alto volumen que salía de los altoparlantes. La música que pusieron era, en su mayor parte, latina: cumbias y salsas. Eso al parecer no molestaba a los haitianos, quienes también gozaban con esas tonalidades. De cuando en cuando se escuchaba también un ritmo de rap o de hip hop.

Y cuando llegó la media noche tuvimos dos sorpresas gratificantes. Una, la repartición de una torta de chocolate que, en el ambiente carcelario, fue un lujo sin precedentes. A cada uno le correspondió un trozo de torta, lo cual fue motivo de algarabía. Y otra, fue la repartición de papel higiénico. ¡Sí! Exactamente eso: ¡papel higiénico! Lo que aconteció en esa temporada festiva, fue que durante unos seis días previos a Año Nuevo no distribuyeron rollos de papel higiénico a nadie. Los primeros días de carencia, las cosas fueron más o menos manejables. El que más y el que menos se guardó reservas de ese elemental producto en algún rincón de sus escasas pertenencias. Pero a partir del cuarto día, cuando las reservas personales de emergencia se acabaron, empezó la verdadera crisis. Los presos empezaron a robar papel higiénico, unos de otros. Al principio robaban de los compañeros del propio cuarto; y cuando esa fuente se agotó, empezaron a entrarse a las otras habitaciones, donde sospechaban que aún tenían el ansiado artículo de primera necesidad. Lo cierto es que esa carestía tenía la potencialidad de generar una verdadera crisis en BTC. Justo cuando estábamos al borde de que el problema adquiriera ribetes de escándalo (varios internos ya pedían a gritos papel higiénico), nuestros cancerberos decidieron que el Año Nuevo debía llegar acompañado de un rollo de ese papel. Fue así que el Año Nuevo de 2009 lo recibimos con un trozo de torta de chocolate, en una mano, y un rollo de papel higiénico, en la otra. Fue un fiestón completo.

Después de los abrazos y felicitaciones del caso entre los amigos de prisión, a eso de las cero horas con treinta minutos de la madrugada, sonó el timbre para que nos introdujéramos en nuestras habitaciones. Ese fue el fin de la fiesta de Año Nuevo.

Y por supuesto, después llegó el tercer festejo de la temporada, el jueves, 15 de enero de 2009: mi cumpleaños. Cuando apenas empezó el día, pensé que iba a ser una jornada intrascendente, la cual me la pasaría melancólico, recordando el hogar y a mis seres queridos, quienes siempre me acompañaban en esa fecha memorable. Ello fue así durante la mayor parte del día; tan cierto fue aquello que, incluso, a lo largo de varias horas, estuve tratando de llamar por teléfono a Luly, mi esposa, y a Roberto, mi hermano. Una vez que logré hacer entrar ambas llamadas, y luego de recibir las felicitaciones del caso, di por finalizado el asunto relativo al cumpleaños. Pensé, sinceramente, que no había cabida para un festejo, sobre todo bajo esas condiciones. Pero me equivoqué de raíz. Mis amigos más cercanos se habían encargado de organizar una fiesta de cumpleaños. El Tío y Rulitos se dieron a la tarea de invitar a los personajes más cercanos a mí, a las siete de la noche, alrededor de una mesa que había en el patio, al lado de las gradas que desembocaban del segundo piso (esa era una mesa conocida, pues allí nos congregábamos la mayor parte del tiempo que permanecíamos afuera). Pero ahí no quedaba el plan organizativo, sino que cada uno de los invitados estaba encargado de traer algún regalo para mí. Como lo único que se podía adquirir de las máquinas de venta eran productos de beber y algunos aperitivos elementales, el festejo estuvo repleto de Coca Colas, chocolates, papas fritas, maníes, y otra comida-chatarra parecida. Pero lo que rebasó todas las expectativas, fue que en la celebración se incluyó una presentación artística: uno de mis amigos, Christian Barnard (ciudadano de las Bahamas e ilegal en los EEUU), resultó ser un aventajado cantante, que esa noche interpretó varias canciones para deleite de los presentes. Sin duda, ese fue un cumpleaños que quedará para los anales de la historia de BTC.

Así culminó el 15 de enero. Quedaban todavía seis días por delante hasta la audiencia individual, la definitiva sobre mi caso. Durante el transcurso de esos días, mi labor fue contar los segundos, los minutos y las horas que aún quedaban para ese importantísimo evento. Finalmente, como siempre en la vida: llegó el día.

El miércoles 21 de enero de 2009, a las ocho en punto de la mañana, otra vez estuve listo, esperando al mismo prisionero haitiano que se desempeñaba como diligenciero en el juzgado, para que me recogiera. Puntual como siempre, el joven apareció en la puerta de la habitación a esa hora, y los dos caminamos juntos con el destino acostumbrado. Ese día, al igual que para la primera audiencia, tuve que esperar desde esas tempranas horas de la mañana, hasta alrededor de la una y treinta de la tarde (lo que no ocurrió así para la segunda, en la que la espera fue menor, ya que yo estaba citado para comparecer a las ocho y treinta de la mañana, y entré al juzgado a eso de las once de la mañana), después de almuerzo, para que llegase mi turno. Cuando llegó el momento, Leona inspeccionó, como siempre, los documentos que llevaba en mano, para luego permitir mi ingreso al recinto. Otra vez, el juez estaba allá, en su lugar acostumbrado; pero, en esta ocasión, en el asiento que le correspondía al abogado del gobierno, estaba otra persona, un caballero de mediana edad (de unos cuarenta y cinco años), de contextura muy delgada y de piel muy blanca. Este era el acusador que sustituía a la abogada que había estado allá antes, lo que no me caía en gracia. Al fin y al cabo, la abogada había vertido criterios favorables a mi actuación en corte durante la primera audiencia, y ello me daba una sensación positiva. Con este nuevo personaje, no sabía qué esperar. Una vez que me senté en el pupitre de siempre, empezó la audiencia. Como es de rigor, el juez empezó a realizar los actos formales para instalarla, preguntando a la asistente si estaban las partes, encendiendo el equipo de grabación, y haciendo algunas preguntas preparativas pertinentes:

— ¿Llegaron los pasaportes? —preguntó el juez, mirando al abogado del gobierno fijo en los ojos.

—No, aún no —respondió este nuevo actor, incómodo ante el cuestionamiento del juez.

—¡No puede ser! ¿¡Y por qué no se ocuparon ustedes de que este trámite marche, llamando al laboratorio en

Virginia, para asegurarse que los pasaportes llegaran a tiempo antes de la audiencia!?

—Lo hicimos, señor juez —replicó tímidamente el abogado en cuestión—, pero nos indican desde el laboratorio que el problema radica en que se trata de diez pasaportes, y además, que en esta época del año es difícil hacer las cosas con premura, porque mucha gente ha salido de vacación.

—Va a disculpar —dijo el juez, esta vez mirándome a mí—, a veces las cosas son así. Yo no puedo hacer nada al respecto, como usted puede apreciar. Este tema está por encima de mi voluntad.

—Entiendo, señor juez —le respondí—, aunque usted sabe las dificultades que estoy atravesando por mi prolongada permanencia en BTC.

—Ahora veremos de fijar una nueva fecha, dando un tiempo razonable para que terminen lo que tienen que hacer en el laboratorio forense. ¿Qué le parece si la fijamos para el miércoles, 4 de febrero de 2009, a las 09:00 a.m. horas? —la pregunta se la dirigió al abogado representante del gobierno, como comprometiéndolo para que su oficina agilitase el trámite.

—Claro, señor juez, está bien. Nosotros haremos lo necesario para que lleguen a tiempo los pasaportes con el informe sobre el caso.

Con esa nota terminó la audiencia. Al igual que en las anteriores oportunidades, yo me notifiqué para la audiencia del 4 de febrero, y luego me retiré a mis aposentos.

Si bien en la audiencia yo reprimí mis sentimientos, en la habitación ya no los pude contener. La sola idea de seguir prolongando mi estadía en esa cárcel, donde cada día me exponía a riesgos de toda índole —solo para ejemplificar, a los abusos de los guardias-delincuentes, de los presos que tenían antecedentes criminales, a enfermedades o accidentes (en un lugar donde los servicios de salud eran deficientes, y hasta dolosamente deficientes), a la inhumana política de impedir el sueño de los presos— se hacía insoportable. Hasta el día de esa fallida audiencia, el miércoles 21 de enero de 2009, ¡yo llevaba setenta y nueve días en estado de privación de libertad! ¡Detenido! ¡Preso!, sin haber cometido delito alguno. Sólo porque al actual régimen intolerante de Bolivia se le había ocurrido iniciar un juicio político contra mí (así como a otros del gobierno en el cual participé como miembro del gabinete ministerial), y por una política deshumanizada de trato a los peticionarios de asilo en los EEUU. En este país el solicitante de asilo va a la cárcel, porque dicen sus leyes que ha ingresado ilegalmente a su territorio, ya que no tenía visa de residente cuando solicitó aquella protección en el puerto de entrada. Y en la cárcel, por supuesto, las cosas son muy duras. Pero ahora, gracias a las demoras burocráticas, tendría una sanción adicional: permanecer encarcelado hasta el miércoles, 4 de febrero de 2009. ¡Hasta esa fecha habría estado preso un total de noventa y tres días! ¡Más que una cuarta parte del año! ¡Qué horror! De repente, un fuerte sentimiento de impotencia se apoderó de mí, pero luego me tuve que contener. Era necesario mantener la calma para preservar el equilibrio mental. Yo había visto dentro del propio BTC, presos que se dejaron llevar por la frustración que generaba el encierro forzado, y que llegaron a cometer locuras, como aquél que saltó del segundo piso hacia el patio, en un intento de suicidio. Yo no podía permitir que mi angustia llegase hasta esos niveles. Por ello me forcé a la calma juntando las palmas de las manos en posición de rezar, y empecé a balbucear el consabido Padre Nuestro. Ese contacto con el más allá, con el Creador, me devolvió la paz.

En esa lucha interna, entre la desesperación y la paz espiritual, fueron pasando los días más lentos de mi vida, hasta que, finalmente, llegó la nueva fecha mágica.

El miércoles, 4 de febrero de 2009, amaneció esperanzador. Fui al desayuno a las seis de la mañana, y luego me dediqué a esperar a que llegasen las ocho. Como ya estaba acostumbrado para estas ocasiones, unos minutos después de esa hora llegaba el diligenciero haitiano para recogerme. Después, aguardé en el siempre congelado *corredor de espera* a que llegase mi turno con el juez. A eso de las once de la mañana, Leona volvió a escudriñar mis papeles antes de permitirme el ingreso al juzgado. Cuando estuve dentro, y luego de los saludos de cortesía, el juez dio por iniciada la audiencia.

—¿Ya tenemos los pasaportes? —inquirió sin más pérdida de tiempo, mirando hacia el abogado del gobierno, que era el mismo de la última vez.

—No, señor juez —respondió el representante del gobierno, con una tímida voz que reflejaba su malestar por la incómoda situación—. Yo personalmente me he ocupado de llamar al laboratorio en Virginia y, si bien me han asegurado que el trabajo está concluido, hasta esta mañana todavía no habían enviado el sobre por el correo. Me aseguraron que ese sobre sería enviado hoy mismo, y que tomaría unos tres días en arribar hasta aquí.

—Esto es muy lamentable, pero no queda más que

esperar a que arriben los pasaportes y el informe sobre ellos, para proseguir con la audiencia individual. Ahora tenemos que volver a fijar fecha para una audiencia, dando el tiempo suficiente para que el sobre llegue, efectivamente, a destino. Y analizando otra vez su enorme calendario, sentenció:

—La audiencia queda fijada para el día lunes, 9 de febrero de 2009, a la una de la tarde.

Hasta esa fecha, habría cumplido noventa y ocho días de privación de libertad, de prisión. Una nueva vez, mi corazón se sintió desgarrado. Pero, ¿qué se podía hacer? Absolutamente nada que no fuera seguir con la espera, en estado de prisionero. Con esa nota terminó aquella audiencia, y todos nos retiramos, como siempre, hasta la próxima vez.

Capítulo IX
El fallo

Aquella fría mañana del 9 de febrero de 2009, había aguardado, otra vez más, muchas horas en el congelado corredor de espera del juzgado de inmigración. Finalmente, cuando la mañana ya había transcurrido, y cuando el reloj de pared marcaba las dos de la tarde con cuatro minutos, el juez instaló la audiencia. Todo estaba en orden. Las cosas eran una réplica de las anteriores ocasiones, excepto por una: el abogado del gobierno era otro, uno que jamás había aparecido antes. Su aspecto era desaliñado, pero en contraste, su voz reflejaba una personalidad petulante. Era un malatraza presumido. Su edad rondaba los cincuenta y cinco años. Se encontraba acompañado por una mujer joven, que no pasaba de los veintiocho, y que en ningún momento emitió opinión alguna en el evento. Ella no parecía ser una asistente, pues nunca le transmitía nada, ni siquiera le facilitaba documentos. Más bien era él quien, de rato en rato, se le acercaba con los labios casi tocándole la oreja, y le susurraba palabras inaudibles. La joven no emitía ni opinión, ni daba señal de ningún tipo: simplemente escuchaba y miraba. Por otra parte, el juez, estaba como siempre, listo. Leona, lista, también como siempre. Lo mismo que la otra auxiliar del juzgado que trabajaba codo a codo con Leona. El aparato de grabación también prendido, listo para registrar los acontecimientos. Esta vez el juez volvió a preguntar al abogado del gobierno sobre la situación de los pasaportes, y éste le informó que ya habían arribado a la oficina de inmigración.

—¿Y qué dice el informe? —inquirió el juez.

—Que todo está en orden. Cada uno de los pasaportes es original y genuino, lo mismo que los sellos de las visas otorgadas por el consulado de los EEUU en La Paz. Le paso a usted toda la documentación para que pueda apreciarla personalmente —respondió el abogado, quien, tras pronunciar esas palabras, se levantó de su asiento para llevar los pasaportes y el informe hasta donde se encontraba el juez, y entregárselos en mano propia.

El juez John Salem recibió los documentos y, en silencio, los revisó durante unos minutos. Luego, levantó la cabeza y mirándome, dijo:

—Todo está en orden. Ahora sí podemos proceder con la audiencia individual. Tiene usted la palabra para su presentación, la misma que debería durar hasta los quince minutos, y como máximo podría llegar hasta los veinte. Luego vendrá el período de preguntas y respuestas, en el que usted responderá a los cuestionamientos del abogado del gobierno, así como a los que le plantee mi persona.

—Gracias, señor juez —respondí—, procedo ahora con mi exposición.

En esos momentos obtuve energía de donde no había, y empecé a hablar. No hay que olvidar que aquella mañana había empezado a hacer antesala, bajo un frío intenso, a las ocho de la mañana, en el *corredor de espera*. Y tampoco hay que olvidar que, como siempre dentro de BTC, no había tenido una noche de sueño normal, reparador. En la prisión nadie duerme bien: en realidad, como vimos antes, nadie duerme, apenas dormita durante unas cuantas horas.

—En primer lugar —dije—, quiero darles a ustedes una breve información personal sobre mí. Soy un abogado nacido en La Paz-Bolivia, el 15 de enero de 1958. Tengo cincuenta y un años de edad, y el último cumpleaños lo he pasado aquí en la cárcel. He cursado la educación colegial en mi ciudad natal. Luego, he obtenido un Bachelor of Arts en Economía y Ciencias Políticas de Westminster College, en Fulton, Missouri-EEUU; y un Master of Arts en Ciencias Políticas de Drew University, en Madison, New Jersey-EEUU. Y finalmente, he obtenido un título de abogado de la Universidad Católica Boliviana de La Paz-Bolivia.

»En cuanto a mi carrera política, ésta comenzó en 1985. En esa época yo había retornado de trabajar en el Acuerdo de Cartagena, cuya sede estaba en la ciudad de Lima-Perú. Cuando arribé a La Paz, en mayo de 1985, me incorporé a las filas del Movimiento Nacionalista Revolucionario (MNR), en plena época de la campaña electoral, para iniciar la aventura más interesante de mi vida: la política. Fue con suerte, ya que tres meses más tarde, en agosto de ese mismo año, luego de las elecciones generales, mi partido asumió la conducción del gobierno. Resultado de ello, fui designado en el cargo de Subsecretario de Planeamiento, del influyente Ministerio de Planeamiento y Coordinación. En el curso de esos cuatro años, desde 1985 hasta 1989, descubrí los tejemanejes del Poder Ejecutivo boliviano. Hice política desde el gobierno. Luego, en las elecciones de 1989, mi partido, a pesar de haber salido primero en las elecciones, fue bloqueado en su derecho de acceder al gobierno. Una extrañísima alianza de la extrema derecha y de la izquierda dio lugar a un pacto político que, con su mayoría parlamentaria, colocó al MNR en la oposición, y a mi persona en el Congreso de Bolivia. Fue así que desde 1989 hasta 1993 me desempeñé como parlamentario. Esta también fue una experiencia enriquecedora, ya que desde esa trinchera aprendí a hacer política desde la oposición, sin los instrumentos del Poder Ejecutivo. En ese tiempo fui presidente de la Comisión de Derechos Humanos de la Cámara de Diputados y sub jefe de la Bancada del MNR. Luego vinieron las elecciones de 1993, y el candidato Gonzalo Sánchez de Lozada del MNR arrasó, saliendo primero, muy lejano del segundo candidato. Fue así que en 1993 el MNR volvió al Poder Ejecutivo. En este período fui reelegido al Congreso Nacional, otra vez como Diputado Nacional. Allí empecé esta nueva gestión como jefe de la Bancada del MNR. Mi labor era dirigir a los diputados de la mayoría en la Cámara Baja. Posteriormente, fui invitado por el presidente Sánchez de Lozada a desempeñar las funciones de ministro de Comunicación Social. Este cargo involucraba dos obligaciones: era el portavoz del presidente y del gobierno en su conjunto, por un lado; y realizaba toda la campaña informativa sobre la actividad del gobierno, por el otro. Después de ello, fui designado como embajador de Bolivia ante la República de Corea. En agosto de 1997 concluyó la gestión gubernamental del MNR. A partir de esa época estuve alejado de la política. Pero entre el año 2003 y 2004, en el gobierno del presidente Carlos Mesa, desempeñé el cargo de vice ministro de Coordinación Parlamentaria. Como usted puede apreciar, señor juez, durante varios años he estado íntimamente ligado a la vida pública en mi país, y sí, he desempeñado cargos que me han expuesto ante la opinión pública, de tal manera que, por lo menos durante esa época, era un actor político conocido.

»En la actualidad, sin embargo, y desde el año 2004, ya no he desempeñado ningún rol partidario, y me he dedicado íntegramente a mis asuntos particulares. Junto con mi hermano, somos socios en la firma Machicao Abogados Sociedad Civil, que presta servicios jurídicos. También con él, conducimos un programa denominado Poder y Justicia, desde las ondas de Radio Santa Cruz, una radioemisora ligada a la Iglesia Católica. En el presente, esto último es lo más próximo a la política que realizo, ya que desde esos micrófonos solemos verter opiniones críticas de la gestión gubernamental.

»Esta explicación que acabo de dar, tiene el sentido de que usted, así como el abogado representante del gobierno, puedan apreciar la dimensión de mi carrera política, como explicación de la persecución a la que estoy sometido en la actualidad.

»Ahora paso a exponer, también de manera sucinta, una explicación sobre lo que el MNR representó, y las políticas que ha implementado desde el gobierno durante el período 1993-1997, para poner en perspectiva las razones de esta persecución. Si bien este partido nació a la vida política como una expresión del nacionalismo estatista, ya que en la revolución nacional de los años cincuenta nacionalizó la Gran Minería que pertenecía a los tres Barones del Estaño (Patiño, Hotchild y Aramayo), su versión de los años ochenta era la de un partido moderno y con una clara definición pro libre mercado, y de una reducida participación estatal. Ya con su líder legendario, que fuera el Dr. Víctor Paz Estenssoro, el MNR adquirió, a partir de la gestión gubernamental de 1985 en la cual él se desempeñó como presidente del país, una línea política de centro derecha. Su famoso Decreto Supremo 21060, de 29 de agosto de 1985, marcó el inicio y diseñó una etapa liberal de la historia de Bolivia, que duró veintiún años, hasta el año 2006, cuando Evo Morales con su partido, el MAS (Movimiento Al Socialismo), asumió el gobierno. Este nuevo régimen marcó el inicio de una nueva etapa del devenir del país: una en la que predominaría la política radical indigenista y socialista, una que pretendería ser la negación de todo lo anterior.

»Pero entonces, ¿qué ocurrió durante el gobierno de la etapa 1993-1997, objeto de la persecución dentro de la cual me encuentro? Como dije, este período se caracterizó por la predominancia del libre mercado; por la privatización (a través de la capitalización) de las empresas del Estado; por la implementación de políticas que insertaban al país a la globalización; por acuerdos comerciales con varios países, entre los que se encontraba los EEUU; y, en general, por una menor intervención del Estado en la economía.

»Durante ese tiempo, el MNR privatizó bajo el sistema de la capitalización. Esto significaba que las empresas estatales no fueron vendidas al inversor extranjero, en el sentido tradicional, vale decir, en el cien por ciento de su capital. Lo que se hacía era emitir acciones por el doble de su valor comercial presente, y venderlas en el mercado internacional. Los inversores evaluaban a la empresa y, si les parecía rentable en una proyección futurística, invertían en las nuevas acciones emitidas, que constituían el cincuenta por ciento del capital de las mismas. Con esta fórmula, llegaban a ser las propietarias del cincuenta por ciento del capital de las empresas que habían sido del Estado. El restante cincuenta por ciento, ese que era el capital original de la empresa y que le pertenecía al Estado, pasó a ser propiedad de los ciudadanos bolivianos, y ya no del Estado. Esa fue la capitalización. Fue un buen negocio, porque al país ingresaron capitales nuevos y frescos. No se vendieron las viejas empresas estatales, se les inyectó capital extranjero nuevo. Y, por supuesto, no solo capital, sino tecnología de punta.

»Esta fórmula se aplicó a la empresa de telecomunicaciones del Estado (ENTEL), a la de electricidad (ENDE), a la de transporte ferroviario (ENFE), a la de transporte aéreo (LAB), así como a la de hidrocarburos (YPFB). La capitalización de YPFB fue la más controvertida de todas, pues la izquierda radical, compuesta de socialistas y comunistas, no podía aceptar la presencia de extranjeros en la administración de las reservas de gas del país. Esta política de apertura en el sector de los hidrocarburos dio paso a inversiones de empresas como BP (Gran Bretaña), REPSOL (España), TOTAL (Francia), PETROBRAS (Brasil), YPF (argentina), ENRON (Estados Unidos), entre las principales. La mera presencia de estas empresas extranjeras —tanto las del sector petrolero, así como las de los otros sectores de la economía— enfureció a los socialistas y comunistas, liderados por Evo Morales.

»A pesar de que Bolivia nunca antes había experimentado un influjo tan grande de capitales externos a su economía, de que la economía creció significativamente durante ese período, y de que las compañías internacionales descubrieron nuevas y cuantiosas reservas de gas, la población más pobre (que en gran medida era también indígena) no llegó a sentir los beneficios de estas políticas oportunamente. La idea que el dinero iba a gotear de arriba hacia abajo del sistema (*trickle down economics*) no se dio con suficiente velocidad. Es que el desarrollo es, sin duda, un proceso de largo plazo, y no de impactos inmediatos. Toda esta situación vigorizó el discurso populista de los neo socialistas y comunistas, que se colgaron de la chompa del líder de los productores de la hoja de coca, que por antonomasia era reconocido por ser anti imperialista o, lo que es lo mismo, *anti americano* (en el sentido que se refiere a los EEUU). Pero por sobre todas las cosas, éste era un líder indígena. En esa coyuntura de desgaste de las políticas de libre mercado, la figura de un líder cocalero, además de ello de izquierdas, pero sobre todo, indígena, hizo crecer al MAS de forma impensada. Ni el propio Evo Morales figuró tan rápido asenso en la política. En el año 2002, el MAS ya había terminado segundo en las elecciones generales, sólo precedido por el MNR, que asumió el gobierno en agosto. Pero con semejante crecimiento en la favorabilidad popular, el MAS montó una maquinaria de insurrección, bien financiada, que desembocó en la caída del presidente Sánchez de Lozada, en octubre del año 2003. En ese momento la asunción del MAS por la vía de los votos era simplemente cuestión de tiempo. Después de una serie de presidencias efímeras, de personajes que asumían el sillón presidencial por la vía de la sucesión constitucional y no de las urnas, el MAS logró —por la vía de la presión popular y de la crisis institucional— que se adelantaran las elecciones para diciembre de 2005. Fue así que en esas elecciones Evo Morales ganó con un respaldo abrumador del 54%. Y asumió la presidencia de la república en enero de 2006.

»Ese es el mismo movimiento pendular que en otros países latinoamericanos llevó a la presidencia a líderes como Chávez (Venezuela), Ortega (Nicaragua), los Kirshner (Argentina), Lula (Brasil) y Bachelet (Chile). Sin duda, los más radicales de los líderes latinoamericanos de corte izquierdista son Chavez, Evo Morales y Castro.

»Es en este contexto que hay que evaluar este juicio que me han iniciado, junto al presidente Sánchez de Lozada y los otros miembros del gabinete de aquella época. El MNR es visto como la expresión de la derecha boliviana, con presuntos vínculos con el imperio norteamericano; mientras que Evo Morales y sus aliados comunistas se erigen como sus enemigos, como la antítesis. Y como para la visión de la izquierda radical no existe democracia ni rotación en el gobierno —para los comunistas esta característica es propia de la democracia liberal, y no de la democracia popular—, sino un proceso revolucionario que perpetúa al partido (en este caso al MAS) en el poder, la idea es aniquilar de raíz a sus enemigos, que en este caso resulta ser el MNR. Para la visión del gobierno, el MNR es la antítesis, la anti-revolución, o algo así como el anticristo, un rezago del pasado que debe destruirse, en bien del proceso revolucionario. El juicio de responsabilidades viene a ser la implementación de esa política de aniquilación del enemigo.

El surgimiento de Evo Morales: socialismo, comunismo y racismo

Desde que asumió el gobierno, Evo Morales nacionalizó la industria hidrocarburífera y revigorizó a la empresa estatal YPFB. También nacionalizó a la empresa de telecomunicaciones ENTEL. Para ello expulsó de Bolivia a sus ejecutivos italianos, y se apoderó de las oficinas de la empresa.

Además, el régimen de Evo Morales ha exacerbado las diferencias culturales entre los bolivianos, casi llegando a desatar una guerra racial. Los denominados "grupos sociales" —que en realidad son indígenas en permanente estado de apronte— protagonizan marchas, bloqueos de caminos y calles, cercan ciudades, las invaden, amenazan a sus habitantes, amenazan a autoridades judiciales hasta lograr su renuncia (esto aconteció con jueces y magistrados del Poder Judicial), cercan cárceles (amenazando a los presos políticos que están adentro), agreden a periodistas, y hasta llegaron a matar gente inocente con sus acciones. Varias personas han muerto desde 2006 producto de las acciones de estos grupos paramilitares. Este es el racismo hecho violencia, al amparo del gobierno de Evo Morales. Y, por supuesto, bajo garantía de impunidad. Ninguno de estos criminales ha sido procesado por la justicia.

Otra demostración del racismo del régimen de Evo Morales es el contenido de la nueva Constitución aprobada en el referéndum de enero de 2009. Esta Constitución reconoce a los grupos u organizaciones sociales —que, como dije antes, son organizaciones compuestas por indígenas— como parte de las instituciones legales del país. Estas organizaciones, cuya naturaleza es cultural-racial, adquirirán roles poderosísimos en la nueva Constitución, y hasta tendrán la facultad de controlar a los poderes ejecutivo, legislativo y judicial. Es decir, serán un poder por encima de los tres poderes del Estado. Pero además de ello, la población indígena gozará de prerrogativas especiales, con lo que se crearán dos tipos de ciudadanos: los indígenas (con derechos especiales) y los otros ciudadanos (con derechos generales). El racismo elevado a rango constitucional.

La alta dosis de racismo y de extremismo ideológico de Evo Morales lo ha llevado a declarar al embajador de los EEUU persona no grata, en septiembre de 2008. El entonces embajador tuvo de dejar el país unos días después de dicha declaración, de manera intempestiva. De igual forma, ha expulsado a la Drug Enforcement Administration (DEA), con el argumento de que esa organización estuvo realizando labores de insurrección en contra de su régimen.

Y en relación con el MNR, ha incoado dos juicios de responsabilidades. El primero, contra el presidente Sánchez de Lozada y los ministros que administraron el Estado desde el año 2002 hasta el 2003. Este proceso está relacionado con la muerte de alrededor de sesenta personas, como producto de la revuelta que dio lugar a la caída de ese gobierno. Y el segundo, contra el mismo presidente Sánchez de Lozada, su vicepresidente y los ministros que administraron el Estado durante la gestión 1993 a 1997. Esa gestión gubernamental que realizó los cambios profundos de la economía. La que ejecutó la capitalización. Ese juicio es el que está relacionado con la capitalización de la petrolera YPFB. Es en este segundo juicio en el que yo estoy incluido. Como se recordará, mi persona no participó del segundo gobierno. La idea en este juicio es encarcelar a las autoridades de la época, como autores de un modelo capitalista de Estado, y además, establecer un daño económico al Estado tan gigantesco que justifique confiscar la propiedad de los enjuiciados.

Los Derechos Humanos bajo el gobierno de Evo Morales

El presidente Evo Morales ha aniquilado al más alto órgano de control constitucional del Poder Judicial: el Tribunal Constitucional. Este órgano decide sobre materias como los recursos de hábeas corpus, de amparo constitucional, sobre la inconstitucionalidad de las leyes y decretos, sobre la inconstitucionalidad de los procedimientos de la reforma constitucional, entre otros temas importantes. Pero ahora este órgano ha dejado de existir. Hacia fines de 2007, cuatro de sus cinco miembros fueron forzados a renunciar, bajo presión gubernamental. El régimen propició a las organizaciones sociales para que hicieran el trabajo sucio: sus miembros apedrearon a los magistrados en varias oportunidades, y echaron tinta roja (como si fuera sangre) a la fachada del edificio del Tribunal, en señal de que las decisiones de dicho órgano estaban manchadas por las muertes de octubre de 2003. En la calle, los miembros de estos grupos insultaban y amenazaban de muerte a los magistrados. Toda esta avalancha de agresividad y presión logró que los magistrados fueran presentando su renuncia "voluntaria", uno por uno, hasta que sólo quedara un magistrado en pie, con lo que, por supuesto, no había quórum. Y sin quórum, no hay tribunal.

El presidente aplicó la misma fórmula para controlar la Corte Nacional Electoral, con miras a ganar sin ningún problema cualquier futura votación, ya fuera en referéndum o en elección de autoridades. Luego de una dosis de violencia ejercida contra los miembros de esta Corte, los vocales "indeseables" también fueron renunciando "voluntariamente" a sus cargos, hasta que quedaron tres, que era el mínimo número de miembros para que exista quórum. Esos tres, por supuesto, eran de confianza del primer mandatario. Y de entre ellos se eligió al nuevo presidente de la Corte, quien fuera designado directamente por Evo Morales. A diferencia del Tribunal Constitucional, cuyo funcionamiento no era de interés del gobierno, ya que velaba por los derechos humanos, la Corte Electoral sí es de su prioritario interés. Fue así que en el referéndum del 25 de enero de 2009 se aprobó la nueva Constitución, que instituyó el racismo con rango constitucional en Bolivia. Y luego, en diciembre de 2009 se llevarán a cabo elecciones presidenciales para la reelección de Evo Morales, para cuya finalidad necesita garantizarse una victoria aplastante, como todo buen revolucionario.

Otro claro indicador del desprecio por los derechos humanos es la toma de la Fiscalía General de la República por parte del gobierno. El Fiscal General ya no es autónomo, y se ha convertido en un instrumento del gobierno en su guerra política. El Fiscal General obedece al gobierno, e inicia todas las investigaciones políticas que le ordenan, ya sean éstas contra los líderes opositores actuales, o contra los ex ministros de gobiernos del MNR.

Y ni qué se diga de autoridades de menor rango

dentro de la Fiscalía y de la judicatura, quienes responden ciegamente a las instrucciones gubernamentales. ¡Gente de la oposición ha sido arrestada sin mandamiento de aprehensión! Y a varios se les ha cambiado de competencia territorial por conveniencia del gobierno, para que los procesados se defiendan en lugares donde el gobierno es fuerte, lejos de sus familias. Esos juicios no pueden llevarse a cabo en el oriente del país, donde el gobierno es débil. A esos extremos ha llegado el sometimiento del ministerio público y de la judicatura, entidades que se han convertido en un brazo más del régimen, en esta guerra política.

Existe también una campaña muy fuerte contra los miembros de la prensa. Con frecuencia, las organizaciones sociales atacan a periodistas en las calles. Esta es moneda común. Uno de los casos que aterrorizó a la población aconteció en Santa Cruz, y fue transmitido por la televisión. En medio de una conflagración callejera, un miembro de una organización social le asestó un golpe en la cabeza, con un palo largo, a un periodista que cubría los hechos. La confrontación era entre las organizaciones sociales (órganos del MAS) y la Unión Juvenil Cruceñista que defendía la causa autonomista (órgano del Comité Cívico de Santa Cruz). Cuando esto salió en el noticiero se desató un escándalo. Las imágenes eran incontrastables, el golpe fue artero. El periodista estaba en la clínica, siendo intervenido de emergencia. Gracias a las imágenes y al zoom de las cámaras, se llegó a identificar al agresor. Su rostro fue exhibido a toda la población. Finalmente, alguien identificó al cobarde: era un policía que aquel día salió, vestido de civil, a realizar su tarea de reprimir a la prensa. Por supuesto, bajo órdenes del gobierno. Otro caso que estremeció a la opinión pública fue el del periodista Jorge Melgar Quete, que fue aprehendido con violencia y crueldad, para después ser trasladado ilegalmente del departamento del Beni al de La Paz. En este último se le inició proceso penal bajo autoridades jurisdiccionales que no tienen competencia territorial.

En un intento de liquidar a la oposición regional, Evo Morales decretó estado de sitio en el departamento de Pando. El gobernador fue arrestado e inmediatamente remitido a la penitenciaría de La Paz, lo cual constituía un cambio de competencia territorial ilegal. Él no fue liberado aún (su arresto se llevó a cabo en septiembre pasado), y la cárcel donde está detenido se encuentra permanentemente sitiada por hordas de furiosos pertenecientes a las organizaciones sociales, quienes supuestamente vigilan que él no se fugue de la cárcel bajo ninguna circunstancia. Con ese justificativo, permanecen allá día tras día, profiriendo amenazas e insultos contra el encarcelado gobernador, así como contra su familia, ante la inerte complicidad policial.

Estas organizaciones sociales —que constituyen, prácticamente, fuerzas paramilitares— son responsables de numerosas muertes en Pando, Chuquisaca, Cochabamba y otras regiones. Ellas llevan a cabo la tarea de ejercer presión sobre el Fiscal General y sobre la Corte Suprema. Bajo estas circunstancias no es posible encontrar justicia en la judicatura boliviana, que se encuentra totalmente sometida a los designios políticos del gobierno.

Tanto el Fiscal General como la Corte Suprema han sido "secuestrados" por el gobierno. Éstos ya no son órganos independientes al servicio de la justicia. Para una persona en mis circunstancias —miembro del gabinete del ex gobierno del MNR y político—, un juicio justo es un sueño imposible. Sería un acto de suicidio el pretender defenderme en Bolivia. La razón por la cual decidí pedir asilo en los EEUU es porque mi encarcelamiento era cuestión de tiempo, en el marco de ese juicio político. Y con mi encarcelamiento, mi salud y vida se ponían en peligro, dentro de cualquier cárcel del país, ya que el gobierno tiene control total sobre las cárceles.

El proceso criminal contra el ex presidente, ex vicepresidente, y ex ministros del gobierno del MNR (1993-1997), en el que uno de los sindicados es Jorge Machicao

El proceso contra Jorge Machicao (así como también contra el ex presidente Gonzalo Sánchez de Lozada, el ex vicepresidente, y los ex ministros del gabinete) es un juicio de responsabilidades. Este procedimiento sólo puede ser instaurado contra las más altas autoridades del Poder Ejecutivo: presidente, vicepresidente, ministros y prefectos, por delitos cometidos en el ejercicio de sus funciones. Tiene solo una instancia; no admite apelación. Y sobre él tiene jurisdicción y competencia la Corte Suprema de Justicia. El Fiscal General de la República es el Fiscal en el procedimiento. El juicio de responsabilidades es parecido al del *impeachment* del Derecho estadounidense, ya que en ambos existe una esencia política, por lo menos en su motivación. El *impeachment* es político, pues lo ejecuta el propio Congreso, pero se limita en remover al funcionario de su cargo institucional. Luego, el juicio criminal lo realiza otra corte, una cuya competencia es exclusivamente sobre asuntos penales. En cambio el juicio de responsabilidades conjuga ambos elementos: el político y el penal. No los separa. No es posible distinguir cuándo prima lo político y cuándo lo penal. Y lo grave es que en un juicio de responsabilidades el acusado puede terminar con una sentencia penal, impuesta por la Corte Suprema. Y, por supuesto, esta politización del proceso se vuelve absoluta cuando el gobierno de turno controla por la fuerza o el amedrentamiento a la Corte Suprema, como es el caso de Bolivia en la actualidad.

Este juicio de responsabilidades empieza con una proposición acusatoria del Fiscal General, quien después de una investigación previa emite una resolución acusatoria. Esta última es puesta en traslado a la Corte Suprema de Justicia, la que luego de conocerla, la remite para conocimiento del Congreso Nacional. Una vez que el Congreso Nacional vota a favor de la resolución acusatoria, envía los obrados de nuevo a la Corte Suprema de Justicia. Es allí donde finalmente se ventila el proceso hasta la sentencia. Como expliqué antes, el gobierno de Evo Morales controla al Fiscal General de la República, a la Corte Suprema de Justicia y al Congreso Nacional. En realidad este es un juicio que se realizará bajo lo que los norteamericanos denominan *Kangaroo courts* o tribunales canguro. Vale decir, tribunales no imparciales, en los que previo a los actos jurisdiccionales ya se sabe el resultado. Bajo estas condiciones, no existe la posibilidad de un juicio justo.

Quiero expresar que yo no tendría ningún problema con enfrentar las acusaciones bajo un tribunal imparcial. Primero, porque los cargos no tienen ningún fundamento.

Segundo, porque si un tribunal actúa en plena sujeción a la ley, el proceso ni siquiera se iniciaría. El régimen de prescripciones establecido en la ley de juicio de responsabilidades no admite la iniciación de un juicio por delitos supuestamente cometidos en el año 1994. Un proceso imparcial bajo la ley boliviana acabaría o con una resolución de prescripción, o con una sentencia de inocencia. Y después de ello, yo tendría la posibilidad de iniciar un proceso contra mis acusadores por delitos cometidos por ellos contra mi dignidad y honra (y las de mi familia), con la compensación de daños y perjuicios que correspondiera.

Ahora voy a proporcionar un detalle de los pasos que se han tomado en este juicio de responsabilidades hasta el presente. Hasta donde yo pude constatar, en junio de 2006, el entonces ministro de hidrocarburos de Evo Morales interpuso una proposición acusatoria contra el ex presidente Gonzalo Sánchez de Lozada, ex vicepresidente, los ex ministros, otros altos funcionarios del gobierno de entonces, así como contra altos ejecutivos de Enron Corporation de los EEUU. Hasta la fecha, yo jamás fui notificado con dicha proposición acusatoria. El segundo acto procesal que sé que se llevó a cabo fue la publicación de un edicto por parte del Fiscal General de la República, en algunos periódicos de circulación nacional, el 8 y 13 de diciembre de 2007. Este edicto contenía una larguísima lista nombres de los acusados, entre los que se distinguía a las ex autoridades gubernamentales y ejecutivos empresariales, y en él sólo se consignaron los números y nombres legales de los delitos que supuestamente se habrían cometido. Solo en el caso que yo no tuviese un domicilio conocido, el Fiscal General pudo haber publicado un edicto para notificarme. En mi caso yo nunca fui buscado para fines de notificación, ni en mi casa ni en mi oficina. Sólo para fines de mayor claridad, la dirección de mi casa aparece en los registros de la Corte Nacional Electoral. El Fiscal General jamás utilizó este registro público ni nunca me trató de notificar personalmente. Él prefirió publicar un edicto, y con eso violó la ley. Y, por supuesto, una notificación ilegal es nula. Se hace imperativo que el debido proceso sea reconstituido, ya que en este caso no existe una notificación. A nadie se lo puede juzgar sin habérselo notificado legalmente. Este es elemento básico del derecho a la defensa que tenemos todos los ciudadanos.

Existe una segunda violación de la ley en el edicto publicado por el Fiscal General. La notificación debe contener una relación de los hechos que se le atribuyen al sindicado. No es suficiente con que la notificación contenga un mero listado de los delitos del que se acusa a la persona. La finalidad de esta norma es que el sindicado sepa de qué hechos se lo está acusando, no sólo de qué delitos. Esto, por supuesto, para que pueda asumir su defensa adecuadamente desde la primera declaración ante el fiscal. De no ser así, le informarán en plena toma de declaraciones, sin que el sindicado esté preparado para defenderse. Esta segunda violación a la ley también puede ser otra causal de nulidad de la notificación.

Una vez que me enteré por el edicto de prensa sobre este irregular proceso, presenté un incidente de nulidad por falta de notificación con la proposición acusatoria. Y además, presenté otro incidente de extinción de la acción penal por prescripción. El Fiscal General hizo caso omiso de estos incidentes y el proceso continuó, sin que yo fuera debidamente notificado. Los defectos del proceso no fueron corregidos, y el gobierno continúa su hostigamiento a través de un Fiscal General que sólo cumple órdenes políticas, y no las órdenes que emanan de las leyes.

Fue así como el Fiscal General acabó esta primera parte del proceso, aprobando el requerimiento acusatorio, hacia finales de mayo de 2008, y enviándolo inmediatamente a conocimiento de la Corte Suprema de Justicia. En cuanto me enteré por la prensa de que el expediente había arribado a esa máxima instancia del Poder Judicial, procedí con presentar nuevamente los incidentes mencionados anteriormente. Esta fue una presentación por cumplir con la mera formalidad, ya que la Corte Suprema, al igual que la Fiscalía General, son sólo instrumentos obedientes al gobierno, y no se puede esperar que de ellos emane justicia, a través de resoluciones que contraríen los deseos del régimen. Hasta que salí de Bolivia, no supe que la Corte hubiese tomado alguna resolución al respecto de estos incidentes.

Como se puede apreciar, el proceso ya ha transitado de la Fiscalía General hacia la Corte Suprema. Una vez que esta última adopte una resolución respecto al requerimiento acusatorio, el expediente pasará a conocimiento del Congreso Nacional. Y es en esa instancia que el juicio adquirirá una cobertura de prensa amplísima, azuzada por el gobierno, por supuesto. Y cuando el Congreso vote a favor del requerimiento acusatorio, los obrados volverán a Sucre, a la Corte Suprema. Será allá, en ese momento, que se dictarán las medidas de carácter precautorio, es decir, la detención preventiva de los encausados. Es por eso que escogí este tiempo para salir de Bolivia en pos de asilo, porque el encarcelamiento es inminente. Si permanecía allá, inerte, y me encarcelaban, el asilo hubiese dejado de ser una opción. De preso ya no podría buscar asilo. Entonces me habría convertido en una víctima de la dictadura racista de Evo Morales. Y, la verdad es que no quiero convertirme en víctima ni en héroe de la persecución política; yo solo quiero ser un hombre libre. Como este es un proceso político, y el Fiscal General, la Corte Suprema y el Congreso están controlados por el gobierno, el resultado es altamente predecible. Mi encarcelamiento iba a ser, indudablemente, un hecho. Y como expliqué anteriormente, las cárceles son un lugar altamente peligroso para los presos políticos. Por ello es que mi bienestar físico y mi vida hubiesen sido puestos en riesgo en una cárcel. Las organizaciones sociales (en los hechos, grupos paramilitares) patrocinadas por el gobierno constituyen una seria amenaza a los prisioneros políticos. Pero la amenaza no solo proviene de estos organismos, ya que el gobierno puede infligir daño sobre los prisioneros, ya sea vía otros presos (criminales comprobados), o por medio de los guardias, que son funcionarios del Estado y que, por ende, se encuentran a las órdenes del partido de gobierno.

En conclusión, los políticos del MNR —entre los cuales me encuentro yo— que están siendo juzgados son víctimas de una guerra política cuyo escenario es un Tribunal Canguro (parcializado). Y lo que es peor aún: la ausencia del Tribunal Constitucional da lugar a la violación de los derechos humanos sin ningún tipo de protección judicial. Por ello, la opción de quedarme en Bolivia hubiese sido suicida.

Como se puede apreciar, toda esta situación me

coloca bajo un "bien fundado miedo de persecución", basado en razones políticas. Me encuentro perseguido a través de un proceso político (disfrazado de jurídico), y puedo pasar a ser encarcelado en cualquier momento ahora.

Esta es la razón por la cual firmemente sostengo que cumplo con los requisitos, tanto objetivos como subjetivos, del asilo.

Antes de concluir, debo informar a usted, señor juez, que muchos de los que figuran en la lista de procesados, son personas que en la actualidad no se encuentran en Bolivia. Por ejemplo, el ex presidente Gonzalo Sánchez de Lozada está viviendo en los EEUU. No sé si radica en este país bajo el régimen del asilo, pero el hecho concreto es que vive aquí. Lo propio puedo decir de los ex ministros Carlos Sánchez Berzaín y Alfonso Revollo. En otros casos, los sindicados ya han muerto. Esta es la situación del ex ministro José Justiniano. Como un considerable número de estos políticos enjuiciados no están en Bolivia o han fallecido, los que se quedaron allí serán los chivos expiatorios de esta persecución. Este es otro factor que me llevó a tomar la difícil decisión de salir de mi país.

Existe otro importante asunto que debe ser considerado por usted con especial atención. Se trata de la aprobación de un artículo específico, dentro del texto de la nueva Constitución, que va a ser sometida a voto, en el referéndum del próximo 25 de enero de 2009. Este artículo específico establece que los delitos contra el patrimonio del Estado no prescriben jamás. Esta es una promesa de campaña que el presidente Evo Morales ha realizado muchas veces antes. La idea —como él la planteó— es meter a la cárcel a los políticos del pasado que vendieron el país a intereses del imperio norteamericano. Este artículo tiene un blanco claramente pre establecido: los políticos del MNR acusados en el juicio de responsabilidades, dentro del que me encuentro inmerso. Algunos analistas políticos (haciendo gala de una inmensa candidez) sostienen que este artículo no puede ser aplicado a regímenes del pasado, ya que la ley se hace vigente desde el momento de su publicación. Sin embargo de que esta posición es sostenible desde una perspectiva eminentemente legal y jurídica, no tiene ningún sentido desde la perspectiva política. Este nuevo artículo va a ser incluido en la nueva Constitución con un propósito, y ese propósito no es encarcelar a Evo Morales. Los blancos de este artículo son los políticos del MNR enjuiciados. Evo Morales ha demostrado no ser muy inclinado a las exquisiteces legales. Él va a sacrificar posiciones jurídicas, en función de obtener objetivos políticos.

La teoría del caso

La teoría del presente caso de asilo descansa sobre cuatro pilares fundamentales. El primer pilar tiene relación con que ésta es una **persecución motivada por razones políticas**. De ello no existe duda. Evo Morales ha considerado al MNR como un partido "enemigo" suyo desde mucho antes de ser presidente. Y desde que es jefe de Estado, su régimen socialista y racista también lo considera como un "enemigo" ideológico. Por ello pretende destruirlo con la finalidad de mantenerse en el poder de manera indefinida, como hacen, esto último, los gobiernos socialistas que llevan a cabo revoluciones de largo aliento, tal es el caso de Cuba y Venezuela, y como lo fueron en el pasado no lejano, la ex Unión Soviética y los otros países del este europeo. Y puesto que la revolución siempre es un proyecto de "largo aliento", se hace imprescindible liquidar todo vestigio de pensamiento "retrógrada". Y para estos "revolucionarios", "retrógradas" fueron los que capitalizaron las empresas del Estado. Aquellos que insertaron la economía boliviana a la modernidad no tienen perdón. La tecnología para ellos es sinónimo de opresión imperialista. Es que la revolución siempre es, en esencia, irreflexiva y se configura en una dictadura. Por ello, no admite a las fuerzas políticas diferentes. Este es el caso del régimen del MAS con respecto al MNR. Es así cómo este primer pilar se cumple, ya que ésta es una persecución motivada por razones políticas.

El segundo pilar de este caso tiene relación con la aplicación de un **castigo excesivo y arbitrario por razones políticas.** ¿Cómo se puede comprobar la aplicación de un castigo excesivo y arbitrario por razones políticas en el presente asunto? La respuesta tiene cuatro argumentos. A) El primero consiste en la **falta de notificación legal con la acusación**, con la proposición acusatoria. Esta es una violación muy seria a los procedimientos legales en materia penal. Nadie puede defenderse adecuadamente si no sabe, previamente, de qué se le acusa. Hasta este momento, yo sólo conozco sobre las acusaciones por medio de la prensa, pero no como resultado de una notificación legal. Y, por supuesto, las noticias de prensa no versan sobre las acusaciones específicas contra mi persona, sino sobre el conjunto de los acusados. El tratamiento de la prensa sobre las acusaciones es genérico. Nadie podría realizar una defensa legal seria en base a lo que aparece publicado en los periódicos. Esta resistencia a notificar legalmente al encausado es dolosa (el fiscal y el gobierno incurren en ello no como el resultado de un error, sino deliberadamente, como una señal de poderío frente al encausado, para que éste se defienda en condiciones adversas). Pero esta actitud maliciosa no se detiene en la ausencia de notificación, sino que el fiscal ha continuado llevando a cabo el juicio sin dicha notificación, en ausencia del sindicado. Eso demuestra que las autoridades van a continuar con el juicio sin notificarme, y pueden inclusive llegar a dictar una sentencia en estas condiciones anómalas e ilegales. Esta es, no cabe duda, una forma de castigo excesivo y arbitrario, inspirado en motivaciones políticas.

B) El segundo argumento consiste en un **desconocimiento grosero del régimen legal de las prescripciones**. La prescripción es un instituto legal que existe en la enorme mayoría de los sistemas jurídicos del mundo. El Estado y las personas tienen un tiempo dentro del cual pueden plantear sus reclamos ante la justicia. Pasado ese término, ello no es posible hacerlo. El Derecho presume que si existe un agraviado (o si la víctima es la sociedad en su conjunto), el reclamo debe hacerse oportunamente. Si no se hace dentro de un tiempo razonable, se presume que existe el olvido o, en cierta manera, el perdón. La inacción del agraviado durante todo ese tiempo presupone que la ofensa no debió ser tan grave. O si lo fue, su negligencia durante tanto tiempo es castigada por la prescripción. Y, como todos los seres humanos tenemos el derecho a la estabilidad y a la seguridad jurídica, no se hace posible que después de muchísimos años de inacción, el supuesto ofendido inicie una causa de manera trasnochada. Por eso existe la prescripción, por supuesto explicada aquí de manera muy escueta. Y es de ese modo que en Bolivia existe la prescripción para el inicio de la acción penal por cualquier delito. En el caso de los juicios de responsabilidades, la propia ley de juicio de responsabilidades aplicable al caso contiene normas sobre la prescripción. Y en el juicio en cuestión, estamos hablando de supuestos delitos cometidos en la década de los años noventa (entre 1994 y 1997). Bajo cualquier ley de la república de Bolivia (ya sea el Código de Procedimiento Penal o las diferentes leyes de Juicio de Responsabilidades) estos supuestos delitos ya han prescrito superabundantemente. Y ello, en el supuesto caso de que existiesen delitos, presupuesto que es falso. Si algo se ha cuidado en el proceso de capitalización, ha sido su transparencia. Y peor aún si se toma mi caso como ejemplo, ya que yo desempeñaba funciones como Ministro de Comunicación Social: mi trabajo consistía en informar a la opinión pública, era la vocería de las actividades del gobierno. Yo jamás asistí ni a una sola reunión del equipo de capitalización (que estaba compuesto, básicamente, por el sector económico del gabinete), pues ello no constituía parte de mi trabajo. Yo nunca supe sobre las negociaciones con las empresas extranjeras que tenían interés en capitalizar las empresas estatales, ni sobre la planificación de ese proceso. Mis funciones se circunscribían a explicar las virtudes del proceso, el por qué era importante para el país recibir inversión extranjera y tecnología de punta de las principales empresas del mundo en cada sector. En realidad, las acusaciones contra mi persona son exclusivamente políticas. Pero más allá del tema de la responsabilidad o no de los encausados, lo primordial es que después de tantos años de inacción, ya no es posible iniciar juicio alguno, en virtud al régimen de prescripciones legalmente vigente. Pero, como se puede apreciar, al gobierno y a sus instrumentos de lucha en esta guerra política —el Ministerio Público y el Poder Judicial— les tiene sin cuidado lo que mandan las leyes sobre la prescripción. Ignorar aposta la prescripción, instituto legalmente establecido, es otra forma de castigo, excesivo y arbitrario basado en motivos políticos.

C) El tercer argumento consiste en que el **gobierno ha destruido al Tribunal Constitucional, al forzar la renuncia de cuatro de sus cinco miembros.** La ausencia del Tribunal Constitucional significa que las violaciones a los derechos humanos en Bolivia no pueden ser protegidas por el Poder Judicial, a través de los instrumentos legalmente establecidos para ello. Uno de los derechos fundamentales es la libertad, sin duda alguna. En los procedimientos de hábeas corpus, por ejemplo, el Tribunal Constitucional es la última y definitiva voz. Al no existir este último tribunal de revisión, el procedimiento de esta acción fundamental queda inconcluso. Una persona que habría perdido un hábeas corpus en primera instancia, no tendría la opción de revertir ese fallo en revisión, ya que el tribunal revisor es el Tribunal Constitucional desaparecido. Por ende, se mantendría preso ilegalmente. No existe quién dé la última palabra en un recurso de hábeas corpus. Pero el problema no se limita a ello, sino a un aspecto esencial de la vida en un Estado de Derecho: la competencia para declarar la inconstitucionalidad de las leyes. En este momento en Bolivia el gobierno puede aprobar cualquier ley o decreto supremo, que esté totalmente reñido con la Constitución Política del Estado, o con un tratado internacional sobre derechos humanos, y dicha norma no podrá ser declarada inconstitucional. Al contrario, mientras no se declara la inconstitucionalidad de las normas, se presume la constitucionalidad de las mismas. Es así que llevar a cabo juicios de responsabilidades contra los enemigos ideológicos, habiendo hecho desaparecer al Tribunal Constitucional aposta, es otra forma de castigo, excesivo y arbitrario, basado en motivos políticos.

D) El cuarto argumento se refiere al hecho que, en el referéndum constitucional que se llevó a cabo hace apenas dos semanas atrás — el 25 de enero de 2009 — se aprobó un artículo que establece que los delitos contra el patrimonio del Estado no prescriben nunca, y que el mismo va a ser aplicado retroactivamente, a través de una ley reglamentaria. Eso quiere decir que será aplicado con efectos hacia el pasado, hacia atrás, lo que es totalmente anormal, sobre todo cuando se trata de efectos que son adversos a los acusados, especialmente en materia penal. La ley —por regla general— sólo tiene efectos en el futuro, a partir de su aprobación. Muy rara vez se da la retroactividad. Y cuando ello se aplica, se hace a favor de los sindicados en el área penal, o a favor de los trabajadores en el área laboral. La razón es sencilla: nadie puede sufrir los efectos sancionatorios de una ley que no estaba vigente cuando sucedieron los hechos por los cuales se lo juzga. Un ejemplo casi gráfico es que una persona no podría ser enviada a la cárcel, si cuando quemó la bandera de su país, en un acto de protesta, no era delito hacerlo. Si posterior a dichos hechos se aprueba una ley que sanciona con prisión la quema de la enseña patria, esta ley no podría aplicarse para encarcelar a aquél que la quemó cuando no era delito aún. Solo servirá para quienes quemen la bandera en el futuro. Por eso es que la retroactividad nunca tiene efectos que dañen a las personas, sino que las favorezcan. Pero, en este caso, estamos hablando de una retroactividad destinada a dañar a los encausados del MNR. Esta nueva disposición constitucional tiene un objetivo claro: la encarcelación del ex presidente, ex vicepresidente, y ex ministros del gobierno del MNR que capitalizaron las empresas públicas. Esta nueva norma se constituye en otra forma de castigo, excesivo y arbitrario, basado en motivos políticos.

El tercer pilar de este caso tiene relación con la **aplicación discriminatoria de la ley.** Hasta donde conozco por artículos de prensa, mi persona habría sido acusada por aprobar resoluciones contrarias a la Constitución y las leyes, y por conducta anti económica. Estas son, sin lugar a dudas, acusaciones falsamente creadas. La resolución supuestamente contraria a la Constitución, es un decreto supremo aprobado por el gabinete ministerial, en el que se autoriza a que el presidente y los ministros del sector económico y de energía, lleven a cabo negociaciones con empresas extranjeras para la capitalización de la empresa estatal del petróleo: Yacimientos Petrolíferos Fiscales Bolivianos (YPFB). Autorizar negociaciones no constituye delito alguno. Pero el gobierno está aplicando esta norma del Código Penal de manera discriminatoria, forzando para que esa resolución aparezca como delictual. ¿Cómo lo hace? Aseverando que esas negociaciones, que derivaron en contratos con empresas petroleras extranjeras, significaron daño al Estado boliviano. Lo cierto es que aprobar ese Decreto Supremo no puede derivar en delito, si no se aplica una altísima dosis de discriminación.

Por otro lado, el delito de conducta anti económica implica el haber causado daños al patrimonio del Estado, a través de una acción por parte de un funcionario o autoridad pública. En el caso en cuestión, las cifras sobre los volúmenes de gas que el país exporta en la etapa post-capitalización son la prueba más clara de que, en vez de haber daño al patrimonio al Estado, existe incremento del mismo. Sin embargo, los izquierdistas radicales del gobierno alegan que el mero hecho de haber permitido que una empresa extranjera haya administrado los recursos hidrocarburíferos de Bolivia, de por sí ya constituye el delito mencionado. Esta posición presume que la mera administración por parte de una empresa extranjera, ya constituye daño al patrimonio del Estado. Esta es, sin duda, una aplicación discriminatoria del Código Penal.

El cuarto pilar de este caso tiene relación con **"declaraciones emanadas por parte del persecutor en sentido que los violadores de la ley deben ser perseguidos y castigados, no como meros transgresores comunes de la ley, sino como enemigos políticos."** En tal sentido, cabe subrayar que Evo Morales, desde la campaña presidencial de 2005, ha ofrecido llevar a la cárcel a aquellos que —según él— enajenaron al país en favor de las empresas transnacionales extranjeras. Y en la opinión pública boliviana se sabe que aquellos a los que él se refiere son los ex gobernantes de la época de la capitalización, miembros del MNR. Por supuesto, esto no es posible si no se modifican las reglas relativas a la prescripción. Fue con ese objetivo que en el referéndum del pasado 25 de enero de 2009, se aprobó la nueva Constitución, en la cual ya se establece la no prescripción en los delitos contra el patrimonio del Estado. Y por supuesto, la aplicación retroactiva de esta normativa será lo que le dará sentido a la misma, ya que ella no está diseñada para encarcelar a los dirigentes del MAS, sino a los del MNR. Estas promesas electorales de encarcelar a los que entregaron el patrimonio del Estado a las transnacionales extranjeras, constituye una declaración de guerra a quienes son considerados enemigos políticos del MAS, y no meramente transgresores comunes de la ley. La prueba de lo que estoy aseverando es que esta oferta electoral, que es una vendetta política, ya está inserta en el artículo 123 de la nueva Constitución Política del Estado, recientemente aprobada mientras yo estaba preso en BTC, esperando su resolución sobre mi pedido de asilo.

Con esto he concluido mi exposición[7]. Ahora estoy

7.- En realidad esta exposición es la traducción directa y completa del documento que presenté al juez antes de la audiencia, junto con el Formulario I-589. En la presentación que hice en la audiencia, resumí este documento para que se ajustara al tiempo de veinte minutos que me concedió el juez. Es así que, aunque en la audiencia yo no pude tocar todos los temas del documento, por el constreñimiento del tiempo, debí contar con que el juez y el abogado del gobierno lo habrían leído. Si bien esto es de suponer (que estas autoridades hubieran leído mi declaración), con el tiempo he llegado a desconfiar que así haya ocurrido. Existen motivos —por comentarios emanados del juez— que me hacen suponer que él no habría leído este documento, y que basó su resolución final sólo en lo que oyó en la audiencia. Es muy difícil comprobar estos extremos, pero parece que el sistema funciona así. Lo que ocurre es que si el juez tuviera que leer todos los documentos escritos que le presentan, aparte de las horas que le dedica a las audiencias (hay que anotar que siempre que llano a responder las preguntas que me plantee usted, señor juez, o el abogado del gobierno. Gracias.

Inmediatamente, el juez tomó la palabra y dijo:

—Gracias por su exposición. Quiero decirle que anoche yo leí información procedente de internet, que indicaba que Evo Morales es el primer indígena que fue elegido presidente de Bolivia en toda la historia de su país. Inclusive, decía el artículo que él era el primer indígena en ocupar ese sitial en todo el continente americano. Y que justamente el hecho que él fuera indígena es la razón por la cual tiene tanto apoyo popular en Bolivia, donde más del sesenta por ciento de la población es también indígena. ¿Qué dice usted al respecto?

—Es cierto, señor juez —respondí de inmediato—, Evo Morales es el primer indígena elegido como presidente en toda la historia de la república. Es también cierto que él obtuvo una victoria electoral contundente en las elecciones de diciembre de 2005, habiendo logrado el 54% del voto, lo cual es un récord en la democracia boliviana, como ya apunté en mi exposición. Pero no es menos cierto que con este triunfo (que él, aparentemente, lo comprende en términos estrictamente raciales), Morales ha desatado una furiosa confrontación entre la población indígena y la mestiza. Y, particularmente, una confrontación fratricida entre el occidente de Bolivia (las tierras altas), su inobjetable base electoral, y el oriente (las tierras bajas), donde carece de apoyo popular masivo.

---

está en el juzgado, está atendiendo audiencias), tendría que hacerlo en su casa, en sus horas de descanso. En consecuencia, son los demandados los que pagan el precio de un sistema que no funciona adecuadamente. Pero como esos demandados son unos inmigrantes ilegales latinos, ¿a quién le interesa que esto cambie para mejorar?

En algunas poblaciones del oriente tiene algún apoyo, pero éste es mucho más menguado que en el occidente. Lo cierto es que ese estado de permanente pugna entre bolivianos ha creado una sensación de que en el país vivimos una suerte de guerra civil. Ha habido numerosas publicaciones a nivel internacional que apuntan a pronosticar una futura división del país en dos partes[8]. Entonces, si bien el triunfo de Evo Morales es inobjetable en número de votos, es también inobjetable que ese triunfo ha significado que, dentro del país, se desate una furiosa confrontación entre compatriotas, un fenómeno que para muchos observadores se parece a una guerra civil. Es que Evo Morales no es Nelson Mandela, quien con su triunfo electoral supo perdonar a sus cancerberos, y conducir a Sud África por el camino de la concordia, de la concertación, del diálogo y de la inclusión. Evo Morales es más parecido al ex dirigente negro Malcolm X. No puede controlar su odio y sed de venganza. Y su categórico triunfo electoral le ha dado lugar a que esa venganza se ejecute con muchísimo apoyo popular. Lo suyo es un odio que tiene el apoyo de las mayorías indígenas. Y eso no es democracia. En Bolivia no hay respeto por las minorías. Esa minoría que ha perdido las elecciones, ha perdido también sus derechos. Para Evo Morales la mayoría manda, sin escuchar a la minoría, en una suerte de tiranía de la mayoría. Esta es su venganza,

---

8.- Ver nota de prensa publicada por CNN, bajo la autoría de Gloria Carrasco, en la siguiente dirección de internet: http://articles.cnn.com/2008-01-09/world/bolivia.unity_1_evo-morales-new-constitution-la-paz?_s=PM:WORLD. Esta cita es sólo demostrativa de una de numerosas publicaciones de prensa, en las que se especulaba sobre una supuesta división de Bolivia, como una posibilidad real en esos momentos, resultado del odio y la violencia imperante.

la venganza de los pueblos indígenas, después de quinientos años de opresión, según insiste en recalcar su líder.

La verdad es que, en una reflexión interior, mientras se desarrollaba la audiencia, sentí que esta pregunta del juez me causaba inquietud. Para empezar, esta era una pregunta netamente de índole política, y nada jurídica. Al plantearla, y sobre todo por la forma en que lo hizo (expresando sorpresa, de manera un tanto ingenua, sobre un fenómeno conocido en el mundo entero, cual era el fenómeno de Evo Morales), el juez pareció expresar una suerte de satisfacción interna porque —por fin— se había elegido a un presidente indígena, en un país indígena. En su mentalidad de juez, seguramente ese era el requisito suficiente para que se haga justicia. Con esta actitud de ingenuidad política colocaba al presidente indígena en el equipo de los "buenos", y a mí y a los perseguidos por él en el equipo de los "malos". Este ha sido, y sigue siendo, el problema de encontrarse enfrentado a Evo Morales, el indígena que representa a un pueblo oprimido por quinientos años. Evo es el símbolo de la *salvación*, de la *redención*, de la *liberación*, de los indígenas aymaras, quechuas, guaraníes y de todos los demás pueblos indígenas del continente americano. El estrellarse contra un líder indígena de esta raigambre, es estrellarse contra un mito, contra una cuasi deidad. Si bien sus adeptos dentro de Bolivia le atribuyen esa categoría, los que no los son lo consideran un ser humano normal, capaz de hacer el bien y el mal. Para los primeros él no comete errores, para los segundos sí. En cambio, la opinión pública mundial, que no conoce las complejidades de la realidad política boliviana, se deja llevar por una visión más romántica. Parece ser que para los europeos, así como para los norteamericanos, Evo

Morales es un símbolo, un paradigma. Y como tal siempre está en el lado de los buenos. No concibe esta opinión pública internacional que Evo Morales es un indiscutible líder indígena, pero que, a la vez, es un ser capaz de odiar, con una insaciable sed de venganza. Los líderes no siempre son buenos, también pueden causar mucho daño, a pesar de tener un enorme apoyo popular. Por ejemplo, en América Latina, Pinochet ha sido un líder que contó con el apoyo de la mitad de los chilenos, pero él sí que tuvo la capacidad de causar mucho malestar a sus enemigos políticos, y por cierto lo hizo en su momento. Lo propio ocurrió con Fidel Castro. ¿Quién podría poner en tela de juicio su liderazgo sobre un segmento importantísimo de la población cubana? Por cierto que nadie. Pero del mismo modo, ¿quién podría poner en duda el enorme daño que causó a un significativo segmento de la sociedad cubana? Por cierto que nadie. Ese es el caso de Evo Morales. Con la diferencia que a este último el mundo ni siquiera lo mira como a un Castro o como a un Pinochet, quienes, al fin y al cabo, fueron meramente hombres políticos. A Evo se le mira no sólo como a un político en pos del poder, sino como a un líder indígena en pos de la liberación de su pueblo. Entonces, quien acusa al *liberador* tiene que ser, necesariamente, el malo, el que está en contra de la liberación de los indígenas. Es esta forma de ver las cosas, la que sentí inmersa en las palabras de la pregunta del juez. Ello fue aterrador.

Luego de escuchar mi respuesta, el juez miró con dirección al abogado del gobierno y dijo:

— ¿Tiene usted alguna pregunta o comentario que hacer, señor abogado representante del gobierno?

—Sí —respondió el abogado desaliñado, en tono petulante, quien de inmediato se paró de su asiento y caminó en dirección al juez con varios documentos en sus manos—, estas son copias de algunos documentos que he obtenido en internet sobre la presencia de Enron en diferentes países, y sobre sus actividades en Bolivia. Le hago entrega de las mismas para su consideración.

El juez miró el fajo de papeles y realizó una rápida revisión de ellos. Luego le preguntó al abogado del gobierno si tenía una copia adicional, para que me la entregara a mí. El abogado respondió afirmativamente, y de inmediato caminó hacia mi pupitre, para hacerme entrega de un juego adicional de las copias. En cuanto las tuve en mis manos, también las revisé rápidamente. En dicha revisión descubrí que ninguno de esos papeles tenía relación directa conmigo. Todos eran documentos bajados de internet, que versaban sobre las actividades de Enron. Y por supuesto, como esta empresa había protagonizado un caso de escandalosa corrupción en los EEUU, todos esos artículos versaban sobre las prácticas corruptas de Enron en diferentes países del mundo. Y también en Bolivia.

—Ahora que usted y el demandado conocen esta información, quisiera que el demandado diera su opinión al respecto —concluyó con ello su intervención, el abogado del gobierno.

—Tiene usted la palabra —señaló el juez.

—De la rápida revisión que he hecho de estos documentos —empecé a responder—, formularé varios puntos de vista. Para empezar debo expresar mi sorpresa porque en esa documentación no he encontrado nada que tenga directa relación con mi petición de asilo. En ella no se fija una posición sobre mis alegatos en relación a mi persecución por parte del gobierno boliviano, sobre la persecución por la vía de la justicia controlada. Ni se afirma ni se niega que esa persecución exista. Simplemente se ignora el caso particular sobre mi persona. En esa documentación se trata sobre la corrupción de Enron, una empresa norteamericana que trabajó en muchos países del mundo. Para nadie es un secreto que esa empresa realizó actos de corrupción dentro de los EEUU, y también fuera. Pero en este juzgado no se va a investigar a Enron, sino una petición de asilo. Y lo que no es correcto, es hacer salpicar la corrupción de Enron sobre una petición de asilo, para así deslegitimarla. Deben distinguirse dos cosas con absoluta claridad: una, las acusaciones del gobierno boliviano en este caso. Es decir, el fondo del asunto. Y otra, la persecución política que el gobierno ha desatado con esa excusa, sirviéndose para ello de tribunales serviles al régimen. Entender esta separación es vital. A mí no me preocuparía para nada que exista un juicio sobre el particular, ya que, bajo un tribunal imparcial, no tendría ningún problema para defenderme. Si este juicio, por ejemplo, se ventilara bajo un tribunal internacional, yo no tendría ningún temor, y lo enfrentaría sin jamás alegar persecución alguna. Pero ese no es el caso. El gobierno boliviano está abriendo esta causa sólo con fines políticos. Lo primero que ha hecho el régimen es garantizarse una judicatura servil a sus designios. Para ello ha forzado la renuncia de los ministros de la Corte Suprema, así como de los magistrados del Tribunal Constitucional. En el primer caso, los ha sustituido por adeptos a su línea política. En el segundo caso, ni siquiera se ha molestado en reponerlos, pues el gobierno vive mejor sin Tribunal Constitucional, sin control de constitucionalidad de las leyes, y sin precautelar los derechos y garantías constitucionales de las personas. Allá donde hay jueces, son del gobierno (es el caso de la Corte Suprema). Y en otros tribunales, ni siquiera hay jueces (es el caso del Tribunal Constitucional). Con esos *Kangaroo courts* o tribunales canguro no puede haber justicia. Los resultados de cualquier juicio están pre determinados por las instancias políticas. Los jueces solo acatan las instrucciones del gobierno. Este tema no ha sido ni siquiera considerado en la documentación presentada por el abogado del gobierno. Estos papeles sólo se refieren a Enron, y no a mi petición de asilo. Con estos documentos bajados de internet sólo se está tratando de probar que Enron era una empresa corrupta, tanto en su actividad dentro como fuera de los EEUU. En ella no se responde a mi solicitud de asilo. No se aboca a analizar si este es un caso de persecución política o no.

—A ver —intervino el juez— qué tiene que decir el abogado del gobierno sobre lo que sostiene el demandado.

—Por lo que hoy hemos escuchado aquí, señor juez —empezó a responder el abogado del gobierno—, y por los documentos adjuntos presentados por el demandado, no veo un peligro de encarcelamiento inminente. Me parece que ésta es una alegación especulativa, hipotética. No hay una persecución real todavía.

En cuanto el abogado concluyó de pronunciar esas pocas palabras, cundió un silencio total en la sala del juzgado. El mismo juez parecía sorprendido ante la brevedad y la pretendida contundencia del mensaje del abogado del gobierno. Frente a ello, los jueces siempre tienen el resorte de trasladar la opinión a la otra parte, para que diga algo al respecto.

—Señor demandado —intercedió el juez—, ahora me gustaría conocer su parecer respecto a lo expresado por el abogado del gobierno.

—Con lo que acabo de escuchar, se está diciendo que para solicitar asilo yo debería ya estar preso en una cárcel boliviana. Mientras no esté preso, no hay persecución. La persecución sólo se da cuando el individuo es encarcelado, mientras tanto su posición es meramente especulativa. Esto es increíble escuchar en un proceso de asilo. El abogado del gobierno está afirmando que para solicitar asilo, yo debería estar preso. Entonces mi situación ya no sería especulativa, sino real. Si yo estuviera preso ya, no podría estar solicitando asilo aquí. Estaría preso, sin poder optar por la vía del asilo. Justamente por eso he salido de mi país, sacrificando todo. He dejado atrás a mi familia, a mi trabajo, a mi propiedad, con el afán de buscar asilo y evitar caer preso en las garras de una dictadura despiadada, envuelta en un manto de indigenismo democrático. ¿Por qué he salido ahora y no antes ni después? Si no he salido antes es porque aún no se daban las condiciones de apresamiento reales. El proceso estaba todavía en ciernes, en conocimiento del Fiscal General de la República. Luego el Fiscal General pasó el expediente a la Corte Suprema, para que ésta diera su visto bueno sobre sus actuaciones. Y finalmente, esta última lo pasó al Congreso, para que sea este ente deliberativo el que dé curso al juicio mismo. Tras la aprobación del juicio por parte del Congreso, se darán las medidas cautelares, y dentro de ellas —con seguridad— estará la medida de la detención preventiva.

Y la detención preventiva durará el tiempo que tome el juicio, lo que puede llegar a ser varios años. Y respecto al proceso mismo, al fallo final, he demostrado que en mi país no existen condiciones para estar sometido a un juicio justo. Pero nada de esto es suficiente. Mientras no esté preso, mi situación es apenas especulativa. Lo que le quiero decir al señor abogado del gobierno, y a usted, señor juez, es que si estuviera preso ya no tendría la opción del asilo. Quiero recordarles que yo estoy pidiendo asilo para mi persona, no para todo el ex gobierno boliviano. Entonces, lo que aquí se debería analizar es mi caso en particular. ¿Qué rol jugué yo en las negociaciones con la empresa Enron? Ninguno. Ni siquiera conocí a los representantes de esa empresa que conversaron con aquellos del gobierno de Bolivia. Yo no era parte del equipo económico del gobierno, ni menos, parte del equipo del sector hidrocarburos. Los que dialogaron con la Enron sobre las inversiones de esa empresa en el sector hidrocarburífero fueron los ministros del área económica y energética y, seguramente, el presidente de YPFB (la empresa estatal del petróleo). Yo era Ministro de Comunicación Social, era el portavoz del gobierno. Mi tarea no era conocer estos temas. Yo no tenía nada que hacer negociando con la Enron, ni con ninguna otra empresa sobre las inversiones petroleras en el país. Mi tarea era con la prensa, con los medios de comunicación, no con las empresas petroleras. Sobre mi persona no puede existir ni siquiera el menor atisbo de corrupción, ya que jamás participé en el proceso de negociación con la Enron. No conocí a ninguno de los personeros de esa empresa. Pero ni aún en esta posición —de absoluta ajenidad con las acusaciones del gobierno—

me siento tranquilo como para enfrentar un juicio de responsabilidades, a sabiendas de que el tribunal jamás va a ser imparcial. Sobre todo porque las ex autoridades que tuvieron la responsabilidad de negociar con esta empresa hoy en día no se encuentran en Bolivia. La mayoría están fuera del país, y otros hasta han fallecido. Eso quiere decir que los pocos que se encuentren en el país serán los chivos expiatorios en este juicio. Y yo no quiero ser un chivo expiatorio. Justos pagan por pecadores, dicen. Eso no lo quiero para mí, señor juez.

El juez escuchó atentamente hasta que terminé mi explicación. En cuanto me callé, volvió a invadir un silencio sepulcral en el recinto, durante lo que pareció un largo tiempo, pero que, seguramente, en la realidad fueron unos cuantos segundos. De repente, resurgió su voz para sentenciar lo siguiente:

—Señor Machicao, quiero hacerle una propuesta. Por lo que he escuchado hasta ahora, me inclinaría a darle la razón al abogado del gobierno, en cuanto a que su posición es, en este momento, especulativa, hipotética. Si yo rechazo su petición de asilo, usted siempre puede apelar esta decisión. Lo cual me tendrá que avisar ahora. Aquí hay un formulario en el cual usted expresa su intención de apelar la decisión del juez de inmigración. Esto es parte del procedimiento. Muchas personas deciden apelar esta primera decisión. Pero existe otro camino, y es que usted retire su petición de asilo. Si usted desiste de su petición de asilo, el efecto será como si usted jamás hubiera presentado nada. Es como si todo esto nunca hubiese ocurrido. Y lo más importante, es que si usted desiste, no tendrá una sanción que le impida reingresar a los EEUU en el futuro, pues, le reitero, es como si usted no hubiese siquiera solicitado el asilo. No se le revocará la visa de turista que tiene en este momento. Y valga la aclaración, tampoco será deportado de los EEUU. Es como si usted hubiese tomado un avión a los EEUU, y hubiese regresado sin ingresar al territorio de este país. Entonces, el efecto es cero. En cambio, si yo le rechazo la petición de asilo, y usted no apela, será deportado de los EEUU, con una prohibición de reingresar al país por varios años. Y si es que apelara mi decisión, y luego perdiera dicha apelación, también sería deportado y prohibido de reingresar por un número de años que se le fije. Será bueno que usted piense y tome una decisión ahora. Si desea unos minutos, puedo decretar un cuarto intermedio hasta que usted tome una determinación final.

—De acuerdo —respondí—, tomaré el cuarto intermedio.

—Recesaremos por quince minutos —determinó el juez.

Durante ese receso, hice una veloz remembranza de todos los acontecimientos que precedieron a este momento. Desde mi vida en la política, cuyos efectos aún los sentía ahora, tantos años después. Luego, el gobierno de Evo Morales, cuyo sello principal había sido la confrontación, y su deseo de terminar con todos los que piensan diferente a él. El inicio del juicio y los procedimientos ilegales. La toma de las cortes por parte de Evo Morales. La utilización de la justicia como instrumento en la lucha política. Esta solicitud de asilo y la respuesta negativa de parte de un juez, cuyo récord era abrumador en rechazar las peticiones de asilo que se ponían en su consideración, especialmente cuando se trataba de personas de origen latinoamericano. También medité sobre mi período de prisión en BTC, y sobre las perspectivas de apelar el fallo del juez, para lo cual tendría que permanecer preso por varios meses más, quizás inclusive hasta completar el año de cárcel. También pensé en mi esposa, que había quedado atrás, en Bolivia, y en mi hermano. Miles, si no millones, de pensamientos circularon por mi cerebro durante ese cuarto intermedio. Al cabo de los quince minutos, el juez John Salem volvió a hacerse escuchar:

—Ya se ha cumplido el tiempo del receso decretado, así que le ruego, señor Machicao, que me haga conocer su decisión final.

—Sí, señor juez —contesté con dificultad, por el alto nivel de nerviosidad que en ese momento se apoderó de mis actos—. He meditado sobre su propuesta y ya he tomado una decisión. En mi opinión, desde el punto estrictamente jurídico, éste mi caso es sólido. Sé que si lo apelo, tendría una considerable posibilidad de ganar la apelación, si ésta fuera considerada únicamente desde el punto de vista del Derecho. En materia de Derecho no tengo problema. El problema es el tiempo que durará en resolverse la apelación. No hay que olvidar que el órgano que conoce las apelaciones es el Board of Immigration Appeals (Tribunal de Apelaciones), con sede en Falls Church, Virginia. Ese es el único órgano jurisdiccional que conoce todas las apelaciones de todos los jueces de inmigración de los EEUU. Sus tareas son recargadísimas, y las apelaciones toman mucho tiempo en ser resueltas. Yo he visto casos aquí, en BTC, en los que los recurrentes se quedan presos alrededor de un año, y a veces hasta más tiempo, esperando recibir el fallo del Tribunal de

Apelaciones. Y la verdad, señor juez, es que yo valoro mi libertad. Si estoy aquí, solicitando asilo, es por esa valoración a mi libertad. Estoy escapando de un régimen que me quiere tener preso por razones políticas, y no voy a quedarme en prisión bajo otro régimen que encarcela a los que buscan asilo. ¿Usted sabe lo que significa estar preso en BTC? Por supuesto que no, pues jamás ha visto ni sentido lo que transcurre allá, tras la ventana de su despacho. Usted ha hecho abstracción de aquel mundo, del mundo de la prisión en la cual se mantiene encerrados a los inmigrantes ilegales —criminales, seguramente, bajo su punto de vista—. Ese es un mundo duro, áspero, lleno de angustia, de vidas truncadas, de inseguridad, de resentimiento, de odio, de amor, de esperanzas, de crisis permanente. Allá hay gente de toda laya. Hombres de bien: trabajadores, humildes, sin educación formal, que todo lo que buscan es un destino mejor en la vida. A éstos, el sistema también los cataloga como criminales, no distingue. También hay de los otros, hombres del mal: de los delincuentes de verdad, de aquellos que existen en todos los países, en todas las sociedades. Esta es gente que ha cometido delitos, desde falsificadores, pasando por traficantes de personas, y hasta asesinos. Y junto a todos ellos, estamos los que pedimos protección legal a raíz de la persecución de la que somos víctimas, los peticionarios de asilo. Y como usted también debe saber, de entre estos últimos, existe una enorme mayoría que no son, en verdad, perseguidos en sus países, sino inmigrantes ilegales que buscan quedarse en los EEUU, en virtud a una tergiversada utilización del instituto del asilo. Esta utilización anómala del asilo es lo que se denomina el abuso del Derecho. En virtud al instituto del asilo, se quedan dentro de los EEUU genuinos inmigrantes ilegales, que jamás sufrieron persecución en sus países, que vinieron a los EEUU impulsados por razones económicas, y que un día fueron capturados por el ICE. Por supuesto que esto no debe escapar del conocimiento de las autoridades de inmigración. Son muchos los casos como para que pasen desapercibidos. ¿Es que el sistema aprovecha la legislación del asilo para legalizar a los ilegales, cuando así se quiere hacer? Es posible, pero eso sí que destruye el propósito de la normativa del asilo en el mundo. Deja desguarnecidos a los verdaderos perseguidos por razones políticas, religiosas, y semejantes, que cuando vienen a los EEUU con esa finalidad, terminan mezclados en el problema de la inmigración ilegal norteamericana. Aquí, un peticionario de asilo deja de ser tal, dentro de BTC, y se convierte en un inmigrante ilegal más que pretende ingresar legalmente a los EEUU, torciendo las leyes. La petición de asilo se ha convertido en un mecanismo para logar ese fin. Eso es lo que hay aquí adentro de esta cárcel, en cuanto a los presos. Y también hay mucho, muchísimo abuso por parte de los guardias y personal de la cárcel. Los guardias maltratan y humillan a los latinos ilegales. Aquí, durante el tiempo que he estado, he visto presos golpeados inmisericordemente por esos agentes del orden. A un prisionero que era enfermo y que se desplomó en el piso por su afección, casi lo matan a golpes, en la creencia que se quería escapar. Y a otro, que les cayó mal por su locuacidad y activa defensa de sus derechos, le propinaron una paliza despiadada antes de su deportación. ¿Considera usted razonable que yo me quede preso un año, esperando un fallo final sobre mi apelación, bajo estas circunstancias? De la persecución en Bolivia, puedo acabar víctima del abuso impune de los guardias aquí, en esta prisión, en el país donde busco justicia y protección. En los corrillos de BTC se habla que en estas cárceles de inmigración han muerto personas, producto del abuso de los cancerberos. Se sabe que esos casos están registrados en la prensa, pero que pocas veces se castiga a los autores. Muchos hablan de una violación de la que fue víctima una presa del sector de las mujeres, hace no mucho tiempo atrás. Señor juez, recurrir en apelación, dentro de un caso en el que tengo certeza de su legalidad, constituye para mí un riesgo muy grande, un sufrimiento desmedido, sobre todo porque tendría que permanecer encarcelado aproximadamente un año. Bajo estas circunstancias, prefiero retirar mi solicitud de asilo y retornar a mi país, para ver luego qué hago sobre el problema de la persecución de la cual estoy siendo víctima. Opto, entonces, porque no me rechace la solicitud de asilo, para no tener que apelar o declinar la apelación. Con ese propósito retiro mi solicitud. Y, por supuesto, me acojo a su compromiso en el sentido de que, al retirarla, todo este trámite será como que nunca jamás ocurrió nada. Que no sufriré sanciones de inmigración, como el retiro de mi visa de turista, y la prohibición de ingresar a los EEUU en el futuro.

Conocida mi decisión, el juez decidió concluir con la audiencia, y me pidió que permaneciera en sala hasta que su asistente me hiciera firmar la notificación con un formulario denominado *Order of the Inmigration Judge* (Decisión del Juez de Inmigración). Esto es lo que en el Derecho de origen romano se conoce como la resolución del juez, o el fallo del juez. En realidad esta resolución no era un documento en prosa a ser redactado por la auxiliar del juzgado o por el juez; era más bien un listado de opciones que el juez marcaba, de acuerdo a lo que había determinado. El listado de opciones consideraba las diferentes resoluciones que un juez de inmigración podía dictar, y al lado de cada opción había un espacio donde el juez marcaba la(s) que él había aplicado al caso en cuestión. Existían dieciocho diferentes opciones a marcar por el juez, de las cuales, en mi caso, marcó en cuatro. En las cuatro sólo se entendía que mi solicitud de asilo había sido retirada por el demandado. Al final de la hoja aparecía la firma del juez John Salem y su nombre. Debajo de ella, aparecía un sello rojo que indicaba: "Decisión final/Apelación renunciada/Ver caso de SHIH/Int. Dec 3206 (BIA 1994)". Con la notificación que se me hiciera de este documento, el proceso habría concluido.

Pero como todos estos trámites administrativos toman su tiempo, mientras esperábamos que la auxiliar del juzgado concluyera su labor, establecimos una conversación con el juez, en términos más relajados, fuera de la formalidad de la audiencia. En el diálogo el juez me dijo que no me había dado el asilo porque el tipo de persecución al que yo estaba sometido era judicial, por medio de un juicio, y que aquello no podría ser considerado como persecución. Al escuchar esto, reaccioné inmediatamente, pues este era un tema que conocía con bastante precisión, ya que en mis lecturas sobre el asilo en los EEUU me topé con casos parecidos, es decir, de gente que pidió asilo como consecuencia de una persecución vía juicios entablados con fines políticos. En estos casos se concedió el asilo a los peticionarios. Cuando escuchó esto, el juez se puso incómodo, pero se cerró en su posición, y me alegó que la ley norteamericana no preveía esta situación. La discusión ya no tenía ningún sentido, pues el juez no iba a cambiar su parecer, y menos su resolución final. Lo único que en ese momento me pudo haber quedado, era pedirle que dictase un fallo rechazando la solicitud de asilo, para luego plantear la apelación. Pero como yo no estaba dispuesto a apelar por lo explicado anteriormente, ya no había nada más que hacer en el juzgado. La auxiliar me entregó la hojita con la resolución, yo firmé la notificación, y luego me levanté de mi pupitre colegial, para empezar la marcha hacia atrás.

§

Apenas puedo recordar que caminé pesadamente con destino a la puerta del juzgado, tratando de mantener la compostura, y que me despedí del juez y de todos los presentes de manera lacónica, casi imperceptible. Ni con mis actitudes, ni con mi voz, podía revelar el desplome interno que sentí en esos momentos. Tampoco podía mostrarme malcriado frente a la adversidad. Pero una vez que traspuse la puerta del recinto, cuando ya me encontraba en pleno corredor, libre del escrutinio de terceros interesados, mis ojos se inundaron a pesar de mi objeción interna, y mi garganta se trancó como con un cerrojo. Más por instinto que por una decisión racionalizada, subí las gradas con destino a los teléfonos del segundo piso. Como era hora del conteo, los presos estaban encerrados, y los teléfonos estaban libres. Cogí el primero que se me puso al frente, y proseguí con todo el protocolo que requería una llamada a casa. Me contestó Luli, y en cuanto escuché su voz no pude contener más el llanto, ese llanto que sólo lo entiende la impotencia. Balbuceando a través de esa garganta cerrada, le comuniqué el desenlace final del proceso. Ella —con ese temperamento propio de los habitantes de las regiones tropicales de Bolivia— me contestó con tranquilidad y realismo.

—Ven —me dijo, consolándome—, cuando estés aquí veremos qué se hace en el futuro. Por el momento, tampoco he leído mucho sobre el juicio en los periódicos. Ahora, el gobierno está todavía festejando su victoria en el referéndum que aprobó la nueva Constitución.

—Bien, entonces te llamaré en cuanto tenga noticias más precisas sobre la fecha exacta de mi retorno.

Un nuevo capítulo de mi vida había terminado. La historia del juicio era eso, el pasado. Ahora había que enfrentar el futuro. Colgué el auricular y me dirigí a mi cuarto, donde seguramente estaban mis compañeros aguardando noticias sobre la audiencia.

Todos, absolutamente todos mis amigos de la cárcel, se mostraron sorprendidísimos ante lo acontecido en el juzgado. La desazón cundió, ya que varios decían: "si a ti te ha ido así (teniendo un caso bien fundamentado), ¿cómo me irá a mí?"

Lo que quedaba de esa tarde, la pasé en meditación. No sentía el deseo de estar con nadie. De pronto, mientras me encontraba sentado en el patio, solo, se apareció a mi lado un buen amigo venezolano, Raúl Villegas. Él también estaba en la fila esperando su audiencia. Había solicitado asilo, ya que en Venezuela el régimen chavista lo tenía correteado. Raúl era un activista de la oposición, y había recibido una serie de amenazas contra su vida. Él era de religión judía, y consideraba que eso sería un plus en su solicitud, ya que el juez John Salem también era judío.

—Yo no sé si a mí me darán el asilo o no. Pero sea cual fuere el desenlace final, jamás negaré que estos fueron los peores días de mi vida. El sufrimiento que sentí aquí no tiene parangón con nada del pasado. Estoy seguro de que si estuviéramos presos en Venezuela, tendríamos más posibilidades de quejarnos, pues tendríamos llegada a algún órgano de prensa, o de defensa de los derechos humanos. Pero en cambio aquí puede pasar cualquier cosa —inclusive puede morir uno de nosotros—, y sólo se enterarían los que ellos (las autoridades) permitirían. Lo que ocurrió con las despiadadas palizas propinadas contra mi compatriota Giovanni (por defender su honor y sus derechos con vehemencia) y contra el guatemalteco Sebastián (por confundir su ataque de hipoglucemia con resistencia a obedecer las órdenes de los cancerberos) jamás fue de conocimiento de ningún periódico ni medio de comunicación masiva, y tampoco de un organismo de derechos humanos que reaccionara oportunamente. Esos luctuosos hechos se mantuvieron bajo secreto absoluto del mundo externo. Eso no podría ocurrir en Venezuela, por más que el régimen chavista pretendiera mantener el secreto. En cambio aquí, el *sistema* es todopoderoso; es invencible. Para empezar, ¿cómo podríamos nosotros hacer llegar un mensaje a un periódico sin ser detectados? ¡Imposible! Si llamamos por teléfono, la administración misma es la que advierte que las llamadas son grabadas, así que se enteraría de inmediato, y seguro que nos impondría las sanciones *ejemplificadoras* (para que nadie más ose hacer algo así en el futuro). Pero aparte de esos abusos patentes, están aquellos que nosotros sufrimos minuto a minuto, hora a hora, día a día, semana a semana, mes a mes. Ese permanente acoso de los guardias-delincuentes, que tienen, sin duda, un ensañamiento con nosotros, los latinos. Es un maltrato a cada instante. Las burlas permanentes de las que hemos sido objeto. La imposibilidad de dormir durante todo el tiempo de nuestra estadía en BTC, debido a la incesante bulla que los guardias-delincuentes metían cada noche, y durante toda la madrugada. El torturante sistema de los teléfonos, que nos impide mantener una comunicación fluida con el exterior de la prisión. Y a mí no me hacen creer que no nos tienen permanentemente dopados aquí. ¿No te parece raro que nadie exteriorice su sexualidad de alguna manera? Todos parecen seres asexuales desde el momento mismo que ingresan a la cárcel. Eso no puede ser normal. A mí me han dicho que todos los líquidos —los refrescos que nos sirven con las comidas, así como el agua que tomamos de las fuentes— llevan incorporados elementos químicos destinados a aplacar nuestro deseo sexual. Y, por supuesto, también a que permanezcamos más o menos tranquilos, sin recurrir a la violencia. Tú mismo has verificado que en todo el tiempo que has estado aquí, no has visto muchos actos de violencia perpetrados por los reclusos. Nada comparado con una situación análoga, en donde las personas no estuvieran bajo el influjo de algún tipo de tranquilizante. Con tantos hombres congregados en un solo sitio, lo normal es que surjan reyertas y algo de violencia. Y particularmente tomando en cuenta que la enorme mayoría son hombres jóvenes, donde el promedio de edad debe rondar alrededor de los treinta años. Todo esto es simplemente insoportable... inverosímil... —la voz de Raúl se terminó de estancar al pronunciar estas últimas palabras, y empezaron a brotar lágrimas de sus ojos.

— Sí —le dije—, podríamos hablar muchas horas,

tal vez muchos días, sobre todas las iniquidades de este sitio. Algún día, alguien debería escribir un libro al respecto. Esto no puede existir en medio de lo que se considera una sociedad civilizada y democrática. EEUU da lecciones de democracia y de respeto a la ley en todo el mundo, e inclusive invade países a nombre de estos principios. Pero lo que hemos vivido aquí demuestra que en su propio seno tiene todavía mucho camino por recorrer. El resto de esa tarde, la pasamos conversando. Le conté que además del bajón por lo ocurrido ese día en el juzgado, me sentía mal por una infección que me afectó a los ojos, la cual era fácilmente distinguible. Tenía ambos ojos rojísimos e inflamados. Le relaté que desde hace unos días atrás me vino esta afección ocular, y que en cuanto apareció me asusté y solicité que se me atendiera en la enfermería para que me auscultase un médico. La respuesta fue tardía, pero llegó al fin. El médico me indicó que no creía que fuera algo preocupante (esta respuesta era muy normal en BTC, donde ninguna enfermedad de los ilegales preocupaba a nadie). Dijo que el mal podría desaparecer sin que se me diera ninguna medicina, pero que él me recetaría unas gotas para que me las aplicase tres veces al día, cada ocho horas, por si acaso. En esa consulta no me dieron las gotas, pues no las tenían disponibles en la enfermería. Me advirtieron que retornase en un par de días para recogerlas. El hecho es que la infección no desaparecía, sino que, al contrario, se estaba poniendo peor con el transcurso del tiempo. Me escocían los ojos y apenas podía mantenerlos abiertos. Por ello, le comenté a Raúl que iría a la enfermería al final de esa misma tarde, a la salida del comedor, después de la cena.

Y así fue. Compartimos la cena con Raúl, y después, cuando llegó la hora de marcharnos para que nos encerraran en nuestros aposentos, nos despedimos. Yo tenía que ir primero a la enfermería, en pos de mis gotas para la infección ocular. En pleno corredor, a la salida del comedor, nos despedimos por el día (o así lo creíamos en ese momento, por lo menos).

—Nos vemos mañana —me dijo—, ¿y cuándo crees que te enviarán de retorno a Bolivia?

—No sé —repliqué—, pero normalmente se toman bastante tiempo en sacar a la gente, luego de emitida la orden de deportación o de salida voluntaria (aunque en mi caso no es ninguna de las dos, porque yo retiré mi solicitud de asilo). De cualquier manera, el tiempo que duran los preparativos para el retorno depende del país a donde te van a enviar. Si es a México o a Guatemala, se tardan unos cuantos días, pues tienen vuelos para esos destinos casi a diario, en aviones del gobierno de los EEUU. En cambio, si te envían a otro país, especialmente suramericano, pueden tomarse varias semanas, por lo menos unas dos, y hasta un mes. Hace algún tiempo lo sacaron a un chileno, y ese trámite tardó alrededor de un mes. En lo que se demoran es en el papeleo y en las reservas de vuelo del avión.

—Bueno, entonces nos vemos mañana, que te mejores de los ojos, y que te den la medicina en la enfermería. Suerte.

Tras la despedida de Raúl, recorrí unos metros en el corredor, hasta llegar a la ventanilla de la enfermería. A esa hora de la tarde ya no había nadie en el corredor de espera, ni en dicha ventanilla. Tuve que tocar varias veces el vidrio para que la persona encargada se apercibiera que algún enfermo buscaba ayuda. Cuando finalmente apareció en la ventanilla, se mostró molesta por la interrupción sufrida.

—Usted no tiene cita en la enfermería, ¿no es cierto? Yo no registro a nadie en el libro de citas para esta hora. Si usted no ha solicitado una cita previamente, no puede ser atendido por el personal de enfermería, mucho menos aún por el médico, que además, a esta hora ya se ha retirado a su domicilio. Así que le insinúo que mañana, a primera hora, llene y envíe un formulario de solicitud para que lo atienda un médico. Nosotros luego le contestaremos y le diremos cuándo puede venir. Ahora no puedo hacer nada por usted. Nadie puede venir a la enfermería y esperar ser atendido, sin previa solicitud vía formulario.

—No, ese no es mi problema —le respondí—. Yo tuve una consulta con el médico hace unos días atrás, el jueves, más concretamente, por esta grave infección que me atacó a los ojos. Entonces el doctor me recetó unas gotas, y me indicó que volviera para recogerlas. Como han pasado cuatro días, me imagino que ya las tienen. Y estando tan afectado por esta dolencia, le agradecería si me las puede buscar ahora, por favor.

—¡¿Cómo es su nombre?!

—Jorge Machicao.

—Aguarde un momento, yo voy a averiguar qué fue de su orden —la mujer contestó en un mejor tono y desapareció de mi vista, para internarse luego en una oficina administrativa donde realizó el rastreo; luego reapareció con la siguiente versión—. He encontrado la orden de requerimiento, e inclusive el medicamento, que ya está aquí. Pero también existe una nota que indica que no le entreguemos la receta hoy día. Dice que mañana nosotros le convocaremos y le entregaremos la medicina. Así que, lamentablemente, no puedo desacatar estas instrucciones. Veo que usted está mal, pero no puedo hacer nada al respecto. Debo cumplir lo que se me instruye. Y a estas horas ya no hay un superior aquí para consultar...

— Comprendo su situación —le respondí—, pero me gustaría que usted también entendiera mi sufrimiento. Este escozor es insoportable.

—No siga —me dijo—, yo no puedo desobedecer las instrucciones que están escritas. Lo único que le puedo sugerir es que se coloque agua tibia en los ojos, mejor si es con un pañito mojado. Eso le aliviará los síntomas. Las horas pasan rápido, pronto amanecerá, y usted podrá venir para que le entreguen la medicina, tal cual establece esta nota.

Una vez más estaba enfrentado a la fría burocracia de una cárcel. Era muy pretensioso que un preso le torciera la voluntad a sus cancerberos. Así que, con esa reflexión, tomé el camino de retorno a mi habitación, y allí agarré mi calcetín blanco de repuesto (que lo tenía recién lavado, por supuesto), y lo hice funcionar como paño medicinal, para aplicarme el tratamiento que me había sugerido la enfermera de turno.

Mientras me encontraba en plena ejecución del tratamiento, interrumpieron los guardias para realizar el conteo nocturno, a eso de las nueve de la noche. Luego de realizar su protocolo de rigor, llegaron a contar a las seis almas que habitábamos ese cuarto. Para no cometer errores, repetían el conteo hasta dos o tres veces. Una vez que tenían la certeza absoluta de que éramos seis, lanzaban una broma (normalmente, una muy pesada) y se marchaban. Esa noche la broma fue en torno a mis ojos inflamados y rojos. Vaya chiste.

Evidentemente, el agua tibia hizo su labor. Después de aplicarme el paño en repetidas ocasiones, caí dormido (o para ser más preciso, caí en ese estado de dormitación pesada) sin habérmelo propuesto. Es así que, mientras parecía que levitaba amodorrado con mi media blanca posada encima del ojo derecho, escuché una explosión estruendosa, seguida de una voz gruesa que llamaba mi nombre repetidamente y a todo volumen: ¡Jorge Machicao! ... ¡Jorge Machicao! ... ¡Jorge Machicao! ...

Medio entre sueños y medio despierto, me pregunté si habría muerto, y si la ensordecedora voz que llamaba mi nombre era la de San Pedro...

Pero luego me di cuenta de que no, que no había muerto, que la estruendosa explosión había sido causada por una tremenda patada que un agente del ICE le había propinado a la puerta para abrirla. El impacto causó la detonación; y la hoja de la puerta quedó bamboleando durante unos segundos. Pero para que el estampido no quedara solo en eso, el agente tuvo que gritar a voz en cuello mi nombre. En la medida en la que fui despertando y tomando conciencia de lo que acontecía en aquellos instantes, me identifiqué ante mi persecutor:

—Yo soy Jorge Machicao.

— ¡Arregle sus cosas de inmediato! ¡Tiene cinco minutos para salir al patio de abajo! ¡Allí lo espero! Lleve todas las pertenencias que tenga...

—¿Eso quiere decir que ahora estoy saliendo de BTC con rumbo a mi país?

—Yo no puedo responder a su pregunta. Tengo

instrucciones para sacarlo de su cuarto y llevarlo al patio de la planta baja. Allí le darán más información. Por lo visto, mi hora había llegado, aunque de manera inesperada. Después de un poco más de tres meses, yo conocía ya el modus operandi interno. Era muy inusual que me sacaran tan pronto. Sobre todo porque no tuvieron el tiempo ni para arreglar la reserva del pasaje, toda vez que, además, tenían que utilizar mi pasaje de retorno, que yo lo tenía comprado y pagado. Para hacer esa gestión debían consultarme por lo menos el número del pasaje, que yo lo tenía guardado en mi maleta. Nada de esto habían hecho.

En la penumbra pude, apenas, distinguir los números que aparecían en el reloj digital del hornito microondas del cuarto: eran las dos de la mañana, con seis minutos. Quería evitar que el guardia del ICE volviera para apurarme, o, lo que hubiese sido peor, para reprenderme por no aparecer en el patio en el tiempo que él había fijado. Así que actué casi mecánicamente. Saqué del cajón de la cómoda de fierro todos los documentos que había llevado a la audiencia y los coloqué sobre mi cama. Al lado, apilé el uniforme de repuesto, las dos sábanas y la frazada que me con la que habían provisto al ingresar al presidio, y los cuantos efectos personales que tenía. Esta última pila la inserté dentro de la bolsita verde confeccionada con material de red que me habían proporcionado al ingreso a BTC, y eso era todo. En una mano la bolsita de red, y en la otra los documentos. Cuando ya me aprestaba a marchar, sentí la voz de mi amigo y compañero de cuarto, Jean Pierre de Gaulle, quien se había levantado de su cama para darme la despedida. Este era un ritual poco acostumbrado. En BTC las despedidas se hacían desde la cama, echados, pues normalmente los presos salían a toda velocidad, y nadie quería exponerse a una reta del guardia encargado por demorar el flujo de la salida de reclusos. Pero esta vez Jean Pierre se había levando de su catre para estrechar mi mano y darme el abrazo de despedida que correspondía a dos amigos. A Jean Pierre no le importó el riesgo de ser reprendido por el agente del ICE.

—*Mon ami* —me dijo—, que vayas con Dios.

—Gracias, Jean Pierre —le respondí—, que tú tengas suerte en el futuro, y que logres coronar tus sueños. Que Dios también te acompañe siempre.

Otra vez el nudo en la garganta se hizo sentir, tan grande como después de la audiencia. Una vez más sentí humedad en los ojos infectados. Atrás estaba quedando un capítulo muy triste de la vida, pero a la vez muy enriquecedor. Los otros compañeros también se despidieron, pero ellos sí desde sus camas, de echados. Hubo palabras de profunda amistad y buenos deseos. Cada uno de ellos me pasó un papelito chiquitito con su número de teléfono —que habían conseguido escribir en los pocos minutos que tuvieron desde la explosiva presencia del agente del ICE en la puerta—; aquel teléfono que correspondía a su verdadero hogar, en su país de origen. La idea era que en ese número telefónico, en el de su hogar nacional, siempre se sabría dónde ubicar a cada uno de ellos, dondequiera que se encontrasen.

—Llama, un día quisiera saber de ti —escuché que decía una voz amiga, mientras me alejaba de la puerta de salida del 242, de Broward Transitional Center.

Al salir de mi cuarto, me dirigí a las gradas para descender al patio de la planta baja. Cuando llegué al patio (que estaba oscurísimo a esa hora de la madrugada), constaté que allí había una fila de presos, apoyados contra una pared, que seguramente tenían el mismo destino que yo. En el lugar había otro agente del ICE que dirigía la operación. Él me ordenó que me adhiriera a la cola, luego de constatar que mi nombre estaba consignado en la lista que tenía en mano. En esa fila permanecimos parados una hora por lo menos. Durante ese tiempo dio para intercambiar opiniones con los presos congregados en la enorme fila, que han debido sumar alrededor de doscientos. La enorme mayoría estaba compuesta, sin duda, por haitianos. Se trataba de una operación de magnitudes. ¿Qué se traían en manos?

En el ambiente imperaba una sensación de tensión. La incertidumbre se había apoderado de los reclusos de la cola. Nadie sabía qué estaba ocurriendo. La gran interrogante era si se estaba deportando a toda esa cantidad de haitianos a su país. Ya durante las horas de la tarde de ese día —mientras yo conversaba con mi amigo Raúl—, corrió el rumor de que el gobierno de los EEUU había tomado la decisión de deportar a todos los haitianos ilegales que se encontraban en las cárceles para inmigrantes. Esta versión se fundamentaba en el argumento que el gobierno de la isla, durante los últimos tiempos, se había mostrado poco colaborador con el de los EEUU, pues había rechazado a varios haitianos deportados desde Norteamérica. Esto resultaba insólito, pues los deportados eran, en efecto, nacionales de Haití, ¡y su propio gobierno no los quería recibir de vuelta! Ante esta muestra de poca colaboración, el gobierno de los EEUU habría tomado esa drástica decisión, en una especie de represalia. Cabe destacar que la situación de los ilegales haitianos en esa época (en el año 2009) no era tan cruda como la de los ilegales de otros países latinoamericanos (excepto los cubanos, que también tenían un régimen legal diferenciado, al igual que los haitianos). Mientras que los ilegales latinoamericanos eran deportados si no cumplían con unos requisitos muy estrictos para quedarse, los haitianos tenían más justificativos legales para permanecer en los EEUU. Estos justificativos tenían como base los desastres naturales que habían azotado a Haití durante los últimos años (tómese nota que en la época de estos hechos, aún no había ocurrido el terremoto que devastó a la isla en enero de 2010), específicamente los huracanes que habían causado estragos a la economía de ese país caribeño. Estas consideraciones de naturaleza humanitaria eran favorables a los ilegales haitianos, que muchas veces permanecían encerrados en las cárceles de inmigración durante larguísimos períodos de tiempo, pero que a la postre les significaba su permanencia en los EEUU. Sin embargo ahora, inundados por la negrura de la oscuridad de la noche, los haitianos que estaban en la cola especulaban sobre su situación. Había inclusive algunos que contemplaron la idea de oponer resistencia ahí mismo, en pleno patio del presidio. En medio de ese mar de especulaciones, surgió una versión que señalaba que los haitianos no serían deportados, sino que serían derivados a otras cárceles de inmigrantes, en otros estados, para que desde ese nuevo destino sean luego deportados. Después de escuchar tantas versiones, cada una más antojadiza que la otra, inclusive a mí me llegaron a decir que sería transportado a otra cárcel de inmigrantes, de otro estado, para que de allí parta hasta Bolivia. Lo grave es que cuando uno se encuentra en ese tipo de situaciones, empieza a considerar esas versiones como verdaderamente posibles, sobre todo porque para cada una de ellas siempre existían antecedentes. En el pasado no lejano (mientras yo estuve en BTC) conocí el caso de un joven peruano a quien una noche lo sacaron de BTC para supuestamente deportarlo al Perú. Sólo después de unos días nos enteramos que de BTC no fue llevado al Perú, sino a una cárcel en Texas, de donde ulteriormente fue transportado hasta su país. Por supuesto que estas son travesías que duran mucho tiempo. La salida de un penal era un trámite que tomaba varias horas. Y el ingreso a un nuevo penal importaba el registro en el mismo, lo cual también implicaba un largo trámite administrativo de un período de tiempo similar. Pero lo peor de esta opción era que los presos trasladados dentro de los EEUU viajaban esposados en las muñecas y sujetados con argollas en los pies (¡para que no se escapen estos reos peligrosos!). Supe de un preso que, bajando las escalinatas de un avión en esas condiciones, se rodó las gradas y se rompió varios huesos del cuerpo. Estas historias eran escalofriantes. Entonces, por todo lo que había escuchado, la posibilidad de que a mí me podrían remitir a otra cárcel, en otro estado, no era completamente alocada. Existían antecedentes recientes de casos en los que se había operado de esa manera. La idea, por supuesto, me espantaba.

Después de lo que debió de ser una hora, el agente del ICE que dirigía el operativo ordenó que la fila ingresara por la puerta que conducía al edificio donde se encontraba el comedor del penal. Cuando todos acabamos sentados en las bancas del comedor, varios agentes del ICE y administrativos de BTC estaban organizados para llevar a cabo el plan. Allá nos enteramos que los haitianos —concordante con los chismes de corrillo que había escuchado en la cola de afuera minutos antes— se iban con destino a cárceles de inmigrantes a otros estados. Varios de ellos expresaron alivio (casi regocijo) al enterarse de que no se iban deportados a Haití. A otros se les caían las lágrimas de impotencia al saber que se iban a otra cárcel, en otro estado de la Unión. "¿Cuándo acabará esta peregrinación de cárcel en cárcel?", se preguntaban. En medio de ese gentío me sorprendí al encontrar a mi compañero de habitación, Luc Larose, haitiano, quien no había salido del cuarto conmigo. Seguramente lo fueron a sacar después de que yo salí de allí.

—¿Tú también aquí?

—Sí, fueron a buscarme cuando tú ya habías salido del cuarto. Yo no tenía idea de que me sacarían ahora. Esta tarde ya estaban hablando que los haitianos seríamos deportados todos. Pero más bien que eso no es así. Ya me he informado que seremos enviados a diferentes cárceles, en otros estados, y que a mí me enviarán a una cárcel en Nueva York. Para mí eso es mejor. Yo te he contado que viví varios años en esa ciudad, y es donde más me gusta residir dentro de los EEUU. Así que si me llevan allí, está bien. Eso quiere decir que cuando salga de la cárcel, me quedaré en Nueva York para conseguir trabajo. Si es que no me deportan antes, por supuesto. Pero tengo fe de que las cosas van a marchar bien.

—Me alegra verte en estos últimos momentos en BTC. Que te vaya siempre bien, amigo.

—Gracias, Jorge, a ti también que siempre te vaya bien. Ha sido un verdadero gusto conocerte. Buena suerte —al terminar de pronunciar estas últimas palabras, nos estrechamos en un fuerte abrazo. De pronto, un altavoz empezó a resonar en el ambiente, y todos se callaron. Se estaba tomando lista a los presentes, y se los estaba separando en grupos. Un grupo de haitianos se iría a Texas, otro a Illinois, y un tercero a Nueva York. El último grupo, el cuarto, estaba compuesto por los no haitianos. Los miembros de este grupo tenían como destino, todos, sus países de origen. De repente hubo un movimiento intenso de gente, y yo acabé con los de mi grupo: todos latinos. Y de lejos divisé a Luc, quien ya estaba con su nuevo grupo de amigos, cuyo destino era la Gran Manzana —una cárcel de la Gran Manzana—.

Una vez que estábamos separados por grupos, empezó el trabajo administrativo que tomó una eternidad en realizarse. Primero, se procedió a la devolución del dinero que cada recluso tenía depositado en una cuenta de BTC. Esta era una labor bancaria, que hasta en una institución financiera especializada hubiese tardado en ejecutarse. Por supuesto que para los empleados de la cárcel, esta tarea dineraria era mucho más lenta. Se devolvía hasta el último centavo, es decir, era preciso contar con monedas de todo corte. Se trataba de dinero, al fin y al cabo: un tema delicado para todos. Una vez que esta operación terminó, se procedió a la devolución de los uniformes carcelarios, por parte de los presos a BTC; y, en sentido inverso, BTC devolvía su ropa a cada preso. Esto implicó también todo un movimiento intenso, pues la ropa de los reclusos estaba en los depósitos de la cárcel. Esto significaba que cada uno pasaba al depósito y buscaba su caja con sus bienes. Acto seguido pasaba a un baño, para proceder al cambio de ropa: del uniforme anaranjado a su ropa de calle.

En mi caso, la cuestión del equipaje tuvo características diferentes respecto a lo que ocurrió con los demás. Como yo venía del extranjero a pedir asilo —mientras que la mayoría de los otros presos fueron capturados en las calles de Miami, o de alguna otra ciudad o localidad dentro de los EEUU— traje conmigo tres maletas. Los otros presos sólo traían consigo la ropa puesta en el cuerpo, por eso su equipaje se reducía a una pequeña cajita de cartón. Fue por ello que yo tuve que buscar mis tres valijas en diferentes depósitos. Finalmente, después de una esforzada tarea de rastreo, las encontré a las tres. Luego, tuve que encontrar y sacar la ropa que traía puesta el día que llegué, para colocármela en sustitución del uniforme anaranjado. Una vez que hallé la indumentaria de recambio, fui al baño. Allí experimenté un momento muy corto de profunda emoción. No era poca cosa sacarse ese uniforme anaranjado que había marcado mi vida en tres meses. A los objetos, las personas solemos otorgarles sentimientos —buenos o malos, pero sentimientos al fin—. Y eso es lo que me había ocurrido con ese uniforme. Por eso es que mientras me lo sacaba, rememoré las ocasiones más importantes vividas con él. Una de las camisolas tenía un bolsillo (la otra no) en la región izquierda del tórax. En ese diminuto bolsillo hacía caber las únicas pertenencias que no podía dejar en el cuarto por nada del mundo: mi cédula de identidad de BTC, la tarjeta de cartón que me permitía acceder al comedor tres veces al día (desayuno, almuerzo y cena), la hojita de papel donde tenía registrados los cuantos números de teléfono vitales para mi existencia, y un pequeño bolígrafo flexible. Mientras me quitaba esta camisola, pensé por unos segundos sobre la posibilidad de quedarme con ella.

Pero, ¿cómo hacerlo sin que me descubran? Era difícil, pues de allí yo debería salir sin nada más que mi ropa puesta; y la camisola era muy visible si la llevaba adentro de mi camisa. Así fue que decidí no correr riesgos innecesarios. Después, llegó la hora de rehabilitar mi billetera de cuero negro, que estaba prohibido de usar dentro de la prisión. Durante los tres meses de presidio utilicé una media blanca que hacía las veces de cartera. Dentro de esa media blanca insertaba los billetes y las monedas que tenía. Luego, anudaba la media en el extremo abierto, de tal manera que en ese extremo quedaba un nudo grande, y la media completamente cerrada. Acto seguido insertaba el cuerpo principal de la media dentro de mi pantalón, en la parte delantera, y el nudo grande quedaba atorado en la cintura de éste. De tal manera que los valores dinerarios yacían en una de las partes más protegidas del cuerpo humano —lejos de la vista de algún amigo de lo ajeno—, y la cartera carcelaria quedaba sujetada a la cintura del pantalón, por lo que no era posible que se deslizara al piso. Esta técnica me la enseñó un preso peruano —el Tío— quien, a su vez, había recibido este know how de parte de un recluso brasileño que vino de otra cárcel. Cuando alguien descubría de dónde sacaba mis billetes, normalmente quedaba maravillado, y luego adoptaba la misma técnica. Fue así que, cuando tocó trasladar los billetes de la media blanca a la billetera de cuero negro, decidí quedarme con la media blanca, como recuerdo de esos aciagos días. Esto sí que no fue problema, pues la medía cabía perfectamente en mi bolsillo del pantalón, como si se tratara de un pañuelo.

Cuando todos estuvimos vestidos con nuestra propia indumentaria, nos fueron sacando por grupos. La despedida en ese momento fue una escena dura. Al salir el primer grupo, varios estallaron en llanto, como si estuvieran dejando su hogar. Pero, por supuesto, ese no era el caso, por lo menos totalmente (aunque era lógico que, en parte, el llanto se debiera al hecho de dejar atrás a buenos amigos, conocidos en BTC). El llanto se debió, principalmente, al sentimiento de frustración sobre sus vidas. No era nada grato permanecer encarcelado durante un largo período de tiempo, y luego ser trasladado a otro estado y a otra prisión, para seguir encarcelado. Ese estado de cosas era un martirio. Los haitianos tenían formas sociales de copar con la adversidad, y una de ellas es el canto. En cuanto tenían la oportunidad, entonaban cortas estrofas de canciones haitianas, en coro. Luego, proseguían con el trámite. Al salir del comedor el primer grupo, uno de los haitianos más pupulares en BTC miró atrás y exclamó: "Adiós hermanos... ¡Esto tiene que terminar un día! ... ¡Mierda!" Esa era la expresión del sentimiento más profundo de frustración de toda una colectividad, y no podía ser solamente aplicable al infortunio de los haitianos. Era, en verdad, un grito de desesperación de miles de ilegales que estaban presos en las cárceles a lo largo y ancho de los EEUU, y de millones que evadían a la migra todos los días, a cada instante de sus vidas. Era un grito de denuncia del abuso permanente a los derechos de los ilegales, en el país, supuestamente, más respetuoso de la ley en el mundo. ¡Era un grito de liberación!

Esas palabras quedaron selladas en mi memoria hasta el día de hoy, y permanecerán allí por el resto de mis días. Fue la manera más redonda de resumir todo aquel drama.

Y así fue que desalojaron BTC los demás grupos

de haitianos, hasta que nos llegó el turno a los del cuarto grupo, el de los latinos. Debíamos de ser entre veinte y veinticinco los componentes de este grupo. De repente fuimos convocados para partir. Todos estábamos listos, con nuestro equipaje y nuestras manos esposadas. En mi caso, con mis tres maletas y mis manos esposadas. ¿Qué hacer bajo estas circunstancias? En la cárcel no hay maleteros, así que la tarea tuve que confrontarla solamente yo, con exclusividad. Y como tenía las muñecas esposadas, no tuve otra que acarrear cada maleta individualmente, una por una. Con cada valija recorría unos veinte metros, entre el lugar donde estábamos congregados dentro de BTC, hasta depositarla en la maletera de la vagoneta (que estaba esperando en el estacionamiento afuera del penal) a la cual fui asignado. Fue una tarea pesada, tanto por el esfuerzo físico, como por el hecho de haberme constituido por unos minutos en el centro de la atención de todos los presentes, que no eran pocos. Estaba allí un grupo grande, entre guardias de BTC, agentes del ICE, y funcionarios de migración, que miraban impasibles —pero con gozo inocultable— los últimos padecimientos que yo sufriría en BTC. Por supuesto que también había otros presos del grupo cuatro mirando, pero que no podían hacer nada al respecto. Una vez que mis tres maletas estuvieron colocadas en el maletero de la vagoneta, y que yo me encontraba sentado adentro del vehículo (junto con varios otros presos que estaban aguardando), partimos con destino al Aeropuerto Internacional de Miami, a las seis de la mañana con seis minutos.

El tráfico ya estaba pesado a esa hora de la mañana. Dentro de la vagoneta blanca íbamos varios reclusos —

alrededor de una docena—, todos enmanillados, callados, y celosamente resguardados por agentes del ICE. Por supuesto que la vagoneta estaba diseñada para transportar presos, razón por la cual contaba con medidas de seguridad especiales. Las ventanillas estaban cubiertas por unas rejillas de metal, entrecruzadas, que hacían que nuestra visión del mundo exterior sea cuadriculada. En cuanto salimos de la zona de tráfico denso, próxima al penal, ingresamos a una supercarretera, en la cual el vehículo se deslizó sin mayores contratiempos. Después de unos tres cuartos de hora, empezamos a rondar el aeropuerto. A las seis y cincuenta y cinco minutos la movilidad se paró en un estacionamiento cerrado del Aeropuerto Internacional de Miami. Estábamos en destino. Uno de los agentes ordenó que saliéramos del vehículo y que lo siguiéramos. Para mí, especialmente, no fue tarea fácil cumplir con esa orden, por las tres maletas que tenía que acarrear. Pero luego de unos cuantos forcejeos, encontré una fórmula que me permitía avanzar. Tras una caminata que para mí fue eterna, arribamos a una especie de sala de espera para los presos, donde nos indicaron que aguardáramos. Este era un recinto amplio, pero lúgubre. Apenas había una luz tenue que alumbraba el sitio, lo suficiente como para identificar el rostro de las personas y los asientos viejos para sentarse. Y además, por cierto, el lugar se encontraba desaseado. Los raídos sillones, que en una época debían de ser de color marrón, parecían estar cubiertos de musgo. Estaba ubicado en uno de los sótanos del aeropuerto; en uno de los rincones más olvidados del mismo. Allí esperamos; allí esperé.

Capítulo X
El Aeropuerto Internacional de Miami

Era el martes 10 de febrero de 2009, a las siete y treinta de la mañana. No pasaron ni siquiera veinticuatro horas desde que el juez me obligó, prácticamente, a retirar mi solicitud de asilo al gobierno de los EEUU, y yo me encontraba ya en la puerta de salida del Imperio. ¿Cuál era la prisa en mi caso? ¿Era una cuestión personal con alguien en la oficina de inmigración? ¿O tal vez con el propio abogado del gobierno? ¿O inclusive con el juez de la causa? Esto, jamás me pude explicar. Lo que sí sé es que el procedimiento utilizado en mi caso no era nada normal. Los hechos acaecidos en el aeropuerto ratifican lo afirmado aquí. A mí me habían llevado al aeropuerto de Miami, cuando no tenía ni siquiera un vuelo confirmado para tomar ese día. Durante la espera de esa mañana, vi como el grupo se iba reduciendo poco a poco. Hasta el mediodía, prácticamente la mitad ya había partido hacia su destino. De tiempo en tiempo, llegaba un agente del ICE de otra oficina, y con algún documento en la mano, se llevaba al deportado latino con dirección a lo que se suponía era su vuelo. A eso de la una de la tarde, a los que quedábamos en posición de espera todavía, nos dieron de comer un sándwich, de almuerzo; una manzana, de postre; y un jugo de naranja para paliar la sed. En el transcurso de las horas de la tarde ocurrió más de lo mismo. Uno por uno fueron saliendo mis compañeros de espera, con destino a sus respectivos países. Menos yo. Cuando el reloj marcó las seis de la tarde, me quedé solo, acompañado únicamente por los agentes del ICE. Las veces que —durante el día— les pregunté algo sobre mi situación, la respuesta era que ellos no sabían nada sobre los trámites de salida de los deportados, que sólo cumplían labores de guardia. Uno de ellos se dio a la tarea de explicarme cómo funcionaba el procedimiento:

—Cada vez que se traen deportados de una cárcel (ya sea de BTC o de Krome o de otro presidio), ellos son retenidos en este ambiente, hasta que un agente de inmigración o del ICE, viene con los documentos del recluso, y se lo lleva. Una vez que sale de este recinto, es conducido primero a las oficinas de inmigración para realizar un corto papeleo, donde se firman algunos documentos, y luego lo llevan hasta la terminal y a la sala de donde partirá su avión. Y listo. Eso es todo. Algunas veces, por razones de practicidad, ese procedimiento puede variar un poco, pero lo normal es que las cosas marchen así.

—Pero, ¿y cómo se explica mi caso? Yo estoy desde las primeras horas del día en esta especie de sala de espera para presos, y nadie me ha venido a buscar para nada; ningún agente del ICE o de inmigración.

—Sí, su caso no es normal. Yo mismo he llamado varias veces en el transcurso del día para averiguar cuándo lo vendrán a buscar, y no me han podido dar una respuesta satisfactoria. Todas eran evasivas y postergaciones.

Luego de estas explicaciones, los agentes del ICE se pusieron en campaña, realizando llamadas a sus superiores, sobre todo porque no sabían qué hacer conmigo. Yo era el único del grupo que había arribado de BTC y que no había abordado un avión con destino hacia su país ese mismo día, como era lo normal. La respuesta tajante que recibieron, aparentemente, fue que me transportaran hasta las oficinas de inmigración del aeropuerto, y que allí se ocuparían de mí. De inmediato, salimos de esta sala de espera para presos (a la cual habría de retornar posteriormente, como veremos más adelante) con destino a las oficinas de inmigración. Tras un largo y serpenteado camino por los recovecos del aeropuerto, me encontré en un lugar que me resultaba familiar. Eran aquellas oficinas en las que fui inicialmente detenido cuando llegué a los EEUU, ese lunes, 03 de noviembre de 2008: las que parecían ser las principales oficinas de inmigración del aeropuerto. Este sí era un ambiente que brillaba por la intensidad de las luces, y allí estaban todavía varios agentes del ICE y funcionarios de las otras agencias gubernamentales encargadas del tema de inmigración y aduanas. Los dos agentes que me condujeron a este lugar me hicieron tomar asiento, y me indicaron que próximamente sería convocado por una persona encargada de mi caso, quien me explicaría la situación. Cuando estos agentes se despidieron de mí, eran alrededor de las siete y treinta de la noche. En esta sala de espera resplandeciente había unos quince pasajeros esperando ser atendidos. Recordemos que aquí ya no había presos, sino pasajeros. Este era el lugar donde caían los que a tiempo de presentar su pasaporte en inmigración, al pretender ingresar a los EEUU, acusaban algún tipo de problema en el sistema. De la cola de inmigración, los remitían a estas oficinas, para aclarar las observaciones surgidas. Dos horas después de que los agentes del ICE me dejaran allí, a eso de las nueve y treinta de la noche, ya no podía más de hambre y nadie me llamaba para nada. A la luz del olvido del que había sido víctima, estaba casi decidido a caminar hacia la caseta que estaba en una de las esquinas del recinto, donde una funcionaria coordinaba el flujo de personas en estas oficinas. Desde esa caseta ella decidía quién accedía al corredor contiguo, donde estaban ubicadas las oficinas de los funcionarios de inmigración en una hilera larga, a ambos lados de aquél. Allí debería estar la oficina del funcionario encargado de mi caso. Pero la decisión de caminar hacia ella no era fácil de tomar, era complicada. Ahora ya no estaba en el territorio de prisioneros, donde me había desenvuelto durante los últimos tres meses. Estaba en territorio de hombres y mujeres libres. Allí donde la gente podía hablar fuerte y quejarse en ejercicio de sus derechos constitucionales. Ya no estaba en prisión, físicamente. Pero en la realidad, aún era un preso del gobierno de EEUU. Y lo que delataba esa situación a todas luces, eran las resplandecientes esposas que aprisionaban mis manos. Sentado, podía disimular su presencia opresora, tiránica. Sobre todo porque me encontraba sentado en la parte del fondo del recinto, donde nadie podía siquiera ver las manos de los sentados. Pero una vez que me hubiese puesto de pie, lo primero que destacaría de mi persona hubiesen sido esas esposas metálicas: mi situación de presidiario. Aunque en ese momento no había nadie conocido en la sala, la vergüenza pública era una preocupación real. No porque nadie conozca a una persona en una situación específica significa que ésta no tenga vergüenza. Eso no funciona así. El pudor es un sentimiento universal, y no está condicionado a que los demás conozcan a una persona determinada para que ésta lo sienta. Las personas sienten vergüenza aunque estén rodeadas por desconocidos, y peor aún, por supuesto, si los presentes en esas circunstancias son conocidos. En las circunstancias de aquel momento, mi vergüenza era frente a un grupo de personas desconocidas. Pero como en estas dependencias se atendía a todos los pasajeros que, al ingresar a los EEUU, confrontaban algún tipo de problema inmigratorio, no hubiese sido nada raro que cayera en esas oficinas un ciudadano boliviano. Y que, además, me conociera. Y para colmo, que difundiera en Bolivia la noticia que me había visto preso y esposado en los EEUU. Si bien las probabilidades de ese tipo de desenlace no eran muy significativas desde el punto de vista de las estadísticas —especialmente a esas horas—, en consideración a los preceptos de la *Ley de Murphy*, concluí que esto es exactamente lo que hubiese ocurrido. Por ende, decidí postergar mi caminata con dirección a la funcionaria de inmigración que coordinaba en la caseta, hasta un momento más apropiado. Y así fue que hambreé dos horas más, hasta las once y media de la noche, cuando las probabilidades de que apareciera un ciudadano boliviano, y además amigo mío, se redujeron a la mínima expresión, según mis cálculos. Cerca de la medianoche, era muy difícil, casi imposible, que se aplicara la *Ley de Murphy*.

Fue así que, sobreponiéndome a la vergüenza que sufriría frente a un puñado de personas que estaban presentes en la sala de espera en esos momentos, me paré, y con mis esposas al frente, caminé con dirección a la funcionaria de inmigración. En cuanto me puse de pie, sentí que los ojos de los pasajeros que esperaban se posaron de inmediato en las brillantes esposas que llevaba puestas. Y acto seguido, suspendían la cabeza para mirarme al rostro, como queriendo grabar esa imagen en su memoria para siempre. Seguramente, en su fuero interno, se preguntaban si tal vez se trataba de un narcotraficante, o de un delincuente macabro de características internacionales, que luego aparecería en las noticias de las cadenas de televisión mundial. De todas maneras, se notaba que trataban de guardar la imagen de mi rostro en su memoria, para luego contrastarla con las noticias, una vez que arribaran a casa. Jamás ellos se hubieran imaginado que se trataba, simplemente, de un perseguido político en busca de asilo. Esos, a los ojos de cualquier persona razonable, no deberían merecer este maltrato. Luego de haber caminado los que han debido ser los veinte pasos más largos de mi vida, me coloqué frente a la funcionaria de inmigración de la caseta de coordinación. Le expuse mis dos problemas: el acuciante hambre que corroía mi estómago vacío a la media noche, sin haber ingerido nada desde la hora del almuerzo; y el estado de los procedimientos administrativos para mi partida hacia Bolivia. La funcionaria, fría, sin mostrar ninguna sorpresa o sentimiento de ninguna clase, me respondió a ambos temas de inmediato.

—Sobre la comida, usted tiene derecho a un sándwich, a una fruta (que muy probablemente sea una manzana), y a un jugo de naranja. Eso es lo que se les proporciona a los pasajeros que, por razones de fuerza mayor, permanecen en estas oficinas durante los horarios de las comidas. Y, en cuanto a su trámite de salida de los EEUU, debo explicarle que a esta hora de la noche, cuando estamos a pocos minutos del nuevo día, el funcionario encargado de su caso ya no se encuentra aquí. Así que usted, para tener noticias al respecto, deberá abordarlo mañana por la mañana, cuando él llegue a trabajar. Él es la única persona que conoce las gestiones que se han debido hacer para viabilizar el viaje de retorno a su país. De tal manera que le sugiero que pase a aquel cuarto (la mujer apuntó con su dedo índice a una oficina pequeña), que está al principio de este corredor, a mano derecha, para que del refrigerador que está ahí adentro, obtenga los alimentos que le he enumerado. Luego, vuelva a tomar asiento en esta sala, mientras come. ¡Ah! Y por supuesto que deberá pasar la noche en ese asiento. Acomódese lo mejor que pueda.

No había forma de acomodarse en aquel incómodo asiento. No estaba hecho para dormir, sino para sentarse. Y tampoco estaba fabricado para permanecer sentado indefinidamente, sino quizás, máximo, unas cuantas horas. En semejante incomodidad no pude dormir. Seguramente dormité unos cuantos minutos, cuando me venció el sueño. Lo cierto es que cuando apareció la claridad del día, volví a retomar energías, y estuve listo para enfrentar la nueva jornada. Saqué energías de donde no había. Poco a poco, advertí que iba llegando el personal de inmigración que atendía al público. En un momento dado, la funcionaria que coordinaba desde su caseta también fue sustituida por una nueva. Era lógico, un nuevo turno entraba en acción. Cuando debían de ser las ocho de la mañana, volví a ponerme de pie y a marchar con destino a la nueva coordinadora, para plantearle mi caso.

—Señor —me respondió—, por lo que veo en pantalla, el funcionario que está a cargo de la gestión de su trámite de viaje es el agente Craig Wilson. Él acaba de llegar;

está en su oficina. Puede pasar ahora, para aprovechar que recién está empezando su trabajo. Su oficina está en la mitad del corredor, a mano derecha. En la puerta de la oficina hay una plaqueta con el nombre del funcionario; no hay forma de perderse.

Con esa explicación pasé al extenso corredor hasta llegar a mi destino, la oficina de Craig Wilson. Cuando llegué allí, la puerta estaba entreabierta. Toqué la puerta con mis dos manos (recordemos que estaba maniatado), y una voz parsimoniosa me invitó a que entrara. Él era un hombre mayor, de unos cuarenta y cinco años; de estatura muy elevada, de un metro con ochenta y tantos centímetros, seguro; de complexión delgada; anglosajón, sin duda. Me miró y me invitó a que me sentara. Sin pérdida de tiempo le expliqué mi situación. Le dije que ya estaba en el aeropuerto más de veinticuatro horas, y que nadie me había informado nada sobre mi vuelo a Bolivia. En realidad —mirando las cosas en retrospectiva— no era necesaria tanta explicación, pues mi aspecto lo decía todo: estaba desesperado. Cuando terminé de hablar, él respondió:

—Mire —me dijo pausadamente—, ayer yo recibí su expediente y me puse a trabajar de inmediato sobre su asunto. Alguien ha cometido un grave error, pues aquí sólo llegan las personas que van a salir de los EEUU, cuando ya tienen todo el trámite de su pasaje de retorno debidamente arreglado. No sólo con la reservación hecha, sino con el pasaje pagado. En su caso, lo han enviado sin que tenga nada de ello. Ayer por la mañana me contacté con BTC para ver qué ocurrió, y nadie me pudo dar una explicación. A cierta hora de la tarde volví a llamar a BTC (ya que no pude conseguir la reserva ni el pasaje para su retorno a Bolivia) para devolverlo a esa cárcel, porque aquí no deben dormir los detenidos. Eso no es práctica normal. Pero tampoco se pudo coordinar su retorno a BTC, pues no había una movilidad disponible para que lo transportara. Por eso se quedó toda la noche en el aeropuerto; espero que haya descansado un poco. Ahora, la verdad es que si hubiese retornado a BTC, lo habrían tenido que registrar otra vez allí, y usted ya conoce lo que eso significa. Son varias horas de procedimiento: las preguntas a su persona, el registro de sus bienes, otra vez hubiese tenido que dejar sus maletas en depósito, y otra vez hubiese tenido que ponerse el uniforme carcelario, etcétera, etcétera. Y luego hubiese tenido que esperar hasta que el trámite del pasaje termine completamente. Esa es una gestión que la efectúan los funcionarios de inmigración de BTC. Eso no se hace aquí en el aeropuerto. Recién en ese momento, hubiese tenido que embarcarse en el procedimiento de salida de la cárcel, otra vez, por segunda vez. Y como usted ya sabe, ese procedimiento dura otras cuantas horas. En ese sentido, es mejor que se haya quedado aquí, y que hoy veamos la forma de sacarlo por cualquier medio. El problema que confronté ayer es que no existen muchos vuelos a Bolivia, y los que hay están repletos. No era posible ingresar a un pasajero nuevo, que ni siquiera estaba en la lista de espera.

—Gracias por la explicación —le respondí—. Por si acaso, yo tengo un pasaje de retorno, que no ha sido utilizado aún. El pasaje está pagado pero, por supuesto, no tengo una reserva hecha para ninguno de estos días. Le entrego el pasaje para que usted lo pueda utilizar. Como no estoy siendo deportado, me imagino que el pasaje lo pago yo. El juez me indicó que en mi caso, el retiro de mi solicitud de asilo era equivalente a lo que en inglés se denomina un *non-event*, es decir, a que no ocurrió nada. Entonces, la reserva se la puede hacer sobre la base de este pasaje.

—Está bien, ahora usted debe irse a sentar y esperar. Yo le haré saber cualquier novedad sobre el vuelo, esté listo en cualquier momento. Le reitero, las cosas no están fáciles, pues no hay vacancias en los aviones estos días. Pero antes de que usted tome un avión, debemos realizar un trámite administrativo, para el que lo llamaré en el transcurso de esta mañana. Es preciso llenar unos formularios.

Ese día era el miércoles, 11 de febrero de 2009. Con la explicación del agente Craig Wilson me enteré que lo que estaba aconteciendo conmigo estaba fuera de procedimiento, y que mis suposiciones eran correctas: no me debían haber sacado de BTC sin que mi pasaje de retorno estuviera totalmente confirmado. Lo que alguien en BTC quería — estaba clarísimo— era que saliera de allí a lo que dé lugar, con o sin pasaje, y sin importar las consecuencias. "Que se vaya ¡ya!", han debido decir. Y eso es exactamente lo que ocurrió. Me sacaron de allí sin vuelo reservado, y a consecuencia de esa omisión dolosa es que, aún después de veinticuatro horas de espera aeroportuaria y sin dormir, seguía varado.

Tal como me indicó el agente Wilson, a eso de las diez y media de la mañana fui convocado de nuevo a su oficina, para llenar los formularios de inmigración anunciados. Me los entregó, junto con un bolígrafo, para que estampara mi firma de inmediato, como si fuese un procedimiento de mero trámite. Pero, a pesar de mi cansancio, me puse a leer el contenido de los mismos. Con enorme sorpresa tomé conciencia de que se trataba de unas declaraciones que yo hacía, como si estuviera siendo deportado de los EEUU, lo que escapaba de lo que el juez me había prometido en la audiencia.

—Señor —le reclamé—, esto no es lo que el juez me prometió, lo que se acordó en la audiencia final de mi proceso. A mí el juez me aseguró que el retiro de mi petición de asilo no iba a constituir con una deportación. Y que tampoco, por ende, se me revocaría la visa de turista que actualmente tengo. Y que menos aún se me impondría sanción alguna para reingresar a los EEUU en el futuro. Sin embargo, aquí yo estaría firmando una declaración en la que expreso conocer sobre la sanción que se me habría impuesto, respecto a la prohibición de no poder ingresar a los EEUU por los próximos cinco años. Esto, simplemente, no es cierto, pues no refleja la verdad de lo acontecido en esa audiencia.

—Mire —replicó el agente Wilson—, yo no estuve en esa audiencia, y no sé lo que allí se acordó ni resolvió. A mí me han llegado las instrucciones sobre lo que debo hacer, y no puedo adoptar una decisión en contrario. En este país esas decisiones corresponden ser tomadas por un juez, después de haber conocido un caso. Nosotros sólo ejecutamos la decisión de esa autoridad, o lo que se nos informa que fue dicha decisión. Lo único que yo puedo hacer por usted ahora es ponerlo en contacto con el juez de la causa que está en BTC, para que usted pueda plantear su queja ante él. Y luego, él decidirá sobre lo que se hará.

—Perfecto, estoy plenamente de acuerdo, y gracias.

De inmediato, el agente Wilson levantó el auricular del teléfono y discó el número que tenía registrado de BTC.

Esperó unos segundos hasta que alguien contestó la llamada en el otro extremo, y luego pidió que lo comunicaran con el juzgado que funcionaba en esa prisión. Cuando tuvo a la persona del juzgado en línea, le explicó el problema, y solicitó que lo pusiera al juez al teléfono para que hablara conmigo. Aparentemente, esa no era tarea tan fácil, así que me puso a mí para que yo hablara con quien había contestado en BTC.

—Aló, aquí habla Jorge Machicao. Quisiera que me comunique con el juez John Salem, por favor. Estoy enfrentando un problema muy grave en el aeropuerto ahora, antes de tomar un avión, y necesito hablar con él.

—No va a ser posible que yo le pase la llamada ahora, pues él se encuentra en una audiencia, y no le puedo interrumpir. Vuelva a intentarlo más tarde —al concluir con estas palabras, la persona simplemente colgó el aparato y la comunicación se cortó.

Le relaté lo acontecido al agente Wilson. Me prometió que de nuevo intentaríamos la comunicación más tarde. Pero, me advirtió que él seguiría intentando colocarme en un vuelo, y si tenía éxito en esa gestión dentro de un cortísimo plazo, aún sin la conversación con el juez, yo me tendría que ir, firmando los documentos como se encontraban en ese momento. Como yo no estaba en una posición negociadora sólida, en silencio me salí de su oficina con destino a mi asiento de espera.

A eso de las tres de la tarde (después de mi almuerzo de rutina aeroportuaria: un sándwich, una manzana y un jugo de naranja), volví a ser convocado a la oficina del agente Wilson. Él no tenía buenas noticias sobre el vuelo, pues todavía no encontraba un espacio para que yo volara. Pero disponía de unos minutos para volver a intentar la llamada al juez John Salem de BTC. La secuencia de hechos fue similar a la de la mañana. Ya tenía a la persona del juzgado al otro lado de la línea, pero ésta no le pasaba la llamada al juez. Otra vez, me pasó a mí el auricular, para que yo hiciera la gestión en persona.

—Como le dije esta mañana, yo necesito hablar con el juez antes de mi viaje.

—Me temo que eso no va a ser posible, el juez sigue atendiendo otra audiencia. Por qué no me dice a mí el problema, a ver si yo le puedo ayudar.

—Anteayer, el día lunes, 09 de febrero de 2009, yo tuve una audiencia con el juez, en la que él me indicó una cosa que hoy no se está cumpliendo aquí, en inmigración del aeropuerto. En la audiencia, el juez me prometió que si yo retiraba mi solicitud de asilo, todo el proceso de mi solicitud sería considerado como un *non event*. Es decir, aseguró que sería como si yo jamás habría realizado esa solicitud. Para ser aún más claro y hasta gráfico, me dijo que sería como si yo hubiera tomado un avión con dirección a los EEUU y que, antes de acoplarme a la cola de inmigración en el aeropuerto de Miami, me habría dado la vuelta para tomar un vuelo de retorno, sin jamás presentar mis documentos ante las autoridades de inmigración norteamericanas, y sin jamás ingresar a territorio de este país. Y, por supuesto, insistió que este retiro de mi solicitud de asilo no tendría los efectos de un rechazo a la petición de asilo, situación esta última que importaría la deportación, y la prohibición de reingresar a los EEUU durante un período de tiempo, en forma de sanción. Esa promesa del juez se está incumpliendo aquí en las oficinas de inmigración del aeropuerto. El funcionario encargado de mi caso me ha presentado unos formularios para que los firme, donde yo declaro tener conocimiento de que estoy siendo sancionado con la prohibición de no poder ingresar a los EEUU por el lapso de cinco años. Y por supuesto que esa prohibición tendría que ser consecuencia de una transgresión a la ley, de lo contrario no tendría sentido. Además, el funcionario me indica que se me revocará la visa de turista, que aún la tengo vigente en mi pasaporte. Eso jamás fue parte del acuerdo con el juez. Mi firma de estos documentos constituye una confesión de que yo he transgredido la ley de los EEUU, y que como consecuencia de ello, estoy siendo sancionado. Esto no puede ser entendido como un non event, tal cual me explicó el juez. Este es el mismo trato que se le da a alguien que está siendo deportado, y ese no debería ser mi caso. Esto es lo que quiero comunicarle al juez, para que él vea la forma de evitar esta injusticia.

—Como le informé, señor, el juez en este momento está en una audiencia y no puede atender su llamada. Lo que me cabe responderle es que después de la audiencia, usted ha sido receptor de la resolución del juez, y ha sido legalmente notificado con ella. Ese documento se titula *Order of the Inmigration Judge*. Es un formulario con varias opciones, de las cuales el juez ha marcado algunas aplicables a su caso. Las marcas fueron trazadas a mano, con bolígrafo, y el documento está firmado por el juez John Salem. Seguro que usted tiene una copia del mismo. Y también posee una el funcionario que está trabajando sobre su caso. Es sobre la base de esa información que se realizan todos los trámites de inmigración previos a su partida.

—Sí, evidentemente, yo tengo una copia de esa resolución. Pero las marcas realizadas en ese formulario sólo reflejan que yo he retirado mi solicitud de asilo. En ningún lugar se establece que seré sujeto de sanción alguna, y que se me revocará la visa de turista. Además, todo lo que yo le estoy diciendo está registrado en la grabación de la audiencia con el juez. Ese fue el entendido bajo el cual yo retiré mi solicitud de asilo. Ese fue un compromiso serio. Yo no le voy a mentir. Pero ahora, con la firma de estos formularios en las oficinas de inmigración en el aeropuerto, todos esos compromisos no valen nada. Por esto es que quiero hablar con el juez; para que él tome cartas sobre este asunto.

—Como le expresé, el juez no puede atender su llamada ahora. Pero como también le expliqué, todos los trámites posteriores a la decisión del juez se hacen en base al documento titulado *Order of the Inmigration Judge*.

Como estaba visto, ya nada tenía sentido. La telefonista del juzgado no iba a solucionar esta controversia. Ella sólo insistía en que me remitiera a la resolución del juez, como si ese formulario fuera exhaustivamente explicativo, lo que estaba totalmente alejado de la realidad. Ése era apenas un formulario en el que el juez no escribía ni una sola palabra, excepto la de su nombre, en el espacio correspondiente a su firma. El resto eran marcaciones con una equis en dicho formulario, sobre alternativas preestablecidas. Y, por supuesto, ninguna de estas alternativas preestablecidas preveía un acuerdo particular con alguien. Tampoco figuraba en el formulario un régimen de sanciones de ninguna clase. Por otra parte, estaba claro que ella no me iba a comunicar con el juez, ni ahora ni nunca. No existía formula que la obligue a hacerlo. Era soñar que el juez se ponga al teléfono a discutir sobre este tema conmigo. Para él, este era un caso cerrado. Pero mientras se desenvolvían estos acontecimientos, me llegué a preguntar si esta no sería simplemente una estrategia de actuación —una pantomima— escenificada por el agente Wilson, para no cargar él solo con el peso de la responsabilidad de lo ocurrido. Es posible, pero eso no lo sabré jamás. Lo cierto es que ahora estaba frente a la realidad, una vez más. ¿Qué alternativa me quedaba? Por cierto, ninguna. El sistema había vencido una vez más.

En cuanto terminé de devolverle el auricular al agente Wilson, para que él colgara el teléfono que estaba en su escritorio, le dije:

—Voy a firmar todo lo que sea necesario, para poder salir lo más pronto posible de aquí. Ya no soporto más la falta de sueño y el cansancio. Estoy agotado. Me han engañado, y están cometiendo una enorme injusticia conmigo. Algún día tendré la oportunidad de plantear una queja formal sobre este maltrato. Todo lo que busqué en los EEUU fue protección de quienes me persiguen para encarcelarme por razones políticas. Pero mire lo que encontré. Estos tres meses han sido una tortura en sí misma, y concluyen con un gran engaño por parte del juez. Por eso es que no se preocupe, ahora voy a firmar todo lo que usted me ponga al frente, para acabar con este calvario. Que conste, estoy firmando contra mi voluntad, presionado por un ardid del cual estoy siendo víctima.

Mis palabras no tuvieron eco en el agente Wilson, quien simplemente me pidió que estampara mi firma en la parte inferior de varios formularios, que yo había revisado anteriormente. Estaba declarando que conocía sobre la sanción de no ingresar a los EEUU por el tiempo de cinco años. Y además, que me estaban revocando la visa de turista. Una vez que firmé los documentos, el agente Wilson me pidió que volviera a mi asiento, a seguir esperando hasta que se abriera la posibilidad de un vuelo a Viru Viru. El resto de la tarde permanecí sentado, esperando, hasta que se ocultó el sol. El agente Wilson no me había convocado y sobrevino la noche. A eso de las siete y treinta, pregunté a la funcionaria —la que coordinaba desde su caseta— si es que había noticias sobre mi caso; y también aproveché la ocasión para solicitarle mi alimento nocturno. Sobre la primera consulta, me indicó que si no me habían llamado, era porque no había noticias. Además, añadió, "el agente Wilson ya se fue a su casa, así que no tendrá novedades hasta mañana." Y en cuanto a la segunda, me permitió que pasara a recoger mi consabida merienda: una sándwich, una manzana, y un jugo de naranja. A estas alturas ya estaba hastiado de este menú, pero no podía hacer nada al respecto. Luego de finalizado mi ritual de la cena, la funcionaria de coordinación me convocó a su caseta para darme instrucciones. Me indicó que el jefe del turno de la noche había instruido que durante las horas de descanso me trasladaran a la sala de espera para presos. Aquella donde me retuvieron cuando recién arribé de BTC; ese lugar lúgubre con los asientos raídos. A eso de las diez de la noche, dos agentes del ICE me abordaron y me indicaron que ellos tenían instrucciones para trasladarme hacia ese recinto que yo, en mi mente, lo denominaba la *sala de espera* para presos. Bajo sus directivas, me puse de pie y empecé a caminar, con mis maletas a cuestas, y siempre enmanillado de las muñecas.

Luego de una larga travesía, arribamos a esa parte del sótano del aeropuerto donde estaba ubicada esa sala. Allí me dejaron, custodiado por otro par de guardias de uniforme azul. Durante la noche no se suscitaron hechos novedosos. Después de todo este tiempo en el aeropuerto, yo me había acostumbrado ya a descansar en asientos duros y con poca reclinación. Así que, si bien no dormí plácidamente, por lo menos dormité unas cuantas horas, con permanentes interrupciones, por supuesto. Los guardias hablaban de vez en cuando, y ello interrumpía mi frágil sueño. De repente, a eso de las seis de la mañana —cuando ya era el jueves, 12 de febrero de 2009—, se abrió la puerta de entrada abruptamente, y luego de unos segundos de suspenso, empezó a ingresar al recinto un grupo grande de reclusos esposados (debían de ser unos veinticinco). Para mi enorme sorpresa, allí había varias caras conocidas: ¡eran presos de BTC! ¡Qué alegría! Era como ver a miembros de mi familia. Mi júbilo fue mayor cuando, dentro del grupo, apareció Roberto Almaráz, el nicaragüense que fuera mi ex compañero de cuarto, del 242 de BTC. Cuando nos encontramos frente a frente, nos dimos un prolongado abrazo de hermanos, en silencio, casi en lágrimas. En cuanto tuvo aliento para pronunciar unas palabras, dijo:

—Qué bueno verte, pero la verdad es que todos los amigos ya te hacíamos en tu país. ¿Qué ha ocurrido? ¿Por qué sigues aquí, preso en el aeropuerto?

Le di todas las explicaciones del caso, en un relato sucinto de lo acontecido hasta ese momento en el Aeropuerto Internacional de Miami. Por supuesto que le conté el problema suscitado con el juez, y sobre la injusticia de la cual volvía a ser objeto. Él también me puso al tanto sobre los últimos acontecimientos en BTC. Me informó que estaban sacando a los haitianos en masa de esa cárcel para, al parecer, reubicarlos en otros centros de detención. "Al contrario de lo que todos piensan sobre Obama —dijo— ahora hay más detenciones que antes, cuando Bush era presidente. Desde que te han sacado de allí, han caído varios nuevos ilegales latinos presos." Mientras hacíamos estos comentarios, surgió una voz ensordecedora que empezó a pronunciar, lentamente, el nombre de una persona. Era uno de los agentes del ICE —que acababa de conducir a estos nuevos reclusos a la sala de espera de presos— quien extraía y leía el nombre de una lista. En cuanto terminó de pronunciar el nombre, convocó a la persona para que pasara a su escritorio, con la finalidad de que ésta firmara un documento. Y antes de que el convocado estampara su firma, el agente le aclaró (por supuesto, a gritos): "¡Usted está prohibido de ingresar a los EEUU por el tiempo de diez años, por haber violado las leyes de inmigración de este país! Eso es lo que dice el documento que usted está firmando." Tras esa advertencia, el recluso —con una resignación que se dibujaba en todo su rostro— firmó al pie del documento, donde existía un espacio para que lo suscribiera. El acto mismo de la firma fue complicado, pues las esposas no permitían que el preso escribiera con facilidad. Después de mucho esfuerzo, lo logró. Luego el agente se quedó con el original suscrito, y le entregó al notificado una copia para sus registros personales: eso mandaba la ley. Agarrando frágilmente la copia de la resolución entre sus dedos, debido a su condición de maniatado, el recluso se volvió a su asiento, humillado. De inmediato, el agente leyó, una vez más a todo volumen, el segundo nombre que aparecía en la lista que sostenía en sus manos. Se puso de pie el nuevo convocado, y se reprodujo el procedimiento de manera muy similar al del primer caso. Para evitar ser reprendidos por los agentes del ICE, Roberto y yo decidimos hacer un paréntesis en nuestra charla, mientras se llevaba a cabo el proceso de notificación con el documento de la sanción que se le imponía a cada uno de los deportados. En general, la reacción de los presos era la misma. Sólo algunos —los más rebeldes— se atrevían a hacer una mueca de disgusto o de burla, cuando se daban la vuelta para retornar a sus respectivos asientos, mientras sus rostros miraban hacia la audiencia, que estaba constituida por el resto de los presos. Los agentes del ICE, que estaban ubicados en un sector del recinto, alrededor del escritorio de su compañero que leía la lista, no podían ver esos gestos. Solamente veían la espalda del preso que retornaba a su asiento, con su documento sancionatorio sujetado entre los dedos. Algunas de estas muecas de rebeldía generaron tímidas sonrisas socarronas entre los presos. Y seguramente nuestros guardianes se percataron de ello, pero las cosas no pasaron a mayores, hasta que se dio un hecho inusitado.

Uno de los reclusos era el costarricense Omar Parejas, a quien yo sólo conocía de vista en BTC, pues era amigo de otros amigos míos. Cuando éste se encontraba parado al frente del escritorio del agente del ICE —después de escuchar que su sanción consistía en que no podría reingresar a los EEUU de por vida, por haber sido un ilegal reincidente, a quien lo habían deportado tres veces en el pasado—, tomó una decisión radical:

— ¡Yo no voy a firmar nada! —le respondió en tono

de voz desafiante al agente del ICE.

— ¡¿Cómo?! —exclamó sorprendidísimo el agente, quien no tenía escrito en su libreto una reacción ante semejante desenlace—. ¡Usted tiene la obligación de firmar esa notificación! ¡No se puede ir de aquí si no firma ese documento!

—¡No lo voy a hacer! ¡Y usted no me puede obligar a firmar nada contra mi voluntad!

Ese fue un momento de tensión máxima. Los demás agentes se incorporaron al pleito, exigiendo a Omar Parejas que estampara su firma. En vista a que en el sitio se encontraba una nutrida concurrencia de reclusos, los agentes del ICE (que por naturaleza eran abusivos) no se animaron a tomar acciones de hecho. Se resignaron a vociferar conminatorias verbales, lo que rápidamente derivó en un concurso de ofensas personales. Si bien no se dio violencia física, abundó la violencia verbal. Al pobre Omar lo insultaron de todo. "Espalda mojada", "ilegal", "vividor", "delincuente", "aprovechador", "muerto de hambre", "hijo de puta", fueron algunos de los epítetos con el que lo ultrajaron. En medio del linchamiento verbal también surgieron voces con amenazas tenebrosas: "ahora estás hecho al macho, luego veremos si te quedan ganas...". En medio de la trifulca donde toda la bulla la producía una de las partes —los agentes del ICE—, la otra parte permaneció inmóvil y muda, sin contestar a ninguno de los vilipendios y amenazas. Pero a pesar de la andanada de insultos, Omar Parejas no firmó nada. Cuando vieron que por esa vía no conseguirían su objetivo, los agentes decidieron calmar los ánimos en la sala (es decir, calmarse a sí mismos). "Tranquilo, tranquilo", recomendaba uno de ellos. "Suave, tienen que calmarse todos para seguir adelante, ya veremos qué se hace luego", opinó otro. Fue entonces que el encargado de leer la lista mandó a Omar para que retornara a su asiento. Parecía que los guardias habían recobrado la cordura. Cuando volvió a reinar el silencio, continuó la lectura de la lista. El siguiente preso se presentó ante el agente y firmó su notificación, sin problemas. Y así se desarrolló el proceso con varios reclusos más. Hasta que —después de unos cinco casos— apareció otro recluso que rehusó firmar, al igual que Omar Parejas. Esta vez no hubo insultos ni amenazas. Simplemente se le pidió al segundo rebelde retornar a su asiento. Por supuesto que los guardias no podían ocultar su malestar ante esta nueva situación. A pesar de la ausencia de insultos, el ambiente se tornó tenso otra vez. Sin embargo, se continuó con la lectura de la lista y las firmas de otros cuantos presos que no presentaron problema alguno. No obstante, después de unos minutos, se produjo el tercer caso de rebeldía. A pesar de la ira contenida de los agentes, el lector de la lista lo invitó a este tercer rebelde a que retornara a su asiento. Parecía que la civilidad, finalmente, había triunfado.

Pero no por mucho tiempo. Después de unos tres minutos de ocurrido el tercer suceso —mientras estampaba su firma otro de los presos—, la puerta de entrada se volvió a abrir con un ruido estruendoso. Alguien la había pateado desde afuera. Segundos después de este estallido, hacían su ingreso triunfal (mejor dicho, prediciendo un triunfo) otros cinco agentes del ICE. El líder del grupo portaba un documento en la mano derecha, que lo leyó a gritos:

— ¡Omar Parejas! ¡Omar Parejas! —luego retiró los ojos del documento y, mirando hacia la concurrencia de reclusos, insistió— ¡¿Quién es Omar Parejas?! ¡Que se ponga de pie la persona que responde al nombre de Omar Parejas!

—Soy yo —respondió tímidamente el primer rebelde del grupo, poniéndose de pie como se le había instruido.

— ¡Traiga todo su equipaje y sígame!, ¡ahora!, ¡rápido!, ¡no tenemos tiempo que perder!

Omar alzó un maletín que traía consigo y, maniatado, caminó detrás del agente que lo había convocado. Los otros cuatro guardias lo rodearon, y salió por la puerta escoltadísimo, como si se tratara de un peligroso delincuente. A partir de este episodio, brotó un grandísimo nudo en mi garganta. El terror cundió en los presentes, y reinó el silencio total. Nadie se atrevió a decir nada. Ni siquiera a preguntar algo en voz alta. Sólo en silencio surgían las preguntas lógicas: ¿dónde se lo llevaron? ¿Le harán algún daño? ¿Volverá a esta sala de espera de presos? En fin, todas estas interrogantes estaban en el ambiente. Pero para minimizar el impacto de lo ocurrido, el procedimiento de la lectura de la lista y la firma de las notificaciones continuó su curso, hasta su finalización. Mas valga la aclaración: por supuesto que ya no hubo un cuarto rebelde.

Una vez que se acabó de leer la lista y de firmar las notificaciones, todos se mantuvieron en sus sitios, sentados, callados. A lo lejos se escucharon unas risotadas que provenían desde el exterior. El volumen de la bullanga se iba incrementando en la medida en que sus autores se iban acercando a la sala de espera para presos. De repente, los festejadores abrieron la puerta —de manera violenta, haciendo gala de su poderío, como acostumbraban— e ingresaron al recinto en son de triunfo. El primero en trasponer el umbral de la puerta blandía en su mano derecha un documento legal: ¡la prueba de la victoria! ¡Era la notificación firmada por Omar Parejas! Los demás bullangueros ingresaron al recinto, y empezaron a abrazarse entre ellos. Eran los cinco agentes del ICE que se llevaron a Omar, y que regresaron con el documento firmado, pero sin él. Luego les mostraron el documento a los otros agentes del ICE que nos vigilaban, y se lo entregaron al encargado de tomar la lista y obtener las firmas. Nuestros guardias felicitaron a los héroes, y todos ellos juntos festejaron la victoria. El uniforme azul marino se había impuesto sobre la voluntad de un ilegal latino. Las interrogantes que surgían eran varias: ¿cómo se habrían impuesto los cinco agentes del ICE sobre Omar? ¿Por qué no lo trajeron de nuevo? ¿Qué mecanismos utilizaron para obligarlo a firmar contra su voluntad? ¿Lo torturarían? ¿Cómo quedaría él luego de esta experiencia? ¿Estaría herido? ¿Lo matarían? En fin, nadie podía en ese momento formular tremendas preguntas en voz alta, sin correr el riesgo de acabar como Omar. Pero como en la vida la comunicación no es solamente verbal o escrita, sino que también existen otras formas de transmitir ideas o mensajes sin necesidad de ser tan explícito, los jubilosos agentes del ICE hicieron su tarea en este sentido. Mientras alardeaban desplegando sonoras risotadas de soberbia y burlas de mal gusto, hacían ademanes de lanzar puñetazos, rodillazos y patadas, como dando a entender que esta victoria fue conseguida por esa vía. Nada raro, pues las fuerzas de represión contra la inmigración ilegal se habían caracterizado por implementar esas prácticas delincuenciales en el pasado. Por lo tanto, a nadie le cupo la menor duda de que Omar fue víctima del abuso de estos execrables personajes. Y estas historias muchas veces acabaron con heridos serios, y hasta con muertos. "¿Qué ocurriría con Omar Parejas?" Esa fue la interrogante con la que nos quedamos todos los presos ese día, y que no tuvo respuesta hasta el día de hoy. De lo que sí hay plena certeza es que después del mensaje aleccionador de los azules, los otros dos rebeldes pidieron firmar "voluntariamente" sus notificaciones.

Para que no quepa la menor duda, ese era el mismo documento con el que yo me había notificado el día anterior, contra mi voluntad, luego de descubrir que el juez me había engañado. "Menos mal que no tuve la heroica idea de resistirme a firmarlo", me felicité en silencio. Una vez más, la romántica idea de los EEUU que yo albergué desde mis años universitarios, como una sociedad democrática y respetuosa de las leyes, se derrumbó en pedazos. Las dimensiones que había adquirido el sistema represivo norteamericano eran gigantescas, monstruosas, frente al individuo desvalido y de escasos recursos económicos. Mucho peor aún, si ese individuo era un inmigrante ilegal latino, quien colisionado contra ese cíclope que era el *establishment* estadounidense, no tenía ni siquiera el derecho de estar pisando el territorio del Imperio. Si bien es cierto que en teoría un ilegal no perdía sus derechos fundamentales, en la práctica eso no se daba. A ningún inmigrante ilegal se le iba a ocurrir acudir ante un juez para reclamar un derecho (por ejemplo, el derecho al salario mínimo) por el temor de ser descubierto como tal, para luego ser deportado. Eso habría sido suicida. De tal manera que los ilegales se mantenían al margen de la ley, en lo que les convenía, así como en lo que les desfavorecía.

Pasado ese episodio de zozobra, los ilegales empezaron a ser transportados a sus respectivos vuelos, uno por uno. La sala de espera para presos se fue vaciando, paulatinamente, en el transcurso de la tarde. A Roberto Almaraz lo vinieron a recoger un par de agentes del ICE a eso de las cuatro. Nos despedimos con otro abrazo, y con la promesa de estar en contacto en el futuro. Apenas un par de reclusos se quedaron sin viajar, igual que yo. A eso de las siete de la noche decidimos pedir nuestro cupo alimentario, ya que nuestros guardias no nos ofrecieron nada para comer. Otra vez más el menú fue un sándwich, una manzana y un jugo de naranja. Ese jueves permanecí en la lúgubre sala de espera para presos todo el día. No tuve ningún contacto con el agente Craig Wilson (encargado de las gestiones para mi vuelo de regreso), quien se encontraba en las oficinas de inmigración del aeropuerto, y no me había convocado para nada. Por lo tanto, no tenía ninguna información sobre mi viaje, lo cual era angustiante. Pero no tenía otra alternativa que seguir esperando: mi condición allí no era la de un pasajero normal, que podía quejarse por la ineficiencia del servicio. Era la de un preso. Y si me quejaba, quien sabe me devolvían a BTC por unos días más (y tal vez inclusive por más tiempo, como le ocurrió al uzbeco Joe), y eso sí que era peor. Preferí callar y dormitar sentado en ese raído sillón de la sala de espera para presos: fue una noche más en el aeropuerto sin poder conciliar el sueño.

Cuando el reloj marcaba las siete de la mañana —ya era el viernes, 13 de febrero de 2009— fui al baño para un aseo mínimo. Aquél era un baño de oficina, no de dormitorio, así que no tenía ducha. Una vez más comimos la dieta aeroportuaria destinada a los presos: el sándwich, la manzana y el jugo de naranja. Mis compañeros de espera también se encontraban inquietos, pues querían partir ya. Yo les insté a que se tranquilizaran, aclarándoles que llevaba desde el martes, a las seis y cincuenta y cinco de la mañana, aguardando partir sin éxito. Es decir, ya estaba en el aeropuerto más de setenta y dos horas —¡más de tres días enteros!— esperando, sin dormir, o apenas dormitando en los asientos. Luego de mi explicación, se tranquilizaron y continuaron con la espera. A eso de las nueve y treinta de la mañana llegó un agente del ICE en busca de Jorge Machicao. ¡Que alegría! ¡Albricias! ¡Albricias! Me puse de pie como si tuviera resortes en las piernas; por unos instantes sentí como si estuviese lleno de energía, como si hubiese estado bien dormido y bien comido. Empecé a caminar con mi equipaje a cuestas, como si las esposas que aprisionaban mis muñecas no me molestaran en lo absoluto. A estas alturas, ya casi conocía el camino a las oficinas de inmigración de memoria. Eran una serie de recovecos y pasillos por los que se atravesaba, incluida una subida en ascensor. Y finalmente aparecía esa resplandeciente sala atestada de pasajeros con problemas migratorios. Allí llegaba yo, despertando el asombro de todos por mis muñecas aprisionadas. "He ahí un pez gordo del narcotráfico", seguramente pensaban.

Craig Wilson me esperaba en su oficina con la información sobre mi vuelo.

—Usted parte hacia Bolivia, con destino al aeropuerto Viru Viru, a las tres de la tarde con veinte minutos, en el vuelo 947 de American Airlines. Deberá abordar el avión una hora antes: a las dos y veinte. Ahora debe ir a sentarse para seguir esperando. Yo lo llamaré cuando llegue la hora del abordaje.

— ¿Y cuándo me devolverá mis pasaportes? Yo traje conmigo diez pasaportes antiguos en calidad de prueba para el proceso, y, por supuesto, también portaba mi pasaporte vigente, con el cual realicé este viaje.

—No se preocupe, se le va a devolver toda su documentación.

Cómo no me iba a preocupar, si esos pasaportes eran parte de la historia de mi vida. Todavía resonaba en mi mente la amenaza de aquel funcionario del ICE en BTC, de apellido Duvalier —el que me decomisó los pasaportes—, quien me dijo que ellos serían devueltos a su propietario: según él, el gobierno de Bolivia. Y la verdad es que las palabras de Wilson no eran lo suficientemente convincentes; carecían de convicción, de precisión. Ya había yo aprendido a desconfiar de la palabra de las autoridades norteamericanas, después de la experiencia con el juez de inmigración. Pero frente a esta incertidumbre no podía hacer absolutamente nada; debía esperar para descubrir si Wilson cumpliría con su palabra o no.

Unos minutos antes de las dos de la tarde, el agente Craig Wilson se apareció delante de mí con la finalidad de emprender la caminata con destino a la terminal de American Airlines, para allí encontrar la puerta de salida D 39, correspondiente a mi vuelo. Le advertí que este ejercicio iba a presentar muchos inconvenientes, pues marchar con tanto equipaje y enmanillado no era nada sencillo. Wilson se portó considerado en esa ocasión. Agarró el mango de una de las maletas y la arrastró él. Eso me alivianó mucho la incomodidad física del traqueteo, pero no la incomodidad sicológica. En ese momento me aprestaba a salir al mundo de los seres libres, pero esposado y resguardado por un agente uniformado del ICE, nada menos que en el Aeropuerto Internacional de Miami. El riesgo de ser visto bajo esas embarazosas circunstancias por algún compatriota amigo existía, y no era remota, toda vez que nos dirigíamos hacia el área de un vuelo a Bolivia. Los que abordaban esos aviones eran, en su mayoría, bolivianos.

—¿Y existe alguna posibilidad de que me pueda llevar hasta el avión sin las esposas?

—No, eso es imposible. Eso sería una violación a los reglamentos.

—Es que yo me siento muy incómodo de ser visto por algún amigo. No se olvide que nos estamos dirigiendo hacia la puerta de salida de un vuelo a Bolivia. Allí, la mayor parte de los pasajeros serán bolivianos, y no falta quien lo conoce a uno...

—Mire, yo no puedo llevarlo sin esposas. Eso está fuera de discusión. Pero lo que sí puedo hacer es evitar que usted pase por la sala de espera o antesala de la puerta de salida D39. Lo voy a llevar por un corredor que nos conducirá directamente hasta la manga de entrada al avión. Allí, yo lo entregaré a usted a la persona encargada de la tripulación del avión de American Airlines, le quitaré las esposas, y usted ingresará al avión sin ellas. Por lo menos así usted no estará ni un solo minuto expuesto en la antesala de la puerta de salida D39.

Con ese plan en mente, el agente Craig Wilson me hizo transitar por muchísimos corredores y ascensores del aeropuerto, donde circulaban miles de viajeros que iban y venían de todas partes del mundo. Luego ingresamos a unos corredores internos (al parecer destinados exclusivamente a las personas que trabajaban en el aeropuerto, y que tenían permiso para circular por ellos) donde caminamos por un prolongadísimo período de tiempo. Yo diría que en longitud, recorrimos, a ojo de buen cubero, más de medio kilómetro por esos laberintos internos. Tan es así que en varias ocasiones paramos para aliviar el dolor que sentía en mis muñecas, que sufrían la presión de la carga que arrastraba con dificultad. Cuando ya me parecía que estábamos en una maratón aeroportuaria, el agente paró en seco.

—Este es el sitio —me informó sin mostrar emoción alguna.

Evidentemente, habíamos arribado a la intersección de un corredor —en el que caminábamos— con la manga que ingresaba hasta la puerta de acceso al avión. Allí se encontraban dos mujeres, elegantemente uniformadas con el traje de su aerolínea, que pertenecían a la tripulación de la nave. El agente Wilson conversó con una de ellas, y le entregó una documentación en sobres manila, color café claro, en manos propias. La dama recibió la documentación y el encargo verbal, y me invitó a pasar al avión. En ese preciso instante yo dejaba de ser un detenido del gobierno de los EEUU y recobraba mi libertad: Craig Wilson me quitó las esposas, y se despidió de mí.

—¿Qué es de mis pasaportes?, le pregunté.

—Están en los sobres que le entregué a la señora, se los van a devolver, pero debo seguir las reglas para eso también —me respondió, para de inmediato darse la vuelta y desaparecer de prisa por el corredor.

La dama me indicó que las maletas deberían ir en la sección de equipaje de la nave. Y para ello yo debía introducirlas por un tubo (parecido a un tobogán) que nacía en el costado derecho de la puerta de entrada al avión. Luego, las valijas, por efecto de su propio peso y de la gravedad de la tierra, se deslizarían hasta abajo, a la pista misma. La inclinación del tubo era tan empinada, que el introducir una maleta por ahí era el equivalente a lanzarla directamente, en caída libre, hasta la pista. Por cierto que el impacto del desplome de mis maletas les causó considerables daños. Allí debajo, el personal de la aerolínea se ocupó de colocar los restos maltrechos de mis maletas en la repartición de equipaje del avión. Terminado el episodio del lanzamiento de mis maletas, ingresé a la nave para percatarme que era el primer pasajero en hacerlo. Menos mal, eso me cayó muy bien, pues me permitió acomodarme en el asiento, libre de los ojos de los potenciales curiosos.

Después entraron los demás pasajeros y se instalaron en sus respectivas butacas.

En momentos en que el avión estaba a punto de partir, y cuando ya habían cerrado la puerta de la nave para empezar a carretear, alguien desde afuera se contactó para que la tripulación abriera la puerta de nuevo. Entonces la puerta se volvió a abrir, y un brazo desde afuera entregó un paquete lleno de documentos a la aeromoza. Después de unos quince minutos (el avión ya había completado la etapa del despegue y se encontraba navegando en el cielo), la misma aeromoza apareció frente a mí, para hacerme entrega de aquel paquete.

—Vino un funcionario de inmigración, y con carácter de urgencia, pidió que este paquete de documentación se lo entreguemos. Cumplo con el encargo, señor.

—Muchas gracias —le respondí—, es usted muy gentil.

—De nada —dijo, y se retiró.

En cuanto ella se fue, inspeccioné el paquete que con carácter de tanta urgencia vinieron a dejar para mí. Se trataba de una copia entera del legajo del proceso que se había ventilado ante el juez de inmigración. ¿Por qué tanta urgencia para hacerme llegar esta documentación? ¿Quién y por qué estaba haciendo esto? Lo cierto es que esta acción me intrigó siempre, en la posteridad, ya que las autoridades encargadas del proceso sabían que una copia de los actuados estaba en poder de la parte demandada. Una copia de todas las resoluciones del juez se le entregaba al demandado. Y por supuesto, el demandado tenía que tener una copia de los formularios y pruebas que presentó al proceso. Lo único de este legajo que yo no tenía eran una serie de artículos adicionales que el abogado del gobierno había entregado al juez el día de la última audiencia, sobre la Enron y sus actividades en Bolivia y en el resto del mundo. Aparentemente, este era el mensaje. Era, sin duda, un mensaje sañudo. Y el único que se pudo haber interesado en hacérmelo llegar con tanta saña era el abogado del gobierno.

Después de un par de horas de vuelo, cuando ya se había servido refrescos y un sándwich a los pasajeros, y cuando las aeromozas ya estaban familiarizadas con éstos, opté por lanzarme al ruedo. Para ello apreté el botón de llamada para requerir un servicio. A los pocos minutos de mi convocatoria apareció, sonriente, la aeromoza:

—¿Sí, señor? ¿En qué lo puedo servir?

—Mire, señorita —le dije—, cuando yo ingresé al avión, la persona encargada de la tripulación recibió, de parte del funcionario de inmigración que me acompañaba, un sobre con documentos que son de mi propiedad. Sé que esos documentos no me los podían entregar cuando estábamos todavía en el aeropuerto. Pero ahora que ya hemos partido, y toda vez que la nave está en pleno vuelo, no veo la razón por la cual no me los puedan dar. Como le digo, son documentos personales que sólo pueden interesar a mi persona.

—Muy bien, señor —me respondió—, yo voy a transmitir su consulta a la encargada de la tripulación. Ella es la responsable de esa documentación. En cuanto tenga una respuesta, le aviso. Descuide.

Después de transcurrida una media hora desde que formulé mi petición, se aproximó a mi lado la encargada de la tripulación en ese vuelo: la dama que había recibido los papeles en mano propia del agente Wilson.

—La aeromoza me ha informado sobre su pedido. Le traigo toda la documentación que me entregó el agente de inmigración, pues es suya. Él me recomendó que estos sobres se los entregara a las autoridades bolivianas de inmigración en el aeropuerto de destino, junto con su persona. Pero la verdad es que, una vez que estamos fuera de los EEUU, usted decidirá de mejor manera qué uso darle a esta documentación. Así que se la entrego en mano propia.

— ¡Muchísimas gracias! —le contesté de inmediato, sin formular mayores comentarios, aunque en ese instante sentí unas casi irreprimibles ganas de estallar a gritos de júbilo, para así expresarle de veras mi agradecimiento.

Uno de los sobres manila —el paquete más

voluminoso— contenía mis pasaportes. Conté con cuidado, uno por uno, para constatar que estuvieran todos: eran once. Los diez antiguos y vencidos, y el único vigente. Los pasaportes estaban completos. Luego verifiqué el estado del pasaporte vigente, y descubrí que en la página donde se encontraba sellada la visa de los EEUU, habían colocado un sello encima de ella que la cruzaba a lo ancho de izquierda a derecha, de color negro, que decía: CANCELLED MIA / DATE 2/9/09 / A20890744. Esta era la constatación de que el juez de inmigración había mentido: la visa me había sido revocada, a pesar de que él me aseguró que eso no ocurriría.

El otro sobre manila contenía los documentos que me habían hecho firmar, contra mi voluntad, en las oficinas de inmigración del aeropuerto. Estos eran los documentos en los que yo declaraba saber que estaba sancionado con la prohibición de no retornar a los EEUU, por un lapso de tiempo de cinco años. Ente estos papeles también se encontraba la resolución final del juez, en la que se reflejaba que yo había retirado mi solicitud de asilo a los EEUU. Y cuando leí la parte exterior del sobre quedé paralogizado. Increíblemente, en letras negrillas, se destacaba la siguiente advertencia: "SOBRE DE DOCUMENTOS / *A LA AZAFATA O AL COMISARIO: Itinerario completo en el reverso. Este sobre contiene documentos de deportación del alien que se nombra más abajo, el que está siendo transferido o deportado sin escolta en su vuelo.* **Por favor no coloque estos documentos en las manos de un alien interesado**: *Nombre: Jorge Machicao. Masculino. FDN 15/01/58. Por favor entregue este sobre a un oficial de inmigración de este servicio, o del gobierno del país al que está destinado, quien se contactará con el avión a su llegada y tomará custodia del* alien. *Si el* *vuelo terminara en los Estados Unidos, antes de su destino previsto, por favor entregue al* alien *a las autoridades de la policía local, y pídales a éstas que llamen, con cobro revertido, a esta oficina o a la oficina más cercana del Departamento de Seguridad Interna, Ejecución de Inmigración y Aduanas de los EE.UU. El número de esta oficina es el 3058745452."*

En síntesis: esto sí que no se trataba de un *non-event*, como lo había prometido el juez de inmigración. Según su teoría, no tendrían que haber registros de mi entrada a los EEUU; y por supuesto, tampoco tendrían que existir registros de mi salida. No tendría que haber un rechazo a mi solicitud de asilo; simplemente un retiro de ella. Por ende, jamás podría haber habido una deportación. Sin embargo, en la realidad de los hechos, todo parecía que se trataba de una deportación. Eso es lo que se leía en el sobre. Y las acciones de los agentes de inmigración estaban encaminadas en la misma dirección. El problema con esta forma de desenlace, sin embargo, era grave.

Si estos sobres y los documentos que contenían eran entregados a las autoridades bolivianas de migración en el aeropuerto Viru Viru (tal como estaba dispuesto, según se podía leer en el sobre manila), éstas iban a descubrir que yo había solicitado asilo a los EEUU. Que lo había hecho en base al argumento que el gobierno boliviano estaba persiguiendo a todos los políticos que consideraba sus enemigos. Y que en mi caso, esa persecución se daba a través de un juicio político, cuya denuncia la había formulado el ex Ministro de Energía de Evo Morales, y que su procesamiento ya había llegado al Poder Legislativo. El daño que me habrían causado las autoridades norteamericanas era inconmensurable, si estos documentos llegaban a manos de los funcionarios bolivianos de migración. Lo que hacía el gobierno norteamericano era inaudito, y totalmente inaceptable desde el punto de vista de la protección de los derechos humanos. El país donde una persona busca asilo no lo puede devolver a las autoridades del país donde le están violando sus derechos al perseguido. En todo caso, yo acepté volver a Bolivia bajo la condición de la teoría del *non-event*, propuesta por el juez de inmigración. Bajo esta fórmula nadie se enteraría sobre mi solicitud de asilo en Bolivia, evitando así cualquier tipo de represalias.

Es así que mi ángel de la guarda fue la encargada de la tripulación de ese vuelo de American Airlines, quien, en un acto de fe en la especie humana, desobedeció el mandato del agente Craig Wilson (así como las instrucciones estipuladas en el sobre), y me devolvió los sobres manila con todos los documentos incluidos. Gracias a ella, cuando el avión aterrizó en Viru Viru, pude ingresar por migración como cualquier otro pasajero boliviano que regresaba al país después de una vacación de placer en Miami. Gracias a ella no hubo represalias, hasta ahora.